U0143192

国家出版基金项目
NATIONAL PUBLICATION FOUNDATION

西班牙与西班牙语美洲文学通史

美洲文学通史 ×5×

主编 陈众议

西班牙语美洲文学：近现代

陈众议 著

译林出版社

图书在版编目（CIP）数据

西班牙语美洲文学．近现代 / 陈众议编著.— 南京：
译林出版社，2023.8
ISBN 978-7-5447-9564-7

Ⅰ.①西… Ⅱ.①陈… Ⅲ.①拉丁美洲文学－文学研
究－近现代 Ⅳ.①I730.65

中国国家版本馆 CIP 数据核字（2023）第001597号

西班牙语美洲文学：近现代 陈众议/著

丛 书 名　西班牙与西班牙语美洲文学通史
主　　编　陈众议
责任编辑　金　薇　郑　丹
装帧设计　韦　枫
责任校对　张　萍　戴小娥
责任印制　闻媛媛

出版发行　译林出版社
地　　址　南京市湖南路 1 号 A 楼
邮　　箱　yilin@yilin.com
网　　址　www.yilin.com
市场热线　025-86633278
排　　版　南京展望文化发展有限公司
印　　刷　江苏凤凰扬州鑫华印刷有限公司
开　　本　718 毫米 ×1000 毫米　1/16
印　　张　41.5
插　　页　2
版　　次　2023 年 8 月第 1 版
印　　次　2023 年 8 月第 1 次印刷
书　　号　ISBN 978-7-5447-9564-7
定　　价　118.00 元

总　序

陈众议

　　清代史家章学诚撷"六便""二长"以界定通史。"六便"即"免重复""均类例""便铨配""平是非""去抵牾""详邻事"，"二长"是"具剪裁""立家法"。但同时他认为通史或有"三弊"，谓"事实之失据，去取之未当，议论之未醇"或"无短长""仍原题""忘标目"。[①]这当然是一概而论。与之不同的是唐朝史学家刘知幾，他反对通史，理由是历史如烟、史料浩繁，修者难免厚此薄彼、挂一漏万。事实上，无论会通还是求专，均可能取法乎上，仅得其中；取短舍长、燕瘦环肥也总会有所偏侧，至于是非评骘则更是见仁见智。然而，正所谓尺有所短，寸有所长，学人大可以纵横捭阖，择其善而行之。

　　然而，随着西学的进入，通史渐为我国学界所接受，钱穆的《国史大纲》、黄仁宇的《中国大历史》、白寿彝的《中国通史》等皆是显例。而文学通史作为其"副产品"或"先声"也一发而

1

[①] "通史之修，其便有六：一曰免重复，二曰均类例，三曰便铨配，四曰平是非，五曰去抵牾，六曰详邻事。其长有二：一曰具剪裁，二曰立家法。其弊有三：一曰无短长，二曰仍原题，三曰忘标目。"《通志》精要，在乎义例。盖一家之言，诸子之学识，而寓于诸史之规矩，原不以考据见长也。"章学诚著，叶瑛校注：《文史通义校注·卷四·释通》，北京：中华书局，1985年版，第373—375页。

不可收。自1904年林传甲和黄摩西各自编撰《中国文学史》至今，我们有了数千部规模不同的通史，其中极大多数为近二十年所产。

《西班牙与西班牙语美洲文学通史》（以下简称《通史》）是第一套真正意义上的西语国家文学通史，且不尽限于西语国家，盖因它起自相对独立的拉丁西哥特王国（包括今西班牙、葡萄牙和法国西南部），后经阿拉伯安达卢斯（极盛时期有原西哥特王国大部并西西里岛、撒丁岛和意大利南部），及至15世纪西班牙凭借航海大发现成为横跨欧美大陆的庞大帝国，更是涉国二十余、延绵千余年；外加纵贯美洲的古代玛雅、印卡和阿兹台卡文明之遗产，其史久矣。由是，与目前我国已有的几种十几至几十万字的单卷本西班牙文学史或拉丁美洲文学史不同，它不仅贯通古今，而且呼应两洲，无论广度还是深度均大大超出以往（包括现有西班牙和西班牙语美洲国家同行所著，盖因后者即或卷帙浩繁，亦必有所偏侧，其中的西方中心主义等意识形态惯性不言自明）。

《通史》凡五卷：

第一卷《西班牙文学：中古时期》；

第二卷《西班牙文学：黄金世纪》；

第三卷《西班牙文学：近现代》；

第四卷《西班牙语美洲文学：古典时期》；

第五卷《西班牙语美洲文学：近现代》。

《通史》当力取会通之义，并不拘一格，既撷取法国式（朗松、泰纳）的写作路径，同时适当借鉴剑桥方法，以期有点有面、有史有论。此外，随着批评方法的日益多元（20世纪或因之被称为"批评的世纪"），从结构主义到后结构主义到后之后，形式主义、新历史主义、后殖民主义、后人道主义以及新批评、叙事学、符号学、心理学、比较学、认知学、传播学、伦理学、接受美学、文化批评、生态批评等此起彼伏，流散、空间、身体、记忆、性别、身份、族裔、互文等甲未唱罢乙登场，真可谓斗艳争奇、各领风骚。它们在拓展视野、深化认知、激发思辨等方面或有可取之处，但本著不拘牵于以上任何一种，而将立足于历史唯物主义和辩证唯物主义，力求点面结合，庶乎既见树木也见森林，既有一般文学史、断代史的规约，又不完全拘泥于时序。瞻前顾后、上溯下延、繁简博约、纵横捭阖，全凭需要。鲁迅说过，"倘要论文，最好是顾及全篇，并且顾及作者的全人，以及他所处的社会状态……"①诚哉斯言！因为，人是无论如何都不能拽着自己的小辫离开地面的。

第一卷《西班牙文学：中古时期》由三部分组成：

第一部分为西哥特拉丁文学。西哥特王国是由西哥特人与其他日耳曼部族战胜西罗马帝国之后在伊比利亚半岛及今法国西南部建立的封建王朝，此乃西班牙王国的雏形。这一时期的文学却是极端宗教化的，它几乎完全游离于西哥特人或苏维汇人的宫廷争斗和普通民众的日常生活之外。这种情况一直要到穆斯林占领时期，乃至"光复战争"后期才有所改变。然而，卡斯蒂利亚语（即西班牙语或西班牙语的主体）、加泰罗尼亚语、加利西亚－葡萄牙语等"俗语"主要由拉丁文演变而来；因此，拉丁文及其文学，及至广义的书写对于西班牙语及其文学便不啻是影响：说源头固可，谓血脉也罢，无论如何，其亲缘关系毋庸置疑。然而，除了语言的延承关系，后来的西班牙文学与拉丁文学相去甚远，这里既有时代社会变迁的原因，更有伊斯兰文化加入之故。需要说明的是，迄今为止，还鲜有西班牙文学史家将西哥特拉丁文学和阿拉伯安达卢斯文学纳入视野。究其原因，语言障碍是其一；西方中心主义是其二；而因西方中心主义一不做，二不休，将阿拉伯安达卢斯之前及同时期并存的拉丁文学弃之不顾是其三。由

①《鲁迅全集》第6卷，北京：人民文学出版社，1981年版，第430页。

是，横贯近千年的西哥特－西班牙拉丁文学被浓缩在一两万字的小册子里，是谓不相杂厕，而它与其说是简史，毋宁说是人名作品目录。至于阿拉伯安达卢斯文学则同样乏人问津，遑论一视同仁。

第二部分为阿拉伯安达卢斯文学。公元711年，阿拉伯人从北非马格里布地区长驱直入，迅速占领了伊比利亚半岛的大部分地区，并在塞维利亚建立总督府。稍后，伍麦叶王朝倾覆，其唯一后人阿卜杜勒·拉赫曼以科尔多瓦为中心建立了独立于阿拔斯王朝的阿拉伯－伊斯兰安达卢斯。伊斯兰学者在几代爱弥尔或哈里法的率领下，翻译传播古典学术、打造伊斯兰西方王国。与此同时，阿拉伯安达卢斯文学全面开花，并在诗歌、小说、散文方面出现了大量杰作。它们迥异于西哥特拉丁文学，而且以彩诗等原创体裁反过来影响了阿拉伯本土文学。而最早的西班牙语文学，乃至普罗旺斯民歌便是由彩诗等阿拉伯安达卢斯文学催生的。诚然，阿拉伯安达卢斯文学的丰富性和重要性至今没有得到西方学界的充分关注和认可，而阿拉伯安达卢斯文学的世俗化倾向恰好与西哥特拉丁文学形成了极大的反差，其伊斯兰神秘主义又为后来的西班牙神秘主义文学打开了一扇别样的天窗。

第三部分为西班牙语早期文学。西班牙语文学的历史并不悠久，但她具有古希腊罗马基因，中世纪又融汇了日耳曼和阿拉伯血脉。随着美洲的发现，15世纪和16世纪，西班牙语文学再经与古代印第安文学碰撞、化合，催生出更加绚烂的景观。但是，西班牙文学对西方乃至世界文学的影响远未得到应有的阐发。这与西班牙帝国的急速衰落有关。作为特殊的意识形态，文学生产固然不直接受制于社会生产力和经济基础，但必然反映经济基础和生产力的发展方向，其传播方式和影响力更与后者密切相关。19世纪的法国文学、英国文学，以及目下美国文学的流行当可更好地说明这一点。作为反证，西班牙语美洲的"文学爆炸"

固然取决于这一文学本身所呈现的繁复、迤逦和奇妙，但其在全世界引发的这般关注，却明显得益于"冷战"，即拉丁美洲作为东西方两大阵营的缓冲地带而使其文学同时受到美苏的推重。从这个意义上说，文学其实也很势利，盖因文学所来所去皆非真空。

第二卷《西班牙文学：黄金世纪》书写15世纪末至17世纪末西班牙文学的繁荣时期。"黄金世纪"这个概念是从古希腊搬来的，借以指称这一时期西班牙文学的辉煌灿烂。虽然西班牙和国际文史学家对西班牙（甚或葡萄牙）"黄金世纪"的起讫时间和内涵外延的界定很不一致，但一般趋向于认为它从1492年阿拉伯人被赶出其在欧洲的最后一个堡垒格拉纳达、西班牙完成大一统和哥伦布发现"新大陆"开始，至1681年伟大的戏剧家卡尔德隆去世而终结，历时近两个世纪。在这两个世纪中，西班牙文坛天才辈出，群星璀璨。本《通史》倾向于把"黄金世纪"视为一个渐进的发展过程，不主张给它以过分确切的时间界定，因此对有关作家作品的排列与一般文学史的断代方式有所不同。以体裁为例，这一时期西班牙产生了神秘主义诗潮、巴洛克诗潮、新谣曲、田园牧歌等等；形式上则受到了阿拉伯诗歌和更为复杂的十四行诗、亚历山大体等外来诗体的冲击和影响。小说方面，这一时期涌现了更多类型或子体裁，如骑士小说、流浪汉小说、"现代小说"、牧歌体小说、拜占庭式小说等等。其中，流浪汉小说是西班牙对世界文学的一大贡献，产生于16世纪中叶。《小癞子》（佚名）是它的开山之作，初版于1554年，其笔触自下而上，用极具震撼力和穿透力的现实主义风格展示了西班牙社会的全面衰落。"现代小说"是除流浪汉小说之外"黄金世纪"西班牙文坛涌现的人文主义小说，而塞万提斯被认为是"现代小说之父"，其代表作《堂吉诃德》和一系列中短篇小说奠定了西班牙文学在西方，乃至世界文坛的崇高地位。我国自林纾、周氏兄弟以来，围绕堂吉诃德和哈姆雷特的争论与思考今犹未竟。在戏剧方面，真正划时代的作品一直要到15世纪末才出现。它便是悲喜剧《塞莱斯蒂娜》。作为首创，这部悲喜剧在以鲜明人文主义精神和"爱情至上"观反击封建禁欲主义的同时，利用"拉纤女人"这个来自下层社会的角色大胆革新了脱离实际的"文学语言"。这部作品对西班牙和欧洲文学的影响仅次于《堂吉诃德》，且不逊于《小癞子》。它之后是一大批喜剧、悲剧和闹剧。其中《败坏名誉者》塑造了后来闻名世界的"唐璜"。然而，西班牙戏剧真正的骄傲是天才的洛佩·德·维加。他创作了上千个剧本（虽然流传的只有三四百种），并将文学题材拓宽到了几乎所有领域。他在当时的影响远远超出塞万提斯，因而颇受同代作家的推崇，被称为"自然界的精灵""天才中的凤凰"。从某种意义上说，维

加和贡戈拉是当时西班牙文坛两座并峙的高峰，前者的"门徒"（主要有"瓦伦西亚派"、"马德里派"和"安达卢西亚派"），有胡安·鲁伊斯·德·阿拉尔孔、纪廉·德·卡斯特罗（二者对高乃依的影响可能超过任何一个法国作家）等一大批剧作家；后者则改变了西班牙诗歌的走向乃至整个西班牙语文学的话语方式。之后出现的蒂尔索·德·莫利纳和卡尔德隆·德·拉·巴尔卡等无不受惠于维加和贡戈拉。蒂尔索·德·莫利纳的作品散佚殆尽，但流传的《塞维利亚的嘲弄者》（1630）等少数剧作至今仍在上演，表现出恒久的艺术魅力。而塞万提斯一直要到19世纪浪漫主义时期才真正被定为一尊。

第三卷《西班牙文学：近现代》自18世纪至今，将见证西班牙国运衰落之后的文坛凋敝。说文学作为特殊的意识形态不受制于生产力，这显然不是普遍现象。文学体裁更迭与生产力的关系证明了这一点，发达国家的文学影响力同样证明了这一点。当

然，这并不否定一个事实，即文学并不完全受制于生产力的发展程度，它与姐妹艺术一样，可以自立逻辑。我们的任务是既要揭示文学发展的一般规律，也不能遗漏某些表征文学特殊性的重要作家作品所呈现的偶然性。概而言之，18世纪以降，西班牙丧失了引领风气的先机，开始亦步亦趋地追随法、英、德等发达国家，文坛困顿，作家乏力。本卷仍将以时间为线，串联起18世纪至20世纪西班牙文学。其中，18世纪和19世纪对于西班牙来说，是两个充满了失败和屈辱的世纪。西班牙极盛时期，领土达一千多万平方千米，超过古罗马帝国两倍，横跨欧、亚、非、美四大洲，是人类历史上第一个真正的"日不落帝国"。然而，长期的穷兵黩武和偏商经济使西班牙迅速没落。刚刚跨入18世纪，西班牙就经历了十三年的王位继承战。此外，对美洲殖民地治理不善也是导致西班牙帝国坍塌的一个重要因素。首先，西班牙殖民者不同于英国殖民者；前者的主体是冒险家和掠夺者，而后者却基本上是移民和清教徒。其次，西班牙在美洲殖民地实行监护制，这是殖民者强加于印第安人的一种剥削制度。殖民者（征服者）实际上享有土地权，其中仅五分之一的收入归西班牙王室。而且，这种监护制（或委托监护制）逐渐演变成了世袭制。虽然它曾一度被西班牙王室废黜，但事实上一直延续到了18世纪。监护制不可避免地导致了大地产制，从而造成了社会分配的严重倾斜，损害了一般土生白人和混血儿的利益。总督大佬各自为政，这无疑为西班牙语美洲独立运动的爆发埋下了最初的导火线。与此同时，资本主义在欧洲全面崛起，邻国法兰西的启蒙运动更是轰轰烈烈。面对崛起的资本主义欧洲，西班牙开始闭关锁国；面对纷纷独立的美洲殖民地，西班牙徒叹奈何。在文学方面，西班牙全面陷入低谷，直至浪漫主义的兴起。然而，无论是浪漫主义还是稍后的现实主义，既非西班牙原创，也没有完全改变西班牙文坛的萧瑟凋敝和二流地位。西班牙真正走出困境是在19世纪和

20世纪之交，因为失去了包括古巴和菲律宾在内的最后几块殖民地，老牌帝国终于放下架子，开始面对现实。随着"98年一代"以及"27年一代"的先后出现，西班牙文坛逐渐找回了自信。尽管佛朗哥时期的西班牙再一次闭关锁国，但文学的火焰并未熄灭，及至开放后重归欧洲大家庭并迅速呈现出炫目的光彩。

　　第四卷《西班牙语美洲文学：古典时期》包括古代印第安时期和西班牙殖民地时期。前者主要由玛雅、印卡和阿兹台卡文学组成。众所周知，美洲曾经是印第安人的家园，它自亿万年前地壳变动而成为一洲以来，一直在那里，就在那里，既不旧也不新。玛雅、印卡、阿兹台卡等印第安人在那里创造了辉煌的文化和丰富的文学。其中，玛雅文化的发祥地在今墨西哥南部至洪都拉斯北部。羽蛇（称之为龙亦未尝不可）的子民在那里创造了令人叹为观止的天文、历法、数学、农业和语言文学等，遗憾的是早在西班牙殖民者入侵之前，其文化已然盛极而衰。个中因由至今还是不解之谜。玛雅人的文学表征被岁月和殖民者毁灭殆尽，残存的只有神话《波波尔·乌》和几种兼具纪年和历史叙事的文本如《索洛拉纪事》《契伦·巴伦之书》《拉比纳尔武士》等。阿兹台卡文化的发祥地位于今墨西哥中部，西班牙入侵时达到鼎盛。除丰富的神话传说外，阿兹台卡人创造了优美的诗篇和散文，但流传至今的唯有内萨瓦科约特尔等少数诗人的残篇断章。印卡文化位于今秘鲁、厄瓜多尔、玻利维亚和阿根廷北部，中心在秘鲁境内海拔三千多米的库斯科，其主要文学表征为神话传说、诗歌和戏剧。残留至今的有一些神话、历史传说、少量诗歌和一部剧作《奥扬泰》。西班牙殖民地文学起始于1492年，时年哥伦布发现美洲。他的航海日志被认为是"新大陆"文学的开端。从此，随着殖民者的纷至沓来，一个新的种族在美洲大陆诞生了——印欧混血儿。这个以印第安人的鲜血和屈辱为代价产生的新的种族几乎完全放弃了古老的美洲文明，以至于后人不得不在梦游般的追寻中将其重新复活，是谓魔幻现实主义。

于是，在三百多年的殖民统治中，西班牙文化在西属美洲一统天下。巴洛克主义在缤纷繁复、血统混杂的美洲世界找到了新的契机，催生了以"第十缪斯"胡安娜·伊内斯修女为代表的"新西班牙文学星团"。19世纪初，美国独立运动、法国大革命波及西属美洲，殖民地作家以敏锐的触角掀开了启蒙主义的帷幕，独立革命的号角南北交响。奥尔梅多、贝略、费尔南德斯·德·利萨尔迪等纷纷为西班牙殖民统治敲响丧钟。

需要特别说明的是，鉴于过去美洲古代文明（文化或王国）译名大多遵从的英语表音与原住民发音的差距较大，本著一律将其还原为与原住民发音更为接近的拉丁表音。

第五卷《西班牙语美洲文学：近现代》展示近二十个西语美洲独立国家的文学从步履蹒跚、筚路蓝缕到繁荣昌盛，及至轰然"爆炸"的艰难历程。独立革命后，西班牙语美洲狼藉一片、哀鸿遍野。然而，百废待兴的新生国家并未顺利进入发展轨道，文明与野蛮、民主与寡头的斗争从未停息，以至于整个19世纪的西班牙语美洲几乎是在"反独裁文学"的旗帜下踽踽行进的。

文学的繁盛固然取决于诸多因素。但是，人不能拽着自己的辫子离开地面，更不能无视"一切社会关系的总和"这个事实，除或有"内部规律"及偶然性外，政治经济、社会文化等"外部环境"均不可避免地对文学产生这样那样的影响，而"寻根运动"无疑是在时代社会的复杂关系中衍生的，它进而成了西班牙语美洲文学崛起的重要原动力。20世纪20年代和30年代，针对汹涌而至的世界主义或宇宙主义等先锋思潮，墨西哥左翼作家在抵抗中首次立足于印第安文化，认为它才是美洲文化的根脉，也是拉丁美洲作家摆脱西方中心主义的不二法门。由是，大批左翼知识分子开始致力于发掘古老文明的丰饶遗产，大量印第安文学重见天日。"寻根运动"因此得名。这场文学/文化运动旷日持久，而印第安文学，尤其是印第安神话传说的再发现催化了西班牙语美洲文学的崭新的肌理，激活了西班牙语美洲作家的古老的基因。魔幻现实主义等标志性流派随之形成，衍生出了以加西亚·马尔克斯为代表的一代天骄。我国的"寻根文学"直接借鉴了西班牙语美洲文学，并正在或已然产生了具有深远影响的耦合或神交。与此同时，基于语言及政治经济和历史文化的千丝万缕的关系，西方文学思潮依然对前殖民地国家产生了巨大的"后殖民"作用，或用卡彭铁尔的话说是"反作用"，它们迫使美洲作家在借鉴和扬弃中确立了自己。于是，在魔幻现实主义和形形色色先锋思潮的裹挟下，结构现实主义、心理现实主义、社会现实主义等带有鲜明现实主义色彩的流派思潮应运而生，同时它们又明显有别于19世纪批判现实主义，这些流派的作品在西班牙语美洲文坛如雨后春笋般大量涌现，一时间令世人眼花缭乱。人们遂冠之以"文学爆炸"这般响亮的称谓。然而，这些五花八门的现实主义并未淹没以博尔赫斯为代表的保守主义和幻想文学。面壁虚设、天马行空，或可给人以某种"邪恶的快感"（略萨语）。总之，在一个欠发达地区产生如此辉煌的文学成就，这不能不说是个奇迹，它固然部分且偶然地印证了文学的特殊性，但个中因由之复杂值得深入探讨。

如今，"文学爆炸"尘埃落定，但西班牙语美洲文坛依然活跃，其国际影响力依然不可小觑，尽管同时也面临着资本的压迫和市场的冲击。至于网络文学，则尚需假以时日才能评判，而其与古来畅销文学乃至口传文学的近似性可谓有目共睹。

值得一提的是，作为发展中国家，尤因中华民族崛起是盼、强盛有望，我们更需要了解世界。但是，人不能事事躬亲、处处躬亲，而文学正是我们洞察世界、感知世道人心的最佳窗口。正所谓"以铜为镜，可以正衣冠；以史为镜，可以知兴替；以人为镜，可以明得失"；文学史则是我们探询文学规律乃至文明进程的重要渠道。此外，中国学者不仅需要中国立场，还应努力使文学史在具备知识性的同时，富有文学性和思想性。

作为这篇简短序言的结语，我想重复"外国文学学术史研究·总序"中说过的一席话："在众多现代学科中有一门过程学。在各种过程研究中，有一种新兴技术叫生物过程技术，它的任务是用自然科学的最新成就，对生物有机体进行不同层次的定向研究，以求人工控制和操作生命过程，兼而塑造新的物种、新的生命。文学研究很大程度上也是一种过程研究。从作家的创作过程到读者的接受过程，而作品则是其最为重要的介质或对象。问题是生物有机体虽活犹死，盖因细胞的每一次裂变即意味着一次死亡；而文学作品却往往虽死犹活，因为莎士比亚是'说不尽'的，'一百个读者就有一百个哈姆雷特'。"

换言之，文学经典的产生往往建立在对以往经典的传承、翻新，乃至反动（或几者兼有之）的基础之上。传承和翻新不必说；但奇怪的是，即使反动，也每每无损以往作品的生命力，反而能使它们获得某种新生。这就使得文学不仅迥异于科学，而且迥异于它的近亲——历史。套用阿瑞提的话说，如果没有哥伦布，迟早会有人发现美洲；如果伽利略没有发现太阳黑子，也总会有人发现。同样，历史可以重写，也不断地在重写，用克罗齐的话说，"一切历史都是当代史"。但是，如果没有莎士比亚，又会有谁来创作《哈姆雷特》呢？有了《哈姆雷特》，又会有谁来重写它呢？即使有人重写，他们缘何不仅无损于莎士比亚的光辉，反而能使他获得重生，甚至更加辉煌灿烂呢？

这自然是由文学的特殊性决定的，盖因文学是加法，是并存，是无数"这一个"之和。鲁迅现身说法，意在用文学破除文学的势利；马克思关于古希腊神话的"童年说"和"武库说"则几可谓众所周知。同时，文学是各民族的认知、价值、情感、审美和语言等诸多因素的综合体现。因此，文学既是民族文化及民族向心力、认同感的重要基础，也是使之立于世界之林而不轻易被同化的鲜活基因。也就是说，大到世界观，小到生活习俗，文学在各民族文化中起到了染色体的功用。独特的染色体保证了各民族在共通或相似的物质文明进程中保持着不断变化却又不可湮没的个性。唯其如此，世界文学和文化生态才丰富多彩，也才需要东西南北的相互交流和借鉴。同时，古今中外，文学终究是一时一地人心民意的艺术呈现，建立在无数个人基础之上，并潜移默化、润物无声地表达与传递、塑造与擢升着各民族活的灵魂。这正是文学不可或缺、无可取代的永久价值、恒久魅力之所在。

同时，作为学科史和学术史的基础，文学史又永远是遗憾的艺术。无论我们如何感佩古人，时移世易和"文章合为时而著，歌诗合为事而作"（白居易）是不可避免，也不容避免的。举个最简单的例子：塞万提斯和莎士比亚的经典化过程众所周知，而西班牙语美洲或拉丁美洲殖民地时期一直被称为"没有小说家的小说"却很少有人知道，更不为人所知的是，随着各种探赜索隐，越来越多的殖民地时期小说正"新大陆"般旁逸斜出，夺人眼球。

因此，文学这个偏正结构犹如生活本身，始终是一篇亘古以来、今犹未竟的大文章。

第五卷

西班牙语美洲文学：近现代

陈众议　著

目录

1

4

第四章 现代主义时期

第六章　崛起的诗群

第七章　小说"爆炸"

第二编

第一章　魔幻现实主义

第二章　结构现实主义

附　录

绪言

　　自1492年哥伦布发现美洲，西班牙对今巴西和加勒比少数岛屿以外的上起今美国西南部、下抵合恩角实行殖民统治，使历史悠久、人口众多的古代美洲文明遭受灭顶之灾。在长达三个世纪的殖民统治期间，美洲原住民从约几千万锐减至几百万，取而代之的是大量欧洲移民、非洲奴隶和印欧混血儿（mestizos）、黑白混血儿（mulatos）等。

　　从16世纪上半叶到18世纪下半叶，西班牙在其美洲殖民地先后设立了四个总督区[①]和五个都督区。前者包括新西班牙总督区（以今墨西哥城为中心，1535年设立），秘鲁总督区（以今利马为中心，1542年设立），新格兰纳达总督区（以今波哥大为中心，1718年设立）和拉普拉塔总督区（以今布宜诺斯艾利斯为中心，1776年设立）；后者分别为危地马拉都督区（以今危地马拉城为中心，1527年设立），委内瑞拉都督区（以今加拉加斯为中心，1773年设立），古巴都督区（以今哈瓦那为中心，1777年设立），智利都督区（以今圣地亚哥为中心，1778年设立）和波多黎各都督区（以今圣胡安为中心，1778年设立）。这些殖民地的经济生活虽然由各总督区和分督区管辖，但与英国不同，宗主国西班牙并未在殖民地发展经济而是只把它们作为掠夺的对象。如此，西属美洲的黄金、白银源源不断运抵欧洲，直至18世纪后半叶才开始有所收敛。被掠夺是造成后来西班牙语美洲国家都较

1

------

① 又称副王总督区（Virreinato）。

为落后的主要原因。18世纪末19世纪初，随着启蒙思想的传播、美国的独立，尤其是法国对西班牙的占领，后者在美洲的殖民根基开始动摇。独立思想在西班牙语美洲迅速传播，并形成燎原之势。

恩格斯（Engels, Friedrich）说过，"**黄金**一词是驱使西班牙人横渡大西洋到美洲去的咒语。**黄金**是白人踏上一个新发现的海岸便要索取的第一件东西"。[①] 从哥伦布发现美洲至独立战争爆发前，西班牙在其殖民地肆意掠夺。据不完全统计，西班牙从美洲殖民地抢走了约二百五十万公斤黄金和一亿公斤白银。而宗教作为精神殖民的重要手段，是宗主国西班牙在其美洲殖民地实行长期统治的支柱之一。西班牙殖民者甫一踏上美洲大陆，教会就接踵而至。它除了传教，还大量敛财。及至19世纪初独立战争爆发，仅墨西哥教会就拥有约占全国二分之一的不动产和三分之一的耕地。当然，财富主要集中在高级僧侣和大庄园主手中，这也是墨西哥独立运动首先由底层教士和中下层土生白人发起的原因。

与此同时，大国争霸愈演愈烈，西班牙在欧洲的地位江河日下，而美洲人民风起云涌反对殖民统治的独立运动，使西班牙的命运雪上加霜。最早揭竿而起的是海地人民。作为法国和西班牙的殖民地，海地于1791年8月22日爆发武装起义。由于法国陷入欧洲战场无暇顾及，而西班牙在海地东部的存在本来就比较薄弱，经过近十年的斗争，失败，再斗争，1801年海地人民终于将法国和西班牙殖民者全部赶出岛屿。海地人民的胜利，使法国统治者，尤其是1799年通过政变上台的拿破仑（法语：Napoléon Bonaparte，意大利语：Napoleone Bonaparte）大为震怒。拿破仑的梦想之一便是以海地为跳板，建立美洲帝国，而海地黑人的独立革命打乱了他的计划。他恼羞成怒，于1802年派遣两万余名军人组成的远征军开赴海地实施"平乱"。经过几个月的激烈战斗，法军伤亡惨重。但海地人民也由于缺少枪支弹药，不得不撤出战略要地。最后，法国人借谈判之机逮捕了海地独

---

① 恩格斯：《论封建制度的瓦解和民族国家的产生》，《马克思恩格斯文集》，北京：人民出版社，2009年，第217页。

立运动领导人杜桑·卢维杜尔（Toussaint Louverture, François-Dominique），并把他押送至法国受审。稍后，杜桑·卢维杜尔死于狱中的消息传到海地，激起了海地人民更加强烈的反抗。1802年底，法军负隅顽抗，但败局已定。1804年1月1日，海地正式宣布独立，从而拉开了西班牙语美洲，乃至整个拉丁美洲独立战争的序幕。

1810年，北起墨西哥，南至阿根廷，到处竖起了独立革命的大旗，独立战争如火如荼。首先是墨西哥。1810年9月16日，在墨西哥北部的一个叫作多洛雷斯^①的偏远村庄，几千名墨西哥穷人（其中绝大多数为印第安人），在神父米盖尔·伊

伊达尔戈神父纪念碑

达尔戈·伊·科斯蒂利亚（Hidalgo y Costilla, Miguel）的率领下揭竿而起，发出了"独立万岁！美洲万岁！打倒殖民政府！"的怒吼。这就是西班牙语美洲历史上著名的"多洛雷斯之吼"。9月16日也因此被后来的墨西哥联邦共和国确立为国庆日。

伊达尔戈属于土生白人。他在巴利阿多利德取得神学学位后回到墨西哥。一同带往墨西哥的还有欧洲的资产阶级思想和法国资产阶级革命精神。此外，他酷爱文学和历史，对卢梭（Rousseau, Jean-Jacques）、孟德斯鸠（Montesquieu, Charles Louis de）等启蒙思想家如数家珍。受此影响，他曾公开与女友同居，并有了两个女儿；后来又与另一名女友生下了三个孩子，犯了天主教大忌。因此，1803年，伊达尔戈被贬到偏远的多洛雷斯接任神父之职。然而，这使他反骨更甚，并且有机会接近底层民众，了解广大印第安农民的疾苦。多洛雷斯是印第安人集居地，在长达近三个世纪的殖民统治期间，印第安人处于社会最底层，过着牛马不如的生活。伊达尔戈同情他们。他不

---

① 在西班牙语中多洛雷斯（dolores）原意为痛苦，后亦转指耶稣受难。

顾禁令，在教区内鼓励印第安农民栽种葡萄、橄榄，发展养蜂业和酿酒业，帮助他们兴建陶器作坊和皮革工场，这一定程度上改善了印第安人的生活，他也赢得了印第安人的拥戴，但同时遭到了殖民当局和宗教裁判所的怀疑与忌惮。伊达尔戈因此受到了宗教裁判所的审讯和监视。然而，伊达尔戈一不做，二不休，悄悄加入了由土生白人创立的秘密组织"文学社交会"。1810年9月上旬，"文学社交会"决定于12月8日发动武装起义。由于计划不够周密，西班牙殖民当局得到情报后开始于9月13日展开逮捕行动。15日夜，几个侥幸脱险的独立运动负责人连夜赶到多洛雷斯。16日凌晨，伊达尔戈认为事不宜迟，果断决定当天起义。他敲响了教堂的钟声，集结了千余名印第安人，以迅雷不及掩耳之势攻占州府，逮捕了地方官员，释放了狱中囚犯。墨西哥独立革命拉开序幕。

在伊达尔戈的领导下，起义军节节胜利，起义队伍迅速壮大。1810年10月底，起义军进逼首都墨西哥城。这时他以为起义军势如破竹、胜券在握，开始致力于颁布土地法和其他法令。虽然这些法令直接惠及贫苦百姓，尤其是印第安人，因而大获拥护，却使起义队伍丧失了一举攻克首都的良机。1811年1月，西班牙殖民军里应外合，疯狂反扑。伊达尔戈在撤退途中因叛徒出卖被俘，并遭杀害。然而，与此同时，危地马拉、萨尔瓦多、洪都拉斯、尼加拉瓜、哥斯达黎加等中美洲地区纷纷起义并宣告独立。

4

墨西哥独立革命虽然一时间四方响应，但西班牙及其殖民当局的反击也格外猛烈。起义队伍不得不化整为零，躲进山区和丛林展开游击战争，并养精蓄锐，等待时机。1820年，西班牙爆发反法战争，墨西哥独立革命出现了转机。掌握兵权的伊都维德（Iturbide, Agustín de）将军乘机宣布国家解放。1821年，墨西哥脱离西班牙成为独立国家。

在南美洲，独立运动同样如火如荼。以委内瑞拉为中心，西蒙·玻利瓦尔（Bolívar,

西蒙·玻利瓦尔

Simón）率领起义队伍与殖民政府展开了拉锯战。玻利瓦尔也是土生白人，出生在加拉加斯，青年时期曾漫游欧洲，受到启蒙主义的熏陶，研读过洛克（Locke, John）、卢梭、伏尔泰（Voltaire）①和孟德斯鸠等哲学家的著作，并钦佩拿破仑的才能和勋业，尽管对其称帝颇为反感。

委内瑞拉货币上的贝略

早在1805年，受弗朗西斯科·德·米兰达（Miranda, Francisco de）的影响，年轻的玻利瓦尔便萌生了解放委内瑞拉的想法。1810年7月，玻利瓦尔赴伦敦执行外交使命，同行的有安德雷斯·贝略（Bello, Andrés），后者不久成了西班牙语美洲独立运动时期的重要诗人。他们在伦敦会晤了米兰达，玻利瓦尔介绍了委内瑞拉的形势，并恳请米兰达回国参加争取国家独立的正义行动。米兰达接受了他的请求。通过米兰达的斡旋，玻利瓦尔等人拜会了英国外交大臣和一些议员，希望说服英国支持委内瑞拉独立。英国有关官员对此表示同情和理解，但考虑到西班牙是英国对抗法国的重要盟友，拒绝给予任何帮助。玻利瓦尔请贝略等留在伦敦继续同英国政府谈判，自己则和米兰达返回委内瑞拉。1811年6月，玻利瓦尔乘委内瑞拉召开议会之际，鼓动大批青年公开宣讲独立思想，并在议会大厦外高呼独立口号。鉴于西班牙和委内瑞拉的国情，议会决定顺从民意，并于7月5日宣布独立，成立委内瑞拉第一共和国。翌年，加拉加斯发生大地震，西班牙殖民军趁机发起进攻，天主教会也借机惑众，独立战争陷入困境。1812年7月25日，米兰达签署了投降协议，导致委内瑞拉第一共和国夭折。玻利瓦尔不得不前往库拉索岛避难，开始了第一次流亡。稍后他重返委内瑞拉，发动第二次起义，并宣告成立委内瑞拉第二共和国。玻利瓦尔被誉为"解放者"。

1815年，随着拿破仑帝国的瓦解，重登西班牙王位的费尔南多七

---

① 伏尔泰本名弗朗索瓦–马利·阿鲁埃（Arouet, François-Marie）。

世（史称斐迪南七世，Fernando VII）在"神圣同盟"的支持下，增派一支万余人的远征军驰援殖民政府。独立革命遭受挫折，殖民统治的阴霾重新笼罩西班牙语美洲的绝大部分地区。

玻利瓦尔不得不流亡牙买加，但他并没有就此放弃战斗，而是从挫折中总结经验教训，并积极组织力量。1816年12月，玻利瓦尔率领队伍再次登陆委内瑞拉，一路高歌猛进，沿途解放奴隶，释放囚犯。很快，玻利瓦尔在奥里诺科河畔建立起军事基地，并扩充队伍。经长距离急行军，起义队伍于1819年8月初抵达波耶加同殖民军展开激战，并大获全胜，然后挥师直取波哥大。1819年12月，大哥伦比亚共和国宣告成立，[①]玻利瓦尔当选总统和最高统帅。此后，玻利瓦尔决定挥师南下，彻底清除西班牙殖民军残余势力。

阿根廷货币上的圣马丁

这时，圣马丁（San Martín, José Francisco de）率领的起义队伍在阿根廷和智利也是捷报频传，并同玻利瓦尔形成了对殖民军的南北夹击之势。且说圣马丁也是土生白人，生于阿根廷的亚佩尤，其父为西班牙皇家陆军军官。圣马丁于1789年加入西班牙军队，任士官生。西班牙语美洲独立战争爆发后，他立刻返回阿根廷参战，并于1813年2月率部在巴拉那河畔的圣洛伦索击败西班牙舰队。同年底赴图库曼接任北方起义军司令，1814年晋升将军，提出变北上为西进的战略，即改由阿根廷西部翻越安第斯山直取智利，然后由海路解放秘鲁。1817年2月，他果敢地率部翻越安第斯山，似神兵天降，抵达安第斯山西麓，并摧枯拉朽般直捣圣地亚哥。1818年4月5日，他又在迈波战役中取得决定性胜利。1820年8月，圣马丁率阿根廷、智利联军经海路北上进攻秘鲁，1821年7月解放利马，宣告秘鲁独立。圣马丁被誉为"护国公"。

1822年7月下旬，南美独立战争的两大领袖玻利瓦尔和圣马丁在瓜亚

---

① 1830年，大哥伦比亚共和国分裂成委内瑞拉、哥伦比亚和厄瓜多尔三个国家。

基尔港会面。经过通宵达旦的商谈，圣马丁宣布隐退，将队伍和解放东秘鲁的任务交给了玻利瓦尔。1824年8月6日，玻利瓦尔在胡宁大战中击溃西班牙精锐；同年12月9日，又取得了阿亚库丘会战的胜利。1825年东秘鲁获得解放。为了纪念玻利瓦尔，东秘鲁易名玻利维亚。1826年1月23日，西班牙在南美洲的最后一支殖民军向玻利瓦尔缴械投降。

及至19世纪30年代，除古巴和波多黎各外，西班牙语美洲生成了近二十个独立国家。它们是墨西哥、危地马拉、洪都拉斯、萨尔瓦多、尼加拉瓜、哥斯达黎加、巴拿马、多米尼加、委内瑞拉、哥伦比亚、厄瓜多尔、秘鲁、玻利维亚、智利、巴拉圭、乌拉圭和阿根廷。

伴随独立运动而生的西班牙语美洲文学天然具有反殖民倾向。或者反过来说，文学也许先于独立战争，其敏感的触角从西班牙入侵美洲伊始便蕴含着反骨。这在上一卷《西班牙语美洲文学：古典时期》中已有阐述。尤其是在那些时隐时现、神出鬼没的殖民地小说当中，这种反骨直接刺向宗主国西班牙及其殖民当局的诸多禁忌。而小说本身便是禁忌。因此，在18世纪末19世纪初的西班牙语美洲，小说尚属违禁品，只能在地下流传。独立运动中应运而生的诗歌，则更加直接地参与了独立革命，并成为其中不可或缺的组成部分。

进入19世纪20年代后，西班牙语美洲固然产生了近二十个独立国家，但战争也使得这些国家生灵涂炭、哀鸿遍野。新生国家并未顺利进入发展轨道，文明与野蛮、民主与寡头的斗争从未停息，以至于整个19世纪的西班牙语美洲几乎是在"反独裁文学"的旗帜下踽踽行进的，其间也免不了追随欧陆风尚产生各种主义，如浪漫主义和批判现实主义、感伤主义和自然主义。

19世纪末20世纪初，带有鲜明逃避主义和唯美主义倾向的现代主义应运而生。以鲁文·达里奥（Darío, Rubén）为代表的一代诗人从殖民文化中突围，进而反过来影响了西班牙等西方国家。而"寻根运动"则无疑又是对现代主义和世界主义的反动，也是西班牙语美洲文学真正崛起的重要原动力之一：20世纪二三十年代，针对现代主义和汹涌而至的世界主义或宇宙主义等先锋思潮，墨西哥左翼作家在抵抗中首次聚焦于印第安文化，认为它才是美洲文化的根脉和正宗。同时，正本清源也是西班牙语美洲和拉丁美洲作家摆脱西方中心主义的不二法门。由是，大批左翼知识分子开始致力于发掘古老文明的丰饶遗产，大量印第安文学开始重见天日。"寻根运动"因此得名。这场文学文化运动旷日持久，而印第安文学，尤其是印第安神话传说的重新发现催化了西班牙语美洲文学的新肌理，也激活了西班牙语美洲作家的一部分古老基因。魔幻现实主义等标志性流派随之形成，并逐渐衍生出了以加西亚·马尔克斯（García Márquez, Gabriel）为代表的一代天骄。我国的"寻根文学"直接借鉴了西班牙语美洲文学，并已然与之产生了具有深远影响的耦合或神交。同时，基于语言及政治经济和历史文化等千丝万缕的联系，西方文学思潮依然对前殖民地国家产生了巨大的"后殖民"作用。用卡彭铁尔（Carpentier, Alejo）的话说是"反作用"。[①]它们迫使美洲作家在借鉴和扬弃中确立了自己的主体意识或身份自觉。于是，在"寻根运动"、魔幻现实主义和形形色色先锋思潮的裹挟下，结构现实主义、心理现实主义、社会现实主义等带有鲜明现实主义色彩的流派思潮相继衍生，其作品在西班牙语美洲文坛如雨后春笋般大量涌现，一时间令世人眼花缭乱。人们遂冠之以"文学爆炸"这般响亮的称谓。然而，这些五花八门的现实主义并未淹没以博尔赫斯（Borges, Jorge Luis）为代表的保守主义和幻想文学。面壁虚设、天马行空，或可给人以某种"邪恶的快感"[巴尔加斯·略萨（Vargas Llosa, Mario）语][②]。总之，在一个欠发达地区或谓发展中国家产生如此辉煌的文学成就，不能不说是个奇迹。它固然部分且偶然地印证了文学的特殊性，但个中因由并不那么简单，其复杂程度犹如化学反应，值得且有待深入探讨。

需要说明的是，西班牙语美洲主要继承了西班牙传统，作家的姓名比较繁冗，[③]除了名字（通常不止一个，如巴尔加斯·略萨有三

① Carpentier: "Prólogo a *El reino de este mundo*", *Dos novelas*, La Habana: Editorial Letras Cubanas, 1979, p.9.

② 巴尔加斯·略萨：《博尔赫斯的虚构》，赵德明译，《世界文学》，1979年第6期，第150页。

③ 迄今为止，在西班牙语世界中最冗长的名字是 **Pablo** Diego José Francisco de Paula Juan Nepomuceno María de los Remedios Cipriano de la Santísima （转下页）

个名字：豪尔赫·马里奥·佩德罗），加上父姓、母姓或/和地名，或/和一些特殊的教名，就相当冗长了。在此基本只保留约定俗成的常用姓名，如埃乌赫尼奥·莫德斯托·德·拉斯·梅塞德斯·坎巴塞雷斯·阿拉伊斯仅攫取常见的埃乌赫尼奥·坎巴塞雷斯。倘同一人物反复出现，则基本只采用姓氏或名字，不再重复全称，除非必要。有的因教名或笔名更为常见，譬如胡安娜·伊内斯·德·阿斯巴赫·伊·拉米雷斯·德·桑蒂利亚纳，则仅取其教名胡安娜·伊内斯·德·拉·克鲁斯，或较为中性的原名胡安娜·伊内斯。有的如加西亚·马尔克斯，因其父姓加西亚是大姓，而且十分常见，故采用双姓或小名加博，而非全名加夫列尔·何塞·德·拉·康科尔迪亚·加西亚·马尔克斯。总之，人名者，符号也，约定俗成而已。同时，鉴于西班牙语美洲国家的大多数人口为印欧混血儿和黑白混血儿，本著在提到印第安人或黑人时，自然不带任何偏见。此外，由于西班牙语美洲很难同拉丁美洲截然割裂，本著并不避讳在两者之间进行合理的穿梭，尽管本著为西班牙语美洲文学而来。谨此说明。

（接上页）Trinidad Mártir Patricio Ruiz y **Picasso**。这就是著名西班牙画家毕加索（Picasso, Pablo）出生证上的全名：十四个名字加父姓和母姓。人们则习惯取其第一个名字和母姓。

第一章　独立运动时期

引言

　　这里之所以没有直接采用独立战争或独立革命之谓，是因为战争或革命乃独立运动的高潮，而非其全部历程。尤其是对于文学和思想，独立运动几可追溯到殖民地初期。当然，鉴于殖民地文学业已归入西班牙语美洲古典时期，这里所说的独立运动就仅仅指向较为短暂的一个历史时期了，也即18世纪末至19世纪20年代，即自海地革命至大多数西班牙语美洲殖民地发动武装起义，并生成为相应的独立国家。

　　在这样一个二三十年，甚至更为短暂的历史时期，西班牙语美洲出现了一大批诗人、作家。他们或以笔为枪，或一手拿笔、一手握枪，栉风沐雨、筚路蓝缕，艰难地掀开了西班牙语美洲文学的崭新的一页。

　　前面说过，在西班牙殖民时期，小说是一种禁忌。在长达三个世纪的殖民统治时期，小说这种体裁一直受到宗主国西班牙及其殖民当局的禁毁。这导致大量小说胎死腹中，另一些尚未出版便不得不潜入地下，从而使小说在西班牙语美洲殖民地文学史书写中长期阙如。鉴于《西班牙语美洲文学：古典时期》卷已就有关情况作了分析交代，在此不再赘述。需要补充的是，小说作为人类成熟时期的文学表征，岂是一纸法令可以完全禁毁的？所谓童年的神话，少年的史诗，青年的戏剧（或/和抒情诗），成年的小说……这符合人类社会和生产力发展的规律，也是人类心性逐渐成长的表征。用我们的话说，先秦老祖们用大脑写作，汉魏至唐宋先人用心写作，明清开始有向下趋势，直至当今下半身写作盛行。呜呼！好在这仅仅是一种比喻。

第一节 "报晓的鹦鹉"：何塞·费尔南德斯· 德·利萨尔迪

何塞·费尔南德斯·德·利萨尔迪（Fernández de Lizardi, José Joaquín, 1776—1827）作为西班牙语美洲独立运动时期最负盛名的小说家，率先为小说正名。他的作品犹如报晓的金鸡，为独立运动吹响了前进的号角。

一、《癞皮鹦鹉》

《癞皮鹦鹉》（*El Periquillo Sarniento*）被誉为西班牙语美洲小说的"开山之作"，尽管事实并非如此。其作者费尔南德斯·德·利萨尔迪生于墨西哥城的一个土生白人家庭。父亲是医生，但偶尔创作诗歌和散文；母亲从小在其父的书店里耳濡目染，同样喜爱文学。费尔南德斯·德·利萨尔迪大学未及毕业就因父亲去世而辍学，并开始打工以贴补家用。不久，他认识了后来的妻子，双双坠入爱河。为了养家糊口，他也开始给报刊投稿，第一篇作品竟然是歌颂西班牙国王费尔南多七世的赞美诗。当然，后来人们普遍认为作家是为了声援遭拿破仑占领的西班牙。但从对伊达尔戈起义的态度看，身为塔斯科区的公务员，他并未表露出鲜明的倾向，而是致力于从中斡旋，希望减少起义队伍与政府武装双方的流血牺牲。伊达尔戈失败后，费尔南德斯·德·利萨尔迪因涉嫌通敌罪遭殖民当局监禁，但他努力用事实证明自己的行为仅仅是出于人道主义。获释后，他心灰意冷，开始以写作为生。他靠创作小品勉强维持生计，并于1811年底集资创办了一份叫作《墨西哥思想家》（*El Pensador Mexicano*）的报纸。这是墨西哥最早的报纸之一，主要刊登发生在墨西哥的各种政治事件，矛头直指殖民地上流社会的徇私枉法，同时积极宣传启蒙思想。结果当然不妙，当局不仅查封了报社，而且再一次监禁了费尔南德斯·德·利萨尔迪。为了继续办报，合伙人不得不与殖民当局达成妥协。即使在费尔南德斯·德·利萨尔迪获释之后，《墨西哥思想家》也没再回到原先的路径。正因如此，费尔南德斯·德·利萨尔迪改变策略，开始创作长篇小说《癞皮鹦鹉》。小说以小册子形式分章发表，轰动一时。为满足读者的要求，这部小说于1816年杀青，但由于殖民当局书刊检查机构的刁难和独立战争以后寡头政治的干扰，一直延宕至1831年才出齐。

《癞皮鹦鹉》成功之后，费尔南德斯·德·利萨尔迪重新回到报业，并接连创作了几部作品。然而，不但报纸和作品屡遭非难，他自己也第三次锒铛入狱。他的其他作品有《寓言》（*Fábulas*, 1817），长篇小说《小妞吉诃德及其表妹》（*La Quijotita y su prima*, 1818），自传体小说《忧伤的夜晚与欢乐的白天》（*Noches tristes y día alegre*, 1819），以及遗作《显赫骑士卡特林·德·拉·法乾达的生平事迹》（*Vida y hechos del famoso caballero don Catrín de la Fachenda*, 1832），等等。

（一）《癞皮鹦鹉》的基本内容

《癞皮鹦鹉》的主人公佩德罗·萨尼恩托因儿时常穿一身黄绿色衣服被同学戏称为鹦鹉，加之他后来四处流浪，其姓氏萨尼恩托在西班牙语中有"骨瘦如柴"之意，同"疥疮"或"癞子"又是近音，他也就慢慢变成了"癞皮鹦鹉"。且说作品用第一人称讲述"我"（癞皮鹦鹉）出生在墨西哥城的一个土生白人家庭，从小娇生惯养，但童年时期因父母相继离世、家道中落，不得不辍学，并很快将父母的遗产挥霍一空，开始四处流浪。为了果腹，但又改不掉游手好闲的习性，"我"进过修道院，当过赌徒，偶尔也做过小工、抄写员、理发匠，甚至代理镇长，练就了一身坑蒙拐骗的本领。

浪迹江湖期间，癞皮鹦鹉还先后当过地痞、小偷，并被投入监狱。获释出狱后，他伪装成江湖郎中四处行骗，终因不学无术，恰逢瘟疫肆虐，只好放弃一切，逃之夭夭。逃亡途中，他遇到一个女人，便和她厮混，但好景不长，两人分开后他又开始四处流浪。不久，他时来运转，遇到一位正派小姐，便借三寸不烂之舌骗取她的芳心，同她结婚成家，过上了"正常生活"。然而，正所谓江山易改，本性难移，癞皮鹦鹉终日无所事事，导致家庭破产，妻子亡故。他于是再度外出流浪。不久，他因涉嫌偷窃被捕入狱，被判处八年徒刑，并充军到马尼拉。在马尼拉，他给一个上校当勤务兵，在上校的帮助和熏陶下，他开始改过自新，并积攒了八千比索，准备回国后重新做人。遗憾的是，归国途中遭遇海难，他丢失了所有钱财，后来虽然侥幸回到了墨西哥，但为生计所迫，又稀里糊涂加入了盗窃团伙，结果只得重操旧业。不久，团伙头子被捕并被处以极刑，这使他大为震惊。为了改邪归正，他离开盗窃团伙，决定投身正当营生，以便安度晚年。

（二）《癞皮鹦鹉》的主要贡献

小说明显模仿《小癞子》，继承了流浪汉小说的衣钵。除了用第一人称，作品还大量吸纳民间故事：作者自称其小说由一千零一个故事（或谓小故事）构成。这足以证明他读到了18世纪的伽朗（Galland, Antoine）版《一千零一夜》（*Las mil y una noches*）。

小说像一道彩虹从一个时代跨入另一个时代。其中的人物也相当复杂和多面。癞皮鹦鹉既有一般流浪汉的共性，比如出身贫寒、无依无靠，为了生存耍个小聪明、占个小便宜，甚至小偷小摸、小骗小盗。同时，癞皮鹦鹉又有鲜明的个性，这既有社会环境的影响，也有他个人心性方面的原因。作者有意将独立革命前夕的墨西哥描写成一座炼狱：世道浇漓，人心不古，政治腐败，经济凋敝，并将这些社会因素点化为"鹦鹉"变坏的客观原因，竭尽渲染——说他本性良善，只因意志薄弱、少不更事，才养成恶习，变得狡黠油滑。即或如此，他也经常徘徊在善恶之间，纠结自己的所作所为。小说的一些细节颇让人迁思《小癞子》。其中有关癞皮鹦鹉冒充江湖郎中行骗时的三寸不烂之舌，简直令人捧腹。而他假扮绅士博取小姐芳心时的言谈举止，又实在让人啼笑皆非。最后，人物果然良心发现，成了好人。一如堂吉诃德在经历了无数次荒诞冒险之后，幡然悔悟，认为自己原本只是个善人吉哈诺。作为文学人物，癞皮鹦鹉远比小癞子来得复杂，却缺乏后者"吃葡萄""偷面包"之类的经典细节。然而，为博取读者的关注，除了人物本身的遭际，作者还有意将一些民间传说，如螃蟹的故事、鞋匠的故事和海岛见闻等融入其中。

显而易见，作者将注意力放在墨西哥社会，故而竭力渲染瘟疫肆虐、偷盗泛滥、尔虞我诈、社会腐败，正可谓出门就遇江洋大盗，上街即见贪官污吏。如此世道，即使好人也会变坏，何况主人公从小就好逸恶劳。

作为西班牙语美洲独立运动时期的第一部长篇小说，《癞皮鹦鹉》创造了拉丁美洲出版史上的第一个奇迹：无论是以小册子（连载）的形式还是结集发表，都曾使墨城纸贵。它不仅破除了西班牙语和拉丁美洲的一大魔咒——"没有小说家"，而且创造了多个"第一"，譬如曾经所谓的"第一部小说""第一部长篇小说""第一部连载小说"，尽管这些"第一"都是要加引号的，因为早在殖民地时期，西班牙语小说已然遍地开花（详见《西班牙语美洲文学：古典时期》）。即使如此，作者的历史地位仍不可撼动，毕竟他以笔为枪，直接参与了墨西哥独立运动，也为整个西班牙语美洲和拉丁美洲的独立战争吹响了号角。

二、费尔南德斯·德·利萨尔迪的其他作品

除却《癞皮鹦鹉》，费尔南德斯·德·利萨尔迪的另一部重要小说无疑是《小妞吉诃德及其表妹》。作品的主人公是一对少女表姐妹，她们一个叫普登夏娜；另一个叫蓬波萨，外号小妞吉诃德。巧合的是二人同龄，不巧的是普登夏娜出生在一个体面家庭，而后者的父亲却是个暴发户。尤其蓬波萨的母亲热衷于交际，完全将女儿交给了用人。结果，普登夏娜嫁给了勤勉的老实人，而且儿女孝顺，一家三代幸福美满。相反，蓬波萨的父母不仅将财产挥霍一空，并且债台高筑。她的母亲还因此银铛入狱。蓬波萨自己的婚姻也遭遇不幸，

以至于沦落风尘。至于蓬波萨何以被称为"小姐吉诃德"，则是因为费尔南德斯·德·利萨尔迪对《堂吉诃德》（*El ingenioso hidalgo don Quijote de la Mancha*）尚存偏见。[1] 在他看来，堂吉诃德只不过是一个想入非非、自以为是的可笑人物，而蓬波萨[2] 也是个极具虚荣心的女人。家道中落后，她沦落风尘，天天"外出冒险"。

这显然是一部教育小说，或谓成长小说。作者的意图非常明确，他借小说告诫人们，尤其是奉劝为人父母者必须以身作则，对子女言传身教，关心爱护，使之身心健康，幸福成长。这自然是他的美好愿望，也是他的一厢情愿。虽然该作品同《癞皮鹦鹉》形成了极大的反差，但若考虑到时过境迁，墨西哥业已成为独立国家，而且百废待兴，一切正在希望的田野上行进，便也不难理解作者的写作初衷。费尔南德斯·德·利萨尔迪大概对国家前途充满了信心。这在他的其他作品中也有表露。

在《忧伤的夜晚与欢乐的白天》这部精神自传中，作者设置了四个夜晚和一个白天。其中第一夜是在阴森恐怖的监狱中度过的。第二夜见证了一个用人的死亡，人物自己靠着一道闪电悬崖勒马，逃过一劫。第三夜在失眠中游荡，"目睹"一个女人的死去。第四夜来到一个墓地，无意中见到了妻子的尸体，并昏厥过去，被墓地管理员叫醒后送回家中。从此以后人物幡然醒悟，开始恪守教规，重新做人。这部作品极易使人联想起大乘宗关于释迦牟尼顿悟的传说，尽管后者是在见证了生老病死之后，而费尔南德斯·德·利萨尔迪的人物只是亲历了牢狱之灾和死亡的威胁。

《显赫骑士卡特林·德·拉·法乾达的生平事迹》更是一部富含政治宣传和教化意图的小说。作品延续了《癞皮鹦鹉》的风格，以流浪汉卡特林的生平为轴心展示18世纪末至19世纪初（具体说来是

---

[1] 在17世纪和18世纪，《堂吉诃德》一直被西班牙主流文坛视为通俗小说，而其主人公堂吉诃德则是笑柄的代名词。这种状况一直要到19世纪初才开始得以改变。随着浪漫主义的兴起，尤其是在德国狂飙突进运动中，《堂吉诃德》被德国浪漫派定为一尊。费尔南德斯·德·利萨尔迪显然尚未接受德国浪漫派的影响，故而仍视堂吉诃德为笑柄。

[2] 西班牙语作"pomposa"，意为"华而不实"。

从1790年到1812年）墨西哥社会的沉疴积弊。作者将这些沉疴积弊归咎于殖民统治，而流浪汉卡特林这个反英雄的座右铭是：一、表面上善待所有人，但内心谁也别信、谁也别爱；二、可以恭维所有人，但只服从金钱和权力；三、善于与狼共舞，必要时大可毫不留情地损人利己；四、无论谁在说谎，都别戳穿他，只要谎言对自己有利；五、只要对自己有利，该撒谎就撒谎，该抵赖就抵赖；六、只有利益永恒，友谊分文不值；七、必要时可以无限承诺，但永远别惦着践诺；八、只要自己开心，管他地狱天庭；等等。正是在这类人生信条的驱使下，卡特林几可谓坑蒙拐骗，无所不用其极。但更为重要的是，通过他的所见所闻，我们看到了墨西哥社会自上而下的堕落。尤其是那些西班牙朝廷命官、教会高级僧侣和商界大亨，整日花天酒地，无恶不作。卡特林只不过是亦步亦趋地见证和延承了他们的生存法则。他虽然出身富裕的土生白人家庭，但从小耳濡目染的尔虞我诈和惺惺作态使他在中小学时期就表现出自私、虚伪的一面。他多次因无法与同学相处而辍学、转校；大学期间更是吊儿郎当，认为自己选错了文学这个"无需智商的专业"，[1] 好不容易挨到大学结业也是高不成低不就，终日游手好闲，无所事事。然而，他浪迹天涯的结果是目睹和亲历社会腐化、民风颓败，自己也越来越堕落、沉沦。作者借此呼吁国家独立，民心变革，其中的大量议论彰显了启蒙运动以降西方思想对墨西哥土生白人的深刻影响。

第二节　独立运动的歌手

诗人的触角总是高高地扬起，伸向远方，伸向未来（当然也可能伸向过去）。如是，从费尔南德斯·德·利萨尔迪到贝略或奥尔梅多（Olmedo, José Joaquín de, 1780—1847），一批土生白人率先吹响了独立的号角。他们或宣扬启蒙思想，或讴歌独立英雄，是西班牙语美洲独立运动的吹鼓手、先行者和参与者。

---

[1] https://www.libros.unam.mx/vida-y-hechos-del-famoso-caballero-don-catrin-de-la-fachenda/pdf.

一、何塞·华金·德·奥尔梅多

奥尔梅多出生在今厄瓜多尔的瓜亚基尔。这正是南美洲的解放者玻利瓦尔和圣马丁历史性会晤的地方。奥尔梅多的父亲是西班牙人，母亲是土生白人（另说是混血儿，甚至印第安人）。奥尔梅多曾就读于瓜亚基尔的教会学校，后考入利马圣马科斯大学攻读法学。大学毕业后获得律师资格，同时萌生了成为诗人的念头。拿破仑占领西班牙时期，奥尔梅多代表秘鲁总督区前往加的斯法院供职，其间他舌战同人，为废黜印第安人的人头税辩护。费尔南多七世复位后，奥尔梅多先是藏匿于马德里，后辗转回到南美洲。适逢独立革命风起云涌，他也便诗兴大发，创作了不少鼓吹独立、讴歌革命的诗篇。其中代表作为《胡宁大捷，又名献给玻利瓦尔的颂歌》（*La victoria de Junín o Canto a Bolívar*, 1825，以下简称《胡宁大捷》）。

在这之前，奥尔梅多曾任厄瓜多尔独立政府三人小组成员。不久独立政府被玻利瓦尔取缔，以便成立大哥伦比亚共和国。在玻利瓦尔同圣马丁于瓜亚基尔会晤期间，奥尔梅多任圣马丁小组代表。会晤结束后，由于圣马丁急流勇退，将队伍和胜利果实拱手让给了玻利瓦尔，奥尔梅多一度心灰意冷。但是，随着玻利瓦尔在胡宁大败西班牙主力，奥尔梅多心中再次燃起了革命激情。他挥笔写下了被誉为西班牙语美洲"第一诗"的《胡宁大捷》。

> 可怕的雷声
> 震耳欲聋，地裂山崩
> 在燃烧的天空滚动
> 向主宰苍穹的上帝声明。
>
> 西班牙的乌合之众
> 空前残忍，
> 用火与血、奴隶制永恒的镣铐

威胁逞凶，
胡宁的闪电
将他们驱逐、瓦解，
胜利的凯歌
回声迭起、响彻群峰，
震撼了幽深的峡谷、陡峭的山顶，
这闪电和凯歌一齐宣告
玻利瓦尔主宰着
大地上的和平与战争。

人类豪放的艺术
竖起高耸云天的金字塔
使万国敬仰，百世流芳——
将暴君们奉若神明
奴隶的双手建造的庙堂，
如今变成时间的笑柄，
疾风轻而易举地
将它们的镌刻抹光，
时间又用轻柔的翅膀
将它们推倒在地上；
将上帝和庙宇混为一谈的教士
长眠在那里，
头上一片瓦砾，周围阴暗凄凉——
啊，狂妄和可悲的榜样！

那巍峨的群峰
昂首仰望苍穹，
俯瞰脚下的暴风雨
闪光、咆哮、暴怒、从容，
安第斯山，神奇的庞然大物

矗立在黄金的根基上
肃然不动，
用他的体重将大地平衡。
他将旁人的妒忌、
坏天气的狂怒、强权戏弄，
他是自由和胜利永恒的先锋，
他用深沉的回声
向世界最后的年代宣告：
"我们曾目睹胡宁大战的进行，
当秘鲁和哥伦比亚的战旗飘舞
不可一世的军团失去纵横，
野蛮的西班牙人抱头鼠窜
或者投降祈求和平。
玻利瓦尔胜利了，秘鲁自由了，
在太阳庙的祝捷大典上
神圣的自由诞生。"
［……］

是谁漫步在
俯瞰胡宁的山头上？
是谁在察看地势
选择决胜的沙场？
是谁在察看敌情
推敲打乱和歼灭敌人的韬略
使最猖狂者也难逃灭亡？
犹如矫健的雄鹰
自豪地从高空俯瞰，
在吃草的羊群中
使猎物魂飞魄丧！
是谁顷刻间

披挂上阵，奔下山岗？

孕育风暴的乌云

围绕在他的身旁，

剑光熠熠是荣耀的生动体现，

喊声如雷的轰鸣

视线似电的闪光！

是谁在战斗刚刚打响

便像胜利的使者神采飞扬，

驱使剽悍的骏马不停地驰骋

把捷报传向四面八方？……

除了他，还能有谁？

哥伦比亚和战胜的儿郎！

[……] ①

  全诗凡九百零六行，激情澎湃地讴歌玻利瓦尔率领的革命军于1824年8月6日在胡宁的战役大获全胜、为南美洲的独立奠定了基础的伟绩。《胡宁大捷》作为独立战争首屈一指的英雄主义赞歌，几乎以恢宏的气势歌颂了以玻利瓦尔为代表的独立革命勇士开天辟地的精神：为自由而战，为独立而战，为被压迫的种族而战。印第安土著首次作为被褒奖的对象出现在西班牙语颂歌中。遗憾的是，诗人固然提到了太阳和太阳神，却尚未考虑启用美洲印第安神话，而是照例拥抱希腊缪斯。当然，所谓遗憾也是对古人的苛求，盖因土著主义的发生是在整整一个世纪之后。

  长诗由两大部分组成：第一部分是胡宁大战，共五个单元。第一单元谓"自然赋予的胜利氛围"，在赞美安第斯山脉的同时赞颂玻利瓦尔如何神兵天降、以少胜多。第二单元谓"缪斯的护佑"，叙述玻利瓦尔如何得到缪斯的襄助。第三单元谓"玻利瓦尔宣言"，昭示了

---

① 转引自《拉丁美洲历代名家诗选》，赵振江编，昆明：云南人民出版社，1988年，第21—24页。

玻利瓦尔解放南美洲的雄心壮志。第四单元谓"胡宁战役"，描写玻利瓦尔翻越安第斯山、决胜千里的英雄气概以及胡宁大捷对西班牙殖民者的致命打击。第五单元谓"太阳之歌"，既是对美洲独立的怀想，也是对印卡帝国太阳神的祝祷。[①]第二大部分是阿亚库丘大战，凡四个单元。第一单元"华伊纳·卡帕克之吼"，写印卡帝国末代皇帝华伊纳·卡帕克（Huayna Cápac，1493—1525年在位）的誓言。第二单元是"阿亚库丘战役"本身，它是继胡宁战役之后玻利瓦尔对西班牙殖民者的又一次决定性胜利。第三单元"玻利瓦尔胜利进入利马"，主要展示利马人民对解放者的热烈欢迎。第四单元"尾声"，抒发了诗人对玻利瓦尔由衷的敬仰和爱戴。

　　从形式角度看，《胡宁大捷》由七音节诗行和十一音节诗行组合而成，同时也是抒情诗和叙事诗的完美结合。换句话说，它以极富抒情色彩的诗行讴歌了玻利瓦尔及其胡宁大捷和阿亚库丘大捷。作者的初衷是用艺术彰显人物和事件的伟大与崇高，仿佛胡风在1949年10月1日观看国庆大典时萌发的诗情：《时间开始了》。[②]巍巍安第斯山俨然成了玻利瓦尔的舞台和西班牙殖民者的墓地。据说玻利瓦尔读到这首长诗后对诗人提出了批评，认为他不应该数典忘祖、拥抱别人的缪斯，并"将我比作朱庇特"、将战友们比作奥林匹亚诸神。[③]

二、安德雷斯·贝略

　　前面说过，安德雷斯·贝略曾跟随玻利瓦尔远赴英国寻求支持，虽未果，却更加坚定了他献身独立革命的决心。他出身在今委内瑞拉首都加拉加斯的一个土生白人家庭，自小学习拉丁文、哲学、法学和科学。1800年考入加拉加斯大学。是年，德国思想家洪堡（Humboldt, Alexander von）访问委内瑞拉，又触发到了他对德国古典

① 其中第305至315行明确表达了向太阳——"秘鲁之神"的祝祷。
② 胡风：《时间开始了》，《人民日报》，1949年11月20日。
③ Ruiz, Miguel: "Poema *Canto a Bolívar* de José Joaquín de Olmedo", *Foros Ecuador*, No. 1, 1 de septiembre de 2015, p.1.

哲学的热情。他大学期间专修艺术学,获得学士学位后又转修医学,并熟练地掌握了法文和英文;其间曾担任少年玻利瓦尔的家庭教师,并广泛涉猎法国启蒙思想和英国哲学。1808年,委内瑞拉出现了第一份刊物《加拉加斯报》,贝略成了它的第一批作者之一,发表了一系列早期诗作。

此后,他开始转向史学,并大力宣扬启蒙思想。1810年,因参与委内瑞拉起义而当选第一共和国政府官员,并随玻利瓦尔等人前往英国游说,希望得到英国政府的支持。不久,第一共和国被西班牙殖民者扼杀在摇篮之中,贝略不得不滞留英国,开始了长达十九年的流亡生涯。在这期间,他没有固定工作,不仅生活拮据,而且受到西班牙政府的骚扰。为了维持生计,他做过口译和笔译,当过西班牙语家庭教师。与此同时,他继续海绵吸水般汲取知识,同时广交朋友,结识了包括西班牙流亡知识分子在内的大批精英,写下了不少哲学和时势随笔。也正是在此期间,他创作了两首长诗:《致诗艺》(*Alocución a la poesía*)和《热带农艺颂》(*La agricultura de la zona tórrida*),分别发表于1823年和1826年。这两首长诗被认为是他的代表作。

1829年2月,应智利共和国政府邀请,贝略乘船回到南美洲,从此为智利的科教文化事业鞠躬尽瘁。他先是创办周报《阿劳科人》(*El Araucano*),尔后将主要精力转移至教育,成为智利教育委员会成员。1832年,贝略正式拥有智利国籍,此后历任外交部长、参议员等要职。同时他效仿卢梭,撰写了《人权原则》(*Principios de derecho de gentes*, 1832)。1843年,他主持创建了智利大学,亲自撰写了校训。不久,他的专著《美洲西班牙语语法》(*Gramática de la lengua castellana destinada al uso de los americanos*, 1847)出版。前后问世的还有《拉丁语法》(*Gramática latina*, 1846)、《文学史》(*Historia de la literatura*, 1850)等。在他最后的岁月里,还主持了智利宪法的起草,撰写了哲学著作《理解哲学》(*Filosofía del entendimiento*, 1881)。

再说《致诗艺》和《热带农艺颂》。前者由两部分组成,第一部分呼唤诗神放弃欧洲到"新大陆"施展大美,第二部分是诗人对独立运动的赞美。

神圣的诗艺，

你［……］

是时候放弃文明的欧洲，

它不喜欢你自然的朴素，

是时候飞向那张开双臂

欢迎你的新大陆——

哥伦布发现的世界，你广阔的舞台。

我保证那里的天空

总是尊重绿色的枝叶，

而这正是你的崇尚；

还有那里鲜花盛开的原野、

繁茂的森林和湍急的河流，

为你的笔触奉献缤纷色彩；

微风吹拂玫瑰，

星辰闪烁

装点夜的天庭；

天帝在贝母色云霞的垂帘中

醒来，

小鸟们用天然的甜美歌声

唱响爱的诗情画意。

［……］①

　　如果说《致诗艺》是贝略对贡戈拉（Góngora y Argote, Luis de）《孤独》（Soledades）形式上的继承和内容上的游离，那么《热带农艺颂》却是对贡戈拉主义的彻底背叛。

　　啊，肥沃的土地

---

① 原文参见 https://www.poemas-del-alma.com/andres-bello-alocucion-a-la-poesia/pdf.。

太阳神的恋人

时刻围绕你的情侣

无论在什么地方

都用阳光爱抚地将万物孕育！

你用沉甸甸的谷穗

为夏天编织花环；

你用葡萄

将酿酒的木桶装满；

你的果园美丽娇艳

赤橙黄绿

五彩缤纷颜色全；

微风习习，馨香缕缕

洋溢在花间；

从无边的草原

到终年积雪的山巅，

碧毯上

牧群无数，点点斑斑。

你盛产美丽的甘蔗

榨糖似蜜

世人抛弃了蜂房。

杏子红得像珊瑚一样，

杯中泛起甘甜的果酱；

仙人果嫣红耀眼

使蒂尔[①]的染料失色；

靛蓝草色泽丰润

与蓝宝石争光……

酒是你的，受伤的龙舌兰

① 蒂尔（Tiro），今黎巴嫩西南部港口城市苏尔；古时曾是腓尼基一奴隶制城邦——推罗。

为幸福的阿纳瓦克①的公子们

倒出琼浆；

叶子是你的，当厌倦

在轻烟缭绕中消失，

使悠闲如愿以偿。

你为咖啡树丛

披上茉莉的衣裳，

你赋予它的芳香

使节日里酒神的狂热下降。

[……]②

　　诸如此类，诗人在近四百行的长诗中尽情挥洒笔墨，历数南美洲热带农艺的丰饶和慷慨。描写如此朴素和庸常，绝对令"贡戈拉们"泣血。

高尚的椰林

为哺育你的子孙

经营它丰富多彩的领地，

菠萝为他们酿制佳肴，

木薯是天然面包，

马铃薯结出黄澄澄的果实，

棉花沐浴和煦的微风

绽开金黄的玫瑰，雪白的绒桃。

鲜艳的西番莲

伸开碧绿、茂盛的藤蔓，

为你挂满了多汁的果实、成串的花苞。

高贵的玉米——谷物之王

为你充实了颗粒；

---

① 古代墨西哥别称。
② 转引自《拉丁美洲历代名家诗选》，第29—30页。Cf.: https://www.biblioteca-virtual-universal/andres-bello/silva-a-agricultura-de-la-zona-torrida/pdf.

[……]
对人类的劳作
用不着更高的奖赏，
修枝的剪刀和犁铧
都得到了应有的报偿。
稍事耕作足矣！
奴隶的手
摆脱了繁重的劳役；
作物迅速生长
上茬刚刚枯萎
下茬已在周围挺立！ ①

为了突显南美洲农业的繁盛，诗人有意贬斥城市生活，赖以比照
对位：

那些先生，有幸成为
如此富饶、快乐、多姿多彩的土地的主任，
他们出于什么可悲的幻想
竟把祖国的产业弃之不顾
丢给唯利是图的信仰，
将自己禁锢在可怜城市的混乱中
那里有野心勃勃的邪恶
帮派势力的嚣张，
懒怠使爱国热情冷却；
那里的奢华毒化了风尚，
陋习将天真的年龄严重地损伤！
[……] ②

---

① 转引自《拉丁美洲历代名家诗选》，第31—32页。
② 同上，第32页。

一般文史学家都将贝略界定为西班牙语美洲杰出的新古典主义者和人文主义者。后者没有问题，但关于新古典主义的说法却似乎只能指涉诗人的早期思想，故而并不准确。且说作品产生于流亡时期，当时浪漫主义在欧陆蔚然成风。诗人罗伯特·彭斯（Burns, Robert）和威廉·布莱克（Blake, William）被认为是英国浪漫主义先驱。他们早在18世纪末就已蜚声文坛。彭斯从苏格兰民歌中汲取养料，其《苏格兰方言诗集》（*Poems, chiefly in Scottish dialect*）崇尚自然，语言朴实无华；布莱克的《天真之歌》（*Songs of Innocence*）和《经验之歌》（*Songs of Experience*）则反对因循守旧。19世纪初，英国浪漫主义的第一批大师登上文坛，他们被文学史家统称为"湖畔派三诗人"，即威廉·华兹华斯（Wordsworth, William）、萨缪尔·柯勒律治（Coleridge, Samuel Taylor）和罗伯特·骚塞（Southey, Robert）。虽然他们的艺术取向被后人界定为"消极浪漫主义"，但其对乡村的崇尚不可能没有影响到贝略。尤其是他们对资本主义工业文明和城市文化的贬斥与厌恶，对农村生活和大自然的歌颂与美化，在《热带农艺颂》中就体现得十分鲜明。反过来看，后者的南美洲热带风情又恰好契合了英国浪漫派诗人的异国情调。这或许正是作品首先在英国发表并获得好评的原因之一。

三、何塞·玛利亚·埃雷迪亚

何塞·玛利亚·埃雷迪亚（Heredia, José María, 1803—1839）出身在古巴圣地亚哥市的一个移民家庭。父亲是西班牙人，母亲是法国人。埃雷迪亚从小嗜书好学，西班牙语和法语几乎同时作为母语习得。此外，他很小开始接触拉丁文和英文，曾饕餮般阅读西方文学经典。长大后在加拉加斯、哈瓦那和墨西哥攻读法学，毕业后获得律师资格，到马坦萨斯从事诉讼业务；同时为多家刊物撰稿，还一边翻译贺拉斯（Horatius）等古罗马作家的作品，一边写诗。适值西班牙语美洲独立革命风起云涌，血气方刚的埃雷迪亚加入了秘密社团，为古巴独立运动摇旗呐喊，结果遭到通缉，不得不流亡美国。1825年，埃雷迪亚从纽约辗转至墨西哥城，先后在墨西哥内政部和外交部工作，同时从事文学创作。

　　作为诗人，埃雷迪亚开了西班牙语美洲浪漫主义的先河，尽管他的新古典主义倾向仍比较明显。囿于命途多舛，生命短暂，他的作品数量有限，主要有《尼亚加拉颂歌》（*Oda al Niágara*）、《流亡者之歌》（*El himno del desterrado*）、《在乔卢拉的神坛上》（*En el teocalli de Cholula*）和《致金星》（*A la estrella de Venus*）等。其余诗章和个别剧本均未产生太大影响。

给我里拉琴，给我，我感到
它的音符在我心魄激荡起伏
点燃我的灵感。哦，多少天
在黑暗中徘徊，使我的前额
失去光泽！咆哮的尼亚加拉
用你骄傲翻滚的容颜赋予我
神圣的启迪，唯有你用愤怒
而且冷酷无情的手将我抱疼。
［……］①

　　埃雷迪亚以这首近二百行的长诗宣示了他激越的情绪和对自然力量的憧憬，抒发了他流落他乡、报国无门的愤懑。在《流亡者之歌》中，诗人用同样的激情表达对祖国的深深眷恋：

阳光普照，胜利的船头
劈开周围平静的波浪，
将浪花闪光的痕迹
深深地留在海上。
"陆地！"人们在呼喊，

---

① 原文参见 https://www.escritores.org/354-jose-maria-heredia/pdf.。

我们热切注视着宁静的地平线，
远处出现一座小山……
我认识它……哭泣吧，悲伤的泪眼！

那是……面包山，我坚贞的知己，
我漂亮的女友们，我的情侣
都在它的山坡上呼吸……
"我有多少珍贵的爱留在那里！"
更远些，我亲爱的姊妹，
和我的母亲，尊贵的母亲
被寂寞和痛苦折磨，
终日为我呻吟。

古巴，古巴，你给了我生命，
光明、美丽、可爱的家乡，
在你幸福的土地上
凝聚我多少光荣和幸运的梦想！
我回首将你伫望！
今天严峻的命运压迫着我，冷若冰霜！
竟用死亡将我威胁，
企图让我葬身在出生的地方。

然而能奈我何？暴君的雷霆！
我毕竟获得了自由，尽管贫穷；
孤独的灵魂才是灵魂的中心；
没有和平，光荣、黄金又有何用？
虽然我被驱逐、流放，
严酷的命运压在身上，
我却不愿以自己的命运
换取伊比利亚暴君的权杖！

[……]①

　　埃雷迪亚的这些诗句可以触发游子感同身受的乡情，尤其是对于那些被迫无奈离乡背井的流亡者；同时，它们也让人想起了裴多菲的《自由颂》和瞿秋白那脍炙人口的《狱中题照》："如果人有灵魂的话，何必要这个躯壳！/但是，如果没有的话，这个躯壳又有什么用？"虽然埃雷迪亚尚未到生死抉择的地步，但他对自由人生、民族独立以及国家和平的渴望显而易见：它们胜过了宗主国的一切恩赐！为了自由、独立与和平，即使贫穷孤独、流离失所也在所不惜！

　　在青春年少时的游学期间，他已然显示出了不同寻常的情怀和诗艺。《在乔卢拉的神坛上》是他创作于1820年的一首抒情诗，是年埃雷迪亚十七岁。全诗一百五十四行，由两大部分构成。第一部分描写自然与人、历史与现实的关系，第二部分是诗人对历史和现实的反思。

多么美丽啊，
阿兹台卡人栖息的土地！
在她的怀抱里
从极地到赤道的各种气候
令人惊奇
集中在一个狭窄的地区。
金黄的谷物和喜人的甘蔗
覆盖着平原。
柑橘、菠萝和飒飒作响的香蕉——
昼夜相等的大地的儿子们
和茂盛的葡萄、田野的青松、
潇洒的密涅瓦②之树混成一片。

①　转引自《拉丁美洲历代名家诗选》，第51—52页。
②　密涅瓦是罗马神话中的智慧女神，即希腊神话中的雅典娜。密涅瓦之树即橄榄树。——译者原注

［……］

我坐在乔卢拉
著名的金字塔上。
茫茫平原在我面前蔓延
一眼望不到边。
多么寂静！多么和平！谁会说
在这美丽的原野竟笼罩着
野蛮的压迫，谁会说这生产谷物的土地，
这人血育肥的良田
曾有迷信①和战争泛滥？
［……］

阿纳瓦克，这就是
你的君主们，他们的傲慢，
暴政和可耻的迷信
已沉入非人的深渊。
是的，死亡，这无所不在的女神
同时损害着奴隶和君王
将平等写在坟墓上。
遗忘用它仁慈的斗篷
向现在和将来的种族
掩盖了你的昏庸和嚣张。
［……］②

　　这里充满了理性主义的光芒。诗人十分清醒，并看两面，对新生的墨西哥合众国和阿兹台卡王国既有褒奖，也有批判。此后，他又相

---

① 指古代阿兹台卡的活人祭。
② 转引自《拉丁美洲历代名家诗选》，第44—49页。

继创作了《尼亚加拉颂歌》和《致金星》。后者是发表于1826年的一首情诗。虽然同在墨西哥，但这次故地重游却是迫于无奈，作品抒发了诗人痛感物是人非和生离死别之怅。原诗很美，由十一音节和七音节诗行组成，是谓西尔瓦，充满了抒情色彩，但译文未必可以传达一二。

温文尔雅的晌晚之星
发出柔静之光，
那是希望和爱情，你好！
在西方海岸线上睡去
那是太阳的前庭，而你
高高地统治孤寂之枕。
夜幕已经降临
正铺开面纱，镶满钻石，
用微弱之光映照大地
那是垂暮日头的余华。
哦，惨白幸运的美丽！
你引领这晚来的时光。

我爱你，和平之星，你
用沉默的孤寂启迪我
向着美德和爱的思情。
多少柔情蜜意
激发人们敏感的心灵
及其甜蜜忧愁的记忆
和失去的美好与荣耀！
你给我灵感，多少时光
你用轻柔之光
注视我在古巴的容颜！……
当你腼腆地探出圆容
就能使我的梦呓收敛

在那芬芳的树林中心
循着你所赋予的柔光
寻找我要的孤寂小道。

在那友好的棕榈冠下。
微微颤抖的美好惊慌，
神秘魔法师的斗篷下
我心中的女士在等待。
热情的双眼充满微笑①
那是单纯和爱情：我就
将她抱在怀中，
热切的脸贴住她的脸，
呼吸着她芳香的呼吸。

哦，多么短暂，
幸福时光！有谁能够
阻挡滚动的野蛮寰宇
让它走得慢些！……
我木讷地敬仰她：听见
回响着天籁般的声音
那是她的言语和笑声
于我却是心灵之光，夜
静静地流淌着
变成昂贵记忆
后悔这曾经已是痛苦！

晌晚之星，多少次你见证
我陪伴甜蜜爱情，我也

① 1858年纽约版变成了"在她眼中看到我的微笑"。原文参见 https://www.poesi.as/ Jose_Maria_Heredia.htm/pdf.。

眺望你，向你致敬，获取
你温柔而充满爱意之光
那是和平宁静！……
如今你看着我
一如既往的爱，而我却
爱得绝望，成为无望之恋
无如之下，你的美丽是我
难以承受之痛；
当我放弃爱情，我心碎了
沉入无尽而寂寞的相思
爱她，哭泣着冷酷命运
将我们俩分开：
两颗灵魂剥离。①

　　大意如此。这是一首带着感伤色彩的抒情诗，多少沾溉了感伤
浪漫主义的风尚，尽管诗人在感怀离别的同时表达了对美好时光的
眷念。这首诗深得何塞·马蒂（Martí, José）的青睐。毕竟诗人的别
离是由西班牙殖民者造成的，其中的爱国主义精神金星作证、日月
可鉴。

四、其他诗人

　　18世纪末至19世纪上半叶，西班牙语美洲文坛涌现了一
批诗人。虽然他们的影响力远未达到前述三位的，但有关文学
史家还是将他们纳入了视野。其中较为重要的有维森特·洛佩
斯·伊·普拉内斯（López y Planes, Vicente, 1785—1856）、埃斯特
万·德·卢卡（Luca, Esteban de, 1786—1824）、胡安·克鲁斯·瓦
莱拉（Cruz Valera, Juan, 1794—1839）、西蒙·贝尔加尼奥·伊·维

---

　　① 1858年最后一句变成了"美丽纯洁的心离别我心"。原文参见 https://www.
escritores.org/354-jose-maria-heredia/pdf.。

耶 加 斯 (Bergaño y Villegas, Simón, 1784?—1828)、何 塞·特 里 尼达 德·雷 耶 斯 (Trinidad Reyes, José, 1797—1855)、何 塞·安 赫尔·曼 里 克 (Manrique, José Angel, 1777—1822)、马 里 亚 诺·梅尔 加 尔 (Melgar, Mariano, 1791—1815)、拉 法 埃 尔·玛 利 亚·巴拉 尔 特 (Baralt, Rafael María, 1810—1860)、阿 纳 斯 塔 西 奥·玛 利亚·德·奥 丘 阿·伊·阿 库 尼 亚 (Ochoa y Acuña, Anastasio María de, 1783—1833)、何 塞·华 金·佩 萨 多 (Pesado, José Joaquín, 1801—1861) 等等。

（一）维森特·洛佩斯·伊·普拉内斯

维森特·洛佩斯·伊·普拉内斯于1785年出身在布宜诺斯艾利斯的一个土生白人家庭，青年时期积极参与独立运动，历任阿根廷众议员、代理总统、布宜诺斯艾利斯市市长等要职。同时，他还创作了大量富有启蒙精神和爱国主义思想的诗文，是阿根廷国歌《祖国进行曲》（*Marcha patriótica*）的词作者。

大地生民倾听神圣呼喊：
自由，自由，自由！
奴隶的枷锁被打碎，
自由登上高贵的宝座。

至尊的宝座张开双臂，
胜利属于南方各省联盟！
全世界自由者齐声欢呼：
祝福伟大的阿根廷人民！

我们亲手争取的桂冠
必定永远鲜艳夺目！
我们生有荣誉的桂冠，
死也要死得充满尊严！

[……] ①

（二）埃斯特万·德·卢卡

埃斯特万·德·卢卡同样出身在布宜诺斯艾利斯的一个土生白人家庭。少年时期就读于圣卡洛斯学院，后从军抗击英国入侵，升至上校，兼任国家兵工厂厂长。文学成就主要有颂歌和抒情诗。其中比较重要的颂歌有《献给利马解放的颂歌》（*Oda a la libertad de Lima*）、《献给布宜诺斯艾利斯人民》（*Al pueblo de Buenos Aires*）等，抒情诗《祖国之歌》（*Canción patriótica*）曾作为阿根廷候选国歌。

> 整个美洲
> 终于被感动！
> 她高贵的孩子们
> 赢得了尊严！
> 尊严来之不易，
> 它曾差点儿毁于
> 几个暴君之手，
> 他们要将其扼杀。

[……] ②

（三）胡安·克鲁斯·瓦莱拉

胡安·克鲁斯·瓦莱拉生于布宜诺斯艾利斯，逝于蒙得维的亚。毕生投身于独立革命和民主运动，为阿根廷和乌拉圭创办了多

---

① Moreno, Victor etc.: "Vicente López y Planes", https://www.buscabiografias.com/vicente-lopez-y-planes/pdf.
② Moreno, Victor etc.: "Esteban de Luca", https://www.buscabiografias.com/esteban-de-luca/pdf.

家报刊，如《哨兵》(*El Centinela*)、《阿根廷信使》(*El Mensajero Argentino*)、《时报》(*El Tiempo*) 等。同时，他的诗作有《埃尔维拉》(*La Elvira*, 1817)、《致勇敢的自由卫士》(*A los valientes defensores de la libertad en la llanura de Maipo*, 1818)、《伊图萨因戈大捷》(*Triunfo de Ituzaingó*, 1827) 等，此外尚有两个古典题材剧本和一篇脍炙人口的散文《爱国主义者》(*El patriota*)。

> 你每天生活在恐惧中
> 观望着祖国千疮百孔
> 躲开朋友的羸弱呼求
> 寻找可怜的无病呻吟？
>
> 可怜虫在蟋蟀叫声中
> 得到快乐？还是你对着
> 身影颤抖着自语自言？
> 谁相信你就注定不幸！
>
> 下台吧，你这个可怜虫！
> 把手中的剑还给弟兄，
> 别用臭手将它们玷污。
>
> 庄严的自由已经愤懑
> 必将你剥离美洲人民，
> 她的神殿不许你靠近！ [①]

这首十四行诗写于阿根廷独裁统治时期。诗人出于愤懑曾秘密参与推翻专制制度的民主运动，事发后不得不流亡乌拉圭，在蒙得维的亚度过有生之年。

---

① 原文参见 https://www.biblioteca-virtual-universal/juan-cruz-varela/pdf.。

（四）何塞·特里尼达德·雷耶斯

何塞·特里尼达德·雷耶斯出身在洪都拉斯的一个土生白人家庭。父母都受过良好的教育，他自幼学习文学和神学，十五岁开始攻读拉丁文，十八岁游学尼加拉瓜，二十二岁进入修道院成为奥古斯丁修士，从此致力于神学和文学创作，人称特里诺神父（Padre Trino）。

主要作品有宗教剧和颂歌，少数诗作具有新古典主义神韵，如十四行诗《悼马卡里奥》（"En la muerte de Macario Lavaqui"）：

> 祖国寄予可爱后生
> 无限的希望和热忱，
> 他以伟大崇高的心
> 赢得密涅瓦的青睐。
>
> 那激情燃烧的后生
> 国爱友爱填满胸襟，
> 失去了开始的生命，
> 犹如鲜花朝开午谢！
> 关闭所有艺术殿堂：
>
> 来为马卡里奥哭泣，
> 使其英名传遍四方！
> 让友爱都化作泣声，
> 祈求赐予所有幸运，
> 随他进驻永恒天堂！ [①]

（五）马里亚诺·梅尔加尔

马里亚诺·梅尔加尔出身在秘鲁阿雷基帕市的一个普通土生白人

---

① 原文参见 https://www.padretrino.org/el-poeta/pdf.。

家庭。自小接受良好的教育，少年时期开始对文学、哲学和神学表现出浓厚兴趣；二十岁获得教士资格，但因爱恋一位姑娘而放弃神职。他的大多数情诗都是献给这位姑娘的，尽管迫于女方父母的压力不得不在隐忍中离开故乡，前往利马继续深造。适值独立运动方兴未艾，年轻的梅尔加尔效法贝略和埃雷迪亚，致力于宣传启蒙思想，并多少汲取了浪漫主义情愫。但是，失恋的痛苦挥之不去，身体每况愈下。养病期间，他翻译了奥维德（Ovidius）的《爱经》（*Ars Amatoria*）。尔后，他继续参加独立运动，直至被捕入狱，并被处以极刑。

1878年，为纪念梅尔加尔，秘鲁文学界整理出版了《堂马里亚诺·梅尔加尔诗集》（*Poesías de don Mariano Melgar*）。其中一些带有鲜明原住民色彩的诗行开了土著主义先河。

> 呀咿，爱情！甜蜜毒品，
> 呀咿，你是我的梦魇，
> 自作自受，痛苦万分
> 以及所有不幸。
>
> 呀咿，爱情！充满诅咒，
> 人生痛苦，唯你为甚，
> 黑白颠倒，好坏不分，
> 混沌玉成的快乐。
>
> 呀咿，爱情！家贼难防
> 静谧之中，暗藏危机。
> 呀咿爱情，虚妄易变！
> 呀咿却要我命！
>
> 呀咿，爱情！荣耀冥府
> 所有伤害，恰似炼狱，
> 明明是狮，凶狠无比，

却要扮作羔羊。

呀咿，爱情！夫复何言？
明知你是，如此这般；
也要放弃，既有乐事，
让我继续追寻？①

此诗明显借鉴了秘鲁印卡歌谣呀啦维（Yaraví）。这也是西班牙语美洲土生白人第一次将土著歌谣形式引入文学，并借以表达爱国情怀。

（六）何塞·安赫尔·曼里克

曼里克出身在哥伦比亚的一个土生白人家庭，关于其生平事迹史家鲜有记载。人们只知他从母亲那里遗传了文学天赋，但迫于生计或基于信仰，长大后当了教士。独立战争时期加入玻利瓦尔麾下的一支队伍，但革命失败后遁入山林，其间不幸双目失明。波亚卡大捷后，曼里克回到波哥大，被独立政权安排到大教堂当唱师。他的两首带有明显新古典主义色彩的长诗应该是在这一时期创作的，但具体发表时间不详。

这两首长诗分别为《托卡伊马达》（*La Tocaimada*）和《顿哈纳达》（*La Tunjanada*）。托卡伊马和顿哈纳都是哥伦比亚地名，而后缀"达"是对古典史诗的戏仿。当然，曼里克的这些作品并非严格意义上的史诗，而是用古典史诗方式记述庸常生活。作品的讽刺意味即在于此。譬如《托卡伊马达》是记述诗人少年时期在托卡伊马度过的一个毫无趣味的假期，但诗中充满了荷马史诗的韵味：

在我头脑发蒙的时候，
一位嬉皮笑脸的姑娘
来到我的床前，我正

---

① 原文参见 https://www.poemasde.net/yaravi-mariano-melgar/pdf.。

睡眼惺忪、浑身懒怠，
起初以为她是个美女，
她拥有那柔美的声音：
讲讲你的托卡伊马吧！

难道是哪位女神降临？
或是来自附近的精灵？
就凭你的武器和装束，
我自当向你表示敬意。
[……]

"你这个狗娘养的小子，
看到谁都是希腊仙子？
你不认识此山的神灵，
也没听说过卡拉苔娅①？
暂且饶恕你浅薄无知，
但从此必须听命于我！"

她一把抓住我的手腕：
这当儿我便瑟瑟发抖，
我以为自己已经死去
因为魔鬼就在我面前，
我不禁发出无声呐喊：
这才是真**托卡伊马达**！

[……]②

---

① 疑由希腊女神加拉苔娅化成。
② Alejandro Carranza B.ed.: *San Dionisio de los caballeros de Tocaima*, Bogotá: A.B.C., 1941, pp.226—227.

就这样，托卡伊马平淡无奇的生活被"神化"或"魔化"了。诗人居然可以这样化平庸为神奇，如何能不令人拍案称奇？

（七）拉法埃尔·玛利亚·巴拉尔特

拉法埃尔·玛利亚·巴拉尔特也是土生白人出身，生于委内瑞拉马拉卡伊博，儿时为躲避战乱曾随家人移居圣多明哥；青少年时期在哥伦比亚圣托马斯大学攻读拉丁文和哲学，毕业后曾参与独立战争，并为《马德里世纪》(*El Siglo de Madrid*)、《时报》、《观察家报》(*El Espectador*)①等报刊撰文。30年代末，巴拉尔特作为委内瑞拉政府特使远赴欧洲，后定居马德里，并加入西班牙国籍。旅欧期间他撰写了《委内瑞拉古代和现代史概要》(*Resumen de la historia antigua y moderna de Venezuela*, 1841)、《卡斯蒂利亚母语词典》(*Diccionario matriz de la lengua castellana*, 1854)等，成为于西班牙语美洲出生的第一位西班牙皇家语言学院院士。

主要作品有散文和古典诗词，这些作品体现了鲜明的新古典主义色彩和思乡之情。

> 鸟儿游荡着飞过，
> 从一国到另一国
> 没有巢，没有爱
> 这儿鸣，那儿叫。
>
> 西南风吹疼树枝，
> 冷酷地折断树枝，
> 那灵魂栖息之所，
> 犹小溪无如入海。
>
> 离开高贵的国土，

---

① 一个世纪后，加西亚·马尔克斯在该报供职。

寻找烂漫的年轮，
以及爱心与爱情。

天空愤怒，雷鸣。
他人享乐，而我：
苦蜂，采集苦蜜。[①]

这首《旅行者》（"El viajero"）是巴拉尔特旅欧期间创作的。这一时期的作品还有《再见，祖国》（"Adiós a la Patria"）等不少诗章，它们也都采用了古典格律，如十四行诗和西尔瓦等。

（八）西蒙·贝尔加尼奥·伊·维耶加斯

西蒙·贝尔加尼奥·伊·维耶加斯生于危地马拉，逝于古巴。如今已无从知晓他的家世和他赴古巴的原委。从他在墨西哥游学期间发表的文字和任职于《危地马拉报》（*La Gazeta de Guatemala*）的情况看，他是一位坚定的反殖民主义者。也正因如此，他一度遭到西班牙和危地马拉殖民政府的通缉。主要作品结集于1808年的《诗集》（*Poemas*）。[②]

书籍啊，书籍
从不使我倦怠；
它们教我责任
同样使我改过。

欢喜随你升华，
不断向上攀缘，
我在高处忘却
一切俗世烦恼。

---

① 原文参见 https://www.poeticous.com/rafael-maria-baralt/poesia/pdf.。
② Bergaño y Villegas: *Poemas*, Guatemala: Tipografía Nacional, 1808.

于是我不记得
那耀眼的职位，
不再迷恋盛宴，
视同过眼云烟。

我忘却了黄金、
剧院以及舞会，
锦衣玉食也已
成为无稽之谈。

不再惧怕妒忌，
无畏跟踪监视，
书籍让人变得
好尊严地无知。[①]

贝尔加尼奥·伊·维耶加斯的作品题材丰富，既有对文史哲的思考，也有对庸常事物的感喟。学者戴维·维拉（Vela, David）认为他是一位富有洞见的"烛照般的犀利诗人"。

（九）阿纳斯塔西奥·德·奥丘阿·伊·阿库尼亚

阿纳斯塔西奥·德·奥丘阿·伊·阿库尼亚出身在墨西哥的一个西班牙移民家庭，接受过传统教育，如神学、拉丁文和意大利语、法语的训练；长大成人后一边为教会效力，一边从事翻译和创作。作为诗人和作家，产量虽然有限，但他彰显了那一时期墨西哥传统文人的古典情怀。作为时代的另一种见证，他留下了诗集《一个墨西哥人的诗》（*Poesías de un mexicano*, 1828）。

我不安的眼神徒劳找寻

---

① Bergaño y Villegas: *Poemas*, Guatemala: Tipografía Nacional, 1808, p.117.

它不停地转动四处浏览，
我颤抖的嘴唇徒劳叹息
它们激情燃烧形若亡魂。

可怕的孤独已将我锁紧，
无边的深夜覆盖了胸膛：
整个世界于我犹如沙漠
盖因无人搭理我的爱情。

我的胸膛正在汹涌沸腾，
我却只能用爱聊以自慰，
将一往深情寄托于爱人
尽管她可能仅仅是幻影。①

这些诗行完全可能让我们想起16世纪和17世纪西班牙诗人的作品，譬如洛佩·德·维加（Vega, Lope de）、弗朗西斯科·德·克维多（Quevedo, Francisco de）或米格尔·德·塞万提斯（Cervantes, Miguel de）等古典作家的情诗。

（十）何塞·华金·佩萨多

何塞·华金·佩萨多出身在墨西哥的一个土生白人家庭，父亲早亡，他是在母亲的照拂和教育下长大的。佩萨多青年时代受独立运动和启蒙思想影响，加入自由党，并开始活跃于政坛。在布斯塔门特（Bustamente, Anastasio）执政时期先后出任内政部长和外交部长。在担任外交部长期间遭遇法国入侵，佩萨多忍辱负重代表墨西哥签署了"和平条约"。②这是一个丧权辱国的不平等条约，对佩萨多个人和墨

---

① 原文参见 https://www.bicentenarios.es/mx/doc/mx004.htm.。
② 1838年初，在墨西哥经营蛋糕店的一名法国老板以墨西哥损害其利益为由，通过法国使馆向墨西哥政府索取巨额赔偿，遭墨西哥政府拒绝。法国由此发起对墨西哥的制裁，并派遣海军围堵墨西哥港口，因而史称"蛋糕战争"（Guerra de Pasteles）。制裁持续达一年之久，使墨西哥经济遭受巨大打击。（转下页）

西哥人民造成了巨大伤害。受此影响，佩萨多诗风大变，作品由幽默诙谐转向讽刺挖苦。

瞧那水流浑浊暴涨
带着树枝愤怒倾泻，
摧枯拉朽横扫一切
山坡露出嶙峋怪脸。

向前奔腾匆匆忙忙
泡沫四溅泥沙俱下；
大地抽泣轰鸣回荡
然后缓缓洒向原野。

老河绕着松树靠边，
为了让道抬高双肩，
爱神目睹树脂簇拥；

循着彩虹雾气升腾
迫不及待奔向大海，
浊浪冲撞杂乱无章。[①]

这是一首题为《新区瀑布》（"La cascada de Barrio Nuevo"）的讽刺诗，道出了诗人对某新区落成后不久即遭泥石流冲毁的哀叹和讥嘲，同时也表达了他对新生墨西哥联邦共和国惨遭列强欺凌的愤慨，可谓嬉笑怒骂不形于声色。作为独立战争和新生国家的见证者，佩萨多无疑是横跨两个历史时期的重要诗人。西班牙语美洲独立国家的矛盾与问题在他的笔下露出了端倪。

（接上页）英国出于自身利益考量，出面斡旋，最后迫使墨西哥于1839年3月如数赔偿法国"损失"，签订"和平条约"。

① 原文参见 https://biogpoemas.com/jose-joaquin-pesado/pdf.。

第三节　独立运动与戏剧

受条件所限，西班牙语美洲殖民地时期戏剧并不发达。独立运动时期，情况更是如此。虽然前述作家、诗人笔下也曾间或有剧作问世，但就其影响而言却远不及小说和诗歌。然而，这并不表示戏剧阙如。事实上，除却上述作家、诗人，西班牙语美洲剧坛也曾在时局动荡、生民困顿中产生了一些值得记述的剧作家。

一、马努埃尔·埃德华多·德·戈罗斯蒂萨

马努埃尔·埃德华多·德·戈罗斯蒂萨（Gorostiza, Manuel Eduardo de, 1789—1851），墨西哥剧作家，童年在西班牙度过，青年时期曾回到祖国墨西哥参加独立革命，墨西哥独立后担任过联邦共和国政府驻外使节和外交部长等职，同时创作了多种剧本。主要作品有喜剧《为众人免罪》（*Indulgencia para todos*, 1818）、《古老的习俗》（*Las costumbres de antaño*, 1819）、《赌徒》（*El jugador*, 1819）、《彼此彼此或男人女人》（*Tal para cual o las mujeres y los hombres*, 1820）、《堂小迭戈》（*Don Dieguito*, 1822）、《亲密朋友》（*El amigo íntimo*, 1823）、《堂波尼法西奥》（*Don Bonifacio*, 1833）、《和你一起吃面包加洋葱》（*Contigo pan y cebolla*, 1833）等等。另有一些未被列入，既有战乱中散佚的，也有因模仿痕迹明显而被评论界和文学史家们忽略的。后者其实还包括本著捡回的《赌徒》和《亲密朋友》，它们的确有莫里哀（Molière）等法国作家的影子，但绝非一般批评家所谓的抄袭或剽窃。它们充其量是戏仿和改写之作。

也许正是出于审慎，一般文学史家均认为《和你一起吃面包加洋葱》是戈罗斯蒂萨的代表作。作品为四幕喜剧。故事发生在马德里，主人公是一个叫作玛蒂尔德的任性女子，她为所欲为，既不把父亲堂佩德罗放在心上，更不把男仆布鲁诺放在眼里。而他们的工作似乎就是为了取悦于她、唯她马首是瞻。可是玛蒂尔德满脑子皆是浪漫

小说，而且是那些多少有点变态的颓废小说，只想着遇到充满悲伤离合的爱情，以便在凄凄惨惨戚戚中过一把浪漫瘾。如是，她拒绝一切行为端方、自诩正人君子的追求者，直至一个叫作埃德华多的年轻人"悲催"登场。后者得知玛蒂尔德的刁蛮任性，决定和堂佩德罗联手，将计就计，上演一出惊天动地的悲情剧。于是，"戏眼"出现了：埃德华多"家道中落"，一夜之间穷困潦倒。剧中剧或局中局就这样上演了。

这里不妨对批评界诟病较多的《赌徒》略作交代。首先，早在1876年，著名作家伊格纳西奥·马努埃尔·阿尔塔米拉诺（Altamirano, Ignacio Manuel）就曾为《赌徒》正名，认为它是墨西哥剧坛一座高耸的里程碑。原因很简单：它是一个地道的墨西哥故事，并且使墨西哥人警醒。[①] 其次，作品固然借鉴了法国同行的作品，但情节已大相径庭。当然，戈罗斯蒂萨也确实翻排过别人的剧作，譬如《烟囱》（*La chimenea*），后者的原作者是法国人杜威利耶（Duveyrier, Anne-Honoré-Joseph），原剧名为《1748年的烟囱》（*La cheminée de 1748*）。戈罗斯蒂萨几乎照搬了该剧，故而很少被人提及。

二、弗朗西斯科·科瓦鲁比亚斯

弗朗西斯科·科瓦鲁比亚斯（Covarrubias, Francisco, 1775—1850）出身在哈瓦那的一个土生白人家庭，优裕的家境使他得以接受古巴贵族的精英教育。他自小学习拉丁文、古典哲学，少长攻读医学，同时在剧院客串喜剧角色，这为他后来成为剧作家奠定了良好的舞台基础。正是基于他的勤奋和实践，从而为古巴剧坛奉献了一系列作品，尤其值得注意的是，他的笔下不仅有西班牙人、土生白人，还有混血儿、农夫和黑人，从而为古巴文学，乃至整个西班牙语美洲文学提供了一个难得的审美向度，某些方面或可使我们忆起塞万提斯的一些喜剧或幕间短剧，但同时科瓦鲁比亚斯的作品又明显蕴含着土著

---

① Altamirano: "Manuel Eduardo de Gorostiza, dramaturgo", *Obras completas*, Vol.1, México: SEP, 1986, pp.262—269.

主义的萌芽。

主要作品有独幕喜剧《哈瓦那茶馆》（*Las tertulias de La Habana*, 1814）、《卡拉瓜奥集市》（*La feria de Carraguao*, 1815）、《哈瓦那守灵夜》（*Los velorios de La Habana*, 1818）、《圣安东尼奥浴场的鸡窝》（*La valla de gallos en los baños de San Antonio*, 1820）、《苏里亚戈的美德》（*Las virtudes del Zurriago*, 1822）、《内地走卒》（*El peón de tierra adentro*, 1825）、《没钱就无爱，又名堂娜胡安娜和利马人》（*No hay amor si no hay dinero o Doña Juana y el limeño*, 1826）、《山夫在剧院，又名喜剧家塞巴·莫恰》（*El montero en el teatro o El cómico de Ceiba Mocha*, 1829）、《滑稽者，又名压抑的农夫》（*El gracioso o El guajiro sofocado*, 1830）、《两个搞笑者》（*Los dos graciosos*, 1841）等等。遗憾的是他的作品已经散佚殆尽，人们根据一些不断演绎加工的保留剧目和同时代作家的只言片语延续着关于作者的记忆。然而，作为古巴戏剧的奠基人和风俗主义的先驱，古巴政府将国家大剧院命名为科瓦鲁比亚斯大剧院。用著名诗人何塞·马蒂的话说，科瓦鲁比亚斯和民族戏剧的出现，"意味着古巴朝独立迈出了一大步"。①

三、路易斯·维尔加斯·特哈达

路易斯·维尔加斯·特哈达（Vergas Tejada, Luis, 1802—1829）和当时的大多数西班牙语美洲作家一样，出身在土生白人家庭。在他短暂的生命中，除了参加独立战争，就是从事文学创作。虽然他是南美洲独立革命的积极拥护者和参与者，但坚定地反对西蒙·玻利瓦尔，认为后者固然有功，却居功自傲，成了独裁者。因此，他甚至不惜组织并参与刺杀玻利瓦尔的行动，结果计划暴露，有关人等不得不怅惶而逃亡。沿途住过洞穴，蹚过河流，而他很可能是在一次逃离祖国哥伦比亚的路途中渡河淹死的。

他被誉为难得的少年天才，没有受过完整的教育，却靠顽强的

---

① Ríos, Martha: "Remembranzas: Francisco Covarrubias", https://www.radiohc.cu/francisco-covarrubias/pdf.

意志博闻强记，熟练地掌握了英语、法语、德语、意大利语和拉丁文。母语西班牙语更是不在话下。正是凭借过人的天赋，他十九岁便成了哥伦比亚实权人物桑坦德尔（Santander, Francisco Paula）将军的私人秘书，不久升任哥伦比亚独立政府议会秘书。1828年，大哥伦比亚共和国内部出现分歧，以玻利瓦尔为代表的委内瑞拉派坚持保持大一统理念，但以桑坦德尔将军为代表的哥伦比亚派却倾向于分而治之。两人不欢而散，其结果便是玻利瓦尔废黜了桑坦德尔的副总统职务。于是，矛盾开始公开化和白热化。为对抗玻利瓦尔，维尔加斯·特哈达等建立了以桑坦德尔为核心的哥伦比亚同盟。从此，维尔加斯·特哈达从玻利瓦尔的崇拜者反转为对抗者，有作品《波亚卡记忆》（*Recuerdos de Boyacá*）和《尤蒂卡读本》（*Catón de Utica*）为证。前者是歌颂玻利瓦尔的赞美诗，后者却成了声讨玻利瓦尔的檄文。

主要作品有诗集和剧本若干。《阿吉民》（*Aquimín*, 1827）、《萨盖萨希帕》（*Saquesagipa*, 1827）、《苏加姆希》（*Sugamuxi*, 1828）、《维蒂肯多》（*Witikindo*, 1828）、《动乱》（*Las combulsiones*, 1828）是他传说中的五个剧本，《保萨尼亚斯的母亲》（*La madre de Pausanias*, 1829）和《多拉敏妲》（*Doraminta*, 1829）是他逃亡时期在洞穴中创作的两出悲剧。但它们大多已经散佚。唯有《苏加姆希》和《动乱》比较完整地流传至今。前者是一出悲剧，描写了西班牙殖民者入侵美洲时索加莫索太阳金字塔被焚毁的历史情景；后者是一出喜剧，表现波哥大社会生活和教育问题，其中既有西班牙黄金世纪喜剧的基因，又有19世纪的风俗主义元素。

第二章　浪漫主义与风俗主义时期

引言

自1810年9月16日墨西哥独立战争爆发到1826年1月23日西班牙国旗在秘鲁卡亚俄港黯然降下，包括巴西在内的拉丁美洲（除古巴、波多黎各等少数岛屿外），陆续宣告独立。然而，三百年的掠夺和战乱早已使独立后的拉丁美洲成为一片废墟。遍地哀鸿、满目疮痍，百废待兴成为独立国家的首要现实。问题是，军阀混战、各种势力相互倾轧和一些国家的分分合合、龃龉不断，譬如美国对墨西哥、法国对墨西哥和阿根廷、秘鲁同玻利维亚、智利同秘鲁、阿根廷同巴拉圭等均因领土纠纷爆发过战争，致使硝烟不散。

环境使然，浪漫主义姗姗来迟，这使得所谓的积极浪漫主义和消极浪漫主义几乎同时进入新生的西班牙语美洲国家。虽然早在独立运动之初，欧洲的浪漫主义就已经通过贝略等人有保留地传入西班牙语美洲，但独立战争拉锯式状态导致大多数文人仍不懈地拥抱启蒙思想和新古典主义。这种情况一直要到除古巴、波多黎各等极少数地区之外，西班牙语美洲完全摆脱西班牙并获得独立之后才渐渐结束。诚然，西班牙语美洲国家甫一独立就陷入了军阀（又作考迪略，Caudillos）混战的局面。寡头政治迅速形成，独裁者像走马灯一样去了一拨，又来一拨，真可谓前脚狼走，后脚虎来。19世纪20年代伊始，西班牙语美洲国家几乎清一色跌入了历史的怪圈。文化界称之为

"文明与野蛮"的斗争。在此后的短短十几年间，墨西哥换了十来个总统，其中不乏袁世凯那样妄想复辟的角色。阿根廷则很快被罗萨斯(Rosas, Juan Manuel de)挟持。这南北两极之间的大多数西班牙语美洲国家都在战乱和反独裁斗争中跌跌撞撞，步履蹒跚。

西班牙语美洲的第一批浪漫主义作家正是在这样的情势下踽踽前行的，相互之间既没有文学上的默契，也没有什么宣言和旗帜。无论是英国湖畔派，还是法国浪漫派，或者德国狂飙突进运动，甚至西班牙自由派，都是西班牙语美洲文坛的老师。又所幸环境使然，西班牙语美洲文坛没有产生几个夏多布里昂(Chateaubriand, François-René de)式消极浪漫主义作家。至于异国情调，因西班牙语美洲本身就是处女地、"新大陆"，这种情况一直持续到20世纪"文学爆炸"，甚至今天。因此，风俗主义的盛行是不可避免的，它与浪漫主义并驾齐驱，甚至常常你中有我、我中有你。诚然，过程中情况复杂，凡事不能一概而论。毕竟西班牙语美洲涉国众多，而且随着各自的独立发展，国情日渐不同，形势更是千变万化。所谓花开无数，须得一一道来。即或如此，挂一漏万，也是在所难免。

第一节　19世纪上半叶

前面说过，新生的西班牙语美洲涉国众多；愈往后，情况愈是千差万别。本著只能大体按时间和体裁或流派为序，渐次道来。

一、主要诗人

诗歌在西班牙语美洲向来发达，即使殖民地时期也可以产生"第十缪斯"。独立的西班牙语美洲国家催生了一大批诗人，他们或借鉴欧陆浪漫主义诗风，或拥抱美洲风土人情和自然气象，展开了想象的翅膀。因此，在西班牙语美洲，浪漫主义和风俗主义难以截然区分。然而，另一方面，落后的经济基础和动荡的政治环境使大量作家作品未及出版和传播便归于尘、归于无；跌入忘川的绝对不在少数。

（一）何塞·埃斯特万·埃切维利亚

何塞·埃斯特万·埃切维利亚（Echeverría, José Esteban, 1805—1851），阿根廷诗人、小说家。父亲是西班牙人，母亲是土生白人。童年时期父亲亡故，埃切维利亚被送进道德学院，直至十八岁因为生计不得不放弃学业。1826年获得政府奖学金，得以赴巴黎学习。留学期间大量阅读法国浪漫主义文学，从夏多布里昂到雨果（Hugo, Victor）、大仲马（Dumas, Alexandre）等，无不在他涉猎范围之内。但他最钟情的似乎还是德国、英国和西班牙浪漫派作家的作品。1830年回国时，适值独裁者罗萨斯实行专制统治，埃切维利亚立刻以笔为枪，高举自由、民主的旗帜，投入到反对独裁统治的斗争之中，开始创作诗歌，尔后转向小说，被认为是西班牙语美洲积极浪漫主义的杰出代表。

主要诗作有1832年的《艾尔维拉或拉普拉塔的新娘》（*Elvira o la novia del Plata*）、1834年的《安慰集》（*Los consuelos*）和1837年的《诗韵集》（*Rimas*）。由于他后来的小说大获成功，这些诗作的光芒常常有所遮蔽，乃至于被全然忽略。譬如著名西班牙语美洲文学史家安德森·因贝特（Anderson Imbert, Enrique）就认为埃切维利亚缺乏诗人的天分。[①]然而，随着时间的推移，诗人埃切维利亚日益为人们所记起。尤其是他的《女俘》（"La cautiva"）（收于《诗韵集》）引起了越来越多的好评，但其中的内容也给我们留下了些许疑惑。

《女俘》为西尔瓦长诗，但并不拘泥于传统格律。全诗凡九章，外加一个尾声。作品以拜伦（Byron, George Gordon）《唐璜》（*Don Juan*）中的诗句作为引言："女人的心田是宜人的沃土……"第一章"荒漠"（"El Desierto"）以雨果的诗行开篇，展示了夕阳下阿根廷潘帕斯大草原的凄凉景象。一群"野蛮人"抢掠归来，身后是燃烧的村落。他们兴高采烈，眼中却闪着仇恨的火焰。

① Anderson Imbert: *Historia de la literatura hispanoamericana*, t.1, México: Fondo de Cultura Económica, 1954, pp.241—242.

第二章"盛宴"（"El Festín"）以但丁（Dante Alighieri）的诗句为引言，写"野蛮人"庆祝胜利。他们俘虏了大批年轻貌美的女基督徒和无数骏马，纵酒狂欢，直至互相斗殴、拔刀相向。

第三章"匕首"（"El puñal"）用卡尔德隆（Calderón de la Barca, Pedro）的诗句开篇，讲玛丽亚用匕首杀死戕害儿子的凶手，并勇敢救出受伤的丈夫，一起逃出"野蛮人"的魔爪。

第四章"拂晓"（"La Arbolada"①）用曼佐尼（Manzoni, Alessandro）的诗句开篇，讴歌一队骁勇善战的骑兵突袭酣睡中的"野蛮人"，救出了所有俘虏，却不知玛丽亚和她丈夫的下落。

第五章"莽原"（"El Pajonal"）复以但丁名句开篇，把读者带到了一个僻静的地方。玛丽亚和她的丈夫藏匿在那里，她正悉心照拂身负重伤的爱人。

第六章"等待"（"La Espera"）以莫雷托（Moreto, Agustín）的诗行开篇，描述玛丽亚在荒原中守护丈夫、等待救援。忽然，远处传来一声嚎叫，玛丽亚警觉地拿起了匕首。

第七章"野火"（"La Quemazón"）以拉马丁（Lamartine, Alphonse de）的名句开篇，衍生出惊心动魄的一幕：草原上的野火与春风。野火呈燎原之势，玛丽亚再次挽救了丈夫的性命。

第八章"布里安"（"Brián"）是以玛丽亚的丈夫、男主人公的名字命名的，起手用了阿拉伯《安塔拉传奇》（Antarah）中的诗句。这时，一只老虎来到主人公所在的地方，玛丽亚紧握匕首准备与它搏斗。然而，老虎并没有发起攻击，它悠闲地离开了他们。而布里安终因伤势太重、失血过多，在昏迷中死去。

第九章"玛丽亚"（"María"）以女主人公的名字命名，同时使用了匿名诗人和彼得拉克（Petrarca, Francesco）的诗句。玛丽亚万分悲伤地埋葬了丈夫的尸体，独自离开莽原，朝着故乡跋涉。当她发现巡逻骑兵时，立刻向其询问儿子的下落，得到的自然是噩耗。这时，坚

---

① 原意为"波涛、高大"等，赵振江先生译作"拂晓"是很有意味的。故从之。见《拉丁美洲文学史》，赵德明、赵振江、孙成敖等著，北京：北京大学出版社，1989年。

强的女人终于永远地倒下了。

　　倘使将《女俘》与19世纪西班牙语美洲的另一部"史诗"——《塔巴雷》(*Tabaré*, 1888) 对位比照，那么我们将发现两种截然不同或谓截然相反的价值取向。由此推论，并鉴于埃切维利亚的政治立场，虽然《女俘》一再提到印第安人是杀人不眨眼的"野蛮人"，但读者不难想见他是在借此抨击以罗萨斯为首的那些名副其实的野蛮人，否则作品就很不合时宜了。须知19世纪初印第安人在阿根廷几近绝迹，数量有限的印第安人（主要为兰盖尔人）已经退守荒漠。同时，由部分印欧混血儿从出的牧民——高乔人（又作加乌乔人）业已成为潘帕斯草原的主人，高乔文学也已经萌发、行世。据安德森·因贝特考证，高乔（"Gaucho"）一词最早出现于1790年，并见诸口头，特指浪迹天涯、游手好闲的骑手或牧民。19世纪初，在巴尔托罗梅·伊达尔戈 (Hidalgo, Bartolomé, 1788—1822) 笔下，高乔人正式进驻文学作品。[①] 及至1872年，何塞·埃尔南德斯 (Hernández, José) 的高乔史诗《马丁·菲耶罗》(*El gaucho Martín Fierro*) 出版。

　　印第安人一直是殖民主义压迫和剥削的对象，也是西班牙语美洲独立革命的积极参与者。在这样的历史语境下写印第安人对基督徒大规模烧杀掳掠，不仅不合时宜，而且不合情理。当然，少数印第安人出于对殖民者和基督徒的仇恨，产生报复举动也不是完全没有可能，况且《马丁·菲耶罗》中多少也有涉及，但这绝对不是19世纪初阿根廷和西班牙语美洲的重要社会现象。当然，印第安人同殖民者及其繁衍的土生白人（乃至印欧混血儿）彼此他者化现象持续存在，直至今天。

　　此外，19世纪初潘帕斯大草原不仅仅是一个舞台，它甚至还是野蛮的象征，在后世文人吉拉尔德斯 (Güiraldes, Ricardo) 的作品中则几乎将以主人公的形态呈现在读者面前。至于埃切维利亚的小说，则更好地反映了作者反对专制统治的民主意识。他甚至直接将阿根廷社会喻为"屠场"。这且稍后再说。

---

① Anderson Imbert: *Op.cit.*, pp.212—213.

（二）阿多尔福·贝罗

阿多尔福·贝罗（Berro, Adolfo, 1819—1841），乌拉圭诗人，出身于蒙得维的亚的一个贵族家庭。其兄长贝纳尔多·普鲁登西奥·贝罗（Berro, Bernardo Prudencio）也是位诗人，但更是政治家，曾于1860年至1864年出任乌拉圭总统。小贝罗自小表现出诗人禀赋，可惜天妒英才，让他早早撒手人寰。罹病去世时，他年仅二十二岁。

主要作品有抒情诗《风尘女子》（"La ramera"）、《奴隶》（"El esclavo"）、《献给妓女的歌》（"Canto a la prostituta"）、《母亲的祈求》（"El ruego de una madre"）、《蒙得维的亚人民》（"Población de Montevideo"）、《墓中女人》（"Una mujer en la tumba"）、《弃婴》（"La expósita"）、《印第安人杨杜巴玉和利罗佩娅》（"Yandubayú y Liropeya"）等等。这些诗篇结集出版于1842年。从这些诗题即可看出，小贝罗是一位心系普通百姓，尤其是弱势群体的良心诗人；同时也是一位充满了悲悯情怀的浪漫诗人。《印第安人杨杜巴玉和利罗佩娅》是歌颂印第安人的。杨杜巴玉遭西班牙殖民者追击，遁入林中，但殖民者紧追不舍，于是双方发生激烈搏斗。一直生活在林中的利罗佩娅挺身而出，她正是杨杜巴玉酋长心爱的人。她见酋长已经将对手按在地上，上前阻止双方继续格斗。就在杨杜巴玉准备放弃杀戮之际，西班牙人却趁机将屠刀刺进了前者的后背。杨杜巴玉倒在了利罗佩娅怀里。西班牙人见利罗佩娅长得楚楚动人，又起了淫欲兽心。利罗佩娅对他说：

"要我随你不是不能
但须答应我的要求：
用你双手挖个土坑，
先将这具尸体埋葬；

挖好土坑再埋尸体，
他已僵硬而且冰冷，

不要使他暴尸此地
成为雕鸮们的食品。"

西班牙人欢天喜地，
放下那把卑鄙屠刀，
开始刨土挖坑做坟；
对手被他冷血杀死。

尸体被扔进了坑里，
再用泥石将其覆盖，
然后走向利罗佩娅，
脸上难掩喜悦之情。

利罗佩娅亭亭玉立，
西班牙人持剑走近；
利罗佩娅怒目圆睁
紧紧盯着冷酷杀手。

"再挖个土坑，"她说，
"被诅咒的坏基督徒！"
话音未落上前一步，
她拿利剑刺进胸膛。[①]

　　虽然故事发生在16世纪，但旧事重提显然是诗人有意为之。它契合了浪漫诗人"不自由，毋宁死"的信条和同情弱者、心存博爱的悲悯。

（三）玛丽亚·何塞法·姆希亚

　　玛丽亚·何塞法·姆希亚（Mujía, María Josefa, 1812—1888）是

---

① 原文参见 https://www.poesi.as/Yandubayú-y-liropeya/pdf.。

玻利维亚第一位女诗人，也是19世纪西班牙语美洲极少数女诗人之一。她命途多舛，少年丧父，不久自己又双目失明，不得不靠兄弟念书给她听。

她的第一首诗创作于1849年，是年她三十七岁，借以抒发内心的苦闷：

都是黑夜，茫茫无际，

我已经无法辨别美丽，

天空也不再产生美感；

更没有任何光明可言。

看不见天上星星闪烁，

一切笼罩在黑幕之中，

就连白昼也失去光泽，

没有赤橙黄绿青蓝紫，

没有植被和鲜花盛开，

没有翠绿的原野山峦，

它们用爱装点这世界。

唯有黑夜，悲悲戚戚，

我内心充满混沌恐惧。

无论面向或走向何方，

除了黑暗，就是惊恐，

茫茫无际，悲悲戚戚。

在不幸没完没了之际，

有一种美好可以期盼，

那便是死亡这个幸运。[1]

在后人看来，姆希亚是天生的浪漫诗人。不同的是，她走了浪漫主义的反向之路：由消极走向积极。命运使然，她几乎终身生活在黑

[1] Montoya, Victor: "La primera poetisa del romanticismo boliviano", *Ecdótica*, La Paz, 20 de agosto de 2008, p.1.

暗之中，没有光明，没有前途，文学是她唯一聊以自慰的精神存在。而诗歌作为她抒发感受和生命律动的重要介质，也逐渐成了她唯一的希望和光明。可惜她创作不多，而且作品散佚不少，除了前面这首处女作，唯有《爱情》（"El Amor"）等少数作品流传。

（四）何塞·安东尼奥·马伊廷

何塞·安东尼奥·马伊廷（Maitín, José Antonio, 1804—1874），委内瑞拉诗人，出身在一个土生白人家庭。第一共和国失败后，其父母决定逃离委内瑞拉，到古巴定居，结果在海关被殖民当局扣留。不久玻利瓦尔再次起义，马伊廷得以随父母移民古巴。在古巴读书期间，马伊廷结识了古巴诗人埃雷迪亚和委内瑞拉独立运动领导人何塞·费尔南德斯·马德里（Fernández Madrid, José）。他由此加入独立运动文学社团。1824年，他回到委内瑞拉，几年后出任大哥伦比亚共和国驻英国使团秘书。在英国结识贝略。1835年回到祖国，创作了处女作诗体二幕喜剧《未婚妻》（*La prometida*），从此登上文坛。1838年创作喜剧《堂路易斯》（*Don Luis*）。1840年至1850年是他创作的高峰期，这时他已经接触了西班牙浪漫主义诗人索里利亚（Zorrilla, José）的作品，也亲历了欧陆的浪漫主义风潮。

因为我悲已伤及阴腑：
庄严和广袤的孤寂中
没有任何痛堪比我苦。
[……]①

这是诗人悼念亡妻时创作的诗，被西班牙语文学家梅嫩德斯·伊·佩拉约（Menéndez y Pelayo, Marcelino）誉为西班牙语文学最感人、最忧伤的诗篇，几乎没有之一。②

---

① 原文参见 https://www.analitica.com/opinion/jose-antonio-maitin/pdf.。
② 同上。

（五）何塞·巴特雷斯·蒙杜法尔

何塞·巴特雷斯·蒙杜法尔（Batres Montúfar, José, 1809—1844），出生于圣萨尔瓦多。由于当时萨尔瓦多尚未脱离危地马拉，因此一般文学史家视其为危地马拉作家。青少年时期在军事学院学习，毕业后从军并参加过若干战役。退役后任萨尔瓦多省地方议员等职，同时从事文学创作。主要作品除了诗歌，还有诗体风俗小品。

在一首题为《我想你》（"Yo pienso en ti"）的断章中，诗人以鲜明的浪漫情怀表达了对恋人的思念：

> 我想你，你活在我脑际，
> 孤独，静止，无时无刻。
> 不论你的容貌怎样嬗变
> 你始终浮现在我的面前，
> 爱情之火默默将我吞咽。
> ［……］①

除诗歌外，他还创作了不少展示危地马拉风情的诗体剧本和小说。

（六）胡安·迭盖斯·奥拉维里

胡安·迭盖斯·奥拉维里（Diéguez Olaverri, Juan, 1813—1866），危地马拉作家，出身于危地马拉城的一个普通律师家庭。迭盖斯·奥拉维里子承父业，大学毕业后从事法律事务，同时积极参政，曾当选省议员。文学作为他的"情人"，始终陪伴其左右。但因杂事繁多，他终究不能全身心投入创作。主要作品有抒情诗五十余首，它们未及在诗人有生之年结集发表，直至1893年由豪尔赫·阿里奥拉（Arriola, Jorge）整理出版。在一首名为《献给库丘马坦人》（"A los cuchumatanes"）的诗中，诗人曾这样深情表白：

---

① 原文参见 https://www.poemas-del-alma.com/jose-batres-montufar.htm/pdf.。

哦，我祖国的天空！
哦，高贵的地平线！
哦，蓝天映着高山！
请听我远方的呼喊！
我用灵魂向你致敬，
巍峨山岗延绵起伏，
为你筑起天然屏障。
你就是我出生之地！

［……］

那里有亲爱的伙伴
伴随我童年的心灵
度过多少欢乐时光，
无忧无虑尽情玩耍
鲜花编制花环彩带
虽然不美却很友爱，
怎奈何严酷的命运
生生地将我们剥夺！

［……］①

（七）伊格纳西奥·罗德里格斯·加尔万

伊格纳西奥·罗德里格斯·加尔万（Rodríguez Galván, Ignacio, 1816—1842），墨西哥诗人，出身在伊达尔戈州的一个小农场主家庭，没有受过正规教育，却自学了拉丁文、法文和意大利文。长大后在一家书店当伙计，得以饕餮般阅读来自首都和欧洲的文学，尤其是当时的浪漫主义作品。尔后考入圣胡安·德·莱特兰学院（简称莱特兰学

---

① 原文参见 https://www.poemaspoetas.com/juan-dieguez-olaverri/pdf.。

院），同时开始文学创作。作品涵盖了诗歌、小说和戏剧。和剧作家费尔南多·卡尔德隆（Calderón y Beltrán, Fernando）一起，罗德里格斯·加尔万被认为是墨西哥浪漫主义的开创者。

他的主要诗作发表于19世纪三四十年代，1851年结集出版。

兴高采烈的海员
唱着快乐的号子，
将铁锚缓缓拉起，
唧噜噜很是古怪。
锁链发出的声音
使我充满了伤感。
再见，我的祖国，
再见，我的故乡！

轮船在微微倾斜
不停地左右摇晃，
我忽然感到震颤，
蒸汽机开足马力。
瀑布是它的轮子
白浪是它的工艺。
再见，我的祖国，
再见，我的故乡！

我坐在船尾眺望
无边无际的海洋，
想起不幸的命运
和我深重的苦痛。
［……］①

---

① Rodríguez Galván: *Poesías*, t.1, México: Impresas por Manuel N. de la Vega, 1851, p.210.

当时，诗人生平第一次乘船远航，途中写下了这首充满哀伤的《再见，我的祖国》（"Adiós, oh patria mía"）。一定是离别的哀伤或某种不祥的预感，使他写下了如此哀伤的诗行。抵达古巴后不久，他便染上了黄热病，最终不治身亡，是年二十六岁。但是，他以超然的勤奋留下了无数诗篇，其中长诗《瓜乌特莫克的预言》（"La profecía de Guatimoc"①）借以发古之幽情而赞颂伟大的祖先。同时，他还开了墨西哥浪漫主义小说的先河，也是最早的浪漫主义剧作家之一。然而，他在很长一段时期内无人问津。直至20世纪中叶，经过一些有心学者的钩沉，他和他的作品以及他创办的全墨第一份文学刊物《新年》（*El Año Nuevo*）才得以重见天日。

（八）加夫列尔·德拉·康塞普西昂·巴尔德斯

加夫列尔·德拉·康塞普西昂·巴尔德斯（Concepción Valdés, Gabriel de la, 1809—1844），古巴诗人，生于哈瓦那。受拮据的家庭经济限制，从未接受正规教育，但他自小勤奋好学、博闻强记，对同时代西方文学如数家珍。同时，他的作品大量吸收民间资源，如"打油诗""顺口溜"等，故遭到精英阶层的不屑，却一不留神成了古巴乃至西班牙语美洲风俗主义的先声之一。1844年因参加独立运动被殖民当局逮捕，并被处以极刑。

主要作品有以笔名命名的《普拉西多诗集》（*Poesías de Plácido*, 1838）、《牛仔：古巴的诗》（*El veguero. Poesías cubanas*, 1841—1842）、《普拉西多诗选》（*Poesías escojidas [sic] de Plácido*, 1842）和《被诅咒的孩子》（*El hijo de maldición*, 1843）。

> 神啊，救救新世界！
> 救救这个襁褓②！
> ［……］
> 小小恩赐就是大福。

---

① 即 Cuauhtémoc。
② 在西班牙语中"古巴"（Cuba）和"摇篮"（cuna）音近。

救救我的国，

你看着我呱呱坠地，

你如此纯真

满头的青丝

抚摩玫瑰似的脸庞。

[……] ①

这是诗人假借歌颂玛丽亚·德·拉斯·梅塞德斯·圣克鲁斯·伊·蒙塔尔沃（Mercedes Santa Cruz y Montalvo, María de las）以抒发爱国主义情怀的一首长诗。玛丽亚出生于哈瓦那，父亲是伯爵。她在古巴度过了童年，并在修道院接受了严格的文学和神学训练。父亲去世后，她随母亲去了西班牙，当时年方十二。1842年，她作为曾经的马德里宫廷女官和法国莫林伯爵夫人、巴黎重要文学沙龙主人荣归古巴。官员迎迓，犹恐不及。康塞普西昂·巴尔德斯显然是借题发挥。忧愁和嘲讽、怨艾和嬉笑，皆在其中。

（九）何塞·安东尼奥·马丁

何塞·安东尼奥·马丁（Martín, José Antonio, 1814—1874），委内瑞拉诗人。委内瑞拉虽然有过贝略那样的先行者，但马丁并没有受到多少影响。这一方面是因为贝略加入了智利国籍，另一方面是他只是个骑墙于新古典主义和浪漫主义的作家。倒是邻国古巴的风来得更为直接。马丁显然是受了康塞普西昂·巴尔德斯的影响，创作了著名的《哀歌》（"Canto fúnebre"）。

同时期的委内瑞拉诗人还有塞西利奥·阿科斯塔（Acosta, Cecilio, 1818—1881），代表作为《白色小屋》（"La casita blanca"）。相形之下，19世纪上半叶委内瑞拉并没有产生声名显赫的浪漫主

---

① Rodríguez Galván: *Poesías escojidas [sic]*. Matanzas: Imprenta del Gobierno, 1842. https://www.yucayo.com/cuba-poetica-gabriel-de-la-concepcion-valdes/pdf.

义诗人。以至于有批评家认为他们只不过是步了古巴诗人的后尘。[①]
琴·弗朗哥（Franco, Jean）在评述这一时期的委内瑞拉文学时，也基本上只是一笔带过。[②]

（十）赫特鲁笛丝·戈麦斯·德·阿维利亚内达

赫特鲁笛丝·戈麦斯·德·阿维利亚内达（Gómez de Avellaneda, Gertrudis, 1814—1873），古巴女诗人，出生在今卡马尉。父亲早逝，加之旅欧期间两次婚姻失败，并遭情人抛弃（当时她已身怀六甲），身心遭受了巨大创伤。所幸她得到了何塞·索里利亚、费尔南·卡巴利耶罗（Caballero, Fernán）、何塞·德·埃斯普隆塞达（Espronceda, José de）和阿尔贝托·阿科斯塔（Acosta, Alberto）等西班牙诗人的照拂，同时广泛浏览雨果、夏多布里昂、拜伦等法、英浪漫主义作家的作品，创作了长篇历史小说《萨博》（*Sab*, 1841）、《瓜蒂莫辛[③]，墨西哥的末代君主》（*Guatimozín, último emperador de México*, 1846），以及不少诗作和两个剧本。

> 大海的珍珠！西方的明星！
> 美丽的古巴！像痛苦笼罩
> 我悲伤的前额，昏暗的夜幕
> 笼罩着你闪光的天空。
>
> 我即将启程！……为促使我
> 背乡离井，动作敏捷的劳工
> 升起船帆，你热带的微风
> 也急忙赶来吹个不停。

---

① Anderson Inbert: *Op.cit.*, p.270.
② Franco, Jean: *Historia de la literatura hispanoamericana: a partir de la independencia*, Barcelona: Editorial Ariel, 1985.
③ 即瓜乌特莫克。

再见吧，幸福的祖国，可爱的伊甸园！
无论发狂的命运将我推向何方
你甜蜜的名字都将萦回在我的耳旁！

再见吧！……膨胀的船帆吱呀作响……
已经起锚……震荡的船身
劈开层层波浪，默默地飞翔。[①]

——《离开祖国的时候》（"Al partir"）

（十一）何塞·埃乌塞比奥·卡罗

何塞·埃乌塞比奥·卡罗（Caro, José Eusebio, 1817—1853），哥伦比亚诗人，父亲是西班牙人，母亲是土生白人。少年时期因父亲早逝，放弃了学业，开始从事新闻工作，同时参与政治。曾创办《格拉纳达人报》（*El Granadino*, 1840—1845）和《文明报》（*La Civilización*, 1849—1851），并出任议员、政府部长等职。婚后育有一双儿女，儿子米格尔·安东尼奥·卡罗（Caro, Miguel Antonio）于1892年当选哥伦比亚共和国总统，女儿玛尔加里塔·卡罗（Caro, Margarita）嫁给了前任总统马利亚里诺（Mallarino, Carlos Holguín）。

卡罗青年时期饱览法国启蒙主义思想家的作品，同时对欧洲浪漫主义时尚颇为了解，并有感于西班牙语美洲方兴未艾的浪漫主义思潮，但其作品徘徊于新古典主义和浪漫主义之间，有《我的里拉琴和回城》（"Mi lira y Venida a la ciudad"）、《二十之后和崭露头角》（"Después de veinte años y Aparición"）、《和你在一起》（"Estar contigo"）、《告别祖国》（"Despedida de la patria"）等散篇残章存世。去世后由华金·奥尔蒂斯（Ortiz, José Joaquín, 1814—1892）结集于《卡罗和巴尔加斯·特哈达诗集》（*Poesías de Caro y Vargas Tejada*,

---

① 转引自《拉丁美洲历代名家诗选》，第57—58页。

1857)。这些诗篇对后世现代主义旗手鲁文·达里奥产生过影响。[1]

> 啊，神圣的山中之王
> 暗淡的银盔戴在头上，
> 狂风在他的手中大作，
> 暴雨像大旗呼啦啦地飘扬！
>
> 伟大的钦波拉索[2]！你热烈的目光
> 注视我们，今天又变得令人欢畅！
> 如今圣坛上的美洲人
> 尝到了灵魂的解放。
>
> 啊，倘若在倒霉的一天，
> 在祖国的棕榈树下面，
> 罪恶的阴谋篡夺了政权，
>
> 啊，伟大的火山！显示神威吧，
> 用不可战胜的利剑，将暴君践踏的
> 龌龊的土地沉进大海的深渊！[3]

（十二）其他诗人

19世纪上半叶西班牙语美洲国家在组合分化中踽踽前行。拉普拉塔河流域联盟解体，成为巴拉圭、乌拉圭和阿根廷三个国家。大哥伦比亚一分为二，变成了哥伦比亚和委内瑞拉。智利和秘鲁分道扬镳。稍后，玻利维亚和秘鲁脱钩。中美洲联邦更是逐渐演化为若干个国家。玻利维亚和秘鲁、阿根廷和巴拉圭还因为领土争端发生

---

[1] Diaz, Camila: "José Eusebio Caro", https://www.historia-biografia.com/jose-eusebio-caro/pdf.
[2] 位于厄瓜多尔的火山。
[3] 转引自《拉丁美洲历代名家诗选》，第63—64页。

战争。因此，刚刚摆脱西班牙获得独立的西班牙语美洲新生国家的社会环境相当恶劣。贫穷、落后、战乱和走马灯似的独裁更使百废待兴的独立国家一时难以将重心置于经济文化发展上。文盲充斥，疾病肆虐，加之很多国家甚至尚未引进像样的印刷技术，文坛萧瑟在所难免。但是，西班牙语美洲毕竟地大物博、人口众多，启蒙主义和早期浪漫主义或风俗主义诗人还是大有人在。这里不妨再列举一些。

我们至少可以举出十几位曾不同程度受到关注的诗人，如阿根廷诗人何塞·安东尼奥·米拉利亚（Miralla, José Antonio, 1790—1825）、巴尔托罗梅·米特雷（Mitre, Bartolomé, 1821—1906）、伊拉里奥·阿斯卡苏里（Ascasuri, Hilario, 1807—1875），乌拉圭诗人贝罗和戈麦斯（Gómez, Juan Carlos, 1820—1884），智利诗人萨尔瓦多·桑富恩特斯（Sanfuentes, Salvador, 1817—1860）及安德雷斯·贝略的儿子卡洛斯·贝略（Bello, Carlos, 1815—1854）和弗朗西斯科·贝略（Bello, Francisco, 1817—1845），秘鲁诗人费利佩·帕尔多·伊·阿利亚加（Pardo y Aliaga, Felipe, 1806—1868）和马努埃尔·阿森西奥·塞古拉（Segura, Manuel Ascencio, 1805—1871），玻利维亚诗人里卡多·何塞·布斯塔门特（Bustamante, Ricardo José, 1821—1886）和马努埃尔·何塞·科尔特斯（Cortés, Manuel José, 1815—1865），哥伦比亚诗人何塞·玛利亚·格鲁埃索（Gruesso, José María, 1779—1835）、何塞·华金·奥尔蒂斯，委内瑞拉诗人多明戈·德尔蒙特（Delmonte, Domingo, 1804—1853）和胡安·维森特·贡萨莱斯（González, Juan Vicente, 1811—1866），厄瓜多尔诗人加夫列尔·加西亚·莫雷诺（García Moreno, Gabriel, 1821—1873），危地马拉诗人马努埃尔·玛利亚·瓦伦西亚（Valencia, Manuel María, 1810—1870），古巴诗人和剧作家何塞·哈辛托·米拉内斯·伊·富恩特斯（Milanés y Fuentes, José Jacinto, 1814—1863）、多明戈·德尔·蒙特（Monte, Domingo del, 1804—1853），墨西哥诗人和剧作家费尔南多·卡尔德隆·伊·贝尔特兰、马努埃尔·卡尔皮奥（Carpio, Manuel, 1791—1860）、吉列尔莫·普里埃托（Prieto, Guillermo, 1818—1897）、伊格纳西奥·拉

米雷斯（Ramírez, Ignacio, 1818—1879），等等。这些诗人由于种种原因被忽视，甚至被遗忘，仅有少数几位的作品因涉足其他体裁而得以流传。

二、主要小说家

对于西班牙语美洲而言，小说虽然是一个相对"晚到"的体裁，但它并不因为"晚到"而显得羸弱。尤其是在19世纪上半叶，小说开始全面发力。这一方面是对殖民地时期有关禁令的反拨，另一方面也是社会形态和生产力发展的必然结果。随着墨西哥、阿根廷、委内瑞拉等国大量进口印刷设备和改进造纸技术，小说不仅成为时尚和人们茶余饭后的重要消遣读物，而且也是（或谓更是）传播思想、施展教化的重要手段。于是，西班牙语美洲国家的一大批小说家迅速诞生，其影响力甚至超过了同时期诗人。

（一）埃切维利亚

作为诗人，何塞·埃斯特万·埃切维利亚为西班牙语美洲文坛带来了新风；作为小说家，他在西班牙语文坛刮起了旋风。这股旋风便是他的代表作《屠场》（*El matadero*, 1840）。

虽然这是一部中篇小说，但其用力之大之猛，足以让整个阿根廷文坛震动。小说创作于1838年至1840年间，时逢罗萨斯在阿根廷实施暴政。后者派出大批"联邦派"警探抓捕民主派人士（史称"统一派"）。小说虽然完成于1840年，但只是在同道中流传，直至1871年才正式出版。

故事发生在布宜诺斯艾利斯的一个屠宰场。四旬斋期间，人们遵照元首的命令，停止屠宰牲口，因而造成肉食短缺。适值雨季，洪水泛滥，以致人心惶惶、饿殍遍地。为避免社会动乱，元首不得不下令屠宰场重新营业。于是，数十头牛被运进屠宰场，尽管对于庞大的城市，这些牛几可谓杯水车薪，但屠夫们还是欣喜若狂，一连宰杀了四十九头。第一头牛是献给元首的。最后一头却因受惊过度，挣脱锁链冲出围栏。锁链崩裂时,将一个孩子的头颅直接削去,他的躯干却直挺挺地跨在围栏上。

人们争先恐后,希望抢得一磅半磅救命的牛肉。屠夫们则手持尖刀和板斧,俨然成了炙手可热的时代英雄。他们在宰杀了四十九头牛后,开始议论最后一头是牛犊还是老牛,并且对其产地争论不休。这时,那牛疯狂地挣断了锁链。屠夫们花了九牛二虎之力,终于将牛重新制服,并下刀宰杀。这时,一个二十五岁左右的青年骑马经过,他西装革履、衣冠楚楚,蓄着小胡子,一看就像是"统一派"的"公子哥儿"。屠夫们顿时疯狂地冲向青年,将他拉下马来拖入屠场,对他百般踩躏,直至他口鼻喷血、一命归阴。

因为故事发生在屠宰场,加之无故死了两个人,其血腥和残酷显而易见。这正是罗萨斯及其"联邦派"统治的阿根廷。

我这固然是正史,却并不从挪亚方舟说起,也不历数人物的祖先,尽管作为范例的西班牙历史学家通常是那么做的[……][1]

作品如此开篇,是为了说明它纯属历史,而非虚构。接下来,作者除了渲染布宜诺斯艾利斯的政治氛围,还将笔触直接伸向了屠场这个浓缩的、极富象征意味的现场:

远远望去,屠场一片混沌,充满喧嚣。四十九头牛躺在各自的牛皮上,周围两百来人踩踏着满地的血污和泥浆。每头牲口的尸体旁边围绕着一群不同种族和肤色的人。他们中间最夺人眼球的身影便是手持尖刀、撸起袖子的屠夫。他们袒胸露背、披头散发,浑身上下溅满了血污。每个屠夫身后只见人头攒动。人群推推搡搡,吵吵嚷嚷,有孩子,也有来

---

[1] Echeverría: *El matadero*, Biblioteca Virtual Universa, https://biblioteca.org.ar/libros/70300.pdf.

捡下水的黑女人和黑白混血女人。她们一个个奇丑无比，活像
寓言故事中的鸟身人面怪。几条胖狗夹杂在她们中间钻来钻去，
东闻西嗅，不时为争抢杂碎而相互追逐，发出凶狠的嚎叫。①

　　一如其在诗作《女俘》中对印第安人出言不逊，在《屠场》中埃
切维利亚同样无意间冒犯了有色人种。这既是时代的局限，也是作者
的局限，尽管同时期，甚至更早就有西班牙语美洲作家站在印第安人
或黑人的立场上对殖民者或寡头政治口诛笔伐。当然，我们不能用今
天的认知对古人求全责备，但问题的提出本身也是不乏价值的。

　　需要特别强调的是作家在展示鲜明政治立场的同时，几乎毫不拘
牵地炫示了从他出发对欧洲文学流派兼收并蓄、为其所用的策略。或
可说，在他这部并不汪洋恣肆的作品中，我们不仅清晰地看到了浪漫
主义爱憎分明的夸张笔法，而且明确地窥见了早至的批判现实主义和
自然主义苗头。当然，所谓"人同此心，心同此理"，特殊条件下抢
先占领文学先机或制高点未必都是有意为之，我们也无须追究其理论
由来。

　　譬如埃切维利亚在描写屠场的某些景象时，唯有那恶至极致、脏
至极致的确是浪漫主义惯用的笔法，从而将"统一派"或民主派的善
至极致留在了文字背后。那个被屠夫们戕害致死的青年则多少同屠场
的脏与恶形成了反差。同时，某些场景又因过分写实，完全可以看作
批判现实主义或自然主义笔调。譬如象征野蛮的屠夫们围绕最后一头
牲口的争论，可谓细节毕露：不仅争论它是如何挣脱锁链逃跑的，而
且还纠缠于它的那对睾丸，等等。作者有意在此多费了不少笔墨，一
来以渲染屠夫们的粗俗，二来为他们之后羞辱代表文明的"统一派"
青年作了铺垫或说是埋下了富有象征意味的伏笔。

（二）费尔敏·托罗

　　费尔敏·托罗（Toro, Fermín, 1805—1865），委内瑞拉作家，1842

① Echeverría: *El matadero*, Biblioteca Virtual Universa, https://biblioteca.org.ar/libros/70300.pdf., p.6.

年以小说《烈士们》（*Los mártires*）登上文坛。在此之前，他虽然发表过赞颂玻利瓦尔的篇章，担任过委内瑞拉政府阁僚，但并不为人所知。

《烈士们》作为委内瑞拉的第一部小说，并未完全遵循浪漫主义的方法：譬如"文明与野蛮"之争，譬如以笔代枪鞭挞殖民地积弊、共和国弊端和生活陋习等等；也没有用启蒙主义之光照亮社会，用浪漫主义之情洗涤人心。故事发生在遥远的英国。当然，写英国并非毫无意义。在相当数量的早期西班牙语美洲浪漫主义者心目中，英国本身就意味着文明与进步。用当时流行的一句话说，"没有英国人的国家连鸟儿都不会歌唱"，或者"没有英国人，森林里就不会有鸟儿"，又或者"自由就像火车头，没有英国司机就不会自行前进"。[①] 由此可见，在一些西班牙语美洲文人眼里，英国取代了曾经的宗主国西班牙，人们同其签订了"新殖民协议"[②]。这份协议不仅体现在文学上，而且表现为政治默契。它在法国对墨西哥的"蛋糕战争"中体现得淋漓尽致。

然而，托罗展示了另一个英国，即大英帝国的另一个面向。小说的主人公，同时也是叙述者卡洛斯作为身在英国的外籍公民，目睹了文明、进步背后的阴影：英国普通百姓的贫困和艰辛。小说聚焦于一个贫困家庭。所谓"贫贱夫妻百事哀"，先是作为一家之主的汤姆受伤并失去了蛋糕店的工作（巧合的是蛋糕店，而非别的），然后是他的妻子特蕾莎、女儿艾玛和两个小男孩却死要面子——竭力"保持体面"和"美德"。更有甚者，艾玛的未婚夫也忽然失去了他在曼彻斯特的工作。所谓"屋漏更遭夜来雨，船旧遇到顶头风"，问题还不止于此。特蕾莎的父亲理查森因为女儿嫁给穷光蛋而与她断绝了关系，并剥夺了她的继承权。这倒也罢了，结果老头儿最终也落得个一无所有：公司破产，自己成了孤家寡人，不得不厚着脸皮投靠女儿。汤姆出自保或记仇拒绝向岳父伸出援手。这时，一位贵族绅士出手帮扶

---

① Madrigal, Luis Iñigo: "*Los mártires* de Fermín Toro, primera novela venezolana", *Actas* V, 1974, p.624.

② Idem.

老人，使得汤姆一家看到了一线希望。但是，叙述者很快发现这个贵族青年不怀好意：首先，他并不像他炫示的那么富有；其次，他"醉翁之意不在酒"，最终目的是要将艾玛占为己有。目的达到后，贵族青年不仅残忍地抛弃了理查森老人，而且将艾玛送进了难民营。汤姆得知消息后病情很快加重，不久就撒手人寰了。特蕾莎随即自杀身亡。艾玛也因不堪忍受变故和难民营管事的虐待结束了年轻的生命。两个可怜的孩子被警方带走，连叙述者卡洛斯也不知其终。

　　这类悲剧故事很是受读者的欢迎，因为它打破了一般文人，尤其是浪漫主义作家、诗人对英国的赞美和神化。当然，作品不啻揭别人的伤疤聊以自慰，它字里行间充满了对新生西班牙语美洲国家的指涉。当时，后者正信誓旦旦想要成为英国或者法国，当然还有后来美国和德国。譬如一些政治寡头，通过许诺笼络人心，使民众以为很快可以赶超英法，过上英国人、法国人那样的生活。正是由于作者借叙述者之口掺杂了大量"私货"，才使得真正的主人公卡洛斯有了发挥的余地。他假借汤姆家的悲惨命运警告西班牙语美洲：英国和工业革命并不像人们宣传的那样完美无瑕，不仅两极分化十分严重，种族偏见（譬如英国贵族，乃至汤姆家对吉卜赛人的歧视）也比比皆是。读者当可由此推演西班牙语美洲的情况，除了曾经的殖民者，还有土生白人、印欧混血儿、黑白混血儿、印第安人和黑人，情况远比英国复杂。遗憾的是，作为绝大多数的有色人种基本处在文盲和半文盲状态，他们根本不会也没有闲暇和余钱去涉猎小说。从这个意义上说，托罗实在是太超前了一些，仿佛早熟的批判现实主义作家，以至于显得有些不合时宜。这也是他的小说在西班牙语美洲长期无人问津的原因之一。

　　但是，托罗似乎对此早有预感。他借卡洛斯之口讲述了汤姆在婚礼中如何高呼英国万岁，如何高唱英国国歌；同时又借贵族青年之口（当然是卡洛斯"亲耳听到的"），道出了人们的麻木不仁。[1]

---

[1] *Obras completas Fermín Toro*, t.1, estudio preliminar de Domingo Milliani, Caracas: Colección Clásicos Venezolanos de la Academia Venezolana de la Lengua, 1958, pp.79—87.

（三）罗德里格斯·加尔万

墨西哥诗人伊格纳西奥·罗德里格斯·加尔万同时也是一位杰出的小说家。著有中篇小说《庭听法官的女儿》（*La hija del oidor*, 1836）、《花花公子马诺利托》（*Manolito el pisaverde*, 1837）、《游行》（*La procesión*, 1838）和短篇小说《秘密》（*El secreto*, 1840）。

除却第一篇《庭听法官的女儿》将时间界定在1808年，其他作品均直接指向时事，关涉政治，不是对殖民地流弊大加鞭挞，就是对新生国家政治腐败给予迎头痛击。从审美的角度看，它们不追求梅里美（Mérimée, Prosper）式声东击西的唯美和刺激，也不取法果戈理（Gogol-Yanovski, Nikolai Vasilievich）式装疯卖傻的嬉笑和荒诞，而是更像普希金（Pushkin, Aleksandr），尽管后者当时还没有流传到西班牙语美洲。如果将罗德里格斯·加尔万和同时代阿根廷作家埃切维利亚对位比照，那么我们或可清晰地看出这一代作家对于新生西班牙语美洲国家的忧思和恨铁不成钢的愤懑。他们虽然浸淫于方兴未艾的浪漫主义风潮之中，却因环境所迫无意识地跳出了浪漫主义的局限，将笔触伸向了源远流长的现实主义。譬如《花花公子马诺利托》，它既没有蒂尔索·德·莫利纳（Tirso de Molina）《塞维利亚的嘲弄者》（*El burlador de Sevilla*）的嬉皮笑脸，更无拜伦的浪漫开放，而是一出一本正经、板着面孔说教的正剧。

说到正剧，罗德里格斯·加尔万可以说是在西班牙语美洲开了个先例：喜剧和悲剧的界线在他的作品中被有意抹去。即或在西班牙语文学中，除了《塞莱斯蒂娜》（*La Celestina*）和塞万提斯的作品如《堂吉诃德》，也几乎没有别的先例。故而悲喜交集在他的剧作中体现得更为鲜明。

（四）埃梅特里奥·维利亚米尔·德·拉达

埃梅特里奥·维利亚米尔·德·拉达（Villamil de Rada, Emeterio, 1804?—1876），玻利维亚作家，出身在拉巴斯的一个农场主家庭。青年时代积极参加政治运动，曾当选国会议员，同时热衷于旅行和文学创作。作为玻利维亚共和国的第一代小说家，他的想象力超乎寻常。其中最令人惊悚的是他居然"经过考证"，认定《圣经》（Bible）中所说的亚当和夏娃是玻利维亚人，而"伊甸园"也坐落在玻利维亚。他自己则俨然是那个上帝的选民。

当然，维利亚米尔·德·拉达的确有些异禀。他未满十岁就熟练地掌握了西班牙语、法语等多种语言。二十岁（用我们古人的话说是"弱冠之年"）竟脱颖而出，被遴选为民意代表，其光荣使命之一便是在欢迎解放者玻利瓦尔的万人大会上致辞。一年后，有个自诩爵士的英国探险家看中了维利亚米尔·德·拉达的语言天分，决定带他去环球旅行。这一走不要紧，让年轻人大开了眼界，并最终落脚雾都伦敦。在那里，他开始埋头攻读古希腊文、拉丁文、梵文和希伯来文，同时遍游欧洲。一晃就是好几年，直至1829年，维利亚米尔·德·拉达带着满脑子的各种语言和见闻回到祖国。问题是他一不小心开罪了军阀圣克鲁斯（Santa Cruz, Mariscal），结果不得不逃离玻利维亚，到邻国秘鲁避难，并在那里结婚生子，学习土著语言。但他业已养成的好动秉性使他最终无情地逃离家庭，独自到加利福尼亚"淘金"去了。当然，这个"淘金"是要加引号的。他到加利福尼亚是为了创办一份多语种报纸《新巴别塔》。结果一不小心成了百万富翁，同时也使他养成了用想象冒险的习惯。他的小说《蒂亚华纳科人和亚当的语言》（*El hombre de Tiahuanaco y la lengua de Adán*）[①]和大量著述便是在这样的背景下产生的。然而，除了小说，他的其他文字均已散佚或完全跌入了时间的忘川。

《蒂亚华纳科人和亚当的语言》与其说是小说，毋宁说是关于小说的设想。它萌发于19世纪30年代，也即作者在加利福尼亚"淘金"时期，但毕生没有完稿，而且未竟稿件几经劫难，仅留下了一个绪言和一篇概述。作品大体内容是，经过考证，人们发现玻利维亚的索拉塔是伊甸园的最后选地，而那里的阿伊玛拉语最接近亚当的语言：具有所有古代语言的基因。与此同时，作者寄希望于所有索拉塔的有志者来共同完成这部旷世杰作。它必须是《圣经》之后最伟大的作品，

---

① 也作《亚当的语言和蒂亚华纳科人》（*La lengua de Adán y el hombre de Tiahuanaco*）。

成为新的《圣经》。

　　作品经作者生前好友尼科拉斯·阿科斯塔（Acosta, Nocolás）的抢救和整理，于1888年出版于拉巴斯。[①] 如今看来，这部作品绝对称得上是荒诞不经的魔幻小说，然而又旁逸斜出，炫示了部分"新大陆"文人的雄心壮志和他们对美洲古代文化遗产的情有独钟。从某种意义上说，这多少契合了玻利瓦尔关于建构大哥伦比亚美洲共和国的宏伟愿景。

（五）何塞·巴特雷斯·蒙杜法尔

　　前面说到的萨尔瓦多或危地马拉诗人何塞·巴特雷斯·蒙杜法尔除了诗篇外，还留下了三部小说和一部纪实作品《危地马拉的传统》（*Tradiciones de Guatemala*）。三部小说分别是《假象》（*Las falsas apariencias*）、《堂巴勃罗》（*Don Pablo*）和《钟表》（*El reloj*）。这些创作于19世纪30年代末40年代初的诗体小说或寓言具有令人难以置信的欢愉与幽默。这同当时的历史环境恰成反差。也许正因为如此，巴特雷斯·蒙杜法尔流星般地为西班牙语美洲文坛带来了别样的光彩。

　　人说太阳公转，地球绕着它自转，这不是真的。因为这种说法本身像是假的。还有，如果我看到我太太跟别的男人厮混，那也肯定是错觉，因为我太太何等贞洁，怎么会跟别人厮混呢？这便是《假象》的基调，作者正话反说，反话正说，真真假假，虚虚实实，半开玩笑半作真，字里行间透着反讽，含着幽默和机智。

> 就像云彩随风飘荡，
> 或者小船泛在湖上，
> 我的思绪游弋不定，
> 没有事能使其留置。
> 女读者我从没忘记，
> 她们时刻在我心里，

① Villamil de Rada, Emeterio: *La Lengua de Adán y el hombre de Tiahuanaco*, La Paz: Biblioteca del Bicentenario de Bolivia, 1888.

即使思绪四处游走，
最终也会回到源头。

有天晚上我正回家，
忽然发现一个小贼
他在那里藏匿赃物，
然后悄悄走近家门。
拔出钥匙反身关门，
不声不响摸进房间，
蹑手蹑脚到妻床前，
她是漂亮混血女人。

［……］

口中喃喃脱了衣服，
欠下身来吻她小嘴，
不想却是一堆乱毛
使他浑身打个战栗。
怎么？原来是撮胡子，
哪里是他爱妻嫩嘴？
忙不迭后退了半步，
这当儿但闻那呼噜，
响声赛过公牛喘息。

由兹可见，偷情约会，
须有准备，剃光胡子，
换掉靴子，道理在此，
不言自知，［……］①

---

① Batres Montúfar: *Las falsas apariencias*, https://www.buenasmaterias.com/jose-batres-montufar/pdf.

诸如此类，不一而足。

（六）马努埃尔·阿森西奥·塞古拉

马努埃尔·阿森西奥·塞古拉一生仅有一部小说，篇幅不大，却开了秘鲁小说的先河。这部小说不是别的，它恰是关于秘鲁征服者——西班牙冒险家贡萨洛·皮萨罗（Pizarro, Gonzalo）的"浪漫史"。作品发表于1844年，至今没有引起批评界的关注。由于贡萨洛·皮萨罗是真实的历史人物，作品被想当然地归于历史小说。而且这段历史可谓妇孺皆知，故而人们也便将它不受重视的原因归咎于兹。然而，情况远非这么简单。

首先，小说的人物原型虽然是贡萨洛·皮萨罗，但内容却是关于权力和财富的冒险，这在新生西班牙语美洲国家恰是现在时：是正在发生中的故事。其次，小说的主要消费群体是上流社会，尤其是上流社会中的女性。而塞古拉曾恶毒地攻击过利马女性，说她们虚伪浅薄，一无是处。[①]

且说征服印卡帝国的西班牙殖民者皮萨罗（Pizarro, Francisco, 1478—1541）和征服阿兹台卡帝国的科尔特斯（Cortés, Hernán）一样，也是个冒险家。但不同于科尔特斯，皮萨罗是个胸无点墨的文盲，身边也没有贝尔纳尔那样的有心文人。正因如此，他没有留下一字半语，有关他的生平事迹都是后人追述的，因而并不十分准确。据传，他于1471年左右出生在西班牙埃斯特雷马杜拉。

> 他的出生年代不能肯定，也许是在1471年左右。他是一个私生子，他的父母没有记住他的出生日期是不足为怪的。关于他们这种违反道德的行为没有特别的记载。他的父亲贡萨洛·皮萨罗是一位步兵上校，先是在意大利战役中在伟大的将军的指挥下，随后是在纳瓦勒战役中，建立了一些

---

① Segura: *A las mujeres*, https://www.puroscuentos.com.ar/2018/06/a-las-muchachas-poema-de-manuel.html/pdf.

功绩。他的母亲名叫弗朗西斯卡·冈萨雷斯，出身卑贱，是特鲁希略①人。

[……]按照有些人的说法，他被他的父母抛弃，扔在该城主要教堂的门口成为弃婴。甚至有人说如果不是一头母猪哺育他的话，他可能已经死掉了。这种母猪哺育的传说比关于罗慕洛②幼年的传说更不可信。那些在长大成人以后出人头地的人的早年历史，就像各个民族的早期历史一样，是想象力驰骋的丰饶沃土。③

由此，贡萨洛·皮萨罗（1511？—1548）被牵了出来。他当然不是弗朗西斯科·皮萨罗的父亲，而是后者的另一个儿子。小弗朗西斯科·皮萨罗近三十岁，也曾追随兄长参与对秘鲁的征服冒险。以弗朗西斯科为首的西班牙殖民者攻克印卡帝国后，身为基多首长的贡萨洛奉兄长之命，亲率一支庞大的队伍深入亚马孙河流域寻找香料。历尽千辛万苦，回到基多时，兄长弗朗西斯科已遭人谋害。而贡萨洛派遣的一支先遣队因迷路顺流直下到达了今巴西以东的大西洋沿岸。弗朗西斯科罹难后不久，西班牙宫廷派来了第一位驻秘鲁副王总督。贡萨洛不服，带着亲信到拉普拉塔河流域寻矿淘金去了。但是，鉴于大量冒险家和"流寇"杀戮印第安人无数，西班牙宫廷通过总督府下达了一些禁令，其中一些禁令触犯了贡萨洛的切身利益。为了推翻副王总督，贡萨洛制造了不少政治阴谋，直至发动武装起义，一举颠覆了副王总督的统治。然而，西班牙宫廷很快派来了新总督。后者利用钦命特权笼络人心，轻而易举地瓦解了以贡萨洛为首的叛军阵营，最后发兵讨伐并活捉了贡萨洛，并将其就地正法。用我们的话说，贡萨洛仿佛做了个"春秋大梦"，连回味的时间都没有。

这是一个气势磅礴的历史故事，本身就起伏跌宕，令人回肠荡

① 西班牙城市，隶属于埃斯特雷马杜拉。
② 传说中的古罗马开国君主，幼时由一匹母狼哺育长大。这也是罗马城徽上母狼的由来。
③ 普雷斯科特：《秘鲁征服史》，周叶谦等译，北京：商务印书馆，2017年，第175—176页。为统一起见，引者对个别译名有所修正。

气。但塞古拉却像写爱情小说一样铺排得极为精致，几乎让我们想起了《赵氏孤儿》之类的春秋历史大剧如何在纪君祥等人笔下变得雅致。

（七）何塞·维克托里诺·拉斯塔里亚

何塞·维克托里诺·拉斯塔里亚（Lastarria, José Victorino, 1817—1888），智利政治家和风俗主义作家，他创作的《乞丐》（El mendigo, 1843）被认为是智利的第一部小说。此后尚有《魔鬼的手记》（El manuscrito del diablo, 1849）等介于浪漫主义和风俗主义之间的一批中短篇作品。这些作品既有西班牙作家拉腊（Larra, Mariano José de）的影子，也有贝略和阿根廷作家阿尔贝迪（Alberdi, Juan Bautista）和萨米恩托（Sarmiento, Domingo Faustino），以及智利作家巴列霍（Vallejo, José Joaquín）等人的共同取向。然而，拉斯塔里亚的特殊之处在于他在展示智利风俗的同时，将主要精力放在了边缘人物身上。正因如此，有学者称拉斯塔里亚为"社会浪漫主义作家"。[1]其实，这种称谓也适用于19世纪上半叶西班牙语美洲的多数作家。

> ［……］十月的一个晌午，我徜徉在马普丘的滨海大道，观赏着那里的无边美景。那是大自然赋予我们的春天。[2]

这是小说《乞丐》的开篇，俨然充满了诗情画意。与此适成反差的便是衣衫褴褛的乞丐。由于殖民者的长期剥削和独立战争之后的连年动乱，西班牙语美洲大多数国家可谓饿殍充斥、哀鸿遍野。唯有大自然仍锲而不舍地赋予春夏秋冬。小说中乞丐的形象并无特别之处，但大量如乞丐般存在的边缘人物现身于作者笔下，这不能不令人关注。至于《堂吉列尔莫》（Don Guillermo, 1860）、《一个疯女人的日

---

① Subercaseaux, Bernardo: Historia de las Ideas y de la Cultura en Chile, t.1, Santiaogo de Chile: Editorial Universitaria, 1997, p.51.
② Lastarria: El mendigo, en Revista del Pacífico, t.1, Valparaíso: Imprenta y Librería del Mercurio de Santos Tornero, 1858, p.709.

记》（*El diario de una loca*, 1875）等长篇小说，则显然已经转向了批判现实主义和自然主义。

（八）多明戈·法乌斯蒂诺·萨米恩托

多明戈·法乌斯蒂诺·萨米恩托，阿根廷作家、教育家和政治家，出身于南方港口城市圣胡安的一个贫困家庭。父亲没有固定工作，但参加过独立战争，内心充满了爱国热情；母亲受过良好的教育，自然成了孩子的启蒙老师。萨米恩托中学毕业后开始在舅舅的辅导下学习拉丁文。稍后两人又一起创办学校，萨米恩托边学边教，并开始尝试写作。他的处女作是一首叫作《热风》（"La zonda"）的诗。他惴惴不安地将习作投给了阿尔贝迪的刊物，得到了后者的好评。这极大地激发了萨米恩托的创作热情。与此同时，他目睹了阿根廷"联邦派"军阀的横行霸道。那是1829年的一天，南方军阀胡安·法昆多·基罗加（Quiroga, Juan Facundo）的队伍浩浩荡荡、耀武扬威地经过圣胡安，所到之处无不人心惶惶。萨米恩托受到了极大的震撼，从此立志为自由民主而战。后来，法昆多成了他小说的重要原型。由于参与秘密文学社团和"统一派"的活动，1831年萨米恩托被迫流亡智利。1835年，法昆多遇刺身亡。翌年，他回到祖国，着手创办女子学校和《热风》（*La zonda*）周刊，但不久因政治原因再次流亡智利。在智利期间，他笔耕不辍，创作了不少评论和随笔，参与了关于新古典主义和浪漫主义的讨论。由于热衷于文学和教育，他还撰写了《民众教育》（*Educación popular*, 1848），认为教育是立国之本，不应掌控在少数人手里：人人有权接受教育，这是民主政治的前提。后来，他于1868年当选阿根廷总统，人称"教育家总统"或"作家总统"。

作为作家，他的代表作无疑是《文明与野蛮：胡安·法昆多·基罗加的一生》（*Civilización y Barbarie. Vida de Juan Facundo Quiroga*, 1845）。它常被简称为《法昆多》或《法昆多，又名文明与野蛮》。

这是一部散文体小说，也可以说是一部传记小说。但是，由于小说的文体和所涉内容如此特殊和庞杂，以至于很多读者并不视其为小说，而是将它当作一部纪实文学，甚至历史著作。这是情有可原的。它首先是一部政治小说，锋芒直指阿根廷军阀。法昆多在今阿根廷西南为王，罗萨斯则雄踞布宜诺斯艾利斯及其周边地区；及至前者遇刺身亡，罗萨斯大权独揽。萨米恩托一定程度上影射刺杀事件同罗萨斯难脱干系。[①]其次，作者十分了解阿根廷西南各省，因此描写那里的自然状貌和风土人情时得心应手，游刃有余。譬如，他笔下的潘帕斯大草原几乎可以让人呼吸到潮气和闻到青草味儿，同时感觉到高乔人的呼吸：驯马师、牧人、醉鬼等等。这其中充满了偏见。倘使不是因为总体上具有积极意义，单凭他对高乔人的态度，就可能招来许多嘘声。事实上，不仅萨米恩托的阿根廷同胞很快就会发表切中肯綮的《马丁·菲耶罗》，即使是他同时代的英国学者达尔文（Darwin, Charles）等也从高乔人身上看到了诸多特殊的美德。[②]更有甚者，萨米恩托甚至由此及彼，将高乔人比作哥萨克人、阿拉伯人、卡尔梅克人和蒙古人，如此一竿子打翻一船人，委实令人费解。其实他并不了解那些用来比附的民族。从某种意义上说，他把高乔人当成了阿根廷政治"野蛮"的社会土壤。当然，法昆多是高乔人。萨米恩托将他塑造成了高乔人和军阀的双重典型：穷凶极恶、残酷暴戾、胸无点墨、四肢发达，故而在高乔人和"野蛮人"中深孚众望。作家像会计师那样罗列了大量证据：对城镇实施抢劫、要挟、威吓和打击，使那些代表"文明"的市民苦不堪言，可谓内容翔实、细节毕露。迫于法昆多的淫威，人们敢怒不敢言。这倒是导致萨米恩托第一次流亡的真实原因。

在攫取了西南部和北部的八个省后，法昆多开始觊觎罗萨斯统治的布宜诺斯艾利斯等其余六省。基于在布宜诺斯艾利斯和高乔人中的威望，罗萨斯以制宪和铁腕统治着他的领地，而且成功地粉碎了"统一派"的进攻。此外，罗萨斯还是位高超的骑手，并熟悉潘帕斯地区

---

① Casas, Juan Carlos: "Prólogo" a *Facundo*, E-Edición STOCKCERO, 2003, pp.I‒XI, https://www.stockcero/facundo.pdf.
② Idem.

的土著语言马普切(据说还亲手编著过一部马普切/西班牙语词典)。①
法昆多遇刺后,罗萨斯独揽国家大权,成为阿根廷十四省的唯一独裁者。在萨米恩托心目中,罗萨斯和法昆多是完全可以画等号的。用作者的话说,"法昆多是个外省人,他野蛮、勇猛、狡黠,却被罗萨斯取而代之。后者是布宜诺斯艾利斯的儿子,但他并不文明,他虚伪,而且冷酷无情、工于心计"。②这当然没有太大的问题。问题是与此同时,萨米恩托将农村和高乔人、印第安人、一般有色人种视为野蛮的象征,将城市和代表城市文化的"上等人"视作文明的象征。这也是博尔赫斯为1975年版《法昆多》作序时表达的见解。

接下来我们不妨看看《法昆多》的章节设置。小说凡三部分,共十五章。第一章"阿根廷共和国的地理形态以及孕育的思想、习俗、特征",第二章"阿根廷人的独特性格",第三章"社团:杂货店",第四章"1810年五月革命",第五章"胡安·法昆多·基罗加的生平",第六章"里奥哈-总司令",第七章"社交",第八章"杂谈",第九章"社会战争之一",第十章"社会战争之二",第十一章"社会战争之三",第十二章"社会战争之四",第十三章"巴兰卡-亚科!!!",第十四章"统一派政权",第十五章"现在和未来"(鉴于每一个小标题都十分冗长,故从略并不再标注原文)。作者的创作思路由此可见一斑。他并没有按当时流行的浪漫主义小说来构思,而是不无矛盾地提出了"文明与野蛮"的宽泛命题,内容涵盖了历史、地理、人口、政治、经济、法律、宗教、习俗、教育、社交等诸多方面,是一部既包罗万象又相当主观的阿根廷断代史和人物传记。如果说它与浪漫主义有什么瓜葛,最重要的一点是作者一厢情愿的理想主义。用他自己的话说,"世界尚未看到玻利瓦尔,真正的玻利瓦尔",而他萨米恩托也许可以成为这个真正的玻利瓦尔,"当他被译成诗人们自己的母语,他将更加神奇、更加伟大"。③

① Casas, Juan Carlos: "Prólogo" a *Facundo*, E-Edición STOCKCERO, 2003, pp.I—XI, https://www.stockcero/facundo.pdf.
② Sarmiento: "Introducción" para *Facundo*, E-Edición STOCKCERO, 2003, https://www.stockcero/facundo.pdf.
③ Ibid., pp.19—21.

（九）希里罗·维利亚韦尔德

希里罗·维利亚韦尔德（Villaverde, Cirilo, 1812—1894），古巴作家，独立运动的积极参与者。维利亚韦尔德1848年遭殖民政府逮捕，翌年成功越狱，从此流亡美国，其间虽短暂回国，最后终究客死纽约，未及等到古巴独立。他一生著述颇丰，仅小说就有二十余种，代表作为长篇小说《塞西莉娅·巴尔德斯，又名天使山》（*Cecilia Valdés o la loma del Angel*）。小说的第一部分发表于1839年，但第二部分因故延宕至1882年才得以完成。

这部作品的最大贡献在于第一次用小说的形式揭示了西班牙语美洲由来已久的一个结构性和历史性存在：黑白混血人种。小说围绕古巴黑白混血姑娘塞西莉娅·巴尔德斯和同父异母兄弟之间的爱情悲剧，将古巴、加勒比和整个西班牙语美洲国家的一个共同的社会问题展现在世人面前。这是一个众所周知却似乎又常常讳莫如深的结构性、历史性问题。塞西莉娅·巴尔德斯因为刚出生不久就被父亲抱走了，因此并不知道她深爱的年轻小伙儿莱昂纳多正是自己同父异母的哥哥。而后者也对塞西莉娅·巴尔德斯这个妹妹的真实身世浑然不知。郎才女貌，悲剧就这么发生了，但小说并未将这段爱情悲剧作为其全部内容。它犹如穿针引线，旨在缝合殖民地社会的种种丑恶并加以有机贯串，以呈现一幅令人唏嘘的岛国图卷。首先是塞西莉娅的母亲失去孩子后在悲愤中死去；其次是塞西莉娅的生身父亲为了隐瞒她的真实身份，十八年前买通育婴堂篡改了孩子的身份，而这些最终又导致了更大的悲剧；再次，为了阻止塞西莉娅和莱昂纳多的恋情，一直单恋着后者的奈美西欧从中作梗，制造了不少阴谋，但是它们不仅没能拆散这对恋人，反而使其爱得更加炽热。小说上半部比斯托夫人（Stowe, Harriet Beecher）的《汤姆叔叔的小屋》（*Uncle Tom's Cabin; or, Life Among the Lowly*）早若干年，而后半部之所以延宕至1882年才完成，很可能是受到了后者的影响。当然，与此同时，来自欧陆的批判现实主义和自然主义也很快传到了美洲。因此，维利亚韦尔德一时难以下笔续章是完全可以理解的，毕竟《塞西莉娅·巴尔德斯，又名天使山》是他投入最多、用情最深的一部作品，不同于其他演绎社会状貌的风俗小说。果然，到了1882年，小说从一出浪漫主义悲情剧演化为一部充满社会批判精神的现实主义小说。所幸作者以非凡的艺术天才不动声色地将风格各异的文学流派和殖民地古巴的纷杂黯淡和光怪陆离有机地融会贯通，使之浑然一体，仿佛这样的社会就该用缤纷的色彩、殊异的风格来加以呈现。虽然作品后半部显得有些芜杂，但非如此，《塞西莉娅·巴尔德斯，又名天使山》便不成其为横跨半个世纪的鸿篇巨制了。

再说庄园主、西班牙人坎迪多·甘博亚的公子深深地爱上了美丽善良的混血姑娘，以至于放弃了同白人姑娘订下的婚约。后者非但出身名门，而且十分富有。这时，因为爱情和妒忌引发的骚动自不待言，但作者很快从这个浪漫悲情中解脱出来，将笔锋指向了岛国殖民地社会的腐朽堕落。其中的一个侧面便是白人主子肆无忌惮地包养和欺凌黑人或黑白混血姑娘。这早已"蔚然"成风，因为后者本来就是没有自由、没有人权的奴隶。而问题的另一个侧面是黑白混血姑娘也千方百计地委身于白人主子，并以此为荣，仿佛只有这样才能减轻"血统不纯"的诅咒。作品细致地展示了塞西莉娅的外婆、第一代黑白混血姑娘何塞珐的内心世界。她本人是黑白混血姑娘，被白人主子玷污后生下了塞西莉娅的母亲恰洛，而恰洛被甘博亚占有后生下了塞西莉娅。何塞珐的最大愿望便是塞西莉娅长大后能嫁个白人丈夫。人物命运在魔咒般的循环中将矛头指向了万恶的奴隶制。这从坎迪多·甘博亚的经营之道可见一斑，他庄园的甘蔗收益远不如贩卖几内亚奴隶。至于这些被贩卖的奴隶如何因水土不服或非人的生活折磨而死，则与他无干。问题是，根据1817年的"西英协定"，贩卖奴隶在法律上、名义上或道义上是违禁的和违法的，但岛国天高皇帝远，似乎完全不受协定的约束，一如南北战争之前的美国南方。与此同时，殖民地当局曾明令禁止白人与黑人通婚，却还是因为天高皇帝远，岛国的白人依然肆无忌惮地繁衍出越来越多的混血儿。维利亚韦尔德童年时期在类似的庄园里生活过一段时间，因此他的描写充满了真情实感。所谓童言无忌，他曾当面呵斥那些管家对奴隶的压迫和蹂躏。长大以后他终于明白，这背后有不可告人的秘密：乱伦背后的性交易，奴隶制背后的权钱交易，等等。用我们的话说，其中的黑暗罄竹难书。

作品夹叙夹议，掺杂了作者的思考和愤慨。这些思考和愤慨情绪在今天看来也许是多余的，因为小说的情节已经把一切交代得一清二楚。

（十）戈麦斯·德·阿维利亚内达

和维利亚韦尔德同时代的古巴作家赫特鲁笛丝·戈麦斯·德·阿维利亚内达既是诗人，也是小说家，而且还创作了两部不甚成功的剧作。作为小说家，戈麦斯·德·阿维利亚内达发时代之先声，塑造了两个可歌可泣的人物。第一个人物来自长篇小说《萨博》。

在《萨博》中，作者以非凡的勇气展示了她不同凡响的浪漫情怀：爱情只服从于内心，而非冠冕堂皇的政治契约、经济地位和历史偏见。由此，小说将矛头直指古巴的奴隶制度和由兹产生的种种时流与积弊、龌龊与不公。这是继《塞西莉娅·巴尔德斯，又名天使山》之后的又一声振聋发聩的呐喊。主人公萨博是个黑白混血青年，从小勤奋好学。他在生命垂危之际写信给心爱的姑娘卡洛塔，倾诉了他的一往情深以及世俗的种种偏见与不公：由于卡洛塔是位白人姑娘，萨博的爱情自始至终都是一厢情愿的单相思，而且从头到尾面临危机，直至最后走向毁灭。且说萨博是贝雅维斯塔家的奴隶，是卡洛塔儿时的玩伴，用我们的话说他俩是"青梅竹马""两小无猜"。萨博慢慢爱上了主人家的小姐，而小姐却爱着白人青年恩里克。为了成全卡洛塔，当萨博得知她因故家道中落时，义无反顾地倾其所有（彩票奖金和其余所得）以保全姑娘和恩里克的婚礼正常进行。为此，萨博骑上马，快马加鞭赶赴恩里克家。但是，由于过度的劳累和内心的痛苦，他身心俱疲，临终托付贝雅维斯塔家的养女特蕾莎将他的信转交给卡洛塔。因此，除了他自己，知道这个秘密的唯有特蕾莎。故事回肠荡气，哀艳动人，将萨博这个混血儿塑造成了柏拉图式爱情的象征，尽管结局是他彻头彻尾的自我牺牲。这种牺牲反过来颠覆了他的象征意义，从而将矛头指向了万恶的奴隶制。

在《瓜蒂莫辛，墨西哥的末代君主》中，戈麦斯·德·阿维利亚内达效仿沃尔特·司各特（Scott, Walter），将笔触伸向了气势恢宏的历史：征服新西班牙。她撷取西班牙殖民者贝尔纳尔·迪亚斯·德尔·卡斯蒂略（Díaz del Castillo, Bernal）《征服新西班牙信史》（*Historia verdadera de la conquista de la Nueva España*）中的有关信息，演绎和塑造了包括玛丽娜[1]在内的一系列女性形象，她们为了爱情无论是背叛族人还是背叛父亲都无怨无悔；同时赞美瓜蒂莫辛的英雄气概，批评蒙特祖玛的胆怯懦弱。在西班牙人征服阿兹台卡的过程中，玛丽娜背叛自己的种族，成了科尔特斯的情妇。在后者进攻阿兹台卡首都特诺奇蒂特兰城（今墨西哥城）的过程中为西班牙人立下了汗马功劳，还替科尔特斯生下了两个孩子。但是，科尔特斯大功告成后却无情地将她抛弃了：具体说来是作为战利品把她奖掖给了麾下大将。[2]在戈麦斯·德·阿维利亚内达笔下，玛丽娜的形象变得复杂多面。作为女作家，而且是浪漫主义时期的女作家，戈麦斯·德·阿维利亚内达在人物身上倾注了更多的同情和理解，从而使后者最终成了一段非对称浪漫史的牺牲品。在戈麦斯·德·阿维利亚内达的小说中，玛丽娜不仅长得漂亮，而且天资聪颖。她很快掌握了西班牙语，而且对科尔特斯忠心耿耿。她还亲自为蒙特祖玛的公主辅导西班牙语。蒙特祖玛受科尔特斯的监禁和蛊惑，采取明哲保身的绥靖政策：驱逐了瓜蒂莫辛等"鹰派"人物，让朝野对侵略者俯首称臣，并满足他们的所有要求，以期不战而屈人之兵。这不仅瓦解了帝国军心，而且给了西班牙殖民者以喘息的机会。蒙特祖玛死后，瓜蒂莫辛继位，同西班牙人展开了殊死搏斗，使后者一度损兵折将，仓皇逃离阿兹台卡首都。但是，由于科尔特斯采取拉拢属国和各个击破战略，瓜蒂莫辛最终寡不敌众，兵败后英勇就义。他的妻子、阿兹台卡公主瓜尔卡钦拉装疯卖傻、忍辱负重，黉夜行刺科尔特斯，结果被他身边企图偷情的玛丽娜杀害。而当时玛丽娜已经被科尔特斯许配给了麾下将领。

87

---

[1] 一般墨西哥史学家称她为马琳奇，但在戈麦斯·德·阿维利亚内达的小说中，马琳奇被用来指涉科尔特斯，而且它几乎是蒙特祖玛对科尔特斯的尊称。

[2] 关于这段历史，《西班牙语美洲文学：古典时期》中已有评述，此处不赘述。

尽管作品主要聚焦于征服与反征服，对玛丽娜和其他女性人物着墨不多，但最终却以瓜尔卡钦拉和玛丽娜这两个印第安女人的疯狂"圆满剧终"。瓜尔卡钦拉英勇赴死是为了爱，玛丽娜力救科尔特斯也是为了爱。一个是大爱，蕴含了家国情怀；一个是小爱，为了一己之私不惜背叛种族。戈麦斯·德·阿维利亚内达的做法是一视同仁地不置评判，表面上客观、包容，骨子里混淆了大是大非。

（十一）其他小说家

除却上述作家，还有不少西班牙语美洲文人在小说领域进行过零星尝试。限于篇幅，这里无法一一表述。此外，不得不在此略作交代的是大量介于启蒙主义、浪漫主义和现实主义之间的风俗演绎或历史书写。它们数量众多、情况复杂，本著也难以一一道来。而这其中，竟潜藏着西班牙语美洲文学史上的一大悬案，它便是历史小说《希科腾卡尔》(*Jicoténcal*, 1824)。小说首版于美国费城，曾引起不小反响，但因是匿名发表，而且自始至终无人认领，其归属一直是西班牙语世界悬而未决的文坛公案。小说以特拉斯卡拉为舞台，写科尔特斯入侵阿兹台卡时对印第安人犯下的滔天罪行。这并不新鲜。新鲜的是作品以几乎同样的激愤批评了蒙特祖玛，认为是他的独断和懦弱使阿兹台卡人失去了取胜的机会。因此，作者既没有站在印第安人的立场上，也没有替殖民者辩护，而是从启蒙的、人道的，甚至极富浪漫色彩和理想主义精神的角度塑造了两个印第安青年：小伙子希科腾卡尔[①]和姑娘特乌蒂拉。他们善良、单纯，向往自由和爱情，在这场人类劫难中仿佛天外来客。当然，等待他们的只能是悲剧。

---

① 戈麦斯·德·阿维利亚内达《瓜蒂莫辛，墨西哥的末代君主》第五章即以这个人物命名，但情节比较简单。希科腾卡尔（戈麦斯·德·阿维利亚内达称其为"希科腾卡尔特"）作为特拉斯卡拉王国的王子，因无法违抗父王的铁血意志，被迫与西班牙人联盟以共同打击阿兹台卡帝国。希科腾卡尔内心充满了矛盾，深深地陷入了两难境地，最后还是受良心支配，当了逃兵，结果被科尔特斯下令将其残忍地杀害，并抛尸野外。之后联军浩浩荡荡地进攻阿兹台卡首都——特诺奇蒂特兰城，对其形成了合围。

有可能创作这部小说的作家不计其数。譬如墨西哥作家安德雷斯·金塔纳·罗（Quintana Roo, Andrés, 1787—1851）、弗朗西斯科·马努埃尔·桑切斯·德·塔格莱（Sánchez de Tagle, Francisco Manuel, 1782—1847）、弗朗西斯科·奥尔特加（Ortega, Francisco, 1793—1849）、华金·玛利亚·德尔·卡斯蒂略·伊·兰萨斯（Castillo y Lanzas, Joaquín María del, 1781—1878）等等。甚至还有人将这种可能性指向了古巴诗人埃雷迪亚和作家瓦莱拉（Valera, P. Félix, 1788—1853）或小说家马努埃尔·坦戈·伊·波斯梅尼埃尔（Tanco y Bosmeiniel, Manuel, 1797—1871）。事实上，当时活跃着一批时隐时现的小说家。洪都拉斯有何塞·塞西利奥·德尔·巴列（Valle, José Cecilio, 1780—1834），厄瓜多尔有维森特·罗卡富恩特斯（Rocafuentes, Vicente, 1783—1854），哥伦比亚有胡安·加西亚·德尔·里约（García del Río, Juan, 1794—1856），阿根廷有何塞·玛利亚·帕斯（Paz, José María, 1782—1854）和贝尔纳多·德·蒙特阿古多（Monteagudo, Bernardo de, 1785—1825），或者还有南美洲的解放者西蒙·玻利瓦尔也未可知。奇怪的是，《希科腾卡尔》这样一部并不会引起多大争议的小说居然要一直匿名存在，并且因为匿名而被忽略。

三、主要剧作家

由于条件所限，戏剧在新生的西班牙语美洲总体上并不发达；但另一方面，传统使然，殖民地时期和西班牙黄金世纪的余波依然滥觞荡漾。因此，戏剧并没有绝迹，倒是在少数一些国家如秘鲁和墨西哥逐渐呈现出了某种繁荣景象。当然，这不仅是就数量而言；即使从艺术层面上看，不少作品较之于殖民地时期的剧作也毫不逊色。

（一）帕尔多·伊·阿利亚加

费利佩·帕尔多·伊·阿利亚加属于秘鲁共和国的第一代诗人和剧作家，同时也是著名的社会活动家。他出身名门，父母都是西班牙贵族，不仅他自己热衷于政治，其儿孙也继承了他的衣钵。其中，他的长子于1872年成为秘鲁第一位民选总统，一个孙子则于1904年和1916年两度当选总统。这且不赘述，作为剧作家，帕尔多·伊·阿利亚加为秘鲁和西班牙语美洲留下了三部作品：《教育结硕果》（*Frutos de la educación*, 1829）、《乔利约斯的孤女》（*Una huérfana en Chorrillos*, 1833）和《堂莱奥卡迪欧与阿亚库丘的周年庆典》（*Don Leocadio y el aniversario de Ayacucho*, 1833）。

《教育结硕果》表现1828年前后利马的二十四小时，主人公是个叫作佩皮妲的女孩。她和英国绅士爱德华多确立婚约后，在一场舞会上大跳萨马库埃卡（一种奔放的地方舞曲）。爱德华多见状勃然大怒，要求同佩皮妲解除婚约。在这之前，佩皮妲的父母已然将她许配给了养子贝尔纳多，只不过鉴于后者尚未成人，两人不曾完婚。贝尔纳多是个孤儿，父母去世后由佩皮妲的父母代为照拂。因为觊觎贝尔纳多从亲生父母那儿继承的遗产，佩皮妲的双亲当时又恰好债台高筑，便处心积虑地要把女儿嫁给他。眼看小伙子一天天长大成人，怎料想"旁逸斜出"来了个英国青年爱德华多。后者对佩皮妲情有独钟。看在爱德华多出身英国贵族的分上，佩皮妲的父母欣然答应了他的求婚。这自然引起了贝尔纳多的不满。后因佩皮妲天性奔放，婚事告吹。这时贝尔纳多火上浇油，娶了一名黑白混血姑娘为妻，并公开向佩皮妲父母索要他亲生父母留下的遗产。所谓"教育的硕果"指的正是佩皮妲父母为了利益不择手段，结果竹篮打水一场空，不仅害了女儿，自己也成了人们的笑柄。

《乔利约斯的孤女》也是一出围绕遗产的喜剧。话说有个堂娜福斯蒂娜，自从母亲去世后饱食终日、无所事事，沉醉于别人的甜言蜜语中。出于对其爱女弗洛拉的关心和爱慕，青年军官里卡多致信福斯蒂娜的兄弟，并表达了自己的担忧。于是，福斯蒂娜的兄弟赫纳罗上校突然造访了福斯蒂娜和外甥女弗洛拉，得知有个叫库斯托迪奥的人正竭力撮合其侄子和弗洛拉的婚事。库斯托迪奥显然是觊觎福斯蒂娜从母亲那儿继承的遗产。看到不速之客，库斯托迪奥和福斯蒂娜都很惶恐，因为联姻的文件明天就要公证。当天夜里，库斯托迪奥的侄子邀请福斯蒂娜和弗洛拉参加一场舞会，赫纳罗阻拦未果，只好待在家里。夜深了，忽然有人敲门，来者叫福斯蒂诺。醉醺醺的小伙子早已经把这里当成了自己的家。原来，他本应奉库斯托迪奥之命去通报公证员延后公证，岂料福斯蒂诺赌博成瘾，将这事忘得一干二净，及至第二天一早公证员驾到。赫纳罗也是如梦初醒，决定将计就计。他一边用钱稳住公证员，让他少安毋躁、等待消息；一边准备将外甥女从乔利约斯带到利马，同时捎信给里卡多。经过好言相劝，弗洛拉暂时放弃同库斯托迪奥家联姻的念头。然而，库斯托迪奥和福斯蒂娜不死心，他们决定将两个年轻人悄悄带到利马去尽早完婚。而正所谓无巧不成书，因赌债被库斯托迪奥叔侄俩惹恼的福斯蒂诺将他们的阴谋一五一十地全告诉了赫纳罗。结果自然是善有善报，恶有恶报。库斯托迪奥的侄子途中对弗洛拉欲行不轨，被闻讯赶来的里卡多打得满地找牙。经过这次教训，福斯蒂娜终于醒悟，知道自己是受了库斯托迪奥的蛊惑。

与上述剧本不同，《堂莱奥卡迪欧与阿亚库丘的周年庆典》直接将矛头指向秘鲁政治。虽然嘲讽的口吻一如既往，但剧情显然不像前两个剧本那么引人入胜。值得注意的是，鉴于作者的社会地位，这三个剧本均得以在其有生之年搬上剧场。尤其是《教育结硕果》，它在19世纪还曾作为秘鲁国家剧院的保留剧目被多次排演，即使今天看来也并不过时。

（二）塞古拉

与帕尔多·伊·阿利亚加同时代的马努埃尔·阿森西奥·塞古拉也是一位杰出的秘鲁剧作家，一生创作了十七个剧本——这在乱世算得上天文数字了——而且赢得了无数观众。据说，自1839年至1845年的七年间，他的剧本几乎包揽了利马剧院的所有演出舞台。可惜流传至今的仅有《无耻之徒》（*La pepa*, 1833）、《爱情与政治》（*Amor y política*, 1839）、《卡努托军曹》（*El Sargento Canuto*, 1839）、《布拉斯科·努涅斯·德·维拉》（*Blasco Núñez de Vela*, 1840）、《裙子与头盖》（*La Saya y el Manto*, 1842）和《娜卡蒂塔》（*Ña Catita*, 1845）等少数几部作品。

《无耻之徒》虽然是作者的第一个剧本，却未曾在他有生之年面世，更不必说搬上舞台。原因是其中涉及的政治人物足以让作者不得善终。

《爱情与政治》是作者的第一出公演喜剧，曾使利马人一票难求。帕尔多·伊·阿利亚加的爱情&遗产（财富）变成了塞古拉的爱情&政治（权力）。较之前者，塞古拉的这部作品稍显简单化和脸谱化。

《卡努托军曹》显然丰满了许多。女主人公哈可芭小姐不堪军曹卡努托的纠缠，向姐姐尼可拉莎吐露隐情，谓自己已经有了心上人，而且很不喜欢卡努托，认为后者除了会信口开河、夸夸其谈，一无是处，而且虚荣心十足。可是她的父亲却对军曹赏识有加，而且同意将女儿许配给他。哈可芭万般无奈，只能向心爱的人普利多表露心迹。后者于是决定约军曹决斗。军曹是个胆小鬼，找个借口就爽约了。与此同时，哈可芭的父亲坚持要把女儿嫁给军曹，说他一诺千金，而且父命不可违抗。婚礼如期进行。军曹怕哈可芭的心上人前来捣乱，就请战友把守门口。可是，普利多打扮成公证员和尼可拉莎的未婚夫胡安悄悄混入婚礼现场，并随即让把门的缴械投降。卡努托及其战友落荒而逃。哈可芭的父亲大失所望，当即决定把女儿嫁给普利多。于是，婚礼继续，普利多和哈可芭、胡安和尼可拉莎牵手进入婚姻殿堂。作品的主要笑点来自卡努托军曹。他的口若悬河与胆怯懦弱富有张力，使剧情在观众的笑声中步步推进。西班牙语"Pulido"（普利多）意为"光亮、精致"，转义即为"好修养"，同卡努托军曹形成反差。这种大好大坏自然是浪漫主义的常用手法。鉴于新生西班牙语美洲国家公权力掌握在夸夸其谈、外强中干的军政寡头手中，塞古拉对军曹的讥嘲也多少被认为是一种映射。

此外，值得留意的还有《娜卡蒂塔》。首先，这里的"娜"显然是由西班牙语中尊称女士的"堂娜"演化而来。其次，这是一部三幕诗体剧，而且故事发生在首都利马。话说堂阿莱霍爱上了姑娘胡莉亚娜，就到处炫耀，但事实上胡莉亚娜早已有了心上人，他叫马努埃尔。这时，娜卡蒂塔出现了，她凭借三寸不烂之舌蛊惑姑娘的母亲鲁菲娜，让她答应阿莱霍的请求。另一方面，姑娘的父亲对鲁菲娜多有怨艾，因此独居别处。娜卡蒂塔见风使舵，利用阿莱霍和鲁菲娜的矛盾从中渔利。鲁菲娜被阿莱霍和娜卡蒂塔天花乱坠的话蒙在鼓里。为了阻止鲁菲娜的荒唐决定，马努埃尔准备带上心爱的姑娘私奔，却被精明的娜卡蒂塔看出了破绽。幸好两个年轻人逃到了赫苏斯那里。赫苏斯对他们的做法十分反感。僵持期间，阿莱霍和娜卡蒂塔也赶来了，几乎同时进门的还有赫苏斯的老友堂胡安。后者当众拆穿了阿莱霍的阴谋。原来阿莱霍是个花花公子，到处招摇撞骗，玩弄女性。真面目暴露后，阿莱霍和娜卡蒂塔灰溜溜地离开了赫苏斯家。鲁菲娜知情后十分懊悔，发誓从此尊重女儿的意愿，并和丈夫重归于好。剧中有个跑龙套的人物甚是出彩，那便是鲁菲娜的女佣梅塞德斯。她敦厚善良，将一切看在眼里，急在心里，每天陪那从小看着长大的胡莉亚娜伤心落泪，还义不容辞地助她和心爱的人私奔。这是西班牙语美洲剧坛第一次出现如此暖心的"小角色"：女佣。而那个娜卡蒂塔却是活脱脱的第二个塞莱斯蒂娜，[①]甚至比塞莱斯蒂娜更具喜剧色彩，当可博取秘鲁和其余西班牙语美洲国家观众的会心一笑。

（三）费尔南多·卡尔德隆

费尔南多·卡尔德隆，墨西哥剧作家，青少年时期就读于欧化的莱特兰学院，在那里浏览了大量欧洲浪漫主义作品；毕业后在从事律师职业的同时，笔耕不辍，创作了不少脍炙人口的诗篇。但是，真正使其名留文坛的还是他的剧作，有《挑战》（*El torneo*, 1839）、《赫尔曼》（*Hermán o la vuelta del cruzado*, 1842）、《安娜·波莱娜》（*Ana Bolena*, 1842）和《三个都不要》（*A ninguna de las tres*, 1841）等。

---

① 同名悲喜剧《塞莱斯蒂娜》（*La Celestina*）发表于1499年，原名《卡利斯托和梅利贝娅的悲喜剧》（*La tragicomedia de Calisto y Melibea*），是西班牙文学史上一座高耸的里程碑。它的"横空出世"，标志着西班牙文学的成熟和人文主义的中兴。正因如此，学者梅嫩德斯·伊·佩拉约认为《塞莱斯蒂娜》几乎是与《堂吉诃德》齐名的西班牙文学名著，其同名女主人公（在西班牙语世界很快就成了老虔婆的代名词）和堂吉诃德、桑丘·潘沙、小癞子、唐璜一样，是世界文学长廊中的不朽典型。Menéndez y Pelayo: *Orígenes de la novela*, t.3, Madrid: Biblioteca de Autores Españoles, 1910, pp.16—19.

他的代表作显然是《三个都不要》，其实际创作时间应该是1839年。如果说其他作品与同时代西班牙语美洲作家的社会批判意识和浪漫情怀比较接近，那么《三个都不要》就称得上是一个特例。卡尔德隆固然深受法国浪漫派影响，但这部作品却独具反思精神。这是一出诗体二幕喜剧。且说堂蒂莫特奥有三个女儿待字闺中，好不容易物色到了一个心仪的后生——老友的儿子堂胡安，就决定叫小伙子到家里来选娶一个女儿。堂胡安敦厚睿智，悄悄地观察着三个姑娘的言谈举止。很快，他发现这三个姑娘并不像堂蒂莫特奥所说的那样既可爱又有教养。尤其是她们搔首弄姿的习惯几乎同法国浪漫主义小说中的娇小姐如出一辙。老大莱昂诺尔娇气十足，一副感伤情调；老二克拉拉装腔作势，故作高雅；老三玛丽亚爱慕虚荣，贪图享乐。于是，堂胡安婉言谢绝了堂蒂莫特奥的美意，并希望老大莱昂诺尔快乐一点。言下之意是只要她变得快乐了，他就答应娶她为妻。

在这部作品中，姐妹三个因刻意模仿欧洲浪漫小说人物而变得令人生厌。这种批评一定程度上同时指向了西班牙语美洲文学，甚至作者本人的前期作品。由于亦步亦趋地追随欧洲文学思潮，西班牙语美洲文坛的确出现了一些扭曲现象。用我们的话说是"东施效颦"。与此同时，作品明显具有教诲目的。尤其是在"蛋糕战争"之后，总结和反思墨西哥文坛及上流社会的"亲法"取向势在必行。而这种反思浪漫主义的价值取向，也不失为一种更为积极、更具建设性和理想主义色彩的浪漫主义。

（四）其他剧作家

环境和条件使然，早期浪漫主义戏剧的确不是新生西班牙语美洲国家文坛能够承受之轻。因此，重要的剧作家并不多见，佳作自然也寥若晨星。即或如此，除上述剧作家外，还有一些诗人、小说家偶尔客串剧坛，他们介于启蒙主义和浪漫主义之间，仿佛剧坛的"流星"。其中值得一提的有墨西哥作家阿纳斯塔西奥·玛利亚·德·奥丘阿·伊·阿库尼亚、古巴作家弗朗西斯科·科瓦鲁比亚斯、哥伦比亚作家路易斯·维尔加斯·特哈达等等。

四、主要批评家

较之于创作，文学批评更属于上层建筑，因而也更受制于经济基础、生产力水平和社会意识形态。如是，文学批评在西班牙语美洲属于"新生事物"。尽管殖民地时期不乏文学批评，胡安娜·伊内斯修女与同道关于文学是否属于教士分内就进行了旷日持久的论证。其激烈程度不亚于政治家之间的针锋相对。然而，这里所说的文学批评主要指一定程度上作为职业和推动文学进程的事业。换言之，西班牙语美洲文坛职业批评家的产生，和新生的西班牙语美洲国家一样，是新生事物。

（一）胡安·巴乌蒂斯塔·阿尔贝迪

胡安·巴乌蒂斯塔·阿尔贝迪，阿根廷文学批评家和社会活动家。除了和埃切维利亚等创建文学沙龙和反对罗萨斯独裁统治的秘密社团外，还创办了《时尚》（*La Moda*）周刊，并创作音乐作品。后流亡国外，在欧洲和南美洲不同国家逗留多年，最终定居智利。他一边从事律师职业，一边致力于文学和时事评论。如果他权作谋生的律师工作可以暂且忽略不计，那么阿尔贝迪应该可以算作西班牙语美洲文坛的第一批职业批评家之一，笔名小费加罗①。

---

① 费加罗是18世纪法国戏剧家博马舍（Beaumarchais, Pierre-Augustin Caron de）代表作《费加罗的婚礼》（*Le Nozze di Figaro*）中的主人公。他的出现意味着博马舍的喜剧由古典主义喜剧过渡到了资产阶级喜剧。1789年，资产阶级革命爆发。资产阶级意识到戏剧的巨大宣传作用，提出了建立人民剧院的倡议。1791年1月31日，立宪议会公布取消王室的戏剧审查制度，答应演出自由。然而，《费加罗的婚礼》于1784年就曾在巴黎法兰西剧院首演，其时法国正处于大革命的前夕。由于喜剧揭露和讽刺了封建贵族，曾遭到奥地利大公、神圣罗马帝国皇帝约瑟夫二世（Joseph II）的反对。但是，莫扎特（Mozart, Wolfgang Amadeus）为创作同名歌剧邀请意大利作家洛伦佐·达·蓬塔（Lorenzo Da Ponte）对剧本进行了改编，并多次出面争取，最终，皇帝于1786年同意修改后的歌剧在维也纳上演，演出大获成功。此前，莫扎特用了一年时间谱曲。他的这部歌剧保留了原作的基本思想，即愚蠢而又放荡的贵族老爷同获得自由和胜利的聪明仆人费加罗之间的鲜明对比。

这还得从埃切维利亚说起，他于1830年从法国学成归来，将其在法国的所见所闻广为传播。布宜诺斯艾利斯的文学圈子本就不大，很快就建立起了以埃切维利亚和阿尔贝迪为核心的文学沙龙。这是法国浪漫派的风尚之一。与法国浪漫派一并抵达阿根廷的，自然还有来自英国和德国的作家作品。更为重要的是，刚刚摆脱西班牙获得独立的西班牙语美洲国家对西班牙文学和文化尚处在排斥阶段，而埃切维利亚和阿尔贝迪却率先拥抱西班牙自由战士、浪漫派作家拉腊，这在西班牙语美洲文坛引起了不小的震动。对于阿尔贝迪来说，更是件不易的事，因为他刚刚在一篇名为《断章》（"Fragmento"）的檄文中批评过拉腊。然而，事实证明他的自我否定并没有错。拉腊的作品自从进入西班牙语美洲文坛后影响了19世纪余下的岁月。[1] 此外，阿尔贝迪的自我否定不仅没有使他的文名受损，反而昭示了他从善如流的品格。阿尔贝迪敏锐地看到了拉腊与同时代欧洲多数浪漫主义作家的不同，即他不脱离时空，不为自己、不为小我哀鸣，而是以革命者的姿态置身于社会和政治洪流中。后者正是阿根廷作家所需要的，同时也是这个新生的西班牙语美洲文坛所需要的精神。西班牙语美洲文学生来与政治相克相生。用阿尔贝迪的话说，"在拉普拉塔，浪漫主义［……］有一种明确的思想贯穿始终，它不是逃避，而是与时代社会同步，似先锋走在大众前面。它脚踏实地，时刻准备并投入除旧布新的建设性进程"。[2]

在他的阿根廷书店中，1837年成立的文学沙龙成为一道亮丽的风景线。此后，人们通常称阿根廷浪漫主义作家为"37年一代"。埃切维利亚、何塞·马莫尔（Mármol, José）等诗人、作家聚集在一起讨论文学与政治。在阿尔贝迪看来，阿根廷浪漫主义的任务就是教化民

① Alcaraz, Rosa Moreno: *Juan Bautista Alberdi en la encrucijada del romanticismo español e hispanoamericano: las huellas de Mariano José de Larra en la obra periodística de Figarillo*, tesis doctoral de la Universidad de Alicante, 2018, p.64.
② Alberdi: *Escritos sobre estética y problemas de la literatura*, ed. Horacio Casal, Buenos Aires: La Rosa Blindada, 1964, p.15.

众，擢升公民素质，完成"五月革命"①没有完成的任务。②他十分清醒地认识到，"我们要做的不是父辈做过的，而是他们没有做过和应该做的：继续'五月革命'开始的道路，但也不是重走法国或者美国的老路，[……]而是走自我文明的发展新路"。③至于文学，阿尔贝迪同样作如是观。因为没有自己的传统，阿根廷作家只能也必须踩着巨人的肩膀前进，以便最终超越他们而创造自己的风景。正是基于这样的认知，阿尔贝迪在大量介绍欧洲作家作品的同时，不断介入阿根廷作家的论争。其中一场即是19世纪50年代他和作家萨米恩托之间的笔墨官司。尽管双方在"文明与野蛮"等问题上没有根本区别，但在如何建立民主国家的具体方略上产生了分歧。当然，这是后话。在19世纪三四十年代，阿根廷知识分子将主要矛头对准了罗萨斯独裁统治，阿尔贝迪还因此流亡国外。但是，当罗萨斯被迫下台后，动荡的局面又使人们开始怀念罗萨斯时代，因为它保持了国家的统一，抵御了法国的军事干涉和经济制裁。世界就是这么矛盾！

在19世纪30年代阿尔贝迪决定用小费加罗这个笔名时，发表了《我的笔名和我的计划》（"Mi nombre y mi plan"）。作者将自己定位为启蒙者和教育者，而文学是他实现计划的手段和工具。他同时充满讥嘲地表示："在我短暂的有生之年是来不及颂扬前辈们留给这片土地的记忆和遗产的，愿上帝宽恕！"④而他的承诺也毫不犹豫，即以笔为枪，横扫一切腐朽的、不科学的、阻碍社会进步的传统习俗。这恰恰也是多数早期西班牙语美洲浪漫主义作家的共同取法。因此，他反对一切粉饰现实和装腔作势的"唯美"文学，认为文学不应仅仅是审美消遣，不能"诗光犹如月光：它吸引和欺骗，承诺和献媚，让我们看

---

① "五月革命"指1810年5月阿根廷人民发起的反对西班牙殖民统治的独立斗争，历时一周，最后一天（1810年5月25日），布宜诺斯艾利斯市民聚集到广场，宣布脱离西班牙统治，成立拉普拉塔临时政府，从此开始了建设独立国家的进程。
② Alberdi: *Obras completas de J. B. Alberdi*, t.1, Buenos Aires: La Tribuna Nacional, 1886, pp.261—267.
③ Ibid., p.264.
④ Ibid., p.291.

到美女和天使 ［……］"。①他毫不留情地批评阿根廷文坛充斥着自私自利，把所谓的美（怀旧、猎奇等等）献给了一个小小的"她"。他还说《时尚》周刊给不了黄金，它只不过是用微弱的笑料请人阅读，尽管它明知道人们并不喜欢阅读，②或者尚未养成阅读的习惯。③这不是要反对风花雪月或让我们重新思考业已成为"笑谈"的古训"书中自有黄金屋，书中自有颜如玉"吗？当然，阿尔贝迪只是为了强调文学必须介入社会。而这种思想一直如影随形地追随着西班牙语美洲国家，以至于20世纪"文学爆炸"时期有那么多西班牙语美洲作家拥抱介入思想，反对无病呻吟。用阿尔贝迪的话说，"小费加罗寻找于人有用的艺术，决不让它停留在前途渺茫的所谓雅致上。他追求能够成为时代社会闺密的艺术 ［……］ 由是，作家必须完全在场，同现实时空融为一体，用心灵和智慧交结伟大的非凡的事件，而不是沉溺于自私孤僻、脱离社会和祖国的个人情感"。④这也是他创办《时尚》周刊的初衷。用我们的话说是文以化人、文以载道。他甚至振臂高呼："打碎旧风旧俗，［……］ 在旧布宜诺斯艾利斯上建设新布宜诺斯艾利斯！"⑤

在19世纪上半叶，乃至整个19世纪的西班牙语美洲文坛，像阿尔贝迪这样有思想、有计划、目的明确且能付诸行动的批评家实在找不出几个。

（二）其他批评家

1841年，流亡蒙得维的亚的阿根廷作家给批评家胡安·玛利亚·古铁雷斯（Gutiérrez, José María, 1809—1878）和路易斯·洛伦索·多明盖斯（Domínguez, Luis Lorenzo, 1819—1898）颁发文学奖，以表彰他们在守护"五月革命"精神方面做出的贡献。阿尔贝迪负责编辑出版他们的文集，弗洛伦西奥·瓦雷拉（Valera, Florencio,

---

① Alberdi: *Escritos sobre estética y problemas de la literatura*, p.34.
② Alberdi: *Obras completas de J. B. Alberdi*, t.1, p.318.
③ Ibid., p.298.
④ Alberdi: *Escritos sobre estética y problemas de la literatura*, p.11.
⑤ Alberdi: *Obras completas de J. B. Alberdi*, t.1, p.326.

1808—1848）致颁奖词。但是，阿尔贝迪和瓦雷拉首先产生了分歧。前者认为阿根廷文学应该从"五月革命"算起，后者却坚持认为"五月革命"前的文学也是阿根廷文学。后人称他们这是新古典主义与浪漫主义之争。类似争论同样发生在智利首都，以贝略为首的新古典主义作家与以萨米恩托为代表的浪漫主义作家于1842年展开论争。首先，萨米恩托于1842年就当时的一部语言学著作《卡斯蒂利亚语的民间实践》（*Ejercicios populares de lengua castellana*）发表意见，认为语言关系到一个国家的尊严，不应拘牵于传统。这也是古铁雷斯的观点，后者认为语言的自由是西班牙语美洲人民最高的自由法则。这些观点明显希望削弱西班牙传统。同年5月12日，贝略在《水星报》（*El Mercurio*）上发表文章，提出了完全相反的观点，认为语言与国家尊严无关，同时他不反对适当使用方言俚语。在此后的一个时期，虽然贝略不再发声，但他的弟子们如何塞·玛利亚·努涅斯（Núñez, José María, 1810—?）和萨尔瓦多·桑富恩特斯却连篇累牍在《水星报》上抨击萨米恩托，致使后者不得不疲于应战。萨米恩托坚持认为，语言，尤其是文学语言必须同国家的发展需要、民族性格的塑造联系起来。[①] 在当时的智利文坛，持类似观点的并非只此一家。诗人拉斯塔里亚同样呼吁作家、诗人直面时代社会。与此同时，阿根廷文学沙龙、埃切维利亚和阿尔贝迪的声音很快传到了智利。这也无意中声援了萨米恩托。尤其是阿根廷文学的介入精神和政治色彩多少点燃了智利青年作家内心的火焰。于是，借贝略发表《耶稣会堂之焚》（*El incendio de la Compañía*, 1841），萨米恩托委婉地结束了这场争论：既肯定了新古典主义大师的功绩，又对其过度的文雅和引经据典持保留态度。这自然会让我们想起胡适在新文化运动期间强调的"不用典"思想。

稍后，古铁雷斯在智利结集出版了他的文集《诗性美洲》（*América poética*, 1846）。这是作者发表的第一部文集。他在作品中强调了独立战争时期西班牙语美洲作家史诗般的贡献，进而对19世纪

---

① Fernández, Teodosio: "Introducción a la teoría y crítica literaria de la emancipación hispanoamericana", https://www.biblioteca.org.ar/pdf.

30年代以来的个人主义倾向进行了批判。为了说明前者的重要性，古铁雷斯特别提到了贝略、奥尔梅多、埃雷迪亚等。

当然，也有作家如马莫尔，认为文学创作不应预设前提和理论。同样，哥伦比亚的格雷高里奥·伊格纳西奥·古铁雷斯·贡萨莱斯（Gutiérrez González, Gregorio Ignacio, 1826—1872）、委内瑞拉的何塞·安东尼奥·马伊廷和胡安·维森特·贡萨莱斯、智利的何塞·华金·巴列霍、乌拉圭的安德雷斯·拉马斯（Lamas, Andrés, 1820—1891），以及古巴女作家戈麦斯·德·阿维利亚内达、墨西哥作家佩萨多等人，也大抵取法应时和兼容。反之，除了前面提到的阿尔贝迪等，阿根廷作家巴尔托罗梅·米特雷也视文学为载道、教化的工具，并在剧作《四季》（Cuatro épocas, 1840）和小说《孤寂》（Soledad, 1848）中现身说法。凡此种种，也不免让人想起白居易的名句："文章合为时而著，歌诗合为事而作。"（《与元九书》）

第二节　19世纪下半叶

以时间为经、体裁为纬乃权宜之计，其实并不科学，加之西班牙语美洲国家众多，实在容易顾此失彼、挂一漏万。但正所谓两害相权取其轻，与其国别为经、作家为纬，倒不如时间为经、体裁为纬。这也是迄今多数西班牙语美洲文学史家所取法的，毕竟西班牙语美洲国家同宗同源，而且相互交流密切。本著不同者，在于应时制宜，尽可能纵横兼顾，不过分拘泥于体裁。到了19世纪下半叶，尤其是20世纪以降，不少作家有意淡化，甚至解构体裁界限，加之传播速度加快、信息日益畅通，那么时间也就变得更为重要了。

19世纪下半叶，虽然西班牙语美洲诗坛依然欣欣向荣，但小说已经后来居上，越来越成为人们关注的焦点。同时，作家作品的数量亦非上半叶可以比拟。故此，为了突出重点，本节将不再以体裁为纬，而是尽可能以重要作家作品为轴，撷取个案，并适当兼顾总体，庶乎既见树木亦见森林。当然，为了更好地与第一节相衔接，本节将继续侧重于浪漫主义和风俗主义作家作品。

一、何塞·马莫尔

何塞·马莫尔，阿根廷作家，出生在布宜诺斯艾利斯，但家境贫寒，自小随父母漂泊。1835年开始在大学攻读法律和哲学，同时从事新闻工作。青年时代参与政治活动，是阿尔贝迪文学沙龙的主要参与者之一，同时也是"37年一代"的重要成员。1839年因散发反对罗萨斯独裁统治的报刊被捕入狱。1840年流亡蒙得维的亚，继续参与反对独裁统治的斗争，直至罗萨斯下台后才回到祖国。流亡期间，马莫尔创作了大量文学作品。其中有诗作《诗人》(*El poeta*, 1842)、《愤怒》(*El cruzado*, 1842)、《匕首》(*El puñal*, 1844)、《朝圣者之歌》(*Cantos del peregrino*, 1846) 等，以及1851年开始出版的《和声》(*Armonias*)。还有长篇小说《阿玛利亚》(*Amalia*, 1851—1855)，及其他时事评论，如《里约热内卢的进步青年检视》(*Examen crítico de la juventud progresista del Río Janeiro*, 1847)、《〈拉普拉塔商报〉撰稿人弗洛伦西奥·瓦雷拉先生遇害》(*Asesinato del señor Florencio Varela, redactor del "El Comercio del Plata"*, 1849) 和《马努埃拉·罗萨斯》(*Manuela Rosas*, 1850)。其中《马努埃拉·罗萨斯》是一部非常有趣的作品。作者用近乎臆测的想象描写独裁者罗萨斯爱女马努埃拉的生活，使她俨然成了令人怜惜的笼子里的小鸟。

马莫尔的代表作是《阿玛利亚》。故事发生在1840年的布宜诺斯艾利斯。时值独裁者罗萨斯实行专制统治，白色恐怖的阴霾笼罩着整个国家。5月的一个夜晚，"统一派"成员爱德华多·贝尔格拉诺和五名青年志士试图逃离阿根廷，前往乌拉圭首都蒙得维的亚，途中遭遇"联邦派"警探的伏击。经过一番激烈的搏斗，五个"统一派"成员先后牺牲，爱德华多身负重伤，陷入重围。这时，有人仿佛自天而降，把爱德华多抢救出来。此人叫丹尼尔·贝略，是爱德华多的好友。丹尼尔仪表堂堂，心地善良，是南方大庄园主安东尼奥·贝略的独生子。安东尼奥与独裁者罗萨斯是亲戚，因此历来支持联邦政府，在"联邦派"上层颇有声望。当时，丹尼尔是大学法律系学生，但他已经好几个月没去上课了。他凭借父亲的关系，打入"联邦派"内部，以保护仁人志士、寻求祖国的民主统一。为此，他已将自己的前途和生命置之度外。这天夜里，他听说有六名"统一派"成员伺机逃跑，并遭伏击，便急忙赶赴现场。可惜他晚来一步，只救出了爱德华多。他把后者藏匿在表妹阿玛利亚家中，自己投入了新的战斗。阿玛利亚出身名门，却命途多舛。她幼年丧父，十六岁同父亲的老友奥拉巴埃塔结婚后不久又失夫孀居；三个月后，母亲也不幸病故，留下她孤苦伶仃独自生活。表哥丹尼尔是她唯一的依靠。他关心她、爱护她，但有关他从事的工作却一直对她守口如瓶。这天夜里，当丹尼尔把血淋淋的爱德华多背回家时，阿玛利亚正挑灯夜读。因为受到了刺激，她脸色煞白，一时不知所措。但这并不妨碍爱德华多于昏沉中看出她的清秀端庄和优美体态，以及俊俏的脸庞和一双深邃而善良的眼睛。阿玛利亚素来得到表哥的照拂，又十分敬仰他的为人，故而对他言听计从。她很快摆脱惊愕和恐惧，投入到照料伤员的工作中。这时，她才第一次端详爱德华多的面容和他不凡的气度。苍白的脸色和痛苦的表情更使他显得格外动人和令人怜惜。在阿玛利亚的精心护理下，爱德华多的伤势一天天好起来，而他的存在也为孤单的阿玛利亚带来了莫大的安慰。没过多久，爱情在这对青年人心中悄悄萌芽了。与此同时，独裁者听说有个受伤的"统一派"乱党逃匿，顿时大发雷霆，下令全城搜捕，同时委派他的姨妹、秘密警察头子何塞珐暗中协助侦缉。何塞珐是个阴险毒辣的女人，一副巫婆相，充满了狂热的政治野心。正因如此，这个五十八岁的老女人形容枯槁，一头白发。她的拿手好戏是通过对各家仆人施加淫威，刺探情报。这天，她将目标锁定在事发地附近，并命人将阿玛利亚家的车夫和女仆悄悄带去。略经盘问，她便获悉阿玛利亚家住着一个陌生青年。她怀疑那人就是在逃的"统一派"成员爱德华多。7月的一个午后，老奸巨猾、诡计多端的何塞珐带着阿玛利亚的一个朋友阿古斯蒂娜突然造访阿玛利亚家。当时，爱德华多和阿玛利亚正在专心致志地倾听丹尼尔描述时事，并未察觉有人进门。因此，爱德华多来不及像往常那样，一有动静就躲进阁楼。何塞珐盯着爱德华多打量一番，然后坐到他身旁。她装着关心的样子，说爱德华多脸色不好，问他是否有恙。丹尼尔和阿玛利亚怕爱德华多不慎露馅，故意插话打岔、转移视线。没想到老太婆一边说着话，一边假装寻找支点要站立起来，冷不丁将瘦骨嶙峋的手掌在爱德华多身上用力一压，使他疼痛难耐，忍不住大叫一声。除了阿古斯蒂娜被蒙在鼓里，其他在场的人都明白老太婆的歹毒用心。因此，老太婆前脚一走，丹尼尔也带着爱德华多离开了表妹家。果不其然，爱德华多和丹尼尔刚离开，警察局长就包围了住宅。幸亏阿玛利亚早有防备，她沉着应对，没有露出任何破绽。罗萨斯对逃犯再度失踪十分恼怒。与此同时，反独裁组织开始暴动。为了维护他的统治，罗萨斯孤注一掷，利用特务组织对布宜诺斯艾利斯实行宵禁。白色恐怖再度升温。爱德华多的安全受到了严重威胁。为此，阿玛利亚决定尽早将自己交给这个有志青年。一天夜里，两个相爱的人在丹尼尔的帮助下秘密举行婚礼。但是，就在这时，警察再次包围了宅院。丹尼尔、爱德华多和阿玛利亚持枪反抗，但终因寡不敌众，全部壮烈牺牲。

作品不仅和埃切维利亚的《屠场》、萨米恩托的《法昆多》一起，开了西班牙语美洲反独裁小说的先河，还是西班牙语美洲文坛从浪漫主义转向批判现实主义的重要标志。19世纪初，刚刚摆脱西、葡殖民统治的拉丁美洲国家的显著特征是"宪法如废止，选举是格斗，自由即无政府主义"（玻利瓦尔语）[1]，弱肉强食的森林法则盛行一时。于是，专制制度似瘟疫般蔓延，军阀、独裁者像走马灯一样更迭。《阿玛利亚》展示的正是暴君罗萨斯统治期间布宜诺斯艾利斯的白色恐怖。小说以1840年反对罗萨斯独裁统治的民主革命运动为背景，以爱德华多和阿玛利亚的爱情为线索，描绘了独立后阿根廷人民的悲惨境遇：一个贪婪、凶残、阴险、自私的暴君生杀予夺，主宰着千百万人的命运。显然，爱德华多和阿玛利亚的爱情悲剧只是阿根廷社会这出大悲剧中的短短一幕。然而，正是这一幕使《阿玛利亚》彰显了与《屠场》和《法昆多》迥异的风格，也使

---

[1] Holmes, Olive, etc.: *Latin America: land of a golden legend*, New York: Foreign Policy Assn, 1947, p.23.

得小说在极具可读性的同时散发出强烈的批判色彩。事实上，在马莫尔创作《阿玛利亚》时，巴尔扎克（Balzac, Honoré de）已经悄悄进入了他的视野。他有意用编年史家的严谨来记录这段历史，因而对男女主人公的爱情点到为止，以免滑入风花雪月的"滥情套路"。在1851年的出版说明中，他说："小说中的大多数**历史人物**依然活在人间，他们还在政治舞台位居要职［……］，尽管小说用的是过去时，因此读者不会看到关于罗萨斯及其家人和阁僚的任何现在时表述。作者认为这样既有利于将事情交代得一清二楚，对未来读者阅读本书亦当不无裨益：［……］用过去时回溯那些依然健在的人物。"[1] 为将小说写成历史教科书，作者十分注重细节的真实，不仅让许多真实人物登场亮相，还大量援引当时的报刊资料、公告等。小说的虚构仅限于男女主人公，而丹尼尔则分明是作者的外化和传声筒。后者不仅在思想、性格方面同作者十分相似，就连外貌和气质也如出一辙。丹尼尔的两个"伟大的口号"是"干掉罗萨斯"和"向欧洲学习"。为此，他既不赞同"统一派"和"联邦派"的明争暗斗，也不寄希望于高乔人的自我作古。由此可见，马莫尔的思想和风格已然不同于埃切维利亚和萨米恩托等其他早期浪漫主义作家。

二、何塞·埃尔南德斯

何塞·埃尔南德斯，阿根廷诗人、社会活动家，生于布宜诺斯艾利斯。父母在牧场工作，因此他童年时期除了在外祖母家读书，节假日都会到牧场与父母相聚，这使他有机会从小接触牧民和高乔人。1851年，埃尔南德斯应征入伍，在罗萨斯养子的队伍中服役。四年后，他晋升上尉副官，因与战友产生纠纷并导致决斗，不得不离开军队。此后，他开始四处打工，同时从事文学创作，间或应召回部队参加战斗。1859年至1861年，经历两次战役后，他彻底放弃了戎马生

---

① Mármol: "Explicación", *Amalia*, Montevideo, 1851, https://www.biblioteca.org.ar/pdf.

涯。先后在统计局和参议院工作，做过统计员和速记员，此后投身新闻事业，为《阿根廷人报》（*El Argentino*）和《潮流回响》（*Eco de Corrientes*）等报刊撰文。1863年，他刚结婚不久，里奥哈军阀佩尼阿罗萨将军（Peñaloza, Angel Vicente）遇刺身亡，埃尔南德斯借机发表了一系列文章。同样也是在这一年，他与萨米恩托就政治、文学和教育等问题展开了激烈的争论。显然，埃尔南德斯的政治立场和文学主张与前述浪漫主义作家有所不同。有道是存在决定意识，埃尔南德斯从小耳濡目染、接触高乔人，长大后又长期为"联邦派"军队和政府效力，所思所想也便和埃切维利亚、萨米恩托、马莫尔等人拉开了距离。这也为他后来纵情讴歌高乔人奠定了基础。1870年，埃尔南德斯因参与旨在推翻萨米恩托的暴动，不得不流亡巴西。然而，正是在流亡期间，他开始创作被誉为高乔史诗的《马丁·菲耶罗》，并于1872年回国后正式发表。七年后又发表了续篇《马丁·菲耶罗归来》（*La vuelta de Martín Fierro*, 1879）。

　　《马丁·菲耶罗》[①]两部相加共四十六章，一千五百八十八节，七千两百一十行。主人公高乔人马丁·菲耶罗用第一人称叙述自己的不幸遭遇。遵循古典史诗的唱法，马丁·菲耶罗祈求神明保佑，让他像那些高乔老歌手那样思维敏捷、记忆超群、出口成章。他同时回忆起过去的美好时光和后来的坎坷经历，不禁感慨万千。在人生的重要关头（娶妻生子后），他被抓了壮丁。行伍期间除了在偏远地区对印第安人作战，还要遭受长官的欺凌，于是有一天他当了逃兵，回到家里却发现老婆孩子早没了踪影。他从此四处流浪，过程中不免与人发生口角，甚至拔刀相向，结果一不小心杀死了一个黑人和一个高乔同胞，从而成了逃犯。有一天，警察发现了他的踪迹，正在危急之际，一个军士居然被他的勇敢打动，反过来助他逃过一劫。原来那军士也是高乔人，因此同马丁·菲耶罗惺惺相惜。军士讲述了自己的身世，原来他也是个苦命的人。从此，他俩相依为命，成了患难之交。随后，他们决定穿过茫茫荒漠到印第安部落去寻

---

　　① 见赵振江同名译本，译林出版社，1999年。

找栖身之所，没想到刚到那里便被印第安人当作白人奸细给抓了起来，接受"隔离审查"。这时，印第安人的风土人情被自然而然地穿插了进来。后来，军士染上了瘟疫，不幸离世。马丁·菲耶罗悲痛欲绝。就在他于墓前缅怀好友的同时，一个印第安人正在虐待一名白人女俘。马丁·菲耶罗杀死了那个印第安人，然后偕白人妇女逃离印第安部落，艰难地回到高乔人居住的地方。最后，他找到了两个儿子，老大几乎重演他父亲的人生，老二被一个饱经沧桑的智慧老人收养。与此同时，一个黑人歌手找上门来，要和马丁·菲耶罗一决高下。原来那黑人的哥哥当初正是被马丁·菲耶罗杀死的。幸好来者只是比歌，唱了很多渊博的知识，如天地河海、人情律法，同时问了许多高深的问题，如数量尺度、种族歧视等等，然后扬长而去。马丁·菲耶罗将这些经验教训鲜活地教给了他的两个儿子，让他们好自为之。

我在此放声歌唱，
伴随着琴声悠扬。
有个人夜不能寐，
都只为莫大悲伤。
像一只离群孤鸟，
借歌声以慰凄凉。

我乞求上苍神明，
帮我把思绪梳拢；
因为在此时此刻，
我要将往事吟咏；
请让我记忆分明，
并使我理智清醒。
[……]

我熟悉这块土地，

乡亲在这里栖居。
各有座小小茅舍，
还有那儿女娇妻……
看他们欢度岁月，
那真是其乐无比。

启明星升上天角，
在空中灼灼闪耀。
雄鸡啼此起彼伏，
向我们司晨报晓。
高乔人兴致勃勃，
急忙忙奔向厨灶。

先坐在炉火一旁，
等候着天色大亮。
品尝着马黛苦茶，
一直到腹内发胀。
看妻子睡得香甜，
把蓬丘①盖她身上。

已然是拂晓时分，
东方正渐渐发红。
小鸟儿鼓噪歌唱，
老母鸡跳下枝藤。

干活儿时间宜早，
各自都前去上工。

---

① 斗篷。

这一位系紧马刺，

那一位低吟起程。

有人找柔软鞍垫，

有人挑皮鞭索绳。

栅栏里烈马嘶鸣，

待主人同去出征。

[……]①

三、里卡多·帕尔玛

里卡多·帕尔玛（Palma, Ricardo, 1833—1919），秘鲁作家、社会活动家，出身于利马的一个普通家庭，因为有黑人血统，从小受到歧视。童年在社会底层度过，少年时期在教会学校学习，青年时期就读于圣马科斯大学法律系。大学毕业后曾从事政治活动，并开始发表文学作品，有剧本《太阳之子》（*El hijo del sol*, 1849）、《罗迪儿》（*Rodil*, 1851）和与人合作的《小潘乔的生日》（*El santo de Panchita*, 1852），以及若干诗作。但是除了喜剧《小潘乔的生日》，其他早期作品不久便遭到了作者的自我否定。自1853年起，他开始将注意力转向历史和风俗，先后创作了《祖国的王冠》（*Corona patriótica*, 1853）和《秘鲁传说》（*Tradiciones peruanas*, 1872—1883）。在此期间，他曾出任何塞·巴尔塔（Balta, José）总统的秘书和参议员，后一度流亡智利。在创作《祖国的王冠》和《秘鲁传说》期间，他先后发表过若干诗集，如《和声》（*Armonías*, 1865）、《流亡者之书》（*Libro de un desterrado*, 1865）、《激情》（*Pasionarias*, 1870）等，还翻译过海涅（Heine, Heinrich）的诗。

代表作《秘鲁传说》由六个系列组成，第一系列发表于1872年，第二系列发表于1874年，第三系列发表于1875年，第四系列发表于

---

① 转引自《马丁·菲耶罗》，第1—8页。

1877年，第五、第六系列都发表于1883年。但这些还不是全部。在往后的岁月里，他继续热衷于描述秘鲁传统，发表了卷帙浩繁的风俗和历史故事。据统计，全著共有四百五十三个故事，其中仅有六个发生在印卡帝国时期，三百三十九个发生于殖民地时期，四十三个发生在独立战争时期，四十九个发生在共和国时期，还有十六个未标明时间。从内容看，则大致可分为七大类，即关于宗教、政治、历史、社会、人物、民间传说和文学典故。一如太史公的《史记》分本纪、世家、列传、十表、八书（礼、乐、音律、历法、天文、封禅、河渠、财用）等。而《秘鲁传说》虽然包罗万象，但更接近于《史记》的列传，只不过比列传更富于想象，因此与其说它是秘鲁历史，毋宁说是一部民间故事集。

作品一开始讲到《库斯科的幽灵》（"Los duendes de Cuzco"），这是秘鲁副王总督区建立过程中历代总督的奇闻轶事，而故事的核心人物是弗朗西斯科·德·波尔哈·伊·阿拉贡（Borja y Aragón, Francisco de）总督，副标题为"诗人总督如何懂得法律的故事"。故事尚未展开，紧接着便是一个传说，谓库斯科有一处十分醒目的建筑，唤作军港，先后住过四位海军司令，他们一个个不同凡响。第一个趾高气扬，目中无人。他在院子里装了喷泉，周围的居民纷纷前来汲取泉水。有一天，他不耐烦了，下令禁止任何活物踏进他的院子，结果一个老太太懵懵懂懂地提着水桶又来取水，被司令羞辱并痛打了一顿。她儿子是名教士，找司令理论，结果也挨了棍棒。事情闹大了，但当局的态度是时间可以解决一切问题。果然，几天以后，人们渐渐淡忘了此事。问题是那个受辱的教士没有忘记，他每天都到圣殿前祈求上帝，这样整整祷告了一个月。终于，有一天早晨，人们发现那个桀骜的司令在大门口上吊自尽了。副王总督得知后，对秘书说："这是个写罗曼斯①的好题材。"秘书担心法律程序，总督却说幽灵懂得怎么执法。

又譬如《伯爵夫人的灵丹妙药》（"Los polvos de la Condesa"），副

---

① 即"Romance"，古典谣曲。

标题为"秘鲁第十四任总督纪事",叙述利马暴发的一次疟疾,伯爵夫人弗朗西斯卡不幸染上了。那天,四大赤足修会撞钟报告来自马德里的重要消息,而总督却因年轻貌美的伯爵夫人罹患疟疾忧心忡忡。正在一筹莫展之际,有个耶稣会修士自告奋勇,说有秘方可以治疗伯爵夫人的疟疾。这时,作者有意打断了这个故事,掉转笔锋讲述副王总督府和利马时局。一个月后,故事回到了伯爵夫人,她已经健健康康地出现在人们面前。原来耶稣会早就掌握了医治疟疾的秘方:早在14世纪末,印卡帝国就曾疟疾肆虐,幸亏一个身患疟疾的印第安人偶然发现了一个泉眼,泉眼上长着一棵奇怪的树,树上的果子掉进泉水里,而那个印第安人喝了掉有果子的泉水后居然痊愈了。后来,印第安人将这个偏方告诉了耶稣会教士,从此,这些教士就掌握了医治疟疾的秘方。他们将那棵树上的果子磨成粉末,长久地保存下来。由于它治好了伯爵夫人的病,人们开始管这个秘方为"伯爵夫人的灵丹妙药"。

如此等等。还有一些属于坊间杂谈或围炉夜话,譬如《复活者》("El resucitado")写秘鲁有一所教会医院死了个病人。化妆师替他整理衣冠时,稍不留神,死人开始动弹并睁开了双眼,最后欠起身来,下床走了,就像歌谣吟唱的那样:

> 活人死了,
> 死人跑了。

魔幻的是,这个复活的家伙发现自己身上没穿殓衣,就径直跑到一个叫希尔的老兄那儿。后者是医院的物资管理员,正在提醒手下给甜点少放些糖,忽然背后有人拍他的肩膀问道:"你这个吝啬鬼,我的寿衣呢?"堂希尔当即昏了过去。

赵德明教授在《拉丁美洲文学史》中援引过一部叫作《玛丽-拉莫斯的小母猫》("La gatita de Mari-Ramos que halaga con la cola y araña con las manos")的书中的故事,讲述一个叫贝内蒂克塔的孤女被迫嫁给了浪荡公子,但公子哥儿很快就抛弃了她。不过有个邻居小伙子正喜欢她呢，这时她得知前夫已经和一名富婆结婚，便答应同小伙子来往。一天，她约那个小伙子到家里来，两个人正要亲热，忽然听见隔壁房间有怪声传来。她让小伙子先莫吱声，自己闪身进了隔壁房间。原来，贝内蒂克塔为报复负心人，设计将其引来并使他失去了知觉。药力很快过去了，她一不做，二不休，趁着前夫还未完全清醒又直接给了前夫一刀。小伙子看到这一幕后不免大惊失色。这时，贝内蒂克塔让小伙子趁着夜色将尸体扔进河里，结果第二天发现尸体的人成了嫌犯。此后，贝内蒂克塔一病不起，临终向神父忏悔了自己的罪孽。赵教授援引的另一个故事独具喜剧色彩，是《解放者的三个等等》（"Las tres etcéteras del Libertador"）中的，说的是从前有个镇长接到上级命令后的故事。这个上级在布置任务时除了要求解放者玻利瓦尔下榻之处必须环境优雅、窗明几净之外，还要有漂亮的桌椅、床铺，等等，等等，等等。镇长煞费脑筋，还是没有悟出后面这三个"等等"是什么东西。于是他召来乡绅人等，研判这三个"等等"究竟是什么东西。经过一番研讨，大家认为这三个"等等"应该是指美女。镇长于是命下属四处寻找美女，以备解放者不时之需，岂料玻利瓦尔抵达该镇后听说镇长为他准备了美女，二话没说就撤了他的职，并将那些姑娘全数放了，连看都没看她们一眼。

　　由于《秘鲁传说》历时四十余年，故事五花八门，前后体例不尽一致，但创作思想大抵一致，即借古喻今、除旧布新。这其中既有启蒙主义和新古典主义精神，又受到了风俗主义和浪漫主义的影响。许多故事虚构色彩浓重；另一些则时间地点明确，完全有案可稽。作品每每使人联想到我国作家刘鹗的《老残游记》或者吴趼人笔下的《二十年目睹之怪现状》。虽然《老残游记》以空间为轴，写游方郎中老残的所见所闻，《二十年目睹之怪现状》和帕尔玛的《秘鲁传说》一样以时间为线串联历史，但终究都是文学作品，大抵直斥各种社会积弊和陋习，以及官员的昏庸、僧侣的腐朽，等等。因此，帕尔玛可谓秘鲁风俗主义的集大成者，对后来的秘鲁文学乃至西班牙语美洲文学产生了深远的影响。

四、胡安·蒙塔尔沃

胡安·蒙塔尔沃（Montalvo, Juan, 1832—1889），厄瓜多尔散文家。一如蒙田（Montaigne, Michel de）之于法兰西，蒙塔尔沃之所以重要乃是因为他是西班牙语美洲第一位靠散文起家并雄踞文坛的作家。

蒙塔尔沃出生在厄瓜多尔山城安巴托。小时候受兄长影响，关心时事政治。后兄长因参与反对独裁者的政治活动被捕入狱。这在蒙塔尔沃幼小的心灵上留下了深深的烙印，他发誓长大以后一定要成为民主斗士，推翻专制统治。少年时期，蒙塔尔沃被送进神学院学习，直至获得哲学教师资格。但是，较之哲学，他更偏爱文学。因为热爱文学，他参加了外交官考试，以便有机会到欧洲开阔视野。果然，他作为随员被先后派往巴黎和罗马。在巴黎期间，他结识了拉马丁等浪漫派作家，受到巨大鼓舞。回国后，他除了从事文学创作，还积极参与旨在推翻独裁统治的政治活动，创办《世界主义者》（*El Cosmopolita*）期刊，结果遭到当局的监视。他因此被迫流亡法国。流亡期间，他开始写作让他蜚声西班牙语美洲文坛的《七论》（*Siete tratados*, 1882—1883）和《被塞万提斯遗忘的篇章》（*Los capítulos que se le olvidaron a Cervantes*, 1895）。后者一直到他去世后才结集出版。19世纪70年代，普法战争爆发，蒙塔尔沃回到美洲，先在哥伦比亚逗留，直至1875年独裁者加西亚·莫雷诺（García Moreno, Gabriel）遇刺亡故后才回到厄瓜多尔。但是好景不长，走了一个独裁者，又来了一个独裁者。于是，蒙塔尔沃谢绝了政府的橄榄枝，继续为自由而战。他创办了《再生》（*El Regenerador*）杂志，发表了一系列言辞激烈的政治评论，结果再次被迫流亡法国。这时，《七论》已经完稿，1882年第一卷出版，翌年第二卷问世。这使得他在巴黎声名鹊起。为了扩大影响，蒙塔尔沃取道西班牙，南下马德里，但结果并不理想，因为厄瓜多尔教会对他的《七论》提出了抗议，并将其列为禁书。蒙塔尔沃义愤填膺，撰文批判教会的反动保守，并决定不再回国。受此影响，西班牙读者对蒙塔尔沃十分冷淡。蒙塔尔沃沮丧至极，旋即回到法国，最后在法国离世。

他的主要作品有《世界主义先驱》（*El precursor del cosmopolita*, 1867）、《在废墟上跳舞》（*Bailar sobre las ruinas*, 1868）、《没完没了的专制》（*La dictadura perpetua*, 1874）、《七论》、《被塞万提斯遗忘的篇章》等等。其中最具文学价值的无疑是《七论》和《被塞万提斯遗忘的篇章》。前者分上、下两卷，包括七个议题："论高贵"、"论人性美"、"斥伪天主教诡辩家"、"论天才"、"西班牙语美洲独立革命的英雄"、"哲学家的盛宴"和"论爱情"。简单地说，蒙塔尔沃认为高贵、美、语言、天才、善良、英雄主义和爱情是人生的七大要素。在此不妨择要概述一二。

在"论高贵"中，蒙塔尔沃提到了马克思（Marx, Karl），认为他和黑格尔（Hegel, Friedrich）是德国最重要的哲学家，因为他们继承和发展了赫拉克利特（Heraclitus）的自然辩证法。遗憾的是他并未涉及马克思最重要的发现之一——历史唯物主义。同时，他介绍了达尔文主义，进而认为上帝是古来无数宗教对自然的一种抽象和概括。诸如此类显然违背了天主教徒的基本信仰，故而受到了厄瓜多尔和西班牙宗教界的排斥和抵制。也许是受了德国古典哲学的影响，蒙塔尔沃对歌德（Goethe, Johann Wolfgang Von）情有独钟，并经常援引后者的诗句。在论述何为智者、何为天才时，蒙塔尔沃的言论多少有些类似于半个世纪后海德格尔（Heidegger, Martin）的存在主义理念，以及此在和彼在的关系。他举例说明索福克勒斯（Sophocles）与《俄狄浦斯王》（*Oedipus Rex*）的关系就是智者与天才的关系：一而二、二而一。换言之，如果没有《俄狄浦斯王》，索福克勒斯就只是智者而非天才；反之，没有索福克勒斯，这一个《俄狄浦斯王》就永远不会存在。这其中，艺术就像催化剂。没有艺术天分，那么智者就很难成为天才。至于美，蒙塔尔沃体现了鲜明的浪漫主义情愫，认为美首先是女性完美的胴体。除了女性的胴体，大自然中的一棵树、一只鸟等，也可以是美的。因此，他认为美主要通过眼睛和心灵来感知。这就牵涉到了美的客观性和主观性的统一问题。此外，他还认为审美对象不能是抽象的，它必须具象化。说人体美，不是所有人体，而是某个或某些具体的人。关于人种，蒙塔尔沃则取法大而化之，他不赞成将人类分成若干种族，但同时又对美洲原住民充满褒奖和溢美之词。正因如此，他较早提出了世界主义。这在20世纪的西班牙语美洲演化为巴斯康塞洛斯（Vasconcelos, José）笔下的宇宙种族论，即由于种族混杂，美洲是天生的人类共同体。

《被塞万提斯遗忘的篇章》的副标题为"关于模仿一部无法模仿的书"（Ensayo de imitación de un libro inimitable）。这个副标题难免让我们想起半个世纪后博尔赫斯的一篇小说《〈吉诃德〉的作者皮埃尔·梅纳德》（*Pierre Menard, autor del Quijote*）。后者演绎了蒙塔尔沃的预言：《堂吉诃德》是无法再造的。首先，蒙塔尔沃认为《堂吉诃德》不可再造，如果塞万提斯没有创作这部作品，那么将不会有任何人能够创作它。此外，他认为作品中有两个堂吉诃德，一个是看得见摸得着的堂吉诃德，人们觉得他十分可笑；另一个是看不见摸不着的堂吉诃德，他存在于字里行间，一般人等无法窥见——他让人落泪。这显然是受了德国浪漫派的影响。在此前的接受史中，堂吉诃德始终是一个可笑的形象、可笑的存在，唯独到了德国浪漫派那里，他才有了一百八十度的转变。德国浪漫派先声夺人，于1800年前后推出了两个译本，一个是歌德译本，另一个是施莱格尔兄弟（Schlegel, Friedrich/Schlegel, August Wilhelm）的蒂克译本。歌德、施莱格尔兄弟、谢林（Schelling, Friedrich Wilhelm Joseph von）、海涅等德国作家莫不定塞万提斯于一尊，从而彻底颠覆了人们对堂吉诃德的固有界定方式。海涅在为精印本《堂吉诃德》作序时声情并茂地写道："我童年知识已开、颇能认字以后，第一部读的书就是塞维德拉[①]的米盖尔·塞万提斯所著《曼恰郡敏慧的绅士堂吉诃德的生平及事迹》。[……] 可怜的英雄被命运捉弄得成了个笑柄 [……] 害得我很难受，正像他受了伤叫我心里不忍 [……] 便为他流心酸的眼泪。我那时不大会看书，每个字都要高声念出来，所以花鸟林泉和我一起全听见了。这些淳朴无猜的天然品物，像小孩子一样，丝毫不知道天地间的讽刺，也一切当真，听了那苦命骑士当灾受罪，就陪着我哭 [……]"[②]在蒙塔尔沃

① 塞万提斯全名为米盖尔·德·塞万提斯·塞维德拉。
② 海涅：《精印本〈堂吉诃德〉引言》，钱锺书译，《海涅文集·批评卷》，北京：人民文学出版社，2002年，第413页。

看来，能读出背后悲剧意味的仅有极少数资质不凡之人。他并且认为堂吉诃德是一切美德的象征，是人类精神和肉体永远搏斗的两极之一。人们嘲笑堂吉诃德，则是出于另一极：肉体的本能。蒙塔尔沃将柏拉图、塞万提斯和莫里哀等归于同一谱系，[①]敬他们为精神而生。当然，这是典型的浪漫主义思想，它在作者自身隐隐地化作了生命的价值、流亡的意义。

五、伊格纳西奥·马努埃尔·阿尔塔米拉诺

伊格纳西奥·马努埃尔·阿尔塔米拉诺，墨西哥作家、政治家，出身于墨西哥盖雷罗州蒂斯特拉的一个原住民家庭，父母都是纳瓦特尔人。受家庭条件所限，阿尔塔米拉诺十四岁才开始上学，但他才智过人、记忆超群，很快掌握了西班牙语和法语并受到老师的赏识。其中一位叫作伊格纳西奥·拉米雷斯的老师为他争取了奖学金以资鼓励，这让阿尔塔米拉诺得以离开老家到托鲁卡城继续上学。这位拉米雷斯还是个作家，阿尔塔米拉诺尊其为文学启蒙老师。此后，阿尔塔米拉诺依靠自己的努力考入久负盛名的莱特兰学院，同时在托鲁卡文学院当旁听生。他一边勤奋学习，一边为低年级同学辅导法语以贴补开销。稍后他开始参加文学社团，并投身政治活动。这使得他有机会参与反对独裁者和反抗法国侵略者的战斗，直至改革战争（Guerra de Reforma）[②]结束。曾先后出任新政府驻巴塞罗那和巴黎总领事、墨西哥总检察长、发展部长等，同时从事文学创作。

① Montalvo: *Capítulos que se le olvidaron a Cervantes. Ensayo de imitación de un libro inimitable*, Biblioteca Virtual Universal, https://www.biblioteca.org.ar//libros/132353.pdf.

② 由墨西哥第一位原住民总统贝尼托·华雷斯·加西亚（Juárez García, Benito）领导的改革运动。1854年，加西亚参与推翻独裁统治，后任司法部长、总统。颁布改革法，没收教会地产，剥夺教会的世俗权力。1862年领导抗击拿破仑三世组织的墨西哥远征，经过五年艰苦卓绝的斗争，终于赶走了侵略者，推翻了侵略者扶植的马克西米连诺皇帝（Maximiliano I），胜利结束抗法卫国战争。

主要作品有长篇小说《克莱门西娅》（*Clemencia*, 1868—1869）、《山区圣诞节》（*La Navidad en las montañas*, 1871）、《蓝眼盗》（*El Zarco*, 1886—1888）和短篇小说集《冬天的故事》（*Cuentos de Invierno*, 1880）等等。其中，《克莱门西娅》被视为他的代表作。这是一部浪漫的爱情小说。故事发生在1863年至1864年，那是墨西哥抗法战争的关键时刻。法国侵略者正结集精锐部队朝墨西哥内地进攻，墨西哥军民节节后退。小说从两个性格迥异的青年军官说起：一个叫恩里克·弗洛雷斯，他出身名门，并且性格开朗、仪表堂堂；另一个叫费尔南多·巴列，虽然也是出身名门，但性情孤僻冷峻，外表也很平常，甚至可以说是其貌不扬。两个青年在同一部队参加抗法战斗，故而相识已久。一天，恩里克从费尔南多口中得知后者有一位美丽可人的表妹，就在附近城里，便希望见她一面。费尔南多答应了恩里克的请求。于是，费尔南多带恩里克去见心爱的表妹伊萨贝尔。结果，伊萨贝尔同时把她的闺密克莱门西娅也请到了家里。两个姑娘竟然同时爱上了英俊潇洒、活泼开朗的恩里克。恩里克和费尔南多离开两个姑娘后，不免议论一番。他们约定一个追求克莱门西娅，另一个继续追求伊萨贝尔。继续追求伊萨贝尔的自然是她的费尔南多表哥。受爱情的驱使，第二天恩里克和费尔南多再次去见伊萨贝尔和克莱门西娅。为了助兴，克莱门西娅弹了一支上乘的钢琴曲，恩里克报以热烈掌声，却使得伊萨贝尔醋意大发。伊萨贝尔接下来亲自演奏，结果博得恩里克更多的掌声。原来，恩里克已经悄悄爱上了伊萨贝尔；而费尔南多也渐渐移情，开始对克莱门西娅动心。这时，戏剧性的错位出现了：两个深爱着恩里克的姑娘开始争风吃醋。克莱门西娅为了能够接近恩里克，继续同费尔南多周旋；而恩里克却已悄悄向伊萨贝尔求婚。所谓无巧不成书，战争为四个年轻人的爱情打了个休止符。在一场战斗中，恩里克被法军俘虏，结果成了叛徒。但他不久即被墨西哥军队抓获。被爱情蒙蔽了双眼的伊萨贝尔和克莱门西娅都不相信恩里克会背叛祖国。为了搭救心中的恋人，她们苦苦央求费尔南多，请他释放恩里克。费尔南多因为深爱着克莱门西娅，而后者又对他产生了误会，以为他栽赃朋友、夺人所爱，于是决定冒险营救恩里克，结果代人受过，被就地正法。另一方面，恩里克贼心不改，逃过一劫后非但不知悔改，反而抛下克莱门西娅和伊萨贝尔，径直投靠法军去了。伊萨贝尔终于看清了恩里克的嘴脸，决定和他一刀两断。克莱门西娅也恍然大悟，却悔之晚矣，并最终因良心谴责而遁入空门，当了修女。

这部小说的最大特点是人物外表与内心形成的反差所导致的错位与纠葛。其中的费尔南多很容易让人想起雨果《巴黎圣母院》（*Notre-Dame de Paris*）中的卡西莫多。但是，在阿尔塔米拉诺之前，这样的人物在西班牙语美洲的浪漫主义作品中并未出现，即使阿维利亚内达笔下的萨博，那也是个英俊的混血儿。

《蓝眼盗》的情节更为奇崛，尽管作者赐予的副标题却是很不起眼的"1861年至1863年墨西哥生活轶事"（Episodios de la vida mexicana en 1861—1863）。虽然小说创作于1886年至1888年，但因种种缘故，一直到1901年才得以面世，其时作者已经去世八年。故事发生在墨西哥山区，当时华雷斯总统正致力于政治改革，无暇顾及偏远山区的小股盗匪。且说在一个叫亚乌特贝克的墨西哥山区，出身土著家庭的铁匠尼古拉爱上了漂亮的马努埃拉姑娘，却遭到了后者的拒绝。与此同时，一个叫蓓拉的女孩一直暗恋着尼古拉，尽管尼古拉对此一无所知。这时，山区来了一股土匪，他们经常明火执仗地打家劫舍。为首的人称"蓝眼盗"，他生性残暴，是个杀人不眨眼的混世魔王。一天，"蓝眼盗"来到小镇，对马努埃拉一见钟情，便送些珠宝首饰讨好她。马努埃拉爱慕虚荣，终与"蓝眼盗"私奔并做了后者的压寨夫人。这使尼古拉深感绝望。善良的蓓拉终于鼓起勇气向他表露了衷情。且说"蓝眼盗"本是个好逸恶劳的混混，趁着乱世干起了打家劫舍的勾当。之后，山区生活的单调乏味和担惊受怕使马努埃拉逐渐失去了好奇和耐心。她开始思念过去的生活和那个曾经对她关爱有加的尼古拉。而马努埃拉的母亲虽然有干女儿蓓拉陪伴，但终不免因亲生女儿的出走郁郁而终。正在马努埃拉悔不当初之际，"蓝眼盗"被逮捕并处死了。尼古拉发现蓓拉是个善良的女孩，他们惺惺相惜，并最终走到了一起。马努埃拉追悔莫及、悔恨交加，以至于精神错乱，未得善终。

小说具有明显的教化意图，而且在人物处理方面也多少有些脸谱化。也许这正是作者迟迟没有让它面世的原因。同样，脸谱化也是《山区圣诞节》的主要问题，尽管后者在刻画印第安人的生活场景时煞费苦心，不仅挥洒了浓墨，而且呈现暖色调。因此，它与其说是人物（卡门和佩德罗）的爱情故事，不如说是充满诗情画意的一幅印第安田园风景画。

至于阿尔塔米拉诺的短篇小说，则倒更像19世纪中叶墨西哥社会的奇闻轶事，其中有几篇还相当耐人寻味。譬如，《胡莉娅》（"Julia"），据说同名主人公有现实蓝本。她因为不堪继父的虐待，愤然离家出走，追随一个慈祥老人而去。随行的还有老人的年轻助理，叫胡利安。后者很快爱上胡莉娅，但胡莉娅却深深地爱上了慈祥老人。《安东尼娅》（"Antonia"）的情节十分简单，讲一个十三岁的少年爱恋一个十五岁的姑娘，心心念念想和她结婚。《贝亚特丽斯》（"Beatriz"）承继了《安东尼娅》的故事，写少年长大后间或当家庭教师，结果一不小心爱上了学生的母亲——贝亚特丽斯。这些当然都是不同寻常的单相思和难以成真的美梦，或可供人茶余饭后聊作谈资罢了。所谓耐人寻味，则是考虑到作者有过当家庭教师的经历，而且生命后期不乏年轻女子的爱慕。但是，作者在《克莱门西娅》中曾意味深长地援引德国作家霍夫曼（Hoffmann, Ernst Theodor Amadeus）的话作为题词："没有人还会真的爱我，因为我不令人欣喜，也不和蔼可亲"；"为时晚矣，过去的都已过去，我们只能请求上帝的宽恕并赐予我们安宁"。[①]就差一个"阿门"了！

六、豪尔赫·伊萨克斯

豪尔赫·伊萨克斯（Issacs, Jorge, 1837—1895），哥伦比亚作家，是西班牙语美洲后期浪漫主义或谓感伤浪漫主义的杰出代表。伊萨克斯出身在哥伦比亚西部卡利城的一个富裕家庭，其父是英国犹太人，母亲是哥伦比亚土生白人。因父亲染疾，家道中落，伊萨克斯不得不

[①] https://www.academia.edu/38280741/CLEMENCIA_IGNACIO_MANUEL_ALTAMIRANO.pdf.

从波哥大的医学院肄业回到家乡，开始管理家产。从此，他放弃了到英国留学、继续在医学上深造的梦想，将精力投放到经营庄园上。此间他曾参与于1854年反对独裁者梅罗（Melo, José María）和1860年保卫奥斯皮纳·罗德里格斯（Ospina Rodríguez, Mariano）总统的战斗。1861年父亲去世后，鉴于庄园了无起色，他决定重新回到波哥大，并在那里开了一家杂货店，同时开始文学创作。1864年，他的《诗集》（*Poesías*）出版，这里结集了他在《马赛克》（*Mosaico*）等刊物上发表的习作。此后，他开始构思长篇小说《玛丽亚》（*María*, 1867）。《玛丽亚》一炮走红，并迅速成为哥伦比亚乃至西班牙语美洲文坛的一个神话。颇具文名后，伊萨克斯又开始涉足政坛，其政治立场也渐渐从保守转向激进，并加入了自由党。这引发了不少文友的质疑与诟病。但是，伊萨克斯由此进驻哥伦比亚的政治中心，先后担任州长和财政部长等职，并一度出使智利。晚年致力于发展教育事业，对哥伦比亚的公共教育起到了巨大的推动作用。

长篇小说《玛丽亚》就像西班牙语美洲文坛的一颗耀眼的明星，至今拥有无数忠实的读者。这其中就包括加西亚·马尔克斯。他们被它的人物感动，为他们落泪。

小说写一对青年恋人的悲情故事。故事是这样开始的："我离家到波哥大的洛伦索·玛利亚·耶拉斯医生的学校读书，当时我还是个孩子……"[1]男主人公爱弗拉尹少小离开父母和女主人公玛丽亚，依依不舍地启程到波哥大上学。玛丽亚自幼失去母亲，因此一直寄养在爱弗拉尹家里，和爱弗拉尹是"青梅竹马"。原来她的父母同爱弗拉尹的父亲是好友，玛丽亚的母亲去世后，她父亲悲痛难忍，决定到海外谋生，便将玛丽亚托付给了挚友。于是玛丽亚三岁起就成了爱弗拉尹父母的养女。爱弗拉尹的父母则一直视她如己出。六年后，爱弗拉尹从波哥大回到家乡，此时玛丽亚已经长大，出落得亭亭玉立、楚楚动人。她的眼睛是如此明亮多情，脸庞是那么美丽妩媚，言谈举止更是文雅得体、无可挑剔，而爱弗拉尹也长成了英俊的小伙子。很快，郎

---

[1] Issacs: *María*, Biblioteca Virtual Universal, https://www.biblioteca.org.ar/libros/70959.pdf.

才女貌的两人情窦初开，坠入爱河。他们就像是田园诗中的少男少女，沐浴着爱的阳光，憧憬着美好的未来。但正所谓"天有不测风云，人有旦夕祸福"，忽然有一天，玛丽亚浑身抽搐，手脚痉挛，样子十分可怕。她准是从生母那里遗传了癫痫病。爱弗拉尹虽然和其他家人一样显得惊慌失措和心痛不已，但这丝毫没有动摇他对玛丽亚的感情，反而更增添了他的爱怜和珍惜之情。从此以后，爱弗拉尹寸步不离，悉心照料她、关爱她，简直就像我们俗话中说的"捧在手里怕碎，含在嘴里怕化"。然而，爱弗拉尹的父母忧心忡忡，他们一方面担心玛丽亚的病情，另一方面也怕儿子因此分心伤感，毕竟他学业未成。爱弗拉尹却另有心事，他决心学好学精医术，一定要治愈玛丽亚的病，和她长相厮守。爱弗拉尹默默地下定了决心，他父母则希望儿子尽快赴伦敦留学。玛丽亚知情后也十分支持心上人继续深造，尽管心里有一千个、一万个不舍。爱弗拉尹又何尝不是如此？他为玛丽亚伤心落泪，但是为了她的安危，他只好决定暂时离开心爱的人，远赴异国他乡。爱弗拉尹的父母为了鼓励这对难分难舍的恋人，决定等爱弗拉尹学成归国就给他们操办婚事。不久，爱弗拉尹接到通知，就要启程前往伦敦了，一家人挥泪惜别。玛丽亚躲在祷告室为他祈求平安。当爱弗拉尹前去道别时，她泪如雨下，顷刻间倒在了他的怀里。自从爱弗拉尹走后，玛丽亚每天给心上人写信，记日记。她虽然天天以泪洗面，但还是勉励他安心学习，同时告诉他自己有多么爱他、想他，期盼他早日学成归来。爱弗拉尹也时常给玛丽亚写信，表达思念和爱意，同时希望她保重身体。他请父母和姐姐好好照顾他的未婚妻。再说爱弗拉尹的父亲是一个大庄园主，他以仁爱和勤勉管理着这个庄园。他和蔼可亲，见了人家的孩子会夸奖一番，知道哪家有红白喜事也会第一时间送上一份礼金。于是，人们安居乐业，社会和谐幸福。而所有这一切都是为了衬托俊男美女的爱情悲剧，而且这一悲剧实乃命运使然、造化弄人。作家在表现人物内心方面倾注了大量笔墨，渲染恋爱中的姑娘如何度日如年，铺陈恋人们天各一方如何睹物思人、悱恻缠绵，并配以百合的纯洁、花朵的凋零、溪水的低吟、寒鸦的聒噪等象征意象。且说那世外桃源般生气勃勃、祥和美好的气氛更衬托出玛丽亚的悲情。她的病情一天天加重，发作的频率也愈来愈高。眼看就要支撑不住了，爱弗拉尹的父母让儿子立刻火速赶回。爱弗拉尹接到父母的通知后心急如焚，日夜兼程，只盼着能早一刻回到玛丽亚身边。船到巴拿马时，爱弗拉尹收到了玛丽亚的信，她在信中对他说，他归来的消息足以使她康复了。离家越来越近，爱弗拉尹的心也越来越紧张，以至于心跳加速。他恨不能立刻插上翅膀飞到玛丽亚身边。果然是归心似箭，当他翻身下马时，远远看去，竟错把爱玛当成了身穿洁白礼服的玛丽亚。然而，那是身穿丧服的姐姐，而玛丽亚已经永远地离开了这个世界。她以顽强的意志等他，盼星星盼月亮一般希望能再见心爱的人一面。但是天妒玛丽亚，她最终还是没能等到爱弗拉尹。临终，她把心爱的日记连同自己的心交给了爱玛，托她转给未婚夫。千言万语尽在其中。爱弗拉尹在玛丽亚的墓前哭得死去活来。作者唯一没有替这对有情人安排的，便是他们终不得双双化蝶而去。当然，这只是我们中国读者才可能产生的联想。

《玛丽亚》的"横空出世"令整个西班牙语世界大为震惊。此后，作品不仅很快进驻西班牙语美洲的语文教科书，而且被迅速翻译成几乎所有西方文字，后来又多次被好莱坞和西班牙语美洲国家搬上银幕。这个凄美动人、催人泪下的故事使所有读者过目不忘。它铸就了西班牙语文坛一座高不可攀的里程碑，它在为一个时代画下圆满句号的同时，也给现代西班牙语插上了灵性的翅膀。其中的情感和景物描写引人入胜，因为它们充满了恰如其分的点化、渲染和隐喻。

七、胡安·索里利亚·德·圣马丁

胡安·索里利亚·德·圣马丁 (Zorrilla de San Martín, Juan, 1855—1931)，乌拉圭诗人，西班牙语美洲后期浪漫主义作家，有印第安血统。童年时在一所耶稣教学校读书，稍长赴智利读大学，获得法学和政治学学士学位。1878年他回到祖国，在蒙得维的亚当见习法官，同时从事文学创作。1880年，他以优异的成绩获得一所大学的文学教席，但很快就被校方开除，原因是他参与了反政府活动。的确，索里利亚·德·圣马丁参与了反对军阀桑托斯（Santos, Máximo）的秘密活动，以至于不得不流亡阿根廷。桑托斯下台后，他回到蒙得维的亚，出任乌拉圭驻西班牙和葡萄牙特命全权大使，尔后又出使法国和梵蒂冈。晚年在蒙得维的亚从事新闻和教育工作。

他的主要作品有诗集《颂歌的音符》（*Notas de un himno*, 1877）、《祖国的传说》（*La Leyenda Patria*, 1879）、叙事诗《塔巴雷》，以及其他作品如《道路的回响》（*Resonancias del camino*, 1894）、《关闭的园子》（*Huerto cerrado*, 1910）、《和平祷告》（*El sermón de la paz*, 1924）、《鲁斯之书》（*El libro de Ruth*, 1928）等。其代表作为《塔巴雷》，作品用西尔瓦诗体描写一个叫塔巴雷[①]的混血儿。那是西班牙语美洲第一代印欧混血儿，其父卡拉赛是乌拉圭恰鲁瓦部落的头领，曾全歼一支西班牙军队，只留下了一个叫玛格达莱娜的女子。不久，卡拉赛和玛格达莱娜生下了塔巴雷。玛格达莱娜悉心哺育着塔巴雷，并依据自己的信仰给他洗礼。很快，她遭到了印第安人的抛弃，在痛苦中郁郁而终。但是，塔巴雷这个与众不同的孩子一天天长大，他双眸湛蓝，英气逼人。后来，西班牙派来了第二支侵略军队，军中又有几位女眷。她们是指挥官贡萨罗·德·奥尔加斯的家眷，即妻子堂娜鲁斯和妹妹布兰卡。鲁斯老于世故，不把印第安人当作同类，认为他们都是茹毛饮血的野人；但布兰卡是一个满怀浪漫情调的姑娘，对新大陆和印第安人充满了好奇。且说贡萨罗在一次森林冒险中俘虏了一批印第安人，其中就有塔巴雷。当时，塔巴雷已经是一个英俊的小伙子，他沉默寡言、严肃冷峻，对西班牙人没有一丝恐惧。他经常独自一人，趁着夜色在布兰卡的窗前溜达。这引起了贡萨罗的注意。他决定释放这个奇怪的印第安人。塔巴雷回到丛林后辗转反侧，闷闷不乐。这时，恰鲁瓦人燃起火把，决定攻打西班牙人。没想到贡萨罗早有防备，印第安人铩羽而归，但他们的酋长却顺手牵羊掳走了布兰卡。为了搭救布兰卡，塔巴雷杀死了酋长，带着布兰卡回到了西班牙人的驻地。正一筹莫展之际，在驻地来回踱步的贡萨罗见到

[①] "Tabaré"，恰鲁瓦语，意为"孤独"。

塔巴雷背着布兰卡迎面走来，就拔出复仇雪耻的利剑刺进了塔巴雷的胸膛。年轻的塔巴雷倒在布兰卡怀中，永远地闭上了眼睛。有诗为证：

> 他注视着布兰卡，
> 空气中响彻悲恸。
> 她将印第安人紧紧抱在怀里，
> 见他静静地合上眼睛，不再
> 给她甜蜜的目光。
> 但他听到了呼喊。
> 就在塔巴雷倒向永恒的瞬间，
> 听见布兰卡哭喊着他的名字；
> 那喊声来自人间，
> 而他已渐渐远去，
> [……]①

《塔巴雷》由两部分组成，外加一个引子，共四千七百三十六行。作品中充满了浪漫情调和奇思异想。除了主干故事，长诗还撷取了不少传说和民歌民谣，甚至还有摇篮曲。虽然故事并不真实，却反映了作者和无数西班牙语美洲混血人的一种内心诉求：除了司空见惯的白人父亲加印第安母亲，《塔巴雷》用别具一格的诗情画意给出了不同凡响的浪漫向度或钱币的反面。当然，这种情况十分罕见，而诗人索里利亚·德·圣马丁需要的正是这种罕见，从而将西班牙语美洲浪漫主义文学推向极致。这其中不难看出某种隐隐绰绰的复杂心理，它来自被压迫种族的自尊与想象。尤其是想象，用诗人自己的话说，"作品中的所有人物纯属虚构，他们服从于故事的需要"。②

---

① https://www.los-poetas.com/c/tabare.htm/pdf.
② Cf. Lindarte Caicedo, Diana Andrea: "Análisis de Tabaré", https://prezi.com/analisis-de-tabare/pdf.

八、其他浪漫主义作家

这里所说的浪漫主义，作为特殊的文学思潮在西班牙语美洲文坛不仅历时较长，而且影响深远。虽然在很多人看来，浪漫主义也是一种创作方法，且始终是文学的一极，而另一极则无疑是源远流长的现实主义。浪漫主义和现实主义分分合合，推动着文学的演变与化合。从这个意义上说，文学万变不离其宗，这是因为它始终是世道人心的表征。然而，用鲁迅的话说，"人心很古"。[①]也许"阳光下没有新鲜事物"，变幻的只是表象罢了。

但是，话要说回来，美洲对于其他大陆而言，却不可谓不"新"。尤其是西班牙语美洲或拉丁美洲，由于其特殊的历史渊源、种族构成和社会形态，迄今为止它依然是一个充满变数的神奇大陆。这在19世纪的浪漫主义文学中体现为五光十色，乃至迥然不同的价值和审美取向。除了前述七位重量级作家，还有一大批或可归入浪漫主义阵营的作家作品，且容稍加点兀。

（一）胡安·克莱门特·塞内亚

胡安·克莱门特·塞内亚（Zenea, Juan Clemente, 1832—1871），古巴诗人，出生在巴雅莫省，父亲是西班牙人，母亲是土生白人。塞内亚幼年丧母，不久父亲也离开他返回西班牙去了。塞内亚由外祖父抚养长大。小学毕业后到哈瓦那继续上学，青年时期参与反对殖民政府的独立运动，并在《哈瓦那》（*La Habana*）和《清风》（*Brisas*）等刊物上发表作品，因此有过牢狱之灾。他侥幸逃脱后曾流亡美国，并结识美国女演员门肯（Menken, Adah）。两人很快坠入爱河，不久结为夫妻。但天不假年，门肯三十三岁就因病在巴黎去世了，当时远在墨西哥的塞内亚为此抱憾终生。

他的诗作大抵是他内心世界的艺术外化。在一首十四行诗中他这

---

①《鲁迅全集》第一卷，北京：人民文学出版社，2005年，第368页。

样唱道：

> 温柔多情，幸福的男子
> 继承了家产，满怀希望：
> 春天播下作物的种子
> 秋天获得丰收的食粮！
>
> 幸福的男子满怀喜悦
> 庆幸自己美满的婚姻，
> 选中一位邻居的少女
> 作为自己的妻子和情人！
>
> 啊，高烧中的男子多么悲伤，
> 身在异地，远离家乡，
> 哀叹灵魂在昏睡中死亡！
>
> 啊，请将我运回故乡，
> 让我用自己灼热的光芒
> 去温暖古巴的太阳！ ①

此外，塞内亚有长诗《烈士日志》（"Diario de un mártir"）等，但作品都是在他去世后结集出版的，如《遗诗》（*Poesías póstumas*，1871）和《诗歌全集》（*Poesías completas*，1872）。

（二）马努埃尔·安东尼奥·阿隆索

马努埃尔·安东尼奥·阿隆索（Alonso, Manuel Antonio, 1822—1889），波多黎各作家，出生在圣胡安。年轻时曾赴巴塞罗那学医，学成归国后并未致力于医疗事业，而是将注意力转向了政治和文

① 转引自《拉丁美洲历代名家诗选》，第78页。

学。他的早期作品与人合集于《波多黎各的节日礼物》(*Aguinaldo puertorriqueño*, 1842)。受此勉励,他于翌年发表了《波多黎各的相册》(*Album puertorriqueño*, 1843)。六年后,他又出版了上半部《希瓦罗人》[全名《希瓦罗人,波多黎各岛的风俗画》(*El Gíbaro. Cuadro de costumbres de la isla de Puerto Rico*, 1849)]],下半部一直到1882年才告竣。

"希瓦罗人"("Gíbaro"或"Jíbaro")原指南美洲赤道附近的印第安人,在阿隆索的作品中却专指波多黎各农民。他们多数为印欧混血人种,继承了来自西班牙的欧陆文化和从远古走来的印第安本土文化,后来还多少撷取了一些非洲文化元素。问题是,一加一并不等于二,二加一也并不等于三,而是等于或小于一。这便是波多黎各,甚或西班牙语美洲。《希瓦罗人》汇集了19世纪波多黎各的民风民俗,是岛国的一卷原生态、活生态风俗画,其缤纷的色彩不断蜕化,这足以令今人唏嘘慨叹。许多传统已经灭绝或濒临灭绝,如加拉巴托音乐舞蹈、斗鸡、集市和节日演出等等。当然,所幸的是那些传统或传说被阿隆索逼真地记录下来并流传至今。其中就有充满魔幻色彩的《坏鸟传说》("Pájaro Malo")等。学者萨尔瓦多·布劳(Brau, Salvador)在为作品第二卷作序时曾援引阿隆索的话说,对希瓦罗人而言,斗鸡场远比教堂重要得多。[①]这是连当时的殖民者也无法否定的事实,它见证了民俗在百姓日常生活中的分量。

《坏鸟传说》讲的是在一个月黑风高的夜晚,夜阑人静,主仆二人骑马行路。主人是个二十岁上下的印欧混血儿,骑着一匹黑骏马;仆人是个黑白混血儿,年纪不详,骑着一匹枣红马。在经过一个路口时,仆人忽然指着路边的一个十字架恐惧地对主人说:"您听到鸟叫了吗?那是一只坏鸟。"小主人认为仆人那是无稽之谈,说:"难道连你这个曾经可以掀翻一头牯牛的汉子也会怕那些老妪奇谈?"这时,仆人给他讲了一个多年前发生的故事。话说有个叫戈约的家伙,从小好逸恶劳,性情乖张暴戾。他八岁刺伤了一个兄弟,十八岁单手抓举起

---

① Alonso, Manuel: *El Gíbaro. Cuadro de costumbres de la isla de Puerto Rico*, t.2, San Juan: Academia Puertorriqueña de la Lengua Española, 2007, p.2.

了他的父亲。他抛弃了老父亲，自己逍遥快活地出没于赌场。很快，他挥霍掉了家产，开始以抢劫为生。这样，他抢了赌，赌了抢，最后吃了官司，被监禁四年。出狱后，他贼心不改，继续作恶。一天，他提着砍刀在那个路口等赌场的一位赢家，结果听到了坏鸟的叫声。那坏鸟是他每天用盐粒喂养的，这天却随着鸟叫飞来了一颗子弹。戈约饮弹倒下后，一个神父恰巧路过，他给垂死的戈约讲了很多道理，希望他好好忏悔，但结果并没有使戈约悔过，倒是听到了几声鸟叫。后来，作恶多端的戈约就被埋在了路口。

类似传说，当然是村民常有的奇谈，但在村民当中，它们并非毫无意义。20世纪西班牙语美洲的魔幻现实主义恰恰是这类传说的集大成者。它们蕴含着一个新兴种族的集体无意识。

（三）阿莱汉德罗·塔皮亚·伊·里维拉

阿莱汉德罗·塔皮亚·伊·里维拉（Tapia y Rivera, Alejandro, 1826—1882），出生在圣胡安，是波多黎各历史上第一位涉足所有体裁并留下深刻印迹的作家。他的童年和青少年时期在波多黎各首都度过，后考取财政部公务员，其间因与人决斗被遣送至西班牙。这恰好成全了他的文学梦。

他一生著述颇丰，有小说《缬草》（*El heliotropo*, 1848）、《卡西克①的手掌心》（*La palma del cacique*, 1852）、《古老的塞壬》（*La antigua sirena*, 1862）、《转世灵童》（*Póstumo el transmigrado*, 1872）、《二十年传奇》（*La leyenda de los veinte años*, 1874）、《科弗雷西》（*Cofresí*, 1876）等，剧作《罗伯特·德弗吕克斯》（*Roberto D'Evreux*, 1856）、《贝纳尔多·德·帕利西》（*Bernardo de Palissy o El heroísmo del trabajo*, 1857）、《女人四十》（*La cuarterona*, 1867）、《卡蒙斯》（*Camoens*, 1868）、《巴斯科·努涅斯·德·巴尔博亚》（*Vasco Núñez de Balboa*, 1872）等，诗集《撒旦篇》（*La Sataniada*, 1874）、《杂集》（*Misceláneas*, 1880）等。其中，数长诗《撒旦篇》最为引人注目。它

---

① 原义为"酋长"，后转义为"酋长式的地方霸主"。

想象了撒旦的黑暗世界，抒发了落魄诗人"我不下地狱，谁下地狱"的悲壮情怀。此外，风俗小说《女人四十》的主题是利益和偏见，写主人公伯爵夫人干涉儿子婚姻的故事。年届四旬的伯爵夫人出于改善经济条件的考虑，决定让儿子卡洛斯迎娶暴发户的女儿艾米丽雅，但卡洛斯却深深地爱着母亲的养女胡莉娅。为了实现自己的计划，伯爵夫人和暴发户合谋，联手编造了一个谎言，即胡莉娅是已故伯爵，也就是卡洛斯生父的私生女。卡洛斯闻讯后犹如五雷轰顶，但终究选择了妥协，决定娶艾米丽雅为妻。胡莉娅得知后悔恨交集，结束了自己年轻的生命。这时，伯爵夫人家的仆人道出了真相。原来，暴发户克里斯普罗才是胡莉娅的生身父亲。前者年轻时占有了女佣玛丽亚，导致其怀孕并生下了胡莉娅。为了掩盖真相，克里斯普罗命人将婴儿抛弃在伯爵家门口。终于，卡洛斯如梦方醒，他立即拒绝了与艾米丽雅的婚事，并祈祷上帝为他和胡莉娅主持公道。无论是因为种族歧视，还是阶级偏见，类似浪漫悲剧在西班牙语美洲及其文学中并不少见。然而，塔皮亚·伊·里维拉的构思不仅不落窠臼，而且魅力隽永。

（四）马努埃尔·帕伊诺

马努埃尔·帕伊诺（Payno, Manuel, 1810—1894），墨西哥作家和社会活动家。曾出使南美洲和英、法、美等国，同时从事文学创作。1847年美墨战争[①]时期投笔从戎，并受命创建了墨西哥城至港口城市

①美国与墨西哥于1846年至1848年间爆发的一场战争。在此之前，美国曾企图吞并加拿大，于1812年爆发战争（史称"美加战争"）。这是第二次美英战争的一部分，是美国为了领土扩张、乘英国正陷于拿破仑战争之机而发动的侵略战争，最终由加拿大民兵、原住民武装和英军组成的联合军队打退了美国的入侵。这次战争对推动加拿大国家形成起了巨大作用，促使加拿大英语和法语两大殖民地居民联合起来对抗共同的敌人，致使美国企望通过武力吞并加拿大的阴谋破灭。19世纪40年代素有美国"暴风雨的四十年代"之称。1846年至1848年美墨战争进行之际，美国国内扩张主义思潮盛行，史称"天定命运论"。这一思想主要包含了三方面内容：一、美利坚合众国建立的必然性；二、美国领土扩张的合法性；三、传播民主制度的神圣性。在蚕食了墨西哥不少领土之后，1846年5月18日美军又以领土纠纷为由悍然发动侵略战争，南下占领墨西哥马塔莫斯。5月23日墨西哥向美国宣战。同年6月美军西进，夺取新墨西哥和（转下页）

128

维拉克鲁斯的秘密交通。虽然战争以墨西哥败北和割让大半领土而告终，但它使帕伊诺和墨西哥人民领悟到了弱国的屈辱与奋发图强的迫切。正因如此，帕伊诺曾为两届政府担任财政部长之职，并于1857年参与了一场旨在变革图新的政变。政变未遂，帕伊诺受到审讯，并被迫离开政治舞台，直至获得赦免。晚年多次当选众议员和参议员，并先后出任驻法国和西班牙总领事。

在文学创作方面，帕伊诺几乎涉足过所有体裁，尽管真正使他扬名立万的是小说。他的主要作品有长篇小说《魔鬼的别针》（*El fistol del diablo*，1845）、《情景中人》（*El hombre de la situación*，1861）、《寒水岭大盗》[又译《寒水岭匪帮》（*Los bandidos del Río Frío*，1889）]和历史小说《红种人》（*El hombre rojo*，1870）、中短篇小说集《雾中晌午》（*Tardes nubladas*，1871）等。其中，《情景中人》是一部典型的风俗小说，背景为殖民时期，但有关人物及其风俗却是常见的父子关系、西班牙人和土生白人、西班牙人及其后人与印第安人和墨西哥的风土人情等等。非此即彼、黑白分明的浪漫情怀和爱情描写淡出了作者的笔触。与之不同的是带有喜剧色彩的《魔鬼的别针》和情节跌宕起伏的《寒水岭大盗》。《寒水岭大盗》被认为是他的代表作。小说主人公雷仑布隆以真实历史人物胡安·亚涅斯（Yañez, Juan）为蓝本，后者是墨西哥独裁者洛佩斯·德·桑塔·安纳（又作圣安纳，López de Santa Anna, Antonio）的侍从武官。洛佩斯·德·桑塔·安纳作为19世纪上半叶墨西哥军阀，先后任墨西哥总统二十余年；亚涅斯作为他的亲信和侍从武官，杀人越货，无恶不作，事情败露后被处以绞刑。1888年至1891年，帕伊诺时任墨西哥驻巴塞罗那总领事，应有关刊物之邀，以连载的方式创作了《寒水岭大盗》。小说分两部分，

（接上页）加利福尼亚。1847年3月，美军在墨西哥湾登陆，并攻占墨西哥港口城市维拉克鲁斯。5月，美军逼近墨西哥城。双方进行和谈，9月谈判破裂。10月，墨西哥临时政府成立。12月墨西哥城沦陷。翌年1月双方重启和谈。2月2日签订和约，墨西哥割让得克萨斯、新墨西哥、上加利福尼亚等大片领土。1848年6月12日，美军撤出墨西哥城，战争结束。美国通过这场战争，夺取了墨西哥二百余万平方公里的土地，一跃成为横跨大西洋和太平洋的大国，并从此获得在美洲的主宰地位。

其中第一部分五十四章，第二部分六十三章。作品人物众多，情节复杂。用最简要的方法概而括之：这是一个两面人的悲剧命运。话说雷仑布隆在仕途上平步青云，做到了上校兼总统侍从武官（即卫队长），几可谓一人之下万人之上。但他却谦恭低调，并没有表现出呼风唤雨的气势。然而，另一方面，他又是个杀人不眨眼的刽子手和冒险家，背地里勾结并指挥黑帮和骗子手到处敛财，最后成了寒水岭大盗或谓寒水岭大盗的后台老板。且说寒水岭是墨西哥城至港口城市维拉克鲁斯的必经之地和咽喉要道，商贾官员人等无不于此留下买路钱甚至付出性命。最后，政府被迫对盗匪加大追剿力度，于是雷仑布隆不得不亲自出马，并将注意力转向首都，结果在抢劫萨乌斯伯爵时，不慎掉下了皮夹子。萨乌斯伯爵和一些商贾、官员联名举报雷仑布隆，用绞刑给这个恶贯满盈的两面人画上了句号。这一主线串联起了无数社会风俗和相关人等，包括上至总统下抵黑帮、销赃者、伪钞制造者，以及一系列爱情和悲情故事的男女主角。早在19世纪50年代，便有不止一位墨西哥作家尝试以此事件为题材创作文学作品，但均不成功。时隔多年，帕伊诺应出版商之邀，重新演绎了这个故事。小说从一则震惊朝野的新闻报道写起，用倒叙的形式记述了江洋大盗的神秘经历。小说人物众多，情节曲折，也于无意间展现了19世纪墨西哥复杂的社会关系和丰富的风土人情。

（五）路易斯·贡萨加·英克兰

路易斯·贡萨加·英克兰（Gonzaga Inclán, Luis, 1816—1875），墨西哥作家，出生在卡拉斯科农庄，父亲是纳瓦尔特庄园总管。故此，贡萨加·英克兰十分熟悉农村生活，并创作了反映墨西哥农村风俗的长篇小说《机灵鬼》（*Astucia, el jefe de los Hermanos de la Hoja o los charros contrabandistas de la Rama*, 1865—1866）。

小说以主人公洛伦索·卡贝约的故事为轴心，展现了19世纪初至中叶的墨西哥农村生活。卡贝约青少年时期经营过酒庄，但因被人出卖，丧失了所有家产。为了谋生，并"东山再起"，他一不小心加入了烟草走私集团——烟草兄弟会。由于他熟谙经营之道，而且足智多谋，人称"机灵鬼"①。不久，"机灵鬼"卡贝约一步步爬到兄弟会顶层，成了会长。作品分上、下两大部分，分别以小册子的形式由作者本人经营的出版社出版。作为小说，它借兄弟会和买卖中各色人等，串入大量风俗主义插曲，因而具有很强的可读性，同时也是后人了解19世纪三四十年代墨西哥农村生活不可或缺的民俗学文献。其他作品有长篇小说《长伯林纪事》（*Recuerdos de Chamberín*, 1860）等。

（六）维森特·里瓦·帕拉西奥

维森特·里瓦·帕拉西奥（Riva Palacio, Vicente, 1832—1896），墨西哥作家，出身于墨西哥城的一个官僚家庭。中学期间曾参加美墨战争，作为少年军校的学生在墨西哥城阻击美国侵略军。大学毕业后一度从政，华雷斯执政期间任墨西哥州州长，同时致力于文学创作。

作品涵盖了所有体裁。计有长篇小说八部，剧本十六部，散文集五部，诗集六部，短篇小说集七部，可见他是个多产作家。代表作为长篇小说《修女与夫人，贞女与烈士》（*Monja y casada, virgen y mártir*, 1868）。作品由四部分组成，尽管主人公是两对恋人：堂娜贝亚特丽斯和堂费尔南多，堂娜布兰卡和堂塞萨尔。故事发生在17世纪初。一个雨夜，贝亚特丽斯十万火急，命仆人特奥多罗到费尔南多那儿报信，说她兄长阿隆索准备将她许配给一个叫佩德罗的人。她当然不能答应。费尔南多向她保证，自己将坚定不移地为她做任何事情。这引起了阿隆索和佩德罗的记恨，他们密谋加害费尔南多。然而，隔墙有耳，佩德罗的妹妹布兰卡听到了他们的阴谋，并迅速告知贝亚特丽斯，使费尔南多逃过一劫。此后，阿隆索和佩德罗受路易莎蛊惑，向无所不能的巫婆求助。巫婆施展法术，并制造假象，导致费尔南多死于好友马丁枪下——原来他鬼迷心窍，怀疑妻子与费尔南多有染。悲剧发生后，马丁如梦方醒，遂潜入巫婆家伺机报复。而贝亚特丽斯得知噩耗后直接遁入加尔默罗修道院。且说马丁遭到了巫婆的囚禁，不久贝亚特丽斯的忠实仆人特奥多罗也赶到了巫婆家里，发现巫婆受

---

① 借《拉丁美洲文学史》第217页之慧言。

雇于一个叫路易莎的女人。而这个女人正是特奥多罗的初恋。为了杀人灭口，路易莎和巫婆将特奥多罗也关进了密室，并向密室喷洒了大量硫黄。幸亏特奥多罗力大无穷，居然推倒了墙壁，带着马丁逃离密室。原来路易莎正蛊惑她的情人佩德罗剥夺布兰卡继承遗产的权利。她先用巫婆制作的毒药使丈夫马努埃尔变成了傻瓜，而后准备再用毒药和禁足等方式将布兰卡控制起来。所幸布兰卡机智地以捐赠上帝使者为名，逃出牢笼，见到了胡安娜·伊内斯·德·拉·克鲁斯修女。当然，这是文学想象或附会，因为胡安娜出生于17世纪中叶。

在胡安娜所在的修道院，布兰卡结识了堂塞萨尔，后者风度翩翩，一表人才。塞萨尔和布兰卡一见钟情。从此以后，这对恋人天天到修道院见面。这使路易莎妒火中烧。她一边怂恿佩德罗阻止布兰卡的恋情，一边施展诡计，借布兰卡之名把塞萨尔约到了自己家里，并打算趁着夜色行苟且之事。布兰卡得知他们的勾当后大失所望。另一方面，路易莎挑起了阿隆索和塞萨尔的矛盾，致使他们公开决斗。为此，塞萨尔被逐出墨西哥，流放八年。与此同时，"绊脚石"布兰卡被送进了修道院，路易莎开始兴高采烈地筹备自己和佩德罗的婚礼。婚礼如期举行，然而马丁趁机当众揭露了路易莎的真实面目，而特奥多罗直接将巫婆送进了地狱。在修道院，布兰卡见到了贝亚特丽斯。两人悲喜交集。为了彻底离开修道院，布兰卡在特奥多罗的帮助下躲过了宗教裁判所的追查。不久，布兰卡和塞萨尔得以重逢，他们捐弃前嫌，重归于好，并且易姓更名，喜结良缘。岂料此事还是没有逃过路易莎的耳目。她毫不犹豫地将布兰卡告到了宗教裁判所。结果布兰卡被宗教裁判所羁押，受尽屈辱和折磨。可怜布兰卡被凌辱得面目全非，因此承认自己同魔鬼有染，结果被关进死牢，等候火刑。所谓天网恢恢，疏而不漏，就在妹妹但求速死之际，饱受欺骗的佩德罗纠集朋友将路易莎染成黑人，丢弃在宗教裁判所门前。宗教裁判所认定她是在逃的黑奴，不分青红皂白地就将她投进了死牢。

总之，小说情节令人回肠百转，最后也没留下圆满的结局。从这个意义上说，作品不同于一般浪漫主义小说，它既不积极，也不感伤，更无猎奇可言。如果非要说它浪漫，也许仅在于其曲折冗长的情节和善人大善、恶人大恶的性格刻画。同时，作者对宗教裁判所草菅人命、为非作歹等丑恶行径的揭露，倒着实入木三分。

（七）胡安·莱昂·梅拉

胡安·莱昂·梅拉（Mera, Juan León, 1832—1894），[1]厄瓜多尔作家，出身在一个商人家庭。由于父亲外出经商一去不回，杳无音讯，梅拉由母亲独自抚养长大。童年在外祖父的庄园度过，长大后考入大学攻读法学。大学毕业后热衷于文学和绘画，并为此赴首都基多深造。此后开始创作诗歌，并发表于《民主报》（*La Democracia*），同时涉足政治，担任国务委员会秘书和州长等职。

主要文学作品有小说《太阳的处子》（*La Virgen del Sol*, 1861）、《厄瓜多尔乡村的新郎新娘》（*Los Novios de una Aldea Ecuatoriana*, 1868）、传奇故事《玛佐拉》（*Mazorra*, 1875）和《玻利瓦尔的最后时光》（*Los últimos momentos de Bolívar*, 1883），以及代表作诗体小说《库曼达，又名野蛮人戏剧》（*Cumandá o un drama entre salvajes*, 1879）等。《库曼达，又名野蛮人戏剧》写的是一个印第安姑娘和一个白人小伙子的爱情。姑娘叫库曼达，原本是酋长的未婚妻。但是就像厄瓜多尔山区的植被一样，姑娘的情感被一个偶然闯入的白人小伙子催化，并蓬蓬勃勃地滋长起来。正在他们爱得如火如荼之际，印第安部落和白人社会都举起了反对的大旗。尽管最后有情人终成眷属，但过程充满了艰难险阻。这对恋人就像是在南美洲原始雨林中冒险，可谓举步维艰。据此，印第安人的生活环境和风土人情被大量牵引出来。作者有意美化印第安人的生活，仿佛是出于政治（联盟）和宗教（信仰）的需要，故而始终强调这些印第安人都是受过洗的天主教徒。这种有意去他者化的努力显然符合时代的要求，但多少遮蔽了浪漫背后的残酷现实。

（八）格雷高里奥·伊格纳西奥·古铁雷斯·贡萨莱斯

格雷高里奥·伊格纳西奥·古铁雷斯·贡萨莱斯，哥伦比亚作

---

[1] 也作胡安·莱昂·德·梅拉（Mera, Juan León de）。

家，出生于安蒂奥基亚。关于他的生平，人们知之甚少。好在他翻译的雨果和拜伦，以及他的作品让我们见证了一个富有想象力、浪漫情怀和田园牧歌精神的诗人。

他的主要作品为长诗《关于在安蒂奥基亚、奥雷斯和哥伦比亚合众国种植玉米的记忆》（简称《安蒂奥基亚》，*Memoria sobre el cultivo de maíz en Antioquia, Aures y A los Estados Unidos de Colombia*，1866）。诗人带着喜悦，甚至虔诚的心境详尽地描写了三十个农民寻找土地，终于在安蒂奥基亚等地播种玉米的情景。细节详尽至如何选地、选种，如何播种，如何驱赶鸟类，如何浇灌，等等，不免让人想起维吉尔（Virgil）的《农事诗》（*Georgics*）和贝略的《热带农艺颂》。

（九）托马斯·卡拉斯基亚

托马斯·卡拉斯基亚（Carrasquilla, Tomás, 1858—1940）是哥伦比亚晚期风俗主义作家，他的《芒果西蒙》（*Simón el mango*, 1890）、《家乡的果子》（*Frutos de mi tierra*, 1896）、《孤魂》（*El ánima sola*, 1896）、《月隆坡侯爵夫人》（*La marquesa de Yolombo*, 1926）等长篇小说展示了百余年间哥伦比亚的风土人情和社会形态。这些小说犹如哥伦比亚的风物志，竭尽铺张地展示了哥伦比亚的物产及人文和历史风貌。其中，《月隆坡侯爵夫人》写一个叫芭芭拉的姑娘十六岁时主持家务，并开矿炼金，逐渐成为巨富，被西班牙国王册封为侯爵夫人的故事。然而，她嫁了个无赖丈夫，结果财产被席卷一空。芭芭拉不堪打击，导致神经错乱。待她晚年恢复神志时，哥伦比亚已经独立，进入了共和国时代。

（十）埃乌斯塔基奥·帕拉西奥斯

埃乌斯塔基奥·帕拉西奥斯（Palacios, Eustaquio, 1830—1898），哥伦比亚作家，出身在一个有名无实、父严母慈的贵族家庭。受债务所累，其父将他送到了叔父的庄园，因此帕拉西奥斯的童年是在庄园度过的，从小接触农艺并结识了不少奴隶。少年时期就读于一所教会学校，而后转入波哥大耶稣会学院。长大成人后，他决定放弃教会学校，径自到世俗大学攻读法律，其间认识了他后来的妻子。两人从结婚到生子，一起度过了五年形影不离的时光。1860年他着手创办印刷所和出版社，同时开始文学创作。

主要作品有长诗《埃斯内达》（*Esneda*, 1874）和长篇小说《御封庄园》（*El Alférez Real*, 1886）。长诗以充满幻想的艺术激情，讴歌了一位已故的母亲如何为了幼小的儿子祈求上帝假以俗年。她感动了上帝，于是她复活了。看着孩子一天天长大，她除了感恩上帝，还是感恩上帝。不久，业已长大的儿子在一场对抗印第安人的战斗中死去了。作品戛然而止。作为读者，我的假设是：如果这个去世的儿子为了母亲以同样的虔诚之心祈求上帝假年，那么作品将如何结局？一个是孩子还小，一个是母亲太老，岂不合情合理？

《御封庄园》写的是一个爱情故事。故事发生在殖民地末期。女主人公伊内斯是一位贵族小姐，养父是著名庄园主，受到西班牙国王封赏。结果她爱上了一个叫丹尼尔的小伙子。丹尼尔出身贫寒，靠着勤奋毕业于耶稣会学校，当上了神父埃斯科巴的书记员，但依然位卑。一天，埃斯科巴神父带他到一座超级庄园，并将他引荐给庄园主堂马努埃尔当秘书。出于嫉妒，庄园中的另一个年轻人费尔南多不久便将丹尼尔悄悄地送进了军营。多亏埃斯科巴神父搭救，丹尼尔才得以逃避兵役和战争。这时，堂马努埃尔的养女伊内斯忽然罹患了古怪的疾病。马努埃尔遍寻名医，结果伊内斯的病情反而愈来愈重。丹尼尔认识一位世家出身的郎中朋友，便决定带伊内斯前去就诊。一路上，伊内斯昏昏沉沉，女佣也不堪颠簸，昏昏欲睡。这时，丹尼尔向伊内斯吐露了衷情。原来他对伊内斯一见钟情。伊内斯迷迷糊糊中听到了丹尼尔的心声，女佣则佯装沉睡。其实，伊内斯对丹尼尔也情有独钟。后来，经过郎中朋友的精心医治，伊内斯康复了。一半是报恩，一半是喜欢，伊内斯义无反顾地爱上了丹尼尔。当然，结果催人泪下：虽然男女主公并不拘牵于世俗偏见，抵御了一系列干扰，化解了一系列危机，但终究拗不过命运的安排。就在他们绝望无助之际，埃斯科巴神父说出了丹尼尔的真实身世。原来他是马努埃尔的贵族表弟恩里克和贫家女子多洛雷斯私定终身的结晶。为了隐瞒真相，孩子经神父之手交由玛丽亚娜抚养。后者虽然出身贫寒，但凭借勤勉，倒是衣食无忧。于是，剧情反转，丹尼尔和伊内斯如愿以偿。作品凡二十七章，详尽地描述了这桩"有违常规"的恋情，同时描绘了殖民地时期的风土人情和等级观念。作者虽然表面上反对阶级偏见，但骨子里却对其颇为认同，否则就没有堂恩里克的故事和大团圆的结局了。

（十一）路易斯·本哈明·西丝内罗斯

路易斯·本哈明·西丝内罗斯（Cisneros, Luis Benjamín, 1837—1904），秘鲁诗人、小说家，出身于利马的富裕家庭，从小接受精英教育，中学时期开始文学创作。第一部作品为剧本《秘鲁楼阁》（*El pabellón peruano*, 1855）。长大后曾出使西班牙和法国，其间遍览欧洲浪漫主义文学，为他日后成为秘鲁浪漫主义代表性作家奠定了基础。

主要作品有剧作《塞维利亚的阿尔弗雷多》（*Alfredo el Sevillano*, 1856）等，小说《胡莉娅或利马生活场景》（*Julia o Escenas de la vida en Lima*, 1861）和《埃德加多或吾辈青年》（*Edgardo o Un joven de mi generación*, 1864），以及长诗《晨光爱情》（*Aurora Amor*, 1883—1889）。其中，《胡莉娅或利马生活场景》写一对青年情侣的悲欢离合。男女主人公分别叫安德雷斯和胡莉娅，他们因为爱情走到一起，但是就在他们准备结婚之际，一个叫作阿尔贝托的公子哥儿出现了。他撺掇一个叫作堂娜克拉拉的女人，联手用阴谋阻断了安德雷斯和胡莉娅的婚礼。胡莉娅受阿尔贝托和克拉拉的蛊惑，决定和安德雷斯分手。但是，经过一段时间，胡莉娅终于看清了阿尔贝托的真面目，于是胡莉娅回到了安德雷斯身边，有情人终成眷属。这当然只是小说的主线，围绕这条主线串入了不少19世纪利马的生活和风俗情景。

《埃德加多或吾辈青年》没有《胡莉娅或利马生活场景》那样的主人公，它给出的是19世纪中叶生活在利马的年轻一代，不仅人物众多，而且情景纷杂。正因如此，这部小说一直默默无闻，直到最近才开始为人们所关注。小说从一对母女在利马寻找出租的房子开始，^①用大量对话和第三人称叙述，展现了19世纪50年代利马生活的诸多方面。因此，它不仅是一部风俗主义作品，也是一部多少具有巴尔扎克身影的现实主义小说。但问题是巴尔扎克用了数十部小说和上百个典型人物尚且没有完成他计划中的时代长卷，西丝内罗斯想要在一部作品中囊括一个时代的生活谱系显然是不可能的。

（十二）弗朗西斯科·比尔保

弗朗西斯科·比尔保（Bilbao, Francisco, 1823—1865），智利作家和社会活动家，曾多次发动大规模游行集会，公开反对政府和教会，从而赢得了"疯子"和"反社会分子"的称号。虽然屡遭监禁和处罚，他依然我行我素，被称为19世纪中叶智利社会的一颗"毒瘤"。当然，这些称谓都是当局和教会强加在他头上的，最终迫使他亡命天涯，先后在秘鲁、法国、阿根廷避难，同时从事文学创作和政治宣传。

他的主要作品有《智利的社会性》（*La sociabilidad chilena*, 1844）、《关于利马桑塔·罗萨的一生》（*Estudios sobre la vida de Santa Rosa de Lima*, 1852）、《现代文明的两面性》（*El dualismo de la civilización moderna*, 1856）、《危机中的美洲》（*La América en peligro*, 1862）、《美洲布道》（*El evangelio americano*, 1864）等等。其中大部分为政论文，洋溢着自由和民主精神，成为19世纪中叶智利乃至整个西班牙语美洲的一道风景线。他关于美洲"无书可读"之类的论调，^②多少让人联想起我国五四运动期间的某些激进思想。用鲁迅的话说，一切历史之过是两个字："吃人"，^③或者横扫孔家店、面向域外的"拿来主义"。

为人民写一本书，我俯首向你——神圣的光，[……]

---

① Cisneros: *Edgardo o Un joven de mi generación*, https://www.cervantesvirtual.com/obra-visor/edgardo-o-un-joven-de-mi-generacion-romance/pdf.

② Bilbao: *El evangelio americano*, Buenos Aires: Imprenta de la Sociedad Tip. Bonarense, 1864, p.7.

③《鲁迅全集》第1卷，北京：人民文学出版社，2005年，第447页。

谁能汇集所有的美、所有的伟大以震撼人们的心灵，荡涤我们的历史，掀翻压迫我们几个世纪的强盗传统，拯救被埋没的智慧、精神、灵魂和人格。[……]①

然而，这不是一朝一夕可以实现的愿望。

（十三）拉法埃尔·彭博

拉法埃尔·彭博（Pombo, Rafael, 1833—1912），哥伦比亚作家，出身在波哥大的一个贵族家庭，父亲是卡塔赫纳地区的著名将领，母亲是大家闺秀，也是孩子的启蒙老师。彭博上大学之前就已经熟练地掌握了法文和拉丁文，这为他后来从事古典学和文学翻译奠定了基础。彭博从军事学院数学和技术系毕业后从事工程技术工作，但主要兴趣是文学，尤其是诗歌创作。青少年时期用笔名艾达发表了最初的习作，如《酒杯》（"La Copa de Vino"）和《我的爱》（"Mi Amor"）。

1855年，彭博赴纽约和华盛顿任哥伦比亚驻美国使领馆秘书，在北美一待就是十七年，其间笔耕不辍。主要作品有诗集《黑暗时光》（*La hora de las tinieblas*, 1855），短篇小说集《插图本童话故事》（*Cuentos pintados para niños*, 1867）、《体面儿童德育故事》（*Cuentos morales para niños formales*, 1869）和《作品全集》（*Obra completa*, 1916）。他的很多作品属于民间故事或寓言。譬如《牧羊姑娘》（*Pastorcita*），讲一个小姑娘在牧羊时不慎睡着了，结果羊群跑了，她就不停地哭，边哭边找羊群，待她找到羊群时，它们已经失去了尾巴。她找呀找，看到有人背了一大串尾巴招摇过市。于是，她拍拍脑门计上心来，给每一只羊补上了尾巴。诗人借此告诫孩子们，疏忽了要赶紧抖擞精神，摔倒了要赶紧爬起，去做该做的事情，以弥补过失。又譬如《母鸡与猪》（*La gallina y el cerdo*），讲母鸡喝了小溪的水，心存感激，高歌一曲以回报甘霖。一头猪听见了，嘲笑母鸡多此一举。然而母鸡不以为然，认为知恩图报是神圣之道。诸如此类，不一而足。

138

---

① Bilbao: *op.cit.*, p.7.

在文学史上，彭博的诗名相对来说更大。他在一首题为《夜间》（"Nocturno"）的十四行诗中这样写道：

昔日的魔幻
已不能使我的心焦躁不安。
啊，祖国！家园！灵感！
安静吧！这一切都与我无缘！

串串果实
已不再将珍馐向我奉献：
他人快乐的喧哗
只能激起我惆怅的波澜。

这是上帝的意志。指责、埋怨
都是目光短浅。尊重天意
胜过主人，才会幸福陶然！

衰老是夜间的游客，
随着大地将它吞没
苍天的大门却友好地敞开在眼前。[①]

（十四）何塞·玛利亚·维尔加拉·伊·维尔加拉

何塞·玛利亚·维尔加拉·伊·维尔加拉（Vergara y Vergara, José María, 1831—1872），哥伦比亚作家、文学批评家和社会活动家，出身在波哥大的一个贵族家庭。童年时期在一座唤作"白宫"的豪华庄园里度过，中学毕业后放弃了直升大学的机会，决定致力于文学创作。为此，他于1852年与拉法埃尔·彭博和卡罗联手创办了《午睡报》（La Siesta），并开始发表自己的习作。

① 转引自《拉丁美洲历代名家诗选》，第81—82页。

主要作品有短篇小说集《三只杯子及其他》(*Las tres tazas y otros cuentos*, 1863) 等，诗集《格拉纳达的里拉琴》(*Lira granadina*, 1860) 和《哥伦比亚的帕尔纳索斯》(*Parnaso colombiano*, 1886) 等，以及长篇小说《一样的橄榄与橄榄油》(*Olivas y aceitunas, todas son unas*, 1868) 和《梅塞德斯》(*Mercedes*, 1871)，此外还有一部专著《新格拉纳达文学史：从征服时期到独立战争》(*Historia de la literatura en Nueva Granada: desde la Conquista hasta la Independencia*, 1867) 和其他几部未竟小说。其中，两部诗集见证了他的风俗主义倾向，《三只杯子及其他》亦然。后者撷取哥伦比亚 19 世纪初中叶的三大时尚，以描绘世风：开始的巧克力，而后的咖啡，最后的英国风——茶。人们以"品茗"为借口聚集在一起，你一言我一语讲述家长里短和日常生活。

两部长篇小说不甚成功，其中《一样的橄榄与橄榄油》被认为是他的代表作。作品写 19 世纪中叶哥伦比亚的政治腐败。故事发生在一座名为奇里奇基的城市，一群道貌岸然的政客除了夸夸其谈，就是祸国殃民。他们的不同之处在于容貌和个子，内心则如出一辙。作品表达了维尔加拉·伊·维尔加拉对哥伦比亚政治的失望，甚至绝望。

（十五）纳尔西索·阿雷斯特基·苏苏纳加

纳尔西索·阿雷斯特基·苏苏纳加 (Aréstegui Zuzunaga, Narciso, 1820?—1869)，秘鲁作家、社会活动家和政治家，出生在库斯科。曾就读于库斯科国家科学学院，毕业后从事律师职业，并在母校兼职，同时开始文学创作。1853 年，秘鲁和玻利维亚因领土争端爆发战争，阿雷斯特基被任命为第二旅旅长。卡斯蒂利亚 (Castilla, Ramón) 总统放弃执政后，阿雷斯特基辞去了军队职务，回到学校，1866 年被任命为校长。此后也曾担任政府高级公职，可惜天不假年，阿雷斯特基·苏苏纳加不慎溺亡于的的喀喀湖。

主要作品有长篇小说《何兰神父》(*El padre Horán: escenas de la vida de Cuzco*, 1848)、《天使拯救者》(*El ángel salvador*, 1870)，以及一部未竟小说《浮士蒂娜》(*Faustina*) 和两个梗概：《一个丈夫的报

复》（*La venganza de un marido*）、《律师》（*El abogado*）。这些作品基本都将矛头指向宗教僧侣，其中《何兰神父》和《天使拯救者》的故事都发生在库斯科。前者被认为是秘鲁的第一部长篇小说，叙述有钱人如何压迫和剥削穷苦百姓，尤其是印第安人。然而，情节主线是一个道貌岸然的神父爱上了一个天使般纯洁的姑娘安赫莉卡。就因为后者的美貌和单纯，并且出身贫寒，何兰神父心怀不轨，伺机下手，终于假借关心逐渐接近她，直至占有她。后来，为了避免罪行败露，他竟残忍地将她杀害并毁尸灭迹。小说有真实的历史事件作蓝本。这一事件也曾显现于帕尔玛的笔端。但阿雷斯特基表现出了鲜明的阶级立场，他坚定地站在印第安人一边，犀利地批判宗教僧侣的伪善，展示印第安人的赤贫[1]。而《天使拯救者》则基本上将篇幅留给了库斯科生活的大写意加风俗小情景、小故事，但政治和宗教批判的锋芒依然锐利。

（十六）何塞·安东尼奥·托雷斯

何塞·安东尼奥·托雷斯（Torres, José Antonio, 1828—1864），智利作家，出生在瓦尔迪维亚。父亲是葡萄牙医生，曾参与反对西班牙和葡萄牙的南美独立运动，母亲是当地土生白人。受其父影响，托雷斯从小梦想做民主斗士，结果命途多舛，遭遇过监禁和流亡。

托雷斯的作品几乎涵盖了所有体裁，其中有诗体二幕剧《爱的誓言》（*Una promesa de amor*, 1858）、散文体三幕剧《卡洛斯或父爱》（*Carlos o Amor de padre*, 1863）和四幕剧《冒险家》（*El aventurero*, 1863），小说《美丽的卡迪埃》（*La hermosa Cadière*, 1853）和《圣地亚哥之谜》（*Los misterios de Santiago*, 1858），以及大量政论文章。代表作为《圣地亚哥之谜》，这是一部冒险小说，部分主题进入了四幕剧《冒险家》。作品似乎模仿了玛丽·约瑟夫·欧仁·苏（Sue, Marie-Joseph Eugène），如后者的《巴黎的秘密》（*Les mystères de Paris*）。同样，西班牙作家费尔南多·古铁雷斯·德·维加斯（Gutiérrez de

---

[1] Aréstegui Zuzunaga: *El padre Horán*, Lima: Universo, 1974, pp.230—231.

Vegas, Fernando）和安东尼奥·罗斯·德·奥拉诺（Ros de Olano, Antonio）也创作过类似小说：前者有《鬼打墙》（*Los enredos de un lugar*），后者有《见鬼》（*El diablo las carga*）等。如今看来这些作品无非是猎奇而已，但在当时却被当作浪漫主义的一种向度。事实如此，作为西班牙语美洲浪漫主义文学的一种向度，除托雷斯外，尚有玻利维亚作家特拉萨斯（Terrazas, Mariano Ricardo）的《心之谜》（*Misterios del corazón*, 1869）等。它们是继哥特式小说之后出现的另一种神秘的玄幻小说，或可说明西班牙语美洲浪漫主义文学的庞杂。

（十七）阿莱汉德罗·马加里尼奥斯·塞万提斯

阿莱汉德罗·马加里尼奥斯·塞万提斯（Magariños Cervantes, Alejandro, 1825—1893），乌拉圭作家和政治家。大学毕业后任律师，同时涉足政坛和文学创作。在政坛上，他曾位至部长；在文坛上，他留下了历史传说《普伊格的处子》（*La virgen de Puig. Tradición histórica*, 1852）和长篇历史小说《卡拉姆鲁》（*Caramurú: novela histórica original. La vida por un capricho: episodio de la conquista del Río de la Plata*, 1865）。

《卡拉姆鲁》以美洲南锥体卡拉姆鲁和拉普拉塔河流域为背景，描绘了一个宏阔的历史场面：葡萄牙殖民者迭戈·阿尔瓦雷斯·科雷亚（Alvares Correia, Diego）率领队伍在南锥体冒险，结果被卡拉姆鲁的印第安人感化，开始了一场轰轰烈烈的爱情冒险。他爱上了一个印第安姑娘。爱情摧枯拉朽，扫荡了所有种族和宗教信仰所构筑的藩篱。通过因爱情而繁衍的混血人种，作者赋予了残酷的历史和现实以别样的浪漫色彩。尽管小说有一定的历史依据，但这些依据显然被放大并且美化了。

> 虽然这不是，也没指望成为历史小说，但其中的人物绝对不是想象的产物。[1]

---

[1] Magariños Cervantes: *Caramurú*, https://www.biblioteca.org.ar/literatura-uruguaya/caramuru.pdf.

这是作者在小说开场时写下的说明。作品由十八部分组成，外加一个尾声。其内容之庞杂仅需笔者罗列最后几个章节的标题：第十六章"高乔人的报复"（"Venganza de un gaucho"）、第十七章"伊图萨因戈之战"（"La batalla de Ituzaingó"）和第十八章"天启"（"Revelaciones"）。

（十八）卢西奥·维克托里奥·曼西利亚

卢西奥·维克托里奥·曼西利亚（Mansilla, Lucio Victorio, 1831—1913），阿根廷作家，其父是军阀诺贝托·曼西利亚（Mansilla, Lucio Norberto），舅父是独裁者罗萨斯。因此，曼西利亚可谓出身名门望族，自己还曾在服役期间晋升上校军衔，尽管罗萨斯被推翻后他的处境并不理想，以至于不得不流亡法国。萨米恩托执政时期，他被委以戍边重任，由此重启戎马生涯直至晋升为兵团司令。然后，他为内心选择了一条更加自由的道路：文学。

主要作品有散文集《我们之间》（Entre-nos, 1889—1890）、《画像与记忆》（Retratos y recuerdos, 1894）、《我的回忆》（Mis memorias, 1911）等，以及剧本《姨妈》（Una Tía, 1864）和《古尔神龛》（Atar Gull, 1864）。多数评论家视《我们之间》为他的代表作。曼西利亚在这一作品中将兰盖尔印第安人的生活和潘帕斯草原描绘得细致入微，故而被誉为"潘帕斯草原的王子"。①

（十九）其他作家作品

在19世纪浪漫主义时期，西班牙语美洲文坛还风行过一些间隙性流派或现象。其中之一是海盗小说，之二是高乔文学。两者当中既有诗人，也有小说家和剧作家。其中，高乔文学前面已有涉及。需要略加补充的是，顾名思义，高乔小说是以高乔人的生活为题材的。高乔人大多分布在南美洲潘帕斯草原，属印欧混血人种，讲西班牙语，信天主教，却保留了较多印第安文化传统。他们主要从事畜牧

---

① Schoo, Ernesto: "Lucio Victorio Mansilla, el príncipe de las pampas", *La Nación*, 20 de diciembre de 2000.

业。习惯于马上生活，生性彪悍勇武，曾在19世纪初叶的拉丁美洲独立战争中发挥了重要作用。第一部以高乔人为题材的小说是阿根廷作家爱德华多·古铁雷斯（Gutiérrez, Eduardo, 1853—1890）的《胡安·莫雷拉》（*Juan Morera*, 1879）。该作品以真人真事为原型，写一个为军阀效劳的高乔骑士。人物在警察追捕、险象环生的逆境中如入无人之境。小说不仅夸大了高乔人的武艺，而且改变了高乔人的话语方式。值得肯定的是，小说对潘帕斯草原及其风土人情的描写似新闻报道般逼真。同样，爱德华多·迪亚斯（Díaz, Eduardo, 1851—1921）作为乌拉圭的第一位小说家，义无反顾地将笔触伸向了高乔人，创作了《伊斯迈尔》（*Ismael*, 1888）、《光荣呼声》（*Grito de gloria*, 1893）、《孤独》（*Soledad*, 1894）等小说。其中前两部写乌拉圭独立战争，后一部写高乔人。在《孤独》中，高乔人的生活充满野性，他们用本能抵抗蛮荒，用骁勇铸就生活。另一位高乔小说家哈维尔·德·比亚纳（Viana, Javier de, 1868—1926）先后发表了一系列有关高乔人生活的小说，如《原野》（*Campo*, 1896）、《高乔姑娘》（*Gaucha*, 1899）、《干柴》（*Leña seca*, 1911）、《玉月》（*Yuyo*, 1912）等等。这些作品显然更为客观，除了描写草原风俗，笔触直抵高乔人的生存困境，从而多少流露出左拉（Zola, Emile）式自然主义倾向。后期还有一些南锥体作家如贝尼托·林奇（Lynch, Benito, 1885—1951）等以不同方式表现高乔人及其生活状态，但鲜有突出成就，直至后者的《掘骨头英国佬》（*El inglés de los güesos*, 1924）和里卡多·吉拉尔德斯的《堂塞贡多·松布拉》（*Don Segundo Sombra*, 1926）①"横空出世"。前者写一名年轻的英国科考人员与高乔姑娘的凄美爱情：英国科考青年来潘帕斯大草原挖掘古印第安人遗骸，与所雇帮工的女儿产生了感情。但是，科考工作结束后，英国青年决绝地离开了草原，致使高乔姑娘痛不欲生，遂以身殉情。作者假借科考队员的"眼睛"目睹了潘帕斯草原的奇特风景和高乔人的独特生活。

---

① 详见"大地小说"。

且说19世纪西班牙语美洲文坛海盗小说数量之多，简直令人瞠目。据不完全统计，有维森特·菲德尔·洛佩斯（López, Vicente Fidel）的《异教徒的新娘》（*La novia del hereje*, 1840）、胡斯托·谢拉·奥雷利（Sierra O'Reilly, Justo）的《加勒比海盗》（*El filibustero*, 1841）、科里奥拉诺·马尔克斯·科罗内尔（Márquez Coronel, Coriolano）的《海盗》（*El pirata*, 1863）、马努埃尔·比尔保（Bilbao, Manuel）的《瓜亚斯海盗》（*El pirata de Guayas*, 1865）、埃利希奥·安科纳（Ancona, Eligio）的《加勒比海盗》（*El filibustero*, 1866）、维森特·里瓦·帕拉西奥的《海湾大盗》（*Los piratas del golfo*, 1869）、阿莱汉德罗·塔皮亚·伊·里维拉的《科弗雷西》、弗朗西斯科·阿涅斯·加巴尔顿（Añez Gabaldón, Francisco）的《卡洛斯·保利》（*Carlos Paoli*, 1877）、索莱达德·阿科斯塔·德·桑佩尔（Acosta de Samper, Soledad）的《卡塔赫纳的海盗》（*Los piratas de Cartagena*, 1885）、弗朗西斯科·奥尔特亚（Ortea, Francisco）的《科弗雷西的宝藏》（*El tesoro de Cofresí*, 1889）、卡洛斯·萨因斯·埃切维利亚（Sainz Echeverría, Carlos）的《海盗》（*Los piratas*, 1891）、圣地亚哥·库埃瓦斯·普加（Cuevas Puga, Santiago）的《镣铐与屠夫：潘科的其他海盗》（*Esposa y verdugo, otros piratas en Penco*, 1897）等等。这些作品大抵缺乏真实依据，主要用来消遣。其中，阿莱汉德罗·塔皮亚·伊·里维拉的《科弗雷西》还明显有模仿的痕迹。

除此而外，还有不少浪漫主义作家曾活跃于19世纪后半叶，如墨西哥作家阿莱汉德罗·阿兰科·伊·埃斯坎顿（Arango y Escandón, Alejandro, 1821—1883）、何塞·玛利亚·罗阿·巴尔塞纳（Roa Bárcena, José María de, 1827—1908）、马努埃尔·弗洛雷斯（Flores, Manuel, 1840—1885）、马努埃尔·阿库尼亚（Acuña, Manuel, 1849—1873），古巴作家路易莎·佩雷斯·德·桑布拉纳（Pérez de Zambrana, 1835—1922），波多黎各作家何塞·瓜尔贝托·帕迪利亚（Padilla, José Gualberto, 1827—1848）、罗拉·罗德里格斯（Rodríguez, Lola, 1843—1924），多米尼加作家哈维埃尔·安古罗·古里迪（Guridi, Javier Angulo, 1816—1884）、马努埃尔·德·赫苏斯·加尔

万 (Jesús Galván, Manuel de, 1834—1910)，危地马拉作家多明哥·埃斯特拉达 (Estrada, Domingo, 1850—1901)，洪都拉斯作家马努埃尔·莫利纳·维希尔 (Molina Vigil, Manuel, 1853—1883)，厄瓜多尔作家何塞·莫德斯托·埃斯皮诺萨 (Espinosa, José Modesto, 1833—1915)、塞萨尔·波尔哈 (Borja, César, 1852—1910)，哥伦比亚作家内波姆塞诺·纳瓦罗 (Navarro, Nepomuceno, 1833—1890)、迭戈·法雍 (Fallón, Diego, 1834—1905)，委内瑞拉作家何塞·安东尼奥·卡尔卡尼奥 (Carcaño, José Antonio, 1827—1872)、胡安·维森特·卡玛乔 (Camacho, Juan Vicente, 1829—1897)、路费诺·奎尔沃 (Cuervo, Rufino, 1844—1911)、何塞·拉蒙·耶佩斯 (Yepes, José Ramón, 1822—1881)，玻利维亚作家马里亚诺·里卡多·特拉萨斯、路易斯·萨耶斯 (Zalles, Luis, 1832—1896)，秘鲁作家何塞·阿纳尔多·马尔克斯 (Márquez, José Analdo, 1832—1903)、马努埃尔·尼科拉斯·卡尔潘乔 (Carpancho, Manuel Nicolás, 1830—1863)、卡洛斯·奥古斯都·萨拉维里 (Salaverry, Carlos Augusto, 1830—1891)，智利作家埃乌塞比奥·利约 (Lillo, Eusebio, 1826—1910)、吉列尔莫·马塔 (Matta, Guillermo, 1829—1899)、本哈明·维库尼亚·马坎纳 (Vicuña Mackenna, Benjamín, 1831—1886)，乌拉圭作家佩德罗·贝尔姆德斯 (Bermúdez, Pedro, 1816—1860)，阿根廷作家胡安娜·马努埃拉·戈里蒂 (Gorriti, Juana Manuela, 1819—1892)、埃斯塔尼斯劳·德尔·坎波 (Campo, Estanislao del, 1834—1880)、奥莱加里奥·维克托·安德拉德 (Andrade, Olegario, 1839—1882)、拉法埃尔·奥布利加多 (Obligado, Rafael, 1851—1920)，等等。

其中有几位诗人需要关注，如阿根廷诗人安德拉德。他出生在巴西，但父母是阿根廷流亡人士，独裁者罗萨斯下台后回到阿根廷。他的作品气势磅礴，气吞山河。譬如《神鹰之巢》("El nido de cóndores")、《圣马丁》("San Martín")、《普罗米修斯》("Prometeo")等等，无不表现出诗人胸怀大志、俯视苍生的英雄气概。在此不妨援引几节赵振江教授翻译的《神鹰之巢》：

黑夜中多么明显
像臂膀伸向空间，
使空中万籁俱寂
像一堵昏暗的绝壁山岩。

白雪的绷带将它缠绕
滴滴雪水正在消融，
宛似战斗中
伤口的黑色血液在流动。

周围万籁俱寂！
连彩云都悄悄溜去，
风暴似乎在发酵，
雷电似乎在安息！

那黑色的庞然大物
惴惴不安地抖动：
难道它正在做梦
山间的老者将它摇醒！

它没有梦见
迷人的山谷和山崖；
更没梦见溅湿
翅膀的激流的浪花！

没梦见那不可逾越的险峰
在夜里喷射火焰，
燃着的石块
滚下峭壁、山洞！

没梦见过往的烟云
在清晨飞飘，
在辽阔的田野
拖着五谷的长袍！

它越过多少火山，
多少烟云在眼前缭绕，
多少激流和暴风雨
打湿并卷曲它的羽毛！

[……]①

　　又如墨西哥诗人阿库尼亚，他受西班牙浪漫主义诗人贝克尔
(Bécquer, Gustavo Adolfo) 的影响，创作了一系列脍炙人口的诗篇。
在此不妨援引几节同样由赵振江教授翻译的诗行：

一

好吧！我必须
对你说：我爱你
我一心一意地爱你，
我有多少苦恼，
我有多少哭泣，
我已无法忍受
只好以
最后幻想的名义
呼喊着请求，
和你一叙。

---

① 转引自《拉丁美洲历代名家诗选》，第101—102页。

[……]

四

我知道你的亲吻
永远不属于我；
我知道你的眼睛
永远不会看见我；
可是我爱你，
在热昏的梦呓中
我感激你的蔑视，
喜欢你的冷漠，
这非但不使我对你的爱减弱，
反而使我对你的情意更多。[①]

再如阿根廷诗人埃斯塔尼斯劳·德尔·坎波（笔名"鸡仔"埃斯塔尼斯劳），他出身在军官之家，本人也当过军人和政府官员。代表作《浮士德》（*Fausto*, 1866）是西班牙语美洲浪漫主义杰作，但被淹没在《马丁·菲耶罗》的光芒之中。作品副标题为"高乔人印象"，全诗凡一千两百余行，写高乔人这个"恐龙般灭绝的种族"，"但他们确实存在过"。[②]在诗人笔下，浮士德这个欧洲中世纪传说中的人，获得了前所未有的通俗色彩和幽默气息。浮士德、魔鬼和小姑娘玛加丽塔的故事仿佛草原日常生活中的普通人等，被彻底地高乔化了。

---

① 转引自《拉丁美洲历代名家诗选》，第115、117页。
② Del Campo: "Preliminares" de *Fausto. Impresiones del Gaucho*, Buenos Aires, 1866, pp.5—8. https://www.cervantesvirtual.com/fausto-impresiones-del-gaucho/pdf.

第三章　批判现实主义和自然主义时期

引言

　　19世纪不仅是浪漫主义风起云涌的世纪，也是批判现实主义和自然主义摧枯拉朽的世纪。但是，和晚到的浪漫主义一样，批判现实主义和自然主义也是姗姗来迟，而且在西班牙语美洲文坛几乎并行不悖，甚至常常被混为一谈。更为重要的是，由于风俗主义继续盛行，并在浪漫主义向批判现实主义和自然主义过渡中起到了某种纽带或黏合剂作用，故而一定程度上淡化了这些流派某些不相杂厕的特殊性。当然，极端的例子始终都会出现。譬如，虽然拉丁美洲作家未能在理论上对自然主义有所贡献，但是在实践中却为之增添了色彩。个别自然主义作家忠于左拉实验小说原则（人类的一切都是生理机制作用的结果，而后者又为遗传和环境所决定），将笔触伸向了卖淫、犯罪、兽性以及其他变态行为、变态心理等禁忌题材，并且揭示了导致这些现象的客观原因——社会病毒，使生于斯，长于斯的西班牙语美洲读者大开眼界。

　　诚然，由于现代主义的快速兴起，带着19世纪印记的批判现实主义和自然主义并未长久存在。当然，现实主义作为一种创作方法，不仅源远流长，而且在西班牙语美洲迅速衍化并催生出不同变体，以至于在20世纪中叶的西班牙语美洲文坛形成形形色色的支流或广义现实主义。它们既非加洛蒂（Garaudy, Roger）所说的"无边的现实

主义"（*D'un réalisme sans rivages*, 1963），也不是超现实主义。这是
后话。

第一节　主要小说家

19世纪后半叶，小说跃升为西班牙语美洲文坛最具影响力的体裁。批判现实主义和自然主义小说几乎与大量浪漫主义小说结伴而生，但它们没有风花雪月和大悲大喜，而是尽可能客观公允地直面西班牙语美洲的社会问题，从而开启了冷峻锋利的新文风。

一、阿尔贝托·布莱斯特·加纳

阿尔贝托·布莱斯特·加纳（Blest Gana, Alberto, 1830—1920），智利作家，出身在首都圣地亚哥的一个殷实之家。大学期间开始文学创作，但主要是写诗，自从阅读了巴尔扎克之后，他便决定放弃诗歌而创作小说，以唤醒民众，改变社会。此后，司汤达（Stendhal）、福楼拜（Flaubert, Gustave）、狄更斯（Dickens, Charles）、左拉等纷至沓来。布莱斯特·加纳的第一部小说是《社会一景》（*Una escena social*, 1853）。小获成功后，他又接连创作了《欺骗与醒悟》（*Engaños y desengaños*, 1855）、《一无所有者》（*Los desposados*, 1855）、《初恋》（*El primer amor*, 1858）、《走火入魔》（*La fascinación*, 1858）、《家长》（*El jefe de familia*, 1858）、《乡村一剧》（*Un drama en el campo*, 1859）、《胡安·德·阿里亚》（*Juan de Aria*, 1859）、《爱情的数学》（*La aritmética en el amor*, 1860）、[①]《还债》（*El pago de las deudas*, 1961）、《马丁·里瓦斯》（*Martín Rivas*, 1862）、《骷髅的理想》（*El ideal de un calavera*, 1863）、《无花果之花》（*La flor de la higuera*, 1864）、《复仇》（*La venganza*, 1864）等等。其作品喷薄而出，因而作者被誉为"智利的巴尔扎克"。除了八九十年代因工作原因稍有耽搁，作者晚年仍有

———————————
① 本作品斩获1860年智利大学文学征文一等奖，也为其作者入驻该大学文学院任教创造了条件。

若干跨世纪小说出版，在此恕不一一罗列。

《马丁·里瓦斯》被认为是布莱斯特·加纳的代表作。作品吸收了批判现实主义方法，塑造了两个典型人物——马丁·里瓦斯和丽奥娜。他们是智利，乃至拉丁美洲社会新兴力量的代表。其中，马丁·里瓦斯是一个贫穷的外省青年。父亲为了让他完成大学学业，不得不将他托付给暴发户达马索。从此，马丁·里瓦斯在首都开始了寄人篱下的生活。达马索的儿子奥古斯丁是个花花公子，女儿丽奥娜美丽聪慧，但骄傲得像个公主。马丁·里瓦斯凭借聪明勤奋，成为达马索的得力助手。也正是由于马丁·里瓦斯的帮助，奥古斯丁得以在一起具有诈骗性质的美人计中逃过一劫。同时，马丁·里瓦斯还搭救了一个叫作埃德米拉的普通女孩。此后，他勇敢地投身于旨在民主革新的政治斗争，并被捕入狱，却以自己的优秀品格和出众才智获得了丽奥娜的爱情。其实马丁·里瓦斯也一直深爱着丽奥娜，但碍于门第之见未有半点表露。起义前夕，他鼓足勇气，给心上人写了一封求爱信。战斗中，他再次被捕，并成为死囚。在这危急时刻，丽奥娜向他表达了纯洁无私的爱情。她放下架子，冒着身败名裂的危险，千方百计营救心上人。最后，她收买了看守，帮助马丁·里瓦斯成功越狱。随即两人一起离开智利，逃往秘鲁。

小说刻画了一个自强不息、敢作敢为的新青年形象。他出身卑微，却没有奴颜媚骨，积极向上，对理想充满憧憬，并且身体力行，甚至不惜以身殉国。相形之下，奥古斯丁却是个十足的公子哥儿，既没有理想，也缺乏担当。而丽奥娜象征着希望，她可以改变自己，也可以给他人带来改变，一如但丁《神曲》（*La Divina Commedia*）中的贝亚特丽齐。因此，《马丁·里瓦斯》是这一时期西班牙语美洲小说中最为复杂的一部作品。它很难被简单归类，说浪漫小说固可，谓写实作品亦非不能。然而，正因为它兼收并包，并看多面，对智利社会的不同阶层和社会风俗也多有独到表现，这里姑且视它为现实主义小说。文学史家安德森·因贝特、琴·弗朗哥、[①]奥维耶多（Oviedo, José

---

① Franco: *Historia de la literatura hispanoamericana: a partir de la independencia*, Barcelona: Editorial Ariel, 1985.

Miguel)、①贝利尼（Bellini, Giuseppe）②等，基本都视布莱斯特·加纳为现实主义作家，或介于风俗主义和现实主义之间的过渡性作家。这正是后发者的优势：兼收并包，为我所用。用鲁迅的话说，也即"拿来主义"。

二、埃乌赫尼奥·坎巴塞莱斯

埃乌赫尼奥·坎巴塞莱斯（Cambaceres, Eugenio, 1843—1889），阿根廷作家、社会活动家，父亲是法国移民，母亲是土生白人。坎巴塞莱斯毕业于布宜诺斯艾利斯大学法学系，曾从事律师职业，并参与政治，力主政教分离。后因揭露党内腐败，受到自由派上层的排挤，从此脱离政治，并致力于文学创作。这时，巴尔扎克和左拉在其作品中并行不悖，相得益彰。

主要作品有《波特保里》（*Potpourri*, 1881）、《情乐》（*Música sentimental*, 1884）、《前途迷茫》（*Sin rumbo*, 1885）和《血缘》（*En la sangre*, 1887）等等。其中，《前途迷茫》被认为是他的代表作。小说遵循左拉的主张，但放弃了早期作品中的性描写。后者曾引发轩然大波，受到上流社会，尤其是宗教界人士的抨击。《前途迷茫》的主人公叫安德雷斯，他游手好闲，无所事事，身体每况愈下，以至于不得不蛰伏在一个小庄园里接受康复治疗。但正所谓江山易改，本性难移，他身体稍有起色，就对一个印第安女仆起了歹心。然而，刚得手不久，他便始乱终弃。可怜她一直悉心地照顾他，而且已然有孕在身，无奈必须独自面对本就艰难的人生。他回到首都重拾"山河"，并指望回到一个已婚表妹的温床上。未果，他又想起了抛弃在农庄的印第安女人，便信誓旦旦折了回去。光阴荏苒，时间倏忽，一晃已经过去了好几年。当他回到农庄时，那里早已物是人非。印第安女人留下了一个女孩，自己却在生下孩子后不久就撒手人寰了。女孩用了他

① Oviedo: *Historia de la literatura hispanoamericana*, Madrid: Alianza Editorial, 2001.
② Bellini: *Nueva historia de la literatura hispanoamericana*, Madrid: Castalia, 2012.

的名字，叫安德雷娅。可惜不幸的事接连发生，犹如天谴一般。女孩得了白喉，很快也离他而去。与此同时，有人点燃了他的农庄，火借风势，将一切烧个干净。安德雷斯终于一无所有了。他心如死灰，面对刚刚断气的孩子，剖开了自己的腹腔。

这是一部冷峻得有点残酷的小说。主人公的一生就像左拉笔下的人物，命定般带着自我毁灭的血液，无可救药。也许正因如此，作者在《血缘》中接续了类似悲剧。话说有个意大利浪子移民到布宜诺斯艾利斯淘金，他无恶不作，因此很快发迹成了远近闻名的富豪。如此，他又得以洗清污点，跻身上流社会。但是，他儿子赫纳罗继承了污血，从小娇生惯养，胡作非为。长大后，他和其父一个德行：心狠手辣，六亲不认。父子俩甚至连打老婆、打孩子的样子都如出一辙。除了命定的血统论和遗传说重蹈了左拉的老路，值得肯定的是坎巴塞莱斯放弃了早期作品中的性别歧视。据说这是因为他有了钟爱的女人，并结婚有了孩子。若真如此，这倒是浴火重生了一般，使他的面貌焕然一新。在《前途迷茫》和《血缘》中，女性作为男权主义语境下的弱者和他者，她们忍受男人的颐指气使和为所欲为，却大抵表现了出于善良的隐忍。相反，可恶的是男人。在《前途迷茫》中，安德雷斯在占有表妹时，对她的性想象是"纯自然的"，说她"像一头母豹"，或者"像一头母狮，却拥有蟒蛇般的身段"，[1]如此等等。在《血缘》中，这种想象变成了直接的暴力。赫纳罗就像打野兽一样打他的妻子和孩子。他的孩子长大以后又将如何？答案不言而喻。倘使不是天不假年，坎巴塞莱斯后续的作品也是可以想见的，除非他再一次"凤凰涅槃"、改变风格。

三、费德里科·甘博亚

费德里科·甘博亚（Gamboa, Federico, 1864—1939），墨西哥作家。关于他的生平，人们所知甚少，但根据其留下的文学作品，可以推导出他出身在一个贵族家庭，少年时期在纽约度过。青年时期就读

---

[1] Cambaceres: *Sin rumbo*, Madrid: Cátedra, 1999, pp.65—89.

于墨西哥国立高等司法学校，毕业后成为公证员，同时开始文学创作。最初的习作用笔名发表于《家庭报》（*El Diario del Hogar*）。稍后进入外交系统，曾出使危地马拉、比利时、荷兰、西班牙等国，其间从容浏览左拉等西方作家的作品，并博闻强记，勤于笔耕，1884年当选西班牙皇家学院通讯院士。

主要作品有小说《自然，即景速写》（*Del natural. Esbozos contemporáneos*, 1889）、《表象》（*Apariencias*, 1892）、《最高法令》（*Suprema ley*, 1896）、《变形记》（*Metamorfosis*, 1899）、《圣女桑塔》（*Santa*, 1903）、《光复》（*Reconquista*, 1908）、《溃疡》（*La llaga*, 1913）、《传教士，又名墨西哥风俗小说》（*El evangelista: novela de costumbres mexicanas*, 1922）等等。其中，《圣女桑塔》被认为是他的代表作，素有"墨西哥《娜娜》（*Nana*）"之称，已被多次搬上银幕和荧屏。作品写一个来自小镇的女孩，名叫桑塔（西班牙语意为"圣女"）。她本性良善，但命途多舛，不仅美好的愿望终无法实现，而且痛苦越积越多，最后不得不沦落风尘。因此，当那个白马王子来到身边时，一切为时晚矣。且说有个叫伊波利托［来自希腊神话希波吕托斯（Hippolytus），[1] 后者因拒绝继母勾引而死于非命］的青年才俊姗姗来迟，他是音乐家，弹得一手好钢琴，而且深深地爱上了桑塔，并一心想替她纾困。然而，桑塔出于善因，泣血自咽般无奈地拒绝了伊波利托。最后，桑塔染上了不治之症。伊波利托无怨无悔地陪伴她、照顾她，直到她咽下最后一口气，尽管当时他自己也已双目失明、一无所有，却替她演奏了安魂曲，并将她收殓下葬。小说本身很唯美，只不过烙上了左拉的印迹：把墨西哥当作一个实验室，以讨论性和遗传的"学问"，从而把那些历来为正人君子讳莫如深的事实一一搬到了显微镜下，并得出结论：人性是丑恶的。在这些事实中，首要的是

155

---

[1] 典出希腊神话和欧里庇得斯（Euripides）的悲剧。他作为雅典国王忒修斯的儿子，曾追逐狩猎女神阿尔忒弥斯，并为能与女神交往而感到自豪，故而拒绝其他女性，包括阿芙洛狄忒。这使爱神十分恼怒，于是她让希波吕托斯的继母费德尔疯狂地爱上他，并因遭拒而蒙羞自尽。继母临终写下遗书，诬陷希波吕托斯对她不轨。忒修斯看到遗书后气急败坏，立刻将希波吕托斯逐出雅典，并用海神的诅咒将他处死。

令人谈之色变却又无处不在的纵欲与卖淫。桑塔原是个天真纯朴的少女，她因故离开家乡，独自到墨城谋生。可是偌大都市、茫茫人海，竟没有一个人向她伸出救援之手。善良者对她视若无睹，漠然相向；更多的人则是拿她寻欢作乐。但她良知未泯，几欲逃离火坑、摆脱泥淖，终究被一只只无形的手拽了回去。数年后，她身心憔悴，体力衰竭，人老珠黄，风韵毫无，被老鸨一脚逐出娼门。

她落到这步田地的原因之一是她曾祖父那个"浪荡公子"的遗传："在她的血脉里涌动着她曾祖父的那注肮脏的潜流。"虽然，甘博亚囿于当时的时尚和认知，用当时的眼光从遗传学和生理决定论的角度指出了卖淫现象得以存在的一个潜流，但从不否定这个潜流得以迸发并畅通无阻的根本原因是社会腐化。为了真实地再现社会的腐化或腐化的社会，甘博亚对墨西哥城进行了深入细致的调查研究，发现在这个号称拉美文化中心的大都市不仅妓院多于教堂，妓女多于修士，而且连教会本身也早已被那些只知道偷鸡摸狗的神父和不干不净的修女所玷污。《圣女桑塔》的故事就是在这样一个腐朽没落的社会环境中展开的。读者固然可以认为女主人公的一生并不光彩，却不能不同情她，为她落泪。因为她是腐朽社会的牺牲品，是墨西哥这个庞大妓院中唯一试图自拔的"圣女"。正因如此，"圣女"这名字恐怕不完全像通常所理解的那样是对女主人公的讽刺。它寄托了作者的同情、怜悯乃至于敬意。墨西哥有句谚语："知耻是神圣的。"

此外，黑暗构成了小说的主要布景。夜幕下，墨西哥城揭去了面纱，露出了真容。作者对市民的夜生活作了细致入微的记录。在这个黑暗世界里，唯一的明人是失明的伊波利托。诚然，自然主义的通病是表现丑与恶、性与色的过度，甘博亚也不例外。[1]

四、其他作家

也许是因为19世纪墨西哥曾经被拿破仑占领，法国对它的影

---

[1] 他的另一部小说《变形记》就因为描写一个耽于肉欲的修女的荒淫生活而遭到教会的强烈抗议。

响明显大于其他西班牙语美洲国家。故此，同一时期重要的批判现实主义或自然主义作家在墨西哥还有不少，如何塞·洛佩斯·波利略（López Portillo, José, 1850—1923）、拉法埃尔·德尔加多（Delgado, Rafael, 1853—1914）和埃米利奥·拉巴萨（Rabasa, Emilio, 1856—1930）。他们曾无视自然主义同批判现实主义的差异，非但将巴尔扎克和左拉相提并论，而且既想成为"书记"又不放弃"实验"。当然，例外并非没有，竭力鉴别两大流派，虔心推崇自然主义的亦不乏其人。甘博亚便是其中一个。他定左拉为一尊，而且"从一而终"，无怨无悔，坚信自然主义能独步天下，冠乎始终。无奈浪漫主义尚未寿终正寝，现代主义已悄然崛起。整个拉丁美洲文坛的焦点集中在浪漫与现实、传统与创新的较量，加之在多数小说家笔下批判现实主义和自然主义并行不悖，相得益彰，因此，无论个别自然主义作家如何摇旗呐喊，也难以一统文坛、独擅胜场。

洛佩斯·波利略生于墨西哥第二大城市瓜达拉哈拉，是该城的世家子弟，其同名曾孙后来还当上了墨西哥总统。洛佩斯·波利略青年时期在墨西哥城攻读法律，但肄业后即投身于文学创作。为寻求"文学真谛"，曾遍游英、法、意、西等欧洲国家，得到狄更斯、巴尔扎克、左拉及佩雷斯·加尔多斯（Pérez Galdós, Benito）、佩雷达（Pereda, José María de）等批判现实主义和自然主义作家的"真传"。回国后获得律师执业资格并跻身政界，先后出任州长、外交部长等职，同时坚持文学创作，以此针砭时弊、鞭挞世风。主要作品有长篇小说《土地》（*Parcela*, 1898）、短篇小说集《六则传说》（*Seis leyendas*, 1883）等。《土地》被认为是他的代表作。小说注重人物描写，事件和环境也勾画得细致入微，颇具大家风范。尤其难能可贵的是，作者"吃透了"巴尔扎克，认为客观是小说的关键，"只要把周围生活原原本本、仔仔细细地记录下来就可以了"。①

德尔加多出生在维拉克鲁斯的科尔多瓦城，父母笃信天主教。他自己进过教会学校，大学毕业后一直在奥里萨巴从事教育工作。一

---

① Carballo, Emmanuel: *Novelas de López Portillo*, México: UNAM, 1956, p.3.

生清心寡欲，淡泊名利。从他发表第一部小说《我的孤独人生》(*Mi vida en Soledad*, 1879) 起，就表现出不厌其烦的细针密缕，并俨然以"社会医生"的姿态对时世痛下针砭。他的其他长篇小说有《云雀》(*La calandria*, 1891)、《安赫利娜》(*Angelina*, 1895) 等，此外还有短篇小说集《富亲戚》(*Los parientes ricos*, 1903) 和中篇小说《庸俗故事》(*Historia vulgar*, 1904)，但总体上皆反响平平。同时，他还发表过诗集、剧本和散文集等。

拉巴萨和洛佩斯·波利略、德尔加多齐名，被认为是墨西哥现实主义小说的"三巨头"之一。他当过律师、记者和议员，主要写过四部小说，有1887年的《球》(*La bola*) 和《大学问》(*La gran ciencia*)，1888年的《第四权力》(*El cuarto poder*) 和《假币》(*Moneda falsa*)。这四部小说又被统称为"墨西哥小说"。在第一部小说中，拉巴萨以真实事件为蓝本，描写了一次农民起义。第二部小说是写政界的，作品对墨西哥政客的所谓从政之道进行了大胆揭露，使政界不安，读者震惊。《第四权力》和《假币》又回到了最初的题材，但笔触更加老辣，叙述更加缜密。与此同时，拉巴萨在《宇宙报》(*El Universal*) 上连载了一部小说，此举历时数载，直到他死后尚未结束。

同墨西哥一样，位于美洲另一端的阿根廷是近现代西班牙语美洲文学另一个重要引擎。在阿根廷乃至整个西班牙语美洲，除却统治阶级的野蛮、保守、腐朽和伪善，拜金主义、贫困、种族歧视等也是西班牙语美洲根深蒂固的社会毒瘤。随着资本主义的发展，金钱这个"人尽可夫的娼妇"愈来愈为人们所顶礼膜拜。因此，阿根廷作家何塞·玛利亚·米罗 (Miró, José María) 的《交易所》(*La bolsa*, 1891) 以犀利的笔锋揭露阿根廷社会日益膨胀的拜金主义和人与人之间的赤裸裸的利益关系，从而与左拉的《金钱》(*L'argent*) 遥相呼应。在此之前，另一位阿根廷作家卢西奥·维森特·洛佩斯 (López, Lucio Vicente, 1848—1894) 在《大村庄》(*La gran aldea*, 1884) 中以19世纪80年代的布宜诺斯艾利斯为背景，塑造了一个十足的拜金主义典型布兰卡。她为了得到一笔遗产，对其可能的继承人大献殷勤，甚至以身相许。后来遗产落到一个比她年长三十岁的老头手中，她便不惜贱行辱身，成了老头的情妇。遗产一俟到手，她又不惜抛下他和他们年幼的女儿，独自去肆意妄为、尽情挥霍了。此外，另一位阿根廷作家胡安·安东尼奥·阿尔赫里奇（Argerich, Juan Antonio, 1855—1940）的《无辜者或有罪人》（*Inocentes o culpables*, 1885）的主人公同洛佩斯笔下的布兰卡有许多相似之处。为了金钱，他背叛父亲，背叛妻子，出卖人格，出卖灵魂，活脱脱一个现代浮士德。

与金钱相对应，贫困是西班牙语美洲普遍存在的社会问题。波多黎各小说家塞诺·甘蒂亚（Gandía, Manuel Zeno, 1855—1930）受巴尔扎克的《人间喜剧》（*La Comédie Humaine*）和左拉的《卢贡·马加尔家族》（*Les Rougon-Macquart*）的启迪，准备写一部卷帙浩繁的《社会病毒纪实》（*Crónicas de un mundo enfermo*），尽管实际只完成了几个篇什。虽然由于种种原因，他的宏愿未能实现，但他仅有的几部作品足以证明他的文学天赋和他对社会生活的洞察力。系列小说中的《低洼》（*La charca*, 1894）和《扒手》（*Garduña*, 1896）等把波多黎各比喻成贫穷肮脏的臭水坑，恰似当今纪录影片，将这个曾经以其富饶誉满天下[①]的国家的赤贫和腐朽景象一一展现在人们眼前。作者还不厌其烦地描摹底层人们的悲惨生活和由此造成的精神和肉体上的畸形。

智利作家华金·爱德华兹·贝略（Bello, Joaquín Edwards, 1887—1968）和巴尔多梅罗·利略（Lillo, Baldomero, 1867—1923）也是擅长描写赤贫的作家。贝略的作品中充满了贪杯好色、衣衫褴褛、饥肠辘辘的城市贫民。他像福楼拜那样，认为艺术应该是科学的、客观的，作家的任务只是将其所见所闻移植于文学作品，否则就是撒谎。利略是第一个在作品中表现工农大众的西班牙语美洲作家，在长篇小说《下界》（*Sub-terra*, 1904）和短篇小说集《在底层》（*Sub sole*, 1907）中，利略像一个不知疲倦的摄影师，摄下了处于社会最底层的工人和农民的悲惨生活。他像左拉那样，反对作家脱离生活、面壁虚

159

---

① 西班牙语中"波多黎各"意为"富饶港"。

构，主张深入生活，以便从生活中撷取翔实的材料。他往返于小酒吧和贫民窟，并先后到罗塔大煤矿、兰卡大矿区、北方矿场和中部农村体验生活。他亲口品尝工人农民的饭菜，亲手帮助工人农民干活，更为可贵的是，他在创作中力求运用工人农民的语言，使作品具有生动、朴实的风格。

种族歧视也是一个危害极大的社会毒瘤。自西班牙征服美洲起，土著印第安人和来自非洲的黑人一直处于受压迫、被奴役的地位，即便是在独立战争以后，他们的命运也没有实质性的改观。但19世纪80年代以前，各种族之间的关系以及黑人和印第安人的生活被严重歪曲。最典型的例子莫过于浪漫主义小说。这类作品一般都以纯粹的欧陆情调美化美洲社会，并把美洲土著打扮成这个理想世界的英雄。譬如在厄瓜多尔作家胡安·莱昂·梅拉的《库曼达，又名野蛮人戏剧》中，印第安人具有崇高的骑士风度，他们的生活原始而富有诗意。同样，在感伤主义代表作《玛丽亚》中，读者看到的是一首优美和谐的田园诗。伊萨克斯这样描述白人主子与印第安人、黑人奴隶的关系："父亲既不失主人的身份，却又对他的奴仆们客客气气，亲亲热热；对他们的贤妻不吝恭维，见到他们的孩子则抚爱一番。""仆人们整洁的衣着，愉快的心情，已经达到了奴仆所能达到的最高程度……"①

西班牙语美洲的批判现实主义和自然主义作家展现在读者面前的却是迥然不同的画面。在这里，白人与黑人、白人与印第安人的关系是剥削与被剥削、压迫与被压迫、奴役与被奴役的关系，充满了你死我活的种族的、阶级的矛盾。最先在西班牙语美洲文坛公开抨击种族歧视和种族压迫的作家是开印第安小说先河的秘鲁女作家克罗琳达·玛托·德·图尔内尔（Matto de Turner, Clorinda, 1852—1909）。她于1889年发表了《没窝的鸟》（*Aves sin nido*），公开谴责秘鲁上流社会各色人等对印第安人的野蛮奴役，展示了一个暴烈、血腥、梦魇般的种族压迫场景。

受时代和立场等方面的局限，上述社会问题的真正根源并不是当

---

① 伊萨克斯：《玛丽亚》，朱景冬等译，北京：人民文学出版社，1985年，第9页。

时所有作家都能完全认清的。在西班牙语美洲，资本主义制度还是新生事物，作家、知识分子大多对其抱有幻想，尽管他们中的一些人已经觉察到，资本主义制度的建立使人和人的关系变成了赤裸裸的利益关系和金钱交易。后者一方面受惠于巴尔扎克们和左拉们，另一方面却是眼见为实。然而，他们大都把问题归咎于殖民余毒、独裁统治和反动教会，并把铲除社会毒瘤的希望寄托于科学技术。这是19世纪末西班牙语美洲小资产阶级自由派的改良主义和理想主义在文学中的反映。[①]

西班牙语美洲没有经历过启蒙运动，且工业革命尚未完成，资本主义制度虽然在一些国家逐渐建立起来，但前资本主义的剥削方式如债役制、行会制、封建租佃制，甚至奴隶制依然存在，政治生活中也保留着军阀、僧侣、贵族阶层凌驾于其他阶层之上的等级特权。因此，独立战争后许多西班牙语美洲国家的命运控制在军阀和僧侣手中。军阀利用手中的武器攫取政权；教会则以神权和财产两大法宝，掌控人心和经济命脉。这些严重阻碍了社会发展。为了清除这些障碍，西班牙语美洲资产阶级和中、小资产阶级自由民主派进行了艰苦卓绝的斗争。用委内瑞拉作家鲁费诺·布兰科·丰博纳（Blanco Fombona, Rufino, 1874—1944）的话说，"我的周围没有美，没有欢乐；我的精神备受折磨。我不能在虚无中杜撰美和欢乐……倘若有人认为我的作品不够美，这没有关系，因为我的作品描绘了人间地狱"。[②]

这是批判现实主义和自然主义小说对西班牙语美洲社会造成的第一个冲击波，波及面很广，几乎暴露了独立战争后西班牙语美洲国家的各种社会弊端，鞭挞了神圣不可侵犯的教会，并第一次将视线投向工人、农民以及其他处于社会底层的有色人种，为他们的凄惨生活鸣冤叫屈；从而把被浪漫主义文学颠倒的有关印第安人和黑人的历史重

---

① 19世纪末，西方掀起了"科学主义"热潮。人们受新的科技革命的影响，盲目崇拜科学，认为科学能够解决一切社会问题。这一思潮传到拉丁美洲，立即受到了自由派的欢迎。西班牙语美洲国家的"科学家派"就是当时产生的。他们呼唤"科学救国"，对文坛和社会发展产生了巨大影响。

② Blanco Fombona: *La bella y la fiera*, Madrid: Renacimiento, 1931, p.5.

新扳正……凡此种种,极大地丰富了文学的方法和内容,声援和推动了社会变革浪潮。与此同时,墨西哥作家甘博亚的《圣女桑塔》、阿根廷作家坎巴塞莱斯的《波特保里》、马·波德斯塔(Podestá, Manuel T.)的《放纵》(*Irresponsable*, 1889)等等,由于机械地运用生理学原则,强调遗传因素和人性本兽,或过于看重自然环境对人的决定作用,忽视人对环境的反作用,或耽于肉欲描写,宣扬宿命论,也多少产生了一些消极影响。

此外,称得上批判现实主义或自然主义作家的,在墨西哥尚有安赫尔·德·坎波(Campo, Angel de, 1868—1908)和维克托里亚诺·阿尔瓦雷斯(Alvarez, Victoriano, 1867—1931)等。前者笔名嘀克嗒克(Tic Tac)或米克罗斯(Micros),他的作品繁多,被甘博亚称为"墨西哥的狄更斯";后者擅长捕捉奇闻轶事,是当时最受欢迎的小说家之一。其他作家如马努埃尔·桑切斯·马莫尔(Sánchez Mármol, Manuel, 1839—1912)、拉法埃尔·塞尼塞罗斯(Ceniceros, Rafael, 1855—1933)、波菲里奥·帕拉(Parra, Porfirio, 1856—1912)、萨尔瓦多·科尔德罗(Cordero, Salvador, 1876—1951)、罗德里戈·贝尔特兰(Beltrán, Rodrigo, 1866—1939)、胡安·马特奥斯(Mateos, Juan, 1831—1913)、伊雷内奥·帕斯(Paz, Ireneo, 1836—1924)、赫里贝托·弗里亚斯(Frías, Heriberto, 1870—1928)、马努埃尔·圣胡安(San Juan, Manuel, 1864—1917)、萨尔瓦多·克维多(Quevedo, Salvador, 1859—1935)等,也是这一时期的批判现实主义或自然主义作家。在其他西班牙语美洲国家,介于批判现实主义和自然主义之间或二者兼而有之的作家也不在少数。譬如古巴的尼科拉斯·埃雷迪亚(Heredia, Nicolás, 1849—1901)、埃米利奥·巴卡尔迪(Bacardí, Emilio, 1844—1922)、拉伊蒙多·卡夫雷拉(Cabrera, Raimundo, 1852—1923),多米尼加的弗朗西斯科·比利尼(Billini, Francisco, 1844—1898),波多黎各的马努埃尔·费尔南德斯(Fernández, Manuel, 1846—1928),委内瑞拉的爱德华多·布兰科(Blanco, Eduardo, 1838—1912)、胡利奥·卡尔卡尼奥(Carcaño, Julio, 1840—1919)、何塞·玛利亚·曼里盖(Manrique, José María, 1846—1907),哥伦比亚的路易斯·塞贡多·德·西尔维斯特雷（Silvestre, Luis Segundo, 1838—1887）、马可·安东尼奥·哈拉米略（Jaramillo, Marco Antonio, 1849—1904）、特米斯托克莱斯·阿维利亚·门多萨（Avella Mendoza, Temístocles, 1841—1914），秘鲁的梅塞德斯·卡贝约·德·卡尔博内拉（Cabello de Carbonera, Mercedes, 1845—1909），玻利维亚的圣地亚哥·瓦卡·古斯曼（Vaca Guzmán, Santiago, 1847—1896）、纳塔尼埃尔·阿吉雷（Aguirre, Nataniel, 1843—1888）、马里亚诺·里卡多·特拉萨斯，智利的阿多尔福·瓦尔德拉玛（Valderrama, Adolfo, 1834—1902）、利波里奥·布里埃巴（Brieba, Liborio, 1841—1897），阿根廷的圣地亚哥·埃斯特拉达（Estrada, Santiago, 1841—1891）、卢西奥·维森特·洛佩斯、爱德华多·维尔德（Wilde, Eduardo, 1844—1913），等等。其中，洛佩斯的《大村庄》被认为是阿根廷批判现实主义的开山之作，描写布宜诺斯艾利斯如何从一个小村庄突然"炸裂"为大都市。

第二节　主要诗人、剧作家和批评家

一、马努埃尔·贡萨莱斯·普拉达

马努埃尔·贡萨莱斯·普拉达（González Prada, Manuel, 1844—1918），秘鲁作家，出身在利马的一个贵族家庭。少年时期赴智利首都圣地亚哥游学，青年时期回到利马上大学，但未及毕业便放弃了学业。大学肄业后从事文学创作和社会活动。曾创立激进主义党派"全国联盟"。

主要文学作品有诗集和散文集《自由篇》（*Páginas libres*, 1894）、《小写章》（*Minúsculas*, 1901）、《我们的印第安人》（*Nuestros indios*, 1904）、《秘鲁民谣》（*Baladas peruanas*, 1935）等等。贡萨莱斯·普拉达的文学资源十分丰富，曾浸淫于浪漫主义、现实主义等时代风尚，同时旁及象征主义等19世纪末20世纪初西方诗潮，因此，文学史家很难将其归类。本著姑且视其为批判现实主义作家，理由是他在作品中所表现的不同凡响的现实主义精神。

首先，他的作品自始至终都是针对军国主义、特权阶层的投枪。用他自己的话说，文学"就是宣传，就是进攻"。[1]这是诗人在《两个祖国》（*Las dos patrias*, 1907—1918）中写下的铿锵誓言。这部文选结集了作者晚年的重要诗作和散文，或可看作他对自己文学生涯的一个总结。他在坚持文学介入性的同时，掺入了关于世界主义和艺术规律的思考。

> 多么厌倦、烦恼、惆怅，
> 生活中，总是看着
> 同样的田野、同样的脸庞、
> 同样的天空、同样的烟雾茫茫！
>
> 我要从白色的浪花里逃脱，
> 让远方的太阳温暖我的前额。
> 啊，倘若大河将它的激流，
> 雄鹰将它的羽毛给我！
>
> 我不会是懊悔的游人，
> 踏上异国的海滨
> 不会叹息呻吟。
>
> 哪里向我伸出热情的手臂，
> 哪里的春天将我沐浴，
> 哪里就有我的祖国和兄弟。[2]

——《世界主义》（"Cosmopolismo"）

---

① González Prada: *Las dos patrias*, 1907, en 1936 forma parte de *Anarquía*, https://www.marxists.org/espanol/gonzalez_prada/2016/antologia-lasdospatrias.pdf.
② 转引自《拉丁美洲历代名家诗选》，第111—112页。

这就完全背弃了德国共产党领导人卡尔·李卜克内西（Liebknecht, Karl）关于"两个祖国"的思想——富人的祖国和穷人的祖国，尽管贡萨莱斯·普拉达承认西班牙语美洲存在着不同的阶级：有产阶级、无产阶级和新兴的中产阶级。[1]同时，作者笔锋一抖，嘲笑中产阶级从无产阶级脱胎而来，却像猴子模仿人类，穿上了由有产阶级蜕变而来的资产阶级/贵族集权的华服。[2]作者将矛头对准政治家和高级僧侣，同时认为媒体（当时主要指报刊）不值得信赖，尤其当它们涉及政治和宗教、政客和僧侣时。作者的问题在于至今尚未解决的关于印第安族群的归化或异化。在他看来，印第安人依然被奴役，并被土生白人（过去是西班牙殖民者）和混血儿作为动物虐待、蹂躏。而这一切的背后是那些以国家和信仰为借口的政权和教权，也即新皮萨罗、新科尔特斯。那些政客为了爬到权力的顶峰，可以毫不吝啬地牺牲同胞，让同胞的尸体堆成山。因此，印第安人不能指望他们。印第安人必须自己拿起武器。[3]关于军人和警察，贡萨莱斯·普拉达援引泰纳（Taine, Hippolyte Adolphe）等人的话说，他们"如此众多，与其说对我们有用，不如说让我们不安"。他进而阐述由来已久的世界主义理念，认为祖国不一定是出生地，同胞也可以是法国人、中国人。[4]显然，这些思想同批判现实主义有着深厚的渊源，同马克思主义的国际主义亦当不无关系。诚然，本著并不反对国内外有关同行将其归入浪漫主义、风俗主义或象征主义，盖因他终究是横跨两个世纪的渊博诗人。

二、保尔·格罗萨克

保尔·格罗萨克（Groussac, Paul, 1848—1929），阿根廷作家，同时拥有法国国籍。他出生在法国，十八岁移民阿根廷。作为移民作家，

165

---

① González Prada: *Op. cit.*, p.28.

② Idem.

③ Ibid., pp.30—31.

④ Ibid., pp.41—44.

他在当时的西班牙语美洲文坛是一个特例。他凭借良好的法语功底和迅速掌握的西班牙语，通过评介法国帕尔纳索斯派登上阿根廷文坛。随后发表小说和剧本，1878年成为土库曼师范学校校长，1885年被任命为阿根廷国家图书馆馆长直至去世（半个多世纪后由博尔赫斯继任）。

主要作品有短篇小说集《阿根廷故事，从拉普拉塔到尼亚加拉》（*Relatos argentinos, del Plata al Niágara*, 1892）、长篇小说《禁果》（*Fruto vedado*, 1884）、剧本《国徽标记》（*La divisa punzó*, 1923）及大量文艺和历史评论。其中，短篇小说《金锁》（*El candado de oro*）和《侦探》（*La pesquisa*）开了阿根廷和西班牙语美洲侦探小说的先河。《禁果》是一部自传体小说，以作者亲身经历叙述他成功的人生和失败的爱情。他最出彩的作品是四幕剧《国徽标记》。剧作围绕独裁者罗萨斯及其女儿马努埃丽姐（马努埃拉·罗萨斯的昵称）展开。故事发生在1839年，独裁者罗萨斯如日中天。但是，独裁者将为政之道移用于父女关系，他翻手为云，覆手为雨，将女儿视为己物，不仅掌控她的行动，还左右她的思想。可怜马努埃丽姐甚至不得不放弃自己的爱情，乖乖地做独裁者的"好女儿"，被永远地烙上了独裁者的"国徽标记"。于是，她俨然成了独裁者豢养的小宠物，对他唯命是从，尽管他偶尔也流露出让她感动的父爱。这段历史也曾显现于其他阿根廷作家的笔端，但均未达到格罗萨克的高度。后者将批判现实主义、浪漫主义和象征主义融会贯通，并用大量心理描写（如内心独白等）塑造了一系列令人过目难忘的典型人物性格。譬如独裁者罗萨斯的粗暴、野蛮和多疑，马努埃丽姐的温柔、高贵和善良。尤其是后者天生丽质、温厚纯真和楚楚动人的品貌，让无数读者为之倾心。因此，《国徽标记》至今仍是阿根廷国家剧院的保留剧目。

此外，格罗萨克还写过一本关于《堂吉诃德》伪作的小册子《文学之谜：阿维利亚内达的堂吉诃德》（*Un enigma literario: el "Don Quijote" de Avellaneda*, 1848）。他是极少数为阿维利亚内达辩护的西班牙语作家。

三、胡斯托·谢拉

胡斯托·谢拉（Sierra, Justo, 1848—1912），墨西哥诗人、教育家和政治家，其父奥雷利·谢拉也是位作家，创作过长篇小说《加勒比海盗》。谢拉大学毕业后从事过新闻工作，后涉足政坛，曾任教育部长；同时从事文学创作，留下了不少诗歌、散文和文艺评论。他的主要文学源泉来自欧洲浪漫主义，尤其是西班牙作家，如贝克尔，但是墨西哥错综复杂的社会关系又使他不得不面对现实。因此，他称得上是一位富有理想情怀的现实主义作家。

关于政治，谢拉取法保守、反对激进，但同时他又鼓吹科技进步，曾坐火车往返于墨西哥城和托卢卡之间，并感慨系之，借19世纪著名将领维森特·里瓦·帕拉西奥的话说，"在现代科技面前，我就像是一块无用的石头"。[①]正因如此，他毕生致力于提升墨西哥国民素质和少年儿童的教育水平。他曾在一首《颂歌》（*Homenaje*, 1882）中动情地呼唤：

> 哦，亲爱的祖国，我的爱！
> 擦干你苦涩的泪目，
> 忘却那些愤怒和不幸，
> 让欢愉填充你的胸膛，
> [……]
> 蔚蓝的天空已经宁静。
> 太阳将地平线涂上金色，
> 晨曦喷洒温暖之光，
> 就像爱吻遍你的身体，
> 大炮的回响已经消散

① Sierra: *Ensayos y artículos escogidos*, México: Consejo Nacional para la Cultura y las Artes, 2014, p.21.

在你的山峦和原野，
它们不再吞噬儿女的生命，
大地重新敞开胸怀；
荣耀向你微笑，在绿色田野
为你编织和平的玫瑰花冠，
将它们戴在你不朽的太阳穴上。
属于你的伟大时光开始了，
在那命运用尊严划定的地方，
着手描绘你的未来，
邀请你在进步的道路上不断前进。
[……]①

　　然而，面对工人运动，谢拉表现出了资产阶级固有的秉性。他在长文《衣不蔽体者》（*Los descamisados*, 1889）中从基督教《创世记》中亚当偷食禁果并羞耻地发现自己赤条条开始，绕了一个地球般的大圈，一直到卢梭和工业革命，认为现代社会就是一个大工厂，人人术业有专攻。他讥嘲工人罢工是因为这样他们可以放下活计，逃避劳动。他并且由此敷衍出真正的羞耻应该在每个人的灵魂，而非身体的裸露。②如此等等，不一而足，俨然是巧言令色，站着说话不腰疼。

　　关于文学，谢拉表现出了另一种姿态。他批评殖民地当局的书检制度，尤其是对戏剧等公共审美和社交活动的粗暴监管。他由此反诘道：殖民地当局为什么不管管宗教活动呢？作者的回答是：人生而自由，只要他（她）不妨碍别人的自由。③在评论墨西哥同代作家时，谢拉表现出了他的审美取向：一是教化，二是真实，三是典雅。这其中不乏矛盾之处，譬如真实与典雅未必如影随形。

---

① Sierra: *Ensayos y artículos escogidos*, México: Consejo Nacional para la Cultura y las Artes, 2014, pp.19—20.

② Ibid., pp.36—48.

③ Ibid., pp.49—51.

这就极易使我们想起严复的翻译"三字经":"信""达""雅"。尽管从文学本身而言,雅可能并不适合所有作品,尤其是在批判现实主义和自然主义来临之后。因此,我们对雅的理解也就随之泛化,并逐渐将其引申为遴选标准的两大维度:价值判断和审美取向。前者牵涉到立场问题,后者则随着立场旋转,直至抵达审丑美学,盖因现实本身不美。当然,这完全不是以丑为美,而是要看丑背后的立场、目的和与之相适应的方法。但谢拉似乎并不这么看,他倾向于阿尔塔米拉诺和马努埃尔·阿库尼亚式的"恰到好处"。揭露社会腐败和不公、现实丑陋与肮脏是否也是作家的应尽义务呢?这就回到了他的阶级偏见。此外,他过于相信艺术天分,而非作家的勤奋和表现对象。也许正因如此,他无法成为真正的批判现实主义或自然主义作家,而是一个徘徊于现实主义门口、拖着浪漫主义尾巴的资产阶级代言人,尽管他多次提到了马克思和共产主义,但基本都持否定态度。至于方兴未艾的现代主义,他倒是举双手赞成的,因为它是一个带有逃避主义倾向的诗潮。[①]

四、其他作家

鉴于西班牙语美洲文坛的庞大体量,本著无法就所有重要作家作品一一置评,更不用说一网打尽。如是,尽可能既不漏掉"大鱼",也不小题大做,是谓取法乎上。因此,除了文学史上已有公论者,便是那些被国外同行钩沉或本人以为确乎值得置评者乃本著的重心所在。与此同时,一些随着时间的推移被逐渐非经典化的作家作品,则只能一笔带过,甚至忽略不计。然而,即或如此,尚因篇幅所限,不能面面俱到仍是在所难免的憾事。

本节舍弃的作家至少有如下这些:古巴批评家马努埃尔·桑贵利(Sanguily, Manuel, 1848—1925)、恩里盖·何塞·瓦罗纳(Varona,

---

① Sierra: "La tumba de Manuel Acuña", "Los poetas", "Varios", "Garibaldi", "Prólogo a peregrinaciones de Rubén Darío", etc., *Op. cit.*, pp.15—17, 52—53, 76—82, 83—95, 216—247.

Enrique José, 1849—1933），后者从法国经验主义和英国实证主义中汲取了不少理论养分。波多黎各批评家埃乌赫尼奥·玛利亚·德·何斯托斯（Hostos, Eugenio María de, 1839—1903）则直接一竿子打翻整船人，对文学采取完全否定的态度，认为它在枪杆子、刀把子面前一无是处。但问题是它的力量恰恰在于"不是"和"无用"（用我们的话说是"无用之用"）。秘鲁散文家兼美学家阿莱汉德罗·德乌斯图亚（Deústua, Alejandro, 1849—1945）直接师从康德，并将德国古典哲学平移到了西班牙语美洲。玻利维亚历史学家和文学史家加夫列尔·雷内-莫雷诺（René Moreno, Gabriel, 1836—1908）为后人留下了不少传记。此外，这一时期的剧作家有墨西哥的何塞·莱昂·康特雷拉斯（Contreras, José León, 1843—1907）和何塞·罗萨斯·莫雷诺（Rosas Moreno, José, 1838—1883），后者的《修女胡安娜·伊内斯·德·拉·克鲁斯》（*Sor Juana Inés de la Cruz*, 1876）不仅演绎了胡安娜的部分生活片段，而且将不少诗人、作家变成了书中人物。用现在的话说，其中不乏元文学色彩。还有智利作家丹尼尔·巴罗斯·格雷斯（Barros Grez, Daniel, 1834—1904）和丹尼尔·卡尔德拉（Caldera, Daniel, 1852—1896），乌拉圭作家奥罗斯曼·莫拉托里奥（Moratorio, Orosman, 1852—1898），阿根廷作家马丁·科罗纳多（Coronado, Martín, 1850—1919），等等。此外还有洪都拉斯作家弗洛伊兰·图尔西奥斯（Turcios, Froylán, 1875—1943），萨尔瓦多作家阿尔图罗·安布罗希（Ambrogi, Arturo, 1875—1936），哥斯达黎加作家拉法埃尔·安赫尔·特罗约（Troyo, Rafael Angel, 1870—1910），巴拿马作家达里奥·埃雷拉（Herrera, Darío, 1870—1914），多米尼加作家马努埃尔·塞斯特罗（Cestero, Manuel, 1879—1926），古巴作家赫苏斯·卡斯特利亚诺斯（Castellanos, Jesús, 1879—1912）和卡洛斯·罗维拉（Loveira, Carlos, 1882—1928），波多黎各作家安娜·德·杜普雷伊（Duprey, Ana de, 1853—1933），委内瑞拉作家佩德罗·埃米利奥·科尔（Coll, Pedro Emilio, 1872—1947）、路易斯·马努埃尔·乌尔巴内哈（Urbaneja, Luis Manuel, 1874—1937）和鲁费诺·布兰科·丰博纳，哥伦比亚作家何塞·玛利亚·里瓦斯（Rivas, José María, 1863—1923）和埃米利奥·马尔克斯（Márquez, Emilio, 1873—1937），厄瓜多尔作家爱德华多·梅纳（Mena, Eduardo, 1871—1913），秘鲁作家克莱门特·帕尔马（Palma, Clemente, 1872—1946），玻利维亚作家海梅·门多萨（Mendoza, Jaime, 1874—1939），智利作家阿古斯托·德哈尔马（D'Halmar, Augusto, 1882—1950）、哈努阿里奥·埃斯皮诺萨（Espinosa, Januario, 1879—1946）和吉列尔莫·拉巴尔卡（Labarca, Guillermo, 1878—1954），巴拉圭作家拉法埃尔·巴雷特（Barrett, Rafael, 1876—1910），阿根廷作家安赫尔·德·埃斯特拉达（Estrada, Angel de, 1872—1923），以及乌拉圭作家奥拉西奥·基罗加（Quiroga, Horacio, 1878—1937），等等。这个名单几可无限延续。其中，奥拉西奥·基罗加以他特有的玄幻小说彪炳于西班牙语美洲文坛。他的短篇小说集《丛林中的故事》（*Cuentos de la selva*, 1918）、《阿纳贡达》（*Anaconda*, 1921）和《荒漠》（*El desierto*, 1924）等令时人感到眼花缭乱，开创了西班牙语美洲寓言小说的一个新的向度：美洲幻想小说的原始形态及其裂变。

第四章　现代主义时期

引言

　　一如浪漫主义和风俗主义或批判现实主义和自然主义，象征主义和帕尔纳索斯派等"现代"思潮也是同时抵达西班牙语美洲的。更为重要的是，现代主义作为批判现实主义和自然主义的一种反动，明显具有拥抱浪漫主义和巴洛克主义的倾向。是谓背叛父辈，拥抱祖辈。这只是一种比喻，不能完全涵盖现象的复杂性和深广度。同时，西班牙语美洲国家社会和文坛也为此做好了准备。显证之一是谢拉等文坛"宿儒"的赞许，之二是何塞·马蒂这样声望极隆的后期浪漫主义作家的加入。

　　稍后，来自欧洲的印象派和颓废派等新兴流派、诗潮不断撞击美洲文坛，同一些西班牙语美洲文人的颓唐沮丧一拍即合。此外，美国文学也开始一路向南，影响拉丁美洲。这中间夹杂了令美洲国家和人民苦不堪言的门罗主义①思想。而现代主义诗潮正是在西班牙语美洲

---

　　① 门罗主义（Monroe Doctrine）最初发表于1823年，表明美利坚合众国不再容忍欧洲列强殖民美洲，或涉足美国与墨西哥等美洲国家的主权事务。而对于欧洲各国之间的争端，或各国与其美洲殖民地之间的战事，美国保持中立。除此之外，若欧洲国家在美洲挑起新的战争，美国将视其为具敌意之行为。此观点由时任总统詹姆斯·门罗（Monroe, James）发表于第七次对国会演说的国情咨文中。这是美国涉外事务的一个转折点。虽然美国并没有干涉法国于19世纪30年代针对墨西哥和阿根廷的军事行动，但显然已经开始视拉丁美洲为自己的后院。这在19世纪40年代美国吞并墨西哥大半领土的美墨战争中体现得淋漓尽致。至于后来作为美国对拉丁美洲和全世界外交政策的"胡萝卜加大棒"则更是众所周知的事实。

国家的内忧外患之际采取了逃避策略。于是，唯美主义取代了现实主义，逃避主义代替了介入主义。也正因如此，以鲁文·达里奥为代表的一代诗人从殖民地或后殖民地文化中突围，进而反过来影响了西方。

当然，现代主义是一个复杂的流派。不同诗人、作家的风格特征和价值取向不尽一致，尽管形式上的唯美几乎是他们的共同追求。这其中不乏异国情调和发古之幽情，从而一定程度上改变了西班牙语美洲文学的发展向度，丰富了审美维度，接续了源远流长的巴洛克传统。

一般认为，古巴诗人何塞·马蒂的《伊斯玛埃利约》(*Ismaelillo*, 1882) 是现代主义诗潮的先声，鲁文·达里奥的《蓝》(*Azul*, 1888) 标志着现代主义正式扬帆起航。1888年，鲁文·达里奥在圣地亚哥的《艺术与文学杂志》(*Revista de Artes y Letras*) 上发表了《中美洲文学》(*La literatura centroamericana*) 一文，首次启用了"现代主义"(Modernismo) 这个概念。[①] 然而，在何塞·马蒂身上更多的是积极浪漫主义的遗风，同时旁逸斜出，具有了象征主义和印象派色彩。与其他现代主义诗人、作家不同，何塞·马蒂并没有放弃介入生活的基本准则，他甚至把文学之美当成了革命的火炬、战斗的旗帜。由此可见，何塞·马蒂仅仅是半个或谓早期现代主义诗人，他坚定地立足于古巴大地，他的身体里依然流淌着积极浪漫主义的血液。诚如我国诗王白居易所言，"文章合为时而著，歌诗合为事而作"，何塞·马蒂只不过与时俱进地借鉴和汲取了象征主义等现代文学元素。

第一节　何塞·马蒂

一、生平

何塞·马蒂，古巴诗人、思想家、民族英雄，被誉为"古巴革命之父"。他毕生致力于古巴的独立和自由，并为之献出了生命，终年四十二岁。

---

① Quesada, Patricia y Jazmín Padilla: "Modernismo", *Humanidades*, San José: Universidad de Costa Rica, 2015, p.1.

古巴纸币上的何塞·马蒂

马蒂出身在哈瓦那的一个普通家庭。父亲随一支西班牙炮兵部队来到古巴，退伍后留居哈瓦那，先在警察局当差，后因得罪上司被解雇，从此开了一爿裁缝作坊。母亲也是西班牙人，但属于有色人种，这在当时无疑会遭到歧视。马蒂有五个妹妹。一家八口全靠父亲的手艺挣钱糊口，生活之贫困可想而知。因此，马蒂很小就到小酒馆当零杂工，帮助父母维持一家人的生计，解危纾困，一直到十二岁才上小学。小学的校长门迪维（Mendive y Daumy, Rafael María de）是一名诗人。马蒂自幼勤奋好学，且天资聪慧，深得校长的钟爱。同时，校长还是个爱国志士，经常在校内外宣传独立思想、抨击西班牙殖民统治。校长家故而也就成了独立运动人士聚会的秘密据点。马蒂耳濡目染，受到了最初的政治和文学熏陶。

1868年，卡洛斯·马努埃尔·德·塞斯佩德斯（Céspedes, Carlos Manuel de）在东部率众起义，开始了武装反抗西班牙殖民统治的斗争。独立战争的烈火迅速蔓延，几成燎原之势。首都哈瓦那的革命者在门迪维等独立运动人士的带领下，积极开展各种声援活动。是年十五岁的马蒂也参与其中，他写诗，撰文，发传单，口诛笔伐，揭露西班牙殖民统治的罪行；赞美独立战争，宣扬爱国主义，号召人们团结起来，为独立而战，为自由而战。他在自己创办的周刊《自由祖国》（*La patria libre*）上发表鼓舞士气的诗作和散文。这引起了殖民当局的注意。1869年10月，马蒂被捕，并被判处六年徒刑。他被投进政治监狱，并在采石场服苦役。牢狱生活摧残了他的身体，却也磨砺了他的革命意志。殖民当局的凶残暴戾不仅加深了他对西班牙殖民者的仇恨，而且坚定了他献身独立革命和"不独立，毋宁死"的决心。虽身陷囹圄，他却从未停止斗争。他向难友们宣讲革命理想和他对祖国独立解放的信心。

1871年初，马蒂被放逐到西班牙加的斯，尔后他辗转至马德里，寄居在一家人家的阁楼上。白天，他遍访马德里的大学，旁听或偷听法学、政治经济学和文学课程，并利用一切机会到图书馆浏览学习。1873年，他凭借顽强的意志考入萨拉戈萨大学人文学院，不到两年便获得了文学博士学位。在求学的同时，他经常参加旅西古巴爱国者聚会，商讨支援祖国独立战争的相关方案。但是，他很快厌倦了纸上谈兵，决定回古巴参加战斗。启程回国之前，他北上法国拜见了雨果等著名作家，向他们介绍古巴的政治形势，讨教革命方略。

1874年底，马蒂乘船返回古巴。殖民当局明令禁止他登岸。因此，他只得绕道前往墨西哥。他在墨西哥城谋得一份工作：当刊物校对员。同时，他积极参与文学社团，撰文鼓吹古巴独立革命，得到了有识之士的赞赏，结识了卡门·萨亚斯（Zayas, Carmen），并很快和她结为夫妻。但是，好景不长：1876年，独裁者波菲利奥·迪亚斯（Díaz, Porfirio）开始在墨西哥施行专制统治，马蒂自知难以安身，随即偕妻子前往危地马拉。他先在一所师范学校任教，后到危地马拉大学讲授欧洲文学和哲学。1878年，古巴起义队伍与殖民政府签订了"桑洪和约"（El Pacto del Zanjón），允许流亡在外的古巴人自由返回家园。马蒂迫不及待地带着身怀六甲的妻子回到了古巴。然而，古巴的殖民地性质并没有改变，他依然受到了殖民当局的严密监视。为了更好地开展政治斗争，他公开宣扬武装斗争，直至推翻殖民政府、建立独立自主的国家。1879年8月，古巴人民再次发动起义。马蒂在哈瓦那积极响应，还建立了"秘密革命委员会"，以募集资金，支援起义队伍。于是，他再次遭到逮捕，并复被放逐至西班牙。1880年，马蒂逃离西班牙，从法国启程前往美国。在纽约，他团结流亡人士，继续宣扬独立精神，批判殖民统治。在长达十年的流亡期间，他为委内瑞拉的《民族舆论》（*La Opinión Nacional*）、阿根廷的《民族报》（*La Nación*）、墨西哥的《自由党》（*El Partido Liberal*）和《宇宙周刊》（*Revista Universal*）等报刊创作了大量政治檄文和爱国主义诗篇。1890年，马蒂再次回到祖国，组建革命党，并亲自担任主要领导。革命党的首要任务是团结一切可以团结的力量，发动武装起义，将西班牙殖民者彻底逐出古巴。1895年，起义队伍遭到西班牙军队的袭击，马蒂在战斗中英勇牺牲。

二、作品

马蒂不仅是伟大的思想家和革命家，而且还是杰出的诗人和文学家。他的诗文是战斗的武器，教化的篇章，但同时也具有很高审美价值。他反对无病呻吟，反对"为艺术而艺术"，强调文学为革命服务，主张纯朴的文风、隽永的诗意。他被公认为西班牙语世界最伟大的作家和诗人之一，同时他争取国家独立、种族平等的思想被写入了古巴共产党党纲和古巴共和国宪法，成为古巴党、国家和人民的精神财富，也是西班牙语美洲文坛爱国主义和英雄主义的象征。

他的主要文学作品有诗集《自由诗》（*Versos libres*, 1878—1882）、《伊斯玛埃利约》（又译《小伊斯玛埃利》）、《短歌》（又作《纯净诗》，*Versos sencillos*, 1891）等，剧本《阿布达拉》（*Abdala*, 1869）、《淫妇》（*La Adúltera*, 1873）、《爱情用爱偿还》（*Amor con amor se paga*, 1875）等，长篇小说《致命的友情》（*Amistad funesta*, 1885），以及若干短篇小说和大量散文，如《古巴的政治迫害》（*El presidio político en Cuba*, 1871）、《西班牙共和国对古巴革命》（*La República Española ante la Revolución Cubana*, 1873）、《古巴与美国》（*Cuba y los Estados Unidos*, 1889）、《我们美洲》（*Nuestra América*, 1891）、《我的种族》（*Mi raza*, 1893）等。1963年至1965年，古巴政府推出了《马蒂全集》（*Obras completas de José Martí*），凡二十五卷。

（一）诗歌

马蒂的作品前后有所不同，前期具有较为鲜明的浪漫主义色彩，如《伊斯玛埃利约》中的一些诗行：

> 每天清晨
> 我的小宝贝儿
> 用热吻
> 将我唤醒。

叉开双脚

骑在我前胸，

将我的头发

编作马缰绳。

他如梦如痴

我如痴如梦。

我的小骑士

刺马向前行：

脚丫儿作马刺

情意多么浓！

我的小骑士

笑得真高兴！

他的小嫩脚儿

我吻个不停，

虽说有两只，

一次就吻成。①

作品真切地表达了年轻慈父对儿子的舐犊之情和天伦之乐，是马蒂早期浪漫主义情怀的自然流露。《流亡之花》（"Flores del destierro"）则完全是另一种心境：

我有两个祖国：古巴和黑夜。

两个，或者就是一个！

太阳陛下刚一离开

古巴就像个伤心的寡妇

凄凉寂寞，

蒙着长长的黑纱，

拿着石竹花朵朵。

① 转引自《拉丁美洲历代名家诗选》，第127—128页。

我知道那使她颤抖的
血红的石竹花
究竟是什么！
因为我失去了心灵，
胸中一片空阔。
死神已经开始降临，
对于与世长辞
黑夜更适合。
阳光和话语都是干扰，
宇宙无声
却比人类的语言好得多。
像鼓舞斗志的战旗，
红烛的光焰闪烁。
我敞开心灵的窗口，
它已在胸中紧缩。
古巴——这伤心的寡妇
将石竹花的叶子打破，
像扰乱天空的云朵
默默地闪过……①

又如在另一首四行体诗中，他这样写道：

我是至诚至信的男人
来自棕榈生长的地方，
在我即将赴死的时刻，
且把心中的诗句抛撒。

我来自世界所有地方，

① 转引自《拉丁美洲历代名家诗选》，第128—129页。

并准备走向四面八方：
在艺术中我就是艺术，
在群山中我就是山峦。

我知道那些花花草草
以及它们的古怪名字，
我也知道致命的欺骗，
还有那些崇高的苦痛。

我曾在茫茫黑夜之中
任雨水不停洒在头上
还看见道道纯净闪电
来自遥远的神圣美丽。

我看见翅膀出自香肩
那是美丽女士的臂膀：
还有蝴蝶在翩翩起舞
它们来自废墟的苍茫。

我见证一个男人一生
腰间斜插着一把匕首，
他没有说出对手芳名
即使她夺取他的性命。

光阴倏忽，逝者如斯，
我两次见到他的灵魂：
当可怜老人溘然死去，
当他的灵魂向我道别。

我不禁倚栏为之一颤，

就在葡萄园栅栏旁边，
飞来一只疯狂的蜜蜂
蜇疼了我姑娘的前庭。

我有过如此这般幸运
此生从未有过的幸运：
厅长在宣布判我死刑
同时禁不住潸然泪奔。

我听见一声叹息传来
自大海以及四方土地，
它哪里是一声叹息哟
那是我儿子就要醒来。

都道一个金银匠最想
拣走最好的一枚珠宝，
而我却为了至信战友
宁可将爱情暂弃一旁。

我看见一只受伤雄鹰
展翅飞向蓝色的无垠，
且将一条垂死的毒蛇
搁置在其高高的巢穴

我自然知道当这世界
慢慢进入那栖息状态，
在其无限深沉的静处
仍有喃喃的暗流涌动。

我曾豪迈地将手伸向

那恐怖和灼人的地方，
那是一颗僵硬的星星
它自由落在我的门前。

我将这秘密藏在心间
哪怕受到勇敢的伤害：
来自奴隶的人民之子
为她而生，为她而死。

一切都那么美好隽永，
一切都是音乐和理由，
就像所有的钻石珠宝，
或者变炭前也曾燃烧。

我知道坚持就是死亡
但伴有许多哀荣哭泣。
地底下固然没有果品
不像墓地里有人贡献。

我沉默，并懂得丢下
一个诗人的所有虚荣：
把我曾经的博士衣冠
披挂在一棵枯树之上。

——《我是至诚至信的男人》（"Yo soy un hombre sincero"）①

这可能是何塞·马蒂作为诗人和革命家最优美，也最彻底的一幅自画像，是他面临生死考验时表现出的大无畏精神，且美妙地熔铸了

---

① https://www.venamimundo.com/poemas/marti/yosoyunhombresincero.html/pdf.

浪漫主义和象征主义风格。作品创作于1889年或1890年，当时古巴革命处于低潮，诗人也远离妻儿，但向着独立解放的革命意志丝毫没有萎靡。其中的蓝色与黑暗、闪电与寂静，以及鹰与蛇、炭与火、枯与荣、生与死等诸多明喻或意象的并举、对位衬托出一组组最美的隐喻：祖国-母亲-妻子-情人，以及革命-死亡-儿子-未来，等等。从古巴到整个西班牙语美洲甚至包括西班牙在内，迄今传唱着用本诗部分名句谱写的歌曲。这无疑是时间老人为马蒂修葺的丰碑，也是后人对英雄最好的纪念。

（二）小说

马蒂一生创作了大量诗歌和散文，但长篇小说仅此一部，短篇小说也屈指可数。本著仅就其长篇小说《致命的友情》（原名《露西娅·海雷斯》，*Lucía Jerez*, 1885）评点一二。

如前所示，小说创作于1884年至1885年，当时马蒂正流亡美国。尽管作者生前对它并不看好，却在再版说明中表达了他的创作目的和方法："我想写一部勇敢的 [……] 好小说。小说必须充满爱情，当然也有偶然的死亡；要有很多女孩，但没有一个是罪人；它必须取悦于所有家长以及神父大人。当然，它还必须是一部西班牙语美洲小说。"①因此，其对于了解马蒂的文学思想具有重要参考价值。同时，鉴于现代主义诗人大抵只耕耘于诗坛，对小说几可谓无心问津，甚至漠不关心。谁叫当时流行的是批判现实主义和自然主义小说呢？因此，《致命的友情》便也尤为珍贵。

小说最初是纽约《拉美人》（*El Latino Americano*）双月刊邀约女作家阿德拉伊达·巴拉尔特（Baralt, Adelaida）创作的。时尚使然，读小说在当时的美洲，尤其是在拉丁美洲被视为女性的专利（一如现今冗长的电视剧大都将主要受众框定为女性，甚至家庭妇女），尽管欧洲的情况已经发生了变化：批判现实主义和自然主义明显不再得到大多数女性读者的青睐。然而，巴拉尔特为了帮助马蒂摆脱捉襟见肘

---

① https://www.elaleph.com/amistadfunesta/marti.pdf.

的经济状况，悄悄将这个"美差"交给了后者。因此，作品在《拉美人》连载时，署名阿德拉伊达·拉尔特（Ralt, Adelaida），也正是为了讨巧（招徕女读者），小说的主要人物都是女性。首先是女主角露西娅·海雷斯，她是一位颇有些像包法利夫人的人物，生活优裕，且耽于幻想。她似乎并不满足于庸常，但也不曾成为包法利夫人或安娜·卡列尼娜。这时，美女索尔的出现扰乱了所有人的生活。索尔是位青年教师，她貌美倾城、光彩照人；校长有意将她介绍给露西娅，希望通过后者的人脉替索尔物色一个才貌双全的如意郎君。结果，露西娅见到索尔后醋意大发。与此同时，患有抑郁症的安娜为寻消遣，开了个派对，结果看见露西娅带着貌美如花、身穿黑色礼服的索尔后神志大乱，竟举枪杀死了索尔，露西娅吓得当时就昏倒在安娜怀里。作为配角，除了人品端方、家境殷实的胡安·海雷斯，还有几个男性人物，他们的作用基本是自言自语或内心独白式的"对话"。话题五花八门，有些显然是作者植入的教化意图，如爱国主义、独立思想等等。除此之外，便是各色人物围绕爱情、友情、文学艺术等展开的讨论。这些讨论和小说的情节一样，没有结论，却总是旁逸斜出，一会儿东，一会儿西，夹杂着思想火花和艺术美感。而这恰恰是马蒂有意安排的。他既没有遵循浪漫主义小说的大是大非、大善大恶、大开大合、大起大落，也没有走批判现实主义和自然主义的新路。诚如批评家阿尔萨加（Alzaga, Florinda）所说，马蒂提供的是一部真真正正的现代主义小说。[1] 人物大多具有象征意义，譬如露西娅，根据西班牙语词源取其光亮之意。索尔则是太阳；而安娜很可能是安娜·卡列尼娜的翻版：不知何故，她一直对美、自由和死亡入迷，且常有自杀的念头。

　　小说没有确切的地点。读者大抵可以揣测它发生在19世纪末拉丁美洲某城，因为人物中既有印第安人，也有白人和印欧混血人种。同时，作品中充满了戏剧性情景描写和大量鲜花、色彩、光线、音乐、珠宝、水晶等美轮美奂的"背景"或"道具"的渲染和装点，其

---

① Alzaga, Florinda: "El modernismo en 'Amistad funesta' de José Martí", *Actas X*, AIH, 1989, pp.389—398.

细致程度着实令人叹为观止。但是，马蒂却有意淡化了时间地点，也许他这是为了让小说具有更为广泛的指涉或延异。而这恰恰是十分现代，甚至超前的取法。从这个意义上说，《致命的友情》无疑是一部弥足珍贵的现代主义小说。

（三）戏剧

马蒂前后写过多种剧本，但留存下来的主要有上述几出，即《阿布达拉》、《淫妇》和《爱情用爱偿还》。在《阿布达拉》中，面对外敌入侵，少年阿布达拉投笔从戎，加入了抗敌救亡的战斗。这是马蒂年轻时期的一部独幕诗体剧，具有自传色彩。

《淫妇》是一出较为复杂的三幕剧，是马蒂第一次被放逐至西班牙期间创作的。故事发生在17世纪，也即西班牙黄金时期，但马蒂并未将剧情安排在西班牙，而是安排在德意志的某个城邦。主要人物有男女主人公格罗斯曼及其妻子弗里奇太太，以及他们的朋友古特尔曼和弗里奇太太的情人坡舍尔曼。主线是爱情纠葛，具有浪漫主义色彩，但由此派生的关于文学艺术的讨论却是马蒂着力最甚之处。换句话说，作品假借一个"浪漫"的三角恋爱展示了作者早期的文艺思想。

《爱情用爱偿还》是马蒂的戏剧代表作，它也是一出诗体独幕剧。作品只有两个人物：康塞普西昂·帕迪莉亚小姐和恩里克先生。故事发生在现代，即马蒂创作这部作品的年代。男主人公恩里克的现实蓝本是西班牙演员恩里克·瓜斯普·德·佩里斯（Peris, Enrique Guasp de），女主人公帕迪莉亚小姐的现实蓝本是墨西哥著名女演员康查·帕迪莉亚（Padilla, Concha）。前者曾和马蒂同船从哈巴那航行至墨西哥的维拉克鲁斯，此后两人在墨西哥共同举办文学沙龙并同为墨西哥戏剧家爱德华多·贡萨莱斯戏剧社的成员。马蒂正是在戏剧社认识帕迪莉亚小姐的。戏剧社的活动为马蒂提供了鲜活的情景素材。作品围绕一个极其普通的问题展开："你爱我吗？"马蒂将自己对帕迪莉亚的爱意注入主人公恩里克对帕迪莉亚的爱意中，尽管另有一说是马蒂当时钟情于墨西哥剧坛的风云人物罗莎莉奥·德·拉·佩尼亚

(Peña, Rosario de la)，从而将帕迪莉亚塑造成了帕迪莉亚与佩尼亚的合体。作品展示了马蒂的爱情观，如忠诚、完全等。这后来体现在了他对妻子——墨西哥姑娘卡门·萨亚斯的爱恋中。

第二节　鲁文·达里奥

一、生平

鲁文·达里奥，[①]原名费利克斯·鲁文·加西亚·萨米恩托 (García Sarmiento, Félix Rubén, 1867—1916)。他出生在尼加拉瓜一个叫梅塔帕的小镇。父母是经济联姻，虽然都是富庶人家出身，家境优渥，却没有爱情。因此，两口子在无休止的矛盾和吵闹中艰难度日。鲁文出生后，举家迁往莱昂市，但母亲经常带着他离家出走，在娘家或亲戚家东躲西藏，最终不得不彻底离开丈夫，追随洪都拉斯的一个贫穷农民而去。然而，为鲁文的未来着

鲁文·达里奥

想，母亲还是很快将他送回了尼加拉瓜，交由她的几个兄弟姐妹代为抚养。这时，鲁文的一个姨妈痛失爱女，就把他接到了家里，并一直视其如己出。因此，当鲁文开始发表习作时，用的是姨父的姓氏：鲁文·拉米雷斯。后者行伍出身，有上校军衔，因此鲁文在他和姨妈的照拂下接受了很好的教育。此外，拉米雷斯还是个文学爱好者，喜欢和文人墨客交往。这使得鲁文从小就受到了文学熏陶。

据说他三岁开始识字，六岁开始阅读，十三岁开始作诗，十六岁已是远近闻名的诗人。他的早期习作主要是针对红白喜事的应景之作，同时还有一些献给军政要员的颂歌。少年时期在一所耶稣会学校读书，其间受西班牙黄金世纪文学和欧洲浪漫主义风尚的影响，同时

---

① 达里奥是其曾祖父的名字之一，诗人成名后遂署名鲁文·达里奥。

狂热地爱上了一位金发碧眼的远房表姐——罗莎里奥·艾美丽娜·姆里约（Murillo, Rosario Emelina），并为她写下了大量至纯至美的诗篇和一部以她的名字命名的小说《艾美丽娜》（*Emelina*）。他的唯美主义倾向由此一发而不可收。

　　为了阻止他的早恋，家人和朋友不得不将他的注意力引向其他领域。在众人的撺掇下，他起程前往萨尔瓦多，经姨父等人的引荐认识了总统萨尔迪瓦尔（Zaldívar, Rafael）。当后者问他需要什么时，血气方刚的鲁文直接回答说："跻身上流社会。"鉴于萨尔瓦多太小，他又起程前往文化相对发达的智利，并结识了智利总统马努埃尔·巴尔马塞达（Balmaceda, Manuel）。为了保持体面的外表，他必须牺牲大快朵颐的乐趣，同时勤奋作诗。他的第一部诗集《牛蒡》（*Abrojos*, 1887）就是在智利期间创作的，同时还有一些讴歌智利历史文化的诗篇和应景之作，并在一次征文比赛中获奖。1888年，他的《诗韵集》和《蓝》出版，从此奠定了他在西班牙语美洲文坛的地位。此后，他由智利到阿根廷，为《民族报》撰文，并以《民族报》记者的身份遍游美洲和欧洲，同时不断介入中美洲，尤其是尼加拉瓜政治。在法国、西班牙和意大利期间，他结识了欧陆重要诗人如魏尔兰（Verlaine, Paul）、马查多兄弟（Machado, Manuel 和 Machado, Antonio）等。1890年，鲁文和女诗人拉法埃拉·坎特雷拉斯（Contreras, Rafaela）结婚，翌年儿子降生。1892年，鲁文代表哥斯达黎加出使西班牙。遗憾的是妻子突然因病去世，这对鲁文造成了巨大打击，他开始借酒消愁。这时，他少年时期的初恋艾美丽娜来到了他的身边，并在很短的时间内要求结婚。所谓时过境迁，而且鲁文几乎是被迫与她缔结婚约的——盖因她当时已经有孕在身，嫁给鲁文只是为了替腹中的孩子找一个体面的父亲。这桩婚姻给鲁文带来了巨大创伤。为了逃避痛苦，他和艾美丽娜聚少离多，而且他不久就在朋友家中认识了一个叫弗朗西斯卡·桑切斯（Sánchez, Francisca）的西班牙女佣。后者的温柔和善良使诗人得到了心理上的补偿。他们很快有了一个孩子。此后，鲁文带着弗朗西斯卡和他们的儿子回到南美洲，并代表哥伦比亚出使阿根廷。在阿根廷期间他继续为《民族报》撰文，并开始了频繁的旅行。1914年，第一次世界大战爆发，这使他产生了无以复加的悲观情绪，加之因长期酗酒，身体每况愈下。1916年初，他终于回到阔别多年的祖国，但天不假年，未及与文友知己聊慰契阔之情，便因肝硬化与世长辞了。

二、作品

作为西班牙语美洲第一个反过来影响西方（至少是西班牙诗人马查多兄弟）的诗人，鲁文·达里奥确有其过人之处。他的很多作品或可被看作神来之笔，仿佛贡戈拉复活。他的诗行中充满了绚丽的意象和华美的象征，既有令人耳目一新的现代主义色彩，又分明指向悠远的古典（巴洛克）审美。主要作品有《牛蒡》、《诗韵集》、《蓝》、《最初的音符》（*Primeras notas*, 1888）、《世俗的圣歌》（*Prosas profanas y otros poemas*, 1896）、《生命与希望之歌》（*Cantos de vida y esperanza*, 1905）、《天鹅及其他诗歌》（*Los cisnes y otros poemas*, 1905）、《献给米特雷的颂歌》（*Oda a Mitre*, 1906）、《流浪之歌》（*El canto errante*, 1907）、《秋天的歌及其他》（*Poema del otoño y otros poemas*, 1910）、《献给阿根廷的歌及其他》（*Canto a la Argentina y otros poemas*, 1914）等等。

《蓝》被公认为西班牙语美洲现代主义的扛鼎之作，自然也是鲁文的代表作。诗人假托西班牙作家瓦莱拉［尽管写的是费德里科·瓦莱拉，或巴拉，而非胡安·瓦莱拉（Valera, Juan）］，并援引法国浪漫主义作家雨果的名句："L'art c'est l'azur."（"艺术是蓝色的。"）[①] 诗人在序言中大量援引自己的诗句，使它俨然成了现代主义的宣言。首先，蓝色是天空，是大海，是广阔无垠的想象。其次，作品是"上天的礼物"，既有如诗的散文，也有音乐般的诗行，充满了光艳、馨香、青春和爱情，还有黄金、宝石、精灵、蓝鸟、太阳、白鸽等不胜枚举的美丽意象。[②]

作品由部分散文体故事和一系列诗歌组成。诗人在一首题为《春

---

① https://www.rubendario.org/paises/chile/azul.pdf.
② Idem.

天》（"Primaveral"）的诗中颂道：

> 玫瑰的季节。我的诗韵
> 滚滚向前，穿过林莽，
> 在含苞待放的鲜花中
> 采撷蜂蜜和馨香。
> 亲爱的看哪，广袤森林
> 是我们庙堂：那里
> 飘荡着爱的神圣芳香。
> 鸟儿飞翔，从一棵树
> 到另一棵树，向你
> 朝霞般玫瑰色美丽
> 前额致意 [……]①

在《世俗的圣歌》中，鲁文表达了"寻找形式的迫切"：

> 我寻找风格中阙如的形式，
> 思想的蓓蕾渴望成为玫瑰；
> 亲吻驻留在我的唇边
> 米罗的维纳斯不会拥抱。
>
> 绿色棕榈装点着白色柱廊；
> 星辰向我预言女神的眼光；
> 我心中之魂安详栖息
> 如月亮小鸟漂浮宁静湖面。
>
> 我只见词语正在逃遁，
> 笛声开启的音符悠然飘扬

---

① https://www.rubendario.org/paises/chile/azul.pdf.

那梦幻的船儿在空间游荡；

我睡美人的窗前下方，
一汪泉水汨汨地不停叹息
洁白天鹅用脖子提出疑问。

——《我寻找风格中阙如的形式》（"Yo persigo una forma ..."）①

这首十四行诗被认为是鲁文形式主义和唯美主义的又一宣言。它也是鲁文对传统诗艺的一次挑衅。他多次打破十四行诗的十一音节，用十四音节取而代之，并反复使用"我"和"我的"以强调主观诉求。至于蓓蕾、玫瑰、维纳斯、月亮小鸟、笛声悠扬、梦幻船、睡美人、泉水等唯美指涉更是接踵而至，美不胜收。但最终他前后呼应，借白天鹅优雅曲项画出令人惊艳的终极问号。这与其说是诗人对自身风格的犹疑，毋宁说是他对传统诗艺和方兴未艾的现实主义、自然主义的诘问。事实上，早在几年前鲁文业已凭《蓝》成名，而且春风得意，为西班牙语美洲和欧洲诗人所推崇。《世俗的圣歌》②只不过是他欲擒故纵的又一次炫技罢了。

但是，人总要面对现实。在鲁文涉足中美洲政治的同时，也目睹了美国的霸凌。于是，他终于部分地放弃了逃避主义的唯美形式，写下了《致罗斯福》（"A Roosevelt"），展示了他的另一张面孔、另一种心境：

用《圣经》的话语，或惠特曼的诗句
终于轮到了你：猎手！
你既现代又原始，既复杂又简单，
既有点像华盛顿，又有点像迦勒底王。
你就是美国，

① https://www.poemas-del-alma.com/yo-persigo-una-forma.htm/pdf.
② 原文为 "Prosas profanas"。赵振江教授的译法意味深长，故从之。见《拉丁美洲文学史》，第251页。

后来的猎手，
侵略流着印第安血液的纯洁美洲，
尽管她也向耶稣祈祷，用西班牙语讲话。

你是种族傲慢、强悍的楷模，
既文雅又狡黠，反对托尔斯泰。
杀猛虎，降烈马，
你是亚历山大加尼布甲尼撒。
（就像现今狂人嘴里
的力量尊神。）

你以为生活就是焚烧，
进步就是喷发，
你以为自己的子弹打到哪里
就能决定哪里的命运。
不能！
美国的确雄伟强盛，
它晃一晃，巍巍安第斯山脉
就会发生强烈的震荡。
它喊一声，就像雄狮咆哮，
一如雨果对格兰特说："星星归你们所有。"
（阿根廷的太阳光线黯淡，
智利的星辰勉强升起……）你们实在富强。
你们集中了海格力斯和玛门的信仰，
自由女神在纽约举起了火炬
将征服的坦途照亮。

但是我们的美洲，早有诗人，
从古老的内萨瓦科约特尔那时起，
她便攫取了伟大巴克斯的足迹，

用令人叹为观止的语言；

她曾经观察过很多星体；

也知道柏拉图亚特兰蒂斯的奥秘；

从远古时起

她就以光、火、馨香和爱

延续生命，

伟大的蒙特祖玛和印卡的美洲，

哥伦布眼里的芬芳美洲，

天主教美洲，西班牙语美洲，

高贵的瓜乌特莫克曾经说过：

"我不在一张玫瑰床上"；

她是飓风摇曳、充满爱情的美洲；

你们撒克逊眼睛和野蛮人灵魂须知：

她还活着。

她有梦想，有爱，有心跳，她是太阳神的女儿。

请注意！西班牙语美洲还活着！

西班牙雄狮的无数幼崽虎虎生威。

罗斯福，你这个可怕的枪手、强壮的猎人，

除非你是上帝，才能用魔爪控制我们。

可惜，你什么都有，唯独缺乏：上帝！ [①]

第三节　其他现代主义诗人

一、萨尔瓦多·迪亚斯·米隆

墨西哥诗人萨尔瓦多·迪亚斯·米隆（Díaz Mirón, Salvador, 1853—1928）是早期现代主义诗人之一。迪亚斯·米隆出身在港口

---

① https://www.poemas-del-alma.com/a-roosevelt.htm/pdf. 译文参考《拉丁美洲历代名家诗选》，第187—189页。

城市维拉克鲁斯的一个军人家庭。和当时许多孩子一样，他从小接受世俗和教会双重教育；少年时期受堂兄多明戈·迪亚斯（Díaz, Domingo）的影响，开始博览群书并尝试文学创作；青年时期曾投身新闻事业，成为《维拉克鲁斯人》（*El veracruzano*）和《商业报》（*El diario comercial*）等报刊的撰稿人。二十五岁那年，他因出言冒犯一名教友而与人决斗，结果导致左手负伤。从此，他几乎手枪不离身，练就了一手好枪法。中国有句谚语："常在河边走，焉能不湿鞋？"果然，他后来从政期间又经常与人决斗，而有一次对方居然是他的上司。虽然决斗没有闯下大祸，但最终却因在另一场决斗中杀死对手而身陷囹圄。这些都严重影响了他的仕途，尽管使他写出了充满火药味儿和现代主义色彩的诗篇。在他晚年退出政坛，成为维拉克鲁斯高等中学校长后仍任性妄为，以至于愤怒地用枪把砸破了一名调皮学生的脑袋。

> 我打开了池塘水流的闸门，
> 然而面对痛苦和气愤
> 却不能将果断、严肃的语言关紧。
> 我想叫方法退让或沉默
> 而她对我的兴趣格外小心，
> 一旦出现便耀眼、迷人。
>
> 她来了，珠光宝气、打扮梳妆……
> 宛如夜间在塞勒涅的海上
> 只想将人诱惑并炫耀自己的容光。
> 在决斗和愤怒中，最大的羞耻
> 是调情！诗歌并不是
> 白白具有女人的曲线和神经！
>
> [……] ①

---

① 转引自《拉丁美洲历代名家诗选》，第125页。

这正是诗人个性的外化。由是，他晚年郁郁寡欢，整整几年都拒绝就医，待在床榻上活活等死。性格使然，迪亚斯·米隆并不多产。主要作品有浪漫主义倾向较为明显的《神秘集》（*Mística*, 1867）、《雨果颂》（*Oda a Victor Hugo*, 1882）、《心声》（*Voces interiores*, 1882），以及中后期富于现代主义色彩的《诗集》（*Poesías*, 1896）和《碎石集》（*Lascas*, 1901）等。

二、马努埃尔·古铁雷斯·纳赫拉

墨西哥诗人马努埃尔·古铁雷斯·纳赫拉（Gutiérrez Nájera, Manuel, 1859—1895）是西班牙语美洲现代主义的积极推动者，曾于1894年创办诗刊《蓝色杂志》（*Revista Azul*）以呼应鲁文·达里奥。由此为契机，墨西哥现代主义扬帆起航。虽然古铁雷斯·纳赫拉创作了不少短篇小说，但诗仍然是他扬名立万的支柱。

夜从天上掉下来，
那是渊深的海流
它升上天际：瞧
它如何霸占深渊
然后返回其绿水。
升腾，笑漫原野，
当它已弥盖大地，
即使仍余光颤颤：
在高高的钟塔上，
在雪松顶上，在
田埂上，在寂寞的山峦上。

光可怕、缓慢地失事溺水
阴影出现：恐怖、
痛苦之光从屋檐

掠过，掠过树梢，
拂过巍巍山巅和
云霓。黑暗最终
降临所有地平线，
星光破碎，装点
太阳和一切发光体的天空。

随之而去的是那友好和平、
甜蜜信任和光明，
以及欢乐的劳作；
清冷中聊以自慰
是青铜翅膀的梦。
一切害怕被隐匿：
畜栏中笨重的牛、
归栏的咩咩羊群、
小小摇篮的天真、
诚实男人的小家
和意识中无关痛痒的回忆。

还有常人和粗人无数忧虑
模糊且参差不齐；
鸟儿在巢边警戒，
以便幼仔们将头
埋进翅膀做个梦；
高贵的狗瞪着眼
问黑暗试图看见；
马儿用前蹄刨地
并悚然直立惊起
以免撞上高岗和漆黑林莽。

$$[\ \cdots\cdots\ ]$$

——《夜晚》（*La noche*）^①

这是古铁雷斯·纳赫拉成熟时期的一篇杰作。它使人联想到西班牙黄金时期巴洛克诗人克维多的《夜》（"Nocturno"）："阴影，可怕的声之阴影。/黑河拖拽溺水的大理石。/[……]"^②一如鲁文对贡戈拉的钟情溢于言表，古铁雷斯·纳赫拉显然更倾向于向克维多致敬。与贡戈拉的华美不同，生活以及克维多悲观而深邃的思想和意境是古铁雷斯·纳赫拉取之不竭的源泉。

作为一个出身在墨西哥中产阶级家庭的孩子，逐渐摆脱父母的管束和他们对天主教的虔信，实在不是一件容易的事情。但古铁雷斯·纳赫拉做到了，原因固然是多方面的，但以下几点举足轻重：一是青年时期从事新闻工作使他看到了太多的社会阴暗面；二是生活一直不甚如意，尤其是婚后家庭负担加重，经济拮据成为常事；三是最为重要的，那便是鲁文的影响。然而，古铁雷斯·纳赫拉并未亦步亦趋地追随前者，而是触类旁通地选择了较为沉重的主题和相反的意境，以对位鲁文的华光绚丽与美不胜收。

三、波尼法西奥·毕尔内

古巴诗人波尼法西奥·毕尔内（Byrne, Bonifacio, 1861—1936），年轻时期积极投身独立运动，创办了《上午》（*La Mañana*）、《自由青年》（*La Juventud Liberal*）等报刊，并写下了不少爱国诗篇。1896年，毕尔内被迫流亡美国。1898年，美西战争结束，西班牙败北，从此失去了其在海外的最后几个殖民地，其中就有古巴。^③毕尔内

---

① https://poemas.yavendras.com/la-noche.htm/pdf.
② https://www.poesi.as/op02001.htm/pdf.
③ 根据1898年《巴黎和约》，西班牙放弃古巴、波多黎各、菲律宾、关岛等殖民地，由美国"合法"占领。

回国后曾在政府部门工作，同时继续从事文学创作，尽管数量越来越少。他先后创作过若干剧本和几部诗集：剧本有《匿名者》（*El anónimo*, 1905）、《阳光》（*Rayo de sol*, 1911）等，诗集有《离心集》（*Excéntricas*, 1893）、《肖像集》（*Efigies*, 1897）、《爱国十四行诗集》（*Sonetos patrióticos*, 1897）、《诗集》（*Poemas*, 1903）等等。

四行体诗《我的旗》（*Mi bandera*, 1899）被认为是他的代表作，其中既有浪漫主义情怀，也有现代主义色彩：

> 我从遥远的彼岸回来，
> 心中充满了凄凉悲哀，
> 急切地寻找我的旗帜，
> 她身后竟有另外一面！
>
> 我古巴的旗帜在哪里？
> 世上最漂亮的旗帜啊！
> 今早我在舰船上见过，
> 有什么比这更加悲戚……！
>
> 怀着信仰的淳朴灵魂，
> 今天我定要鼓足劲儿，
> 反对继续让两旗飘扬，
> 这里只需要我的旗帜！
>
> 今天的田野是停尸场，
> 献身的勇士前仆后继，
> 这一块光荣的裹尸布
> 收殓无数可怜的战士。
>
> 她在战斗中闪亮登场，
> 无须浪漫幼稚地宣扬：

倘有古巴人不尊信仰，
定是胆小鬼该当鞭打！

暗无天日的牢房深处
没有听到过任何怨言；
足迹已遍及四面八方，
她是雪地上闪光标签……

君不见？那是我的旗，
她从来就不曾被雇佣，
一颗星星在中间闪烁，
越孤独她就会越光明。

流亡归来我藏她于心，
在支离破碎的记忆上，
我向她表示诚挚礼敬，
让她飘扬在我的诗中。

虽然带着痛苦和忧伤，
但雄心壮志呼唤太阳，
让光芒独独将她照亮，
使她闪耀在山川河海。

如果有一天，我的旗
又被撕成了无数碎片……
烈士们仍将举起双臂
继续捍卫这一面旗帜……！ ①

---

① https://jovencuba.com/2017/03/03/la-bandera-de-bonifacio-byrne/pdf；译文参考
《拉丁美洲历代名家诗选》，第154—156页。

四、胡利安·德尔·卡萨尔

　　胡利安·德尔·卡萨尔（Casal, Julián del, 1863—1893）是毕尔内同时代的古巴现代主义诗人，他出身在一个体面的家庭，但父母的早逝使他明显比同龄人早熟。大学毕业后开始为一座庄园工作，但因在作品中抨击哈瓦那当局而被逐出庄园。一度流亡西班牙，因生活困难又不得不回到哈瓦那，蜷缩在《华丽哈瓦那》（La Habana Elegante）杂志社的一间陋室中靠撰稿度日，同时创作文学作品并疯狂地爱上一位年仅十九岁的姑娘。不久，姑娘因病离世，他自己也因动脉瘤不治身亡。他的不少诗作是献给这位姑娘的。

　　　　　　　　我爱青铜、水晶和瓷器，
　　　　　　　　以及五彩缤纷的琉璃和
　　　　　　　　镶嵌着金丝的斑斓挂毯，
　　　　　　　　还有威尼斯月牙儿明镜。

　　　　　　　　我爱美丽的西班牙女郎，
　　　　　　　　以及古老行吟者的谣曲
　　　　　　　　和飞奔的阿拉伯汗血马，
　　　　　　　　还有伤感的日耳曼史诗。

　　　　　　　　我爱象牙键钢琴的乐曲，
　　　　　　　　以及森林中号角的声音，
　　　　　　　　还有散发馨香的云生炉。

　　　　　　　　我爱象牙、檀香和黄金
　　　　　　　　制成的床和留下童贞的

血色美丽单纯鲜艳之花。

——《我的爱》（"Mis amores"）[1]

卡萨尔去世时年仅三十岁，留下了三部诗集《随风飘荡的叶子》（*Hojas al viento*, 1890）、《雪》（*Nieve*, 1892）和《雕塑与诗韵》（*Bustos y Rimas*, 1893）。其中，最后一部被认为是现代主义的杰作。他逝世后，何塞·马蒂和鲁文·达里奥都曾深情地撰文悼念，称他为难得的天才诗人。[2]

五、何塞·阿松森·席尔瓦

哥伦比亚诗人何塞·阿松森·席尔瓦（Silva, José Asunción, 1865—1896）出身贫寒，但从小既勤奋好学，又多愁善感。其父是个枉有雄心壮志的落魄诗人，受其影响，席尔瓦得以饱读诗书。大学期间，两个兄弟先后去世，这使他不得不辍学工作。一年后，仿佛受到了命运的诅咒，他的一个妹妹也因病离世了。而父亲的生意又每况愈下。席尔瓦一边拼命工作，一边挤时间从事文学创作，最终在哥伦比亚文坛脱颖而出。为了鼓励儿子的创作热情，席尔瓦的父亲慷慨解囊，资助他前往欧洲游学。游学期间，席尔瓦遍访西班牙和法国诗人，其中就有贝克尔、马拉美等。他的作品散见于各种报刊，结集出版却是在他饮弹身亡之后。受经济和精神双重危机的打击，他于1896年开枪自杀，年仅三十一岁，留有遗作《诗之书》（*El libro de versos*, 1923）、《隐私》（*Intimidades*, 1977）等。

那天晚上，
充满喃喃细语、翅膀音乐、缕缕芳香，
那天晚上，

---

[1] https://www.poesiaspoemas.com/julian-del-casal/mis-amores/pdf.

[2] https://www.biografiasyvidas.com/biografia/casal.htm/pdf.

奇异的流萤在湿润和交织的阴影中闪光，
好像有一种无限痛苦的预感
在内心深处激荡，
你紧紧地抓住我，面色苍白，不声不响，
沿着穿过原野、鲜花盛开的小路
缓缓走在我的身旁。
一轮圆月
将白色的光芒
弥漫在深邃、无限、湛蓝的天空，
你的影子
清秀、柔弱
和我的影子
被月光
投射在小径凄凉的沙地上，
我们两人的影子融为一体，
合成了一个长长的形象
一个长长的形象
一个长长的形象……

今天晚上
我独自彷徨
灵魂充满无限的痛苦和你的死留下的忧伤，
时间、坟墓、距离，
茫茫黑夜
使你我天各一方
黑夜茫茫，我们互相听不见对方的声音，
我独自彷徨，不声不响，
漫步在小路上……
远处，狗在吠
对着苍白的月亮，

蛙在叫

吵吵嚷嚷……

我感到寒冷。这是卧室中

你的面颊、太阳穴和金色的双手的寒冷，

在雪白的随葬的床单上。

这是坟墓的寒冷、空洞的寒冷

死亡的冰冷。

我的影子

映着月光，孤苦伶仃

孤苦伶仃

孤苦伶仃地走在荒凉的原野上；

你苗条、敏捷的影子

清秀、柔弱，

就像在那个死去的春天温和的夜晚，

就像在那个充满喃喃细语、翅膀音乐和缕缕芳香的夜晚，

你的影子靠近我的影子并和它走了，

靠近我的影子并和它走了

靠近我的影子并和它走了……

啊！交织在一起的形象！

啊！和灵魂的影子交织在一起的身影！

啊！互相寻觅的影子

在泪水和悲哀的晚上！①

——《夜之三》（"Nocturno III"）

这是席尔瓦怀念妹妹伊内斯·席尔瓦（Silva, Inés）的诗，声情并
茂，令人动容。年轻貌美的伊内斯紧随两位短命的哥哥而去，诗人的
心境应了我国崔护"去年今日此门中，人面桃花相映红。人面不知何

---

① 转引自《拉丁美洲历代名家诗选》，第162—164页。

处去，桃花依旧笑春风"的感喟。但席尔瓦用夜景衬托凄凉的哀思，其情其境也就更加悲戚。

六、里卡多·海梅斯·弗雷伊雷

里卡多·海梅斯·弗雷伊雷（Freyre, Ricardo Jaimes, 1868 — 1933），玻利维亚诗人、剧作家和外交家，曾赴美国、巴西，出使日内瓦联合国机构，后任外交部长等职。晚年主要在阿根廷度过，任大学教授。文学方面作品有限，但青年时期他就已结识鲁文·达里奥，并于1894年与其共同创办了《美洲杂志》（*Revista de América*）。主要作品有《野蛮的卡斯塔里亚①》（*Castalia bárbara*, 1899）和《梦即人生》（*Los sueños son vida*, 1917）。

巡礼的想象鸽子
燃起最后的爱情；
光、乐和花的魂
巡礼的想象鸽子。

在孤独的岩上飞
沐浴痛苦的冰海；
以你的轻盈如光
闪过忧寂的岩石……

在孤独的岩上飞，
飞吧，雪样鸽羽
羽翼轻得像圣饼……

圣羽轻得像雪片，

----

① 传说中的帕尔纳索斯山泉，能赋予诗人以灵感。

> 雪片百合圣饼雾，
> 巡礼的想象鸽子……①

和天鹅一样，鸽子也是鲁文·达里奥使用最多的意象。然而，弗雷伊雷在撷取这些意象（如鸽子、太阳、玫瑰、天鹅、黄金、雪、梦等等）的同时，明显将触角伸向了遥远的过去，让读者在其字里行间隐约看到了来自贡戈拉、胡安娜·伊内斯等关于孤独的一系列古老回声。

七、何塞·桑托斯·乔卡诺

何塞·桑托斯·乔卡诺（Chocano, José Santos, 1875—1934），秘鲁诗人，是利马的世家子弟，曾就读于德国人开设的洪堡学校，后升入圣马科斯大学文学系。大学期间因参加反政府活动受到监禁。1895年，民主革命取得胜利，乔卡诺出狱并开始从事新闻和创作。同年发表处女作《神圣的愤怒》（*Iras santas*）。此后他曾作为外交官，足迹遍及西班牙语美洲，但也因政治原因和参与决斗而再次身陷囹圄。晚年在智利度过，除了文学创作，据说他还沉迷于寻找一个所谓的殖民地时期耶稣会宝藏，却最终在一次角斗中被人刺死。

诗歌是他一生的情人，尽管他早期很多作品的灵感来自政治和一个叫康苏埃罗（Bermúdez, Consuelo）的姑娘，此人后来成了他的妻子；后期受现代主义诗潮的影响，开始转向唯美主义和形式主义。主要作品有《在村里》（*En la aldea*, 1895）、《处女地》（*La selva virgen*, 1901）、《美洲之魂》（*Alma América*, 1906）等等。

> 我是美洲土生土长的歌手：
> 琴是我的魂，歌是我的灵。

---

① https://www.los-poetas.com/f/freyre1.htm/pdf.

我的诗行不是热带的吊床，
不会悬在树枝上来回晃荡……

当我觉得自己是印卡王子，
就向太阳神祈祷获得权杖；
当我觉得自己是西班牙人，
就向殖民地时期吹响号角。

我的幻想来自阿拉伯传统：
安第斯山着银，雄狮为金，
两大种族史诗般合二为一。

西班牙人血液，印卡心房；
假如不是诗人，我必成为
白人冒险家或印第安君王。

—— 《荣耀》（"Blasón"）[1]

八、莱奥波尔多·卢贡内斯

莱奥波尔多·卢贡内斯（Lugones, Leopoldo, 1874—1938），阿根廷诗人，青年时期参加社会主义和无政府主义团体，创办《山峦报》（*La Montaña*），并积极参与现代主义诗潮，人到中年后却明显右倾。晚年（1930年）甚至参与了乌里布鲁（Uriburu, José Félix Benito）的军事政变。此后，卢贡内斯逐渐失去生活的平衡，最终于1938年举枪自尽。多数评论家认为卢贡内斯具有天才诗人的复杂人格和多变风格。

卢贡内斯一生创作颇丰，著有诗集《世界》（*Los mundos*, 1893）、

---

[1] https://www.los-poetas.com/d/chocano.htm/pdf.

《群山自黄金》（*Las montañas de oro*, 1897）、《花园的黄昏》（*Los crepúsculos del jardín*, 1905）、《感伤的月历》（*Lunario sentimental*, 1909）、《世俗颂歌》（*Odas seculares*, 1910）、《贞爱之书》（*El libro fiel*, 1912）、《风景之书》（*El libro de los paisajes*, 1917）、《黄金时刻》（*Las horas doradas*, 1922）、《古老的诗》（*Poemas solariegos*, 1927）、《里奥塞科谣曲》（*Romances del Río Seco*, 1938）等，短篇小说集《怪力》（*Las fuerzas extrañas*, 1906）、《卡桑德拉塔》（*La torre de Casandra*, 1919）、《绝命故事》（*Cuentos fatales*, 1924）、《强大的祖国》（*La patria fuerte*, 1933），以及其他著述如《耶稣会帝国》（*El imperio jesuítico*, 1904）、《萨米恩托传》（*Historia de Sarmiento*, 1911）和关于《马丁·菲耶罗》的《游吟诗人》（*El payador*, 1916）等。

《花园的黄昏》和《感伤的月历》被认为是他最具现代主义色彩的作品。1896年，鲁文·达里奥来到阿根廷，与卢贡内斯等阿根廷青年诗人有过一段"亲密接触"，使卢贡内斯受益匪浅。《花园的黄昏》和《感伤的月历》印证了这一影响。

黄昏用轻柔的笔调
点染我独处的安宁，
在宝石般嫩绿色上
又增添了一抹殷红。

一轮圆月探出头来；
莽莽树叶加深寂寞，
蜘蛛正用它的丝线，
迷醉地将苍穹编织。

蝙蝠们占领的天穹
似延伸的中华屏风；
石界上苍白的膝盖

尽显其静默的优雅，

脚下风信子般河水，

流向幽冥无声无息。

　　——《乐得慢条斯理》（"Delectación morosa"）①

　　在另一首《献给鲁文·达里奥和诸位同谋》（"A Rubén Dario y otros cómplices"）的长诗中，他明显戏仿贡戈拉，为方兴未艾的西班牙语美洲现代主义开辟了新的维度：

诸君尊悉

爱情的痛苦，

为了一个女子

痛彻心扉。

她是明月，

碰巧引发爱的战争，

将我的希望和命运

抛向西面八方。

永久且遥远的情人

雪样的美丽

白得我华发一根一根②。

月色清明

将我甜蜜地捆绑，

倘使我放飞灵魂，

它会不停地吻啊吻啊③，

就像高贵的天鹅，

用它全部白色

----

① https://www.los-poetas.com/lugones.htm/pdf.
② 原文为"cana a cana"。
③ 原文为"beso a beso"。

缀以更多温存，

……①

九、胡利奥·埃雷拉·伊·雷西格

胡利奥·埃雷拉·伊·雷西格（Herrera y Reissig, Julio, 1875—1910），乌拉圭诗人，出身名门，在马德里和巴黎完成学业。后家道中落，他回到蒙得维的亚经营祖传家业，同时从事文学创作，但刚步入中年即因心脏疾病和吗啡成瘾导致精神萎靡。

他承继法国象征主义诗人波德莱尔（Baudelaire, Charles Pierre），同时追随鲁文·达里奥，作品具有鲜明的现代主义气息，故而被认为是最具唯美主义和悲观主义倾向的西班牙语美洲诗人之一。主要作品有《海市蜃楼》（*Miraje*, 1898）、《致拉马丁的歌》（*Canto a Lamartine*, 1898）、《时光的复活节》（*Las pascuas del tiempo*, 1902）、《夜晚的申正经》（*Los maitines de la noche*, 1902）、《被遗弃的公园》（*Los parques abandonados*, 1902—1908）、《生活》（*La vida*, 1903）、《迷醉之山》（*Los éxtasis de la montaña*, 1904—1907）等等。

昨晚她穿着天鹅绒来；
浑身血流般殷红如火；
脸色死人样苍白可怜，
宛若溺水者双目无神。

无可奈何凋谢的额头
有一枝枯萎白阿福花。
向着双角的朦胧月亮，
辽阔清冷中有狗在嗥……

---

① https://www.los-poetas.com/lugones.htm/pdf.

　　　　　　将食指竖在她的唇上，
　　　　　　宛如魔法迷人的可爱，
　　　　　　后又用哭泣令人感动，

　　　　　　我终于不禁问她是谁：
　　　　　　孩子难道你不认识我？
　　　　　　我是你屡遭苦难的魂……！ ①

十、卡洛斯·佩索阿·维利斯

　　卡洛斯·佩索阿·维利斯（Pezoa Véliz, Carlos, 1879—1908），智利诗人，出身贫寒，后被人领养。佩索阿·维利斯是其养父养母的姓。大学期间弃学从军，同时开始文学创作。作品散见于报刊，生前未能结集。1906年，智利大地震期间他身负重伤，从此身体每况愈下，以至于两年后便撒手人寰，年仅二十九岁。

　　在其短暂的人生中，佩索阿·维利斯留下了不少脍炙人口的作品，如《智利之魂》（*Alma chilena*, 1911）、《金钟》（*Campanas de oro*, 1921）、《诗歌和散文全集》（*Poesías y prosas completas*, 1927）等。及至2008年，他的另一部遗作《人生如斯》（*La vida es así*）才得以面世。他的作品一反唯美主义倾向，将笔触伸向了流浪动物和弱势群体，从而标志着西班牙语美洲现代主义多了一个向度，甚至预示着现代主义盛极而衰也未可知。

　　　　　　你的眼睛像无底深渊，
　　　　　　长发明暗交杂，仿佛
　　　　　　奔腾而去的滚滚江水，
　　　　　　亲吻波光粼粼的月色。

————————
① https://www. los-poetas.com/reissig.htm/pdf.

208

没啥比你的臀部摇摆
更具反抗压迫的精神……
你的血液是盛夏酷暑
你的嘴唇是春色永恒。

依偎在你的怀里多好
哪怕在你胳膊中死去……
像神明看着生命枯萎，

而你的长发恰似花环，
用你的裙子见证颤抖、
用你的热身温暖尸体。

——《致混血姑娘》（"A una morena"）①

十一、其他诗人

被文学史家列为现代主义的诗人、作家还有不少，如墨西哥诗人弗朗西斯科·阿西斯·德·伊卡萨（Asís de Icaza, Francisco, 1863—1925）和阿马多·内尔沃（Nervo, Amado, 1870—1919），哥斯达黎加诗人拉法埃尔·安赫尔·特罗约，古巴诗人埃米利奥·波瓦迪亚（Bobadilla, Emilio, 1862—1921），多米尼加诗人费尔南多·德利内（Deligne, Fernando, 1861—1913）和法比奥·费亚略（Fiallo, Fabio, 1866—1942），危地马拉诗人恩里克·戈麦斯·卡里略（Gómez Carrillo, Enrique, 1873—1927），波多黎各诗人赫苏斯·玛利亚·拉戈（Lago, Jesús María, 1873—1929）和埃尔内斯托·诺波阿（Noboa, Ernesto, 1891—1927），哥伦比亚诗人恩里克·阿尔西涅加斯（Arciniegas, Enrique, 1865—1937）和吉列尔莫·瓦伦西

---

① https://www.poemas-del-alma.com/carlos-pezoa-veliz.htm/pdf.

亚（Valencia, Guillermo, 1872—1943），委内瑞拉诗人马努埃尔·皮门特尔（Pimentel, Manuel, 1863—1907），玻利维亚诗人罗森多·维利亚罗沃斯（Villalobos, Rosendo, 1860—1939）和阿德拉·萨姆迪奥（Zamudio, Adela, 1860—1926），秘鲁诗人何塞·玛利亚·埃古伦（Eguren, José María, 1874—1942）和路易斯·乌尔比纳（Urbina, Luis, 1864—1934），智利诗人纳尔西索·佟德雷奥（Tondreau, Narciso, 1861—1949），阿根廷诗人莱奥波尔多·迪亚斯（Díaz, Leopoldo, 1862—1947）和阿尔丰西娜·斯托尔尼（Storni, Alfonsina, 1892—1938），等等。由于篇幅所限，且考虑到并非所有现代主义诗人都那么"彻底"地拥抱唯美主义，也不是所有现代主义诗人都"从一而终"，在此只能"'等'掉"。当然，个别诗人作家如内尔沃和瓦伦西亚，其实还经历了后期现代主义诗潮，甚至先锋派思潮，因而情况比较复杂，容当后述。

此外，有现代主义诗人，自然也有反现代主义的诗人，这是事物发展的规律之一。在反现代主义诸公中，墨西哥诗人马努埃尔·何塞·奥冬（Othón, Manuel José, 1858—1906）算是极具代表性的一个，[①]尽管也有文学史家简单地以时间为界将他归入现代主义。然而，他始终坚定地捍卫积极浪漫主义，反对唯美主义和逃避主义；他的"族谱"可以从贝略上溯至维吉尔：

> 请听那神秘而深沉的声音
> 伴随着春天的灵魂，
> 这宏伟壮观的劳作
> 在我富饶多产的胸怀里延伸。
>
> 请听那红润的种子如何萌动，
> 火热的调养给它在畦田里加温，
> 待到五谷丰登的秋天来临，

---

① Anderson Imbert: *Op. cit.*, pp.145—147；类似的诗人、作家还有很多，毕竟浪漫主义和现实主义光辉犹存，在此恕不一一罗列。

我为世界披上锦绣缤纷。

我是母亲大地：请和我生活在一起，
我让丛生的杂草躲开，
为你提供丰富的营养和舒适的外衣。

当你的身躯耗尽了精力
紧紧地畏缩在我的怀里，
我将用无限的柔情保护你的躯体！ [①]

　　说到反现代主义，除了积极浪漫主义和源远流长的现实主义，自然还有后期现代主义。其中，阿根廷作家罗伯特·阿尔特（Arlt, Roberto, 1900—1942）是个很难被简单归类的作家，因为有人将他归入先锋派，也有人视他为现实主义的"遗老遗少"。他的主要作品发表于20世纪20年代，有长篇小说《愤怒的玩偶》（*El juguete rabioso*, 1926）、《七个疯子》（*Los siete locos*, 1929）等。后者被认为是他的代表作，以类侦探小说的笔法揭示了阿根廷的社会乱象：主人公雷默被控窃取公司钱财，必须如期归还，否则将有牢狱之灾。为了尽快筹措资金，他向亲友求助，结果均遭拒绝。他只好听人劝说，投奔"星象大师"。后者如此这般替他筹谋，结果发现雷默太太的表弟才是"真正的窃贼"。得知"真相"后，雷默又找到"星象大师"，并如实禀告"大师"，谓这一切都是亲戚嫁祸。这时，雷默祸不单行，又得知太太与人有染，并已离家出走。正在走投无路之际，"星象大师"为他拨开重重迷雾，揭开谜底。原来，这一切都应归咎于世道浇漓，必须彻底改变之。而改变的唯一方式就是社会革命。但革命的真谛首先必须掩盖真相，或谓以假乱真，比如他：明为"星象大师"或"天文学家"，实则是布宜诺斯艾利斯所有妓院的后台老板。于是，一个看似正义的事业在真相背后被彻底地自

211

---

① 转引自《拉丁美洲历代名家诗选》，第137页。

我解构了。

这样的例子还有很多，可谓不胜枚举。用时下流行的网络语言说，"理想很丰满，现实很骨感"。或者还是那句老话，人不能拽着自己的小辫离开地面。

第五章　先锋思潮与大地小说

引言

　　新世纪的来临并没有像人们期望的那样使万象更新、给世界带来生机，相反，这世界仿佛已经病入膏肓，大有积重难返之势。天下汹汹，终使战火四起。先是俄国革命，继而是伊朗革命，再继而是葡萄牙革命，同时还有墨西哥革命、辛亥革命和一系列局部战争，不久就爆发了第一次世界大战。总之，新世纪的来临似乎并没有给世界带来明显的转机，帝国主义争夺市场和重新瓜分世界的争斗依然激烈，以至于接二连三地导致了各种危机。

　　西班牙语美洲虽然远离战场，但内忧不断，民困日甚，美国的干涉也越来越明显，越来越视拉丁美洲为"后院"或池中之物。1910年，墨西哥爆发了革命，其中就有美国的干涉。与此同时，中美洲种族冲突不断，南美各国劳资关系和社会矛盾进一步激化，背后也时常有美国的影子。一方面，西班牙语美洲国家内部专制制度继续大行其道，民主呼声日益高涨。传统与现代并存，文明与野蛮同在。西班牙语美洲的不平衡发展日趋明显。受此影响并受西方现代派文艺思潮的冲击，西班牙语美洲文坛迅速分化，急剧变幻。现代主义诗潮仍风生水起，后期现代主义却突然横刀杀出。与此同时，墨西哥革命时期小说、宇宙主义与先锋派、土著主义和大地小说等接踵而至。

国际上，经历了世纪末的悲哀之后，人类在空前的忧思中寻找出路。从未来主义、达达主义到超现实主义，城头变幻大王旗，各领风骚若许年。在此期间，世界文坛思潮喷涌、流派庞杂，几可谓不胜枚举。结果众所周知，一方面是帝国主义之间的战争——第一次世界大战使欧陆生灵涂炭、满目疮痍；另一方面是十月革命一声炮响，催生了第一个社会主义国家。同时，各色先锋思潮蜂拥而来，直至第二次世界大战爆发。呜呼哀哉！

当然，文学思潮仅仅是社会现实的表征，它充其量是世界的镜子，并间或反过来对世道人心产生一些影响，却终究不能左右资本主义社会的基本矛盾，也无力改变人类历史发展的基本规律。这是马克思主义的重要观点。

第一节　后期现代主义

20世纪初西班牙语美洲的这个后期现代主义不同于第二次世界大战之后风行于欧美各国的后现代主义，尽管其在西方语言的表音（能指）完全一样：西班牙语作Postmodernismo（英语作Postmodernism）。[1] 这个概念（或谓术语）最早由学者费德里科·德·奥尼斯（Onís, Federico de）提出，用以指称1914年至1925年左右的西班牙语美洲诗潮：见诸《西班牙与西班牙语美洲诗选》（*Antología de la poesía española e hispanoamericana*, 1882—1932）。[2] 在奥尼斯看来，随着1910年墨西哥诗人发表十四行诗《拧断天鹅脖子》（"Tuércele el cuello al cisne de engañoso plumaje"），以及1914年第一次世界大战的爆发，现代主义改变方向，进入后期，尽管它很大程度上是对前期现代主义的反动。

且说1910年墨西哥爆发旨在推翻迪亚斯独裁统治的民主革命（史称"墨西哥革命"——详见下一节），诗人恩里克·贡萨莱斯·马

---

[1] 为避免与20世纪后半叶西方同名思潮混淆，故尽量以后期现代主义名之。

[2] Onís: *Antología de la poesía española e hispanoamericana*, Madrid: Centro de Estudios históricos, 1934.

丁内斯（González Martínez, Enrique, 1871—1952）发表了题为《拧断天鹅脖子》的十四行诗，公开抨击以鲁文·达里奥为代表的现代主义诗潮，从而揭开了后期现代主义诗潮的序幕：

> 拧断貌似华美的天鹅脖子，
> 它给湛蓝泉水以洁白风姿；
> 它只知炫耀优雅，却浑然
> 无心感受也不闻万物灵致。
>
> 抛开一切无谓的语言形式，
> 它们脱离生活的深层律动……
> 热烈地拥抱生活吧！唯有
> 生活才懂得你的诗情画意。
>
> 你看智慧猫头鹰舒展翅膀
> 离开奥林波斯帕拉斯女神
> 默默地飞到那树枝上栖息……
>
> 它没有天鹅般华丽的外表
> 却将其眸子深深嵌入黑暗
> 释读黑夜寂静之书的神秘。①

一、恩里克·贡萨莱斯·马丁内斯

恩里克·贡萨莱斯·马丁内斯，墨西哥诗人，出身于墨西哥第二大城市瓜达拉哈拉的一个富有家庭，从小接受良好的教育，青年时期边学医，边浸淫于现代主义诗潮。1903年发表处女作、诗集《前奏》（*Preludio*），四年后发表《抒情诗集》（*Lirismos*），显示了明确

① https://www.poemaspoetas.com/enrique-gonzalez-martinez/tuercele-el-cuello-al-cisne/pdf.

的唯美主义倾向。然而，1910年墨西哥革命爆发，资产阶级、农民纷纷打着反对专制和自由民主的旗号揭竿而起，顿时风烟滚滚，城市和乡村无不乱作一团。正是在这样的情势下，贡萨莱斯·马丁内斯一改诗风，对逃避现实的现代主义诗潮发起了攻击。虽然诗人一再声明他并不否定鲁文·达里奥的贡献，却认为一味地追求形式和唯美终将断送文学的前程，因此现代主义可以休矣。由是，他借相貌丑陋但专捉老鼠的猫头鹰取代达里奥的天鹅，尽管这依然是一种象征。但此象征非彼象征，它明显回到了介入和干预社会的文学传统。

战争对墨西哥乃至西班牙语美洲诗人何啻一个震撼了得？且不说贡萨莱斯·马丁内斯如何临渊履薄般生活在战火纷飞的年代，即或其他西班牙语美洲诗人、作家也很快感受到了来自第一次世界大战的冲击、美国霸权主义的压迫和大同小异的社会矛盾的煎熬。就连达里奥自己，不也在后期作品中表现出了明确的政治意识吗？当然，他前期逃避政治、躲进象牙之塔，又何尝不是一种政治姿态？无论文学多么特殊，它终究属于意识形态（或谓特殊的意识形态）。于是，"和平"的世纪末或世纪之交迅速被世纪初的动荡、混乱所取代。当战争、灾难、贫困和压迫忽然降临，没有人可以置身事外，即或采取鸵鸟政策，也是躲得了一时，躲不了一世。

贡萨莱斯·马丁内斯的主要作品有诗集《天鹅之死》（*La muerte del cisne*, 1915）、《无用时光》（*La hora inútil*, 1916）、《力量、仁爱和梦想之书》（*El libro de la fuerza, de la bondad y del ensueño*, 1917）、《寓言与其他诗篇》（*Parábolas y otros poemas*, 1918）、《遇险》（*Zozobra*, 1919）、《昨天和今天的诗》（*Poemas de ayer y de hoy*, 1919）、《风之语》（*La palabra del viento*, 1921）、《迷幻香客》（*El romero alucinado*, 1923）等等。他的这些作品固然大多数徘徊于现代主义与现实主义之间，但一首《拧断天鹅脖子》奠定了他在西班牙语美洲文坛的地位，以至于任何文学史家都无法将其忽略。

二、拉蒙·洛佩斯·贝拉尔德

拉蒙·洛佩斯·贝拉尔德（López Velarde, Ramón, 1888—1921）被认为是标准的后期现代主义诗人。他出身在墨西哥萨卡特卡斯州的一个普通职员家庭。大学期间攻读法律，但报考法官落第后他独自前往墨西哥城谋生，并开始致力于文学创作。他的第一部诗集《虔诚的血》（*La sangre devota*, 1916）在献词中提到了贡萨莱斯·马丁内斯和奥冬，从而与方兴未艾的现代主义诗潮划清了界线。适值第一次世界大战和墨西哥革命如火如荼，仿佛整个世界都在烽烟和血泊中呜咽悲鸣。洛佩斯·贝拉尔德打心眼里怀疑和厌恶这个世道。他知道自己无论如何都不能像现代主义诗人那样进行形式主义表演。因此，他反复强调，必须用来自血液和骨髓的诗句替自己和时代发声，同时将那些不能进入血液和骨髓的词句逼出诗行。[1]

也许正因如此，奥克塔维奥·帕斯（Paz, Octavio, 1914—1998）认为洛佩斯·贝拉尔德是继阿马多·内尔沃之后墨西哥最了不起的现代诗人，尽管他短暂的一生只留下了三十几个诗篇。[2]在代表作《温柔的祖国》（"Suave patria"）中，洛佩斯·贝拉尔德倾情表达了他对墨西哥既深厚又真挚的情感，这是他为墨西哥独立一百周年奉献的杰作，享有"墨西哥第二国歌"的美誉：

> 温柔的祖国，我爱你并非传说，
> 而是因为你神圣面包的真实；
> 譬如从窗台探出身躯的少女：
> 衬衫的领子几乎延及耳朵，
> 翩翩长裙覆盖了她的裸踝。

---

[1] López Velarde: *El don de febrero y otras prosas*, México: Imprenta Universitaria, 1952.

[2] Paz: "La balanza con escrúpulos", *El camino de la pasión: Ramón López Velarde*, https://www.cervantesvirtual.com/obra-visor/el-camino-de-la-pasion-ramon-lopez-velarde/pdf.

然而，这个遍地黄金玉米的祖国，如今非但被人掠走了多半领土，而且遍体鳞伤。于是，诗人用壮怀和激情在心中呼喊：

> 用忠诚的双臂，
> 阻止你滑向深渊，
> 用康乃馨编制的花环将你套住［……］

> 愿你永不变色，像镜子一样真实。
> 祖国啊，这就是我敬献给你的密钥。[①]

这是一首一百五十三行的长诗，由两个分部和一个插曲组成。插曲是献给阿兹台卡末代君主瓜乌特莫克的，洛佩斯·贝拉尔德由此将现实和历史贯穿起来。

三、阿马多·内尔沃

说到洛佩斯·贝拉尔德，就不能不提及阿马多·内尔沃。虽然前面已经出现过他的名字，但他之所以没有成为纯粹的现代主义诗人，而是在"其他诗人"中被"'等'掉"，却是因为他很大程度上一手拉着奥冬，另一手牵着洛佩斯·贝拉尔德。后者在很多场合称内尔沃为老师。

的确，内尔沃是一位横跨两个诗潮的作家。他于1870年出身在墨西哥纳亚里特州的一个中产阶级家庭。因为父亲早逝，他和六个弟弟都由母亲抚养长大。由于孩子太多，一个人照顾不过来，母亲还不惜血本送内尔沃和他的几个稍大一点的弟弟上了寄读学校。小学毕业后，内尔沃考进了萨摩拉神学院，并开始接触西班牙黄金世纪神秘主义诗人。到了十五六岁，为了帮助母亲，内尔沃放弃了继续读书的机会，开始寻找谋生之道。然而，除了一脑袋的古典诗句，他几乎

---

① https://www.poemas-del-alma.com/ramon-lopez-velarde-la-suave-patria.htm/pdf.

一无所长。于是，他只得从底层做起。最初在家乡的一家刊物当助理编辑，替人跑腿打杂，同时尝试文学创作。后来，他在当地有了一点文名，就踌躇满志地跑到墨西哥城。时值现代主义风生水起，古铁雷斯·纳赫拉在墨西哥城创办杂志《蓝色》，内尔沃便自告奋勇投奔他的麾下。不久，内尔沃凭借第一部长篇小说《学士》（El Bachiller, 1895）一炮走红，并从此开启了他的"现代主义生涯"，接连创作了一系列诗集。

但是，纵观其一生，他的创作并非一以贯之。不少文学史家认为他的创作至少分为三个时期：一是神秘主义时期，主要作品有诗集《神秘的黑色珍珠》（Perlas negras y místicas, 1898）、《诗集》（Poemas, 1901）、《迁徙和路边花朵》（El éxodo y las flores del camino, 1902）、《英雄诗篇》（Lira heroica, 1902）、《声音》（Las voces, 1904）、《内心的花园》（Jardines interiores, 1905）等等；二是现代主义时期，主要作品有《低声细语》（En voz baja, 1909）、《宁静》（Serenidad, 1915）、《超升》（Elevación, 1917）、《完美》（Plenitud, 1918）等等；三是后期现代主义时期，主要作品有《荷塘》（El estanque de los lotos, 1919）及遗作《神圣的弓箭手》（El arquero divino, 1919）、《静默的情人》（La amada inmóvil, 1922）和长篇小说《阳台》（Los balcones, 1922）等。这当然是相对而言。事实上，一个作家的转变是偶然因素和必然因素所催生的奇妙"化学反应"。这在内尔沃是由一系列内在因素和外在因素所决定的。内在因素是他酷爱文学，视文学为生命的重要组成部分，并先后接受了古典神秘主义、现代主义和后期现代主义的影响。同时，他早年家境贫困，生活捉襟见肘；人到中年终于名利双收，既写作又当外交官；晚年又因墨西哥革命的爆发失去了外交工作，生活再次陷入窘境，以至于心灰意冷、悲观绝望，直至客死异乡。

四、吉列尔莫·瓦伦西亚

和阿马多·内尔沃相仿，哥伦比亚诗人吉列尔莫·瓦伦西亚也是一位横跨两个诗潮的作家。他出身在考卡省一个传统的土生白人家庭，在故乡完成了他的全部教育，并获得考卡大学文哲学士学位。二十三岁开始从政，曾随外交使团前往法国、巴西、智利和秘鲁工作。1901年担任考卡省省长，1908年当选共和国参议员。

主要作品有诗集《仪式》（*Ritos*, 1898）和包括前者在内的《诗歌全集》（*Obra poética completa*, 1948），以及从法文陆续转译的《中国诗选》（*Catay*, 1929）。瓦伦西亚被大多数文学史家视为充满异国情调和古之幽情的现代主义诗人，却很少有人关注到他的转型。其实，从1899年的长诗《阿纳科斯》（"Anarkos"）到1938年的《种族颂歌》（"Himno a la raza"），瓦伦西亚逐渐改变了风格，即由唯美主义转向现实主义。当然，这是一种加引号的现实主义，称之为后期现代主义也许更为贴切。在《阿纳科斯》中，诗人表达了对劳苦大众的深切关怀。而这比贡萨莱斯·马丁内斯早了整整十年。瓦伦西亚从流浪狗写起，将笔触一点点伸进黑暗的矿区，描述衣衫褴褛、食不果腹的煤矿工人如何在地下艰难开凿，梦想着偶然遇到一粒钻石：

> 他们被煤染黑
> 在冰冷的水洼
> 就像屎壳郎那样，
> ［……］
> 他们不停地喘息
> 盼望着钻石发出光亮
> 那是未来女儿的向往，
> ［……］①

在《种族颂歌》中，诗人声情并茂，用充满理想主义色彩的诗行讴歌美洲及其混血人种：

---

① https://www.blogpoemas.com/anarkos/pdf.

[……]

仁慈土地欢迎八方人群，

消灭仇恨，孕育博爱；

这才是你唯一的使命：

汇集血统、国别和上帝！ [①]

这岂不很好地呼应了洛佩斯·贝拉尔德的《温柔的祖国》？而助推他转变的也许正是世纪之交的哥伦比亚内战——著名的"千日战争"。[②]它日后将经常为加西亚·马尔克斯所提及，盖因后者的外祖父（马尔克斯上校）便是这场战争的亲历者。

五、德尔米拉·阿古斯蒂尼

德尔米拉·阿古斯蒂尼（Agustini, Delmira, 1886—1914）也是一位从现代主义过渡到后期现代主义的诗人，而且是当时的少数女诗人之一。她出身在蒙得维的亚的一个富裕家庭，从小聪颖灵慧，是父母的掌上明珠。她十六岁开始写诗，同时研习绘画和音乐。因为天资聪慧，无人配得上她，于是迟迟没有出嫁，直至1913年。是年她嫁了个看上去门当户对、一表人才的老公，但好景不长。她和丈夫互不理解，简直形同陌路，结果导致关系破裂。德尔米拉回到了娘家，殊不知她丈夫很快尾随而至，残忍地将她杀害，并自杀身亡。一代才女就这样结束了短暂的人生。

她的作品主要有诗集《白色之书》（*El libro blanco*, 1907）、《晨曲》（*Cantos de la mañana*, 1910）、《空杯》（*Los cálices vacíos*, 1913）以及遗作《心灵深处的星星》（*Los astros del abismo*, 1924）等。在一

221

---

① Valencia: "Himno a la raza", *Claridad*, 19 de mayo de 1938 en conmemoración del cuarto centenario de la fundación de Bogotá.

② 指1899年至1902年哥伦比亚保守党与自由党之间历时近三年的内战。19世纪80年代中期，保守党控制政权后，监禁和放逐自由党领导人。1899年10月，自由党人发动起义。仅1900年5月帕洛内格罗一战，双方的伤亡就达数万人之多。

首题为《难言之隐》（"La inefable"）中，诗人这样写道：

> 我在奇异地死去……
> 不是生命、死神或爱情使我死亡
> 而是一种沉默的思想，宛如创伤……
> 难道你们从未感受这样的痛苦——
>
> 一个扎根在生命中的茫茫思想
> 吞食着灵魂和躯体，却不让鲜花开放？
> 难道你们心中从没有一颗星
> 烧毁全身却发不出一丝光芒？
>
> 痛苦的顶峰！……永恒地带着
> 悲剧的种子，干枯而又令人心伤
> 像一颗凶狠的牙齿钉在内脏！
>
> 但是一旦将它拔出来变作一朵花儿
> 奇迹般令人难忘地开放！……
> 啊，捧着上帝的头颅也不过这样！[①]

此诗发表于1910年，从而呼应了贡萨莱斯·马丁内斯：从一味追求华丽的"天鹅"转向了思想的"猫头鹰"。当然，德尔米拉并没有像上述后期现代主义诗人那样将笔触伸向更接地气的现实生活，而是仍有一只脚踩在曲高和寡的现代主义诗苑。

六、其他诗人和作家

由于后期现代主义只是一个介于现代主义和先锋派之间的间隙

---

① 转引自《拉丁美洲历代名家诗选》，第229页。

性诗潮，其与现代主义、现实主义和先锋派的关系可谓斩不断理还乱。据此，本著不宜在此多做盘桓。当然，一些文学史界定的重要后期现代主义诗人、作家不妨稍加点击：追求简约的阿根廷诗人埃瓦里斯托·卡里埃戈（Carriego, Evaristo, 1883—1912）、乌拉圭女诗人胡安娜·德·伊巴尔波罗（Ibarbourou, Juana de, 1892—1979）和委内瑞拉的安德列斯·埃罗伊·布兰科（Eloy Blanco, Andrés, 1897—1955），耽于思考的哥伦比亚诗人波菲里奥·巴尔巴（Barba, Porfirio, 1883—1942）和阿根廷诗人阿尔图罗·马拉索（Marasso, Arturo, 1890—1970），不乏浪漫主义遗风的哥斯达黎加诗人罗贝尔托·布雷内斯·马森（Brenes Masén, Roberto, 1874—1947），等等。

与此同时，还有一批介乎现代主义、后期现代主义和现实主义之间的作家不能不提，他们主要是委内瑞拉作家马努埃尔·迪亚斯·罗德里格斯（Díaz Rodríguez, Manuel, 1871—1927）、乌拉圭作家何塞·恩里盖·罗多（Rodó, José Enrique, 1871—1917）、阿根廷作家恩里盖·拉雷塔（Larreta, Enrique, 1873—1961）等。其中，迪亚斯·罗德里格斯作为教育家、政治家和作家，一生创作了多部作品，早期有短篇小说集《色彩的故事》（*Cuentos de color*, 1899）和《破碎的偶像》（*Idolos rotos*, 1901）等，后期有长篇小说《佩雷格里娜或迷幻水塘》（*Peregrina o El Pozo Encantado*, 1922）。如果说其早期创作多少有模仿痕迹，譬如对邓南遮（D'Annunzio, Gabriele）等欧洲作家的模仿，那么他的长篇小说绝对炫示了独特的风格魅力。作品以近乎魔幻的手法描写了一对亲兄弟和一位姑娘佩雷格里娜（意曰"朝圣"）之间的爱情纠葛。虽然兄弟俩都爱上了佩雷格里娜，但她却倾心于活泼、潇洒的弟弟布鲁诺，并且一不小心怀上了他的孩子。结果，布鲁诺是个既浪漫又花心的青年，他很快厌倦了佩雷格里娜，致使后者投塘自尽。当哥哥阿马罗拼尽全力将佩雷格里娜救上岸来时，她已经断了气。这时，迷幻水塘的深渊发出了美妙的音符，且只有真正恋爱的灵魂才能听见。小说以唯美的笔调点染加拉加斯谷地的自然风光和人们（被称为"猴子"）几近刀耕火种的生活习俗。

和迪亚斯·罗德里格斯一样，罗多也是一位声名卓著的政治家和教育家。然而，使他名垂青史的还是文学。他一生著述颇丰，既有卷帙浩繁的《新生活》（*La vida nueva*）系列，也有《普罗透斯之由》（*Motivos de Proteo*, 1909）、《普洛斯彼罗瞭望台》（*El mirador de Próspero*, 1913）、《帕罗斯之路》（*El camino de Paros*, 1917）等散作。其中《新生活》系列之三《爱丽儿》（*Ariel*, 1900）被认为是他的早期代表作，作品假借《暴风雨》（*The Tempest*）抨击美国社会的唯利主义。众所周知，《暴风雨》是莎士比亚（Shakespeare, William）的最后一部完整的杰作。剧情大意为：普洛斯彼罗是意大利北部米兰城邦的公爵，他的弟弟安东尼奥野心勃勃，利用那不勒斯国王阿隆索篡夺了哥哥的爵位。普洛斯彼罗带着年仅三岁的小公主爱丽儿历尽艰险漂流到一个岛上，并用魔法降服了精灵和妖怪。几年后，普洛斯彼罗掀起一阵风暴，使其弟弟和那不勒斯国王的帆船触礁破碎，但船上的人安然无恙。后者登岸后依然钩心斗角。普洛斯彼罗看在眼里，便复用魔法降服了他们，使他们答应恢复他的爵位。最后篡权者良心发现，兄弟、朋友言归于好，皆大欢喜，并一起快乐地回到了意大利。罗多在抨击唯利主义的同时，赞美完美人格、崇高品德和民主精神。在《普洛斯彼罗瞭望台》中，罗多重新演绎了普洛斯彼罗的故事，批判野心和贪婪，歌颂宽容与和平。

拉雷塔以叙事见长，著有长篇小说《堂拉米罗的荣耀》（*La gloria de Don Ramiro*, 1908）、《索戈伊比》（*Zogoibi*, 1926）、《该当发生》（*Tenía que suceder*, 1943）、《埃布罗河畔》（*Orillas del Ebro*, 1949）、《赫拉尔多或夫人塔》（*Gerardo o la torre de las damas*, 1953）和剧本《罗马激情》（*Pasión de Roma*, 1918）、《唐璜寻觅的女子》（*La que buscaba Don Juan*, 1923）、《赫罗尼莫和他的枕头》（*Jerónimo y su almohada*, 1946）、《生死之街》（*La calle de la vida y de la muerte*, 1941）等。其中，《堂拉米罗的荣耀》被认为是他的代表作，它是一部历史小说，聚焦于17世纪的西班牙。适值宗教裁判所似明朝"东厂"般令人生畏。主人公堂拉米罗原是阿拉伯人的后裔（"摩尔人"），后改宗为基督徒。为了所谓的荣耀，他不惜出卖自己的同胞——那些曾经帮助过他的兄弟姐妹，使他们惨遭宗教裁判所的酷刑。后来，他爱上了西班牙姑娘贝亚特丽斯。但是，当姑娘的家人得知他的血统后，断然拒绝了他的求婚。他从此自暴自弃，并在与债权人决斗时杀死了对方。不久，他竟然怀疑贝亚特丽斯移情别恋，并凶残地将她杀害，而后逃之夭夭，到了美洲。在秘鲁，他又爱上了一位虔诚的女教徒。最后，受她的感化，终于积德行善，让自己的尸体进了教堂。小说的奇崛之处在于大量的背景描写，尤其是关于血统、改宗和宗教裁判所的细节交代，令读者仿佛身临其境。这在西班牙语美洲文学中较为罕见。

第二节　墨西哥革命时期小说

　　墨西哥革命时期小说也经常被称为墨西哥革命小说。关于墨西哥革命，史学界历来说法不一。有人称之为资产阶级民主革命，也有人视其为农民革命。事实是，1910年，独裁者迪亚斯企图第七次连任总统，引起了以弗兰西斯科·马德罗（Madero, Francisco）为代表的民主人士的不满，后者以"反对连任党"领导人身份宣布自己为候选人。迪亚斯随即逮捕了马德罗，并于6月举行等额选举，宣布自己获胜。马德罗获释后，被迫流亡美国，在得克萨斯州圣安东尼奥号召墨西哥人民于11月20日举行起义。起义失败后，墨西哥国内的马德罗支持者，包括农民领袖潘乔·维亚（Villa, Pancho）[1]、埃米利亚诺·萨帕塔（Zapata, Emiliano）等先后发动战争。战争断断续续，持续了近十年之久。

　　前面说过，迪亚斯在墨西哥实行了长达三十余年的独裁统治，并逐步以"贵族政治"取代了华雷斯总统的"平民政治"，使该国的两极分化到了无以复加的地步。由于政策上的严重倾斜，曾遭华雷斯"土改运动"重创的封建庄园制体系迅速恢复，庄园主由1876年的一万九千多个骤增至1910年的三万五千多个。天主教势力又猖獗起来，他们一方面和大庄园主沆瀣一气，肆无忌惮地掠夺土地资源，另

---

[1] 原名弗朗西斯科·维亚（Villa, Francisco），潘乔是弗朗西斯科的昵称。

一方面又以其惯用伎俩，对城乡民众实行精神奴役。与此同时，美、英、法等国在墨西哥的投资大幅度递增。但是，外国资本的侵入并不意味着墨西哥城乡前资本主义生产方式的终结。恰恰相反，外国资本家和封建大庄园主相互勾结，竭力保持墨西哥的落后状态和廉价劳动力。在一些外国资本家开设的工厂或种植园里，名义上的雇佣工人与封建大庄园中的农奴毫无差别。对于寻找廉价劳动力和原材料的外国资本家而言，迪亚斯时期确实是一个名副其实的"黄金时代"。迪亚斯依靠洋务派（又称"科学家派"）和贵族政客，对外资大开方便之门，全然不顾民族利益。如此，到20世纪初，美、英、法几乎控制了墨西哥的全部贸易和轻重工业、交通运输等。正是在迪亚斯的"庇荫"下，全国百分之九十五以上的农民失去了土地。

然而，物极必反，墨西哥人民终于拿起了武器。在这场惊天地、泣鬼神的人民革命中，民族资产阶级由于过分弱小而未能始终处于领导地位，农民由于阶级局限也只能充当炮灰。最终，代表大庄园主利益的军阀后发制人，独揽胜券。

墨西哥革命时期的小说，顾名思义，是这场性质复杂的血腥内战（间或还有美国干涉）的一面镜子。在这些小说中，历史第一次以其自身的力量存活于文学世界。墨西哥作家从此不再需要模仿欧洲文人或"主义"以证明自己的价值。从这个意义上说，墨西哥革命时期小说本身也是一场文学革命。

当现代主义诗潮风行之际，墨西哥小说几乎还沉浸在浪漫主义的风花雪月或自然主义的科学理性之中。革命爆发后，以谢拉为代表的"贵族派"文人引导"青年诗会"等进行所谓墨西哥精神的形上探索，但多数作家包括后期现代主义诗人贡萨莱斯·马丁内斯等选择了相反的路径，有的甚至弃笔从戎、投身革命。

一、马里亚诺·阿苏埃拉

马里亚诺·阿苏埃拉（Azuela, Mariano, 1873—1952）无疑是墨西哥革命时期最具影响力的小说家之一。他出身在哈利斯科的一个小商人家庭，曾在瓜达拉哈拉医学院学习，毕业后成为乡村医生并开始文学创作。他穿村走寨，目睹世道不公和百姓疾苦。1907年，他的第一部小说《玛丽亚·路易莎》（*María Luisa*）问世。此后，他又接连发表了《失败者》（*Los fracasados*, 1908）、《风之轮》（*La rueda del aire*, 1908）、《莠草》（*Mala yerba*, 1909）、《无情》（*Sin amor*, 1910）等等。这些作品描绘了哈利斯科农村的颓败，表达了他对现实的强烈不满和对穷苦农民的深切同情。应该说在他的这些作品中留下了左拉的印记，但是墨西哥革命爆发后，阿苏埃拉的风格迅速改变了。他积极投身革命，参加马德罗领导的反独裁斗争，写下了《马德罗主义者安德雷斯·佩雷斯》（*Andrés Pérez, maderista*, 1911）。马德罗执政后，阿苏埃拉被任命为哈利斯科州公共教育局长。但好景不长，两年后，代表大地主阶级利益的军阀韦尔塔（Huerta, Victoriano）发动政变。马德罗下台并被暗杀。形势急转直下。面对新的独裁统治，各种民主力量奋起反抗。阿苏埃拉义无反顾地加入北方农民革命领袖潘乔·维亚领导的农民军，任主任军医。其时，各农工武装群龙无首，加上军阀林立，墨西哥开始了旷日持久的内战，乃至混战。阿苏埃拉深感失望，遂创作了《卡西克》（*Los caciques*, 1914）和《在底层的人们》（*Los de abajo*, 1916）。

《卡西克》常被文学史家解读为《在底层的人们》的一个序曲，因为它写战乱前夕墨西哥农民的悲惨境遇，从而揭示了战争的不可避免。在这部作品中，阿苏埃拉取法较为广义的现实主义，通过对白使人物鲜活起来。地主和农民的矛盾是作品唯一的情节。最终，地主的残酷和农民的忍无可忍点燃了战争的烽烟。

《在底层的人们》被认为是墨西哥革命时期小说的代表作，阿苏埃拉也因此而深孚众望，素有"革命作家"之称。但作品发表时并未引起普遍的关注，直至战争结束。当社会趋于安定，人们蓦然回首、重新审视这场革命时才发现这是多么难得的一部佳作。加之它篇幅不长，合中文十万字左右，很快便被译成英、法、德、俄等多种文字，并被搬上银幕，在世界各国流传开来。

小说写农民革命领袖德梅特里奥·马西亚斯的戎马一生。在阿苏埃拉笔下，战争不仅异常残酷，而且十分混乱。农民军四处征战，伤亡惨重，却似乎并不清楚为谁而战、因何而战。这倒有点像《水浒传》中的梁山好汉该出手时就出手，风风火火闯天下的架势。最后，主人公假借一块从山顶隆隆滚下的巨石以象征革命的盲目和势不可当。

小说几乎是在照相般的"客观"中步步推进的。德梅特里奥的原型是潘乔·维亚及其追随者、一个农民军上校。战争初期，阿苏埃拉作为主任军医，同他们过从甚密。通过他们，同时基于切身感受，人物才有了如此这般盲目的"革命观"。

在德梅特里奥看来，革命首先意味着自由自在、为所欲为的无政府主义：

> 骑上快马，任它们自由奔腾，仿佛马蹄所及的这一片辽阔的土地已经属于他们。谁还能记得凶恶的警官？谁还会想起自己曾经是饥寒交迫的奴隶：天不亮就得扛着铁锹、背着箩筐下地干活以求用稀粥、豆糊填充肚皮？他们尽情歌唱，放声大笑，呼啸狂叫，在阳光下、空气中无拘无束地活着并陶醉……[①]

由于作品基本建立在人物对话的基础上，作家、叙述者被尽可能隐藏起来。但无论如何，从人物的遴选到对白的大量方言俚语见证了作家或叙述者的偏好和立场：对墨西哥革命的悲观失望溢于言表。用人物的话说，革命是狂风巨浪，而人们无非是随风飘荡的落叶。作者虽曾亲临其境，却大抵以一个"局外人"或"旁观者"的角度叙述农民军的心理以及错综复杂、瞬息万变的战争场面。从形式的角度看，其"点彩式"的松散凸显出战争的无序和盲目。正因如此，《在底层的人们》是墨西哥革命时期小说中最客观全面，同时又最富有张力的一部作品，几乎没有之一。1916年，也即小说发表之前，阿苏埃拉就

———————
① Azuela: *Los de abajo*, México: FCE., https://www.biblioteca.org.ar/libros/142337/pdf, p.23.

已离开这混沌的战乱，退避三舍，继续文学创作。1918年，反映墨西哥革命的第二部小说《苍蝇》(Las moscas, 1918) 问世。作品一改风格，用浓墨重彩、粗犷遒劲的笔法勾勒墨西哥革命，仿佛一幅墨西哥壁画。小说以白描为主，第一部分大写意似的描写某州首府如何惶惑人心。由于战争的突然降临，原本对革命寄予希望的人们开始惴惴不安。第二部分是对一列军车的近镜头观照。第三部分则是军车返回时队伍败下阵来的颓势和乱象。

与《苍蝇》同时期发表的《一个体面人家的苦恼》(Las tribulaciones de una familia decente, 1918) 是一部建立在假设和或然论基础上的作品。作家想象政权落到了土匪手中。叙述者塞萨尔对这种可能性进行了合乎逻辑的推演，但没到作品结束，他就溘然离世了，于是小说改用第三人称。其中的大量留白令人产生无限遐想和对未来的不胜惶恐。

进入20年代以后，阿苏埃拉逐渐与战争拉开距离，从而开启被称为"先锋时期"的一系列形式探索，主要作品有《恶时辰》(La malhora, 1923)、《复仇》(El desquite, 1925)、《萤火虫》(La luciérnaga, 1932) 等。

二、马丁·路易斯·古斯曼

马丁·路易斯·古斯曼 (Guzmán, Martín Luis, 1887—1977) 是墨西哥革命时期的另一位重要作家。他出身在奇华华州的一个军人家庭。古斯曼毕业于墨西哥国立自治大学。大学毕业后曾从事新闻工作，1910年战争爆发，古斯曼加入了潘乔·维亚的队伍，1914年被捕入狱，出狱后流亡西班牙。他的主要作品几乎都是在西班牙完成的。

古斯曼遵循现实主义传统，著有长篇小说《墨西哥的哀叹》(La querella de México, 1915)、《哈德孙河边》(A orillas del Hudson, 1920)、《鹰与蛇》(El águila y la serpiente, 1928)、《考迪略的影子》(La sombra del caudillo, 1929)、《纳瓦拉的英雄》(Mina, el mozo: héroe de Navarra, 1932)、《潘乔·维亚回忆录》(Memorias de Pancho

Villa, 1940)、《史殇》（*Muertes históricas*, 1958）等等。其中《鹰与蛇》和《考迪略的影子》被认为是他的代表作。前者撷取墨西哥国徽中的鹰/蛇意象，是对墨西哥革命的全景式描写。它由两部分组成："革命愿景"和"胜利时光"。作品刻画了农民领袖潘乔·维亚的形象：勇敢、残忍，不拘小节。第一部分主要是对战争的描写，写出了它的残酷；第二部分聚焦墨西哥城，将笔触指向革命时期的墨西哥政治。《考迪略的影子》塑造了摘取革命果实的两位墨西哥总统：奥夫雷贡（Obregón, Alvaro）和卡列斯（Calles, Plutarco Elías），并不断回溯革命时期的重要人物如马德罗、韦尔塔、萨帕塔、维亚和卡兰萨（Carranza, Venustiano）等。因此，《考迪略的影子》是一部相当复杂的政治历史小说。奇怪的是古斯曼以不变应万变，对方兴未艾的先锋派思潮采取了绝缘态度。

三、何塞·鲁文·罗梅洛

何塞·鲁文·罗梅洛（Romero, José Rubén, 1890—1952）作为墨西哥革命时期的作家，留下了多部带有风俗主义遗风的小说，如《一个乡巴佬的札记》（*Apuntes de un lugareño*, 1932）、《我的战马、狗和猎枪》（*Mi caballo, mi perro y mi rifle*, 1936）、《皮托·佩雷斯的无用人生》（*La vida inútil de Pito Pérez*, 1938）、《罗森妲》（*Rosenda*, 1946）等。作者出生在米乔阿坎州的一个小镇，家境平平，尽管后来举家搬到了首都。毫无疑问，童年的记忆是他创作的主要源泉。这从其小说的主题和人物中当可窥见一斑。

《一个乡巴佬的札记》和《我的战马、狗和猎枪》以墨西哥革命为背景，写普通百姓，尤其是印第安人如何成为炮灰。他们被战争裹挟，莫名其妙地跟随不同的军队浴血奋战，但到头来不是白白送命，便是一无所获。除此之外，《皮托·佩雷斯的无用人生》是一部流浪汉小说，用第一人称叙述主人公皮托在战后的颠沛流离和喜怒哀乐。他阴差阳错地被卷入各种旋涡，衍生出充满喜剧色彩的人生轨迹。皮托出身在一个中产阶级家庭，有一群兄弟姐妹。其中一个兄弟当了神父，另一个做了律师，而他却从小羸弱多病（"这要怪他母亲在哺乳期领养了一个婴儿和他争抢乳汁"）。长大后，皮托靠"聪敏机智"到处白吃白喝，他当过小工，偷过东西，因此也进过班房。有一次，他替一个药店掌柜当帮手，把药水调制得像鸡尾酒般色彩缤纷。后来，在教堂替神父打杂，需要替后者救急做弥撒，就如法炮制地夹进自己的许多感慨。总之，这是一部相当有趣的作品，其中对政客、教士、商人和各色人等的讽刺俯拾即是。《罗森妲》是一部中篇小说，虽曾被搬上舞台和银幕，却同墨西哥革命已然毫无关系。故此不赘。

四、格雷戈里奥·洛佩斯·富恩特斯

格雷戈里奥·洛佩斯·富恩特斯（López y Fuentes, Gregorio, 1892—1966）作为墨西哥革命时期小说"四大家"之一，成功地塑造了另一位农民革命领袖萨帕塔。他在维拉克鲁斯的一个庄园里出生，并度过了童年时光。墨西哥革命爆发后曾参加制宪派武装，后者由卡兰萨指挥。战争期间还奉命在维拉克鲁斯抵抗美国的军事干涉。战争结束后，洛佩斯·富恩特斯致力于新闻工作和文学创作，曾任《宇宙报》总编。

主要作品有长篇小说《营房》（*Campamento*, 1931）、《土地》（*Tierra*, 1932）、《我的将军!》（*¡Mi general!*, 1934）、《印第安人》（*El indio*, 1935）等等。前面说过，洛佩斯·富恩特斯参加过墨西哥革命，但他追随的是老谋深算的军阀卡兰萨，而非农民武装。但是，在文学作品中，他却站到了农民领袖萨帕塔一边。这可能是出于对卡兰萨的了解，也可能是出于对无地农民的同情。

《土地》被认为是他的代表作，作品讴歌了萨帕塔领导的农民武装。在作者看来，除了农民武装，其他势力皆被争权夺利的政客和军阀所操纵，包括冠冕堂皇的马德罗。《印第安人》则更为明确地揭示了无地农民，尤其是处于社会最底层的印第安人是如何被逼上战场的。他们生活在地狱里，无论逃避还是起义，几乎都是死路一条。至于《营房》和《我的将军!》则基本着眼于描写战争，较前述作品并

无重要突破。

五、阿古斯丁·亚涅斯

在新思潮的裹挟下，一些出生于世纪之初的小说家义无反顾地加入了"形式探险者"的行列。譬如阿古斯丁·亚涅斯（Yáñez, Agustín, 1904—1980）。他被认为是墨西哥小说由现代主义走向后期现代主义的明证。他虽然出道较早，但成名较晚，应了"后发制人"或"大器晚成"之说。他出生于墨西哥第二大城市瓜达拉哈拉，二十二岁考入墨西哥国立自治大学文哲系研究生部，先后获文学硕士和博士学位。他的第一部作品《红盲》（*Ceguera roja*, 1923）含英咀华，体味墨西哥革命前后的社会生活，表现出一种非凡的超脱和冷峻，从而开创了"亚涅斯式学院派风格"。这种风格具有明显的散文化特色，兴、观、讽、叹，一应俱全。他的代表作《山雨欲来》（*Al filo del agua*, 1947）把背景挪移到了墨西哥革命之前的农村生活，虽然写的是革命前夜，却被认为是墨西哥革命时期小说的盖棺之作。作品没有完整的故事情节，时序被有意识地打乱，笔触主要指向不同的人物内心，因此展现在读者面前的是一幅陀思妥耶夫斯基（Dostojewski, Fjodor M.）式众生相。

六、其他作家

作为一种文学现象，墨西哥革命时期小说一直延续到20世纪40年代，甚至更晚（这稍后再说）。在长达三十余年的时间里，墨西哥作家几乎始终扮演着底层民众的代言者形象。从这个意义上说，他们超越了自己的阶级局限，充满了正义感和人道主义精神，无论对于西班牙语美洲文学还是西班牙语美洲国家都产生了深远的影响。

墨西哥革命时期小说的其他重要作家作品有：萨尔瓦多·克维多·伊·苏别塔（Quevedo y Zubieta, Salvador, 1859—1935）的《匪帮》（*La camada*, 1912），特奥多罗·托雷斯（Torres, Teodoro,

1891—1944）的《潘乔·维亚的风流与悲哀》（*Pancho Villa: una vida de romance y tragedia*, 1924），马乌里西奥·马格达莱诺（Magdaleno, Mauricio, 1906—1986）的《马比米37》（*Mapimi 37*, 1927），哈维埃尔·伊卡萨（Icaza, Xavier, 1892—1969）的《小潘乔黑炭子》（*Panchito Chapopote*, 1928），巴西利奥·瓦迪略（Vadillo, Basilio, 1885—1935）的《钟楼》（*El campanario*, 1929），拉法埃尔·穆纽斯（Muñoz, Rafael Felipe, 1899—1972）的《追随潘乔·维亚》（*Vámonos con Pancho Villa*, 1931），等等。这个名单甚至可以一直延续到胡安·鲁尔福（Rulfo, Juan, 1917—1986）的《佩德罗·巴拉莫》（*Pedro Páramo*, 1955）和卡洛斯·富恩特斯（Fuentes, Carlos, 1928—2012）的《阿尔特米奥·克鲁斯之死》（*La muerte de Artemio Cruz*, 1962）等等。

第三节　宇宙主义和先锋思潮

正所谓"知今则可知古，知古则可知后"（《吕氏春秋·长见》），要读懂今天的西班牙语美洲，必须了解其历史文化。19世纪独立革命以降，以混血人种为主体的西班牙语美洲固然迎来了新生，但生产力不发达、内战频仍、专制肆虐，以及美国等列强的频繁干涉使所有新生的共和国在风雨飘摇之中举步维艰，直至第一次世界大战爆发。

战争使西方陷入困境，国际市场上肉类和谷物价格屡创新高。一些拉丁美洲文人甚至幸灾乐祸地认为"美洲文明的时代"已经来临。

然而，何为美洲文明？在这个问题上，人们的看法不尽一致。

一、宇宙主义

理论上，墨西哥作家巴斯康塞洛斯的"宇宙种族论"——《宇宙种族》（*La raza cósmica*, 1925）得到了相当一部分西班牙语美洲文人的推崇。巴斯康塞洛斯声称："墨西哥及拉丁美洲种族的显著特点是她的多元。这种多元一方面决定了她的无比广阔的宇宙主义精神，她对荷马、柏拉图、维吉尔、莎士比亚或塞万提斯和歌德等从之若流、如数家珍；另一方面也造成了她的松散性与离心力……"①

巴斯康塞洛斯认为扬长避短的唯一途径是文化教育；于是，在出任公共教育部长时，他说服国会，得到了国家百分之十七的超高预算。他一方面大刀阔斧兴学办校，另一方面遍游拉美各国，邀请米斯特拉尔（Mistral, Gabriela）、阿斯图里亚斯（Asturias, Miguel Angel, 1899—1974）、聂鲁达（Neruda, Pablo, 1904—1973）、博尔赫斯等共商大计，以实现振兴"宇宙种族"的梦想。

他力图创造一种精神，一种基于多种族、多民族融合的"宇宙精神"：具有开阔的视野，宽广的胸怀和无与伦比的创造力。在奥夫雷贡执政时期，巴斯康塞洛斯更是如鱼得水。教育部的预算得到了增加，巴斯康塞洛斯着手实施中小学义务教育和大规模的成人扫盲运动。

巴斯康塞洛斯的教育计划包罗万象。在文学艺术方面，巴斯康塞洛斯主张作家、艺术家走出书斋、课堂与画室，到民众中去，为民众创造永恒的、具有宇宙主义精神的作品。在他的倡导下，壁画运动席卷全国，文艺社团、文艺刊物如雨后春笋般大量涌现。以壁画大师里韦拉（Rivera, Diego）、西盖罗斯（Siqueiros, David Alfaro）、奥罗斯科（Orozco, José Clemente）等为代表的墨西哥文学艺术家联合会发表了严正声明："我们的艺术精神是最健康、最有希望的，它植根于我们极其广泛的民族传统……"②

显而易见，巴斯康塞洛斯的"宇宙种族"说包含着一种模糊的"大美洲主义"怀想。对巴斯康塞洛斯而言，墨西哥的民族性是可以同世界性画等号的。由于她的种族构成，她的文化混杂和政治环境（对一切先进思潮兼收并蓄、来者不拒），墨西哥（扩而言之也是整个拉丁美洲）是"名副其实的世界性国家"。所以，她的艺术表现最能得到世界的认同。巴斯康塞洛斯常常拿墨西哥壁画的成功以及它在全

---

① Vasconcelos: *La raza cósmica*, Madrid: Agencia Mundial de Librería, 1925, pp.2—3.

② Orozco: *Autobiografía*, México: Epoca, 1970, pp.57—62.

世界人民心灵中激起的震撼、引起的共鸣,来说明"宇宙种族"的巨大创作潜能。他认为激进的本土主义不是真正的民族主义,认为某些土著主义作家对民族主义的理解有很大的片面性,认为因循守旧、抱残守缺、闭目塞听是懦弱的表现,认为一味地纠缠历史、沉湎过去、不敢正视未来、不愿向世界敞开胸襟是极其危险的。

终于,巴斯康塞洛斯的不乏乌托邦色彩的"宇宙种族"思想由于前卫艺术家们的支持而逐步演化成了美好的世界主义梦想。从这个意义上说,巴斯康塞洛斯大处着眼,确有掩盖阶级矛盾、回避现实问题的倾向;而本土主义者恰恰抓住了这个薄弱环节,对他进行了"清算"。(见下节)

虽然,20世纪三四十年代风行于西班牙语美洲的宇宙主义思潮很大程度上便是受了他的影响,不过,当宇宙主义作为一种泛美思潮流行起来的时候,"美洲文明"的含义发生了"窑变"。

宇宙主义作为先锋派思潮的集成与整合(同时启开了西班牙语美洲文学多元发展的闸门)并非有意轻视印第安文化,却仍把侧重点放在了借鉴西方及外来文化的基准上。

阿方索·雷耶斯(Reyes, Alfonso, 1889—1959)有句名言:"拉丁美洲是世界筵席的迟到者,但她必将成为晚到的世界盛筵。"在雷耶斯看来,当时拉丁美洲作家已经具备走向世界的自信与能力,找到了一条适合于自己的发展道路:兼容并包。

可以说,拉丁美洲文学"爆炸"时期的重要流派、思潮无不发轫于20世纪三四十年代[①]。在墨西哥,阿方索·雷耶斯作为这个时期拉丁美洲"最完备的文人"和宇宙主义思想家,对墨西哥文学的发展产生了重要作用。虽然他自己始终没有创作出鸿篇巨制,但他的散文和诗作"打破禁锢",明确提出了"艺术无疆界"和"立足本土,放眼世界"。在一篇回忆文章中,他援引恩里盖斯·乌雷尼亚(Henríquez Ureña, Pedro, 1884—1946)的话说:"我们像饥婴一样扑向所有读物……甚至被(实证主义)认为是垃圾的东西,如柏拉图、康德、叔

---

① 尽管它们的另一条腿恰恰是本土主义。(见下节)

本华和尼采……我们还发现了柏格森、詹姆斯和克罗齐。在文学方面，我们不再满足于法兰西。我们满腔热情地重新认识古希腊诗人，煞有介事地对英语作家指手画脚，毫无顾忌地对西班牙文学传统品头论足……"[①]有诗为证：

> 我们徒劳地创造自己，
> 因为它总是使人想起别人。
> [……]
> 我们像现代文明的流浪汉，
> ——来自四面八方；
> 我的灵魂，无可救药的混血儿。
> 你不曾有过遗产。
>
> 人们只听那世代相传的古老故事，
> 历史的叙述者也总在奶娘的嘴里寻找诗艺。
> [……]
>
> ——《不孝子》（"El descastado"）[②]

后来，他将诗艺与渊博结合起来，展现了墨西哥及拉丁美洲文化的多元与混杂：

> 变色龙从不忌讳不同的天空，
> 每个早晨都披上朝霞的颜色。
>
> 如果它只爱惜最初的肤色，
> 它就会选择矿工的职业。

---

① Henríquez Ureña: *Ayer*, México: FCE, 1941, p.33.
② Reyes: *Antología*, Madrid: Agencia Mundial de Librería, 1926, p.115.

（我想说）它的变化如此这般，
以至于"红与黑"的司汤达望尘莫及。

然而它被主教的紫光所震慑
（决定换一种颜色和职业），

于是紫色和金黄交相辉映，
连牛顿也难以表现。

这种金色的紫光也是希梅内斯的颜色，
或许还经常出现在斗牛士的身上。

还有几根青筋，几瓣银灰，
就像尤利西斯之海翻腾、交融。

［……］

——《一口吞噬》（"Para un mordisco"）①

在博尔赫斯看来，雷耶斯是20世纪西班牙语世界最了不起的诗人、学者，完全可以创作出《尤利西斯》那样的鸿篇巨制。然而，雷耶斯的作品大都短小精悍，因为他充当了墨西哥与拉美各国、拉美作家与世界各国作家之间的桥梁。他以文会友，一方面尽可能把世界介绍给拉丁美洲，另一方面又大事宣传拉丁美洲作家，甘愿做拉丁美洲作家走向世界的铺路石。

一大批风华正茂的拉美作家、诗人接受了巴斯康塞洛斯和雷耶斯的"宇宙主义"思想。昔日门庭各异的先锋派诗人不约而同地汇集到广阔无垠、几可包罗万象的"宇宙主义"大旗下。拉美文坛的多元格

① Reyes: *Op. cit.*, pp.116—117.

局开始形成。

曾经参加过墨西哥青年诗社的胡利奥·托里（Torri, Julio）不无自嘲地把"宇宙主义"作家比作"虔诚的蚂蚁"。在一篇题为《人道的嘉奖》的寓言中，托里又把"宇宙主义"作家比作无书不读、厚积薄发的谦卑文人。"宇宙主义"者们的确都广采博收，简直就像蜜蜂一样。[①]总之，宇宙主义诗人纷纷"出走"，遨游于世界文化的广阔天地。奥克塔维奥·帕斯的口头禅是："出走乃返回的前提，只有浪子才谈得上回头。"同样，阿根廷的"宇宙主义"作家呼吁人们走向世界，呼吸新鲜空气，用新感官、新视野审视万物（这样，阳光下必然充满新鲜事物）。"宇宙主义"在阿根廷的代表人物博尔赫斯还自告奋勇从诗坛转向地域主义、民族主义"负隅顽抗"的小说界，信誓旦旦地要用"大宇宙"（想象）取代"小世界"（现实）。的确，博尔赫斯以书为本，在图书馆终其一生。他的独特之处不在创作鸿篇巨制，而是不断寻找和汲取人类文化中一切形而上学元素，同时在《面前的月亮》（*Luna de enfrente*）、《小径分岔的花园》（*El jardín de los senderos que se bifurcan*, 1942）等诗集或小说中加以点瓜和阐发，因此他是对人类形上认知的再认识，既有德国式思辨，也有英国式幽默，甚至还有东方神秘主义。他对文学的看法和歌德关于世界文学的乌托邦理想有异曲同工之妙，即世界是一本书，是由全世界的作家共同创作的一本书。

但是，新兴的无产阶级作家不懈地批评宇宙主义。他们吸收马克思主义，强调阶级性。于是，出现了《瓦西蓬戈》（*Huasipungo*）、《广漠的世界》（*El mundo es ancho y ajeno*）等一大批日臻成熟的土著主义小说。这且稍后再说。

虽然争论早在20世纪中叶就已偃旗息鼓，但问题却远未解决。20世纪中叶，拉丁美洲文学全面炸开，魔幻现实主义轰动世界，而民族性和世界性、土著主义和宇宙主义犹如当代拉美文学的两大染色体，

---

① 弗里德里克·卡茨等：《剑桥拉丁美洲史》（莱斯利·贝瑟尔主编），第五卷，北京：社科文献出版社，第170—173页。

依然矛盾地交织和胶着着，可谓难分难解。后来，随着加勒比文学的兴起，后殖民批评成为显学。于是围绕加勒比人的文化身份问题，土著主义和宇宙主义之争再度兴起。前者表现出同欧洲文学传统决裂的强烈的本土意识；[①]后者以沃尔科特为代表，认为真正的美洲文学传统应该是"从惠特曼到聂鲁达全部新世界的伟大诗人"，而不是那种认为阳光下了无新鲜事物的犬儒主义或狭隘的民族主义。[②]

总之，可以归入"宇宙主义"的作家诗人数不胜数，但考虑到它基本同先锋派思潮相伴而生、相向而行，故而在此不再罗列。

二、先锋思潮

先锋思潮又通常被称为先锋派，尽管它很难用一般的文学流派来加以涵括。且说第一次世界大战的结束以及此后的经济快速增长与科技大踏步前进给这个世界带来了希望。第一个社会主义国家的诞生，电影事业的蓬勃发展，无线电广播的迅速普及，汽车、飞机等现代交通工具的不断完善，使世界充满生机。战争的创伤被逐渐淡忘。但是，危机仍然存在。战争粉碎了资本主义以物质文明拯救人类的美梦，诚如斯宾格勒（Spengler, Oswald Arnold Gottfried）在1918年发表的《西方的没落》（Der Untergang des Abendlandes）中所昭示的那样。同时，社会主义同资本主义的尖锐矛盾和新一代对所谓的"代沟""异化"现象的体认，使由来已久的颓废主义和悲观情绪继续大行其道，甚至愈演愈烈。从某种意义上说，20年代西方形形色色的主义、思潮乃是年轻一代面对过去和未来、危机和希望所采取的一种姿态或策略。它们在西班牙语美洲被统称为先锋思潮或先锋派。

考先锋派之名，似应注意以下几点：

首先，先锋与战争不可分割。顾名思义，前面的队伍称先锋，后

① Donnell, Alison et al. (eds.): *The Routledge Reader in Caribbean Literature*, London and New York: Routledge Publishing Company, 1996, p.283.
② Walcott, Derek: *What the Twilight Says*, New York: Farrar Straus & Giroux, 1998, p.37.

239

面的队伍为后卫。从这个意义上说，先锋这个名称显然是假借军事术语以昭示新主义、新思潮同战争，尤其是第一次世界大战的关系。

其次，这个时代形形色色的文艺思潮比以往任何时期的文学文化运动都更具突发性。作家、艺术家的主观因素和个人作用比以往任何时候都更为突显。领袖亦即先锋艺术家的产生或者某个作家、某个诗人在一个流派、一种思潮中举足轻重的地位以及这种流派或思潮的突发性彻底打破了以往文学文化运动的广泛性和必然性。

再次，先锋有明确的弃旧图新含义，用来界定新兴文艺运动无疑是最贴切不过的。同在第一次世界大战期间或前后，就有德、法等国的艺术家用先锋或者前卫指称方兴未艾的文艺思潮如未来主义、形式主义、超现实主义、表现主义等等。

因此，用先锋派统称20年代西班牙语美洲形形色色的主义、思潮，似乎要比现代主义来得更为确切，何况西班牙语美洲已经有过一个现代主义诗潮。

在西班牙语美洲，战争和资本催生了许多社会问题，如传统价值和道德体系的崩溃、现代产业和城市化进程导致个人的作用越来越微不足道、消费主义和经济扩张造成的不公平现象越来越多，这些都预示着更大的危机。有良知的艺术家对此惴惴不安，但同时又回天乏术。于是消极逃避、脱离现实和非理性主义——西班牙作家奥尔特加·伊·加塞特（Ortega y Gasset, José）称之为"非人性化"（"Deshumanización"）——成为时尚并一发而不可收。这就使得以叔本华（Schopenhauer, Arthur）、尼采（Nietzsche, Friedrich Wilhelm）为代表的悲观主义哲学有了市场，而弗洛伊德主义等新兴思潮对潜意识和非理性的关注又无疑为艺术的无意识提供了依据。与此同时，表现危机的西方作家卡夫卡（Kafka, Franz）、艾略特（Eliot, Thomas Stearns）、乔伊斯（Joyce, James）、布勒东（Breton, André）等等，以及形形色色的主义、流派也一股脑儿地涌入西班牙语美洲，大大助推或影响了西班牙语美洲的先锋思潮。

西班牙语美洲先锋思潮或先锋派创造了无穷无尽的"主义"。此话虽有些夸张，但也并非毫无根据。从第一次世界大战结束到30年代初，仅墨西哥和阿根廷两国就产生了不少于三十个"主义"或"流派"。由此可以看出当时标新立异风气之盛。当然，绝大多数主义、流派都只是昙花一现，且之间并非没有矛盾；有的甚至仅仅流于口号而并未产生影响，有的似乎仅为"亮相"而生。

不消说，由于文化、历史方面的原因，西班牙语美洲各国之间有着千丝万缕的联系和许多相近相似之处，但随着经济社会的发展，各国的文化投入逐渐拉开距离，加上人口及种族构成等方面的差异，它们对欧洲文化的继承和借鉴也各不相同。总的说来，墨西哥一直保持着美洲文化的典型性，即印欧文化的矛盾、并存与融合。另一方面，墨西哥（殖民地时期的新西班牙）基础较好又与美国毗邻，经济发展较快，在西班牙语美洲一直扮演着"龙头老大"的角色。尤其是在20年代，历尽战争磨难而获得新生的墨西哥百废待兴，殷殷切切地对世界敞开了大门。与此同时，作为移民国家的阿根廷已经发展成为一个名副其实的世界性国家，对外来文化，尤其是西方文化更是来者不拒。正是这两个国家，顺理成章地成了西班牙语美洲先锋派的策源地并对整个西班牙语美洲文学形成了南北呼应之势。当然，这仅仅是为了概括的相对之谓，盖因西班牙语美洲文坛充满了复杂性。一些重要个案须作为独立主体一一道来。

（一）以墨西哥为例

首先是怪诞主义（Estridentismo）。它是一个充满"革命"精神的文学现象，是一次推翻陈规、反对"祖宗"的文学游戏。因此，与其说它是一个文学流派，毋宁说它是一场文坛地震。其始作俑者曼努埃尔·马普莱斯·阿尔塞（Maples Arce, Manuel, 1900—1981）于1921年用传单的形式宣布了怪诞主义的诞生。他在最初的纲领中宣称："怪诞主义是一种策略，一个姿态，一次挑战，一场革命。"他煽动人们"抛弃岁月强加的责任和模式，用铁锤砸烂文学老师的讲台"。他的主张很快得到了阿尔盖莱斯·维拉（Vela, Arqueles, 1899—1977）、赫尔曼·利斯特·阿尔苏比特（List Arzubide, Germán, 1898—1998）、路易斯·根塔尼利亚（Quintanilla, Luis, 1893—1978）等青年作家、诗人、艺术家和不少"愤青"的响应。怪诞主义团体迅速形成。自1921年至1928年，墨西哥文坛产生了一大批怪诞主义作品。这些作品视文学为革命的同义词，力主"打倒一切文学上帝"，"推翻一切文学定义"。[①]

就怪诞主义的艺术主张而言，来自欧洲的影响是多方面的。譬如像未来主义那样，怪诞主义自我作古，企图横扫传统，对一切规则进行"爆破"，以铲除既成价值和审美体系。怪诞主义的主要成员之一阿尔盖莱斯·维拉曾经这样写道：

> 咖啡馆里聚集了愈来愈多的同志，
> 每一个人都提着红色的灯笼，
> 披肩下裹着一天的劳动成果。
> 马普莱斯·阿尔塞倒了一杯咖啡，
> 来到新的成员面前。
> 于是，
> 马普莱斯·阿尔塞说："我捕获了黄昏的乱云。"
> 另一位说："每天晚上有一个女人死去。"
> 马普莱斯·阿尔塞又说："我看到城市在音乐的废墟中崩塌。"
> 另一位则说，他叫阿尔盖莱斯·维拉：
> "只有我们存在，其余的全是影子。"
> 就这样，马普莱斯·阿尔塞和阿尔盖莱斯·维拉成了同志。

——《无主咖啡馆》（"El Café de nadie", 1926）[②]

又譬如像达达主义那样，怪诞主义钟情于偶然性；像极端主义那样，怪诞主义不屑于"一切陈词滥调"，诚如马普莱斯·阿尔塞在其长诗《城市》（"Urbe", 1922）中"喧嚣"：

---

① https://www.academia.edu/6908157/manuel-maples-arce-manifieto-estridentista/pdf.
② https://libro-e.org/2016/10/libro-el-cafe-de-nadie/pdf.

黑暗在吸吮黄昏的鲜血，
星星流逝，
是小鸟
在无梦的水镜中
死去。

机枪
在大西洋上空
停止
射击。
噪声渐渐远去。

秋的树枝上，
寒风呼呼
从俄国袭来……[①]

与未来主义作家不同，战争的冲击和岁月的荡涤使20年代的墨西哥诗人不再迷信科学技术对于人类幸福的帮助。他们不但对科学和现代文明持怀疑态度，而且多少表现出了对新生的苏维埃政权的不信任或不理解。如果让马里内蒂（Marinetti, Filippo Tommaso）或者马雅科夫斯基（Mayakovsky, Vladimir）听到怪谲主义者的"喧嚣"，不知该作何感想。须知"喧嚣"是西班牙语"estridente"的另一层含义。由于怪谲主义的宣言大都以传单和标语口号的形式出现，也有同行将怪谲主义翻译成"喧嚣派"。

总之，无论是传统还是未来、革命还是大众，在怪谲主义者那里都只是一种虚张声势。他们怀疑一切，并且"语不惊人死不休"。形式上除了传单和标语，还有充满火药味儿的各种意象，如爆炸、射击、打砸、呼号等。至于怪谲主义的小说和戏剧，则大抵乏善可陈。

---

① https://www.poemas-del-alma.com/manuel-maples-arce.htm/pdf.

与怪谲主义几乎同时产生的文学报刊如《现时》（Agora）、《地平线》（Horizonte）、《观点》（La Opinión）、《浪子》（El Hijo Pródigo）等，一时间也是火药味儿十足。其中《现时》是马普莱斯·阿尔塞亲自创办的。在它周围聚集了不少冲冲杀杀、吵吵嚷嚷的年轻文人。他们的作品不是狂风怒吼、骤雨如注，便是迷雾四塞、星月无光，令读者眼花缭乱、不知所措。除了《地平线》偶用"地平线主义"以示区别之外，其余的都自觉不自觉地被卷入了"喧嚣"的怪谲主义旋风。

与怪谲主义几乎同时产生的现时主义（Agorismo）却是一个界线模糊、人员众多的门派。虽然它既无宣言，也没有马普莱斯·阿尔塞那样能够呼风唤雨而使一些年轻文人众星捧月般围绕在他四周的领袖、旗手，但它的成员（其实是一批志同道合的诗友）所体现的明确现实主义倾向和"一切从现时出发"的精神，使他们比后期现代主义诗人更加贴近现实、关注现时。

不同文学史家对现时派的组成人员有不同的记录，但为诸家所公认的诗人、作家有古斯塔沃·奥尔蒂斯·埃尔南（Ortiz Hernán, Gustavo）、马丁·帕斯（Paz, Martín）、阿尔弗雷多·阿尔瓦雷斯·加西亚（Alvarez García, Alfredo）、希尔贝托·波斯克斯（Bosques, Gilberto）、玛丽亚·德尔·马尔（Mar, María del）、路易斯·奥克塔维奥·马德罗（Madero, Luis Octavio）、米格尔·马丁内斯·伦顿（Martínez Rendón, Miguel）、马努埃尔·加利亚尔多（Gallardo, Manuel）、阿尔弗雷多·奥尔蒂斯·维达莱斯（Ortiz Vidales, Alfredo）、拉法埃尔·洛佩斯（López, Rafael）、埃克多尔·佩雷斯·马丁内斯（Pérez Martínez, Hector）等等。他们大多是血气方刚的青年，虚晃一枪后也便"移情别恋"了，留下的也许仅仅是宣言和口号。譬如，在一个非正式宣言中，一些现时主义者声称：

> 我们是一个目的明确的文学团体。我们用可感的智商面
> 对芸芸众生。现时主义并非在于创立新的文艺理论，而是有

关人员面对生活所采取的一种坚定而富有阳刚之气的艺术行为。我们认为艺术必须充满灵性，充满人性。艺术家的首要职责是表现现时。只要有问题存在，无论它们是政治的、经济的还是道德的、情感的，就不应对其采取消极回避、超然物外的态度。有鉴于此，我们认为形式是次要的：重要的是跟踪时间的节奏。现时主义：时间的艺术、运动的艺术、大众的艺术。[1]

总体上说，现时主义作为一种泛现实主义流派，既缺乏新意，也没有推出像样的诗作，其小说也大都冗长拖沓，且本质上并不具备先锋色彩，故此从略。然而，它却是20年代初墨西哥文学的另一个极端：与怪诞主义适成反差。此外，现时主义反对一切形式主义和矫揉造作，其关注日常生活的写实主义精神同土著主义文学产生了一定的关联。

同时，东方主义（Orientalismo）在墨西哥文坛悄然兴起。它较之前述流派不仅走得更远，而且影响更甚。从某种意义上说，文学像钟摆，常常摇摆于现实和幻想、过去和未来、此在和彼在之间。但是，无论它向哪一方摆动，都可能产生相应的反弹。将现时主义推向现实主义的或许就是形式主义的怪诞主义，而东方主义的兴起恐怕要归功于宇宙主义或者它的对立面——土著主义和地域主义。当然，此前英、法文学对东方的关注也多少影响了墨西哥文学。

这里所说的东方主义并不指代东方学，更非以萨义德（Said, Edward）为代表的当代东方学。它无非是一些年轻诗人从东方，确切地说是从中国和日本文学中看到了不同于西方的表现方式，以至于不惜"脱胎换骨"，效而仿之。其实，墨西哥东方主义的历史可以追溯到现代主义的极盛时期——1900年。是年，崭露头角的墨西哥诗人何塞·胡安·塔勃拉达（Tablada, Juan José, 1871—1945）开始了他"漫长"的东方之旅，尽管实际上他所到的国家只有日本。但对塔

---

[1] Cf. Monsiváis: *La cultura mexicana en el siglo XX*, https://www.academia. edu/38034563/La-cultura-mexicana-en-el-siglo-xx-carlos-mosivais/pdf.

勃拉达来说，这是一次让他大开眼界的冒险。东方虽不像现代主义诗人鲁文·达里奥等所描写的那样扑朔迷离，但也的确充满了陌生与神奇。当然，最使塔勃拉达叹为观止的并非现代主义诗人笔下"珠光宝气""貌若天仙"的东方公主，而是它的文学。他对俳句和绝句爱不释手。从此以后，塔勃拉达与东方文化结下了不解之缘。1902年，他的第一部介绍东方文化的作品《中国之船》（*La Nao China*）出版。两年之后，他又发表了介绍俳句的《日本缪斯》（*Musa Japónica*, 1904）。然而，囿于外交工作的需要和战争的缘故，塔勃拉达一度中断了对中日文化的亲近，直至墨西哥革命结束。1919年，塔勃拉达从墨西哥驻欧洲使领馆返回并重操旧业，开始发表充满东方色彩和异国情调的诗篇。它们借鉴日本俳句和中国绝句，给墨西哥乃至整个拉丁美洲文坛带来了"一股令人陶醉的、无比清新的东风"。[1]当然，塔勃拉达的俳句既非对偶，也不是汉俳的5-7-5格，他的绝句则只是勉强保持了四句形式：

柳：

柳叶初绽
几乎黄金，几乎琥珀，
几乎光明。

龟：

缓缓而行的老龟
像牛车，几乎不动，
却是永恒。

枯叶：

花园里遍地枯叶。
春天的树上何曾有过

---

[1] Hadman, Ty: *Breve historia y antología del haikú en la lírica mexicana*, México: Editorial Domés, 1987, p.2.

这许多绿色。

夜蝶：

飞回
干枯的树枝，用翅膀
装点灰暗的秋季。

月亮：

夜是海，
云是贝，
月是珠。

蜻蜓：

为了
让透明的十字架高悬枯枝，
蜻蜓使出了浑身解数。

云霓：

安第斯山脉——
乱云飞渡
从巅峰到巅峰
攀附于雄鹰的翅膀。[1]

　　塔勃拉达的这些清新简练、情景交融、意境深远而睿智的诗句，像一幅幅笔调凝重而又洒脱的写意山水画，的确令当时的年轻诗人们耳目一新。1920年，塔勃拉达进行了更加大胆的尝试。在以中国诗仙李白命名（"Li-Po"）的一首长诗中，塔勃拉达试图用韵律、节奏、形象和图形等外在形态的转换、交叠和重意蕴、讲"化境"的特点涵

---

[1] Hadman, Ty: *Breve historia y antología del haikú en la lírica mexicana*, México: Editorial Domés, 1987, pp.5—11.

盖东方诗歌。在这首长诗中，塔勃拉达还用字母拼出了酒杯、烟斗、雨、河流、月亮、鸟、宝塔、汉字、扇等十数个图形并直接援引了李白的五言律古诗《月下独酌》。

许多人竞相效仿。于是，在塔勃拉达的旗帜下，两种新诗即所谓的绝句和形象诗迅速流行起来。考形象诗，最早被介绍到西方，恐怕是在法国诗人阿波利奈尔（Apollinaire, Guillaume）的作品中。阿波利奈尔从中国象形文字及中国古代的文字游戏如璇玑诗、宝塔诗、离合诗等等得到启发，把造型艺术引入了诗歌，创造了"图画诗"等形意兼备的象形诗。象形诗以心为题，便将诗句字母排列成心形；以鸟为题，则将诗句字母排列为鸟形，依此类推，阿波利奈尔的作品既是诗也是画。

塔勃拉达已大不同于阿波利奈尔，他的形象诗更注重神韵和意境，尤其是那些穿插在形象之间的短句，令人陶醉并拍案叫绝。比如：

明月如蛛吐银丝
网不住似水时流……

——《李白及其他》（*Li-Po y otros poemas*, 1920）

又如：

明月何处无
只是情不同。

——《李白及其他》[1]

受塔勃拉达的感召，一时间海梅·托雷斯·波德特（Torres Bodet, Jaime）及卡洛斯·古铁雷斯·克鲁斯（Gutiérrez Cruz, Carlos）、萨姆埃

---

[1] https://www.tablada.unam.mx/poesia/lipo/index.htm/pdf.

尔·卡巴尼亚斯（Cabañas, Samuel）、何塞·弗里亚斯（Frías, José）、拉法埃尔·罗萨诺（Lozano, Rafael）等一大批年轻诗人开始模仿日本俳句和中国绝句，尽管真正有所建树的唯有托雷斯·波德特。

除了塔勃拉达，托雷斯·波德特无疑是东方主义诗人中最具探索精神的一位。他从一开始就比较注意走东西合璧之路，所以作品中表现出更大的丰富性。当然，他也写过"俳句"，作过这样的短诗：

> 高处的玫瑰
> 总是最先
> 捧出朝霞。

但更多的却是这样的自由诗：

> 翡翠色的棕榈
> 欲为清晨扫去云彩。

> 沙滩金
> 海水碧
> 黄昏将雨水晾晒。

> 像露珠
> 从带电的空气中滚落
> 粉碎在镜子般的温床。

> 谁去采摘
> 这天降的谷物？
> 每一颗雨珠就是一颗星星……

> 我启开
> 午后蓝色的百叶

拥抱窗外花园的绿色。

［……］

我希望同一种花草
既有昨天的馨香
又有今日的色彩……①

托雷斯·波德特曾亲自创办诗刊《方阵》(*Falange*)，以推介东方主义诗人的作品，后来在出任外交部长和教育部长时期又有意把一些青年诗人送到日本等国留学或工作，对墨西哥及拉丁美洲诗人了解东方、借鉴东方文化起到了重要作用。从某种意义上说，奥克塔维奥·帕斯等后来的墨西哥诗人之所以如此重视东方文化，和托雷斯·波德特的努力是分不开的。虽然，东方主义作为一个特定的诗潮，流行时间并不长，但影响力不可低估。这在帕斯的作品中可见一斑。

稍晚于前述流派的当代人或当代派因同名刊物《当代人》(*Los Contemporáneos*) 得名。该刊诞生于先锋思潮由盛转衰之际，即1928年至1931年。其时，怪谲主义、现时主义等都已解体。以塔勃拉达为代表的东方主义也失去了初时的轰动效应。当代派便是随着《当代人》杂志而崛起的新新一代，他们大都出生于世纪之交或新世纪曙光熹微之际，少年时代适逢战事纷起、时局动荡，并无一人受到过正规教育。因此，无论是"久经沙场"的托雷斯·波德特，还是初出茅庐的贝尔纳多·奥尔蒂斯·德·蒙特利亚诺 (Ortiz de Montellano, Bernardo, 1899—1949)、豪尔赫·古埃斯塔 (Cuesta, Jorge, 1903—1942)、希尔贝托·欧文 (Owen, Gilberto, 1905—1952)、哈维埃尔·比亚乌鲁蒂亚 (Villaurrutia, Xavier, 1903—1950)、卡洛斯·佩利塞尔 (Pellicer, Carlos, 1897—1977)、何塞·戈罗斯蒂萨

---

① Torres Bodet: *Antología*, México: Ed. Diana, 1937, pp.115—116.

（Gorostiza, José, 1901—1973）或萨尔瓦多·诺沃等，几乎都是自学成才。他们的课堂是墨西哥社会，但课本却是同时期的欧美文学。他们目光敏锐，视野开阔，而且不再像早期先锋派作家那样锋芒毕露，好走极端。因此，他们是真正放眼世界同时又立足当下的新生代。须要说明的是，他们对于现实所采取的态度既不同于后期现代主义，也不同于现时主义。他们是先锋思潮的集大成者，同时来自四面八方。

那是一个多元时代的开始。一方面，代表各种倾向的先锋派刊物此消彼长。除了前面提到的一些尚存的或者已经销声匿迹的刊物之外，又忽然涌现了包括《当代人》在内的十几种文学刊物，如《考察》（Examen）、《火炬》（La Antorcha）、《方向》（Orientación）、《墨西哥文学》（Letras de México）和以乔伊斯的作品命名的《尤利西斯》等等。另一方面，欧陆文坛提供了多种多样的文学体系和创新机制。未来主义的影响依然存在，马里内蒂在“未来主义宣言”中要求的“摒弃全部文化遗产”“摧毁一切博物馆、图书馆和科学院”和以“运动”“速度”“力量”等一切指向未来事物为美学标准的取向仍然应者良多；同时，以法国诗人特里斯坦·查拉（Tzara, Tristan）为首的年轻文人所倡导的批判一切、反对一切的“达达主义”以及以布勒东为首的超现实主义和以卡夫卡为代表的表现主义、以乔伊斯为代表的心理现代主义（意识流）等也已熙熙攘攘，接踵而至。

与此同时，一边是实实在在的存在和轰轰烈烈的革命小说、现时主义以及蔚为大观的土著主义和大地小说，一边是汹涌澎湃的西方现代主义和神秘的东方主义，墨西哥诗人自然有了更多选择的余地。从题材和风格的角度看，其实当代派少有共性，更非铁板一块。这很自然，毕竟文学是一种个性化精神劳动。他们当中，奥尔蒂斯·德·蒙特利亚诺年龄最大，而且是《当代人》杂志的主编，自然是这个集体的灵魂人物之一。和其他“当代人”不同，奥尔蒂斯·德·蒙特利亚诺从未有过公职，也缺乏“留洋”经历。因此，他的作品具有一种天然的淳朴，但这并未妨碍他拥抱弗洛伊德主义、超现实主义和墨西哥文学的重要传统之一：胡安娜·伊内斯。如此，他喜欢写“梦”，也擅长写"梦",他的代表作即以梦为题:《初梦,再梦》(*Primero sueño, Segundo sueño*)。其中,《再梦》是他在医院接受麻醉治疗之后写就的一个急就篇,表现了令人费解的半清醒状态:

从声而到石,自音而至梦
永恒的睡姿
镌刻着蜡烛和刀剑
压迫根系的大理石
浓缩了的血液——如树
我,我的躯体
犹豫的贝壳
可感的颜色
运动的世界
拥有我造就我引导我
从声而到音,自音而至梦。

白色的褂子,牙床似的手
橡皮似的脚步,老鼠似的走
黄色的灯光,刺人的亮
手术刀伸向黑暗的空洞
白色的墙壁,敌意的光……

我是这躯壳的最后见证

脸,白布,刀子,声音
鲜血的热忱染红四周
[……]

我是这躯壳的最后见证

我感我所感

大理石的阴冷

和我

绿色

黑色的思想……①

　　蒙特利亚诺的作品大都阴郁晦涩，其对死亡主题的探索被认为
是自古代印第安诗人内萨瓦科约特尔之后最富新意的。其中《蓝天下
的死亡》（*Muerte del cielo azul*, 1937）收集了他有关死亡主题的无数
"变奏"。蒙特利亚诺的其他诗作有《贪婪》（*Avidez*, 1921）、《七色陀
螺》（*El trompo de los siete colores*, 1925）、《网》（*Red*, 1928）等等。

　　佩利塞尔只比蒙特利亚诺小几个月，也是《当代人》的主心骨。
他当过巴斯康塞洛斯的秘书和国家艺术委员会主任，曾多次出访欧
洲、南美和中东，见多识广，思维敏捷。他的重要贡献在于使墨西哥
人重新发现了自己的国家：她的自然，她的现实，她的奇特，她的
美丽。

　　在一首题为《伊查印象》（"Recuerdos de Itza"）的作品中，佩利
塞尔这样描写一座城镇：

排满酒瓶的窗台上

储存着无数个太阳。

[……]

黄昏、牧师和牛群

走在同一条大街上。

除了争奇斗艳的玫瑰

---

① https://www.academia.edu/38621699/segundo-sueño-de-ortiz-de-montellano/pdf.

这里没有动人的新闻。

仿佛山雨就要降临
金色晚霞褪了颜色。

［……］

——《海的颜色及其他》（*Colores en el mar y otros poemas*, 1921）

又如：

我忘掉了我的名字……

因为忘记名字我感到轻松无比，
仿佛雨水渗入了干渴的土地……

塔巴斯科是一块这样的土地
条条河流把我带进无边的树林
年轻的树林如此年轻
唯有以新来的候鸟将其命名……

曙光和晚霞为你提供衣被
正午的太阳是高悬的大饼……

——《我忘掉了我的名字》（"He olvidado mi nombre", 1929）①

　　他总能以崭新的惊奇面对人们习以为常的事物。因此，在他的作品中，读者可以获得一种新鲜感。这也许就是什克洛夫斯基

---

① https://www.poeticous.com/carlos-pellicer/he-olvidado-mi-nombre/pdf.

（Shklovsky, Viktor）所说的"陌生法"。此外，佩利塞尔是位多产作家，而且始终保持敏捷、清新的诗风。其他主要作品有诗集《祭石》（*Piedra de sacrificios*, 1924）、《六七首诗》（*Seis, siete poemas*, 1924）、《时间与20》（*Hora y 20*, 1927）、《路》（*Camino*, 1929）、《六月时光》（*Hora de junio*, 1937）、《宅及其他形象》（*Recinto y otras imágenes*, 1941）、《花之语》（*Discurso por las flores*, 1946）、《习羽》（*Práctica de vuelo*, 1956）、《语言与火》（*Con palabras y fuego*, 1961）、《特奥蒂华坎》（*Teotihuacán y 13 de agosto: ruina de Tenochtitlán*, 1961）等等。

何塞·戈罗斯蒂萨在这个群体中排行"老三"，后来还当过大使、外交部长和全国核能委员会主任。和前两位不同，戈罗斯蒂萨性格开朗，善于发现生活乐趣，对爱情、人生、自然和上帝甚至死神都充满了"幻想"。受塔勃拉达等人的影响，他的早期作品大都篇幅短小、节奏明快。如《间隙一》（"Pausas I"）：

> 大海，大海！
> 我感觉着你。
> 你属于我，
> 在我心中，
> 想到你，我的思维充满盐分。

　　——《小船歌谣》（*Canciones para cantar en las barcas*, 1925）①

此外，戈罗斯蒂萨也曾赋诗讴歌李太白和杨贵妃，足见东方主义对其影响之深。不仅如此，在其代表作《无边的死亡》（*Muerte sin fin*, 1952）中，他一不做，二不休，将艺术的触角伸向了悠远的老子，故而写就了一首充满思辨色彩的长诗，至今仍有许多读者。全诗七百余行，被认为是墨西哥的精神史诗。当然，作品远非一般意义上的精

---

① CF. Imboden, Rita Catrina: *Interpretación y sentido(s)：Canciones para cantar en las barcas de José Gorostiza*, Zürich: ETH-Bibliothek, 2016, p.337.

神史诗，而是对墨西哥集体无意识的艺术钩稽与诗性呈现。在这一作品中，诗人展示了动与静、生与死、过去与未来、内心与外界的辩证关系以及墨西哥文化对于死亡的奇特表征。在1964年发表的《〈自选集〉序言》（"Prólogo a la *Poesía*"）中，戈罗斯蒂萨更是直接援引老子，谓"有无相生，难易相成，长短相形，高下相倾，音声相和，前后相随"和"不出户，知天下。不窥牖，见天道。其出弥远，其知弥少。是以圣人不行而知，不见而名，不为而成"，认为诗是唯一可"不行而知""不见而名""不为而成"之所在，诗意文心无所不能，无所不包，从而替《无边的死亡》补了一个注脚。这正是作品包罗万象、覆帱广宇的一个明证。

和比亚乌鲁蒂亚同岁的古埃斯塔被称为《当代人》的"理论家"，自然是因为他评论多于诗作。在1933年《致贝纳尔多的信》中，古埃斯塔是这样阐释"当代人"的：

> 人们习惯于把你我这样的人称作"先锋派"，或者"尤利西斯派"、"当代派"甚至还有"考察派"，殊不知我们从未有过艺术上的认同或者别的共谋。时至今日，我们仍未把文学当作一种职业，更不用说是信仰。我们之所以走到一起，完全是因为别人对我们的疏虞。有所逃避，有所保留，我们就像是一群逃犯，要躲避"法律的追究"。你瞧，人们把我们视为怪物，要驱逐我们，把我们连根拔掉。……我们的接近，来自我们的不同、我们的距离……[1]

可见，即便到了二三十年代，墨西哥文坛仍不是先锋思潮一统天下。这在业已展开的民族性与世界性、土著主义与宇宙主义的争鸣与抗衡等实例中可见一斑。

与古埃斯塔看法不同，比亚乌鲁蒂亚自始至终都认为"当代人"是一个旗帜鲜明、立场坚定的文学派别。其所以如此，可能是因为比

---

[1] Gorostiza: "Carta a Bernardo Ortiz de Montellano", *Sueños. Una botella al mar*, María Lourdes Franco Bagnouls ed., México: UNAM, 1983, p.115.

亚乌鲁蒂亚是个锐意创新的诗人，他所看到的也往往是当代人的反传统一面。他本人则深受超现实主义影响，热衷于描写梦、死亡和夜。譬如《雕像之夜》（"Nocturno de la Estatua"）：

> 梦，梦见夜，还有街道和台阶，
> 梦见雕像的吼声从街角传来。
> 冲向那雕像，只见那声音，
> 捕捉那声音，只有那回声，
> 去抓那回声，只有那墙壁。
> 冲向那墙壁，出现了镜子。
> 镜子里有一尊遇刺的雕像，
> 使它离开黑暗的血泊，
> 用闭眼替它穿上殓衣，
> 抚摸它，像久别的亲姐，
> 像骨牌似的拨弄她的手指，
> 在她的耳边说一万句话
> 直到她回答"我已被吓死"。

—— 《死亡的眷恋》（*Nostalgia de la muerte*, 1938）[1]

在同一个集子的另一首诗中，比亚乌鲁蒂亚写道：

> 梦幻
> 舒展深沉的翅膀
> 和高亢的歌喉
> 在空气中游荡
> 然后徐徐降临

[1] https://www.poemas-del-alma.com/xavier-villaurrutia-nocturno-de-la-estatua.htm/pdf.

我的躯体
从空中之船
从停滞的纸面
走下台阶

天空贴着大地
就像一面镜子
寂静的街道
折断了我的声音

我失去了影子
黑暗锁住了它
无声的寂寞
拒绝了我的脚步

［……］

我抱着自己的躯体
把它放到床上
梦幻
合上了它的双翅。

——《夜梦》（"Nocturno Sueño"）

除此之外，比亚乌鲁蒂亚的其他诗集如《浮影》（*Reflejos*, 1926）、《夜曲》（*Nocturnos*, 1931）、《双夜曲》（*Dos nocturnos*, 1931）、《天使之夜》（*Nocturno de los ángeles*, 1936）、《夜海》（*Nocturno mar*）、《第十次死亡及其他》（*Décima muerte y otros poemas no coleccionados*, 1941）等也大都与梦、死亡和夜有关。

比比亚乌鲁蒂亚小一岁的诺沃与前者称得上是离经叛道的志同道

合者。他们既是校友，又是一对形影不离的同性恋人，不仅一起创办了《尤利西斯》杂志，后来又双双投奔《当代人》和《方向》。所不同的只是他们的文风和官运。比亚乌鲁蒂亚虽在政府部门工作多年，但一直职位卑微；而诺沃却官运亨通。从某种意义上说，诺沃是个乐观主义者。同样的题材到了比亚乌鲁蒂亚那里不是"出血"，就是"变黑"，而诺沃却善于用诙谐的语言、讽刺的笔调将世态写得既生动又可笑，甚至还有点轻佻。鉴于前面已经述及诺沃，在此仅以一诗打住：

有一个周末，
埃比法尼娅没敢回家。

我听人们在这样议论，
他们说有一个少爷偷了自己的钱包，
然后关起门来逐一地审问他的用人。
听说他把其中的一个女佣带到房间……
我不知道那房间是什么模样，
但想象到了空寂和寒冷：
没有家具，
唯一的房门面朝大路，
潮湿、空寂，
我想到一片漆黑。
一天下午，
埃比法尼娅回到了家里，
我请求她道出真相：
那个人究竟对女佣干了什么？
因为凭那空盒子般的房间，
实在想不出他们能做什么。
埃比法尼娅笑着，
躲避着我的追问，

最后她打开房门，
让马路闯进了家里。

——《镜子》（"Espejo"）[1]

当代派中最年轻的一位是欧文。他擅长散文诗。他的作品不但
具有幽默感，而且遣词大胆：居然把口语、方言和"忌讳"带进了
作品：

……信不信由你。她把耳朵塞到我的嘴里，以便通过海
螺听到海的声音。她那弯曲的躯体简直像把吉他。然后，她
张开蒲扇似的大手。看到它就连气温也要下降到零。她的奖
赏是请我舔她的乳房。庞然大物使我撕裂了嘴唇。她总是赤
裸着上身。因为没有衣服能够遮盖她的春心……

有时我故意捉弄她，她就说这样不好："你也太那个了，
孩子！"信不信由你。……今天我想教她作文，她在我脸上
到处亲吻，然后转身逃出了房门。

——《线条》（*Línea*, 1930）[2]

这也是写主仆关系的，但显得比较粗俗。小主人和女佣彼此利
用，春心难锁，关系岂止暧昧？说淫荡亦无不可。这既表明了作者
的文学观，又体现了他们的叛逆和相应的道德观、价值观。他的其
他作品有《无眠》（*Desvelo*, 1925）、《云样小说》（*Novela como nube*,
1928）、《鲁丝之书》（*El libro de Ruth*, 1944）、《被战胜的珀耳修斯》
（*Perseo Vencido*, 1948）等等。

[1] https://www.materialdelectura.unam.mx/images/stories/pdf5/salvador-novo-55/pdf.
[2] Cf. Sandoval, Ramsés: *Rasgos vanguardistas en "Novela como nube" y "Línea" de Gilberto Owen*, https://www.academia.edu/7759931/rasgos-vanguardistas-en-novela-como-nube-y-linea-de-gilberto-owen/pdf.

此后，先锋思潮发生"窑变"，出现了以《车间》（*Taller*, 1938—1941）为核心的一个新实验场。其创刊者正是后来获得诺贝尔文学奖的奥克塔维奥·帕斯。这且稍后再说。

如果说前一拨诗人、作家尚未显示出明确的集成意识，那么后一拨就明显取法整合了，至少风格不再偏执。顾名思义，"车间"意味着创造。《车间》创造了新一代诗人。除了帕斯，主要有埃弗拉因·韦尔塔（Huerta, Efraín, 1914—1982）、阿利·丘马塞罗（Chumacero, Alí, 1918—2010）等出生于墨西哥革命和第一次世界大战期间的青年诗人。其中，记者出身的埃弗拉因·韦尔塔对一切保持了清醒的头脑和敏锐的目光，累计发表作品达二十余种，其中诗集十九部，如《绝对爱情》（*Absoluto amor*, 1935）、《早晨的线条》（*Línea del alba*, 1936）、《战争与希望的诗》（*Poemas de guerra y esperanza*, 1943）、《早晨的人》（*Los hombres del alba*, 1944）、《原始玫瑰》（*La rosa primitiva*, 1950）、《旅行的诗》（*Poemas de viaje*, 1953）、《高空的星及其他新诗》（*Estrella en alto y nuevos poemas*, 1956）、《为了享受你的和平》（*Para gozar tu paz*, 1957）、《我的国，哦，我的国！》（*¡Mi país, oh mi país!*, 1959）等等。他善于在惯常中发现异常，捕捉神奇，然而他毕竟不是救世郎中，面对世风日下却只能喟然长叹或者用"去诗化"议论和直白排遣心头郁闷：

> ［……］
> 庞大而又痛苦的城市
> 狗、贫困、同性恋者
> 妓女以及诗人的悲鸣
> 还有基督徒们的祈祷。
> 虚荣怯懦是每日食物
> 飘飘然的少年
> 驴子似的妇人
> 空荡荡的男人。

漆黑愤怒愚蠢残酷的城市
令人厌恶：简直无聊透顶……

　　　　　　　　——《早晨的人》[1]

　　与韦尔塔相反，阿利·丘马塞罗的世界充满了阳光。也许在
别人看来，他这是自欺欺人，而他却表现得那么真诚；也许在别
人看来这无异于幻想，但他却深信不疑。他的作品来自他内心深处
不灭的希望。这是一种难得的善意。于是，久违了的鲜艳重新出现
在诗里，枯萎了的花草重新绽放出春意……当然，这一切都附着
于梦：

就像梦中的奴隶
以光明驱逐梦的原本，
或者渴极的小鹿
跳进清泉毁灭自己的倒影……

　　　　　　——《梦雨》（*Páramo de sueños*, 1944）[2]

　　但是，有希望就会有失望，有梦想就会有幻灭。为了逃避失望与
幻灭，丘马塞罗从一开始就表现出了颇具浪漫色彩的超拔：

当小路还未开花
当小路还不是小路
鲜花还不是鲜花
天空还不是蓝色
蚂蚁还不是红皮

① Martínez, Emiliano ed.: *Estudio y edición crítica de* Los hombres del alba *de Efraín Huerta*, San Luis Potosí: El Colegio de San Luis, 2016, p.349.
② https://books.google.com/books/about/paramo-de-suenos-de-ali-chumacero/pdf.

我和你已经相爱相亲。

——《梦雨》①

丘马塞罗对墨西哥文学的贡献也许不在于他的诗作，且事实上他的作品也并不多见，《梦雨》之后他只发表了《消逝的形象》(*Imágenes desterradas*, 1948)、《静言》(*Palabras en reposo*, 1966) 等两三本诗集。他的贡献在于他费尽心机创办或参与创办的文学刊物，如《墨西哥文学》(1937—1947)、《新土地》(*Tierra Nueva*, 1940—1942)、《浪子》和存活至今的《美洲手册》(*Cuadernos Americanos*, 1942—　) 等等。这些杂志和《车间》相呼应，构成了墨西哥文坛先锋时代的一道风景线。

在帕斯、韦尔塔和丘马塞罗等人的推动下，新一代诗人迅速崛起。值得一提的有马努埃尔·卡尔维略 (Calvillo, Manuel, 1918—2009)、胡安·何塞·阿雷奥拉 (Arreola, Juan José, 1918—2001)、内弗塔利·贝尔特兰 (Beltrán, Neftali, 1916—1996)、何塞·卡德纳斯·佩尼亚 (Cárdenas Peña, José, 1918—1963)、托马斯·迪亚斯·巴特莱特 (Díaz Bartlett, Tomás, 1919—1957) 和女诗人玛尔加里塔·米切莱纳 (Michelena, Margarita, 1917—1998) 等。其中，阿雷奥拉在小说方面的成就将超过他年轻时期在诗歌方面的成就。

卡尔维略生于墨西哥最富庶的圣路易斯波托西州，青年时期就读于墨西哥国立自治大学法学系，获法学博士学位。嗣后在号称"拉美第一人文学府"的墨西哥学院执教，历任教授、中心主任及秘书长等职。其时，墨西哥学院在阿方索·雷耶斯的领导下，延揽了大批名士，其中不乏雅各布森等世界级学者、大师。卡尔维略在当时特殊氛围的引导下，迅速由法学转向文学，并开始在一些先锋刊物上发表诗作。因此，他是个"半路出家的诗人"，为风起云涌的先锋派诗潮掺入了理性的成分。他的作品一直要到40年代才得以结集出版，其中最

---

① https://books.google.com/books/about/paramo-de-suenos-de-ali-chumacero/pdf.

负盛名的是《声音驿站》（*Estancia en la voz*, 1942）。

贝尔特兰出生在维拉克鲁斯，二十二岁时在富商安赫尔·查佩罗斯（Chaperos, Angel）的庇荫下创办《诗刊》（*Poesía*, 1938）；但好景不长，查佩罗斯去世后杂志即告停刊。然而，贝尔特兰的诗兴一发而不可止，接二连三地发表了《二十一首诗》（*Veintiún poemas*, 1936）、《两首十四行诗及其他》（*Dos sonetos y otros poemas*, 1937）、《迎风而歌》（*Canto del viento*, 1937）和《诗》（*Poesía*, 1939）等等，成为30年代墨西哥文坛的多产诗人之一。贝尔特兰诗路开阔，无论叙事还是抒情皆能出彩，且极具幽默感。

卡德纳斯·佩尼亚固然是世家出身，后毕生从事外交工作，生活优裕，但一直没有放弃文学。他钟情于抒情诗，尤以爱情诗见长。其中1940年出版的《影子梦》（*Sueño de sombras*）收录了他的绝大部分早期情诗。这些情诗哀艳动人，耽于幻想，颇有些感伤主义的遗风，虽然受到一些青年读者的推崇，但终究与当时的先锋思潮相去甚远。就算是背叛父亲，回归祖父吧！

和卡德纳斯·佩尼亚不同，巴特莱特命途多舛，以至于将美好年华付诸病榻。然而，他自强不息，坚持写作，用顽强的意志和美好的诗境驱逐病魔、排解痛苦。因此他的诗路与当时泛滥的悲观、颓废情绪适成对照，引起了不少读者的共鸣。但是，由于他一直重病缠身，作品数量不多，而且时断时续，散珠似的流落于不同刊物，第一个集子《退潮》（*Bajamar*）一直要到50年代方得付梓，可谓姗姗来迟。

米切莱纳也许是当时活跃于墨西哥诗坛的唯一女性。她肄业于墨西哥国立自治大学文哲系，尔后参与政治活动，任左派文学刊物《书与人民》（*El libro y el pueblo*）主编。早期作品有散文、书评，30年代末开始写诗。诗作注重形式，对描写潜意识有特殊的偏好，因之表现出独特的先锋色彩，却与她一切为了劳动人民的政治主张有所脱节。主要诗作有《天堂与怀旧》（*Paraíso y nostalgia*, 1945）、《天使的桂冠》（*Laurel del ángel*, 1948）等等。

至于这一时期的其他重要诗人、小说家、剧作家等，且容稍后再说。

（二）以阿根廷为例

与墨西哥相仿，阿根廷的先锋思潮同样发轫于20世纪20年代。首先引起震动的是极端主义（Ultraísmo）。它发轫于西班牙，20年代初经博尔赫斯和维森特·维多夫罗（Huidobro, Vicente, 1893—1948）改造后引入西班牙语美洲。前者沿用了"极端主义"之名，后者则将其改作"创造主义"（Creacionismo）以示区别。在1921年发表的一份极端主义宣言中，博尔赫斯给西班牙语美洲的极端主义下定义说：

> 一是让诗回归本原：比喻；
> 二是取消一切议论、一切中介和不必要的形容词；
> 三是废除描写，废除华丽的辞藻，废除说教和忏悔、背景交代和写实主义、故弄玄虚和晦涩朦胧；
> 四是两个或两个以上的新的比喻（形象）的组合，以便给人以更多的启迪。[①]

博尔赫斯认为当时的西班牙语美洲文学已经"误入歧途"，因而必须正本清源，重新开始。他呼吁作家走极端，这个极端就是创新。然而，作为特定的文学流派，极端主义是短命的，尽管其主要精神被后来的马丁菲耶罗主义（Martinfierrismo）所继承并发扬光大。马丁菲耶罗主义源自阿根廷同名文学杂志《马丁·菲耶罗》（*Martín Fierro*, 1924—1927）[②]。虽说马丁·菲耶罗原是阿根廷诗人埃尔南德斯高乔史诗《马丁·菲耶罗》中的主人公，但以他的名字命名的文学刊物却选择了不同的价值取向。马丁菲耶罗主义的主要成员有该杂志的主创人员如奥利维里奥·希隆多（Girondo, Oliverio, 1891—1967）、莱奥波尔多·马雷查尔（Marechal, Leopoldo, 1900—1970）、爱德华多·贡萨莱斯·拉努萨（González Lanuza, Eduardo, 1900—1984）、

---

① Borges: "Manifiesto del Ultraísmo", en Angel Flores: *Expliquémonos a Borges como poeta*, Buenos Aires: Siglo XXI Editores, 1973, p.16.
② 其实际创刊时间是1919年，但真正发力是在1924年发表宣言之后。

马塞多尼奥·费尔南德斯（Fernández, Macedonio, 1874—1952）和博尔赫斯等年轻作家。1924年，《马丁·菲耶罗》宣言发表，宣告该流派正式形成并声称该流派反对狭隘的民族主义和民族主义文学，呼吁人们走向世界，拥抱未来，"用全新的目光观察世界，这样阳光下必定充满了新鲜事物"。马丁菲耶罗主义认为"一艘巡洋舰胜过一个文艺复兴时期的博物馆"。这很有点未来主义的味道。因此，马丁菲耶罗主义者对现实主义作家加尔维斯和现代主义诗人卢贡内斯进行了猛烈的抨击，扬言要"埋葬加尔维斯""枪毙卢贡内斯"。[①]一梭子过去难免扫射到无数"前辈"。其中自然包括埃瓦里斯托·卡里埃戈、里卡多·罗哈斯（Rojas, Ricardo）等等。反之，先锋派的片面和偏激引起了一些人的反对，从而导致了阿根廷文学史上著名的对垒：一方是"弗洛里达街"（《马丁·菲耶罗》杂志社的所在地），另一方是"波埃多街"（一些传统文学刊物和出版社的所在地）。与此同时，一批先锋刊物相继出现：《船头》（*Proa*）、《评价》（*Valoraciones*）、《文坛消息》（*Noticias Literarias*）、《开始》（*Inicial*）、《南方》（*El Sur*）等等。凡此种种，不仅震撼了阿根廷文坛，也极大地呼应和鼓舞了墨西哥等其他西班牙语美洲国家的先锋作家。

希隆多是马丁菲耶罗派的一员老将。他曾于20世纪初辗转欧洲，亲历了未来主义、达达主义和极端主义风潮，并最终放弃律师身份，全身心投入文学创作。他创办过文学刊物，主持过文学沙龙，并接连发表了具有先锋色彩的诗集：《在轻轨上读的二十首诗》（*Veinte poemas para ser leídos en el tranvía*, 1922）、《转印图》（*Calcomanías*, 1925）、《稻草人》（*Espantapájaros*, 1933）、《望月》（*Plenilunio*, 1937）、《岁月的慰藉》（*Persuasión de los días*, 1942）、《我们的田野》（*Campo nuestro*, 1946）等等。

这里那里

---

① "Manifiesto", *Martín Fierro*, 15 de mayo de 1924, Buenos Aires, pp.1—2.

再次从这里出发

循环往复没了心气儿

从头到尾还是贴心的头

从尾到半或到回头是这或那

或相反似蚕食直至邂逅

但这依然不是在这里

从上到下自下而上

恶心地活在那些

骸骨之中

[……]

——《命运》（"Destino"）[1]

　　同样，马雷查尔年轻时也曾在欧洲逗留。不同的是他十分早熟，十二岁就发表过习作，二十九岁出版成名作《献给男人和女人的颂歌》（*Odas para el hombre y la mujer*, 1929）。此后有《爱情的迷宫》（*Laberinto de amor*, 1936）、《五首南极的诗》（*Cinco poemas australes*, 1938）、《半人马座和致索菲娅的十四行诗》（*El centauro y Sonetos a Sophia*, 1940）和《灵魂沉浮只为美》（*Descenso y ascenso del alma por la belleza*, 1939）等诗集。

在时间磨蚀的心里

日晷刺进所有的针。

太阳走得恐慌无声：

夜疲惫了埋葬世界。

为不知困倦的时钟哭泣吧！

---

[1] https://www.poemas-del-alma.com/oliverio-girondo.htm/pdf.

钟声已然拒绝啃噬寂静。
当一群时光过去
铜钟消磨了它们的牙齿……

我总算明白了你的旅行！
阳光再无欲望被你的旗帜撕裂。
［……］

——《夜》（"Nocturno"）[1]

虽然马雷查尔是位充满诗意的绅士，却终究被小说家的名分遮蔽了光辉。如今，人们几乎只记得他有一部爆破性的长篇小说，叫作《亚当·布宜诺斯艾利斯》（*Adán Buenosayres*, 1948）。鉴于本著还将在"文学爆炸"时期的小说流派中谈及，这里姑且从略。

贡萨莱斯·拉努萨曾与博尔赫斯联袂创办文学刊物《棱镜》（*Prisma*）。这位化工工程师出身的诗人天然具有棱镜般的"眼光"，并善于与同道产生"化学反应"：交织或互文。虽然作品并不多，但他在马丁菲耶罗派中的地位却无人能比。除了个人诗作《棱镜》（*Prismas*, 1924）、《无辜者的铡刀》（*La degollación de los inocentes*, 1938）、《幸福颂及其他》（*Oda a la alegría y otros poemas*, 1949）和《歌的空气》（*Aires para canciones*, 1977）外，他还有一部为志同道合者树碑立传的《马丁菲耶罗主义者》（*Los martinfierristas*, 1961）。

阴影像一只狗
在门外狂抓着。

灯光使夜晚的家
拥有辉煌的魂。

---

[1] https://www.poemas-del-alma.com/leopoldo-marechal.htm/pdf.

我和你从未如此靠近
我们的心像时间滴漏器
只觉得光阴在吻之吻中流逝。

我看着你并看见你：
那些即将成为歌谣的东西
在你深褐色的眼睛深处
静静地生成
大好的欢乐在你手中
犹如夜幕中的水流颤抖
抚摸星辰以解饥渴。

我看着你并看见你
在完全寂静的微笑中，
我的心
我的心渴望
成为你眸子中睡着的光。

————《内心的夜》（"Nocturno íntimo"）①

该诗不仅是对马雷查尔的回应，而且明显具有从远方走来、向内心奔去的情怀。其中既有贡戈拉的影子，也有克维多的哲思。

年龄关系，费尔南德斯出道于世纪之交。他的第一部诗集发表于1904年，题为《温柔着魔》（*Suave encantamiento*）。1920年又发表了挽歌集《美丽之死埃莱娜》（*Elena Bellamuerte*）。此后他急流勇退，毅然决然地转向了小说。关于他的小说，我们姑且稍后再说。

———————————

① https://www.antoniomiranda.com.br/Iberoamerica/argentina/eduardo-gonzalez-lanuza.htm/pdf.

别将我引向死亡的阴影
那里会使我的生命成影，
那里只有永逝的过去。
我不想活进别人的记忆。
请给我这般生命的时光。
哦，请别这么匆忙
让我成为空白
和我的空白。
别带走我的今天！
我想留住我的自己。

有一种死亡
眼神中洋溢着爱意
唯生的回眸。
那是**死亡**之影的回望。
它不是面颊祭奠的**死亡**，
而是死亡本身。在眼神中遗忘。

——《有一种死亡》（"Hay un morir"）①

　　至于诗人博尔赫斯，在此概述如下：首先，博尔赫斯青年时期是以诗人的身份登上文坛的。他的第一份习作是歌颂十月革命的《红色颂歌》（*Los himnos rojos*, 1919—1920），当时他身处欧陆，但回到阿根廷后便改变了方向，并接连发表了《布宜诺斯艾利斯激情》（*Fervor de Buenos Aires*, 1923）、《面前的月亮》和《圣马丁札记簿》（*Cuaderno San Martín*, 1929）等。其次，他后来的作品虽有变化，却基本保持了"不食人间烟火"的先锋品格。有些意象则跟随他一辈子，它们也许是他作为诗人的主要见证，譬如老虎，虽然在早期诗作

---

① https://www.poemas-del-alma.com/macedonio-fernandez.htm/pdf.

中他并没有提到它，它却作为童年的记忆和艺术意象始终伴随着他：

> 小时候，我对老虎的迷恋达到了狂热的地步。当然，我迷恋的既不是出没于巴拉那之滨的黄斑虎，亦非亚马孙流域的那色彩模糊的品种，而是纹理清晰的真正的亚洲虎。只有骑在大象身上的武士，才能和它匹敌。我常常在动物园的一扇铁栏前流连忘返。我所以喜爱卷帙浩繁的百科全书和自然历史，就因为那里有老虎的光辉（对它的图像我记忆犹新，却难以记住某位女士的额头和笑容）。童年易逝，老虎的形态及对老虎的热衷也渐渐淡去，然而老虎的金黄依旧留在我的梦中，统治着这个阴沉、混乱的处所。于是，睡梦中，每当我为某个梦境而陶醉并突然发现它是一个梦境，我就会这样想：这是一个梦，是意志娱乐使然。我常想，既然梦中无所不能，那么我就梦一只虎吧。
>
> 哦，太没出息！我的梦从未产生出这种令人陶醉的猛兽。的确，我梦见过虎，但只是些形态衰弱的标本，而且千篇一律，瘦削可怜，稍纵即逝，活像只小狗或鸟。

——《创造者》（又译《诗人》，*El hacedor*, 1960）[①]

271

同样是在《创造者》中，博尔赫斯以一首题为《另一只老虎》（"El otro tigre"）的诗篇，把老虎和自己、老虎和文学忧郁地联系在了一起：

> 黑暗在我的心中扩展无限，
> 我用诗呼唤你的名字：老虎，

[①] 博尔赫斯的作品被收入了不同的版本和《全集》（*Obras completas*）。单就《全集》而言，至少已有Emece 1974年版、1979年联合版、1981年和1983年联合二卷版、Emece 1989年三卷版、Emece 1996年四卷版等六种。本文的有关诗歌、散文和小说引文均出自1996年版。

> 我想你只是符号组成的幻象，
> 一系列文学比喻的串联拼贴，
> 或者百科全书里综合的图景，
> 而不是苏门答腊和孟加拉
> 威猛的兽王［……］

我不知道博尔赫斯是否真的经常梦到他儿时热衷的那些条纹明晰的亚洲虎，但有一点似乎可以肯定：他珍惜所有儿时的感动，尽管那些画面早已模糊不清。而艺术想象恰恰是恢复和重构那些感动的最佳途径。于是，老虎的条纹变成了日月更迭、昼夜交替的时间①，变成了童心的象征②。

正因为这样，博尔赫斯多次写到虎，而且内容重复。在一篇题为《最后的老虎》（"Mi último tigre", 1984）中，他就重复了儿时的记忆。他说他"一生与虎有缘"。"从孩时起，阅读和我的生活紧密地交织在一起，以至于我难以清楚地分辨记忆中的第一只虎是版面上的图像，还是动物园里那只让我在铁栅栏外痴迷的动物……"所不同的是"最后的老虎"乃某动物世界的一只驯良的真兽，博尔赫斯在驯虎员的帮助下抚摩了它的金黄的皮毛。但本质上并没有什么不同。"古往今来的虎，都是标准的虎，因为就它而言，个体代表了全部"，博尔赫斯如是说（《夜晚的故事》，*Historia de la noche*, 1977）。

博尔赫斯还说，"老虎永远希望自己是老虎"。是的，老虎也永远是老虎。那么人呢？

人（尤其是孩子）的天性之一是喜欢动物，譬如老虎，这是一种既敬且畏的欢喜。老虎威武勇猛，素有兽王之称。我们汉语中的

---

① "随着岁月的流转／其他的绚丽渐渐将我遗忘／如今只剩下你／模糊的光亮、相伴的暗影／以及原始的金黄／哦，夕阳的光辉……"——《老虎的金黄》"El oro de los tigres", 1972。
② "古往今来的虎。都是标准的虎。因为就它而言，个体代表了全部。我们认为它既残忍又美丽。可一个叫诺拉的女孩说：'老虎为爱而生。'"（《夜晚的故事》）这是博尔赫斯第一次将虎与爱联系在一起，而且是借了妹妹诺拉之口。罗德里格斯·莫内加尔却认为博尔赫斯恋虎的背后潜藏着他对女人（金发）的渴望。什克洛夫斯基：《作为技巧的艺术》。转引自张隆溪《二十世纪西方文论述评》，北京：生活·读书·三联书店，1986年版，第75—76页。

"王"字，或许就是受了老虎额上花纹的启发。和博尔赫斯一样，去动物园看老虎多少也是我们童年时期的一大快事。没有战争的威胁，但同时也没有多少娱乐可言，看老虎，听老虎咆哮，便是令人兴奋的少数物事之一。然而，随着时间的流逝、年龄的增长，童年的记忆、童年的爱好逐渐远去，直至消失。于是，如前所述，我们无可奈何，更确切地说是无知无觉地实现了拉康（Lacan, Jacques）曾经启示的那种悲剧：任由语言、文化、社会秩序抹去人（其实是孩子）的本色，阻断人（其实是孩子）的自由发展，并最终使自己成为"非人"。但反过来看，假如没有语言、文化、社会秩序，人也就不成其为人了。这显然是一对矛盾，一个怪圈。一方面，人需要在这一个环境中长大，但长大成人后他（她）又会失去很多东西，其中就有对老虎的热衷；另一方面，人需要语言、文化、社会的规范，但这些规范及规范所派生的为父为子、为夫为妻以及公私君臣、道德伦理和形形色色的难违之约、难却之情又往往使人丧失自由发展的可能。

又譬如镜子：镜子和老虎一样，使博尔赫斯着迷。这也是一种既敬且畏的欢喜。

据说，博尔赫斯第一次对镜子产生敬畏是在乌拉圭的亲戚家。当时他与妹妹诺拉（Borges, Norah）及另一个孩子在房间里做游戏。房间比较黑（这适合于捉迷藏），其中一壁墙前耸立着一只衣柜，衣柜上镶嵌着一面镜子。有一天晌午，睡眼蒙眬的博尔赫斯看到有个影子出现在镜子里，他是个杀手，而且是他们做游戏时想象或试图扮演的那个杀手。妹妹诺拉和另一个小伙伴恰好午睡醒来，也看到了镜子里的杀手。他们本能地回头在现实时空中寻找，却什么也没有发现。于是，那个在镜子里隐约出现的映像顿时被赋予了神秘的色彩。从此以后，"鬼魂般永远醒着"的镜子便成了博尔赫斯一生的意象。也许多少因为诸如此类的原因，在西方，一旦有亲人去世，家里的镜子就会被暂时蒙上白布。换言之，博尔赫斯或许是因为这类传统才对镜子产生了恐惧之心。

在数量众多的诗文中，博尔赫斯不断吟诵并神化镜子，把镜子等同于现实的重复或重复的恐惧。"面对巨大的镜子，我从小就感到了现实被神秘地再现、增殖。在我看来，从傍晚时分开始，镜子就格外异乎寻常。它们准确而持续地追踪我的举止，在我面前上演无穷无尽的哑剧。于是，我向上帝和保护神的最大祈求便是别让我梦见镜子。我总是惴惴不安地窥视镜子，生怕它们会突然变形，复制出莫名其妙的容颜。"（《创造者》）在其他两首以镜子为题的诗篇中，博尔赫斯也重复了他的恐惧。

博尔赫斯时刻提醒读者：对镜子的恐惧乃是他儿时的感受，尽管随着年龄的增长这种感受被逐步赋予了形而上学的意蕴。当然，这是后话。我怀疑儿童时期的博尔赫斯有过这样的感受。这种怀疑首先来自他后来的作品：像镜子一样反复。令人奇怪的是，博尔赫斯年轻时并不见得那么热衷于镜子。他的诗集《布宜诺斯艾利斯激情》、《面前的月亮》和《圣马丁札记簿》几乎都没有写到镜子。更不用说他早期讴歌十月革命、追求形式创新的极端主义诗作。即便偶尔提及，比如《布宜诺斯艾利斯激情》中的《近郊》（"Cercanías"）——"镜面上泛着微光"——那镜子也只不过是一笔带过的简单物件："恰似黑暗中的水潭。"因而我想他对镜子的敬畏是后来才复兴的一种艺术感觉，或谓艺术需要。

文艺家什克洛夫斯基说过："艺术知识所以存在，就是为使人恢复对生活的感觉，就是为使人感受事物，使石头显示出石头的质感。艺术的目的是要人感觉到事物，而不仅仅知道事物。艺术的技巧就是使对象陌生，使形式变得困难，增加感觉的难度和时间的长度，因为感觉过程本身就是审美目的，必须设法延长。艺术是体验对象的艺术构成的一种方式，而对象本身并不重要。"①什克洛夫斯基突出了"感觉"在艺术中的位置，并由此衍生出关于陌生化或奇异化的一段经典论述。其实所谓陌生化，指的就是我们对事物的第一感觉。而这种感觉的最佳来源或许就是童心。它能使见多不怪的成人恢复特殊的敏感，从而"少见多怪"地使对象陌生并富有艺术魅力。

前面说过，就总体而言，人类无法回到自己的童年，恢复童年的敏感。但作家、艺术家可以。他们借艺术想象使人使己感受事物，

① 什克洛夫斯基：《作为技巧的艺术》。转引自张隆溪《二十世纪西方文论述评》，北京：生活·读书·三联书店，1986年版，第75—76页。

"使石头显示出石头的质感"。曹雪芹曾经借助于刘姥姥的"第一感觉"写出了钟的质感："刘姥姥只听见咯当咯当的响声，大有似乎打箩柜筛面的一般，不免东瞧西望的。忽见堂屋中柱子上挂着一个匣子，底下又坠着一个秤砣般一物，却不住的乱晃。刘姥姥心中想着：'这是什么爱物儿？有甚用呢？'正呆时，只听得当的一声，又若金钟铜磬一般，不防倒唬的一展眼。接着又是一连八九下。"[1]这样的"第一感觉"在伟大的作家艺术家手下屡见不鲜，屡试不爽。

然而，这种"第一感觉"并非真正意义上的童年记忆，而是一种艺术再造。我们成年人无法忆起孩提时代第一次看见镜子的感觉，即或记起也早被理性稀释了，但是我们可以通过某些实验清楚地看到幼儿第一次看见镜子时的激动。

且说博尔赫斯从害怕镜子到迷恋镜子并非自然而然，而是艺术再造的过程、艺术升华的过程。我不相信拉康关于镜像的理论或者福柯（Foucault, Michel）关于凝视的见解。所谓镜子在人类潜意识发展过程中的巨大作用显然是夸大其词。至于罗德里格斯·莫内加尔所说的镜子，则是把弗洛伊德学说推向了极致。具体到博尔赫斯，罗德里格斯·莫内加尔认为前者很可能通过镜子窥见了父母的性爱。他拿《特隆、乌克巴尔，奥比斯·特蒂乌斯》（"Tlön, Uqbar, Orbis Tertius"）中的一段开场白为例，说明博尔赫斯确实经常把镜子与性爱联系在一起。[2]这种说法和后来博尔赫斯随父母前往欧洲"是因为手淫成疾，

---

[1] 曹雪芹著，高鹗续：《红楼梦》，北京：人民文学出版社，1982年版，上卷，第100页。

[2] "我依靠一面镜子和一部百科全书的偶合，发现了乌克巴尔，镜子令人不安地悬挂在高纳街和拉莫斯梅希亚街的一幢别墅的走廊尽头；百科全书冒称《英美百科全书》（纽约，1917），实际上却是《不列颠百科全书》的一字不差的偷懒的翻版。这件事发生在5年前。那天晚上，比奥伊·卡萨雷斯和我共进晚餐，我们迟迟没有离开餐桌，为创作一部小说争论不休：这种小说要用第一人称，叙述者要省略许多材料，以引发各种各样的矛盾。只有少数几个读者——极少数几个——能够预见到一个残酷而又平庸的现实。挂在走廊尽头的镜子窥视着我们。我们发现（在深夜，这种发现是不可避免的），镜子有一股子妖气。于是比奥伊·卡萨雷斯想起来，乌克巴尔有一位祭司曾经这样说：镜子和交媾都是可怕的，因为它们都使人口增殖。"（收在1935年的《小径分岔的花园》，1944年《小径分岔的花园》与《杜撰集》合并，统译称《虚构集》以示区别。）

需要治疗"的推测一样虚妄。

我更相信镜子只是他的一个比喻，像梦魇，像世界，像上帝的影子。他后来描写镜子的那个童心当然也是再造的艺术，而非记忆的本身。再后来，他双目失明，永远看不到世界，也看不到自己了；镜子遂被日益蒙上了神秘的色彩。

凡此种种，同样在博尔赫斯的小说中反复出现。《罗森多·华雷斯的故事》（"Historia de Rosendo Juárez"）就因为主人公在鲁莽的挑战者身上看到了自己，才洗心革面，重新做人。"我在这个鲁莽的挑战者身上看到了自己，就像是对着一面镜子。"（《布罗迪的报告》，El informe de Brodie, 1970）这个神奇的故事曾经在《恶棍列传》（Historia universal de la infamia, 1935）中演绎过一次，只不过当时博尔赫斯尚未将镜子与"上帝知道的完美形式"联系在一起，也尚未联想到这面"以人鉴己"的"镜子"与诸多神秘故事的关系[①]。我想，镜子的这种奇特功用暗合着他关于"另一个我"的剖视。

此外，在《探讨别集》（Otras inquisiciones, 1952）中博尔赫斯援引《新约·哥林多前书》（Novum Testamentum Corinthians）中圣保罗的话说，我们看世界，就像是"通过一面镜子看谜"，或者用德·昆西（De Quincey, Thomas）的说法，把镜子与"钥匙"混为一谈："地球上的各种非理性的声音也应该是各种代数和语言，在一定意义上各有各的钥匙，即它们严格的公式和语法。因此，世界上的小物件可能就是大世界的秘密镜子。"这就应了一粒沙中看世界的佛家名言。而镜子在这里也就最终失去了作为对象的本来含义。

再譬如迷宫：它是镜子或多面镜子的延伸，自然令博尔赫斯着迷。

不少传记家把博尔赫斯的迷宫情结归因于儿时的玩耍，认为童年的博尔赫斯在自己身上看到了忒修斯或牛头怪，在诺拉身上看到了

---

① 其中数《塔德奥·伊西多罗·克鲁斯小传》（《阿莱夫》）最为典型。故事源出《马丁·菲耶罗》，主人公克鲁斯率部捉拿马丁·菲耶罗，"他在黑暗中奋力搏杀，心里却开始明白。他明白命运并不给人贴好坏标，人们应该凭良心做事。他明白肩章和制服对他只是个束缚"。最终，他在对手身上看到了自己的影子，于是"认敌为友""投暗弃明"。这样一来，马丁·菲耶罗也便当仁不让地成了克鲁斯的一面镜子。

帕西法厄或阿里阿德涅（在博尔赫斯的记忆中，诺拉人小鬼大，常常在游戏里充当主角，而且说得出"老虎为爱而生"那样深刻玄妙的话来）。我以为这多少有些牵强。前面说过，作家博尔赫斯的童年感觉是非常值得怀疑的。童年的精灵和魔鬼、游戏和记忆也许只是他艺术创作的噱头和契机。

但博尔赫斯的确是在童年的游戏和阅读中认识迷宫的，而且我想博尔赫斯一定是读完希腊神话之后，才开始创造有关迷宫的游戏或对现实中的迷宫形成概念的。就像博尔赫斯所说的那样，"我对事物的理解，总是书本先于实际"[1]。

据博尔赫斯回忆，他和妹妹常到阿特罗格去度假，那里的房子很像一座迷宫。而在这之前，他应该已经在书里看到过弥诺陶洛斯迷宫及有关迷宫的神话，尽管他对迷宫及迷宫神话的详细叙述是在1969年：那牛头怪是克里特岛王后帕西法厄与一头海底公牛的爱情产物[2]。弥诺陶洛斯一方面满足了王后的变态欲望，另一方面又秘密营造了一座迷宫，将新生的怪物囚禁起来。牛头怪吃人，为了供养他，克里特国王强迫雅典每年进贡少男少女各七名。当轮到雅典王子忒修斯成为牺牲品时，他决心与怪物决一死战，以便将自己的城邦从这一可怕的灾难中永远解救出来。克里特国王的女儿阿里阿德涅送给他一个线团，引导他在迂回曲折的迷宫里找到出路。英雄杀死牛头怪后逃出了迷宫。

大意如此。同时，也是在1969年的《阴影颂》（*Elogio de la sombra*）中两次以迷宫为题，复述了他对个中神秘的遐想。奇怪的是博尔赫斯并不是沿着神话的既定思路来诠释迷宫的。迷宫的遭遇与镜子相同，也是在他以后的创作中逐步完成其玄妙意象的。他在早期作品中很少提到迷宫，即使在40年代的《小径分岔的花园》中，迷宫（或谜语）也只是一个遥远的背景。60年代的《创造者》和《阴影颂》才比较集中地阐释迷宫并把弥诺陶洛斯神话逐步解构并演绎成了后来的"阿斯特里昂神话"。

① Borges: *Autobiografía*, Buenos Aires: El Ateneo, 1999, p.32.
② 但丁将他描绘成人首牛身。——原注

在《皇宫的寓言》（"Parábola del palacio"）中，博尔赫斯只是泛泛地提到了迷宫：一天，皇帝带着诗人参观宫殿。他们一路走去，先经过西面一大片台阶，台阶像一个几近无边的露天剧场的阶梯，向下通往一个乐园或者花园，园中的金属镜子和错综复杂的刺柏围篱显现出迷宫的迹象。他们兴高采烈地走了进去，起初仿佛是在做一种游戏，但后来却感到了不安，因为刺柏围成的通道看似笔直，实际上乃是连绵不绝的弧形，构织着秘密的圆圈。

在此后以《迷宫》（"Laberinto"）为题的诗篇中，作家开始真真正正地构织自己的迷宫了。其中一首吟道：

永远找不到出口。你在哪里，
哪里便是整个宇宙，
既无正面，或者反面；
也没有外部，或者秘密的中心。
你蹒跚而行，脚下的路
注定要分岔，另一条，
再执拗地通向另一条，
你休想找到尽头。你的命运
早已注定，一如造物主毫不留情。
你无须担心，
那牛头人身的怪物
给错综复杂的石宫
增添什么恐惧。

——《影子颂》

随后创作的另一首《迷宫》（"El laberinto"）是对前一首的补充和扩展。叙述者从"你"回到了"我"，诗人对弥诺陶洛斯神话的演绎也从纯粹的解构演变成了一种可怕的重构：

宙斯无法让我解脱

[……]
那就是我的命运。
随着岁月的侵蚀，笔直的通道
变成迂曲的圆圈，
石墙裂出了缝隙。
我在苍茫的尘埃中，
分辨出可怕的足迹。
傍晚的空中有凄凉的吼声
或吼声的回音。
我知道阴影中还有一个。
他的命运是走向枯竭：
这个地狱的漫长孤寂。
[……]
我们两个互相找寻。
但愿这一天是最后的期待。

—— 《影子颂》①

在这些有关迷宫的游戏中，叙述者（或者博尔赫斯）开始把自己等同于弥诺陶洛斯。这一点在小说集《阿莱夫》（*El Aleph*, 1949）中得到了证实。有趣的是，《阿莱夫》的创作时间先于以上诗文。这种"谜底"先于"谜面"的做法多少蕴含着博尔赫斯式秘密武器的要素："反其道而行之"。

《永生》（又译《不休者》，"El inmortal"）占据了《阿莱夫》这个集子的首要位置。它虽然很少直接提到"迷宫"，但所有描写和布局实际上都是围绕着迷宫及其谜底展开的。它与《杜撰集》（*Ficciones*, 1944）中《死亡与罗盘》（"La muerte y la brújula"）的主题十分相似。所不同的是前者的谜面是空间，谜底是忘却；后者的起因是时间，结

① https://www.academia.edu/30114545/borges-elogio-de-la-sombra-poesía/pdf.

279

果是死亡。而忘却和死亡又常常是可以画等号的。

从某种意义上说，时间到空间的转换强化了迷宫的意蕴。"我的艰辛起始于底比斯的一座花园"，"后来发生的事情扭曲了记忆"，"我忍无可忍地看到了一座迷宫"。迷宫虽然小巧玲珑，但曲径分岔，"我知道我到达目的地之前就会死去"。"我从地下来到一个地方，它就像是个广场，更确切地说是个院子。院子四周是循环连续的建筑，尽管建筑的每个组成部分形态各异，高低不一，而且配有相应的穹隆和廊柱。这一出人意料的建筑的最大特点和奇特之处是它的古老。我觉得它先于人类，甚至先于地球而生成。在我看来，这种明显的古老（尽管看来有些可怕），只能出自不朽的工匠之手。我在这错综复杂的宫殿里摸索，起初小心翼翼，之后就无动于衷甚至恼火至极了……这座宫殿是神建造的，开始我想。但是当我参观完所有无人居住的地方后，我改变了想法：建造宫殿的神已经死了。由于注意到了宫殿的奇异之处，我又说'宫殿的建造者准是个疯子'"，等等。最后，"接近尾声时，记忆中的形象已然消释，只剩下了一个句号……我曾是荷马，不久之后，我将和尤利西斯一样，谁也不是；再之后，我将成为众人，因为我将死去"。这个故事在《两位国王和两座迷宫》（"Los dos reyes y los dos laberintos"）中再次分化并合二为一。《两位国王和两座迷宫》取材于阿拉伯传说（这是博尔赫斯惯用的手法），说的是古巴比伦有一位匠心独具的国王，他下令建造了一座玄妙复杂的迷宫。一次，他邀请或者欺骗一位阿拉伯国王进入迷宫，参观这一鬼斧神工的杰作。阿拉伯国王在迷宫中东奔西突，走了一天也没能找到出口。直到他祈求神灵帮助，才勉强脱离险境。他发誓要以其人之道还治其人之身。后来，他率领手下大举进犯巴比伦，长驱直入，势如破竹。最后，他成功俘获对手，并将他带到了一望无际的沙漠。他对已经不是巴比伦国王的巴比伦国王说：这就是我让你参观的迷宫，它既没有阶梯，也没有门墙。说罢，他留下对手，带着自己的人马走了。对手独自待在一望无际的沙漠里，终于饥渴而亡。

在《阿莱夫》的另一篇小说《死于自己迷宫的阿本哈坎》

（"Abenjacán el Bojarí, muerto en su laberinto"）中，叙述者讲述了一个后来不断轮回（或者角色转换）的故事：国王阿本哈坎的对手萨伊德为了杀死阿本哈坎，将自己装扮成阿本哈坎。而这个假扮的阿本哈坎进入迷宫的目的并非为了宝藏，而是杀死阿本哈坎。但杀死阿本哈坎的结果是自己变成阿本哈坎。博尔赫斯援引《古兰经》（*Qur'an*）里的一句话作为题词，"……譬如蜘蛛织网"，并借人物之口，认为"谜底终究不如谜面本身来得有趣"。这是因为，谜面具有超然、神奇的色彩，而答案往往只是简单的把戏。这或许就是博尔赫斯如此热衷于重复谜面的原因：关于迷宫的种种说法。回到前面说过的几篇以迷宫为题的诗文，当不难看出博尔赫斯更加关心事物的过程，而所谓的结论（假如给出结论）则常常由死亡或者忘却A取代B或者B等于A一笔带过。

这样的重复（解读或演绎）虽然带有一定的游戏色彩，但它们构成了博尔赫斯迷宫的不同回廊或交叉小径。

《阿斯特里昂之家》（"La casa de Asterión"）是《阿莱夫》这个小说集中最令人关注也最重要的篇什之一。阿斯特里昂原本是指小行星或恒星之类，是博尔赫斯在翻阅词典时偶然获得的，用来命名他的这一个"牛头怪"。小说由三部分组成。第一部分只有一句话："王后生下了阿斯特里昂。"这也是小说的一句十分重要的题词，限定了阿斯特里昂与弥诺陶洛斯的对应关系。小说的第二部分，也即主体部分，是阿斯特里昂在"王宫"的独白。随着叙述的一步步深入，我们逐渐发现他原来是个"囚徒"，他所在的"王宫"竟是一座迷宫："我像一只要发起攻击的小公羊那样，在石头的回廊里东奔西跑，直至头晕目眩……""宫殿的所有部分都重复了好几回，任何地方都是另一个地方……"小说的最后一部分只有两句话："晨曦在青铜铸就的剑刃上闪闪发光，上面没有一丝血迹。'你相信吗，阿里阿德涅？'忒修斯说，'那个牛头怪根本没有反抗。'"

小说所以令人关注，并非因为阿斯特里昂与弥诺陶洛斯、王宫与弥诺陶洛斯迷宫的简单对应，而是它提供的神话以外的各种信息。比如阿斯特里昂说，"我不能和平民百姓厮混，尽管我谦逊的性格很希望这么去做";"在许多游戏中，我最喜欢假扮成另一个阿斯特里昂。我假设他是我请来的客人，带他参观我的宫殿。我一本正经地对他说：'现在我们回到先前的岔口'，或者'我们进入另一个庭院'，或者'早知道你会喜欢水沟'，或者'你会看到一个积满淤泥的水池'，或者'你还会看到一分为二的地下室'。有时候我把角色颠倒了，于是我们高兴地笑了。"这不能不让人联想到博尔赫斯的童年的孤独、童年的游戏。当然更为重要的是忒修斯并非那一个神话中的"对手"，而是等待中的"救星"。"……预言说我的救世主迟早会来。从那时起，我不再因孤独而痛苦，我知道我的救世主依然存在……但愿他把我带到一个没有这许多回廊和门道的地方。"这段独白不但彻底消解了希腊神话中牛头怪和忒修斯的关系，而且最终牵引出另一个神话——博尔赫斯的形而上学："我的救世主会是什么模样？我思量着。他到底是牛还是人？也许，他是一头长着人脸的牛？也许，他和我一模一样？"

可见，博尔赫斯呈现的更多是童心之幻，它或可用来匡正和补充李贽的童心之真。首先，神话被认为是人类童年时期的艺术创造，和童心的关系毋庸讳言。而今，人类虽然早已远离童年，但童年的艺术创造一直通过其不灭的原型鲜活地流传于世界艺术。借马克思的话说，困难不在于它们是如何同一定的社会发展形式结合在一起的，"困难的是，它们何以仍然能够给我们以艺术享受，而且就某些方面说还是一种规范和高不可及的范本"。这里既有孩童之天真烂漫给成人带来的愉悦，也有神话-原型批评和"陌生化"理论所揭示的某些艺术法则。其次，文学又因为和童心联系在一起，注定会在写实和幻想两极徘徊。换言之，童心可以戳穿"皇帝的新装"；但同时童心也可以给裸露的皇帝穿上新装，而且让头上的云彩变成天使，地下的动物变成妖怪。进而言之，在特定条件下，童心之幻也即童心之真。童心说：皇帝没穿衣服；童心又说：云彩就是天使。于是，幻即是真，真即是幻。这就是童心的奇妙。从某种意义上说，这也是艺术的奇妙。正因如此，童心便不仅仅是"陌生化"的最佳载体，同时可能还是"熟悉化"的最佳载体。当然，前面说过，这个"熟悉化"好比儿童游戏，也许只是陌生化的另一张面孔。

总之，博尔赫斯从一个迷宫走向了另一个迷宫（另一个自己）。他的学生——青年胡利奥·科塔萨尔（Cortázar, Julio, 1914—1984）则更为直接地把忒修斯和牛头怪的关系给颠倒了。后者的《国王们》（Los Reyes）非但取材于弥诺陶洛斯神话，而且发表于1949年。这显然不是什么巧合。我猜他准是受了老师博尔赫斯的影响。20世纪三四十年代，博尔赫斯一边在布宜诺斯艾利斯的大学里讲授文学，一边正构织着有关弥诺陶洛斯迷宫的鲜活故事，向学生揭示、灌输一些诸如此类的玄想几乎是不可避免的。何况到了40年代后期，阿根廷社会日益被白色恐怖所笼罩，博尔赫斯等绳愆纠谬自不待言，血气方刚的科塔萨尔们口诛笔伐更是理所当然。

且说诗剧《国王们》是科塔萨尔的处女作，取材于忒修斯战胜弥诺陶洛斯的神话。在希腊神话中，弥诺陶洛斯是个人身牛头的怪物，被囚禁在迷宫里。弥诺陶洛斯以人为食，克里特岛每年要强迫雅典进贡童男童女各七名以飨怪物。为解除雅典人民的苦难，雅典王子忒修斯在克里特公主阿里阿德涅的帮助下，深入迷宫，杀死了怪物。在《国王们》中，作者反其意而用之，通过象征和对比，把弥诺陶洛斯塑造成了磨而不磷、涅而不缁、无私无畏、令人尊敬的殉道者。这个形象从一开始即因一系列无辜和无奈而被克里特岛的独裁者命定般地视为大逆不道。出生之后，他的丑陋和反常更让弥诺陶洛斯忍无可忍。正因如此，弥诺陶洛斯处心积虑地建造了一座黑暗恐怖、没有出路的迷宫，将弥诺陶洛斯这个"异己"投入其中。然而，公主阿里阿德涅深明大义，她交给忒修斯的那个线团并非用来帮助雅典王子，而是为了拯救她那同母异父的兄弟。诗剧的结尾让人击节赞叹：黑暗并没有使弥诺陶洛斯屈服，当然也没能使他变坏。弥诺陶洛斯根本没有反抗。他的平静和善良使忒修斯大为震惊。这样一来，所谓怪物的种种可怕都反过来成了别人强加的莫须有罪名。

同样，现实的残酷使许许多多天真善良的孩子成了弥诺陶洛斯。科塔萨尔不得不亡命海外；博尔赫斯被荒谬地任命为市场家禽稽查员，乃是不幸中的万幸。

至于现代欧美学界拿博尔赫斯作后现代主义的大师说来说去，则是理所当然的。自20世纪20年代伊始，博尔赫斯就依然是个不折不扣的叔本华式的怀疑主义者，而童年的邈远、童心的模糊又那么真切地实现了这种怀疑：真虎与梦虎、镜子与现实、迷宫与世界或者书本（文本）与读者、读者与诗人、诗人与宇宙、宇宙与书本之间的关系，乃是何等的确定与不确定。但这种确定与不确定一方面因为非常确定，而无须我等多说；另一方面又因为别人已经说得太多，而多少有些令人厌烦，以至于我等不免要说"后现代主义是个筐，什么都可以往里装"。

一如奥克塔维奥·帕斯之于墨西哥先锋思潮，博尔赫斯显然也是阿根廷先锋派的集大成者。关于这一点，本著稍后将在"幻象派小说"中再予置评。

（三）其他先锋派诗人

先锋思潮几可包罗20世纪二三十年代所有反传统写作，实在难以在这里全面展示。同时，考虑到将对小说进行专章阐述，在此仅就西班牙语美洲的其他先锋诗人稍加点厾，不再以国别或时间发凡起例。

其中需要提及的先锋诗人有危地马拉的路易斯·卡尔多萨·伊·阿拉贡（Cardoza y Aragón, Luis, 1901—1992）和塞萨尔·布拉尼亚斯（Brañas, César, 1899—1976），洪都拉斯的克劳迪奥·巴雷拉（Barrera, Claudio, 1912—1971）、哈科沃·卡尔卡莫（Cárcamo, Jacobo, 1916—1959）和丹尼尔·拉伊内斯（Laínez, Daniel, 1914—1959），萨尔瓦多的科劳迪娅·拉尔斯（Lars, Claudia, 1899—1974）、阿尔弗雷多·埃斯皮诺（Espino, Alfredo, 1900—1928）和佩德罗·赫奥弗罗伊·里瓦斯（Geoffroy Rivas, Pedro, 1908—1979），尼加拉瓜的路易斯·阿尔贝托·卡拉雷斯（Carrales, Luis Alberto, 1901—1974）、马诺罗·库阿德拉（Cuadra, Manolo, 1907—1957）、何塞·科罗内尔·乌尔特乔（Coronel Urtecho, José, 1906—1994）、马努埃尔·德尔·卡夫拉尔（Cabral, Manuel del, 1907—1999）和帕勃罗·安东尼奥·库

阿德拉（Cuadra, Pablo Antonio, 1912—2002），哥斯达黎加的阿隆索·乌约阿·萨莫拉（Ulloa Zamora, Alfonso, 1914—2000）、费尔南多·鲁汉（Luján, Fernando, 1912—1967）和阿尔图罗·埃切维利亚（Echeverría, Arturo, 1909—1966），古巴的玛丽亚·梅赛德斯·罗伊纳斯（Loynaz, María Mercedes, 1902—1997），巴拿马的德梅特里奥·科尔西（Korsi, Demetrio, 1899—1957）、圣地亚哥·安吉索拉（Anguizola, Santiago, 1898—1980）、德梅特里奥·埃雷拉（Herrera, Demetrio, 1902—1950）、拉法埃尔·加西亚·巴尔塞纳（García Bárcena, Rafael, 1907—1961）、杜尔塞·玛丽亚·罗伊纳斯（Loynaz, Dulce María, 1902—1997）、埃乌赫尼奥·弗洛里特（Florit, Eugenio, 1903—1999）、埃米利奥·巴利亚加斯（Ballagas, Emilio, 1908—1954）和费利克斯·皮塔·罗德里格斯（Pita Rodríguez, Félix, 1909—1990），多米尼加的莫雷诺·希梅内斯（Jimenes, Moreno, 1894—1986）、托马斯·埃尔南德斯·弗朗哥（Hernández Franco, Tomás, 1904—1952）、马努埃尔·德尔·卡勃拉尔（Cabral, Manuel del, 1907—1999）、埃克托尔·卡勃拉尔（Cabral, Héctor, 1912—1979）和佩德罗·米尔（Mir, Pedro, 1913—2000），波多黎各的路易斯·帕莱斯·马托斯（Palés Matos, Luis, 1898—1959）、何塞·阿古斯丁·巴尔塞伊罗（Balseiro, José Agustín, 1900—1992）、维森特·马托斯（Matos, Vicente, 1903—1963）和路易斯·埃尔南德斯·阿基诺（Hernández Aquino, Luis, 1907—1988），委内瑞拉的哈辛托·丰博纳·帕查诺（Fombona Pachano Jacinto, 1901—1951）、路易莎·德尔·巴列·席尔瓦（Valle Silva, Luisa del, 1902—1962）、拉法埃尔·奥利瓦雷斯·费盖罗阿（Olivares Figueroa, Rafael, 1893—1972）、何塞·拉蒙·埃雷迪亚（Heredia, José Ramón, 1900—1948）、路易斯·费尔南多·阿尔瓦雷斯（Alvarez, Luis Fernando, 1902—1952）、米格尔·奥特罗·席尔瓦（Otero Silva, Miguel, 1908—1985）和维森特·赫尔巴西（Gerbasi, Vicente, 1913—1992），哥伦比亚的路易斯·维达莱斯（Vidales, Luis, 1900—1990）、赫尔曼·帕尔多·加西亚（Pardo García, Germán, 1902—1991）、拉法埃尔·玛雅（Maya, Rafael, 1897—1980）、何

塞·乌马尼亚·贝尔纳尔（Umaña Bernal, Bernal, 1899—1982）、爱德华多·卡兰萨（Carranza, Eduardo, 1913—1985）和豪尔赫·罗哈斯（Rojas, Jorge, 1911—1995），厄瓜多尔的奥罗拉·埃斯特拉达（Estrada, Aurora, 1901—1967）、马努埃尔·安赫尔·莱昂（León, Manuel Angel, 1900—1942）、贡萨罗·埃斯库德罗（Escudero, Gonzalo, 1903—1971）和阿尔弗雷多·贡戈特纳（Gangotena, Alfredo, 1904—1945），秘鲁的卡洛斯·奥坎多·德·阿马特（Oquendo de Amat, Carlos, 1904—1936）、马丁·亚当（Adán, Martín, 1908—1985）、哈维埃尔·阿布里尔（Abril, Xavier, 1905—1990）、恩利盖·佩尼亚·巴雷内切阿（Peña Barrenechea, Enrique, 1904—1988）、塞萨尔·摩罗（Moro, César, 1903—1956）、法比奥·哈马尔（Xammar, Fabio, 1911—1947）和玛格妲·坡塔尔（Portal, Magda, 1901—1989），智利的维森特·维多夫罗、翁贝托·卡萨努埃瓦（Casanueva, Humberto, 1906—1992）、胡利奥·巴雷内切阿（Barrenechea, Julio, 1910—1979）、奥马尔·卡塞雷斯（Cáceres, Omar, 1904—1943）、安东尼奥·翁杜拉加（Undurraga, Antonio, 1911—1993）和尼卡诺尔·帕拉（Parra, Nicanor, 1914—2018），巴拉圭的费利斯贝托·埃尔南德斯（Hernández, Felisberto, 1902—1964）、何塞菲娜·普拉（Plá, Josefina, 1909—1999）和埃里布·坎坡斯·塞维拉（Campos Cervera, Hérib, 1908—1953），乌拉圭的尼科拉斯·福斯科·桑索内（Fusco Sansone, Nicolás, 1904—1969）、阿尔弗雷多·马里奥·费雷伊洛（Ferreiro, Alfredo Mario, 1899—1959）、艾斯特尔·德·卡塞雷斯（Cáceres, Esther de, 1903—1971）、萨拉·德·伊巴涅斯（Ibáñez, Sara de, 1905—1971）、伊尔德方索·佩雷达（Pereda, Ildefonso, 1899—1996）和胡安·昆阿（Cunha, Juan, 1910—1985），等等。这无疑是西班牙语美洲诗坛的一个黄金时期的开始，但因篇幅所限，许多诗人作家只能"等"掉。好在有墨西哥和阿根廷一头一尾两个范例，也好在一些重要诗人还将另辟章节进行评介，这里只能点到为止。即便如此，西班牙语美洲先锋派诗潮的"汹涌"程度也可见一斑。由此，也足见文学史或通史永远是一项有遗憾的工作。无论怎么深思熟

虑，弹指之间的取舍均可能构成对过去和未来的双重"背叛"。

　　鉴于将辟专章介绍同时代重要诗人，这里仅对智利诗人维森特·维多夫罗稍作交代，盖因其对西班牙语美洲诗坛的贡献当不亚于上述任何先锋诗人。前面说过，他几乎和博尔赫斯同时接受了极端主义等先锋思潮，并由衷地敬佩西班牙极端主义诗人坎西诺斯-阿森斯（Cansinos-Asséns, Rafael）和法国先锋派诗人阿波利奈尔。在1925年发表于巴黎的《创造主义宣言》（"Manifiesto del Creacionismo"）中，维多夫罗声称创造是一切艺术的灵魂，"让虚构变成真实［……］创造神奇，并赋予生命。创造客观现实中永远阙如的奇妙状态［……］当我写'小鸟在彩虹上筑巢'，也便向你们展示了前所未有，今后也不可能见到的新鲜事物，但你们一定渴望见到。诗人必须创造独一无二、绝无仅有的事物"。[①]在他看来，艺术的秘诀第一是创造，第二是创造，第三还是创造。在一首题为《诗艺》（"Arte poética", 1916）的早期小诗中，诗人就已表达了创造主义思想：

<blockquote>

让诗歌变成一把钥匙
打开千万扇门上的锁。
一叶飘落，一物飞过，
眼前的一切皆是创造，
让听闻者的灵魂颤抖。

创造新世界，推敲新辞藻，
形容词没有生命就要扔掉。
我们处在神经周期，
肌肉犹如记忆，
在博物馆里束之高阁；
然而我们并不因此缺乏力量：
真正的生命力

</blockquote>

---

① https://www.vicentehuidobro.uchile.cl/manifiesto1.htm/pdf.

存在于头脑中。

哦诗人，何必歌唱玫瑰？
让它在诗中开放。

阳光下的一切事物
只为我们生长。

诗人就是一个小上帝。[①]

这种思想和博尔赫斯关于诗人——"创造者"（"El hacedor"）的意象如出一辙。事实上，他俩本是同源，最后又殊途同归：在文学和造物之间画上等号。

维多夫罗是个勤勉多产的诗人，除了《诗艺》这部发表于1916年的同名诗集，还有《高翔的苍鹰》（*Altazor*, 1931）等前后十余部诗集和长篇小说《熙德武士》（*Mío Cid Campeador*, 1929）等其他作品。在此恕不一一列举。此外，他还就文学和政治等现实问题同聂鲁达产生争执，尽管当西班牙内战爆发时他们又携手参加了国际纵队。

（四）先锋派戏剧

三四十年代是墨西哥戏剧的辉煌时期。除了有诗坛、剧坛两栖的诺沃、比亚乌鲁蒂亚和戈罗斯蒂萨等，墨西哥剧坛还出现了被誉为"横空出世"的罗多尔福·乌西格利（Usigli, Rodolfo, 1905—1979）。于是，从一派萧条到惨淡经营到勃勃生机，墨西哥剧坛迎来了第一个春天。

乌西格利少年时期即从事戏剧活动，先后在尤利西斯剧团和哥伦布剧院参加演出并充当剧务。1922年起在艺术学校学习戏剧创作并开始在文学刊物上发表习作和评论。1925年赴耶鲁大学进修戏剧艺术。

[①] https://www.vicentehuidobro.uchile.cl/poema6.htm/pdf.

回国后应聘在墨西哥国立自治大学文哲系讲授戏剧艺术并从事戏剧创作。30年代末致力于筹办"夜半剧团"。

他的主要作品大都发表于30年代。其中较著名的有《冒名顶替者》（*El gesticulador*, 1937）、《家庭晚餐》（*La familia cena en casa*, 1942）、《影子皇冠》（*Corona de sombra*, 1943）、《哈诺是个女孩》（*Jano es una muchacha*, 1952）、《火焰皇冠》（*Corona de fuego*, 1960）等等。

英国戏剧家萧伯纳（Shaw, George Bernard）对他的作品产生了影响。萧的奇幻，萧的浪漫，萧的雄辩，及萧既注重创新又善于继承、既讲究对白又不忽视情节与戏剧性的特点在乌西格利的代表作《冒名顶替者》中被展现得淋漓尽致。当然，乌西格利并非萧的模仿者，他的作品提供了一种适于表现墨西哥人的方式：在正剧中注入闹剧成分。时间证明他的这种方法是成功的。近一个世纪以来，《冒名顶替者》一再重演，竟未遭时尚的冷落。

此剧更改如下：某大学历史系教授塞萨尔·鲁比奥既自负又爱慕虚荣。然而他生不逢时，风华正茂时遇上了不虞之灾——墨西哥革命。战争结束后现实又无情地捉弄了他：正当他踌躇满志，准备在史学界一显身手之际，西方经济危机波及墨西哥，他不幸失业。他终于百无聊赖，携妻子儿女离开首都，回到乡下老家。鲁比奥的子女极不适应乡村生活：儿子马里奥留恋大学生活，热切关注着如火如荼的学生运动，因而责怪父亲虚伪、懦弱、逃避斗争；女儿胡利娅向往城市生活，且痴情地思念那并不爱她的花花公子，故而埋怨父亲贫穷、无能、不负责任。鲁比奥明知情非得已，却还要违心地申辩。回到乡下的头一天，一家人就吵得面红耳赤。正在他们唇枪舌剑闹得不可开交之际，来了一位不速之客。此人自称是美国某名牌大学历史系教授，对墨西哥革命有浓厚的兴趣。既是同行，鲁比奥便不顾妻子埃斯特尔的反对，热情地款待了他。是夜，两位历史学家谈起了神秘的塞萨尔·鲁比奥将军。塞萨尔·鲁比奥将军是墨西哥革命时期的风云人物。他于1908年7月打响了反对迪亚斯独裁统治的第一枪，嗣后又鼓动马德罗等人发动武装起义。但是在革命的紧要关头，他却销声匿迹，迄今音讯杳无。为了寻找他的踪迹，多少人不辞艰辛、千里迢迢来到此地——他的故乡。眼前的美国教授便是其中的一个。鲁比奥同美国人侃侃而谈，倏地一个念头从他脑海闪过，他幻想通过这位素昧平生的同行获得去美国执教的机会。于是趁机卖弄，向他介绍起鲁比奥将军的情况来。美国人听了果然对他刮目相看，急切地望着这个与自己的研究对象同姓、同名、同乡而且年龄相仿的主人，希望他把一切都说出来，并表示要以重金酬报。鲁比奥百般炫耀自己的学识，绘声绘色地叙述了鲁比奥将军在一次远征中被他的副官杀害的全部经过。美国人喜出望外，但很快又冷静下来。他不相信，也不愿相信一位叱咤风云、举世瞩目的革命领袖就这样不明不白地死去。他认为这不合乎历史逻辑，况且将军的尸首一直没有找到。美国人使鲁比奥啼笑皆非。他只好顺水推舟，说鲁比奥将军没有死，他身负重伤后在一个秘密所在疗伤静养。当他痊愈时，墨西哥大局已定，卡兰萨掌握了政权，各路革命军或被消灭，或被招安。他无可奈何，只好隐姓埋名。美国人对这种结局仍不满意，认为这是唐突古人。在他看来，像鲁比奥这样的革命者，不可能轻易放弃自己的奋斗目标。鲁比奥又迎合对方说，将军正在继续战斗，只不过方式有所不同。他说着说着，脸上泛起了兴奋而自豪的神色。他被一种突如其来的力量所驱使，忽然庄重地宣称："鲁比奥在执行一项神圣的使命。他要让下一代认识真理和事实，就像您和我。"美国人恍然大悟。他情不自禁地重复着鲁比奥的话，认定对方就是二十多年前销声匿迹的革命将领，竟不惜巨万，买下了他的几样"证物"，并保证会信守诺言，决不泄露秘密。埃斯特尔侧耳听到丈夫和美国人的谈话，不禁悲从中来。美国人走后，她苦口婆心，劝丈夫赶快离开家乡。可此时的鲁比奥已经得意忘形，不能自已。几周后，外出寻找工作的儿子马里奥拿着一张报纸气冲冲回到家里。他指着上面的头条新闻，警告父亲不要自欺欺人。鲁比奥方知美国人没有守约。他顿时忧郁不安，一筹莫展。埃斯特尔感到事情不妙，准备收拾行李，马上离开，但为时已晚。唯独胡利娅欢呼雀跃，仿佛父亲就是那个同姓同名的一代名将。门外，调查委员会的先生们要求会见鲁比奥。他们代表国家各级政府和社会舆论对鲁比奥提出了一系列问题。鲁比奥闪烁其词，这反而使来者更加相信他就是美国人所说的嫌恨政治、投身教育、穷困潦倒的老将军，而他妻子埃斯特尔和儿子马里奥言之凿凿的否定也越发使他们确信无疑。不久，鲁比奥被革命党推举为州长候选人，同其竞争对手、原鲁比奥将军的副官见面。二人侧目而视，心照不宣。第二天，鲁比奥遭人暗杀，原鲁比奥将军的副官当选州长。当日，新州长率军政官员，前来慰问死者家属。

乌西格利的这一作品真真假假，给原本神秘的人物、事件增添了新的神秘色彩。由此可见，乌西格利从偏重写实或技巧探索的路数中解脱出来，进入了一种更为大胆，也更为广阔的创作空间。诚然，当时的批评界却从剧情本身的真实与否出发，对《冒名顶替者》采取了两种截然不同的解读方式。一种认为它是对大真若幻的历史（人物、事件）的演绎，故而称之为现实主义；另一种则否定剧情的真实性，从而一味地强调它的虚幻和不可信。

乌西格利本人则多次提醒读者、观众应给"冒名顶替者"加上一个问号，而问题本身的模棱两可导致了现实向戏谑、虚构层层递进，或者相反也未尝不可。这样的创作路数显然是西班牙当代作家哈维埃尔·塞尔卡斯（Cercas, Javier）的《萨拉米斯的士兵》（又作《萨拉米纳的士兵》，*Soldados de Salamina*, 2001）的先声。

除却乌西格利及前面提到的诺沃、比亚乌鲁蒂亚和戈罗斯蒂萨，同时期走红的剧作家还有玛丽亚·路易莎·奥坎波（Ocampo, María Luisa）、路易斯·奥克塔维奥·马德罗和卡门·托斯卡诺（Toscano, Carmen）等。这些作家虽曾为当时的墨西哥先锋戏剧摇旗呐喊，然而，由于种种原因，他们的作品已大都被滚滚时流所淘汰，幸存的也许仅有《冒名顶替者》，故而在此以点带面当无不可。

阿根廷和其他西班牙语美洲剧坛的情况大抵相仿。标新立异者众多，但流传下来的作品却寥寥无几。说到标新立异，世纪初以降，西班牙语美洲剧坛的确思潮纷杂，热闹非凡。这是戏剧繁荣的时期，也是戏剧与反戏剧并存对立、互不妥协的峥嵘岁月，重新梳理和检视非但需要，而且必要。

进入新世纪后，阿根廷剧坛涌现了多位剧作家，有恩里盖·加西亚·维约索（García Velloso, Enrique）、马丁·科罗纳多、尼科拉斯·格拉纳达（Granada, Nicolás）、大卫·佩尼亚（Peña, David）、埃米利奥·贝里索（Berisso, Emilio）等等。但是他们并没有留下令人怀念的剧作。倒是隔壁的乌拉圭剧作家弗洛伦西奥·桑切斯（Sánchez, Florencio, 1875—1910）奉献了一系列令人称道的现实主义作品。其中发表于世纪之初的《我的医生儿子》（*Mi hijo el doctor*, 1903）、《美国娘们》（*La Gringa*, 1904）、《坡下》（*Barranca abajo*, 1905）、《健康的权利》（*Los derechos de la salud*, 1907）、《我们的孩子》（*Nuestros hijos*, 1907）等，以不变应万变，躲过了现代主义的冲击，并奇迹般地成为乌拉圭剧坛的耀眼明星，被不断搬上舞台。其中《我的医生儿子》在表现父子"代沟"的同时，再一次上演了文明与野蛮、城市与农村的尖锐矛盾。话说被父母千辛万苦送到城里学医的儿子胡里奥每次回到农村都觉得格格不入，总是和父亲奥莱加里奥发生冲突，直至导致后者因病到城里就医。这时，老人的义女赫苏莎已经怀上了胡里奥的孩子，但胡里奥却喜欢上了城里姑娘萨拉。于是，父子之间的矛盾激化了，奥莱加里奥从高乔人的传统道德观出发，逼迫儿子同义女结婚，但赫苏莎为了成全心上人却宁愿牺牲自己。奥莱加里奥一气之下呜呼哀哉，不治身亡。胡里奥终于良心发现，在赫苏莎身上看到了人性的光辉。类似作品在当时的西班牙语美洲渐渐销声匿迹，取而代之的是标新立异，尽管这些追随风尚的作家作品大多也随风而去、被人淡忘了，倒是桑切斯的作品流传了下来。

　　诚然，作为文学史料，那些曾经的喧嚣不仅依然值得一提，而且总有一些闪光的明珠为人称道并直接或间接影响了同时期或后来的文学。于是，墨西哥还有胡里奥·希梅内斯·鲁埃达（Jiménez Rueda, Julio）、弗朗西斯科·蒙特雷德（Montrede, Francisco）、卡洛斯·诺列加·赫佩（Noriega Hope, Carlos）和马努埃尔·迭斯·巴洛索（Díez Barroso, Manuel），萨尔瓦多有埃米利奥·阿拉贡（Aragón, Emilio），哥斯达黎加有阿尔弗雷多·卡斯特罗

（Castro, Alfredo），古巴有安东尼奥·拉莫斯（Ramos, Antonio），委内瑞拉有莱奥波尔多·阿亚拉·米切莱纳（Ayala Michelena, Leopoldo），哥伦比亚有安东尼奥·阿尔瓦雷斯·耶拉斯（Alvarez Lleras, Antonio），秘鲁有费利佩·萨松内（Sassone, Felipe），玻利维亚有阿多尔福·科斯塔（Costa, Adolfo），智利有阿尔曼多·穆克（Moock, Armando）和赫尔曼·卢科·克鲁查加（Luco Cruchaga, Germán），巴拉圭有胡里奥·科雷阿（Correa, Julio），乌拉圭还有何塞·佩德罗·贝扬（Bellán, José Pedro）和埃内斯托·埃雷拉（Herrera, Ernesto），至于阿根廷则更可列出一长串名字，如阿尔曼多·迪塞坡罗（Discépolo, Armando）、何塞·贡萨莱斯·卡斯蒂略（González Castillo, José）、费德里科·梅尔腾斯（Mertens, Federico）、罗多尔福·贡萨莱斯·帕切科（González Pacheco, Rodolfo）和萨姆埃尔·埃伊切尔保姆（Eichelbaum, Samuel）等。其中，埃伊切尔保姆被认为承袭自契诃夫（Chéjov, Antón Pávlovich）、易卜生（Ibsen, Henrik）和斯特林堡（Strindberg, August）等欧洲戏剧家，代表作有《泥鸟》（*Pájaro de barro*, 1940）、《900大帅哥》（*Un guapo del 900*, 1940）等。前者是一部"心理剧"，在当时无疑异常前卫；后者则是对阿根廷政治斗争的一次大胆嘲讽：一个叫作埃库梅尼科的年轻保镖，背着他的老板加拉伊干涉政敌克莱门特的私生活，结果发现这个政敌恰巧与加拉伊夫人有染。埃库梅尼科于是自作主张，上演了一系列令人啼笑皆非的"侦探剧"，结果又阴差阳错、失手杀死了克莱门特，以至于对老板的心理和政治造成了难以承受的创伤。同样，智利剧作家穆克在《小镇》（*Pueblecito*, 1918）、《蛇》（*La serpiente*, 1920）、《里戈贝托》（*Rigoberto*, 1935）等作品中展示了鲜明的探索精神。譬如《蛇》，它堪称女版"唐璜"，但不同的是这个叫作卢西亚娜的女人是每每将得手的猎物灭之而后快。作品对人物的心理描写达到了令人过目难忘的地步。如此，无论是穆克还是埃伊切尔保姆至今依然是智利和阿根廷剧坛的神话，他们的作品在舞台上经久不衰。

综上所述，较之于同时期的先锋诗人，剧作家对传统的反叛是温和的，创新的力度也远不如诗人。至于先锋时期的小说家，且留待稍后再述，有些作家作品则或可作为"文学爆炸"的先声。盖因所谓"文学爆炸"，归根结底主要是小说爆炸。

第四节　土著主义小说

在宇宙主义的反面，本土主义（又称地域主义或土著主义，两者之间存在着些许差异）面向大众，因此更关注社会现实和弱势群体，试图通过文学艺术暴露社会不公，改变社会面貌。支持和鼓吹土著主义的作家和思想家往往都是共产党人，信奉马克思主义。这就使得他们在强调阶级、面向劳苦大众的同时，也更关注文学的社会性和革命性，何塞·雷布埃尔塔斯（Revueltas, José）、卡洛斯·蒙西瓦伊斯（Monsiváis, Carlos）等批评巴斯康塞洛斯的宇宙主义是掩盖阶级矛盾的神话，认为"宇宙种族"只是有关人口构成的一种说法，并不能真正解释墨西哥及拉丁美洲错综复杂的民族特性。雷布埃尔塔斯坚信民族性即阶级性，因而并非一成不变。当拉丁美洲尚处在种族斗争、人民革命的关键时刻，当千百万印第安人、黑人和其他有色人种处在水深火热之中，当广大劳动人民还在被压迫、被剥削的渊薮中挣扎（"没有自由，没有人格，没有一切"[1]）时，何谈"宇宙种族"？在他们看来，巴斯康塞洛斯的所谓民族性，包含着很大的欺骗性，因为在拉丁美洲，占统治地位的一直是西方文化。在他们看来，真正的民族性乃是印第安人的血泪、黑人奴隶的呐喊和广大劳苦大众的汗水。在他们看来，印第安人的草鞋、黑人奴隶的裸背、工人农民的麻布斗篷远比"哗众取宠"的壁画和矫揉造作的形式主义更具民族性，因而也更能引起世界人民的认同。这些看法颇能使人联想到我国文坛关于民族性与世界性的争论。前卫作家把"走向世界""与世界接轨"的希望寄托在赶潮和借鉴上，而乡土作家却认为最土的也是最民族的，最民族的也是最世界的。乡土作家刘绍棠曾现身说法，讲述他20世纪80

---

① Revueltas: "El nopal", *El Mexicano*, México, No.3, 1938, p.19.

年代初在莫斯科红场的经历：第一次去红场时，他穿了一身西装，当然也就没有引起什么人的注意；第二次他偶然换了一套中山装，结果招来了很多人的围观。"寻根派"与中国电影"第五代"导演也许正是基于类似的体认与了悟，结果也颇受关注。当然，"寻根文学""第五代电影"和乡土文学大相径庭，不能同日而语。二者在扬与弃、取与舍等诸多方面有天渊之别。必须指出的是，别人的兴趣未必都是认同，也许只是好奇；而别人好奇的也许恰恰是你的"洋相"，而非民族或民族文化的优秀体现。因此对别人的兴趣应当一分为二，并看多面。

作为拉丁美洲文化"寻根运动"的重要组成部分，土著主义标志着独立革命后拉丁美洲人民的又一次觉醒。众所周知，美洲曾经是印第安人的世界。印第安人用他们的勤劳和智慧创造了辉煌灿烂、令同时代欧洲人折服的古代美洲文明。然而，在西班牙、葡萄牙和英法殖民统治时期，这一古老文明惨遭摧残，几乎被完全毁灭。即使是在独立革命以后，占统治地位的西方文化依然无视土著文化的存在。但是，第一次世界大战之后，尤其是随着第二次世界大战的爆发，西方文化的政治正确开始遭到质疑。亚非拉人民反对西方列强的民族解放运动汹涌澎湃。20世纪三四十年代席卷拉丁美洲的文化"寻根运动"便是新一轮民族独立运动在意识形态领域的一场革命。于是，在许多人眼里，瓜乌特莫克、图帕克·阿马鲁（Túpac Amaru）等土著英雄成了拉丁美洲民族精神的象征。他们的事迹在强化国家意识的爱国主义教育中产生了作用。不言而喻，使拉丁美洲国家从根本上区别于西方世界的印第安文化在现实斗争中具有特殊意义。这也是当时产生土著主义运动的主要原因。在印第安人聚居的墨西哥、秘鲁和中美洲，一些旨在维护土著利益、弘扬土著文化的协会、中心应运而生。

1940年，墨西哥民族民主运动的杰出领导人拉萨罗·卡德纳斯（Cárdenas, Lázaro）总统在实行石油国有化的同时，主持召开了第一届美洲土著主义大会，并创立了第一个国家级土著主义中心，以便协调和促进方兴未艾的土著主义运动。在文学方面，围绕土著问题，出现了两个令人瞩目的现象：一是古印第安文学的发掘整理，[①]二是土著主义小说的兴起。

早在浪漫主义时期，固然就曾流行过土著主义，但那是一种关于印第安人的理想化表演，是针对欧洲现代文明悲剧的美化了的原始与落后。而20世纪三四十年代（个别地区甚至更早）的土著主义却是剥去了伪装的赤裸裸的真实。玻利维亚作家阿尔西德斯·阿格达斯（Arguedas, Alcides, 1879—1946）的《青铜种族》（*La raza de bronce*, 1919）、厄瓜多尔作家豪尔赫·伊卡萨（Icaza, Jorge, 1906—1978）的《瓦西蓬戈》（1934）、秘鲁作家西罗·阿莱格里亚（Alegría, Ciro, 1909—1967）的《金蛇》（*La serpiente de oro*, 1935）和《广漠的世界》（1941）以及墨西哥女作家罗莎里奥·卡斯特利亚诺斯（Castellanos, Rosario, 1925—1974）等人的作品既是印第安村社的风俗画，也是揭发帝国主义和统治阶级暴行的控诉状。这些作品没有跌宕起伏的故事情节，也很少有性格描写——它们的人物是类型化和群体化的，是印第安种族以及与之相对立的外部世界——由于它们把种族和阶级的双重压迫暴露得真实、直截，曾招来一些批评家的怀疑和非议。一些先锋作家甚至诟病和贬损这些小说，理由是它们过分强调逼真，过度追求社会反响，从而缺乏审美价值。

一、阿尔西德斯·阿格达斯

阿尔西德斯·阿格达斯出生在玻利维亚首都拉巴斯，青年时期便涉足政治和文学，后担任过农业部长，对玻利维亚农村有深入的了解。他的代表作《青铜种族》先声夺人，为土著主义小说翻开了崭新的一页。作品以一对原住民青年阿希亚利和瓦妲·瓦拉的爱情故事为主线，描写玻利维亚高原的秀美山水。但是，这片印第安人的家园已经被西班牙殖民者及其后人所侵占。地主恶霸巧取豪夺，逼得印第安

---

① 绝大部分古印第安文学经典都是在三四十年代陆续破译并整理出版的。其中最主要的有玛雅神话《波波尔乌》《契兰巴兰之书》等等。

人饥寒交迫。即便如此,"白人主子"①潘托哈仍不放过印第安人。一天,美丽善良的瓦姐·瓦拉在山上放羊,被地主的管家特罗切强暴。当阿希亚利外出归来并得知未婚妻怀孕时,仍初心不改,坚持要娶瓦姐·瓦拉为妻。不久,瓦姐·瓦拉又在放羊时被潘托哈等掳至山洞强暴,瓦姐·瓦拉极力反抗。最终,气急败坏的"豺狼"为掩盖罪行,将瓦姐·瓦拉活活打死。阿希亚利带着印第安人四处寻找瓦姐·瓦拉,最后在山洞中发现了她的尸体。此情此景使印第安人怒不可遏,他们终于揭竿而起,举着火把冲向地主的庄园……

这部小说不仅体现了鲜明的政治立场,而且艺术上臻于圆熟,其对玻利维亚原住民伊玛拉文化、自然风光和风土人情的描写细致入微,引人入胜。虽然人物有群体化和脸谱化倾向,但这在印欧种族文化二元对立的大背景中几乎无可避免。

二、豪尔赫·伊卡萨

豪尔赫·伊卡萨出生于厄瓜多尔首都基多,但从小跟随父亲在亲戚的庄园里生活。大学期间开始从事文学创作,以至于放弃医学专业,潜心进入文坛。先在剧院跑龙套,同时构思代表作《瓦西蓬戈》。后者同样反映"白人主子"与印第安人之间不可调和的阶级和种族矛盾。"瓦西蓬戈"原指地主租赁给印第安人的小块土地,在后者无法交纳租金时须用劳动力补偿。这样一来,大批印第安人沦为雇农。大地主阿尔丰索为了牟取暴利,同外国公司签订了租赁合同,以便修建一条公路。这又使一大批印第安人失去了赖以生存的土地。最后,那些失去土地的印第安人忍无可忍,决定发动武装起义。除了这条主线,小说铺设了若干条副线,既有印第安人安德列斯被迫让妻子给地主的小姐做奶妈的故事,也有混血儿"乔罗"和游方郎中等人窜入的故事。

作家固然雄心勃勃,试图展示20世纪30年代厄瓜多尔农村的全

---

① 实为印欧混血儿。

貌，但毕竟受制于主要矛盾并因篇幅所限而未能达到理想的结果。小说失之于散，但其新闻报道般的逼真为西班牙语美洲土著主义文学提供了一个不可多得的范例。

三、西罗·阿莱格里亚

西罗·阿莱格里亚与前两位作家不同，他出身在地主家庭，从小耳濡目染，对秘鲁农村生活有切身感受。他的代表作《金蛇》和《广漠的世界》不仅文字优美，风格飘逸，而且人物刻画鲜灵可感。其中，《金蛇》这个标题有两种指涉，一是指那条如金蛇般缠绕在卡莱马尔崇山峻岭间的黄色河流马拉尼瓮，二是生长在这崇山峻岭中的一种金黄色毒蛇。小说开篇描写了马拉尼瓮河以及生活在沿岸的印欧混血儿。一天，有个唤作奥斯华尔多的工程师仿佛自天而降，他的使命是来卡莱马尔寻找金矿，直至最后被金蛇咬伤，不治身亡。与此同时，作品描写了本地居民阿尔图罗和卢辛妲、罗赫利奥和弗洛林妲等人的情感纠葛和当地人们的生活情景。小说虽然并不直接描写印第安人，却为后来的《饥饿的狗》（*Los perros hambrientos*, 1938）和《广漠的世界》提供了契机。

《广漠的世界》写一个印第安村社的兴衰。且说一个叫作鲁米的印第安村社在头领马基的带领下过着与世无争的生活。但是，忽然有一天，附近的庄园主阿尔瓦罗借口鲁米是自己的领地，要求印第安人放弃家园到他的矿山去做苦力。与此同时，村社发生了三件怪事：一是来了个魔术师，他挨家挨户寻找印第安人用来狩猎的土铳，说是有意高价收藏一两支品相上乘的。事过不久，政府就派警察缴获了所有土铳。二是印第安村社的律师鲁伊斯被庄园主收买，整天醉生梦死。三是村社证人"左撇子"遭庄园主诬陷锒铛入狱。这些事件导致了村社在法庭上彻底输给了庄园主。村社头领全力维护村社利益，结果也遭到了拘禁。印第安人被残忍地赶出家园，沦为一无所有的矿工或雇农。于是，鲁米的印第安人终于不再隐忍，他们在马基的养子贝尼托的领导下奋起反抗，结果自然不妙：政府武装不惜血洗鲁米。广漠的世界再无鲁米人的立锥之地。

小说从充满田园牧歌般的描写急转直下，衬托出一个淳朴的美梦如何被现实残酷地粉碎。其中的人物也不再脸谱化和类型化。无论是头领马基还是他的混血儿养子贝尼托，抑或庄园主阿尔瓦罗、鲁伊斯皆有血有肉、鲜活灵动。

四、罗莎里奥·卡斯特利亚诺斯

罗莎里奥·卡斯特利亚诺斯也许是墨西哥有史以来唯一的土著主义女作家，而且是一位晚到的土著主义作家。她出生在印第安人集居的恰帕斯州。童年和少年时代在印第安人中间度过。十六岁才离开家乡，到首都求学。大学毕业后赴马德里深造，获文学硕士学位。回国后在恰帕斯土著问题研究中心任研究员，同时开始文学创作。她的早期作品以诗歌为主，发表有《岁月如烟》（*Trayectoria del polvo*, 1948）、《信仰笔记》（*Apuntes para una declaración de fe*, 1948）和《不眠之夜》（*De la vigilia estéril*, 1955）等。1955年开始创作长篇小说《巴龙·伽南》（*Balún Canán*），一年后杀青，但并没有立即付梓，直至1957年。个中原因可想而知：西班牙语美洲小说已然炸开，魔幻现实主义、结构现实主义、心理现实主义等相继爆发，而且轰动世界；而土著主义则如同明日黄花，早已无人问津。

但是，出于强烈的社会责任心和正义感，卡斯特利亚诺斯还是"不合时宜"地发表了这部作品，殊不知它倒成了土著主义小说的盖棺之作，与墨西哥魔幻现实主义的定音之作《佩德罗·巴拉莫》遥相呼应。

《巴龙·伽南》标题为土著语言，意曰"九颗星星"。小说假借生长在印第安人中间的白人小孩之口，叙述一个被遗忘的种族，包括其风俗与历史、痛苦与抗争。由于作品具有自传色彩，且倾注了真实情感，固然没有大起大落、大开大合的情节，但人物和事件皆鲜活生动、有声有色。

五、其他作家

　　与卡斯特利亚诺斯同时期的土著主义作家可谓寥若晨星，却并非绝无仅有。其中，里卡多·波萨斯（Pozas, Ricardo, 1912—1994）可算一位。波萨斯从事人类学和考古研究多年，对墨西哥印第安人及其文化十分了解。1948年，他心血来潮，写了一部叫作《"火鸡"胡安·佩雷斯》（*Juan Pérez Jolote*）的小说。这部小说的写法恰好和《巴龙·伽南》相反。"火鸡"是个印第安人（也是叙述者），他离开部落到白人世界谋生，墨西哥革命爆发后被卷入战争。好在命大，他保住了性命。战争结束后，他心灰意懒，悻然回到故乡，却发现自己已经与部落格格不入了。印第安人视他为"异己"，而白人却永远管他叫"印第安人"。由于作品取材于最传统也最落后的"恰穆拉"（Chamula）部落，《"火鸡"胡安·佩雷斯》称得上是土著主义小说中最具传奇色彩的一部。

　　此外，或前或后还有一些西班牙语美洲作家参与土著主义运动，譬如哥斯达黎加作家马努埃尔·贡萨莱斯·萨莱冬（González Zeledón, Manuel, 1864—1936）、多米尼加作家胡安·包什（Bosch, Juan, 1909—2001）、厄瓜多尔作家何塞·德·拉·夸德拉（Cuadra, José de la, 1903—1941）等等。在此姑且各撷取他们的一则短篇小说——

　　贡萨莱斯·萨莱冬的《日蚀》（"El clis de sol"）可谓短小精悍，译成中文大概不超过一千五百字。诚所谓"笑一笑，十年少"，但《日蚀》的幽默却让人笑不出来。作品写一对黑人夫妇，却冷不丁生出了个金发碧眼的女儿。人们对此大惑不解。虔信上帝的父亲却不以为然，他相信村里唯一的白人——神父的话，说那是因为女人怀孕的时候有过一次日蚀。

　　同样，包什的《女人》（"La mujer"）也是一篇"微型小说"。写一条荒废的公路和一片荒芜的田野。二者的必然联系在于田野荒芜了，公路也便无人光顾。这时，一个皮包骨头的印第安女人遭到了丈夫的殴打，被一个流星般偶然经过的路人所救。结果，女人不仅没有表现出任何感激之情，反而替丈夫帮腔，一起怒怼好心的路人。

至于夸德拉的《狗的夜宵》（"Merinda de perro"）则全然没了幽上一默的心情。话说印第安人图比南巴外出替地主干活，他的妻子也必须伺候地主老财，每天双双早出晚归。有一天，图比南巴忙完一天的活计回到家里，发现襁褓中的婴儿已经成了狗的"夜宵"。

这些作品触目惊心，恰似一份份诉状直击西班牙语美洲社会，也重重地撞向人们因为忘却或熟视无睹而变得有些麻木的良心。而那些为"保护"印第安村落所采取的"自然生态"方式实在令人啼笑皆非，仿佛让印第安人享受现代文明成果就是破坏文化生态。当然，反过来看，土著文化和语言正以超过物种灭绝的速度迅捷消亡。这是多么艰难和沉重的两难选择？！但是，生存权永远是人类的第一权利，这也是生命哲学的核心要义，古今中外，概莫能外。

第五节　大地小说

大地小说与土著主义小说结伴而生，被泛指为"地域主义"文学。它固是19世纪批判现实主义的赓续，却更多地汲取了先锋思潮的元素。于是，不同主义或思潮产生了"窑变"或化合。

顾名思义，大地小说以美洲大地为其表现对象，19世纪末已见端倪。"大地"同城市对位，是野蛮的象征，因此大地小说没有浪漫主义和现代主义作家笔下的风花雪月，也没有善良读者怀念和向往的自然之美。从亚马孙河流域到潘帕斯草原，辽阔的拉丁美洲农村还是一片原始、落后的蛮荒景象，同迅速发展的城市文明适成反差。大地小说看到了拉丁美洲社会的这种畸形发展，并对它进行了清算。

大地小说固然十分注重文学作品的社会效应，希望通过文学唤起人们的良知，促使有关方面改变拉丁美洲农村的落后状况，但同时多少撷取了现代小说的元素，具有复杂的纯粹性。换言之，这些作品明显带着批判现实主义和自然主义的印迹，同时又分明有意对人物性格或情节结构进行了不乏先锋色彩的点化：或浓墨重彩，或跳跃留白，某些方面甚至比先锋小说更有过之而无不及。

一、何塞·埃乌斯塔西奥·里维拉

何塞·埃乌斯塔西奥·里维拉(Rivera, José Eustasio, 1888—1928)是杰出的大地小说作家之一。他用毕生精力观察、描绘野蛮、罪恶、吃人的美洲热带丛林，自己却在最繁华、最"文明"的大都市纽约英年早逝。生活和他开了个莫大的玩笑。

里维拉生长在哥伦比亚农村，大学毕业后从事石油的勘测工作，嗣后又在奥里诺科森林处理哥伦比亚与委内瑞拉的边界纠纷，对哥伦比亚热带丛林有着深刻的了解。他曾向有关方面反映那里的落后状况，希望尽快得到改观和解决。但是他的呼声一直没有引起当局的重视。这勾起了他的创作欲望。他决定把所见所闻及有关拉丁美洲热带丛林的生活体验诉诸文学作品，以便让更多的人认识这个被文明遗忘的角落。于是，《旋涡》(*La vorágine*, 1924)诞生了。

《旋涡》写青年诗人高瓦在哥伦比亚-委内瑞拉热带丛林的惊险遭遇。高瓦和他的情妇阿丽西亚私奔，来到卡桑那雷草原。后来高瓦为奴隶贩子巴雷拉所骗，进入热带丛林，与阿丽西亚失去联系。为了寻找阿丽西亚、追踪巴雷拉，高瓦历尽艰险，在林莽中愈陷愈深。最后他找到了情妇，杀死了仇人，但自己也被林莽吞噬了。

小说开始写得从容不迫，故事情节和哥伦比亚草原在读者眼前徐徐展开。里维拉好整以暇地描写了草原的黎明与风暴，暮色与牛群……突然笔锋一转，把读者引入可怕的热带丛林。那里瘴气弥漫，腐臭熏天，豺狼出没，强人横行；那里藤蔓用触须缠住树木；蚁冢吞吐出亿万只蚂蚁，旋风般摧毁一切：

> "老天爷啊！食肉蚁！"
> 于是他们只想逃走，他们宁可让水蛭咬，都跳到池沼里，让山水淹过了他们的肩膀。
> 他们在那儿瞅着第一批食肉蚁成群结队地飞过。好像是

远处大火里撒出来的灰烬，逃跑的蟑螂和甲虫蔚为云霾，疾卷到水面之上，而岸边上的蜘蛛和爬虫也越聚越密，迫使人们泼着臭水，阻止虫豸向他们跑来。一阵继续不断的震颤激荡着大地，好像林莽里的草木正在沸腾。从树干和树根下面袭来了嚣张的侵略者：一团黑污在树木上铺张开来，像流动的外壳似的裹住树干，毫不容情地爬上去折磨树枝，蹂躏鸟巢，塞满隙缝。一只睁大眼睛的鼬鼠，一只磨磨蹭蹭的蜥蜴，一只新生的老鼠——这些都是那蚂蚁大军所垂涎的活点心。蚂蚁发出尖锐的磨牙切齿的声音，从骨头上剥下来，就像溶解的酸素一般迅速。

这引起人的苦难要延续多久呢？下巴以下的身体都埋在黏糊糊的水里，他们用诚惶诚恐的眼睛，望着一群群的敌人纷纷飞过，飞过，又飞过。可怕的时刻啊，他们在这样的时刻里把慢性折磨的苦水吮之又吮，尝尽了此中的苦味！当他们认为最后一群蚂蚁终于席卷着远去了的时候，他们挣扎着要从水里走出来。可是他们四肢麻木，衰弱无力，无法从泥泞中挣脱出来。泥泞已经把他们活埋了。[1]

然而这些并非里维拉叙述的一切，他要告诉人们的是在这个自然中建立起来的人间地狱：橡胶园主对工人残酷的压迫、奴役和摧残。作家通过高瓦追踪巴雷拉这一线索，展示了橡胶工人备受剥削者和大自然蹂躏折磨的悲惨命运。橡胶工人大都是印第安人和招骗来的穷苦雇工。由于橡胶园主把工钱定得很低，他们辛劳一天，还不够支付在赊账商店买的工具和食物。因此，他们几乎毫无例外地沦为债役制奴隶，被终身囚禁在这绿色的地狱中。本人死了，债务由子女承担，世世代代，了无穷期。园主、监工任意克扣工人的工资，霸占工人的妻女，生杀予夺、为所欲为。茫茫林海，工人插翅难逃，有的便心一横喝下胶乳，以死抗议吃人的世界，活着的则面对死神

---

① 里维拉：《旋涡》，吴岩译，上海：上海译文出版社，1981年，第240页。

默默挣扎。

> 我们用牙齿和砍刀互相厮杀，大家争夺的橡浆里溅上了鲜红的血。但，我们的血液给树液增添了分量，那又有什么不好呢？监工要求每天交十公斤橡浆，何况鞭子又是永不饶人的重利盘剥者！

> 在我邻区干活的人死于热病，那又有什么呢？我看见他摊开四肢躺在堆满落叶的地上，摇动着身体，竭力想赶走不让他安静地死去的苍蝇。明天我就要离开这里了，被那臭气赶到别处去了。可是我要偷走他所采集的橡胶，这样我的活儿就可以轻松一点儿，我死的时候，他们也会这样对待我的。我这个从来不偷窃的人，哪怕为了赡养双亲也不偷窃的人，却决定为了压迫我的人而尽可能偷窃！

> 当我把卡拉纳的空心茎绕在那湿淋淋的树干上，让树木的苦泪流进杯子里去的时候，保护树木的、密如乌云的蚊蚋都来吸我的血，而森林里的瘴气又使我两眼蒙眬。树木和我，就是这样受着不同的痛苦，面临死亡而眼泪涟涟，树木和我也都在挣扎奋斗，直到消灭为止！ ①

残酷的现实扭曲了人性。工人们为了完成任务相互攘夺、厮杀，就连文弱的主人公也渐渐地变得粗暴、冷酷。他学会了斗殴、复仇和杀人；他的神经受到很大的刺激，噩梦缠身、魂不守舍。最后他甚至不再热爱生活，因为这里只有弱肉强食的森林法则，哪儿有什么离群索居的诗篇？

诚然。同是热带丛林，同是奥里诺科，在另一位哥伦比亚作家圣地亚哥·佩雷斯·特里亚纳（Pérez Triana, Santiago）笔下却全然是另一番景象。早在19世纪，佩雷斯·特里亚纳就对这一地区进行过一番描写："这一带给人的印象首先是令人陶醉的景物：阳光透过茂密的枝叶，显得格外妩媚温柔；置身这个世界，就像置身于五彩缤纷的圆

---

① 里维拉：《旋涡》，吴岩译，上海：上海译文出版社，1981年，第216页。

花窗簇拥的大教堂——参天大树令人想起她那轩昂的石柱；萦纡的青藤仿佛就是它琳琅满目的花彩装饰；<u>一丛丛兰花犹如一尊尊香炉，散发着迷人的芬芳……</u>"①自然景色美丽，野兽也很驯服，它们从不轻易伤人。所以对佩雷斯·特里亚纳而言，大自然并不可怕，可怕的是破坏大自然的"文明人"。他拿印第安人同自己作比较，认为印第安人远比他幸福、安全，他们遇到的四足动物也远比他身边的两足动物驯顺、友善。显然，佩雷斯·特里亚纳是戴着有色眼镜来看热带森林的，富有浪漫主义情调。

此外，伊萨克斯的《玛丽亚》和英国作家 W. H.赫德森（Hudson, W. H.）的《绿色大厦》（*Green Mansions*, 1904）对这一地区的描写也都充满了诗情画意，尽管《绿色大厦》的情节结构和人物处理同《旋涡》不无相似之处。相形之下，《旋涡》的图画是多么丑恶，但丑恶得又那么真实。诚如著名评论家阿尔图罗·托雷斯–里奥塞科（Torres-Rioseco, Arturo）所说的那样，它真实得像一部日记。②

这便是里维拉从自然主义作家那里借来的客观主义，同时又分明掺杂了象征主义和先锋色彩。它的逼真和夸张不仅在于它对奥里诺科热带森林的照相式描写——这森林是现实存在的，移至小说后既是背景又是有灵魂、有性格的真正的主人公——而且还在于它的人物大都是作者从真实的历史人物中撷取和"移植"的。阿尔图罗·高瓦是小说的叙述者，他和作者一样是诗人，因为某种原因，来到热带<u>丛</u>林，记录了那里所发生的一切。小说便是由他"起草"的。但是高瓦与作者的这些雷同并不说明小说具有自传性质，因为高瓦的真正原型是弗朗科·萨帕塔（Zapata, Francisco）。弗朗科·萨帕塔年轻时与情妇阿丽西亚·埃尔南德斯·卡兰萨（Hernández Carranza, Alicia）私奔后陷入热带雨林，辗转三十余年，历尽千辛万苦。里维拉曾同他多有接触，并从他那里得到了高瓦和阿丽西亚这两个原型和大量素材：森

---

① Pérez Triana: De Bogotá al Atlántico, Bogotá: Biblioteca Nacional de Colombia, 2018, pp.35–45.
② Torres-Rioseco: *Grandes novelistas de la América Hispana*, Los Angeles: University of California Press, 1949, p.266.

林的传说、人迹罕至的险境、各种猛兽和毒虫的习性等等。这些都不是作者能够亲自体察和了解的。除却高瓦和阿丽西亚，小说中的另一个重要人物巴雷拉也是真实历史人物"平移"的结果。人物原型叫胡利奥·巴雷拉（Barrera, Julio），是个有名的骗子，对奥里诺科犯下了滔天罪行，最后他玩火自焚，被食人鱼吃了个精光。里维拉研究家尼尔-西尔瓦（Neale-Silva, Eduardo）对此人作过专门调查，结果发现他与小说的人物相差无几。此外，小说安排了一个十分有趣的人物，作为高瓦"日记"的补充和佐证，他就是"法国先生"。现实中也确有其人，只不过他是巴黎地理学会会员，而在小说中却成了自然科学家兼摄影师。他于1904年至1912年对哥伦比亚-委内瑞拉热带丛林进行过科学考察，拍摄了大量照片。这些摄影作品既有血肉模糊的脸庞，也有遍体鳞伤的躯干和被猛兽咀嚼、被蚂蚁吞噬的尸体，直观地展示了弱肉强食的森林法则。[①]

然而，诚如前面所述，《旋涡》客观主义的重要特点是有选择、有取舍的：它摘取了现实中丑恶的一面。这恰恰也是最重要的。自从自然主义传入美洲，"丑恶主义"奇迹般地出现了。且不说地域主义作家如何描写龌龊、恶心、污秽的事物，就是享誉世界文坛的当代作家也无不声称描写丑恶不是为了哗众取宠，而是出于无奈，即无法将丑恶的现象变成美丽的花朵。墨西哥革命、查科战争、帝国主义侵略不能成为美丽的图景，专制统治、白色恐怖更不能构成美丽的画面，从浪漫主义到魔幻现实主义，拉丁美洲文坛流派更迭，但专制统治却始终是一个"屠场"。因此，"丑恶主义"从埃切维利亚就开始蔓延了。《旋涡》的丑恶主义不但表现于它对大自然的野蛮和人间丑恶的渲染，而且还凸显于令人作呕的细枝末节，比如：

> 我听到了弯弯的牛角喀喇一声碰上脑袋，一直戳到另一面的太阳穴；而带子还扣住了下巴的帽子，却在空中滴溜溜转动。公牛把脑袋从颈子上扭下来，又把它像个披头散发的

① Neale-Silva: *Horizonte humano. Vida de José Eustasio Rivera*, México: FCE, 1960, p.150.

足球似的抛起来，当时我看见的。

　　[……]人们把尸体扔在马上[……]虽然我厌恶得浑身起鸡皮疙瘩，可是我仍看着尸体。给横扔在马鞍子上，肚子对着太阳的，是那没有脑袋的尸体，僵硬的手指在青草地上拖曳而过，仿佛是最后一次握一握青草。马扎子叮叮作响地挂在赤裸的脚跟上，谁也不曾想到把它取下来；在另一边，在下垂的臂弯里，是一段颈子，滴着血水，充满了像是刚从泥土里拔出来的树根似的、黄澄澄的筋脉。头盖骨以及突出来的上颚是不见了；只有下颚还在，但扭在一边，仿佛挖苦我们似的狞笑着[……]①

又如：

　　这家伙身强力壮的，虽然我的身材比他高大，他却把我打倒了。[……]后来我快要晕过去了，便使出非凡的力量，用牙齿咬破他那带伤痕的脸，把伤口咬得更大，流出了血，然后，一时性起，把他揿在水里，要把他像一只鸽子一样淹死。[……]接着，我疲乏不堪，好像浑身骨节都散开了，我亲眼看到了一幅最可怕、最吓人、最讨厌的景象。成千条卡里维向那受伤的人游拢来，虽然他连连挥动胳膊来保护自己，但鱼翅一扑，亮光一闪，顷刻之间就啃掉了他的肉，每咬一口都在把肉撕去，动作之神速，正像一窝饥饿的小鸡啄光一根玉蜀黍一样。河流以但丁式的狂热奔腾着，血红，湍急，悲壮；仿佛在 X 光底片上可以看见的人体骨架一样，在那活动的铜板上慢慢地冒出了干净、白色的骨骼，由于头颅的重量，一头沉下去了一部分；它搁在那儿，靠着河岸的灯心草抖动着，好像一边儿咽气一边儿还在乞求怜悯哩！②

----

① 里维拉：《旋涡》，第108页。
② 同上，第317页。

这种记录式或镜子式描写、"移植"的特点同时也见诸其他大地小说。

二、罗慕洛·加列戈斯

罗慕洛·加列戈斯（Gallegos, Rómulo, 1884—1969）作为委内瑞拉著名的政治家和小说家，不仅为西班牙语美洲留下了一段政治佳话，还为西班牙语文学创造了一个奇迹：创作了多部长篇小说，其中最重要的无疑是大地小说《堂娜芭芭拉》（*Doña Bárbara*, 1929）。作为政治家，他曾以高票当选委内瑞拉总统，但终因致力于社会变革并动了寡头们的奶酪而被军事政变推翻。

回到小说。1927年，加列戈斯在阿普雷草原见到了一位名叫弗朗西斯卡·巴斯克斯（Vázquez, Francisca），绰号"堂娜磐石"的女牧主。她狡诈、残暴，善于驾驭烈马壮牛，她的枪法和巫术也很厉害。加列戈斯在她身上看到了草原的狂野性格，遂产生了创作的灵感。它便是蜚声西班牙语美洲文坛的《堂娜芭芭拉》，同名女主人公也即"堂娜磐石"的化身。

堂娜芭芭拉（意为"野蛮夫人"）原是个出身贫寒、性格倔强的女孩。她自幼失去双亲，在人生道路上苦苦挣扎，可谓饱经风霜，最后终于变成了令人望而生畏的女强人，并称霸一方。她巧取豪夺，胡作非为，无所不用其极，而她的背后是野蛮落后的社会和弱肉强食的森林法则。加列戈斯曾多次深入委内瑞拉大草原体验生活，对那里的社会状况了如指掌：残忍的大庄园主、凶险的冒险家、愚昧的牧民、肆无忌惮的土匪和狡诈的骗子手构成了一幅畸形的图卷。作家的良知使他对滋生这些丑恶现象的社会深恶痛绝。多年以后，在他短暂的执政时期，加列戈斯为谋求一个公平合理的社会鞠躬尽瘁，不遗余力。在他创作《堂娜芭芭拉》时，西班牙语美洲文坛正经历着传统现实主义和先锋思潮的猛烈碰撞。他显然兼容并包，选择了折中路径。

且说芭芭拉曾经是个楚楚动人的美少女，失去双亲后流落在一艘走私船上当帮厨。不久，走私贩子打算用二十枚银币将她卖给一个麻风病人。后者固然有钱，却早已面目全非。他躲进奥里诺科热带丛林，专门"收购"美女寻欢作乐。他不仅拿她们来餍足自己的性欲，同时还报复所有健康的人们：等他把病毒传染给她们后，再将她们一个个释放。在这紧要关头，船上来了一个风度翩翩的年轻人，他叫阿斯特鲁巴。他的热情和正直感动了芭芭拉，就在他准备帮助她逃离贼船时，计划败露了。阿斯特鲁巴不幸遇害，芭芭拉遭到了走私贩子的蹂躏。从此，她发誓对男人实施报复。后来几经辗转，一个好心的土著老人收留了她，把她带到了印第安部落。知道她要对"白人"实施报复，印第安巫师将魔法教给了她。这时，芭芭拉已经出落成了一个更加迷人的姑娘。为不至于扰乱部落的安宁，老人带走了芭芭拉。稍后，芭芭拉遇见了庄园主罗伦索，后者对她一见钟情。于是，芭芭拉有了第一个猎物。她不仅迅速掌控了庄园，而且生下了一个女孩。因为人见人爱的姿色和罗伦索的资本，她开始了一往无前的报复行动，先是罗伦索被折磨得死去活来，随后是周围的庄园主一个个落入她的圈套。从此，堂娜芭芭拉声名显赫，威震四方。一晃十几年过去了，有个叫桑托斯·鲁萨多（意为"神圣之光"）的年轻人学成归来，成了附近阿尔塔米拉（意为"高瞻远瞩"）庄园的少主人。在他耳闻目睹了芭芭拉的暴行和变态后，以攻为守，且无意中博取了她女儿玛丽塞拉的芳心。芭芭拉恼羞成怒，百般挑衅滋事，奈何桑托斯无动于衷。最后，百无聊赖的野蛮夫人在对手身上看到了初恋情人阿斯特鲁巴的影子，终于良心发现，遂决定放弃复仇，远走他乡。她将庄园交给了女儿，尔后消失得无影无踪。

小说内容丰富，人物描写十分细腻，充满了合乎逻辑的矛盾冲突和戏剧性变数，故而丝毫没有脸谱化迹象：堂娜芭芭拉固然野蛮，甚至嗜血成性，心如磐石，但同时她也会被美好的记忆所软化；反之，律师出身的桑托斯虽然是位理智的正人君子，但有时也会被怒火冲昏头脑。同时，女主人公不仅是复仇女神的化身，而且也是大草原的写照。她身上有着反抗男权社会的一切审美向度，但反过来她又巫师般虐杀了无数到手的猎物。为达目的，她还不择手段，乃至不惜血本豢养心狠手辣的地痞流氓、恶棍无赖。

总之，这是一部不可多得的小说，一个令人回肠荡气的故事，被美国、墨西哥等国多次搬上银幕。以加列戈斯命名的拉丁美洲小说奖则是迄今为止西班牙语美洲最负盛名的文学奖项。

三、里卡多·吉拉尔德斯

里卡多·吉拉尔德斯出身在阿根廷的一个贵族家庭，从小受教于法国学校，青年时期又在巴黎度过，因此他的法语几乎和母语一样精准。他于1915年开始发表小说，处女作为《死亡和鲜血的故事》（*Cuentos de muerte y sangre*），1923年发表长篇小说《哈伊马卡》（*Xaimaca*），1926年出版代表作《堂塞贡多·松布拉》，后者被誉为现代版高乔小说。

《堂塞贡多·松布拉》以赶马人塞贡多·拉米雷斯（Ramírez, Segundo）为原型创作而成。话说堂塞贡多·松布拉是远近闻名的高乔骑手。但他并非小说的主人公。小说以第一人称叙述主人公法比奥·卡萨雷斯的传奇人生。他从小失去双亲，寄养在姑母家里。长大以后，他开始过流浪生活。有一天，他偶遇一位高乔老人，此人神出鬼没、与众不同，人称堂塞贡多·松布拉（意为"影子"）。于是，法比奥·卡萨雷斯被高乔人收为义子，从此栉风沐雨，在草原上四处漂泊，同时聆听高乔人的神奇故事，领略高乔人的奇妙风俗。如此日复一日，法比奥·卡萨雷斯变成了十足的高乔青年。时光不居，一晃过去了十几年，当法比奥·卡萨雷斯回到原来的小镇，方才得知生父给他留下了一笔巨额遗产。这时，堂塞贡多·松布拉离开义子，继续过他"逍遥法外"、无忧无虑的生活。

小说被认为是高乔文学的盖棺之作，情节固然简单，却充满了诗情画意和不同凡响的空灵飘逸。它不仅使人回味无穷，而且散发着莫名的、淡淡的忧伤，似细雨洒过、秋风拂过。

第六章　崛起的诗群

引言

在纷纷攘攘的各种主义和思潮中脱颖而出的首先是崛起的诗群，其成员散落在不同的西班牙语美洲国家，恰似不同的声部奏响了蜚声世界的美丽交响曲。我国读者当不会忘记，"崛起的诗群"曾经是徐敬亚先生于1980年使用的一个指称，在此姑且借来一用。当然，不同的是崛起于20世纪中叶的西班牙语美洲诗群远比我国改革开放伊始的诗群要成熟得多，影响力也大得多。毕竟他们是西方传统的继承者，同时又多少有过源自美洲特定文化雨露的滋润。自从以达里奥为代表的现代主义诗人首次反过来影响西班牙，复经先锋思潮和本土主义洗礼的新诗群也便具备了在世界文坛指点江山的实力与魅力。当然，在诗群崛起的过程中，小说也开始爆发出空前的力度，而且诗歌和小说（乃至戏剧和批评）通常你中有我，我中有你，彼此影响，互文不竭。但诚所谓"花开数朵，各表一枝"，体裁的划分虽不科学，更非尽善尽美，却也是没有办法的办法。这是文学史难以避免的尴尬。除非完全以时为线、作家作品为珠，否则但凡要提纲挈领地观照流派、现象、群体，就难免有所侧重，以至于顾此失彼、抱遗珠之憾，甚至挂一漏万也未可知，毕竟文学史不是文学大百科。再说与其面面俱到，不如有所偏侧，以便更好地阐发重点、揭示规律。

第一节　加夫列拉·米斯特拉尔

加夫列拉·米斯特拉尔

加夫列拉·米斯特拉尔（Mistral, Gabriela, 1889—1957），原名卢西拉·戈多伊·阿尔卡亚加（Godoy Alcayaga, Lucila）。加夫列拉·米斯特拉尔这个笔名分别取自意大利诗人加布里埃尔·邓南遮和法国诗人弗雷德里克·米斯特拉尔（Mistral, Frédéric）。前者是意大利唯美主义诗潮的代表人物，后者是1904年诺贝尔文学奖获得者、法国普罗旺斯民间文学的守望者。二者之和，加上生活本身及西班牙语美洲文坛的潮起潮落成就了米斯特拉尔，并使她作为慈爱的象征，于第二次世界大战结束时荣膺诺贝尔文学奖。

她的主要作品有早期的《绝望》（*Desolación*, 1922）、《柔情》（*Ternura. Canciones de niños: rondas, canciones de la tierra, estaciones, religiosas, otras canciones de cuna*, 1924），以及后期的《塔拉》（*Tala*, 1938）和《葡萄压榨机》（*Lagar*, 1954）。前后或夹杂其中的还有《死亡的十四行诗》（*Los sonetos de la muerte*, 1914）、《妇女读物》（*Lecturas para mujeres*, 1923）、《白色的云》（*Nubes blancas*, 1930）、《歌颂智利》（*Recados, contando a Chile*, 1957）等。此外，她还有一些遗作。

一、从恋爱到母爱

米斯特拉尔出身于智利北部山区小镇的一个教师家庭，父亲是小学老师，但她却被剥夺了上学的机会。她三岁时，父亲不辞而别，从此音信杳无。因此，她是在同母异父的姐姐教导下学会识字作文的。姐姐也是一名小学老师，长她十三岁，一直被米斯特拉尔视为良师益友。米斯特拉尔勤奋好学，天资聪慧，很快就能阅读《圣经》和文学名著了。而后博览群书，并逐渐形成了自己的审美情趣。加布里埃尔·邓南遮的唯美主义和弗雷德里克·米斯特拉尔的民歌被她撷取，不仅合成了她的笔名，也化作了她风格的重要源泉。十四岁那年，因家庭经济拮据，她开始在山村小学做助理教师。她全身心地投入教育工作，结果常常事与愿违。毕竟她没有文凭，也没有背景，在世俗人眼里低人一等。加之寄人篱下，也就慢慢养成了她孤僻内向的性格。但是，她善良的心始终没有冷却。1914年，她参加了"赛诗会"，凭借三首《死亡的十四行诗》夺得冠军。从此，她笔耕不辍，1922年应巴斯康塞洛斯之邀代表智利赴墨西哥参加教育改革工作，同年在纽约发表第一部诗集《绝望》。这为她后来的外交生涯和国际交往奠定了基础。

然而，《绝望》是她用泪水写成的。这还得从1907年说起，是年她十八岁。少女遇到了在铁路上工作的小伙子罗梅利奥·乌雷塔（Ureta, Romelio）。一对情窦初开的少男少女有了一段炽热的爱情。但是好景不长，罗梅利奥移情别恋了，并于1909年举枪自尽，口袋里还装着米斯特拉尔送给他的明信片。这对刚满二十的米斯特拉尔简直就如五雷轰顶。《绝望》便是它的产物，倾注了年轻诗人的全部感情：爱情、痛苦、悔恨、绝望。使她一举成名的三首《死亡的十四行诗》正是她对这段感情的至诚至真的总结：

一

人们将你放进冰冷的壁龛，
我却要把你带回光明大地，
他们不知道我在那里栖息，
我们须同床共枕梦在一起。

让你躺在阳光明媚的大地，
我像母亲照拂睡婴般甜蜜。
大地化作了你温柔的摇篮，

将经历痛苦的你搂在怀里。

我再撒下泥土和玫瑰花瓣，
在朦胧月光的蓝色薄雾里，
把你变得轻盈的身体幽禁。

完成奇妙的报复我就离开，
谁也不会到这隐蔽的墓室
来和我争夺你的骸骨尸体！

二

长年的苦闷终会变得沉重，
那时灵魂会告诉我的肉身，
不愿再背着包袱继续前行，
哪怕玫瑰色路上满怀欣喜……

你会觉得有人在身旁挖坑，
另一个女人来到寂寞领地，
当沉睡的我被人埋葬完毕，
我们就可以开怀畅谈促膝！

到那时你会知道一切原因：
你年纪轻轻而且不知疲倦，
却要长眠在这幽深的墓里。

死神的宫殿也有耀眼光芒，
那是星星在观察你我爱情，
背叛了姻缘就会折寿殒命……

三

邪恶魔爪终于控制了生命，
那是星辰执意要让你离开。
当你的双手伸进别人花坛，
百合花样的生命正在绽放……

上帝啊，"有人将他引入混沌。
他们哪会指引可爱的灵魂？
上帝啊，让他逃离可怕的魔掌，
或教他沉醉于你赐予的梦境！"

"我不能叫他停止，无法阻断
那倾覆他小船的黑色风暴！
让他夭折，或者回到我身旁。"

在如花年华，小船停滞不前……
谁说我不懂爱，谁说我无情？
上帝啊，你的审判始终清明！ ①

此后，米斯特拉尔为了排遣痛苦，开始全身心投入教育。她把自己全部的爱奉献给了孩子们，写下了许多脍炙人口的摇篮曲和充满母爱的抒情诗。

你是我身上的一团绒毛，
却是我用肝肠将你编好，
这一小团温凉的绒毛啊，

---

① https://www.poemario.org/los-sonetos-de-la-muerte/pdf.

依偎在我身上好好睡觉！

就像山鹑睡在香泽兰中
可以听到它跳动的脉搏：
别让我的呼吸扰乱美梦，
依偎在我身上好好睡觉！

小草在轻轻抖动
惊讶生活的种种，
你别离开我的怀抱：
依偎在我身上好好睡觉！

我已经失去了一切
连睡觉都心有戚戚。
但你别离开我的双臂：
依偎在我身上好好睡觉！ [①]

二、从母爱到博爱

　　母爱代替了恋爱，米斯特拉尔的爱也便开始逐渐放大，及至家国情怀和对人类、自然的博爱。歌颂大树时她这样吟唱：

大树啊，我的兄弟，
褐色的深根抓紧地里，
昂起你那明亮的前额，
渴望着能够伸向天际：

让我对焦土同情怜悯

---

① https://www.un-libro-abierto.com/ternura-gabriela-mistral/pdf.

靠它的养分我才能生存，
让我的心灵永远牢记
蓝色的大地是我的母亲。

大树啊，你对路上的行人，
表现得多么和蔼可亲，
用你宽广、清凉的树荫
还有你那生命的光轮：

在生活的原野中
让我也能与你相同，
就像纯真的少女一样
对人温柔而又热情。

[……] ①

赞美工人，她这样倾诉：

粗硬的手啊，
长满了皱纹鳞片，
像粪土一样黝黑，
像烧焦了的蝾螈，
可它是多么美丽啊
举起时轻松
放下时疲倦。

将泥土揉碎，
将石块翻转，

---

① 转引自《拉丁美洲历代名家诗选》，第243—244页。

系好大麻的纤维，

理清紊乱的棉团。

世人对它看不上眼，

只有神奇的大地将它赞叹。

[⋯⋯] ①

米斯特拉尔虽身处先锋思潮汹涌澎湃的岁月，她也曾亲历宇宙主义与土著主义针锋相对的争斗，但一切主义和思潮都如风似雨，在她的土地上化作美丽。无论达里奥、邓南遮或布勒东们的前卫还是弗雷德里克、卢贡内斯们的传统，到她手中也都仿佛盐入水中，化于无形。而催化所有主义和传统的唯有她真挚的柔情：对孩子，对母亲，对人类，对自然⋯⋯

如是，我们很难将她归入什么流派，只要记住她的博爱。当然，米斯特拉尔还是一位虔诚的天主教徒，某些宗教神秘主义和宿命思想同样在她的作品中留下了印迹。②

第二节　塞萨尔·巴列霍

秘鲁货币上的巴列霍

塞萨尔·巴列霍（Vallejo, César, 1892—1938）出身于秘鲁安第斯山脉偏僻小镇的一个双重混血儿家庭：祖父和外祖父都是来自西班牙的神父，而祖母和外祖母都是印卡原住民。巴列霍是父母的第十一个孩子，从小在教会学校念书，以便长大成人后当个神父。但是，巴列霍并没有如父母的意，他选择了文学。

然而，相对于小镇平静的生活，文学使巴列霍同时经受了难以承受之轻和之重。首先，由于经济拮据，他在特鲁希略大学文哲系的学业并不顺利。因此，他时断时续，一边打工，一边读书。在为甘蔗种植园办公室打工的过程

① 转引自《拉丁美洲历代名家诗选》，第253页。
② 参见《拉丁美洲文学史》，第448页。

中，他目睹了大批工人从早到晚辛辛苦苦、累死累活，只是为获得几毛工钱或几把口粮。这对他后来的政治立场和文学态度产生了重大影响。1913年，巴列霍靠打工赚来的学费重新回到了大学。但这时他已经不满足于文史哲了，故而同时选修了法学，并致力于研究秘鲁社会状况。其次，大学毕业后，他初恋不顺，以至于不得不离开特鲁希略到利马谋生。借助圣马科斯大学的一个教席，巴列霍开始带着现代主义色彩广泛接触先锋思潮，并于1918年发表了第一部风格上较为保守的诗集：《黑色先锋》（*Los heraldos negros*）。此后，生活的磨难再次袭来：因为一次爱情冒险，他不仅丢掉了饭碗，而且卷入了一场莫名其妙的政治斗争，结果被拘禁了三个多月。保释后，他出版了第二部诗集《特里尔塞》（*Trilce*, 1922）。这是一部见证他担惊受怕、消极颓唐，并与现代主义分道扬镳的先锋之作。其中的不少篇什是在被捕之前东躲西藏时创作的。

为不至于重返牢房，他于1923年在友人的鼓动下逃到了巴黎，并开始一段食不果腹的半流亡生涯。经过近两年饥肠辘辘的生活，他瘦得皮包骨头，直至在一家新开张的西班牙通讯社谋得一份固定差事，并得以取道马德里，继续他的学业，其间他两次访问苏联。此后，他又经历了两次感情纠葛，最终于1934年和法国女孩乔其特·菲利帕（Philippart, Georgette）结了婚。也是在这一年，他应邀赴莫斯科参加了国际作家联盟大会，开始接受马克思主义，不仅加入了西班牙共产党，还着手创立了秘鲁共产党。1936年，西班牙内战爆发，巴列霍义无反顾地参加了保卫共和国、抗击法西斯的战斗。1937年，他的诗集《西班牙，我咽不下这杯苦酒》（*España, aparta de mí este cáliz*）发表。一年以后，诗人因病在巴黎去世。他的大量遗作是由其遗孀菲利帕整理出版的，导致文学界对她质疑声不断，故个别作品存疑。

一、先锋时期

《特里尔塞》不仅是巴列霍的早期代表作，也被认为是西班牙语美洲先锋思潮的标志性成果之一。诗集打破了之前西班牙语美洲的几乎所有范式，以极其任意、跳跃的诗句令读者望而生畏。在此集第二首诗中，他这样写道：

> 时间 时间。
> 露宿街头间旋律停滞。
> 营房无聊炸弹缩小
> 时间 时间 时间 时间。
>
> 时代 时代。
> 公鸡鸣叫徒劳刨地。
> 白天张口正在变位
> 时代 时代 时代 时代。
>
> 明天 明天。
> 小憩之处依然温暖。
> 思考现在为了让我
> 明天 明天 明天 明天。
>
> 名字 名字。
> 受伤我们如何命名？
> 叫作一样总会发生
> **名字 名字 名字 名字**。①

作品如同"特里尔塞"，纯属臆造。其中的任意或谓任性令人迁思此前的达达主义和之后的超现实主义。除了"特里尔塞"，本诗中的"受伤"或"受伤我们"（heriza nos）、"一样"或"一样主义"（Lomismo）等词也是变形、臆造和颠覆性的。其中的双关词义很难在译文中准确表达。事实上，诗人也不准备让读者完全理解。也许，

---

① https://www.literatura.us/vallejo/trilce.html/pdf.

这就是先锋：我新故我在，我异故我新。当然，《特里尔塞》出版后并未引起反响，一直要到八年后再版时才轰动一时。

二、革命时期

除了早期的《黑色先锋》和《特里尔塞》，巴列霍生前出版的作品就只有《西班牙，我咽不下这杯苦酒》。这部诗集是诗人作为西班牙内战亲历者和共和国保卫者写下的十五首诗。在这些诗篇中，巴列霍不再一味地追求新奇，而是由衷地宣达内心的情感。在第十四首《小心，西班牙……！》（¡*Cuídate, España...!*）中，他对已经失败的西班牙共和国的无奈和希冀溢于言表：

> 小心，西班牙，小心自己！
> 小心你没了铁锤的镰刀！
> 小心你没了镰刀的铁锤！
> 小心你的牺牲者，
> 你的屠夫和冷漠者，
> 无论如何！
> 小心在雄鸡啼鸣之前
> 三次拒绝你的人，
> 以及之后的三次拒绝！
> 小心没有筋骨的颅骨
> 和没有颅骨的筋骨！
> 小心新的强人！
> 小心吃你尸体的人
> 和吃你活人的尸体！
> 小心百分之百的忠诚！
> 小心空气之外的天空
> 和天空之外的空气！
> 小心那些喜欢你的人！

小心你的英雄！

小心你的死者！

小心你的共和国！

小心你的未来……①

此外，和《西班牙，我咽不下这杯苦酒》相呼应，《人类的诗》（*Poemas humanos*, 1939）被许多西班牙语美洲诗人和文学史家誉为巴列霍的代表作。这是顺理成章的，因为巴列霍在这部作品中表达了他对普罗大众，尤其是工人农民的热情，并将笔触伸向了社会人的复杂与多面，以及秘鲁和拉丁美洲社会问题的主要症结：殖民主义、帝国主义的掠夺与压迫。这正是他作为共产党员，在人生最后阶段交出的不容置喙的完美答卷。

第三节　尼科拉斯·纪廉

尼科拉斯·纪廉（Guillén, Nicolás, 1902—1989）出身在古巴城市卡马尉的一个血统混杂的家庭，父母都是黑白混血儿。由于父亲早逝，纪廉的母亲独自扛起了家庭重担。纪廉高中毕业后开始为几家刊物工作，同时创作诗歌。1922年，他的第一部诗集《脑与心》（*Cerebro y corazón*）完稿，却没有机会发表，一直等到他功成名就时才出版全集。1923年，他独自到哈瓦那闯荡，希望进入哈瓦那大学攻读法学。但学校的环境使他大为失望，政治空气紧张、种族偏见明显使他这个肤色黝黑的青年格格不入、战战兢兢。于是他写下了《在书本的空白处》（*Al margen de mis libros de estudio*），并毅然决然地回到了卡马尉。1926年，经友人举荐，他在内政部谋了一个差事，于是重新回到哈瓦那。不久，他遇见了西班牙诗人加西亚·洛尔卡（García Lorca, Federico）和美国诗人兰斯顿·休斯（Hughes, Langston），并开始关注先锋诗潮，从此诗风大变。1930年，他发表了第一部诗集《颂

---

① https://www.literatura.us/vallejo/caliz.html/pdf.

的旋律》（*Motivos de son*），受到广泛好评。翌年，他的第二部诗集《颂戈罗，科颂戈》（*Songoro cosongo*）更使他声名鹊起。此后，他接连出版了《西印度有限公司》（*West Indies, Ltd.*, 1934）、《给士兵和游客的歌》（*Cantos para soldados y sones para turistas*, 1937）、《西班牙：四种痛苦和一个希望》（*España: poema en cuatro angustias y una esperanza*, 1937）等。1937年，纪廉除了奔赴西班牙声援国际纵队，还加入了共产党，结识了战斗在西班牙的著名诗人帕斯、聂鲁达、巴列霍等，并从此开始了流亡生涯，直至1959年古巴革命胜利。流亡期间，他曾荣获国际和平奖列宁奖章，足迹遍及苏联、墨西哥和南美洲各国。回到古巴后，他曾担任作家艺术家协会主席，又发表了一系列新作。

一、来自非洲的旋律

纪廉身上涌动着非洲的血液，古巴大地上到处是来自非洲的旋律。虽然马蒂等前辈诗人作家已经开始描写古巴非洲族裔和黑白混血人种的生活和苦难，但来自非洲的热情奔放和音乐舞蹈并未引起足够的关注。纪廉是第一个用文学将非洲节拍擢升至美学高度的诗人。其中，《颂戈罗，科颂戈》无疑是他的代表作，同时也是西班牙语美洲非洲族裔文学的奠基之作。这部作品的最大特色是强烈的节奏感。例如，其中一首《黑人歌谣》（"Canto negro"），就大胆采用了源自非洲刚果的"约隆巴舞曲"：

> 扬邦波，扬邦呗！
> 刚果索隆戈已经敲响，
> 那是黑人的黑色乐章；
> 刚果的索隆戈颂戈，
> 跳起了独脚舞的扬波。
>
> 麻麻顿巴，

塞伦呗古塞伦巴。

黑人唱歌黑人醉酒。

黑人醉酒黑人唱歌，

黑人唱歌黑人跑开。

啊库哎媚媚塞伦波。

啊哎；

扬波，

啊哎，

坦巴，坦巴，坦巴，坦巴。

黑人的坦巴顿趴；

黑人顿趴，叫哎呀，

卡朗吧，黑人顿趴：

扬巴，扬波，扬邦呗！ [①]

　　这样的歌谣令时人耳目一新。除却这类充满非洲音乐舞蹈节奏的先锋诗作，纪廉还由衷地讴歌非洲族裔的美：

我的小姑娘

黑得多漂亮，

谁要取代她

那是真妄想。

她会做衣裳

能洗又能烫，

更重要的是

还能下厨房！

---

① https://www.biblioteca.org.ar/libros/89862.pdf.

有人若请她
跳舞或吃茶，
只要我不去
她决不同意！

她曾对我讲：
"你的黑姑娘
哪管天地裂
不离你身旁，
只要你紧紧
抱住她不放！"①

二、文化混杂的见证

如果说纪廉的诗作以大胆运用非洲音乐舞蹈旋律而为西班牙语美洲文学开启了新的维度，那么他围绕混血文化的思考同样至关重要。在《急就章》（*Prosa de prisa*, 1968）第三卷中，有一些标志性文字、标识性概念，如《民族与混血》（"Nación y mestizaje"）。该文曾独立发表于《美洲之家》（*Casa de las Américas*）。纪廉从历史的维度追溯古巴人口的演变，本可从哥伦布之前的印第安村社开始，一步步推演：西班牙人入侵、印第安人的减少和印欧混血儿的诞生、非洲奴隶的到来以及黑白混血儿的产生……最终，非黑即白和黑白混杂逐渐成为古巴人口的主体。但是，他有意忽略了印第安人。

于是，来自纪德（Gide, André）、桑德拉尔（Cendrars, Blaise）、毕加索和毛杭（Morand, Paul）的黑人主义纷至沓来。然而，他们的黑人主义作为"时尚"而来，并迅速演变成为一种"方法"，其历史意义毋庸置疑。诚然，黑人和白

---

① 转引自《拉丁美洲历代名家诗选》，第316—317页。

人或者非洲人和西班牙人的混合过程在古巴持续了三百多年。亲法派诗人的黑色认同曾经作为反殖民统治的武器，或者独立运动中摆脱宗主国的斗争方略。因此，其黑人主义表征是历史的需要：联合两大势力。舍其一，古巴就不成其为古巴。而今的任务是反对种族主义。因此，今天的黑人主义是混血。这听起来有点像悖论。[①]

凡此种种，不容置喙。数十年后，固然形势发生了变化，他的观点几乎依然放之四海而皆准（也许只有古巴是个例外，尽管混血文化依然是其重要身份）。联系到本著形成的今日世界，随着新冠病毒的肆虐，美国和西方国家的非洲族裔人口的死亡率远高于其他人种。至于非洲本身，则更加令人忧心和痛心！何也？还不是殖民主义和种族主义导致的悲剧？！当然，这只是问题的症结之一，至于有关政府懈怠和所谓的"群体免疫"是否隐藏着一定程度的种族灭绝思想，则不得而知。事实是非洲族裔人口普遍贫困，昂贵的医疗费用是绝大多数人望而却步、难以企及的。由是，纪廉关于种族混合即或在古巴可以大限度地成为现实，但在许多国家它仅仅是个遥不可及的理想。

回到前面所述，有一点值得讨论，那就是纪廉全然无视印第安文化的影响。虽然岛国的印第安人在西班牙人和天花的洗劫下毁灭殆尽，但他们多少因为印欧混血而得以延续。诚如学者莫雷洪（Morejón, Nancy）所说的那样，纪廉眼里的非白即黑和黑白混血确是如今古巴的主要人口构成，而非历史构成。[②]

纪廉在他的诗作中强化了黑白并置和对位，以及作为民族特征的黑白混血文化。这在他的早期歌谣中已经有过鲜明的呈现：

> 他们的幻影，只有我看得见，

---

① Guillén: *Prosa de prisa*, III, ed. Angel Augier, La Habana: Editorial de Arte y Literatura, 1976, p.290.

② Morejón: *Nación y mestizaje en Nicolás Guillén*, La Habana: Ediciones La Unión, 1982, p.51.

两个庇佑我的祖父。

我的黑人祖父，
皮革和木做的手鼓，
长矛的顶端是尖骨。
我的白人祖父，
穿灰色的武士铠甲，
高领上装饰着麻布。

[……]

——《双祖之歌》（"Balada de los dos abuelos"）①

或者：

姆拉妲②，我已经知道，
姆拉妲，我知道你说了啥；
说我鼻子长得
像领带结。

你好好看看你自己，
我不是第一个说你：
嘴巴大得很，
被路人看红了脸。

你的身体像火车，
像火车；
张着大嘴像火车，

---

① https://www.genius.com/Nicolas-guillen-balada-de-los-abuelos/pdf.
② 黑白混血女子。

像火车；
睁着眼睛像火车，
像火车。

姆拉妲，你要知道
这真相：
我有自己的黑姑娘，
对你一点都不喜欢！

——《姆拉妲》（"Mulata"）①

第四节　巴勃罗·聂鲁达

巴勃罗·聂鲁达肖像

巴勃罗·聂鲁达，原名内夫塔利·里卡多·雷耶斯·巴索阿尔托（Reyes Basoalto, Neftalí Ricardo），出生在智利中部城市帕拉尔。帕拉尔是有名的酒城，盛产葡萄美酒。聂鲁达的母亲在他出生一个月后不幸去世了；父亲在铁路局工作，两年后带着全家搬迁到了特姆科城。在小学读书时，聂鲁达认识了米斯特拉尔，此后不久也开始写起诗来。中学时期，他开始用不同的笔名发表作品，十五岁那年在玛乌莱省举办的征文比赛中获得三等奖，从而更加激发了他的创作热情。后来，为了纪念捷克诗人扬·聂鲁达（Neruda, Jan），他决定启用巴勃罗·聂鲁达这个笔名，并沿用至终老。

1921年，聂鲁达考入圣地亚哥教育学院法语系。不久，他的作品在智利学生联合会举办的文学竞赛中获得一等奖。1923年，他

---

① http://www.cervantesvirtual.com/obra-visor/motivos-de-son-1930--0/html/pdf.

的第一部诗集《黄昏》（*Crepusculario*）正式出版，但没有引起反响。翌年，他的第二部诗集《二十首情诗和一支绝望的歌》（*Veinte poemas de amor y una canción desesperada*）大获成功，尽管同时招来了一些嘘声。后者主要针对诗篇中的"色情"描写。紧接着他又发表了《激情弹弓手》（*El hondero entusiasta*, 1925）、《戒指》（*Anillos*, 1926）和充满先锋色彩的小说《居民及其愿景》（*El habitante y su esperanza*, 1926）等等。1927年起，聂鲁达供职于智利外交部，并先后担任驻仰光、科伦坡、雅加达、新加坡、布宜诺斯艾利斯、巴塞罗那和马德里领事，其间发表了《大地上的居所》（*Residencia en la tierra*, 1933—1935）。西班牙内战爆发后，聂鲁达义无反顾地加入国际纵队，抗击法西斯。结果，智利政府解聘了聂鲁达，他在悲愤中写下了《西班牙在我心中》（*España en el corazón*, 1937）的二十三首著名诗篇，同时奔走于欧美各国，声援西班牙人民的反法西斯斗争。1939年，智利政府再次任命聂鲁达为驻外领事，先到巴黎处理智利籍西班牙难民，而后调任驻墨西哥城领事。这时，第二次世界大战正如火如荼地进行，聂鲁达又毅然决然地站进了声援苏联的行列，创作了《献给斯大林格勒的情歌》（"Canto de amor a Stalingrado"）和《献给斯大林格勒的新情歌》（"Nuevo canto de amor a Stalingrado"）。

战争使谷物和肉类价格飙升。拉美诸国因远离战火，同时盛产农牧商品而国力大增。从墨西哥到智利和阿根廷，人们的生活条件迅速改善。1943年，聂鲁达在太平洋沿岸的黑岛买下一栋别墅，开始在那里创作他的盛年代表作《漫歌集》（*Canto general*, 1950），其间加入智利共产党。囿于政治原因，《漫歌集》在墨西哥出版时，智利只有一个盗版在地下流传。此后，聂鲁达才思泉涌，尚有不少作品面世。与此同时，他获得过斯大林国际和平奖，两次来华访问，并同艾青等中国诗人建立了深厚的友谊。他也曾被阿连德总统（Allende, Salvador）任命为驻法国大使。1971年，他摘得诺贝尔文学奖。但更为重要的是，他作品的气势磅礴、内容的丰富多彩，很难用简单的主义和概念加以涵括。

一、早期

循着赵振江教授和腾威教授的研究思路,[①]情诗无疑是青年聂鲁达的主要取向,且事实如此:《二十首情诗和一支绝望的歌》雄辩地证明了这一点。

《二十首情诗和一支绝望的歌》是聂鲁达早期创作中不可多得的一部诗集。前面说过,因为其中的"色情"描写,它曾经招来一阵嘘声。但是,它使西班牙语美洲一代青少年爱不释手。用我们的话说,他们是读着聂鲁达的情歌长大的。

1957年,聂鲁达首次访华,在一次演讲中,他明确指出:诗人首先应该写爱情。如果一个诗人他不写爱情,他一定是个奇怪的诗人,因为男欢女爱是人类在这个世界上发生的美好事情。同样,如果一个诗人不写自己祖国的天地河海,那么他也一定是个奇怪的诗人,因为诗人应该向人们揭示人物和事物的本质与天性。[②]也许正因如此,即或同样浸淫于先锋思潮的滥觞之中,聂鲁达依然保持着本真和淳朴,并没有随波逐流。先说情诗。第十五首是这样写的:

你沉默时令我欢欣,因为我身边似乎没有你这个人,
你从远方听我说话,却又接触不到我的声音。
你的眼睛好像已经飞去
又好像一个亲吻合上你的双唇。

由于万物充满我的灵魂
你浮在万物之上,也充满我的灵魂,
梦的蝴蝶啊,你就像我的灵魂

---

① 赵振江、腾威:《山岩上的肖像:聂鲁达的爱情·诗·革命》,上海:上海人民出版社,2004年。
② 参见《拉丁美洲文学史》,第485页。

就像与"忧伤"同义谐音。

你沉默时令我欢畅，好像是在遥远的地方。
飒飒作响的蝴蝶啊，你似乎在讲我埋怨。
从远方听我讲话，可我的声音到不了你的身旁：
请用你的沉默让我不声不响。

让我也用我的沉默跟你交谈，
它就像戒指一样纯朴，像路灯一样明亮。
你是沉默不语、繁星满天的夜色。
你的沉默就是星星的沉默，遥远而又平常。

你沉默时令我喜欢，因为你似乎不在我身边。
那么痛苦，那么遥远，好像已经离开人间。
这时一个单词、一丝微笑就足够了，
我会心花怒放，因为你就在我面前。[①]

这是聂鲁达写给恋人阿尔贝蒂娜·罗莎·阿索卡尔（Azócar, Albertina Rosa）的情诗。遗憾的是女方父母"棒打鸳鸯"，致使二人不得不含泪分手。在后来披露的大量信札中，聂鲁达对阿索卡尔可谓一片痴心。"我曾经同无数个恋人发生争斗，如今却经历这从未有过的孤单，但同时也享受着从未有过的幸福：只要你和我在一起。"[②]

分手使聂鲁达遭受了打击，但他并未因此而沉沦。他的生活半径越来越大，视野越来越开阔，小爱也慢慢向着大爱转化。这在《大地上的居所》中体现为他对贫困、不公的憎恶和对劳动者、弱势群体的同情。

---

① 转引自《拉丁美洲历代名家诗选》，第334—335页。
② https://www.elamanecerdelapoesia.com/t11842-carta-de-pablo-neruda-a-albertina-rosa/pdf.

二、中期

《西班牙在我心中》无疑是聂鲁达人到中年的标志性作品。虽然对劳动者和弱势群体的同情一如既往，但西班牙内战擢升了他的国际主义和人道主义精神。在抗击法西斯、保卫西班牙的战场上，聂鲁达写下了铿锵的诗行：

> 早晨，一个寒冷的月份，
> 挣扎的月份，被泥泞和硝烟污染的月份，
> 没有膝盖的月份，被不行和围困折磨的悲伤的月份，
>
> 人们透过我家湿漉漉的玻璃窗
> 听见非洲的豺狼①用步枪和血淋淋的牙齿嗥叫，
> 我们除了火药的梦境，没有别的希望，
> 以为世上只有贪婪、暴戾的魔王，
> 这时候，冲破马德里寒冷月份的霜冻，
> 在黎明的朦胧中
> 我用这双眼睛，用这颗善于洞察的心灵
> 看到赤诚、刚毅的战士们来了
> 他们岩石般的纵队
> 机智、坚强、成熟、热情。
>
> ［……］

——《国际纵队来到马德里》（"Llegada a Madrid de la Brigada Internacional"）②

---

① 指曾经参与镇压西属摩洛哥起义的佛朗哥（Franco, Francisco）及其领导的长枪党。
② 转引自《拉丁美洲历代名家诗选》，第334—335页。

此后是博大精深的《漫歌集》。①经过西班牙内战和第二次世界大战血与火的洗礼与淬炼，聂鲁达登上了现当代西班牙语美洲诗坛的巅峰。在这部诗集中，有一首《伐木者，醒来吧》（"Que despierte el leñador"），它曾于20世纪五六十年代在我国广为流传，久负盛名。他鞭挞了美帝，歌颂了苏联，吁请劳苦大众快快觉醒，为和平抗争。

［……］

伐木者，醒来吧！

来吧亚伯拉罕，让古老的酵母
使伊利诺伊
绿色的金土发酵，
让人民高举起斧头，
砍向新的奴隶主，
砍向他们的鞭子，
砍向有毒的印刷机，
砍向他们
带血的商品。
让白人青年、黑人青年，
歌唱着、微笑着前进，
抗击金碧辉煌，
抗击仇恨的制造者，
抗击出卖他们鲜血的战争贩子，
歌唱，欢笑，胜利。

伐木者，醒来吧！

① 有云南人民出版社中译本，江之水、林之木译，1995年出版。

让和平拥抱未来的每一个黎明，

让和平拥抱桥梁，拥抱美酒，

让和平拥抱追随我的诗章，

让它在我的血液中升腾，

让土地和爱情继续缠绕我的歌谣，

让和平拥抱城市的早晨，

伴着面包醒来，

让和平拥抱密西西比河，

那是源头：

让和平氤氲兄弟的衬衫，

让和平像空气的印记氤氲书本，

让和平洋溢在基辅的集体农庄，

让和平覆盖这些其他亡者，

以及勃洛克林①的黑铁，

让和平像日子追随邮差

到家家户户，

让和平进驻芭蕾舞导演的喇叭

从而停止对舞女呼喊，

那些娇柔如藤蔓，

让和平庇佑我的右手，

它只想写罗萨利奥②，

让和平属于玻利维亚，

秘密如锡块一般，

让和平伴随婚礼，

让和平属于比奥-比奥河③的锯木场，

让和平安慰伤心的游击队员

他们战斗在西班牙，

---

① 纽约街区。

② 阿根廷城市。

③ 河流名，位于智利境内。

让和平进驻威俄敏州的小博物馆，
那儿陈列着一个
绣着心房的至爱枕头，
让和平滋润面包师傅和他的爱情，
滋润面粉，
属于一切萌生的麦苗，
让和平庇荫所有寻找僻静的情人，
让和平保佑所有活着的人们，
让所有的陆地
与河海拥有和平。

现在我要道别了，
因为我要回家，在梦里
回到了我的巴塔哥尼亚^①，
大风吹击畜栏，
海边冰雪飞溅。
我只是一个诗人：爱你们大家，
我在所爱的世界上流浪。
我的祖国逮捕矿工，
军人对法官发号施令。
但我打心眼里爱
我那又冷又小的祖国。
纵然让我死一千次，
我也要死在那里：
如果我能生一千次，
我也要生在那里，
靠近原始的杉林，
靠近南极洲的疾风

---

① 智利和阿根廷南部地名。

和教堂新钟的声音。

请不要想我。

让我们想想整个世界，

用爱心敲击桌子。

我不愿再看到

鲜血浸透面包、芸豆和音乐：

我希望人们，

矿工、小女孩、

律师、水手、

制作洋娃娃的匠人，

和我一起到电影院去，

一起喝最红的美酒。

然而，我什么问题也解决不了。

我是来歌唱的，和你一起歌唱。[1]

《漫歌集》诗集起笔于1938年，首版于1950年，经过整整十二年的辛勤耕耘，包括五大部分和三百余首长短不一的诗。作品内容十分丰富，从人文到地理，自古代美洲延绵至拉丁美洲人民为了独立和自由的不懈斗争，是一部划时代的史诗性巨制，对美洲，尤其是拉丁美洲进行了全方位的歌唱。其中既有浓浓的家国情怀，也有诗人对帝国主义和阶级压迫、社会不公的尖锐批判，以及对世界和平和社会主义、共产主义的热切期盼。

从《漫歌集》到1959年的《航行与回归》（*Navegaciones y regresos*）和《一百首爱情十四行诗》，聂鲁达又发表了九部诗集，在此恕不一一介绍。

---

[1] https://www.webislam.com/poesia/25850-que_despierte_el_lenador_1948.html/pdf.

三、后期

聂鲁达生前出版了三十多部诗集，其中近一半是在晚年创作的。他去世以后，又有二十几部作品相继发表，其中包括信札、自传和选集。

从1960年到1973年，聂鲁达接连发表了《英雄赞歌》（*Canción de gesta*, 1960）、《智利的岩石》（*Poesías: las piedras de Chile*, 1960）、《典礼之歌》（*Cantos ceremoniales*, 1961）、《黑岛纪事》（*Memorial de Isla Negra*, 1964）、《鸟的艺术》（*Arte de pájaros*, 1966）、《沙上屋》（*Una casa en la arena*, 1966）、《华金·穆列塔的激情与死亡》（*Fulgor y muerte de Joaquín Murrieta*, 1967）、《船工号子》（*La Barcarola*, 1967）、《白天的手》（*Las manos del día*, 1968）、《吃在匈牙利》（*Comiendo en Hungría*, 1969，同阿斯图里亚斯合作）、《世界的终结》（*Fin del mundo*, 1969）、《依然》（*Aún*, 1969）、《海啸》（*Maremoto*, 1970）、《火红的剑》（*La espada encendida*, 1970）、《天石》（*Las piedras del cielo*, 1970）、《在斯德哥尔摩的演讲》（*Discurso de Estocolmo*, 1972）、《无用地理学》（*Geografía infructuosa*, 1972）、《孤独的玫瑰》（*La rosa separada*, 1972）、《处死尼克松、赞美智利革命》（*Incitación al Nixonicidio y alabanza de la revolución chilena*, 1973）等等。

在这些作品中，《世界的终结》也许最能反映聂鲁达晚年的矛盾：悲观与乐观交织，绝望与希望并存。他为人类的命运担忧，认为它已经被阴云笼罩。美国更加肆无忌惮，从杀害切·格瓦拉（Che Guevara）到公然发动侵越战争，等等，使世界和平遭受前所未有的威胁（聂鲁达尤其提到了核威胁）。然而，即便如此，他还要全身心地投入其中，呼唤光明，呼唤良知，谴责美帝国主义的暴行。他认为这就是诗人的职责。

燃烧的亚洲之娃

在杀人的飞翼下，
睁开你空洞的眼睛
再也看不见娃
她已逃离熊熊烈火
淹没在残垣断壁的灰烬下
或者灰烬般的稻田里。①

同时，也正是在极度的悲观中，聂鲁达表达了他作为诗人责无旁贷的使命：唤醒民众，依靠民众，承认最伟大的诗人是赐予我们面包的劳动人民。他并且在这里阐释什么才是真正的诗艺：

作为木匠诗人，
我首先需要木头，
无论是光洁还是粗糙：
我用双手闻它，
用鼻子嗅它的颜色，
在拿手指感知它的全部芳香，
静静地直至睡着或转世
甚或赤裸并且同木头
融为一体，
成为它的年轮。
[……]②

但愿聂鲁达已经和他挚爱的自然融为一体。在聂鲁达的大量遗作中，最为世人瞩目的无疑是《我承认，我曾历经沧桑》（*Confieso que he vivido*, 1974）。在这部日记体自传中，诗人清晰地表达了他的艺术观：一个诗人，如果他不是现实主义者，就注定会毁灭；可是，如果他仅仅是个现实主义者，也会毁灭。如果诗人是个反理性主义者，他的作品便只

① Neruda: "Las guerras", *Fin del mundo*, Buenos Aires: Losada, 1969, p.15.
② Neruda: "Artes poéticas", *Op. cit.*, p.111.

有自己和爱人能懂，这是相当可悲的；但如果诗人仅仅是个理性主义者，就连驴子也读得懂他的诗，那就更加可悲了。作品还大量记录了他和诗人、朋友，乃至敌人的交往或过招。其中有加西亚·洛尔卡和米格尔·埃尔南德斯（Hernández, Miguel）等西班牙内战时期的亲密战友，也有西盖伊洛斯、切·格瓦拉、菲德尔·卡斯特罗（Castro, Fidel）等党内同志，甚至还有共和国总统萨尔瓦多·阿连德和独裁者奥古斯托·皮诺切特（Pinochet, Augusto），等等。[1]在1973年9月的军事政变中，皮诺切特包围了民选总统阿连德的官邸，阿连德几乎孤身奋战，直至以身殉职。聂鲁达怀着极大的悲愤对暴徒口诛笔伐，十天后抑郁而终。

第五节　奥克塔维奥·帕斯

　　奥克塔维奥·帕斯是墨西哥及西班牙语美洲文学从先锋走向后先锋时代的关键人物。和博尔赫斯一样，帕斯博学多才，东西合璧，印欧贯通，是当今世界难得的百科全书式作家，足迹遍布文学、历史、

钱币上的帕斯

哲学、心理学和某些自然科学领域，同时在诗歌、散文、小说、评论、翻译等诸多方面都成绩斐然。

　　帕斯出身于墨西哥城的一个书香门第。祖父是记者，写过小说，祖母是印第安人。父亲律师出身，也是声名卓著的记者，墨西哥革命时期担任过农民领袖埃米利亚诺·萨帕塔的外交使节；母亲是西班牙移民，笃信天主教。和当时的许多"上等人"家的孩子一样，帕斯从小接受的是正规的法式和英式教育。所以，帕斯几乎同时学会了阅读英语、法语和西班牙语文学作品。十四岁那年，帕斯以优异的成绩考入墨西哥国立自治大学文哲系，成为该大学少见的少年大学生之一，但读的却是父母认为"最有前途"的法律。在当时，做律师被认为是步入上流社会或者

① http://www.librosmaravillosos.com/confiesoquehevivido/pdf/Confieso-que-he-vivido-pablo-neruda.pdf.

保持相当社会地位的捷径。然而，帕斯钟情于文学。也正是在那个时候，他开始偷偷地写作，以至于后来同文学结下了不解之缘。十九岁那年，他发表了第一本诗集《野生月亮》（*Luna silvestre*, 1933）。

在一首题为《为了同一个》（"Por el mismo"）的诗中，帕斯是这样描述自己童年时期被文字驯服的野蛮天真：

> 用灵魂倾听，
> 用大脑走路无须影子，
> 用影子思考无须走路，
> 在充满回响的路上
> 任由记忆创造和毁灭：
> 不行而行
> 在现时，
> 桥从一个词到另一个词延绵不绝。[①]

一、学艺

和许多作家的写作经历一样，帕斯的创作大致可分为三个阶段：学艺、成熟和全盛时期。帕斯出生在一个黑暗与光明交织的年代。在《伟大的岁月》（*Pequeña crónica de grandes días*, 1990）那篇小记中，帕斯如是说：

> 我……在暴力肆虐的岁月里睁开眼睛……后来，西班牙内战颤抖的光辉给世界带来了一线希望。我开始了政治上的思考。希特勒的上台，欧洲民主的失落，卡德纳斯府，罗斯福及其新政，伪满洲国和中日战争，甘地，莫斯科与斯大林的神化（后者曾是欧洲和拉丁美洲无数知识分子崇拜的偶像）……有些思想曾使我感到光芒耀眼，但不久又变得混浊不清；于是，

[①] https://www.horizonte.unam.mx/cuadernos/paz.html/octavio-paz-por-el-mismo-1914-1924.html/pdf.

我的内心一次又一次地成为思想斗争的舞台。再后来，斗争
公开化了，作为当事人之一，我既不兴奋，也不后悔。①

　　诚如诗人所说的那样，他出生在一个暴力肆虐的年代，人类的前
途显得格外暗淡无光。文坛上虽然流派庞杂、主义泛滥，但大行其道
的仍是悲观主义和颓废主义。初涉文坛的帕斯深受其害，一度走上探
索"自我""唯我"的迷途。他困惑，他彷徨，他孤独。在一首题为
《街道》（"La calle"）的小诗中，他这样写道：

341

　　　　这是一条寂静、漫长的街道，
　　　　黑暗中，我踉跄行走，我摔倒，
　　　　我爬起，摸索着向前，
　　　　盲目的双脚踩过沉默的石头、干枯的落叶。
　　　　有人在我身后，同样步履蹒跚：
　　　　我停下脚步，他也驻足不前；
　　　　我奔跑，他也奔跑。
　　　　我蓦然回首：空无一人。
　　　　一片漆黑，没有出路，
　　　　我从一个街角转到另一个街角，
　　　　却总是回到原来的地方
　　　　没有人跟随，也没有人等待，
　　　　我找到一个跌跌撞撞的人
　　　　他跌倒爬起，对我说：空无一人。②

　　西班牙内战爆发后，帕斯开始与欧美进步作家接触，并受到墨西
哥共产党，尤其是托洛茨基派和第四国际的影响，阅读了大量马克思
主义作品。1937 年，他又应智利诗人聂鲁达和西班牙诗人阿尔维蒂
（Alberti, Rafael）之邀，迈出了人生之旅的关键一步：赴西班牙参加

① https://www.milenio.com/cultura/laberinto/recuerdos-de-octavio-paz-en-plural/pdf.
② https://www.poesiaspoemas.com/octavio-paz/la-calle/pdf.

反法西斯作家代表大会，其间他结识了当时西班牙语世界最杰出的先锋诗人：巴列霍和维多夫罗，美国作家海明威（Hemingway, Ernest）以及西班牙左翼诗人埃尔南德斯、加西亚·洛尔卡和路易斯·塞尔努达（Cernuda, Luis），等等。会后，他又义无反顾地与国际纵队的将士们开赴前线，经受了血与火的洗礼。《致一位牺牲在阿拉贡前线的战友的挽歌》（"Elegía a un compañero muerto en el frente de Aragón"）便是他在前线写下的急就章：

> 同志，你牺牲在
> 世界火红的黎明。
> 但你的目光、你的蓝色英雄服
> 和你那傲视硝烟的面容，
> 还有那紧握提琴与钢枪的双手
> 正从你的安息中
> 令人惊讶地再生。
>
> 你去了，无可挽回地去了。
> 声音消散，鲜血流尽。
> [……]
>
> 歌颂你，呼唤你，
> 为你哭泣，
> 恨不能将血液注入你破碎的血脉，
> [……] ①

342

离开战火纷飞的前线后，他曾出任墨西哥驻法国、印度、日本、瑞士等国的外交使节，还在美国和欧洲的研究机构工作，与卡彭铁尔相识，又经卡彭铁尔介绍结识了布勒东、加缪（Camus, Albert）、萨

---

① https://cvc.cervantes.es/literatura/poesia-de-octavio-paz-durante-la-guerra-civil/pdf.

特（Sartre, Jean-Paul）、博尔赫斯、聂鲁达、赫胥黎（Huxley, Aldous Leonard）、希梅内斯（Jiménez, Juan Ramón）等著名作家、诗人，并在后来的岁月里与之过从甚密。和博尔赫斯不同，帕斯从来不是那种两耳不闻窗外事的"蠹书虫"。与聂鲁达不同，帕斯逐渐成为自由知识分子，经常出没于社会政治思潮和文化文学运动的风口浪尖，和不同思想倾向及社会阶层的人们切磋诗艺，探讨人类命运，考察政治与文学、诗人与社会的关系。在此基础上，他确立了自己的诗歌创作原则：将"纯诗歌"和"社会诗歌"结合起来，将艺术个性和社会责任结合起来，将美洲的美与欧洲的美结合起来，将东方的神秘和深邃同西方的理性与开放结合起来。从此，他的艺术由自我向无我升华。他曾援引老子，认为真正的诗人是无我的。用老子的话说是无为。

二、成熟

走出先锋派自我主义的"车间"，拂去了西班牙内战的烟尘，帕斯由学艺阶段进入成熟期，并逐步形成了自己独特的创作、思维空间。他的作品由自我探索过渡到对人类存在问题的思考。于是生死、贫富、暂时和永恒、过去和未来、战争与和平、地狱与天堂（当然是形而上学意义上的天堂地狱，而非宗教信仰使然）等等，在他的作品中反复出现。尤其是时间，成了这一时期诗人难以解脱的情结：

> 时间
> 与时间自相残杀，
> 使一切名字和形态化为乌有。
> 它是没有脸庞的面具。
> ［……］
>
> ——《时光倏忽》（"La hora se vacía"）①

---

① https://www.poesi.as/octavio-paz.html/pdf.

或者：

> 日子伸出手来
> 释放三朵云彩
> 还有些许语言
> ［……］

—— 《颂歌的种子》（"Semillas para un himno"）①

　　还有天堂。在一首题曰《城市黄昏》（"Crepúsculos de la ciudad"）的小诗中，他对这个"时间的永恒尽头"作了如是描述：

> 寂寞黄昏的荒野，
> 冷峭严冬的莽原，
> 空洞的苍穹
> 像一口井，
> 深不可测。
>
> 静止、永恒、不可移易，
> 似一堵高墙，
> 无门。
> 在天堂与渴望之间，
> 有一片无边的空白。②

　　这是他40年代初期的作品，大都短小精悍，洋溢着真诚与无奈。然而，天意是天意，人情是人情。面对无情的时间和虚妄的天堂，帕斯呼唤真善美，呼吁公正、和平与友爱。

---

① https://www.poesi.as/octavio-paz.html/pdf.
② Idem.

如上思想，在他1948年的一首得意之作《废墟间的颂歌》（"Himno entre ruinas"）中，可几乎一览无余。诗人痛感贫富不均和东西对峙，渴望"智慧复苏"、全人类共享"圆圆的日子，/二十四瓣同样甜蜜的灿烂橘子"：

"那是咆哮的西西里海……"
——贡戈拉[1]

头戴金冠的日子舒展羽毛。
黄色的吼声，
天空中一眼热泉
公正慈善！
优美的形态　间或的存在。
大海爬上岸来，
巨大的蜘蛛拥抱岩石；
山峦的褐色伤疤闪闪发光；
一群山羊是一堆石头；
太阳生下一枚金卵，然后化入大海。
万物皆神灵。
破碎的雕像，
消蚀的石柱，
活的死人，生的废墟！

特奥蒂华坎夜幕降临。
金字塔顶端
小伙子们吸着大麻，
弹响沙哑的吉他。
生活赐给我们什么草？什么水？

---

① 出自贡戈拉《波吕斐摩斯和加拉特亚的寓言》（*Fábula de Polifemo y Galatea*）。

到哪里出土话语
和衡量音律、歌赋、舞蹈、
城市以及天平的尺度？
墨西哥之歌在鸡巴蛋中粉碎，
渐渐熄灭的七色星辰，
是关闭我们交流之门的石头。
土地是衰老的土地。

　　用眼睛看，用双手摸。
　　这里所需甚少：
　　仙人掌，带刺的珊瑚；
　　无花果，戴着兜儿帽；
　　葡萄，充满复活的快乐；
　　蛤蜊，不容玷污的贞洁；
　　以及食盐、奶酪、酒和太阳牌面包。
　　阳光沐浴的苗条教堂，
　　肤色黝黑的海岛姑娘，将我俯视。
　　咸塔，海边的绿色松林
　　映衬着来自远方的白色风帆。
　　阳光在海中筑起庙宇。

纽约、伦敦、莫斯科。
阴影和魔鬼常青藤，
颤抖的植物、稀薄的野草和成群的老鼠
统治原野。
偶尔，贫血的太阳露出哆嗦的脸庞。
在昔日城邦——今日山岗上，
波吕斐摩斯打了个呵欠。
山下坑坑洼洼，一群人步履蹒跚。

（家庭两脚动物，其肉
——尽管教会已发禁令——
仍颇受富有阶级的青睐。
曾几何时，还有人将他们视为肮脏的畜生。）

　　　　天天欣赏和触摸美的形态。
　　　　抛开光、恨与翅膀。
　　　　桌布上的酒迹散发着血腥。
　　　　像珊瑚将四肢浸泡水中，
　　　　我将我的感觉伸进活的时间：
　　　　在黄色和谐中实现瞬间，
　　　　呵，中午，长满分秒的一穗，
　　　　永恒的奖杯！

我的思想交叉、游动、缠绕，
然后重新开始，
最终停顿凝固，像未能入海的水流，
没有黄昏的太阳照耀着血的三角洲。
一切都将滞留在这个死水潭中？

　　　　日子，圆圆的日子，
　　　　二十四瓣同样甜蜜的灿烂橘子，
　　　　每瓣都渗透着同样的黄色甜蜜！
　　　　终于智慧复苏，
　　　　敌对的双方重归于好，
　　　　意识与镜子得到熔化，
　　　　重新成为寓言的源泉：
　　　　人类，形象之树——
　　　　文字，是花、是果、是行。

这是一首不同凡响的诗，充满了善意与博爱。当然现实并不以人们的美好愿望为转移，人心世道依然江河日下，国际斗争、阶级分裂也没有因为诗人的呐喊而有所缓解。

也许是因为对现实愈来愈感到失望，此后，帕斯的作品趋于朦胧，形式创新的力度有增无已。

三、全盛

1957年的《太阳石》（*Piedra del sol*）是帕斯的第一首长诗，标志着诗人鼎盛时期的来临。《太阳石》以18世纪末发现的阿兹台卡太阳历石碑[①]为契机，震古烁今。全诗凡五百八十四行（与阿兹台卡太

---

① 太阳石又称蒂索克石，圆形，直径3.6米，重二十余吨。产生于15世纪，阿兹台卡帝王蒂索克（Tizoc）为举行特诺奇蒂特兰（今墨西哥城前身）大庙的落成典礼而命能工巧匠用整块玄武岩巨石雕琢而成。西班牙人入侵之后，大庙被毁，太阳石埋入了天主教堂的神圣地基中。在1790年的一次大规模城市扩建中，太阳石被发掘出土。但时人对它一无所知。20世纪中叶，随着土著主义运动的蓬勃兴起，太阳石的谜底开始被揭开。经过考古学家、人类学家的不懈努力，终于发现它是一块记录阿兹台卡民族历史和神话传说的太阳-金星历：每年五百八十四天。在古老的阿兹台卡神话传说中，这是第五个世界、第五个太阳。此前的四个太阳、四个世界已相继毁灭。大地在一片黑暗中重新孕育了月亮星辰。有一天，大地神捡到一枚闪闪发光的彩球，不料因此而感应怀孕。她的儿女，尤其是长女月亮十分嫉妒，鼓动众姐妹在母亲临盆时将婴儿杀死。母亲忧心如焚，可是腹中的胎儿却安慰她不必担心。分娩时刻到了，女儿们个个手执利剑，等待着婴儿出世。突然，一道金光，太阳神惠兹洛波奇特利降生了，他全身披挂，释放出万支利箭，月亮星辰落荒而逃。从此，阳光普照，万物复苏，大地上重新有了人类。英勇的阿兹台卡人是太阳神的宠儿，居住在遥远的地方。一天，太阳神向他们发出了向南迁徙的神谕。经过艰难跋涉，他们来到了"福地"特斯科科湖畔，发现了神谕所昭示的那个激动人心的场面：一条蓝色的河流和一条红色的河流交臂而下，两河汇合处矗立着一块巨石，一株苍劲的仙人掌挺立石上；仙人掌顶端雄踞着一只苍鹰，苍鹰嘴中叼着一条长蛇。墨西哥国旗上的图案便由此而来。这是神话。历史上，尚武的阿兹台卡族于公元12世纪开始大规模南进，14世纪初占领特斯科科，不久又向南扩张，长驱直入，势不可当，并逐步创立了以特诺奇蒂特兰为中心的庞大的阿兹台卡帝国。与此同时，惠兹洛波奇特利逐渐由神话走向宗教，成为需要"青春血液滋养"的众神之神。于是便有了残酷的金字塔血祭。太阳石是墨西哥古代神话、宗教、历史、科学和艺术的浓缩。它以太阳神为中心，一边是利剑，一边是人心；再向外是代表虎、风、雨、水的四个世界，然后是二十个象形符号，表示每月天数；最后是阳光普照的羽蛇，两条羽蛇首尾相连，在上下两端分别托出"新纪元十三日"和"五百八十四年"的字样。前者表示太阳神生于大地神再造世界的第十三日，后者表示五百八十四日为一年。

阳历的纪年相同），具有首尾呼应的环形外部结构和开放丰饶的内涵。它假借颂扬阿兹台卡太阳历石碑，赞美辉煌的美洲古代文明，描绘世界万物的循环、人类命运的幻变，抒发诗人对祖国河山的眷恋和对美好生活的热爱。作品一俟问世，便轰动国际诗坛，被认为是不可多得的"当代史诗"。诗人打破时空界限，用蒙太奇、联想波、套合术等手法，将现实、历史、神话、梦幻、回忆和憧憬融会贯通，充分显示了诗人的博学多才，诗情的激越奔放。作品首尾呼应，因此它既是开头，也是结尾，如此周而复始：

> 一枝晶莹莹的垂柳，一株水灵灵的白杨，
> 一眼随风飘荡的高高喷泉，
> 一棵舞姿翩翩的巍巍大树，
> 一条千古流淌的弯弯河流
> 前进、逆转、迂回
> 却总是到达：

到达哪里？到达什么？诗人没有给出答案。隐约呈现在我们面前的是一个"光的胴体"。它具有"岁月的色彩"和"时间的节奏"。由于它的存在，"世界才清晰可见"。它像太阳，像大海，像女人，同时也像一首大写的诗或者一个大写的诗人。然而，它更像变幻莫测的现实世界，有城市、教堂和金木水火土万物。突然它消失得无影无踪，"我"像孤独的弃儿，转入内心，在记忆中将它寻觅。这时，一个姑娘出现在"我"的面前，"穿着我渴望的颜色"。姑娘是她，但也是她们，是非她。她是卡桑德拉、中世纪神话、美女蛇，或者"下午5点钟的中学女生"。一切都在变幻之中，一个瞬间使另一个瞬间化为乌有。唯独爱（和诗一样）能抓住游动的瞬间。

> 使世界变得真实，
> 酒成其为酒，
> 面包成其为面包，

水成其为水，

[……]①

那么历史又怎样呢？阿伽门农至托洛斯基（Trotski, León）又怎样呢？还有芸芸众生？《太阳石》又回到了开始的那个地方，就像那阿兹台卡太阳历（太阳石上）永远兜着圈子的年月日。它没有句号，没有定论，只有那用以等待下文的永恒冒号。诗人的孜孜探索虽然并没有结果，但人们细细品味，却仍可以体会到诗人（从诗人的角度）对什么是存在价值这个存在主义的老问题给出了回答：诗和爱。

进入60年代后，帕斯的诗歌更注重诗的外部形态与内在意蕴的有机构成。他对"存在与时间"的思索也日益同"存在与空间"的思索相结合，这不仅使他的诗愈来愈哲学，愈来愈含混，愈来愈多义，也加快了内部空间的拓展。

《白》（*Blanco*, 1967）是帕斯全盛时期的另一首长诗，被西方评论界称为"后现代主义杰作"。它结构奇诡，形态诡异。每行分左、中、右三部分，彼此独立，却又相互关联。作品至少有六种读法：

一、"全读法"。这种读法视全诗为一个整体。"白"即行与行、部分与部分之间的空白，需要用读者的演绎、释读和假设去填充，否则诗就不成其为诗。

二、"中读法"。这种读法将诗分解为左、中、右三部分，然后择中读之。这样，诗歌就不再是令人费解的迷宫，而是由"白""黄""红"绿""蓝"五部分组成的五彩世界。"白"只是其中的一种颜色。

三、"左读法"。这样，左侧诗句便独立生成为一首爱情诗。诗歌分四部分、四阶段，分别象征爱的感觉、爱的经验、爱的想象和爱的了悟。

四、"右读法"。右侧诗句的排列组合恰好与左侧诗句相对应，表现了四类不同类型的爱的过程，因而可以说是爱情主题的不同变奏。

---

① https://www.poesi.as/octavio-paz.html/pdf.

五、"左右读法"。去掉中间部分，将左右两部分合二为一。这样，作品不但不再是简单的左右相加，而且具有鲜明的戏谑色彩：两种颜色相加所产生的第三种完全不同的颜色，但又明显带着二者的"遗传因素"，仿佛父母所生的孩子。

六、"散读法"。这种读法将全诗分为十四首各不相同的短诗，即中间六节六首，左右各四节四首。

帕斯的第三首长诗是1971年发表的《回》（*Vuelta*）。此诗创作于1968年。是年，西方世界学潮汹涌，墨西哥也不例外。面对热血青年的骚动与呐喊，墨西哥政府采取了强硬措施。特拉台洛尔科广场血流成河。消息传来，帕斯立即表示抗议并毅然辞去了驻印度大使的职务。《回》记述了诗人回到墨西哥后的所见所闻，表达了他对特拉台洛尔科流血事件的强烈谴责。在诗人眼里，往日的和谐不见了，民主的神话消解了，到处是美元和妓女，还有玛雅神庙、西班牙教堂、摩天大楼的滑稽并存。与此相对应的是诗的解构：时空的错乱，符号的分解，诗句的断裂——

> 有人在街角那边说话
>
> 　　　　　有人说话
>
> 在太阳指间
>
> 　　　　　阴影与光线
>
> 几乎是液体
>
> 　　　　　木匠吹着口哨
>
> 卖冰棍的人吹着口哨
>
> 　　　　　吹着口哨
>
> 广场上三棵白蜡树①
>
> 　　　　　生长
>
> 声音的枝叶

① 特拉台洛尔科广场俗称"三文化广场"，汇集了古印第安文化-金字塔遗迹、西方文化-天主教堂和现代文化-摩天大楼。

　　　　　　　无形地蔓延

　　　　　　　　　　时间

　　躺下来擦干屋顶

　　我在米斯瓜克①

　　　　　　　信箱里

　　有信在烂［……］

　　在这断裂、分解的诗句之间，有一种无声的回音、可视的空白，给人以回味、联想和启迪。不同时代、不同读者可以在这些不同的外部空间"填充"不同的阐释、不同的符号。而且，诗中有诗，譬如洛佩斯·贝拉尔德的句子：

　　　　但愿此去不再回，

　　　　枪林弹雨相煎急，

　　　　故乡记忆已破碎［……］②

或者帕斯曾经的诗句（《城市黄昏》）：

　　　　面对玻璃棺材

　　　　　　殡仪

　　　　妓女

　　　　　　茫茫夜空的支柱［……］

甚至王维《酬张少府》中的名句：

　　　　君问穷通理，

　　　　渔歌入浦深。

────────────

① 墨西哥城小区地名，帕斯在这里出生。
② 援引自《沉默》（ Zozobra, 1919 ），是诗人对墨西哥革命的记忆。

然而，帕斯说：

> 我却不愿
> 做一个知识修士
> 隐居在圣安赫尔或者科约阿坎。[①]

帕斯的诗作由于蕴含着深刻的哲理且不乏玄学色彩，常令读者望而却步。这首诗虽然晦涩如故，但较以前的作品分明少了些抽象，多了些形象；少了些玄学，多了些真实。这些变化都要归功于生活。诚如人们常说的那样，人是不能拽着自己的小辫离开地面的。生活的脚步，以其踏石有印的力道在诗人内心留下了深刻的痕迹。

1975年，帕斯发表了生平第四首长诗：《透明的过去》（*Pasado en claro*）。此诗具有《太阳石》的结构——首尾呼应，《白》的空间——可分可合，《回》的激越——诗情澎湃。作品回到了诗艺本身，但又非传统意义上的诗学，而是一种典型的后现代解构。诗篇围绕写什么和怎么写的问题，进行了广泛深入的形而上或元文学思考。所谓"透明的过去"既是清晰可辨的"写着"（此在），也是模糊不清、恍若隔世的"省略"（彼在）。在帕斯看来，诗即诗，亦即非诗；写即写，亦即不写。

帕斯一生发表了二十多部诗集，晚年仍笔耕不辍，时有新作问世。他喜欢出奇制胜，从不固守套路和格式，更不屑于别人用滥了的比喻或象征。此外，帕斯坚信"诗无止境"，所以，每逢再版，他总要悉心修订和删改自己的作品。正因如此，帕斯的作品在不同的版本中常常有所不同，这也是他精益求精、一丝不苟精神的体现。

与此同时，帕斯又是位杰出的散文家和批评家。用海德格尔的话说，他属于思想诗人。他不但精通西方哲学、文学和历史，在伦理学、心理学、语言学、人类学乃至某些自然科学方面都有造诣。他崇拜古老的东方文化，潜心研究过老庄孔孟，熟谙《周易》、佛经。

---

① 墨西哥城小区地名。

瑞典文学院特别欣赏他关于墨西哥国民性的长篇散文《孤独的迷宫》（*El laberinto de la soledad*, 1950）。此作用散文体写成，洋洋洒洒，凡三百余页，从历史、文化、宗教、种族、民俗和政治经济等不同角度探索墨西哥民族特性及其由来，把墨西哥人既豪放又孤独、既勇敢又怯懦、既热情又冷漠、既勤劳又懒惰的矛盾性格和处世谨慎、喜欢自嘲、爱国恋家的特点表现得淋漓尽致。因此，可以说，它是一部有关墨西哥和墨西哥人的不可多得的历史学、民族学、民俗学和心理学专著。而他的《弓与琴》（*El arco y la lira*, 1956）、《深思熟虑》（*In/Mediaciones*, 1979）、《胡安娜·伊内斯·德·拉·克鲁斯修女或信仰的谋略》（*Sor Juana Inés de la Cruz o las trampas de la Fe*, 1982）等等，则已然成为西班牙语美洲文坛的经典作品。

从发表时间和作品内容看，帕斯的散文或文论起自他诗歌创作的成熟期，是他对前期创作（包括同时代作家作品）的总结和反思，对过去和未来文学的探赜和瞻望。在《弓与琴》[①]一书中，他称诗是一切艺术的王后、一切社会的逆子。他说诗的目的不是摹拟，不是表现，而是"一种解放符号的斗争"。"文学、声音、色彩以及一切物质形式一旦进入诗的领域就必然发生变形。"在帕斯看来，这种"变形"是永恒的，就像诗是永恒的一样：

> 每一个读者是另一个诗人；
> 每一首诗，是另一首诗。
> 一切都在变，唯有诗不变。
> 诗是人类阻止时间流动的唯一武器
> ［……］
> 两个极端：诗能包含一切，是有意义的，
> 是一切语义的总和；
> 诗又是破坏一切语义的，

---

① http://www.ecfrasis.org/wp-content/uploads/2014/06/octavio-paz-el-arco-y-la-lira.pdf.

诗否定一切语义。

　　显然，这里既有形而上学也有辩证法。同样，基于这一文学观念，帕斯认为优秀的文学作品同时也是文学批评，于是创作和批评（这里指广义批评）的界限日渐模糊。在《作品的影子》（*Sombras de obras*, 1984）中，他将创作和诗学、批评糅合在一起，分"诗与史"、"作品与影子"和"岁月轮回"三大部分，从创作、批评和文学史论等方面由远至近、由个别至一般，阐述他形而上学的"相对论"："定义将不复存在"，"一切都变得相对"。不同的时代、不同的人用不同的话语和行为回答什么是存在，什么是诗：

　　　　　符号与符号之间
　　　　　诗句与诗句之间
　　　　　诗人与诗人之间
　　　　　诗人与读者之间：
　　　　　诗。①

　　此外，帕斯还是个了不起的翻译家。他不但翻译过葡萄牙诗人佩索亚（Pessoa, Fernando）、英国诗人卡明斯（Cummings, Edward Estlin）等许多西方作家的作品，还翻译了不少东方作家的作品。他翻译过唐诗，特别推崇王维和李白；只可惜他是从英法等西方文字转译的，偶尔得到过汉学家的帮助。于是，他留下了《译与娱》（*Versiones y diversiones*, 1974）。

　　此外，帕斯在小说、戏剧领域都留下了自己的足迹，对音乐、绘画、电影甚至工艺美术也颇有研究。在分工愈来愈细的今天，帕斯可谓是难得的全才。

　　生活对他是公平的。自而立之年他获得了德国古根海姆奖之后，接连摘取了西班牙语作家所能获得的几乎所有文学大奖，如1963年的

---

① https://www.libros-antiguos-alcana.com/octavio-paz/sombras-de-obras/pdf.

比利时国际诗歌奖、1977年的西班牙文学评论奖、1979年的墨西哥金鹰奖、1980年的奥林约利茨特利西班牙语文学奖、1981年的塞万提斯文学奖和1990年的诺贝尔文学奖。加西亚·马尔克斯被授予诺贝尔文学奖时，人们这样说："难说诺贝尔文学奖能给他增添多少光彩，但他的获奖肯定会使诺贝尔奖的声誉有所提高。"此话对于之前的聂鲁达和之后的帕斯同样适用。

第七章　小说"爆炸"

引言

　　前面说过，西班牙语美洲或谓拉丁美洲的"文学爆炸"主要是指小说"爆炸"。个中缘由至少有如下几个：一、拉丁美洲曾经被称作"没有小说家的小说"，这是因为在漫长的殖民地时期，西班牙和葡萄牙明令禁止小说进入其美洲殖民地，遑论其在"新大陆"出版发行；二、独立革命以降，西班牙语美洲和拉丁美洲基本上亦步亦趋地追随西方文学思潮，直至土著主义和本土主义的产生，但后者并未立刻得到精英阶层的认可，遑论走向国际；三、在小说崛起或"爆炸"之前，西班牙语美洲乃至整个拉丁美洲大抵被认为没有像样的小说，至少没有产生令世人瞩目且富有原创精神的伟大小说，遑论国际影响。如此等等，有史可鉴。然而，如果算上"崛起的诗群"及其巨大的外延，那么说"文学爆炸"也未尝不可。

　　此外，作为本著第一编的最后一章，有关主义都只是权宜之谓、相对之谓，因为它们大抵是你中有我、我中有你，不能截然分割，在此先予说明。另一点需要说明的是，鉴于本卷将分上、下两编，有关作家作品评述大体上止于20世纪80年代；且无法将源远流长、延绵不绝的大量传统现实主义、浪漫主义或通俗文学如《冷酷的心》（*Corazón salvaje*）之类归入其中，尽管后者仍占据西班牙语美洲文坛的半壁江山。

第一节　先锋

　　这里所谓的先锋和主力完全是相对而言。之所以如此编排，一是因为有关作家的国际影响力并不均等，二是因为他们在这个二分法中更裨益于评述：首先，加夫列尔·加西亚·马尔克斯、马里奥·巴尔加斯·略萨、卡洛斯·富恩特斯、胡里奥·科塔萨尔作为主力毋庸置疑，而小说家博尔赫斯的国际影响力也毫不逊色。作为先锋的米格尔·安赫尔·阿斯图里亚斯、阿莱霍·卡彭铁尔不仅出道早，而且是魔幻现实主义的开创者。另一位魔幻现实主义大师胡安·鲁尔福则基本止步于50年代；而胡安·卡洛斯·奥内蒂（Onetti, Juan Carlos, 1909—1994）固然鼎盛于六七十年代，但较之前述主力毕竟有些差距。至于其他成名或活跃于世纪中叶的诸多西班牙语美洲作家，限于篇幅，只能暂时"等"掉。其中不乏获得过塞万提斯文学奖的作家，有的甚至还是某个主义的先锋或中坚，绝对不容小觑，比如阿尔图罗·乌斯拉尔·彼特里（Uslar Pietri, Arturo, 1906—2001）、何塞·莱萨马·利马（Lezama Lima, José, 1910—1976）、埃尔内斯托·萨瓦托（Sabato, Ernesto, 1911—2011）、何塞·玛利亚·阿格达斯（Arguedas, José María, 1911—1969）、阿道夫·比奥伊·卡萨雷斯（Bioy Casares, Adolfo, 1914—1999）、奥古斯托·罗亚·巴斯托斯（Roa Bastos, Augusto, 1917—2005）、贡萨罗·罗哈斯（Rojas, Gonzalo, 1917—2011）、马里奥·贝内德蒂（Benedetti, Mario, 1920—2009）、何塞·多诺索（Donoso, José, 1924—1996）、吉列尔莫·卡夫雷拉·因凡特（Cabrera Infante, Guillermo, 1929—2005）、阿尔瓦罗·穆蒂斯（Mutis, Alvaro, 1923—2013）、马努埃尔·普伊格（Puig, Manuel, 1932—1990）、豪尔赫·爱德华兹（Edwards, Jorge, 1931—　）、费尔南多·德尔·帕索（Paso, Fernando del, 1935—2018）、塞尔西奥·皮托尔（Pitol, Sergio, 1933—2018）、何塞·埃米利奥·帕切科（Pacheco, José Emilio, 1939—2014）、埃莱娜·波尼亚托夫斯卡（Poniatowska, Elena, 1932—　）、伊萨贝尔·阿连德（Allende, Isabel,

1942 — ）、塞尔西奥·拉米雷斯（Ramírez, Sergio, 1942 — ），甚至出道于六七十年代的阿尔弗雷多·布里塞（Bryce, Alfredo, 1939— ）、里卡多·皮格利亚（Piglia, Ricardo, 1941—2017）、罗贝尔托·波拉尼奥（Bolaño, Roberto, 1952—2003），如此等等，几可无限赓续。屈为比附，20世纪中叶西班牙语美洲小说堪称一座庞大的金字塔，越向下，作家人数就越多，这是一种几何原理。好在本著第二编将对其中的一些作家作品进行群体性评价，并将其他作家让渡至本卷下编，在此恕不一一列举。

一、米格尔·安赫尔·阿斯图里亚斯

米格尔·安赫尔·阿斯图里亚斯出身在危地马拉城的一个律师家庭。时值独裁者埃斯特拉达（Estrada, Manuel）在危地马拉实行专制统治，阿斯图里亚斯亲身经历了白色恐怖。为了保全家人性命，其父带着全家人离开首都，移居萨拉马。那里是危地马拉最贫穷落后的地方。这使阿斯图里亚斯有机会接触印第安人。作为玛雅后裔，印第安人占危地马拉人口的百分之六十以上，却被剥夺了所有权利。因此，他们除了古老的神话传说，几乎一无所有。而那些口口相传的古老传说和《波波尔·乌》（Popol Vuh）却成了阿斯图里亚斯日后的重要创作源泉，也是他走上文学道路的重要契机。

1919年至1920年，阿斯图里亚斯大学在读，但主要工作却是参与反对独裁者的政治活动。埃斯特拉达垮台后，他固然顺利地完成了法学专业，但人生志向仍是从事文学创作。1923年，他远渡重洋，到法国游学，结果便是日后被西班牙语文坛传为佳话的一段经历：他和卡彭铁尔一起参加了布勒东的超现实主义运动，并且联手创办了一份西班牙语版超现实主义刊物《磁石》（Imán）。

（一）前期作品

阿斯图里亚斯前期作品的主要灵感皆撷取自危地马拉土著居民的神话传说。1930年，他的处女作《危地马拉传说》（Leyendas de

Guatemala）出版。这是一部短篇小说集，使初出茅庐的阿斯图里亚斯一鸣惊人。它向文明、安逸的欧洲人炫示了一个沸腾的蛮荒世界，一种波谲云诡、五光十色的原始生活。小说集出版后不久即被翻译成法文并获 1932 年西拉-蒙塞居尔奖。法国诗人保罗·瓦莱里（Valéry, Paul）在信中写道："传说把我迷住了。它们如梦如诗，令人爱不释手。我是说，就我的精神状态和我应付新鲜事物的能力而言，已很少有什么令我击节感叹的了，但是《危地马拉传说》打动了我。在这些如梦如诗的传说中，一个古老民族的各种信仰、各种历史经历和现实环境水乳交融。在这块美丽富饶的土地上，勤劳的人们刀耕火种，重新开始了自己的生活；时至今日，他们仍显示出强大的生命力。因为他们正以惊人的坚忍和毅力，在两泽之间建立新的组合，创造新的神话。[……] 热带自然纷纭多变，神秘莫测；印第安巫术和西班牙神学交叉缠绕，这是一个什么样的混沌世界啊！"①

> 岸边，两座高山对峙着。一座叫卡布拉坎，它那巨大的臂膀环抱着群山峻岭、荒滩原野，托举起城池庙宇、农庄村社；吐一口火焰，大地就会燃烧。大地燃烧了……另一座叫胡拉坎，是云雾之山。它从东方飞来，张开大嘴，吐一口烟雾，铺天盖地，笼罩了燃烧殆尽的卡布拉坎。天，黑沉沉的，失去了阳光；成群的小鸟离开巢穴，哀鸣着四处逃窜、躲藏 [……]②

这是其中关于火山的传说。它富有玛雅-基切传说的神韵。在玛雅-基切神话传说中，火山是山神显圣的结果，火山爆发是神对人类罪恶的惩罚。作者把种族矛盾写成了两山之争。印第安文化经历了产生、发展、兴盛、衰落，最后虽死犹荣，一如寿终正寝的火山卡布拉坎，被象征西方文化（胡拉坎）的云雾所遮蔽。

---

① 此信后来常常被当作序言伴随这部作品。Cf. Asturias: *Leyendas de Guatemala*, Buenos Aires: Pleamar Editorial, 1948, p.2.
② Asturias: *Op. cit.*, pp.5—6.

另一则传说《库库尔坎》（*Kukulcán*）同样取材于玛雅-基切神话，但又并不拘泥于神话。在古老的玛雅神话中，库库尔坎（也即"羽蛇"）是主宰空气之神（或宇宙之神）。她用瑰丽多彩的蜂鸟羽毛作装饰，早晨呈红色，中午呈金色，晚上呈黑色；她秉性谦逊仁慈，所以深受人们的爱戴。但后来她衰老了。这时，一个叫瓜卡马约（意曰"鹦鹉"）的骗子乘虚而入。他高视阔步，横行霸道，千方百计地诋毁和抹杀库库尔坎，喋喋不休地夸耀自己是救世主，是照亮世界万物的太阳。然而，无论怎样，信奉库库尔坎的人们依然矢志不渝。他们祭祀她，怀念她，呼唤她，传唱着由此衍生的不朽颂歌。

阿斯图里亚斯的第二部作品是长篇小说《总统先生》（*El Señor Presidente*, 1946）。作品完成于 20 世纪 30 年代，但由于政治原因，其出版时间却延宕了十多年。1946 年，《总统先生》在墨西哥首版后立刻引起轰动。小说赋予人们熟悉的反独裁主题以奇妙的神话意境，从一开始就把读者引入了梦魇般的氛围：

361

> ……发光吧，炉丝贝尔，发出火石之光，发出腐朽之光！催促晚祷的钟声不停地回荡，震耳欲聋。在这白天与黑夜交替、光明与阴影更迭的时刻，这声音令人倍感压抑。发光吧，炉丝贝尔，发出火石之光，发出腐朽之光！发光吧，发出火石之光……发光……发光……[①]

就这样，教堂的钟声拉开了作品的序幕，芸芸众生在它的回声中进入梦魇。总统先生是梦魇的制造者，是主宰这个黑暗世界的托依尔（玛雅-基切神话中的魔鬼）。他像神话中的魔鬼，无所不知，无所不能，连街道的石头都怕听见他的名字。生活在这个世界的各色人等，无论将军还是士兵，富翁还是乞丐，皆噩梦缠身。小说以埃斯特拉达为原型，写 20 世纪初危地马拉在独裁者的统治下上演的各种令人触目

[①] https://librosgeniales.com/ebooks/el-senor-presidente-miguel-angel-asturias/pdf. 译文参考了黄志良、刘静言《总统先生》译本，上海：上海译文出版社，2013 年版。

惊心又啼笑皆非的闹剧。小说时空错乱，人物夸张，唯一的真实是白色恐怖造成的社会恐慌和"神经错乱"。

阿斯图里亚斯的第三部作品是《玉米人》（*Hombres de maíz*, 1949），它由四部分构成。

第一部分开宗明义写道：土地在流泪，在悲鸣，在控诉玉米种植主的侵犯。酋长加斯帕尔·伊隆率领玛雅人英勇抗击玉米种植主的扩张。侵略者明抢不成，又施暗计。他们收买混血儿曼努埃拉，逼迫她丈夫加害加斯帕尔·伊隆。

第二部分写老酋长蒙难后玛雅部落的悲惨遭遇：抵抗失败，土地被玉米种植主糟蹋得面目全非。玛雅人忍无可忍，对加斯帕尔的敌人施行报复。

第三、四部分是作品的主体，由"苔贡传说""尼乔传说"等组成。

玉米人即玛雅人。"神用玉米创造了人类"，玛雅神话（《波波尔·乌》）如是说。玛雅人同玉米、土地、森林的关系非同寻常。这是由初级农业社会的特殊的生产生活方式造成的，是人与大自然的关系的反映。

在玛雅人看来，土地是有生命的，当它失去森林、庄稼的时候，它会哭泣，会流泪：

      ——加斯帕尔·伊隆任人夺走土地的梦想；
      ——加斯帕尔·伊隆任人划破土地的眼皮；
      ——加斯帕尔·伊隆任人焚烧土地的睫毛……[①]

玉米种植主的滥砍滥伐、大面积开垦播种，不仅扰乱了玛雅人的平静生活，而且破坏了生态环境；使土地失去了"梦想"和"睫毛"、"眼皮"和"骨骼"。"没有先辈的骨骼，土地就贫瘠无力。"于是，玛雅人施展魔法，对敌人实行种族报复。他们集合了部落的术士，念起

[①] 参见阿斯图里亚斯：《玉米人》，刘习良、笋季英译，桂林：漓江出版社，1986年版。

了古老的咒语。

敌人陷入重围：第一重围由成千上万的猫头鹰组成；第二重围由铺天盖地的萤火虫组成；第三重围由利如剑、密如林的玉米秆组成……敌人死的死，伤的伤，无一幸免。真可谓天网恢恢，疏而不漏。

然而这是幻想，是神话。作家高尔基说过，神话的基本意思是古代劳动者为了减轻劳动强度，防御两脚的和四脚的敌人，抵抗自然力的压迫所采取的"语言的力量，即用'诅语'和'咒语'的手段来影响自发的害人的自然现象"。[①]也就是说，现实是玛雅人反抗失败，土地被抢，森林被毁，却又回天乏力，不得不躲进深山，潜入内心，在幻想中编织新的神话：神奇的复仇及此后的"苔贡传说""尼乔传说"等等。

（二）后期作品

如果说《玉米人》和卡彭铁尔的《这个世界的王国》[又译《人间王国》（*El reino de este mundo*, 1949）]开了魔幻现实主义的先河，那么阿斯图里亚斯的后期作品主要转向了较为传统的写实主义或谓社会现实主义。其中主要有批判美国跨国公司掠夺的三部曲：《疾风》（*Viento fuerte*, 1950）、《绿色教皇》（*El Papa verde*, 1954）、《被埋葬者的眼睛》（*Los ojos de los enterrados*, 1960）。

《疾风》中，当美国香蕉股份有限公司在中美洲某国建立大面积香蕉种植园试图垄断该国果品经济之际，来了一个自称科西的美国商人。此人串门走户，四处兜售"缝纫用品"。未几，他与当地老百姓打得火热，合计"共同"以"文明方式"和"人道精神"开发种植园。他的主张不久便赢得了多数农民的拥护。很快便有人放弃了与"热带香蕉股份有限公司"的"合作"，和科西办起了开发合作社。原来，科西先生是纽约市最大的香蕉公司的大股东，因为对总部设于芝加哥的"热带香蕉股份有限公司"在中美以野蛮的开发并攫取天文数字般的巨额利润既羡慕又气愤，遂悄然而至。科西的工作不仅得到了

---

① 高尔基：《文学论文选》，孟昌等译，北京：人民文学出版社，1958年，第321页。

当地农民的拥护，还赢得了"热带香蕉股份有限公司"部分"有识之士"的理解。该公司某经理的妻子利兰甚至不顾一切地投入了科西的怀抱并决心长期留在种植园协助科西实现"合理开发、共同繁荣"的理想。但先入为主、实力雄厚的"热带香蕉股份有限公司"几乎控制了该地区乃至该国的所有香蕉贸易。科西和他苦心经营的合作社很快危机四伏，濒临破产。为了使惨淡经营的合作社起死回生并最终击败对手，科西忍辱负重，孤身一人跑到芝加哥，企图说服"热带香蕉股份有限公司"网开一面。但该公司表示爱莫能助，非但拒绝了他的请求，还明确下令停止收购他的香蕉。为了维护合作社社员的生计，科西又积极筹办了香蕉粉厂，还着手种植可可等其他行情看好的经济作物。在与对手抗争的过程中，科西逐渐意识到该国的警察乃至最高当局无不"有奶便是娘"，听命于外国垄断资本。真正主宰这个国家的人就是坐在芝加哥摩天大楼里的那个"绿色教皇"。《绿色教皇》中，科西决计不放弃这片"遍地黄金"的土地，他要与对手抗争到底。有一天，他偕妻子（利兰）前往纽约做新的努力。到了纽约，利兰发现她的这位想入非非、过着新教徒式生活的新丈夫竟是华尔街的百万富翁，不禁惊喜交集。他们根据亲身经历，拟就一份报告，向美国当局和同行揭发"热带香蕉股份有限公司"的掠夺性政策，并提出了一整套"文明开发计划"以"挽回该公司造成的极坏影响"。科西夫妇的慷慨陈词赢得不少人的赞许，还为他们获取巨额贷款铺平了道路。"一举成功"的科西雄心勃勃，带着妻子和巨款重返种植园，准备大展宏图并最终挤垮在他看来已然"声名狼藉"的对手。不料，一场前所未有的特大风暴袭击了中美洲和加勒比地区。疾风至处，翻江倒海，飞沙走石，只留下白茫茫荒漠一片。

阿斯图里亚斯的三部曲层层递进。到了《被埋葬者的眼睛》和三部曲之外的《危地马拉的周末》(*Week-end en Guatemala*, 1956)，美帝国主义的侵略本性就更加明朗化了。1954年，华尔街的垄断资本和美国驻危地马拉大使通过其代言人发动政变，并动用雇佣军，对危地马拉进行闪电式武装干涉，以抑制危地马拉的工人运动和民族民主革命浪潮。阿斯图里亚斯再次亡命国外。他的短篇小说集《危地马拉的周末》便是对美帝国主义的血泪控诉。《危地马拉的周末》完稿后，阿斯图里亚斯立即投入了《被埋葬者的眼睛》的创作。《被埋葬者的眼睛》主要表现拉丁美洲人民的觉醒和反抗。阿斯图里亚斯用充满激情的语言讴歌了全国工人大罢工，塑造了工运领袖塔比奥·圣的形象。小说第一部分写全美"联合果品公司"对危地马拉这个中美洲小国的肆意掠夺，同时表现了香蕉种植园工人的非人生活。第二部分写不堪美帝国主义压迫剥削的香蕉工人在塔比奥的带领下发展秘密组织、壮大革命队伍，以及塔比奥和玛拉娜姑娘纯朴感人的爱情故事。最后一部分写工人大罢工的爆发以及独裁者和美帝国主义豢养和扶植的傀儡政府的垮台。在这次史无前例的工人运动中，美国"联合果品公司"遭到了沉重的打击。按照危地马拉及中美洲印第安人的信仰，含恨死去的人只有在敌人遭到报应时才会瞑目。拉丁美洲人民的胜利正可告慰在帝国主义及其走狗枪口和鞭子下死去的千万无辜同胞。

除此之外，阿斯图里亚斯尚有长篇小说《珠光宝气》（*El alhajadito*, 1961）、《混血女人》（*Mulata de tal*, 1963）、《马拉德龙》（*Maladrón*, 1969）、《多洛雷斯的周五》（*Viernes de Dolores*, 1972），以及剧作、诗集和评论。其中，主要剧作有《阳月》（*Soluna*, 1955）、《远方的审判》（*La audiencia de los confines*, 1957）、《讹诈》（*Chantaje*, 1964）、《干船坞》（*Dique seco*, 1964）等等；主要诗集有《昨晚》（*Anoche*, 1543）、《崇高的南锥》（*Alto es el sur*, 1952）、《玻利瓦尔，解放者颂》（*Bolívar, Canto al libertador*, 1955）等等；以及评论集《印第安人的社会问题》（*El problema social del indio*, 1923）、《新生命的机理》（*Arquitectura de la vida nueva*, 1928）、《拉丁美洲及其他》（*Latinoamérica y otros ensayos*, 1904—1980）等等。1967 年，他赢得了瑞典文学院的青睐，成为西班牙语美洲文坛继米斯特拉尔之后的第二位诺贝尔文学奖获得者。

二、阿莱霍·卡彭铁尔

阿莱霍·卡彭铁尔出生在哈瓦那，父亲是法国建筑师，母亲是俄国钢琴家。由于家庭的原因，他从小在法国、奥地利、比利时和俄国上学。这是作者在有关自述中的回忆。而今，学术界有心人经过探赜索隐，发现事实并非如此，虽然卡彭铁尔天资不凡，精通多种语言，并在建筑、音乐与文学等领域颇有造诣，但出身并不显赫。据称他出身在瑞士的一个极为普通的人家，童年时期随父母移民古巴，定居在一个叫作阿尔基萨的小镇。卡彭铁尔小时候一边上学，一边做小工，譬如早晨给家附近的居民送牛奶。①

他的文学兴趣萌发于留法时期。1923年，他在巴黎同阿斯图里亚斯不期而遇，并双双加入布勒东的超现实主义运动，尽管并未被后者列入超现实主义诸公名单。后来，他与阿斯图里亚斯双双开创了魔幻现实主义，还于1977年摘得西班牙语文坛最高奖项——塞万提斯文学奖。

（一）前期作品

1928年，卡彭铁尔带着业已完成的一部小长篇《埃古·扬巴·奥》（*Ecué-Yamba-O*, 1933）回到古巴。适逢马查多（Machado, Gerardo）独裁统治，卡彭铁尔因参与政治活动被当局监禁。获释后，卡彭铁尔开始了长达十余年的流亡生涯。

《埃古·扬巴·奥》（古巴黑人语言，意为"神啊，拯救我们吧！"），是西班牙语美洲作家表现美洲黑人文化的第一部长篇小说。作品叙述姆拉托（黑白混血儿）梅内希尔多·埃古的一生。从情节的角度看，此作充其量是一杯清茶；但是，由于人物周围聚集着一个庞大的黑人群体，不知不觉中，作品被染上了魔幻色彩，令人耳目一新。

他的第二部小长篇《人间王国》由四部分组成。

第一部分写海地黑人蒂·诺埃尔的内心世界，动因之一是18世纪末黑人领袖马康达尔（Macondal）发动的反对法国殖民统治的武装起义。蒂·诺埃尔是个老于世故的黑奴，是"海地民族意识"的象

---

① https://www.biografiasyvidas.com/biografia/carpentier.html.

征。马康达尔的故事实际上只是蒂·诺埃尔迂回曲折的意识流长河中的一个漩涡，一段插曲。马康达尔立志将法国人赶出海地，于是到处打家劫舍，焚烧庄园，带领黑奴造白人主子的反，最后甚至明火执仗地发动武装起义，向殖民当局公开宣战。可是起义遭到了镇压，马康达尔本人沦为俘虏并被活活烧死。诚然，火与剑最终未能使黑人屈服，相反，更坚定了他们的斗争意志。

第二部分写海地黑人的第二次武装起义。这次起义是由另一位黑人领袖布克曼发动的。成千上万不堪虐待的黑奴，用复仇的钢刀和长矛，击败了强大的法国军队。殖民政府土崩瓦解。胜利的黑人尽情享受翻身后的自由，肆无忌惮地发泄阶级、种族双重仇恨。然而好景不长，法国殖民者的增援部队带着拿破仑的胞妹波利娜·波拿巴和大批警犬在古巴圣地亚哥登陆并很快收复失地，重建殖民政府。

第三部分写亨利·克里斯托夫（Christophe, Henri）的王国。布克曼牺牲后，蒂·诺埃尔随其白人主子梅西先生来到圣多明各。不久，法国大革命的福音终于姗姗来迟，传到了加勒比海。奴隶制被废除了，梅西在孤独和贫困中死去。蒂·诺埃尔开始了自由自在的生活。他兴高采烈地从圣多明各回到海地，沉浸在狂欢之中。正当人们踌躇满志、憧憬美好未来时，前黑人领袖亨利·克里斯托夫大权在握，不可一世，成了独夫民贼。白色恐怖再次笼罩岛国。

第四部分写蒂·诺埃尔的觉醒。亨利·克里斯托夫仿效拿破仑，在岛国大兴土木，为自己加冕。他的劳民伤财、倒行逆施遭到了黑人同胞的强烈反对。最后，在全国人民的一片声讨中，亨利·克里斯托夫在他的"凡尔赛宫"自戕了。亨利·克里斯托夫的王国垮台后，自命不凡的姆拉托们控制了局面。他们比以往任何一届政府更懂得怎样盘剥黑人。蒂·诺埃尔在苦难的深渊中愈陷愈深。最后，他终于忍无可忍，抛弃了一贯奉行的处世之道，不再明哲保身，而是毅然决然地投身为同胞争取解放和自由的革命洪流。这时，神话被激活了。古老的信仰焕发出新的生命力。

在第三部小说《消逝的脚步》（*Los pasos perdidos*，1955）中，神

话色彩明显弱化，人物对印欧两种文化的思考趋于深广。小说写一个厌倦西方文明的欧洲白人在南美印第安部落的探险之旅。主人公是位音乐家，与他同行的是他的情妇———一个自命不凡的星相学家和朦朦胧胧的存在主义者。他们从某发达国家出发，途经拉丁美洲某国首都（在那里目睹了一场惊心动魄的农民革命），尔后进入原始森林。这是作品前两章叙述的内容。

作品后两章，即第三、四章分别以玛雅神话《契伦·巴伦之书》和《波波尔·乌》为题词，借人物独白、对白或潜对白切入主题：一方面，西方社会的高度商品化正在将艺术引入歧途；另一方面，土著文化数千年如一日，依然是那么古老，简直是返璞归真：他们远离当今世界的狂热，满足于自己的茅屋、陶壶、板凳、吊床和乐器，相信万有灵论，拥有丰富的神话传说和图腾崇拜。

（二）后期作品

除却上述小说，他还创作了颇具探索精神的《追击》（*El acoso*, 1956）、《时间之战》（*Guerra del tiempo*, 1958）、《光明世纪》（*El siglo de las luces*, 1962）、《巴洛克音乐会》（*Concierto barroco*, 1974）、《方法的根源》（*El recurso del método*, 1974）、《春之祭》（*La consagración de la primavera*, 1978）和《竖琴和影子》（*El arpa y la sombra*, 1979）。其中，《追击》是一部中篇小说，写一个反英雄叛变革命后被人追击并死于非命的故事。小说采用"音乐结构"，每一部分都暗合《英雄交响曲》（*Symphony No.9*）的四个乐章，其中既有呈示部、展开部、奏鸣曲、回旋曲、变奏曲等，也有E大调、C大调、C小调、降E大调快板、慢板、大慢板（哀乐）到急板等依次转换。鉴于本著第二编将对有关结构进行讨论，在此从略。

《时间之战》是一部短篇小说集，收录了一系列主题和形式各不相同的篇什。而《光明世纪》被认为是卡彭铁尔的后期代表作，写法国大革命期间发生在加勒比的一段历史。小说的主人公是一名法国商人，叫维克托。他和无数来"新大陆"淘金的冒险家一样，到古巴寻找机会，结果碰巧赶上海地革命。他的生意惨遭毁灭性打击。他走投无路，逃回法国。他投机取巧，摇身一变混迹于雅各宾党，参与了惨绝人寰的断头台行动。经过这番镀金，他也便自然而然地戴着革命的光环"荣归"美洲。小说中的人物的原型是欧洲冒险家，历史上不乏其人。卡彭铁尔凭借对古巴和海地历史的精深了解，既细节毕露，又气势磅礴地展示了一个个令人心颤的历史场景。人物也有血有肉、光彩夺目，彰显了作者建筑师般的才艺。

《巴洛克音乐会》围绕着作曲家安东尼奥·卢奇奥·维瓦尔第（Vivaldi, Antonio Lucio）的《蒙特祖玛》（*Montezuma*）创作而成，讲述了"新大陆"被发现和征服的过程。原住民高贵好客，而侵略者却如狼似虎，恩将仇报。这是一曲两个大陆、两种文明碰撞所发出的历史最强音。

《方法的根源》则从遥远的历史回到了现实。作为西班牙语美洲文坛最重要的反独裁小说之一，《方法的根源》将时间定格在1913年至1927年，也就是作家的青少年时代。小说开始部分采用了第一人称，也就是独裁者、主人公首席执政官介绍他在巴黎的生活、外交以及其他"重要活动"。不久，由于国内发生了武装叛乱，首席执政官被迫离开法国返回美洲，作者便改用第三人称叙述独裁者如何打着寻求国泰民安的幌子，按照其"竞争的法则"（弱肉强食）、"方法的根源"（绝对权力），不择手段地镇压异己。

《春之祭》以俄国音乐家斯特拉文斯基（Stravinsky, Igor Fyodorovich）的同名作品为题，开篇描写十月革命后俄国流亡者的故事。但这仅仅是一个楔子，作品很快聚焦于古巴独裁者马查多专制时期古巴流亡者的事迹。于是，俄国流亡者和古巴流亡者在巴黎相逢，并且联袂组团演出。而这也仅仅是个开始，因为有关人物不仅参与了西班牙内战，并且由此开始了"万里长征"：潜回古巴参加革命。作品时空跨度大，人物心理描写更是出神入化，尽管叙述方法相对传统。这正是卡彭铁尔晚年"回归种子"的必由之路。

最后，《竖琴和影子》又回到了哥伦布——"新大陆""一切故事"的开端。小说以典型的现代巴洛克语言将一个平庸的哥伦布、一个黯淡的历史影子，一点点勾描、一笔笔夸大，直至被历史和命运塑造成伟大的冒险家和发现者，以至于罗马教皇皮奥九世（Pio IX）在其封圣问题上煞费苦心。其中的机巧和讥嘲充分展示了作者卓尔不群的语言造诣，故而该作被认为是西班牙语美洲文坛不可多得的语言宝库。

三、胡安·鲁尔福

胡安·鲁尔福出生于墨西哥哈利斯科农村。幼年丧父，在体弱多病的母亲的照拂下度过了毫无色彩的童年。不久母亲去世，鲁尔福被孤儿院收留。

他没有肥皂泡似的童年，也没有潇洒浪漫的青春。当别人由父母簇拥、同学陪伴，背着书包进入校门时，他却在修女的呵斥下用汗水和眼泪浇灌生活；当别人双双对对花前月下时，他却在文化夜校里强迫自己睁开疲惫的眼睛。用我们古人的话说，"艰难困苦，玉汝于成"。功夫不负有心人，20世纪30年代中期，未届"弱冠"的鲁尔福以优异成绩考取内政部移民局公务员。从此，他开启了人生道路上崇高而又艰辛的跋涉：文学创作。

他创作过不少回忆童年生活的短篇小说，还构思过一部长篇小说，未果。这时，他感觉到了自己的另一种贫穷：没有足够的文学积累与修养。他开始广泛涉猎能够到手的一切国内外文学作品，同时不惜血本，与同乡胡安·何塞·阿雷奥拉和安东尼奥·阿拉托雷（Alatorre, Antonio）创办文学刊物（《面包》，*El Pan*），组织文学沙龙。

1945年，他的第一篇短篇小说发表。此后他创作了一系列短篇小说，并于1953年以《燃烧的原野》（*El llano en llamas*）为题结集出版。评论家们称这个集子为魔幻现实主义杰作，但事实上这时的鲁尔福还相当传统。作品中非但没有多少魔幻色彩，而且缺乏起码的"先锋精神"，充其量是一系列大地小说，放在20世纪初乃至19世纪末都不会有人感到奇怪。但是，这个集子展示了一种与众不同和一以贯之的口吻：乡音。

作品全部以墨西哥农村生活为题材。一部分写墨西哥革命，比如《那个夜晚，他掉队了》（"La noche que lo dejaron solo"）、《燃烧的原野》（"El llano en llamas"）和《我们分到了地》（"Nos han dado la tierra"）。前两篇叙述农民起义军的惨败和革命理想的破灭，第三篇写革命"胜利"后农民们获得的竟是一片寸草不长的干渴贫瘠的土地。另一部分则大都写墨西哥农村的贫穷、落后和富者的为富不仁、贫者的救死不赡。

毫无疑问，使鲁尔福跻身拉丁美洲名作家之列的是他的中篇小说《佩德罗·巴拉莫》。这是一部典型的魔幻现实主义小说，它对墨西哥混血文化的表现达到了炉火纯青的地步。小说的开头平淡无奇，但情节很快展开，你会发现自己已经不知不觉进入了"魔幻境界"：胡安·普雷西亚多遵照母亲的遗嘱到一个叫科马拉的地方寻找父亲佩德罗·巴拉莫。他像但丁似的被带到了地狱之门。在那里，几乎所有男性都是佩德罗的儿子或仇人，几乎所有女人都与佩德罗或佩德罗的儿子有染。老姑娘多罗脱阿是位维吉尔式的人物，是胡安母亲生前闺密，并在佩德罗娶他母亲时替她熬过了花烛之夜。当时佩德罗并不爱他母亲，而是看中了她家的财产，所以婚后不久，他就抛弃她另觅新欢了。佩德罗坑蒙拐骗，从一个身无分文的穷小子变成了科马拉首屈一指的大财主。于是他变本加厉，为所欲为。1910年墨西哥革命爆发后，佩德罗俨然以革命者自居，派亲信到处招摇撞骗。他的长子米盖尔也是个专横跋扈、好色贪婪之徒，有一天不慎坠马身亡。村里的神父拒绝为他祷告，原因是他强奸了不少良家妇女，包括神父的侄女。佩德罗便威逼利诱，软硬兼施，强迫手头拮据、家无担石的"上帝使者"在上帝面前替儿子求情。佩德罗一生春风得意，唯独一件事令他耿耿于怀、寝食不安，那就是他对苏萨娜的单相思。他俩青梅竹马，在一起度过了肥皂泡似的童年，后来长大了，遂逐渐疏远。但是佩德罗对她的爱从来没有改变。最后，当恶贯满盈的佩德罗向她求婚并强行与她成亲时，她却装疯卖傻，千方百计拒绝他的爱情和欲望。苏萨娜死后，佩德罗众叛亲离，孑然一身，完全失去了生活的乐趣，结果被他的一个胡作非为的私生子送上了西天。

"我想念你，苏萨娜。也想念那绿色的山丘。在那刮风的季节，我们一起放风筝玩耍。山脚下传来喧哗的人声，这时我们在山上，俯视一切。突然，风把麻绳拽走了。'帮我一下，苏萨娜。'于是两只柔软的手握住了我的双手。'再把绳子松一松'……"①（根据内容推测，我们知道是佩德罗·巴拉莫的幽魂在回忆）

　　"我等你已经等了三十年了，苏萨娜。我希望为你得到一切……我希望取得所有的东西，这样，除了爱情，我们就别无他求了……"（佩德罗·巴拉莫）

　　看过好莱坞动画片《寻梦环游记》（*Coco*）的观众一定记得，那是一个生死交合、阴阳不分的世界。

　　多么荒诞离奇！然而，在成千上万的墨西哥农民看来，鬼魂却"实实在在"。胡安·鲁尔福选择他们做人物，从而使作品打破了常规，消除了议论，改变了时序和空间的含义……但这并不意味着它是一部幻想志怪小说。因为作品所表现的最终是实实在在的墨西哥人，只不过他们的魔幻意识被绝对地形象化、对象化了。

　　很显然，在鲁尔福的作品中存在着一种堪称基调的原型模式，即新旧大陆初民的"集体心象"（布留尔语），如宿命轮回、孤魂野鬼等原始信仰，或按照日落日出、冬凋夏荣等自然规律推想出来的死后复生、灵魂不灭（其中有基督教–希伯来神话，也有古印第安传说）等古老的心理经验。

　　这与我们先人"生寄也，死归也"的观念如出一辙。

　　除此之外，鲁尔福还写过一些电影脚本，但所有作品加在一起，合中文字数不会超过五十万。可以说，他是20世纪文坛以少胜多的极少数作家之一。

---

　　① 鲁尔福：《佩德罗·巴拉莫》，屠孟超译，南京：译林出版社，2016年版。下同。

四、胡安·卡洛斯·奥内蒂

胡安·卡洛斯·奥内蒂出身在蒙得维的亚的一个公务员家庭，母亲是巴西人。在蒙得维的亚度过了幸福的童年，但是家境贫寒使奥内蒂无法完成大学学业。他不得不早早地开始工作，先后在报社当助理编辑、编辑，并在一些刊物行走。其中既有乌拉圭的《剪刀》（*La tijera*），也有邻国阿根廷的报社，还在路透社当过记者，同时开始文学创作。他一生著述颇丰，斩获奖项不少，其中最重要的有1963年的乌拉圭国家文学奖和1980年的塞万提斯文学奖。

主要作品有长篇小说《井》（*El pozo*, 1939）、《无主的土地》（*Tierra de nadie*, 1941）、《为了今晚》（*Para esta noche*, 1943）、《短暂人生》（*La vida breve*, 1950）、《生离死别》（*Los adioses*, 1954）、《且为荒冢一座》（*Para una tumba sin nombre*, 1959）、《造船厂》（*El astillero*, 1961）、《收尸人》（*Juntacadáveres*, 1964）、《死亡与女孩》（*La muerte y la niña*, 1973）、《听清风倾诉》（*Dejemos hablar al viento*, 1979）、《当时》（*Cuando entonces*, 1987）、《当一切不再重要》（*Cuando ya no importe*, 1993）等，短篇小说集《梦想成真及其他》（*Un sueño realizado y otros cuentos*, 1951）、《倒霉脸》（*La cara de la desgracia*, 1960）、《可怖的地狱及其他》（*El infierno tan temido y otros cuentos*, 1962）、《爱的脸庞》（*Los rostros del amor*, 1968）、《拥抱时间》（*Tiempo de abrazar*, 1974）、《像她那么悲哀及其他》（*Tan triste como ella y otros cuentos*, 1976）、《秘密故事》（*Cuentos secretos*, 1986）、《在场及其他》（*Presencia y otros cuentos*, 1986）等。

出版于"而立之年"的《井》使奥内蒂一举成名，并旁逸斜出，开了心理现实主义的先河。他在这部作品中掘向"自我"，并试图挖出一口潜藏在灵魂深处的"井"。几乎所有阅读过这部小说的人都会把主人公等同于作者本人。这当然可以理解，因为心理小说中作者由于职业、年龄、性别、性格等方面的原因同人物产生相似性。然而，与其说书中的作家是奥内蒂，毋宁说是奥内蒂的艺术外化："另一个"。

作品用第一人称内心独白的形式展开：

> 我在房间里踱来踱去已经好长时间了，突然我看到一切都那么陌生，仿佛第一次来到这里……
>
> 我从中午一直躺在床上，厌倦了，就起来光着膀子在房间里踱步。可恶的热风从房顶吹来，一如既往地灼烧着每一个角落。我反剪双手不停地走着……
>
> 在记忆闸门口的是那件无关紧要的事情：一个妓女袒着一只红得快要出血的肩膀对我说："全是狗娘养的。一天来二十个，没有一个是刮了胡子的。"①

意识就这样从人物内心流出，淌过一间因为太熟悉而变得陌生的闷热房间，经过妓女的"肮脏躯体"，流向社会；流得越远，人物内心的"井"就开掘得越深，反之亦然。

奥内蒂的作品可谓部部精彩，但最负盛名的无疑是《短暂人生》、《造船厂》和《收尸人》。《短暂人生》的最大贡献之一是圣塔玛利亚的"粉墨登场"。这个虚构的空间可以是蒙得维的亚、布宜诺斯艾利斯或任何一个西班牙语美洲城市。作品以一个小人物为主人公，叙述某广告公司小职员布拉森的悲催人生。他工作辛苦，收入微薄，幸好有个从事电影编剧的朋友斯泰因，两人经常在一起讨论剧本，"无中生有"地虚构故事。另一方面，布拉森开始将现实生活和艺术想象混为一谈。他认真地将自己想象成一个叫作阿尔塞的盗匪。后者参与了杀害妓女（又是一个妓女！）——拉盖卡的同谋。而这个妓女正是布拉森的邻居，两人在不堪寂寞时互有往来。于是，布拉森的生活成了斯泰因的电影构思的翻版，就像曹雪芹所说的那样："假作真时真亦假，无为有处有还无。"关键是圣塔玛利亚字面上也即圣母玛利亚。

《造船厂》用谎言掩盖真实，再用真实反过来戳穿谎言。故事并不复杂：一事无成、孤立无援的拉尔森为了出人头地，到一家废弃

---

① https://www.literatura.us/onetti/elpozo.html/pdf.

的造船厂谋求总经理职位，发现该厂早已人去楼空、一片荒芜。但是，船厂老板不甘心失败，决定聘请拉尔森，并指望他带领技术经理和工厂主管重整旗鼓。拉尔森一口答应，且很快拿出了令老板满意的规划。于是，振兴计划开始实施，拉尔森每天马不停蹄，奔走于老板和船厂之间。与此同时，拉尔森和技术经理、主管三人合伙廉价倒卖船厂的各种锈迹斑斑的设备。眼看谎言难以为继，拉尔森开始打起老板女儿的主意，并周旋于女佣身边。这时，识时务的主管非但不再配合，而且开始向政府举报拉尔森。后者只好将赌注下在老板女儿身上，殊不知她是个智障女孩，根本不谙风月。拉尔森眼看无路可走，旋即去勾引主管太太，结果发现后者已经身怀六甲；最终只能退而求其次，和老板家的女佣苟合，但很快发现后者另有所图，最终只好逃之夭夭。小说的精彩之处在于拉尔森一本正经的将计就计、步步为营，并在小人物和大野心之间给出了巨大的想象空间和艺术张力。

《收尸人》又是围绕妓女展开的。话说"收尸人"（也即老鸨）拉尔森（可以看作是《造船厂》中的冒牌总经理）带着三个徐娘半老的妓女到圣塔玛利亚来淘金，结果人算不如天算，遭遇了一系列出乎意料的故事或事故。先是神父的抗议。出于信仰，这可以理解。问题是各方人等都以不同的方式阻挠和盘剥"收尸人"。于是，时间一天天、一年年地过去，"收尸人"渐渐变老，他的那些"尸体"（老妓女们）也渐渐风韵不再，乏人问津。他们发财的希望自然也愈来愈渺茫……

奥内蒂妙就妙在他的真真假假，亦真亦假。除了心理现实主义，他的作品很难归入其他主义。然而，即使是心理现实主义，他充其量也是沾边，且分明徘徊在建构和解构之间的临界点或模糊地带。然而，就在他似是而非、似非而是的字里行间，西班牙语美洲严重的社会问题和精神问题昭然若揭。

第二节　主力

前面说过，主力是相对之谓，但并非毫无根据——其国际声誉当可说明一二。就以其对我国文坛的影响力而论，以下五位作家作为西班牙语文学"爆炸"时期的主力绝对实至名归。同样，在西班牙学者哈维·阿彦（Ayén, Xavi）耗时十余载完成的《爆炸的那些日子》（*Aquellos años del Boom*, 2014）中，加夫列尔·加西亚·马尔克斯、马里奥·巴尔加斯·略萨、卡洛斯·富恩特斯、胡里奥·科塔萨尔也不容置喙地被认为是主力中的主力。[①] 至于老博尔赫斯，就凭他几乎只身撑起一片幻想派的天空，自然也毋庸置疑是文学或小说"爆炸"时期的一员主师，尽管在林林总总新现实主义风靡一时的六七十年代他完全属于"另类"。

一、加夫列尔·加西亚·马尔克斯

哥伦比亚货币上的加西亚·马尔克斯

加夫列尔·加西亚·马尔克斯生于哥伦比亚马格达莱纳（或抹大拉）省的阿拉卡塔卡镇。父亲是私生子，当过报务员，肄业于卡塔赫纳大学医学系。加西亚·马尔克斯童年时期在外祖父家度过。外祖父是自由党退役上校，参加过哥伦比亚1899年至1902年的"千日内战"；外祖母是外祖父的表亲，一生笃信鬼神。加西亚·马尔克斯少年时期在巴兰基利亚和波哥大等地接受教育。1947年迫于家庭的压力考入波哥大大学法学系。翌年辍学，从事新闻工作。先后为《观察家报》、《宇宙报》和《先驱报》（*El Heraldo*）撰稿，同时开始文学创作。早期作品多为短篇小说并受卡夫卡、海明威、福克纳（Faulkner, William）等人影响，有明显的模仿痕迹。1955年出版中篇小说《枯枝败叶》（*La hojarasca*），因其内容与此前发表的短篇小说《伊萨贝尔在马孔多观雨时的独白》（"Monólogo de Isabel viendo llover en Macondo", 1955）有重，而且沉闷、冗繁，几乎没有引起反响。同年

376

① Ayén: *Aquellos años del Boom*, Barcelona: RBA. Libros S.A., 2014, pp.1—876.

7月，长篇报告文学《水兵贝拉斯科历险记》（*La tragedia del marinero Velasco*）在《观察家报》连载，揭露哥伦比亚海军利用军舰走私家电导致舰毁人亡的惨剧，使得舆论大哗，朝野震惊。为逃避军政当局的迫害，以《观察家报》驻外记者的身份飞抵日内瓦，后辗转至罗马并在意大利电影艺术学院进修。不久，《观察家报》被查封，加西亚·马尔克斯刚到巴黎便开始了流亡生涯，但仍顽强地坚持写作。先后完成中篇小说《恶时辰》（*La mala hora*）和《没有人给他写信的上校》（*El coronel no tiene quien le escriba*）。1957年6月至9月，随哥伦比亚民间艺术团访问苏联及东欧诸国。嗣后经伦敦返回拉丁美洲，就职于加拉加斯的一家通俗刊物。1959年，应古巴革命政府之邀，随拉丁美洲新闻工作者代表团出席哈瓦那公审独裁者大会。会后以古巴"拉丁通讯社"记者的身份回哥伦比亚筹建"波哥大分社"。1961年携家眷移居墨西哥。《没有人给他写信的上校》出版并获得好评。《恶时辰》虽然夺得埃索小说奖，但因"淫词秽语"太多而遭出版社拒印。1965年开始创作长篇小说《百年孤独》（*Cien años de soledad*）。1967年，小说在阿根廷南美出版社出版并大获成功，一月之内重印四次，还很快被翻译成各种文字并风靡全球。

　　《百年孤独》被认为是加西亚·马尔克斯的代表作，集拉丁美洲魔幻现实主义文学之大成。小说写布恩迪亚一家六代的奇特经历，同时表现热带小镇马孔多的兴衰。小说从马孔多的诞生、发展到盛极而衰，形象地描绘了哥伦比亚乃至整个拉丁美洲的百年沧桑，并明显含有重构人类社会从原始时期到现代文明等各个重要历史阶段的宏大企图，而且是借助全知全能的叙述者。此外，作品不断徘徊于历史与神话、现实与梦幻之间，回荡着来自希伯来神话、希腊罗马神话、阿拉伯神话和美洲印第安神话有关创世、命运和世界末日的原始声音。作品关于马孔多和布恩迪亚家族的众多神奇的原型描写，则既反映了拉丁美洲的文化混杂，也暴露了拉丁美洲的孤独和落后，具有远古的基因。马孔多更是神奇的化身。其所以神奇，是因为它太孤独、太落后。孤独使落后更落后，落后使孤独更孤独，这是一种恶性循环。"在这一异乎寻常的现实中，无论是诗人还是乞丐，乐师还是巫婆，战士还是宵小，都很少求助于想象。因为，对我们来说，最大的挑战是缺乏使生活变得令人可信的常规财富。朋友们，这就是我们孤独的症结所在。"①由于马孔多的孤独与落后，马孔多人对现实的感知发生突变：普鲁登希奥阴魂不散，梅尔加德斯几度复活，老姑娘独赴阴间，小美女披着床单飞天……仿佛把我们带进了《聊斋志异》乃至《封神演义》的天地。人们通鬼神、知天命，相信一切寓言和神话、奇迹和传说。基督教和佛教，西方的幻想和东方的神秘，吉卜赛人的魔术和印第安人的迷信，在这里兼收并蓄。与此同时，马孔多人孤陋寡闻，少见多怪。吉卜赛人的磁铁使马孔多人大为震惊。他们被它的"非凡的魔力"所震慑，幻想用它吸出地下的金子。吉卜赛人的冰块使他们着迷，被称为"世界上最大的钻石"，并指望用它——"凉得烫手的冷砖"建造房子。"当时马孔多热得像火炉，门闩和窗子都变了形；用冰砖盖房，可以使马孔多成为永远凉爽的城市。"吉卜赛人的照相机使马孔多人望而生畏。他们生怕人像移到金属板上，人就会逐渐消瘦。他们为意大利人的自动钢琴所倾倒，"恨不能拆开来看一看究竟是什么魔鬼在里面歌唱"。美国人的火车被誉为旷世怪物。他们怎么也不能理解这个"安着轮子的厨房会拖着整整一座集镇到处流浪"。他们被可怕的汽笛声和扑哧扑哧的喷气声吓得不知所措。后来，随着香蕉热的蔓延，马孔多人被愈来愈多的奇异的发明弄得眼花缭乱，"简直来不及表示惊讶"。他们望着明亮的电灯，整夜整夜都不睡觉。还有电影，搞得马孔多人恼火至极，因为他们为之痛哭流泪的人物，在一部影片里死亡和埋葬了，却在另一部影片里活得挺好而且变成了阿拉伯人。"花了两分钱来与人物同悲欢共命运的观众，受不了这闻所未闻的欺骗，把电影院砸了个稀巴烂。"孤独和落后使马孔多丧失了时间的概念。何·阿·布恩迪亚几乎是在不断的"发明"和"探索"中活活烂死的，就像他早先预言的那样。奥雷里亚诺上校身

① García Márquez: "La soledad de América Latina"; Cf. *La soledad de América Latina*, Barcelona: Ediciones Originales, 1982, https://cvc.cervantes.es/actcult/garcia_marquez/bibliografia/pdf.

经百战，可到头来却徒叹奈何。眼看一切依旧，暴君走了一个又来一个，他绝望地把自己关在作坊里制作小金鱼。他不再关心国内局势，只顾做小金鱼发财的消息传到乌苏拉那儿时，她却笑了。她那很讲实际的头脑，简直无法理解上校的生意有什么意义，因为他把金鱼换成金币，然而又把金币变成金鱼，卖得愈多，活儿就干得愈多……其实，奥雷里亚诺上校感兴趣的不是生意，而是工作。把鳞片连接起来，一对小红宝石嵌入眼眶，精雕细刻地制作鱼脊，一丝不苟地安装鱼尾，这些事情需要全神贯注，他便没有一点空闲去回想莫名其妙的战争及战后的空虚了。精细的手工要求他聚精会神，致使他在短时间内比整个战争年代衰老得更快。由于长时间坐着干活，他驼背了；由于注意力过于集中，他弱视了，但换来的是他灵魂的安宁。他明白，安度晚年的秘诀不是别的，而是跟孤独签订体面的协议。自从他决定不再去卖金鱼，就每天只做两条，达到二十五条时，再把它们在坩埚里熔化，然后重新开始。就这样，他做了又毁，毁了又做，以此消磨时光，最后像小鸡儿似的无声无息地死在犄角旯旮儿。阿玛兰姐同奥雷里亚诺上校心有灵犀，她懂得哥哥制作小金鱼的意义并且学着他的样子跟死神签订了契约。"这死神没什么可怕，不过是个穿着蓝色衣服的女人，头发挺长，模样古板，有点儿像帮助乌苏拉干厨房杂活时的皮拉·苔列娜。"阿玛兰姐跟她一起缝殓衣，她日缝夜拆，就像荷马史诗中的佩涅罗佩。不过佩涅罗佩是为了拖延时间，等待丈夫，而阿玛兰姐却是为了打发日子，早点死亡。同样，雷贝卡也不可避免地染上了马孔多人的孤独症。阿卡迪奥死后，她从屋内反锁了房子，在完全与世隔绝的情况下度过了后半生。后来，奥雷里亚诺第二不断拆修门窗，他妻子忧心如焚，因为她知道丈夫准是遗传了上校那反复营造的恶习。一切都在周而复始，以致最不在意世事变幻的乌苏拉也常常发出这样的慨叹：时间像是在画圈圈，又回到了开始的时候；或者世界像是在打转转，又回到了原来的地方。无论是马孔多还是布恩迪亚家族的历史，都像是部兜圈的玩具车，只要零件不遭毁坏，就将永远循环转圈。孤独和落后还使马孔多人丧失正常的情感交流，生活在赤裸裸而非隐而不彰的本能之中。早在马孔多诞生之前，何·阿·布恩迪亚和乌苏拉就不是一对因为爱情而结婚的恩爱夫妻。"实际上，把他和她终身连接在一起的是一种比爱情更加牢固的关系：共同的良心责备。"由于马孔多的孤独和落后，爱情与马孔多人绝缘。何·阿卡迪奥一生有过不少女人却从未对谁产生爱情；奥雷里亚诺亦然，他想娶流浪小妓女是出于怜悯，同雷麦黛丝结婚是因为她还是个尿床的孩子，和许许多多连姓甚名谁都不清楚的姑娘同床共枕是为了替她们改良品种。同样，当雷贝卡抛弃即将和她结婚的意大利商人皮埃特罗时，阿玛兰妲因为心存忌恨投入了他的怀抱并在他正式向她求婚时断然拒绝，报了让她争风吃醋的一箭之仇。皮埃特罗不堪连续打击，愤而自杀。阿玛兰妲丝毫没有感到内疚和不安，她转眼成了格林列尔的未婚妻。然而就在他准备婚礼时，她却冷若冰霜地对他说："我永远也不会嫁给你。"她俨然成了一个残忍的迫害狂。相反，俏姑娘雷麦黛丝是"爱情的天使"，她的美貌和纯洁拥有置人于死地的魔力。虽然有些喜欢吹牛的人说，"跟这样迷人的娘儿们睡一夜，不要命也是值得的"。但是谁也没有这么干。其实，要博得她的欢心又不致被伤害，只要一种朴素的感情——爱情就足够了。"然而这一点正是谁也没有想到的。"不宁唯是，在马孔多这个孤独、落后的世界里，到处滋长着变态的情欲和动物的原始本能。通奸、强暴和不忠司空见惯，几近公开；上烝下报也屡有发生，如乌苏拉和她的两个儿子、皮拉·苔列娜和阿卡迪奥第二（母子）、阿玛兰妲和奥雷里亚诺·何塞（姑侄）、阿玛兰妲·乌苏拉和奥雷里亚诺·布恩迪亚（姨侄）都发生过乱伦或怀有乱伦欲。最后，预言应验，"猪尾儿"诞生。然而，这个畸形儿、乱伦的产物居然是"百年间诞生的所有布恩迪亚家当中唯一由于爱情而受胎的婴儿"，他注定要使马孔多遭到毁灭。最后，持续了四年十一月零二天的暴风骤雨，化作神话中的洪水，将马孔多夷为平地。

小说不分章节，依次排列的二十个部分在无数个轮回和循环中创造了周而复始的天启式结构。它的开头"多年以后，奥雷里亚诺·布恩迪亚上校面对行刑队，准会想起父亲带他去见识冰块的那个遥远的下午"，被后来的许多作家视为范例。《百年孤独》的第一个中译本于

1984年出版，此后又有三个不同的中译本面世，[①]从而在中国文坛刮起一股魔幻现实主义旋风，影响了一代年轻作家。

面对纷至沓来的记者和各色不速之客，以及雪片一样飞来的信件，加西亚·马尔克斯不得不再一次"退避三舍"。1983年初至1985年中，加西亚·马尔克斯再次离群索居，在卡塔赫纳一个面向大海的书房里，按照自己惯常的时间表工作：从周一到周六，从早晨8点到下午3点。如果因为某一难以推诿的事由而被迫中断当天的工作或者由于某种意想不到的原因而"卡了壳"，他总设法在第二天予以弥补。"一分灵感，九分汗水"；持之以恒，锲而不舍，这正是加西亚·马尔克斯成功的秘诀。

终于，1985年6月，加西亚·马尔克斯获奖后的第一部长篇小说《霍乱时期的爱情》（*El Amor en los Tiempos del Cólera*）脱稿了。五个月后，这部小说在二十多个国家同时出版发行。这是一个男人和一个女人的爱情故事，他们二十岁时没能结婚，因为他们太年轻了；历尽人生曲折后，到了八十岁也没能结婚，因为他们太老了。围绕这一主线，作品描写了各种各样的男女关系和爱情纠葛。这部作品放弃了一切多余的机巧，显示了作者"围炉夜话"般的淳朴。套用巴尔加斯·略萨关于《百年孤独》的话说，叙事回到了加博[②]童年阅读《一千零一夜》时的愉悦。[③]因此，它无疑是加西亚·马尔克斯最有读者缘的一部小说，初版时在二十个西班牙语国家同时印行，尔后不断加印。其发行量与《百年孤独》难分伯仲。[④]

加西亚·马尔克斯的其他长篇小说有《族长的秋天》（*El otoño del patriarca*, 1975）、《迷宫中的将军》（*El general en su laberinto*, 1989）和《绑架逸闻》（*Noticia de un secuestro*, 1996），中篇小说《一件事先张扬的凶杀案》（*Crónica de una muerte anunciada*, 1981）、《爱

381

---

① 最近的一个版本由新经典引进，南海出版公司于2011年出版，译者范晔。

② 加夫列尔的小化词，加西亚·马尔克斯的昵称。

③ Vargas Llosa: *Gabriel García Márquez: Historia de un deicidio*, Barcelona: Barral Editor, 1971, p.183.

④ 最新译本同样由新经典引进，南海出版公司于2012年出版，译者杨玲。

情和其他魔鬼》（*Del amor y otros demonios*, 1993）和《苦妓回忆录》（*Memoria de mis putas tristes*, 2004），以及短篇小说集《纯真的埃伦蒂拉与残忍的祖母》（*La increíble y triste historia de la cándida Eréndira y de su abuela desalmada*, 1972）、《十二篇异国旅行的故事》（*Doce cuentos peregrinos*, 1992）等等。1982年，因"其小说以丰饶的想象建构了一个现实与幻想交相辉映的世界，反映了一个大陆的生命与矛盾"，加西亚·马尔克斯获得诺贝尔文学奖并被认为是该奖有史以来唯一没有争议的获奖者。

二、马里奥·巴尔加斯·略萨

马里奥·巴尔加斯·略萨生于秘鲁阿雷基帕市。父亲是报务员，出身贫寒，母亲却是世家小姐。巴尔加斯·略萨在外祖父家长大。十岁时离开外祖父家，随父母迁至首都利马，不久进入莱昂西奥·普拉多军事学校。在校期间大量阅读文学作品并开始对舅母的妹妹、长他十几岁的胡利娅姨妈产生感情。这被校方视为大逆不道，同时也遭到了家人的极力反对。1953年，巴尔加斯·略萨再次违背父母的意愿，考入圣马科斯大学语言文学系。大学毕业后，他的短篇小说《挑战》（"El desafío"）获法国文学刊物的征文奖并得以赴法旅行。此后到西班牙，在马德里大学攻读文学博士学位。1959年重游法国，在巴黎结识了科塔萨尔等流亡作家。同年完成短篇小说集《首领们》（*Los jefes*），获西班牙阿拉斯奖。翌年开始写作长篇小说《城市与狗》（*La ciudad y los perros*）。作品发表于1962年，获西班牙简明图书奖和西班牙文学评论奖。四年后，他的第二部长篇小说《绿房子》（*La casa verde*）发表，获洛慕罗·加列戈斯拉丁美洲小说奖。从此作品累累，好评如潮。

《城市与狗》是他的成名作，写莱昂西奥·普拉多军事学校。小说把学校及其所在的城市描写成一座巨大的驯犬场，学生则是一群被悉心教养的警犬。他们受非人道的铁律摧残，习惯了弱肉强食的法则。这是一个暴力充斥的过程，"物竞天择，适者生存"的社会达尔文主义像魔咒一样笼罩在每个人的头上。孩子们稍有不慎，就会招来灭顶之灾。小说出版后立即遭到官方舆论的贬毁。莱昂西奥·普拉多军事学校举行声势浩大的集会并当众将一千册《城市与狗》付之一炬。评论家路易斯·哈斯（Harss, Luis）在记叙这段插曲时转述作者的话说："两名将军发表演说，痛斥作者无中生有、大逆不道，还指控他是卖国贼和赤色分子。"①

小说开门见山，把一群少不更事的同龄人置于军人专制的铁腕之下。在一次化学测验中，"豹子"率领一帮同学夜盗考卷作弊，被渴望请假进城的"奴隶"告发。"豹子"等受到了处罚，而"奴隶"则在一次军事演习中神秘地死去。"诗人"出于个人目的，告发"豹子"是杀人凶手。由此引发的是学员如何被逐渐体罚、洗脑的过程，以至于"诗人"最终得出结论："在这里，你就是军人，无论你愿意与否。而军人的天职就是当一名好汉，有铁一般坚硬的睾丸。"

《绿房子》被认为是巴尔加斯·略萨的代表作，通过平行展开的几条线索叙述秘鲁内地的落后和野蛮：在印第安人集居的大森林附近，有一个小镇，叫圣玛利亚·德·聂瓦。镇上有座修道院。修女们在此开办了一所感化学校，以从事对土著居民的"教化"工作。每隔一段时间，她们就要在军队的帮助下，四处搜捕未成年女孩入学。这些女孩重新接受命名和教育。由于学校实行全封闭准军事管理，孩子们根本无法与家人取得联系。几年下来，她们被培养成了"文明人"，有偿或无偿送给上等人做女佣。在一次例行的搜捕行动中，小说的女主人公鲍妮法西娅被抓住并送进了这所感化学校。她在嬷嬷们的严厉管教下，学会了西班牙语和许多闻所未闻的"文明习俗"。一天，鲍妮法西娅出于同情放跑了不堪虐待的小伙伴，结果遭到了处罚。她被逐出修道院。就在她走投无路之际，一个叫聂威斯的人收留了她。聂威斯曾经是个军人，后来误入歧途，在各色社会渣滓云集的亚马孙河流域干起了走私的勾当。当时，那一带有个名叫伏屋的巴西籍日本

---

① Harss: *Los nuestros*, Buenos Aires: Editorial Sudamericana, 1966；参见《论马里奥·巴尔加斯·略萨》，《拉丁美洲当代文学评论》，赵德明译，漓江出版社，1988年，第410—446页。

人。他是个逃犯，正与当地官商堂列阿德基合伙做橡胶生意。他们频繁往来于印第安部落，低收高售，大发横财。印第安人不堪他们的重利盘剥，终于在胡姆酋长的领导下建立了直销渠道。伏屋和堂列阿德基于是勾结军队对印第安人采取了暴力行动。流血事件引起社会各界的关注。为了息事宁人、借机纾困，政府决定阻止橡胶走私活动并张贴告示捉拿非法商人。伏屋溜之大吉，堂列阿德基也毫发无伤。伏屋带着情妇拉丽达来到一座小岛并在那里建立起自己的独立王国。他变本加厉，勾结潘达恰和阿基里诺控制了一方水土。一天，他和情妇搭救了一名落难军人，他就是聂威斯。聂威斯很快爱上了拉丽达，而伏屋正遭受麻风病的折磨。趁着伏屋自顾不暇，聂威斯和拉丽达私奔了。他们来到圣玛利亚镇，准备生儿育女过正常人的生活。为了巴结警长并让鲍妮法西娅此生有靠，他们有意安排她与警长利杜马相识。不久，警长奉命追捕聂威斯。聂威斯接到警长故意透露的消息后准备逃跑，但最终因动作太慢而被逮捕。拉丽达转眼跟了别人。此后，警长带着鲍妮法西娅回到自己的故乡皮乌拉。曾几何时，皮乌拉还是个世外桃源。自从来了堂安塞尔莫，就一切都改变了。此人仿佛自天而降，他在城郊买下一大块地皮，盖起一大幢绿色楼房。它就是皮乌拉的第一座妓院。从此以后，皮乌拉失去了安宁。城市日新月异，成了冒险家的乐园。堂安塞尔莫和受骗的盲女生下一个女孩，取名琼加。女孩长大后继承父亲的衣钵；而父亲已然身败名裂，沦为一名乐手。利杜马回到皮乌拉后继续当他的警察。一天，他应朋友何塞费诺之邀到妓院鬼混，结果酒后失言，被逼赌命。对方毙命后，利杜马锒铛入狱。何塞费诺趁机霸占了鲍妮法西娅。待玩腻后，他又一脚把鲍妮法西娅踢进了绿房子。鲍妮法西娅从此易名"森林娘子"。

《绿房子》被认为是秘鲁有史以来最重要和最复杂的长篇小说之一，是西班牙语美洲当之无愧的结构现实主义杰作。作品涵盖了近半个世纪广阔的生活画面，对秘鲁社会资本主义发展的病态和畸形进行了鞭辟入里的揭露。同时，由于小说采用了几条平行的叙事线索，故事情节被有意割裂、分化，从而对社会生活形成了多层次梳理、多角度描绘。不同的线索由一条主线贯穿，它便是鲍妮法西娅的人生轨迹：从修道院到绿房子。

显而易见，绿房子是秘鲁社会的象征。主人公鲍妮法西娅则是无数个坠入这座人间炼狱的不幸女子之一。她出生在秘鲁内地的一个印第安部落，和许多印第安少女一样，有过烂漫的童年，而后遭警察、教会、逃犯、恶霸、流氓等几经蹂躏，最后沦落风尘。几条线索（嬷嬷、伏屋、老鸨、逃犯、警察等）像一张巨大的蜘蛛网，在她身边平行展开。小说由一系列平行句、平行段和平行章组成，令人叹为观止。巴尔加斯·略萨因此而成为与科塔萨尔、富恩特斯齐名的结构现实主义大师。

《酒吧长谈》（*Conversación en la catedral*, 1969）是巴尔加斯·略萨迄今为止篇幅最大的一部小说，写1948—1956年曼努埃尔·奥德利亚（Odría, Manuel）军事独裁统治期间的秘鲁社会现实。作品人物众多，结构复杂，但中心突出。它鲜明的反独裁主题使作者沉积多年的怨愤得到了宣泄。诚如巴尔加斯·略萨常说的那样，同斗牛一样，军事独裁是拉丁美洲的特产之一。

巴尔加斯·略萨的其他主要作品有长篇小说《潘达莱昂上尉与劳军女郎》（*Pantaleón y las visitadoras*, 1973）、《胡利娅姨妈与作家》（*La tía Julia y el escribidor*, 1977）、《世界末日之战》[1]（*La guerra del fin del mundo*, 1982）、《狂人玛伊塔》（*Historia de Mayta*, 1984）、《谁是杀人犯》（*Quién mató a Palomino Molero*, 1986）、《继母颂》（*Elogio de la madrastra*, 1988）、《利图马在安第斯山》（*Lituma en los Andes*, 1993）、《情爱笔记》（*Los cuadernos de don Rigoberto*, 1997）、《公羊的节日》（*La fiesta del chivo*, 2000）、《天堂在另外那个街角》（*El paraíso en la otra esquina*, 2003）、《坏女孩的恶作剧》（*Travesuras de una niña mala*, 2006）、《凯尔特人之梦》（*El sueño del celta*, 2010）、《卑微的英雄》（*El héroe discreto*, 2013）、《儿童船》（*El barco de los niños*, 2014）、《五个街角》（*Cinco esquinas*, 2016），剧本《塔克纳小姐》（*La señorita de Tacna*, 1981）、《凯蒂与河马》（*Kathie y el hipopótamo*, 1983）、《琼

---

① 用巴尔加斯·略萨的话说，"末"既指时间，也指空间。

伽姑娘》(*La Chunga*, 1986)、《阳台狂人》(*El loco de los balcones*, 1993)和自编自导自演的《一千零一夜》(*Las mil noches y una noche*, 2009),等等,以及文学评论《加夫列尔·加西亚·马尔克斯:弑神者的历史》(*Gabriel García Márquez: Historia de un deicidio*, 1971)、《永远的纵欲:福楼拜和〈包法利夫人〉》(*La orgía perpetua: Flaubert y* Madame Bovary, 1975)、《顶风破浪》(*Contra viento y marea*, 1983)、《谎言中的真实》(*La verdad de las mentiras*, 1990)、《给青年小说家的信》(*Cartas a un joven novelista*, 1997)、《虚构之旅》(*El viaje a la ficción*, 2008)等二十余种。

限于篇幅,这里不能对他的作品一一置评。需要说明的一点是,他的大多数作品已由赵德明教授、孙家孟教授等译成中文出版。另一点是,他作为典型的西方自由知识分子,由衷地信奉以赛亚·伯林(Berlin, Isaiah)的自由主义观点:"否定的自由。"[1]青年时代,他在反独裁的民主阵线上与加西亚·马尔克斯等左翼作家情投意合,但到了70年代后期"意识形态淡化""冷战"趋于终结,他便开始与后者等分道扬镳,不仅奉博尔赫斯为一尊,而且大量袒露个人隐私、描写情爱性爱,直至世纪之交。

三、卡洛斯·富恩特斯

卡洛斯·富恩特斯出生于欧美两大文明交汇的墨西哥城。青少年时代,富恩特斯便随父母遍游欧洲,因此,在他的处女作、短篇小说集《戴假面具的日子》(*Los días enmascarados*, 1954)中,欧化了的现代文明掩盖不住墨西哥人的另一些根性。作者假借印第安神话大发思古之幽情。其中最具代表性的短篇小说《恰克·莫尔》("Chac Mool")写一个叫菲里佩尔的墨西哥公子哥儿因家道中落而颓废堕落。这时,恰克显圣了。恰克是古印第安神话中的风雨之神,他使菲里佩尔返璞归真。菲里佩尔从此易名恰克·莫尔,成为雨神的化身。小说

---

[1] Vargas Llosa: "Prólogo a *Don Quijote de la Mancha*", edición de la Real Academia Española, 2004, p.19.

乍看荒诞不经，却是《戴假面具的日子》中最具"事实根据"的一篇。据说，1952年富恩特斯创作《恰克·莫尔》前夕，一尊恰克雕像运往欧洲展出，结果所到之处无不大雨倾盆……在理性主义者看来，这些统统是村人哗众取宠的夸张，但在印第安人和许多混血儿看来，这是雨神魔力未减的显证。

在富恩特斯后来的作品中，神话色彩虽明显减弱，但美洲古代文化和现代墨西哥人混杂的血统仍是他创作的主要着眼点和"兴奋剂"。这在长篇小说《最明净的地区》(*La región más transparente*, 1958) 中表现得十分清楚。《最明净的地区》既是墨西哥三千年历史的写照，也是包罗万象的墨西哥现代社会面面观。至于形式，它却是最自由的一种。在这部相对冗长的作品中，只有一个人物是贯穿始终的，他就是半人半神的伊斯卡·西恩富戈斯，一个无处不在的混血儿：伊斯卡（印第安名）＋西恩富戈斯（西班牙姓）。他身在现代墨西哥但记忆却留在了古代印第安美洲。在小说前半部分，西恩富戈斯是个普通的混血儿，但随着画面的展开，他貌似平凡的背后，逐渐展现出丰富的内心：那是墨西哥混血文化的缩影，古代美洲和现实世界在这里矛盾地并存、戏剧性地汇合。他时而从现在跳到过去，时而从过去跳回现在；既不能完全摆脱过去，又不能完全逃离现在，不可避免地成为令人同情的悲喜剧人物。

总之，作品以处在"野蛮"与"文明"、"地狱"与"天堂"的"十字路口"——墨西哥城为背景，全方位地展示了墨西哥社会的过去与现在、矛盾与机会，表现了新旧生产方式和价值体系的激烈冲突。从某种意义上说，伊斯卡·西恩富戈斯是解读这部作品同时也是这个社会的密钥：他像个摆锤，在过去和现在、美洲与欧洲之间摇摆；他更像神灵，超越时空，从不同角度俯视和干预复杂的社会生活。

历史像一条长河，人是河中之舟，永远沉浮于过去与未来之间。这是富恩特斯在许多作品中昭示的主题。20世纪50年代末，富恩特斯放弃了魔幻现实主义之类令原型批评家们入迷的神话传说和图腾崇拜，开始了新的、更为广泛的探索。于是便有了《好良心》(*Las buenas conciencias*, 1959)、《奥拉》（*Aura*, 1962)、《阿尔特米奥·克鲁斯之死》（*La muerte de Artemio Cruz*, 1962)、《盲人之歌》（*Cantar de ciegos*, 1964)、《换皮》（*Cambio de piel*, 1967)、《神圣的地区》（*Zona sagrada*, 1967)、《生日》（*Cumpleaños*, 1969) 等。

在《好良心》中，富恩特斯着力表现传承与创新的关系。他曾多次表示：他必须写生于斯、长于斯的墨西哥，但是，过去的墨西哥小说如革命小说、土著主义小说和形形色色的写实主义小说像中世纪城垣一样包围着他。唯有现实——他的故乡墨西哥城从不设防，她张开双臂，来者不拒。换言之，墨西哥城建立在巴洛克艺术基础之上，本来就缺乏节制。于是，他在《好良心》中对自己提出了这样一个问题：什么是与内容相适应的风格？这个问题意味着对西方传统采取何种态度。《好良心》直接或间接提及的《远大前程》（*Great Expectations*)、《人间喜剧》、《红与黑》（*Le rouge et le noir*) 以及《战争与和平》（*La guerra y la paz*) 等等对年轻的富恩特斯产生过影响，此后便是接踵而至的先锋思潮。在《好良心》的前半部分，富恩特斯几乎毫不掩饰地仿效这些欧洲艺术大师，但是他很快感到，他需要同时表现不同的世界观、历史观，多层次、多视角地描写复杂奇特的墨西哥社会及其各色人等。于是，他在后半部中临时改变策略。这固然有些突兀，但后来的作品证明它是值得的和"卓有成效"的。

《奥拉》用第二人称叙述了一个富于幻想色彩的故事。由于作品叙述的是一个古老而又众所周知的传说，关键在于如何用新的手法加以包装。从这个角度看，《奥拉》仅仅是个开始，即由于第二人称"你"的出现，人物–叙述者"我"被"客体化"和"隐形化"了。作者用这种内心的外化，试图拉近读者和人物的距离。仿佛作品写"你"，并为"你"而写。

稍后出版的长篇小说《阿尔特米奥·克鲁斯之死》才是富恩特斯形式探索的显证。阿尔特米奥·克鲁斯农民出身，秉性怯懦却又野心勃勃。墨西哥革命时期，他贪生怕死，出卖过战友。革命结束后，他又投机取巧，隐瞒历史，混入政界，最终依仗权势侵占他人财产，并勾结外国资本家发国难财，直至临终仍表现出强烈的利己主义……由于富恩特斯运用了"复合式心理结构"，他便和巴尔加斯·略萨、科塔萨尔一起，被誉为结构现实主义大师；《阿尔特米奥·克鲁斯之死》也便作为拉美结构现实主义的典范而载入史册。但是富恩特斯的形式探索和结构创新并没有就此罢休。在五年以后的《换皮》中，他又一次使小说形式脱胎换骨。这回他运用了类似于扇形的"辐射式结构"。

富恩特斯的第二次自我超越是在进入70年代以后。20世纪70年代是一个充满消解的时代、虚无的时代、不确定的时代，但在富恩特斯看来，它却是回归的时代、整合的时代。久违了的现实主义和历史题材焕发出新的生命力。同时，整合覆盖了片面，杂烩代替了偏食。于是也便有了《我们的土地》（*Terra nostra*, 1975）。小说遨游于墨西哥历史的海洋，给人以海阔凭鱼跃的自由度与放纵感：正史与野史对位，历史与虚构并置。作品由三部分组成：西班牙帝国与美洲，罗马与墨西哥，基督与羽蛇。借助于虚构，现在与过去、过去与将来也可以反转。而作品的戏剧性就在于平衡：真与假、新与旧的并存。真实和幻想在小说中交织、融合、转化、循环、上升，然后折回过去，同将来完成第一个链接。对富恩特斯而言，唯一能够接近未来的依然是现实：蕴含着"昨天的神话，今天的史诗，明天的自由"。小说的最后一章是关于文学的文学（或谓元文学）。许多拉丁美洲作家笔下的人物在这里获得再生。作者对他们（同时也是对他们的原作者）进行了别具一格的模拟和反讽。

富恩特斯这一时期的多数作品都显示出较强的幻想色彩，这恰好与早期作品遥相呼应，尽管它们的出发点不尽相同。此外，70年代，富恩特斯密切注视着影视艺术的发展并不时地"触电"。这开始于60年代，既有在影视的夹击中寻找出路，也有为其他作家朋友解决无米之炊的目的，其中的受惠人之一便是加西亚·马尔克斯。

富恩特斯创作的第三阶段更是纵横捭阖，游刃有余。20世纪80年代以降，首当其冲的是由小说梗概改编的影视剧《月光下的兰花》（*Orquideas a la luz de la luna*, 1981）。作品针对墨西哥社会的大男子主义，写出了让女权主义者惊喜的故事。作品的主人公是两位著名的墨西哥妇女：多洛雷斯·德尔·里奥（Río, Dolores del）和玛丽亚·费利克斯（Félix, María）。她们是20世纪三四十年代红极一时的电影明星，却因为同性恋而成为时人话柄。富恩特斯的作品写出了她们对拉丁美洲妇女解放运动的特殊贡献：捍卫了女人的尊严和权利。玛丽亚这一人物形象在富恩特斯的作品中并不陌生。早在《神圣的地区》中，她就已经作为人物出现。在《月光下的兰花》中，玛丽亚揭开神秘的面纱，显示出不同凡响的人格魅力。而这只是作品较为浅层的一面。深层次的内容是两个消解（同时也是化合）：艺术形象与现实人物界线的消解和性别的消解（或化合）。

此后的《老美国佬》（Gringo viejo, 1985）和《克里斯托巴尔·诺纳托》（Cristóbal Nonato, 1987）等也大抵在消解和化合现实-艺术两个不同层面上做文章。除此之外，富恩特斯的后期作品《和劳拉·迪亚斯在一起的岁月》（Los años con Laura Díaz, 1999），时间跨度从1905年到2000年，几乎涵盖了整整一个世纪。它的出版，标志着富恩特斯的一个"时光纪"的结束："恶时辰"，包括《奥拉》《生日》等；"创始纪"，包括《我们的土地》；"浪漫纪"，包括《运动》（La campaña, 1990）等；"革命纪"，包括《老美国佬》等；"教育纪"，包括《好良心》等；"假面纪"，包括《戴面具的日子》《盲人之歌》《玻璃边界》（La frontera de cristal, 1996）等；"政治纪"，包括《水蛇头》（La cabeza de la hidra, 1978）等；"现时纪"，包括《狄安娜，孤寂的狩猎者》（Diana o la cazadora solitaria, 1994）等。

富恩特斯的后期作品尚有中篇小说《康斯坦西娅及其他献给处女的故事》（Constancia y otras novelas para vírgenes, 1990）、《伊内斯的直觉》（Instinto de Inés, 2001），长篇历史小说《鹰的王座》（La silla del águila, 2003）、《意志与命运》（La voluntad y la fortuna, 2008）、《亚当在伊甸园》（Adán en Edén, 2009）、《弗拉德》（Vlad, 2012），文学论集《勇敢的新大陆》（Valiente mundo Nuevo, 1990），剧本《黎明的仪式》（Ceremonias del alba, 1990），等等。富恩特斯在中国的知名度几可与加西亚·马尔克斯、巴尔加斯·略萨、科塔萨尔和博尔赫斯相媲美，但真正喜欢他、理解他的人并不多。这也许与他的多变有关；换言之，也许很少有人跟得上他不断"换皮"的蜕变节奏。

四、胡里奥·科塔萨尔

胡里奥·科塔萨尔出生在布鲁塞尔，1919年第一次世界大战结束后随父母回到布宜诺斯艾利斯。早年曾师从博尔赫斯，作有诗剧《国王们》。前面说过，此剧取材弥诺陶洛斯传说，但反其道而行之，把牛头怪描绘成了具有现代精神的叛逆者和殉道者。之后致力于创作幻想小说。1951年发表短篇小说集《动物寓言集》（又译《兽笼》，*Bestiario*），表现白色恐怖下人们的心理状态。其中《被占的宅子》（"La casa tomada"）恰似一篇玄幻恐怖小说，描写人物被莫名其妙的声音逐出家门。不久，科塔萨尔赴法国留学，从此开始了他的"自我流放"。他的第二部短篇小说集《游戏的终结》（*Final del juego*，1956）是在巴黎完成的，多数篇什仍以40年代末50年代初的布宜诺斯艾利斯为背景，表现庇隆（Perón, Juan）统治时期阿根廷社会的荒诞和恐怖。在小说《乐队》（"La banda"）中，富丽堂皇的歌剧院座无虚席，观众屏息凝神，但出演的竟是一群乌合之众。小说在荒诞不经中给出象征意义："乐队"即"联合军官团"。另一篇题为《禁门》（"La puerta condenada"）的小说是科塔萨尔在蒙得维的亚的一家旅馆里写成的。当时，祖国咫尺天涯，科塔萨尔由衷地感到了有国难投、有家难回的悲哀。小说的主人公睡眼惺忪，忽然听到隔壁有哀哀啼哭之声。后来他知道那是一个弃婴，于是免不了触景生情，认为自己也是一个弃婴，或者就是隔壁的那个弃婴也未可知。《黄花》（"Una flor amarilla"）则让人想起纳粹铁蹄下犹太人的身份标记。此外，这些作品的另一个重要元素是变形。当然它不是卡夫卡式的变形，而是一种似是而非、似非而是的临界状态。

流亡，是许多西班牙语美洲作家的共同命运，是西班牙语美洲社会专制统治及其衍生的种种戏剧性状态的最好见证。19世纪以来，亡命国外的西班牙语美洲作家不计其数，科塔萨尔是其中之一。

科塔萨尔不消沉。他诙谐地把流亡戏称为独裁者奖励给每个热血青年的出国"奖学金"。他很快摆脱了流亡初期的苦恼，他的作品也很快放弃了恐怖和荒诞的渲染，转向阐释现代人的心理特征。他的短篇小说集《秘密武器》（*Las armas secretas*, 1959）明显带有直觉主义倾向。其中《妈妈的信》（"Cartas de mamá"）写现代人的麻木不仁。主人公路易斯不择手段将弟弟尼科的未婚妻劳拉占为己有，导致尼科含恨死去。但尼科的死使路易斯受到了良心的谴责。为了安抚不安的心灵，他和劳拉自欺欺人，幻想尼科不仅没有死，而且活得挺好。适逢路易斯的母亲老而糊涂，错把一个亲戚当成了死去的儿子。这样一来，路易斯和劳拉也便心安理得了。另一篇《好差事》（"Los buenos servicios"）则写一个意识不到奴隶地位的"十足的奴隶"。她的所谓好差事乃是替人看管哈巴狗或者充当哭丧妇。

在中篇小说《追求者》（*El perseguidor*, 1958）中，直觉主义留下了深刻的印记。作品把理性同狭隘的功利主义和极端的个人主义等同起来，描写黑人萨克斯管演奏家约翰尼·卡特的丰富而又神经质的生活感受和强烈而又盲目的反叛精神。与之相对应的是叙述者布鲁诺的平庸和自私、装腔作势和卑鄙无知。卡特是个红极一时的爵士乐演奏家，然而他的内心却充满了孤独和困惑。他厌恶虚伪，反对率由旧章和唯利是图，相信直觉和自由自在才是人生和音乐的最高境界。相反，布鲁诺欺世盗名，急功近利，是个十足的利己主义者和唯物主义者。他以爵士乐研究家自居，投机取巧，自命不凡，以致利用卡特的信任，写了一本《卡特传》之类的小书。然而，眼看《卡特传》"畅销欧美"，"好莱坞即将把它搬上银幕"，他便飘飘然忘乎所以，认为他既大功告成，卡特也就失去了存在的价值。因此，当卡特不堪世道而自甘堕落、毒瘾发作之际，他却扬扬自得地大谈成功之道，沉溺在名利双收的欢乐之中。科塔萨尔因此开罪了不少评论家。

受柏格森（Bergson, Henri）的影响，科塔萨尔在这些作品中将感性和理性严重地对立起来，并由此敷衍了一系列形而上学的思考。但这并不妨碍他反映资本主义现实的某些本质特点和固有形态。列宁说过，"不通过感觉，我们就不能知道事物的任何形式"。[①]科塔萨尔注重直觉，认为它是真实的基础，因此多少反映了现代西方社会的某些本质特征。同时，因为他关注直觉的终极目标是反映真实，所以他的"反理性"在很大程度上又是理性思考的结果。事实上，无论哪一种创作手法，都不可避免地受到理性的制约、理性的支配。所谓直觉，归根结底是受制于理性的感觉。反过来说，任何直觉描写，也总要经过理性的精选、梳理和加工。在科塔萨尔的创作中，这个过程是显而易见的。如果说他早期选择的是现实生活中极其丰富多彩的感觉知觉的一种——恐惧，那么随着生活环境的变化，他的感觉知觉也明显不再是单纯的恐惧。

悲剧发生在"历史的必然要求和这个要求的实际上不可能实现之间"。这是恩格斯的悲剧观。[②]只因为对现实强烈不满却又无法摆脱，又因为对理想王国无限渴望却又无法抵达，科塔萨尔产生了形而上学的苦恼。他从个人推及人类，从局部推及全面，从现象推及本质，从暂时推及永恒。

在长篇小说《中奖彩票》（*Los premios*, 1960）中，科塔萨尔第一次运用假设以表现人性。小说写人在遭遇意外时暴露出来的丑恶：在彩票公司组织的一次海上旅行中，游轮因故迷失方向。于是各色人等原形毕露。此后，在短篇小说《万火归一》（*Todos los fuegos el fuego*, 1966）中，科塔萨尔进而表现了抽象的人性。他从古罗马和当今某地的两起各不相干的火灾引申出"万火归一""万众归一"的形而上学推断。

然而，《南方高速公路》（*La autopista del sur*, 1966）却出人意料地描写性善论：南方高速公路车多为患，以至于造成长时间的堵塞，人们纷纷走下车来，在公路旁建立起一个临时乌托邦。他们互相关心，互相帮助，没有丝毫的自私和偏见。但好景不长，因为公路被疏通了，人们回到各自的车辆，争先恐后地疾驰而去。这些"观念小说"是科塔萨尔心灵的写照。它们毫不隐讳地暴露了他形而上学的苦

①《列宁全集》第十四卷，北京：人民出版社，1957年版，第319页。
②《马克思恩格斯选集》第四卷，北京：人民出版社，1972年版，第346页。

恼与希冀。

1963年出版的长篇小说《跳房子》（*Rayuela*, 1963）将形式"革命"推向了极致。它被认为是科塔萨尔的代表作，集中体现了作者的创作思想和人生追求。小说由三大部分组成，外加一个导读。第一部分"在那边"（"Del lado de allá"），表现主人公奥利维拉在巴黎的生活。奥利维拉是个阿根廷人，其心路历程令人对号科塔萨尔。他在巴黎追求人生真谛，与一名叫玛伽的乌拉圭单亲妈妈邂逅并最终走到一起。他们属于两个阶层，是完全不同的两种人。他理性、好思，满脑子皆是怀疑主义和反叛思想；玛伽则率真、务实，拥有女人的"第六感官"和敏锐的直觉。许多使奥利维拉费尽心机思索的形而上学问题，一到玛伽那里往往变得简单明了。二人由相爱到同居，但最终还是因为志趣不同而分道扬镳。第二部分"在这边"（"Del lado de acá"）写奥利维拉回到布宜诺斯艾利斯之后的遭遇。故地重游、旧友重逢并不能消释他的精神危机。他和过去的女友同居，并经朋友介绍到一家精神病院工作，从此精神状况进一步恶化，以至于把自己等同于朋友、把朋友的妻子等同于玛伽。他情不自禁地吻了朋友之妻，从而心中惶惶不安。最后，他绝望地坐在窗口，看着楼下"跳房子"游戏的图案……第三部分"在其他地方"（"De otros lados"）又称"可省略部分"，是一系列大杂烩式的拼贴，其中有刊头剪辑、内心独白、各种引文及人物莫莱里关于文学的种种思考。科塔萨尔在导读中称"本书也即许多本书，但主要由两部分组成……"他称循序渐进的读者为传统读者，而传统读者也即"阴性读者"；跳跃阅读才是现代读者，而现代读者也即"作者的同谋"。此言既出，随即遭到女性读者的一致批评，使科塔萨尔不得不公开道歉。但小说的"多种阅读方法"作为"扑克牌小说"的一种变体，曾经为许多先锋作家所津津乐道。

进入70年代以后，科塔萨尔开始摆脱形而上学的烦恼。小说《曼努埃尔记》（*Libro de Manuel*, 1973）和《某人此行》（*Alguien que anda por ahí*, 1977）把笔触伸向阿根廷现实，揭露军政府期间无数进步青年神秘失踪的历史真相。科塔萨尔的其他作品有《回归的八十个世界》（*La vuelta al día en ochenta mundos*, 1967）、《结构的第62

章》（*62, modelo para armar*, 1968）、《最后一个回合》（*Ultimo round*, 1969）、《有那么一个卢卡斯》（*Un tal Lucas*, 1979）、《我们如此热爱格伦达》（*Queremos tanto a Glenda*, 1980）等等。

五、博尔赫斯

小说家博尔赫斯与诗人博尔赫斯不尽相同。盖因博尔赫斯的小说不仅仅是意象，它们还有非同寻常的叙述技巧和游戏色彩。当然，那是一种富有哲理的高智商游戏，具有古希腊哲学的原始精神：爱智，同时又因其极端戏谑而充满了虚无主义和不可知论。换言之，博尔赫斯用绝对的相对性颠覆了相对的绝对性。而这一概括适用于所有后现代文学。

博尔赫斯之墓

且说博尔赫斯被美国后现代主义作家约翰·巴思（Barth, John）等尊为后现代主义大师。然而，在20世纪中叶，西班牙语美洲左翼作家却赐予他一个更加响亮的称谓：“作家们的作家”，也即脱离现实、关于作家的作家，而非我国先锋派所理解的“作家中的作家”“大师中的大师”。

博尔赫斯一生只写短篇小说，而且这些小说常使人想起“庄周梦蝶”之类的哲思散文或形上小品。他的第一部小说集《恶棍列传》何尝不能译成《世界奇葩》或《世界糗事》？该集由三部分组成，第一部分的确是关于各色“恶棍”的，共七篇；第二部分是一篇关于刀客的独立篇什《玫瑰街角的男人》（“Hombre de la esquina rosada”）；第三部分是奇闻轶事，凡六篇。除了带有阿根廷民间传说色彩的《玫瑰街角的男人》，其他小说篇篇都是从别的作家那儿借取的。譬如从马克·吐温（Mark Twain）那儿借取了《心狠手辣的解放者莫雷尔》（*El atroz redentor Lazarus Morell*），从赫伯特·阿斯伯里（Asbury, Herbert）那儿取走了《作恶多端的蒙克·伊斯曼》（“El proveedor de iniquidades Monk Eastman”），从《一千零一夜》中借取了《双梦记》

（"Historia de los dos que soñaron"）和《雕像堡》（"La cámara de las estatuas"），如此等等。关键是，博尔赫斯并未注明这些故事的来历，这给他的对手留下了不少的口实。

好在几年后他重整旗鼓，出版了《小径分岔的花园》；两年后该集并入《虚构集》（*Ficciones*），从而奠定了博尔赫斯在小说界的地位。那么，博尔赫斯又是如何开启原创小说之路的呢？关于这个问题，作家自己的说法就前后矛盾。在《自传》（*Autobiografía*）中，博尔赫斯是这样描述的："1938年（父亲去世那年）的圣诞节前夕，发生了严重的事故：我跑着上楼，忽然感到有什么东西在脑门上掠过。事后我知道是撞在那扇刚油漆过的窗棂的铰链上了。因为窗敞开着。虽然第一时间处理了伤口，但伤口还是感染了。大约有一周时间，我高烧不退，幻觉萦绕，根本无法入眠。一天夜里，我因为突然失声而不得不去医院急诊，还动了手术。原来我得了败血症。之后是毫无知觉地在生死线上徘徊了一个月。再后来，我把这一意外写进了那篇叫作《南方》的小说。"[1]关于那次意外，博尔赫斯的母亲提供了不同的细节。她说，那是圣诞节前夕，博尔赫斯下楼迎接一位来访的姑娘。姑娘是应邀来共进午餐的。[2]但博尔赫斯显然有意略去了这个细节。在《南方》（"El Sur"）那篇小说中，博尔赫斯这样说："1939年2月下旬［……］一天下午，达尔曼买到了一册零散的德文版《一千零一夜》；他迫不及待，想看看这一新的收获，结果不等电梯下来，就匆匆上了楼。忽然，脑袋碰了一下什么东西，可能是蝙蝠或者小鸟。替他开门的女人一脸惊诧地望着他，他伸手摸了摸额头，发现自己正在流血。不知什么人给窗户上了油漆，却忘了关好，害他撞破了头。达尔曼那晚睡得不好，而且天不亮就醒了，只觉得嘴里苦涩。高烧折磨着他，《一千零一夜》中的插图化作了噩梦［……］"[3]

① Borges: *Autobiografía*, Buenos Aires: Ateneo, 1999, p.109.
② Rodríguez Monegal: *Jorge Luis Borges, biografía literaria*, México: FCE, 1987, p.308.
③ https://www.borges.pitt.edu/sites/default/files/0212.pdf.

《一千零一夜》固然是博尔赫斯童年时期的最爱，但是根据他母亲的回忆，出事那天他正在读刘易斯（Lewis, Clive Staples）的《来自沉默的星球》（*Out of the Silent Planet*）。这样，博尔赫斯何以如此这般开始写作第一篇原创小说《特隆、乌克巴尔、奥比斯·特蒂乌斯》也就有了答案。这是一篇幻想小说，"我"依靠一面镜子和一部百科全书的结合，发现了乌克巴尔那个由无数专家共同完成的人造星球。于是，读者会想，这不正是我们这个星球吗？他的第二篇小说《吉诃德的作者皮埃尔·梅纳德》（"Pierre Menard, autor del Quijote"）说到不同的作家都希望留下不同的作品，有的甚至不惜孜孜汲汲以改写名著，最终却发现任何努力的结果其实仍然是在写同一本书。

这种伪托随笔或貌似随笔的方法将一以贯之。同时，形而上学的幻想和终极思考在博尔赫斯笔下一点点夸大，直抵虚无主义和不可知论。譬如《小径分岔的花园》和《环形废墟》（"Ruinas circulares"）。这是博尔赫斯最得意的两篇作品。前者讲述一个名叫余琛的德国间谍，他来自青岛大学，要为德军窃取英军布防的重要情报。适逢第一次世界大战处于胶着状态，英军部署了强大的反间谍系统，因此余琛博士必须步步为营，处处谨慎。英军十三个师，在一千四百门大炮的支援下，原计划于1916年7月24日向德军发起进攻，结果被一场突如其来的暴雨所阻止。这给了余琛喘息的机会。经过一番缜密调查，他终于获得了英军的布防情报，但同时也遭到了英方间谍和地方警探的严密跟踪。这时，他发现一个叫阿贝特的汉学家正在破译余琛祖先的一部密码书。书名就叫《小径分岔的花园》，那是一部关于迷宫的玄奥文本。而阿贝特居然成功地发现了作品的终极谜底，但这也是他生命的终极归宿：一座没有出路的迷宫。因为就在他破译的同时，余琛在遭逮捕前的一刹那当众枪杀了他。于是，著名汉学家阿贝特遇刺身亡的消息迅速上了头条。余琛用他的名字完成了情报传递：英军准备发起攻击的部署地恰好就在阿贝特。

本著在说到诗人博尔赫斯时，已经就他的迷宫意念作过评骘，此处不再重复。类似情形也发生在《环形废墟》中，尽管角度和意象完全不同。这便是"传道士的秘诀：举一反三"。《环形废墟》纯属幻想，因为它是极少数没有"历史"依据的篇什之一：魔法师仿佛自天而降。谁也没有看见他是在哪个夜晚上岸的，谁也没有看见那只竹筏是怎样沉入神圣的沼泽的，但是几天以后，人人都知道他来自南方。他的祖国是河上游许许多多村寨中的一个，坐落在陡峭的山坡。那儿的德语尚未受到希腊语的浸染，麻风病也不常见。这个肤色苍白的人肯定是吻着淤泥爬上岸来的，全然不顾或者没有觉察到茅草划破了皮肉。他昏昏沉沉地径直爬到一个早已废弃的环形剧场。那里耸立着一只石虎或一匹石马。当初它是红色的，而今却与灰烬同色。这个环形的所在是一座被焚毁的庙宇，已经遭受林莽的亵渎，所供奉的神祇也早已不再有人朝拜。外乡人躺在台座下，太阳使他恢复了神志。他到这里来是为了做梦，他要梦一个人。于是他用了一千零一夜梦见了一个人，包括他的所有细节。这个人成了他的徒弟，听他在讲坛上教授各种知识。终于，这个梦孩子渐渐习惯了现实生活。一天，他命孩子将一面旗帜插到山顶，不久那旗帜果然在山顶上飘扬了。他继续进行各种实验，以至于相信孩子已经是个完完全全的人，而且已经长大。他沉浸在喜悦之中。但是，他忽然打了个冷战，因为他想起了一个致命的问题：火焰知道这孩子是一个梦。于是，他忧心忡忡，寝食不安。谁料想废墟死灰复燃，又燃起了熊熊大火。他于是有些窃喜，心想自己的使命已经完成，可以解脱了。这时，火焰围住了他。但是，令他惊诧不已的是他居然一点也感觉不到火焰的灼热。因此，他恍然大悟，原来自己也是一个梦，一个别人千方百计梦出来的存在。

这是博尔赫斯虚无主义和不可知论的终极写照。它和《阿莱夫》、《死亡与罗盘》、《布罗迪的报告》、《沙之书》（*El libro de arena*, 1975）以及一些似是而非的散文小品等共同构成了博尔赫斯玄而又玄的巴别塔。在这座巴别塔的顶上，有一颗被博尔赫斯誉为完美的明珠，它便是《一千零一夜》中的《双梦记》：话说开罗有一个人，他梦见自己的好运（宝藏）在伊斯法罕，于是千里迢迢来到这个地方。日暮，他在一座清真寺外歇息，结果被一阵厮杀声惊醒。大盗们跑了，而开罗人却被当作大盗带到了警察局。审问他的警官得知他并非盗贼，而是一个寻梦者，就哈哈大笑起来，对他说："年轻人啊，你怎么能相信梦呢？我也经常梦见我的宝藏在埃及的一个地方，那里有一棵无花果树，树下有一眼喷泉，喷泉下面有一个宝藏。可我不至于傻到因为一个梦去埃及寻宝。"于是，他释放了开罗人。开罗人回到埃及，在自家院子的喷泉下找到了宝藏。

　　这是一种形同高智游戏的文学想象。沉溺于兹者远非博尔赫斯一人。这不，巴西作家科埃略（Coelho, Paulo）在他的《炼金术士》（*O Alquimista*）中几乎"原汁原味"地演绎了这个双倍的梦，只不过开罗人变成了牧羊少年，其寻梦过程也变得无比艰辛。当然，科埃略尊博尔赫斯为师。这就不多说了，倒是梦境或芝诺悖论似的艺术时空之熵，在《博尔赫斯与我》（"Borges y yo"）、《杀手》（"Episodio del enemigo"），以及关于《佛教》（"El budismo"）、《失明》（"La ceguera"）、《喀巴拉》（"La cábala"）、《神曲》（"La divina comedia"）、《长城与书》（"La muralla y los libros"）、《一千零一夜》（"Las mil y una noches"）等小品或散文中举一反三、不断推演。

第二编

绪言

前面说过，文学史是遗憾的艺术。除了它既不能忠于前人，也不能拘牵来者，更为重要的是它甚至难以面面俱到。为了多少揭示西班牙语美洲"文学爆炸"的某些逻辑或机理，在此不得不在关键时刻放弃以时间为线、作家作品为珠的散为万珠、聚则一贯的写法，取而代之以泛流派、泛主义。这也正是本通史有意设置两编的原因之一。

所谓"名不正，则言不顺"，我们首先需要约之以名。

先说"文学爆炸"。面对世纪中叶西班牙语美洲文学的繁荣昌盛、百态千姿，人们不约而同地冠之以"爆炸"（"Boom"）这般响亮的字眼。①

消费社会，"爆炸"常被用来比喻商品热。它使某些商品风靡一时，成为使人难以抗拒的诱惑。尤其是随着消费主义从自然需求向人为刺激演变，文学作为大众文化消费的一部分，也开始在铺天盖地的广告中占有一席之地。前面说过，随着美国成为一家独大的新兴帝国，西班牙语美洲这个"后花园"便不可避免地成为美国自然资源和生产资料要素的重要来源以及产品的消费市场。从20世纪初到21世

---

① 据说最早启用"爆炸"一词的是批评家路易斯·哈斯，他于1966年发表了《我们的作家》，其中遴选了十位"当红"作家，并于同年启用了"爆炸"这一概念。这是学者哈维·阿彦在《爆炸的那些日子》中追根溯源的结果。Ayén: *Aquellos años del Boom*, Barcelona: RBA. Libros S.A., 2014, p.525.

纪六七十年代，大多数西班牙语美洲国家（当然还有其他拉丁美洲国家）无论是否畸形发展，终究依靠自然资源创造了"经济奇迹"，"钱多得花不完"。墨西哥城、加拉加斯、波哥大、布宜诺斯艾利斯、圣保罗等地先后出现了打造"世界大都市"的雄心壮志。住房热、汽车热、家电热更是司空见惯。至于西班牙语美洲小说何以"热"起来、"炸"开来，则客观上得益于"冷战"。一方面是美国这个霸主的助推，另一方面是古巴的存在和社会主义阵营的青睐。曾几何时，绝大多数西班牙语美洲作家和知识分子清一色怀有社会主义理想。因此，他们可谓左右逢源。同时，大众消费文化将一切可卖的东西纳入商品范畴。文学自然也不例外。就连当初信誓旦旦要反其道而行之的一些现代主义作品，也毫不例外地成了举足轻重的商品，譬如乔伊斯的《尤利西斯》，又譬如毕加索的"涂鸦"，如此等等，不胜枚举。奥尔特加·伊·加塞特所抨击的大众社会或马尔库塞批评的"单向度人"早已悄然来临，无论你愿意与否。就以加西亚·马尔克斯的《百年孤独》为例，仅第一个月就重印了四次，以至于20世纪末在全球营销数千万册，还被好莱坞搬上了银幕。

客观地说，西班牙语美洲小说的崛起首先得益于美国、欧洲，乃至整个世界文坛。只要我们对博尔赫斯这样的作家稍加留意，就不难发现这一点。自20世纪30年代翻译福克纳、卡夫卡、伍尔夫（Woolf, Virginia）、王尔德（Wilde, Oscar）等人的作品并将《聊斋志异》的篇什收入《幻想文学集》（*Antología de la literatura fantástica*, 1940）起，古今西方文学乃至许多东方文学被一股脑儿地装进了他的脑海。与此同时，古今文学被翻译介绍到这片大陆，造就了一大批集创作、翻译与评论于一身的学者型作家。此外，20世纪中叶崛起的西班牙语美洲作家又大都直接经受了西方文学思潮的洗礼，并在形形色色的潮流中"学会了游泳"。这除了欧美两个大陆的历史文化渊源，还要归功于接踵而至的独裁者。所谓嘲弄历史者终究要被历史嘲弄。独裁者的命运无不印证了这一规律。早在19世纪初叶，代表封建大地主阶级的"考迪略"政权就曾使大批西班牙语美洲文人流亡欧洲。譬如，开浪漫主义先河的埃切维利亚和反独裁小说的萨米恩托都曾体验过流亡生活。他们先后远涉重洋，到达法国和英国，受到欧洲浪漫主义运动的熏陶。不久，他们"浪子回头"，把浪漫主义精神带到了西班牙语美洲，对西班牙语美洲文学和社会产生了深远的影响。20世纪，从"考迪略"脱胎而来的"猩猩派"独裁纷至沓来，复使无数志士仁人背井离乡、亡命海外。像卡彭铁尔、阿斯图里亚斯、加西亚·马尔克斯、巴尔加斯·略萨、奥内蒂、罗亚·巴斯托斯、科塔萨尔等都曾流亡欧洲、美国，受到欧洲和美国文学的影响，又反过来成了西班牙语美洲人民反帝反封建的中坚力量。

不言而喻，西班牙语美洲当代作家成功的秘诀是博采众家、取其所长；是正确处理民族性与世界性、继承与扬弃、借鉴与创新的关系。加西亚·马尔克斯摹仿过卡夫卡、海明威、乔伊斯和福克纳，后却以登峰造极的魔幻现实主义闻名于世；科塔萨尔说爱伦·坡（Poe, Edgar Allan）给了他想象的尺度，伍尔夫给了他打开心灵奥秘的钥匙，然而他的作品却被欧美作家誉为感觉和意识的百科全书；博尔赫斯深受欧美幻想小说的影响，却后来居上，成了当代世界文坛冠绝一时的幻想小说大师；富恩特斯和巴尔加斯·略萨也曾受惠于欧美作家，但最终都以炉火纯青的结构现实主义手法和鲜明的拉美风骨享誉全球……

总之，西班牙语美洲当代作家无不是站在前人和同时代外国作家的肩膀上跻身世界文坛的。他们虽然大都在欧洲参加过各种文学社团，却具有一个共同的信念：他们的作品将表现拉美社会，将有浓郁的番石榴芳香和斑斓的美洲色彩。这种信念导致了影响深远的"寻根运动"，更使混血文化之根变得纷杂深邃。

当然，文化离不开经济。前面说过，20世纪中叶拉丁美洲经济飞速发展（尽管这种发展有时是不平衡的，甚至是单一的）。许多国家通过外资、合资等各种渠道，开发自然资源，扩大对外贸易，振兴民族经济。拿墨西哥来说，30年代起政治开放，社会稳定，经济持续发展。从1940年到1950年，其国内生产总值以年平均6.7%的速度增长；1950年至1960年又继续以年平均6.2%的增长率稳步上升。60年代，经济发展较快的阿根廷、巴西、委内瑞拉的国内生产总值的年增长率也都在6%以上。70年代初,这几个国家的国民人均收入达到了当时的中等发达国家水平。经济发展为文化事业奠定了基础。几十年间,拉丁美洲国家的文化教育事业迅速发展。50年代至60年代初,仅墨西哥就新建了三十余所大学,其中三分之二以上是公立的。

据1970年统计数据,墨西哥城拥有日报二百余种,周报九百余种,其他各种刊物一千七百余种。而最南端的布宜诺斯艾利斯则已然是一座"名副其实的世界性城市"[①]。它不仅对所有人种,而且对所有信仰、哲学思想和文学观念都敞开大门。它发行的刊物不但种类繁多,而且语言众多,其中常见的有西班牙语、意大利语、德语、英语、法语、阿拉伯语、意第绪语、俄语等等。文化教育事业的发展提高了全民文化素质,扩大了知识分子队伍,为文学的发展创造了良好的客观环境。然而,拉丁美洲好景不长,自20世纪80年代跌入所谓的"中等收入陷阱"后,迄今仍一蹶不振。而这个所谓的"中等收入陷阱"既非经济规律,也不是西班牙语美洲人民"自作孽不可活"的结果,它分明是华尔街"剪羊毛"的结果。

且说西班牙语美洲小说崛起的另一个客观因素是古巴革命的胜利。古巴革命的成功鼓舞了一大批进步作家并为之提供了一个安全、可靠的后方。60年代,拉美文坛最活跃、最有生气的作家如加西亚·马尔克斯、巴尔加斯·略萨、科塔萨尔、富恩特斯、贝内德蒂、萨瓦托等,在古巴周围结成了无形的统一战线。

与此同时,一支专业化理论队伍迅速形成,使文学这艘"双桅船"能够急起直追,扬帆远航。这支队伍主要来自创作界,同时熟谙西方文论,具有开阔的视野、精良的武器。举凡墨西哥的何塞·路易斯·马丁内斯(Martínez, José Luis)、路易斯·莱阿尔(Leal, Luis),智利的阿尔贝托·桑切斯(Sánchez, Alberto)、路易斯·哈斯、费尔南多·阿莱格里亚(Alegría, Fernando),阿根廷的诺埃·吉特里克(Jitrik, Noé)、阿道夫·普里埃托(Prieto, Adolfo)、恩里克·安德森·因贝特,秘鲁的胡利奥·奥尔特加(Ortega, Julio),乌拉圭

① Sánchez: "Segura, el comediógrato", *Historia y crítica de la literatura hispanoamericana*, Cedomil Goic (coord.), Madrid: Editorial Crítica, 1988, pp.680—684.

的安赫尔·拉马（Rama, Angel），古巴的罗伯特·费尔南德斯·雷塔马尔（Fernández Retamar, Roberto），哥斯达黎加的安赫尔·弗洛雷斯（Flores, Angel），等等，都是深孚众望的作家兼评论家。此外，西班牙语美洲文坛积极、善意的批评与自我批评之风日盛。富恩特斯的《西班牙语美洲新小说》（*La nueva novela hispanoamericana*, 1969）对卡彭铁尔、博尔赫斯、科塔萨尔、加西亚·马尔克斯、巴尔加斯·略萨等拉丁美洲同行都有恰如其分、切中肯綮的评价。洋洋洒洒的《加夫列尔·加西亚·马尔克斯：弑神者的历史》是巴尔加斯·略萨的博士论文。卡彭铁尔的《一个巴洛克作家的简单忏悔》（*Confesiones sencillas de un escritor barroco*, 1964）是作家自我解剖的杰作，纵横捭阖，又细致入微。何塞·多诺索的《文学"爆炸"亲历记》（*Historia personal del "boom"*, 1972）则真实地再现了1962年康塞雷西翁大会之后拉丁美洲作家团结奋斗、试图赶超西方的奕奕风采。此外，萨瓦托、科塔萨尔、博尔赫斯等，也都有类似的作品问世。从古巴式的马克思主义到美国式的形式主义，不同思潮、不同流派、不同方法，在文学批评中均有一席之地。西班牙语文坛首次形成了健康的、善意的、富有建设性且又丰富多彩的批评风格。人们尽可以不赞同博尔赫斯的虚无主义，却并不怀疑他过人的才华；反之，博尔赫斯也没有因为自己被幻想作家定于一尊而无视或否定西班牙语美洲的写实主义传统以及其他作家的创作自由。

　　再说西班牙语美洲文化从塞万提斯、贡戈拉到毕加索或帕斯，产生过许多伟大的作家、艺术家，却从未孕育出一个世界级哲学家、文论家。这是事实，是西班牙语文化与德、英、法文化的不同之处。这只能说明西班牙衰落后，生产力发展相对滞后。从马克思主义的经济基础与上层建筑关系上看，这是因为文学理论较之文艺创作，同政治、法律、道德、宗教等其他上层建筑的关系更为密切，因而也更受制于经济基础。因此，一个政治经济和科学技术相对落后的国家或地区很难产生一流的哲学家、文论家，却能创作出一流的文学艺术作品。西班牙虽曾称雄世界，但那是在文艺复兴之初。当时，它不仅是第一个日不落帝国，而且有过辉煌的神学和哲学，还有过令全欧洲服膺的博大精深的宫廷礼仪。如此差异，使西语文学和其他欧洲文学，尤其是德、英、法文学形成了不同的发展向度。这其中自然还有话语权的问题。

20世纪，随着科学技术的突飞猛进和电子信息时代的来临，经济相对落后的国家和地区有了许多"弯道超车""跳跃发展"的可能性。这时，西班牙语文学，尤其是西班牙语美洲文学的创新机制迅速形成。西班牙语美洲文坛左右逢源，充满活力。

可见，西班牙语美洲当代小说的崛起不是无本之木、无源之水。

综上所述，"爆炸"原指拉丁美洲文学，尤其是西班牙语美洲小说异军突起及其在世界文坛产生的轰动效应。然而，"爆炸"之谓固然生动，却毕竟过于宽泛，难以说明现象本身的内涵外延、来龙去脉。于是就免不了分门别类；名目通行既久，也便约定俗成了。

第一章 魔幻现实主义

目前西班牙语美洲小说常用的魔幻现实主义、结构现实主义、心理现实主义、社会现实主义及幻想派等名称、术语大都定型于20世纪70年代，但产生时间、渊源和演变过程却各不相同。因此，用主义、流派概而括之的好处是将零散、多维的作家作品结集起来，以裨评说，却并非不相杂厕。

一般认为，魔幻现实主义一词最初见诸德国艺术批评家弗兰兹·罗（Roh, Franz）的《后表现主义·魔幻现实主义·当前欧洲绘画的若干问题》（*Post-expresionismo. Realismo mágico. Problemas de la nueva pintura europea*）。此外，意大利未来主义作家也曾偶用魔幻现实主义以作未来主义的代名词。诚然，他们同西班牙语美洲小说的魔幻现实主义并无实质性、源流性瓜葛。未来主义和魔幻现实主义的区别显而易见，毋庸赘述；而弗兰兹·罗赋用于20年代欧洲绘画艺术的"魔幻现实主义"，也分明另有所指，与西班牙语美洲小说的魔幻现实主义相去甚远。用他本人的话说，魔幻现实主义并无特殊含义：

> 鉴于"后表现主义"从字面上看（对于表现主义）只是一种时间上的承续关系而非任何本质界定，因此在作品完稿许久之后，我加上了这个令人瞩目的名词。我想，它终究要比狭隘的"理想主义"或"现实主义"或"新古典主义"之

类更能说明问题。"超现实主义"是个好词，但如今它已俨然他属或名花有主。对我而言，"魔幻"，不同于"神秘"，这就是说，神奇者既非外来之物，亦非客观存在，它隐藏、搏动于事物背后。[①]

除此之外，弗兰兹·罗没有对"魔幻现实主义"做更多的阐释，因此，"魔幻现实主义"对于他，不外乎后表现主义的一个"令人瞩目"的别名。

第一个运用这一术语的西班牙语美洲作家是乌斯拉尔·彼特里。他在论述40年代委内瑞拉文学时说："占主导地位的是把人看作现实状态和生活细节的神奇之所在并使他具有永恒的魅力。它意味着对现实的诗化或否定。由于缺乏别的名字，姑且称之为魔幻现实主义。"[②]足见魔幻现实主义一词在西班牙语美洲的出现与弗兰兹·罗和意大利未来主义只是一个美丽的偶合。即使乌斯拉尔·彼特里知道弗兰兹·罗和意大利未来主义已偶用在先，一个"姑且称之"也早将他们的源流关系一笔勾销了，何况三者所指风马牛不相及。

今天所说的魔幻现实主义首现于1954年在纽约召开的全美文学教授协会年会，其间哥斯达黎加旅美学者安赫尔·弗洛雷斯教授做了题为《西班牙语美洲小说中的魔幻现实主义》（*El realismo mágico en la novela hispanoamericana*）的主旨发言，认为按时代或题材界定西班牙语美洲当代小说是一种缺乏想象力的表现，因而迫切需要用魔幻现实主义命名富有幻想色彩和现代意识的新人新作。翌年，美国刊物《西班牙语世界》（*Hispania*）全文刊登了弗洛雷斯教授的评论。[③]从此，魔幻现实主义一词在西班牙语美洲流行起来。

弗洛雷斯之所以迫不及待地启用魔幻现实主义这一术语，无非是

---

① Roh: *Post-expresionismo. Realismo mágico. Problemas de la nueva pintura europea*, Madrid: Revista de Occidente, 1927, pp.7—11.
② Uslar Pietri: *Letras y hombres de Venezuela*, México: Fondo de Cultura Económica, 1948, pp.11—19.
③ Flores: "El realismo mágico en la novela hispanoamericana", *Hispania*, Vol. 38, No. 2 (May, 1955), pp. 187—192.

想对当时已然"爆炸"的西班牙语美洲小说进行分门别类。他果敢地选择博尔赫斯作魔幻现实主义大师,博氏和比奥伊·卡萨雷斯夫妇选编的《幻想文学集》(1940)作魔幻现实主义宣言,并为之配备了响当当的鼻祖——卡夫卡(理由之一是博尔赫斯翻译了卡夫卡的作品)。然而,他罗列的"魔幻现实主义作家"诸公居然没有卡彭铁尔和阿斯图里亚斯。而他们二人恰恰是后来普遍认为的魔幻现实主义鼻祖。这是弗洛雷斯不经意的疏漏?非也。其时,阿斯图里亚斯和卡彭铁尔都已成名,前者发表了两部长篇小说和一部短篇小说集——《总统先生》、《玉米人》和《危地马拉传说》;后者发表了三部长篇小说——《埃古·扬巴·奥》、《人间王国》和《消逝的脚步》。

弗洛雷斯教授的初衷固然单纯,但他涉及的却是整个西班牙语美洲新小说的分类问题,关键论点不能自圆其说,术语的诠释、作家作品的划分都有失之偏颇之嫌。为了堵塞漏洞,弗洛雷斯和他的美国同人卡特(Carter, D.)教授不遗余力,在有关著述中谓"魔幻现实主义是现实与幻想的融合"。而事实上,他们所谓的"魔幻现实主义"是以博尔赫斯和比奥伊·卡萨雷斯夫妇的《幻想文学集》为依据的,所以是一般意义上的幻想小说。何况,古今哪部小说不是现实与幻想的融合(现实加幻想)的产物呢?

然而弗洛雷斯歪打正着。在他挖空心思地兜售他的魔幻现实主义的同时,真正的魔幻现实主义小说悄然崛起。《人间王国》《消逝的脚步》《玉米人》《佩德罗·巴拉莫》《深沉的河流》《最明净的地区》《一张地图》《百年孤独》等先后出版并产生轰动效应。这些作品表现了与博氏幻想小说截然不同的价值取向和审美品格,具有极强的现实穿透力和干预精神。这些作品使一批西班牙语美洲作家在题材和形式上形成了某种群体化倾向,在人数和影响上显示了博尔赫斯等幻想作家难以等量齐观、分庭抗礼的优势。

这个群体也即智利作家、评论家费尔南多·阿莱格里亚率先提出的魔幻现实主义作家群。他们包括卡彭铁尔、阿斯图里亚斯、鲁尔福、富恩特斯、阿格达斯和加西亚·马尔克斯等。费尔南多·阿莱格里亚从卡彭铁尔和阿斯图里亚斯切入,给弗洛雷斯教授的魔幻现实主义来了个一百八十度急转弯。①

20年代初，流亡巴黎的卡彭铁尔和阿斯图里亚斯与布勒东过从甚密，还创办了第一份西班牙语超现实主义杂志《磁石》。他们尝试"自动写作法"，探索梦的奥秘，参与超现实主义革命。但是，美洲的神奇、他们身上沉重的美洲包袱和他们试图表现美洲现实的强烈愿望，使他们最终摈弃超现实主义，扬起了魔幻现实主义的风帆。

卡彭铁尔宣称："我觉得为超现实主义效力是徒劳的。我不会给这个运动增添光彩。我产生了反叛情绪。我感到有一种要表现美洲大陆的强烈愿望，尽管还不清楚怎样去表现。这个任务的艰巨性激励着我。我除了阅读所能得到的一切关于美洲的材料之外没有做任何事。我眼前的美洲犹如一团云烟，我渴望了解它，因为我有一种信念：我的作品将以它为题材，将有浓郁的美洲色彩。"②

1943年，卡彭铁尔离开法国，赴海地考察，"不禁从重新接触的神奇现实联想起构成近三十年来某些欧洲文艺作品的那种挖空心思臆造神奇的企图。那些作品在布罗塞瑞安森林、圆桌骑士、墨林魔法师、亚瑟传这样一些古老的模式中寻找神奇；从集市杂耍和畸形儿身上挖掘神奇 [……] 或者玩把戏似的拼凑互不相干的事物以制造神奇 [……] 然而神奇是现实突变的产物，是对现实的特殊表现，是对现实状态的非凡的、别出心裁的阐释和夸大。这种神奇的发现令人兴奋至极。不过，这种神奇的产生首先需要一种信仰。无神论者是不能用神的奇迹治病的，不是堂吉诃德也不会全心全意地进入《阿马迪斯》或《白骑士》的世界"。在海地逗留期间，由于天天接触堪称神奇的现实，所以他深有感触。在这块土地上生活着成千上万渴望自由的人们，他们相信德行能产生奇迹。在黑人领袖马康达尔被处以极刑的那一天，信仰果然催化了奇迹：人们相信马康达尔变了形，于是死里逃生，逢凶化吉，令法国殖民者无可奈何。奇迹还衍生了一整套神话和

---

① Alegría："Carpentier y el realismo mágico"，*Humanidades*, New York, 1960, I, pp.38—51.

② Carpentier: *Confesiones sencillas de un escritor barroco*, La Habana: Revista Cubana, 1964, XXIV, pp.22—25.

由此派生的各种颂歌。这些颂歌至今保存在人们的记忆中，有的则已成为伏都教（又被贬称为"巫毒教"）仪式中不可缺少的一部分。"这是因为美洲的神话之源远未枯竭：它的原始与落后、历史与文化、结构与本原、黑人与印第安人，恰似缤纷的浮士德世界，给人以各种启示。"①

　　阿斯图里亚斯与卡彭铁尔不谋而合。因为，在反叛和回归中，阿斯图里亚斯发现了美洲现实的第三范畴：魔幻现实。他说："简言之，魔幻现实是这样的：一个印第安人或混血儿，居住在偏僻的山村，叙述他如何看见一朵彩云或一块巨石变成一个人或一个巨人……所有这些不外乎村人常有的幻觉，谁听了都觉得荒唐可笑，不能相信。但是，一旦生活在他们中间，你就会意识到这些故事的分量。在那里，尤其是在宗教迷信盛行的地方，譬如印第安部落，人们对周围事物的幻觉能逐渐转化为现实。当然那不是看得见摸得着的现实，但它是存在的，是某种信仰的产物［……］又如，一个女人在取水时掉进深渊，或者一名骑手坠马而亡，或者任何别的事故，都可能染上魔幻色彩，因为对印第安人或混血儿来说，事情就不再是女人掉进深渊了，而是深渊带走了女人，它要把她变成蛇、温泉或者任何一种他们相信的事物；骑手也不会因为多喝了几杯才坠马摔死，而是某块磕破他脑袋的石头在召唤他，或者某条置他于死地的河流在向他招手［……］"②

　　同时，超现实主义对他们产生的影响又是无可否定，并且至为重要的。它使他们发现了美洲神奇现实（也即魔幻现实）之所在。卡彭铁尔说："对我而言，超现实主义有着十分重要的意义。它启发我观察以前从未注意的美洲生活的结构与细节［……］帮助我发现了神奇现实。"③阿斯图里亚斯说："超现实主义是一种反作用［……］它最终使我们回到了自身：美洲的印第安文化。谁叫它是一个耽于潜意

　　① Carpentier: "Prólogo a *El reino de este mundo*", México: Fondo de Cultura Económica, 1949, pp.1—3.

　　② Lawrence, G. W.: "Entrevista con Miguel Angel Asturias", *El Nuevo Mundo*, 1970, I, pp.77—78.

　　③ Carpentier: *Confesiones sencillas de un escritor barroco*, p.32.

识的弗洛伊德主义流派呢？我们的潜意识被深深埋藏在西方文明的阴影之下，因此一旦我们潜入内心的底层，就会发现川流不息的印第安血液。"①

总而言之，卡彭铁尔和阿斯图里亚斯急流勇退，从欧洲回到美洲，为的就是这一方神奇（魔幻）的水土。

阿莱格里亚正是通过卡彭铁尔和阿斯图里亚斯的现身说法，使原本几近矛盾的魔幻现实主义（既是现实主义，如何又曰魔幻？）变得合情合理，无可挑剔。

此后，魔幻现实主义便自然而然地和美洲的土著文化、黑人文化联系在一起了。

但是，围绕魔幻现实主义的争论远未结束。首先，有人执意将魔幻现实主义和卡彭铁尔的"神奇现实主义"区别开来，认为前者的根是印第安文化，后者的源却是黑人文化。其次是有关作家如加西亚·马尔克斯对魔幻现实主义这个标签很不以为然。加西亚·马尔克斯一再声称，现实是最伟大的作家，他本人则是一名忠于现实的记者。他同时强调，在拉丁美洲五彩缤纷、光怪陆离、令唯美主义者费解的神奇现实面前，人们缺乏的恰恰不是幻想，而是表现这种超乎幻想的真实所需的常规武器：勇气和技能。为此，他反复列举拉丁美洲的神奇。他说在他的祖国哥伦比亚的加勒比海岸遇到过这么个离奇的场面：有人在为一头母牛祈祷，以医治它所患的寄生虫病。还有令他终生难忘的外祖母一家：在他童年的感觉知觉中，外祖母家充满了幽灵和鬼魂。他经常听到外祖母同鬼魂交谈。当他问她为什么这样做时，她总是不动声色地回答说，她诚所以如此是因为死去的人感到孤独难熬。为了表示对鬼魂的应有尊重和理解，外祖母还特地预备了两间空房，供他们歇脚。每当夜幕降临，外祖母便再也不许闲杂人等到那两间空屋去了。她嘱咐年幼的加西亚·马尔克斯早早上床安歇，以免不期然碰上闲散的幽灵、游荡的鬼魂。无独有偶，加西亚·马尔克斯的一位姨妈既不是行将就木，亦非病入膏肓，可有一天突然感到了

---

① Alvarez, Luis: *Diálogos con Miguel Angel Asturias*, México: Fondo de Cultura Económica, 1974, p.81.

死亡的降临，于是就关起门来织寿衣。当加西亚·马尔克斯问她缘何如此，她笑着说：为了死亡。虽然加西亚·马尔克斯当时还不谙世事，对此难以理解，但事情本身却给他留下了不可磨灭的印象。《百年孤独》中的许多细节便源于此。同时，为解释《族长的秋天》那"玄之又玄"的描写，加西亚·马尔克斯又常常列举为消灭政敌而下令杀死所有黑狗的暴君杜瓦列尔（Duvalier, Doc），因为政敌说他宁肯变成一条黑狗也不愿听任摆布；和为防止猩红热蔓延而活埋三万农民的独裁者马丁尼斯（Hernández Martínez, Maximiliano）；等等。①

再次是有人不甘落后，又相继发明了"结构现实主义"、"心理现实主义"、"社会现实主义"和"幻想派"等。②名目繁多，以示不相杂厕；纷纷扰扰，可谓旷日持久。

诚然，相当一部分作家和评论家依然故我，对由弗洛雷斯教授挑起的这场没完没了的论战熟视无睹。其所以如此，也许是因为魔幻现实主义等西班牙语美洲当代小说流派不同寻常：它们既无刊物、宣言，又无领袖、团体，却分别在某一时期形成了相当数量和具有相似审美品质、价值取向，以及相近的表现形式或类似题材的作家作品。这些作家作品所体现的倾向虽难上升为传统意义上的流派，却分明具有20世纪中期文学流派的显著特点：既各具主导倾向，又你中有我，我中有你。事实上，这也是时至今日有关魔幻现实主义等西班牙语美洲当代小说流派的商榷、甄别仍在继续的根本原因。

毫无疑问，理论上的商榷和有关名称的不胫而走对西班牙语美洲当代小说的传播与发展产生了一定的助推作用，也为西班牙语美洲当代小说赤橙黄绿青蓝紫杂然纷呈的烟花般的"爆炸"现象提供了可资借鉴的认知方式，尽管它们没有，也不可能有什么定论。

限于篇幅和近年来西班牙语美洲小说的现状以及魔幻现实主义、结构现实主义、心理现实主义、社会现实主义和幻想派可基本涵盖当

----

① 加西亚·马尔克斯：《拉丁美洲的孤独》。（"La soledad de América Latina"）Cf. *La soledad de América Latina*, Barcelona: Ediciones Originales, 1982, https://cvc.cervantes.es/actcult/garcia_marquez/bibliografia/pdf.

② Martín, José Luis: *La novela contemporánea hispanoamericana*, Puerto Rico: Universidad de Puerto Rico, 1973, pp.1—3.

代西班牙语美洲小说繁盛时期的几乎所有重要作家作品及其主要创作题材和内容、方法和形式，本编将仅限于上述五种流派的论述与评骘，从而不得不割舍影响较小或昙花一现、稍纵即逝的其他支流与浪花。

同时，鉴于上述主义、流派的特点以及国内外同人众说纷纭的现实，本著在涉及具体作家作品时，将根据具体情况有所甄别，有所自外，因此偏颇和失当在所难免，敬希读者见谅和指正。

第一节　早期

如果说20世纪是神话复归的世纪，那么西班牙语美洲的魔幻现实主义就是这一复归的毋庸置疑的佐证。前面说过，虽然魔幻现实主义不是传统意义上的文学流派，却不乏鲜明的群体化倾向。这个群体包括古巴作家卡彭铁尔、危地马拉作家阿斯图里亚斯、墨西哥作家鲁尔福和富恩特斯、秘鲁作家阿格达斯、委内瑞拉作家乌斯拉尔·彼特里、哥伦比亚作家加西亚·马尔克斯和智利女作家阿连德等等。[①]他们不谋而合、殊途同归，出色地表现了美洲的魔幻（神奇）现实。

不消说，魔幻现实主义既非超现实主义的赓续和变体，也不是现实主义的简单延伸和拓展，但又同二者有着割舍不断的关联。且不说开魔幻现实主义先河的阿斯图里亚斯和卡彭铁尔如何双双脱胎于超现实主义（尽管当时他们都还是无名之辈因而未被布勒东列入"绝对超现实主义"名单，尽管后来他们退出了这个欧洲文学运动并对它产生了反叛情绪），魔幻现实主义所表现的不正是超现实主义所孜孜以求的神奇吗？诚然，魔幻现实主义的神奇最终又不同于超现实主义的神奇。就像布勒东所说的那样，拉丁美洲是"天生的超现实主义乐土"。在那里，神奇俯拾即是，犹如家常便饭，无须煞费苦心地冥思苦想。

那么，什么是魔幻现实主义的神奇呢？这个问题历来是争论的焦点，稍有不慎就会进入误区。

---

① 以及巴西作家若昂·吉马朗埃斯·罗萨（Guimarães Rosa, João）等。

无论是卡彭铁尔还是加西亚·马尔克斯（甚至还有布勒东），都认为神奇是拉丁美洲现实的基本特征。尤其是加西亚·马尔克斯，固然一直不屑于魔幻现实主义这种"标签"，却一再强调拉丁美洲现实本身的神奇或魔幻。他说："我们的现实对文学形成了严峻的挑战[……]当我们谈起河流时，欧洲的读者也许会联想到多瑙河的涟漪，但很难想象出亚马孙河的波澜壮阔：从帕拉极目望去，巨浪翻滚，烟波浩渺，水天相连，无边无际。在我们写'暴风雨'的时候，欧洲人想见的至多是电闪雷鸣……然而，在安第斯山脉，暴风雨是一种世界末日。正如一个名叫雅维埃·马理米埃的法国人所说的那样，'没有亲眼见过这种暴风雨的人，怎么也不会对雷霆万钧之势形成概念。连续不断的闪电一道紧接着一道，犹如血红色的瀑布；隆隆的雷鸣在深山里久久回荡，直震得地动山摇'。这般描述远远称不上精彩，但它足以使最不轻信的欧洲人不寒而栗。"

他认为有必要创造一套新的话语体系以适应拉丁美洲的现实生活。他说，世纪初有位荷兰探险家在亚马孙河流域见过一条沸腾的支流，鸡蛋放进去几分钟就能煮熟。此人还到过一个地方，在那儿不能大声说话，否则就会引起一场倾盆大雨。凡此种种，不胜枚举。然而真正神奇的并非拉丁美洲的自然现象，而是生活在那里的人们。

他说，仅墨西哥这一个国家，就得用浩繁的卷帙来叙述它那令人难以置信的现实。"尽管我已经在那里生活了近二十年，还时常会几小时、几小时地望着盛放跳蹦豆的坛子出神。善于推理的好心人向我解释说，豆子之所以会跳舞是因为巫师在里面放了一条活虫。"

在加勒比地区，这类令人目瞪口呆的现象更是达到了登峰造极的地步。加勒比北起美国南邻巴西，地域辽阔，人种纷杂。在这个世界文明的交叉路口，形成了一种无拘无束的自由、无法无天的生活。在这里，人人可以为所欲为。一夜之间，强盗变成了国王，逃犯变成了将军，妓女变成了总督；反之亦然。

我生长在加勒比海岸，熟悉这里的每一个国家，每一座岛屿。也许正因为这样，我才如此力不从心、自叹弗如，总感到无论怎么搜肠刮肚、苦思冥想，也写不出半点儿比现实更令人惊奇的东西。因此，我力所能及的只是用诗的蹩足有意无意地移植现实而已。在我拼写的每一部作品中，每一处描述都有事实依据，每一句话都有案可稽。

我在《百年孤独》中写了使布恩迪亚一家祖祖辈辈忐忑不安的猪尾儿，便是这种移植的明证之一。我本来可以写任何一件事情，但我想来点儿别出心裁，于是写了个猪尾儿。我以为害怕生出个猪尾儿，是最不可能有偶合的。不料，小说刚开始为人所知，在美洲各地就有一些男人和妇女坦白承认自己也长有类似的多余物。在巴兰基利亚，一位青年向报界透露：他不但有一根与生俱来的猪尾巴，连经历也颇似我书中的人物。他说他一直瞒着别人，总觉得那是件十分丢脸的事情，直到读了《百年孤独》后才得以将秘密披露。他向报界所做的说明简直令人喷饭。他说道，"读了小说之后，我才知这是件很自然的事情"。①

诚然，在他构思《族长的秋天》的几乎整整十年中，他耗尽心血收集有关拉丁美洲独裁者的资料，唯一的愿望是使自己的作品尽可能少与现实相似、偶合。结果，"我的想法一次次落空：胡安·维森特·戈麦斯②洞察一切的本领比真正的未卜先知者还要胜过一筹。安东尼奥·洛佩斯·德·桑塔·安纳③劳民伤财，为安葬自己的一条断腿，举行了旷世隆重的葬礼。洛佩·德·阿吉雷④将他的一只断臂扔到河里，让人们为它举哀。断臂顺流而下，所到之处，都有官兵迎送。人们无不胆战心惊，生怕它还会挥舞屠刀。安纳斯塔西奥·索摩

---

① García Márquez: "Creaciones artísticas de América Latina y el Caribe", *Uno más uno*, México, 4 de Agosto de 1984.
② 委内瑞拉独裁者（Gómez, Juan Vicente, 1857—1935）。
③ 墨西哥独裁者（Pérez de Santa Anna, Antonio, 1794—1876）。
④ 西班牙殖民者（Aguirre, Lope de, 1510—1561）。

查·加西亚[1]在家里喂养猛兽，每个铁笼都分作两格，一格关猛兽，另一格关政敌"。[2]

他还说，在拉丁美洲，尤其是加勒比地区，最令人叹为观止的建筑常常不是别的而是监狱。1902年5月8日，位于马提尼克岛上的倍雷火山突然爆发，在短短的几分钟内将圣皮埃尔港夷为平地。熔岩烧死并埋没了该地的全体三万居民，唯独一人幸免于难，此人是个囚犯，被监禁在坚不可摧的牢房里。[3]

为此，加西亚·马尔克斯声称"现实是最伟大的作家"，他的任务是以谦卑的态度和尽可能完美的方式去贴近现实。

然而，拉丁美洲的神奇是有历史原因的。

拉丁美洲之所以神奇（魔幻）首先是由于它的"新"。"新大陆"被发现本身便充满了神奇色彩：它是哥伦布判断失误的结果，具有历史的偶然性。哥伦布相信，一直向西航行，遇到顺风，几天之内即可抵达西潘古或中国。然而，保险起见，他又尽量将距离估计得"比实际遥远"，认为日本和里斯本的最大航距为三千海里。这便是导向史上最大发现之一的建设性错误。他的航程当然不是几天，而是数月。因此，他是在粮断水尽、骑虎难下、完全绝望的情况下到达美洲——他所谓的"印度"的。

当哥伦布看到印第安人吸土烟抽大麻时好生惊讶，以为是什么宗教仪式，但因找不到贴切的表述方式，便想当然地对西班牙人说："印度人"整天叼着燃烧的草叶木棒烟熏火燎。尔后，在纷至沓来的殖民者眼里，美洲成了名副其实的"新大陆"，一切都是那么扑朔迷离、难以名状。他们只能用手指指点点，或张冠李戴、牵强附会，拿毫不相干的事物比附一番。当他们在"新西班牙"（即今墨西哥）境内连续发现数条大河时，便想到了多瑙河与尼罗河，竟毫不犹豫地以"格兰得"（意为"大河"）、"拉尔戈"（意为"长江"）等分别命名。殊不

417

---

① 尼加拉瓜独裁者（Somoza García, Anastasio, 1896—1956）。

② García Márquez: "Creaciones artísticas de América Latina y el Caribe", *Uno más uno*, México, 4 de Agosto de 1984.

③ Idem.

知真正的大河、长江还在后面。于是乎巴西境内的亚马孙河便理所当然地成了河海。

与此同时，"新大陆"又因其新而为幻想提供了纵横驰骋、无所羁绊的空间。真真假假，虚虚实实，无奇不有，无所不能。且不说女妖之类的玄想，亦不论龙蛇之类的传说，西班牙殖民者和形形色色的冒险家就有过多少令人叹为观止的故事，做过多少异想天开的美梦。其中，"黄金国"的传说是最具代表性的，它对"新大陆"乃至全世界都产生了极其深远的影响。为了寻找这个令人神往的"国度"，贡萨罗·西梅内斯·德·盖萨达（Jiménez de Quesada, Gonzalo）率兵征服了哥伦比亚并对它进行了旷日持久的疯狂洗劫；弗朗西斯科·德·奥雷亚纳（Orellana, Francisco de）发现了亚马孙河的源头并自上而下，进行了同样疯狂的漂流探险。后来，有人在卡塔赫纳出售的鸡胗里发现了大量金粒，又在旧金山和中南美洲发现了特大金矿，于是"黄金国"的神话再次不胫而走，风靡西班牙、葡萄牙和整个世界，令亿万人废寝忘食，如痴如狂。

和"黄金国"的传说一脉相承的"瓜乌特莫克宝藏"也一直使旧世界魂牵梦绕，欲罢不能。据说，印卡帝国为了向阿兹台卡的瓜乌特莫克赎回被捕的印卡阿塔瓦尔帕，派出了数十个驮队，共一万一千余头满载着金银珠宝的大羊驼，但它们从未抵达墨西哥山谷。

正是这种幻想与现实的交织、重叠，使"黄金国"的传说继续搅乱人心。直到19世纪末，还有人远涉重洋，来美洲探险寻宝，以至于负责巴拿马地峡铁道工程的德国工程师不乏讽刺地说，只要铁轨不用当地的稀有金属（铁）而改用金子铸造，这项工程可望提前告成。

还有令更多英雄豪杰和凡夫俗子梦寐以求的"永葆青春泉"。传说此泉水不仅能驱邪治病、延年益寿，而且能解忧消愁、返老还童。为了寻找这口仙泉，西班牙殖民者阿尔瓦罗·努涅斯·卡贝萨·德·巴卡（Cabeza Nuñez de Vaca, Alvar）率部由墨西哥南下，在中南美洲辗转十余年，损兵折将不计其数。在一次神秘的探险中，远征队伍断了炊，发生了人吃人的恐怖事件，原来的六百多人一下死了大半，最后只有五人侥幸生还。

旧梦未圆，新梦又生。令人费解的是至今仍有人相信"黄金国"的存在。

诚然，美洲本是一块古老神奇的土地，千百万印第安人在这里繁衍生息。他们以自己的勤劳和智慧创造了光辉灿烂的土著文化。早在公元前两千五百年，美洲就产生了奥尔梅卡前古典时期文化。公元前一千年左右，发展了农业，开始种植玉米、土豆等作物。公元前七百年至一千年，中南美洲的玛雅文化、萨波台卡文化、托尔台卡文化、米斯台卡文化和南部美洲的印卡文化出现第一个鼎盛期，无论在天文还是建筑，数学还是农业等诸多方面，较之同时期欧洲大陆都毫不逊色。到了公元15世纪，也即哥伦布发现"新大陆"之际，阿兹台卡建成了规模宏大的特诺奇蒂特兰城（即今墨西哥城前身）。它不仅拥有十五万居民（超过了当时欧洲最大的都市塞维利亚和伦敦），而且具有堪与马德里大教堂相媲美的蔚为大观的神庙和金字塔建筑群。

此外，与世隔绝使印第安文化传统、宗教信仰和风俗习惯与"旧世界"大相径庭。因而，对于"旧世界"来说，美洲文化充满了神奇色彩。反之，对印第安人而言，欧洲文化更有其不可思议之处。他们的帆船、骑兵、火枪、甲胄等等，无不使印第安人望而生畏。譬如西班牙骑兵，所到之处，不是被奉若神明，便是被当作妖魔。因为在印第安人看来，他们所向披靡，法力无边。

当然，真正神奇的还是印欧两种不同文化的并存与混合。其代价是高昂的：印第安文化遭到了严重破坏，留下的只是残缺不全的记忆、难以卒读的碑铭和数不胜数的谜中之谜，如金字塔之谜、太阳门之谜、大沙鸟之谜等等以及由此产生的神奇传说。因此，早在16世纪，一个神奇、疯狂、种族混杂的拉丁美洲已见端倪。

摆脱西、葡殖民统治而获得独立也没有使拉丁美洲脱离癫狂状态。一方面，走马灯似的战争不断轮回，此消彼长、纷至沓来的封建寡头更是把拉丁美洲弄得乌烟瘴气；另一方面，一个文盲充斥的小国居然产生了开创西班牙语诗风的一代唯美主义大师（鲁文·达里奥）；一个遍地乞丐的岛国竟然养育了令同时代所有正直文人崇敬的伟大思想家（何塞·马蒂），后者的人生观、艺术观将和他的名字一起载入史册。而今，在这方神奇的土地上，现代和远古、科学和迷信、电子和神话、摩天大楼和史前状态相交织：一边是两千万人口的泱泱都市，一边是赤身的各色土著；一边是互联网，一边是护身符。

请不要以为这是地区主义的邪念。不是的。诚如前面所说，拉丁美洲发展到这步田地，自有其鲜明的历史文化原因。加西亚·马尔克斯也曾声称拉丁美洲"受各方影响，是由全世界的渣滓汇集而成的"。当然，这是极而言之，其激愤和悲壮不言而喻。

在许多人（包括国内学者）看来，这些（或者还有怪力乱神）乃是拉丁美洲的神奇所在，是魔幻现实主义的表现对象。其实不然。因为综观魔幻现实主义作品，有关作家所浓墨重彩表现的显然大都不是这类浅显的自然和社会生态。当然，魔幻现实主义更不是弗洛雷斯教授所说的幻想小说，或所谓的"幻想加现实"。魔幻现实主义表现真实，这一点毋庸置疑，就像一位访问过拉丁美洲的美国女作家所说的那样，"看上去神奇、虚幻，事实上却是拉丁美洲现实的基本特征"。[1]

换言之，真固然是美的关键，却并不等于美。黑格尔说过，"从一方面看，美与真是一回事。这就是说，美本身必须是真的"；但是"从另一方面看，说得更严格一点，真与美却是有分别的"。[2]这是因为艺术的美具有两重性，"既是自然的，又是超然的"；[3]它不是罗列现象、对自然进行琐碎浅显的描写，而是去粗存精，进行本质的、审美的把握和反映，既揭示现实的关系又具有细节的真实，也就是所谓的艺术源于生活又高于生活。正因如此，现实主义美学原则才具有鲜明的历史具体性和超越性。

那么，魔幻现实主义的魔幻现实究竟是什么呢？

它是拉丁美洲的集体无意识，是现实状态所蕴含或潜藏的神话-原型及其所呈现的神奇镜像：原始与落后、愚昧与畸形。

魔幻现实主义最早可以追溯到20世纪30年代。它起始于西班牙

① Flores: *Op. cit.*, pp.189—190.
② 黑格尔：《美学》第一卷，朱光潜译，北京：商务印书馆，1979年，第124页。
③《歌德谈话录》，朱光潜译，北京：人民文学出版社，1978年，第6页。

语美洲作家对美洲本原中的血脉——印第安文化和黑人文化的再发现、再审视。

阿斯图里亚斯的《危地马拉传说》堪称魔幻现实主义的开山之作。阿斯图里亚斯无疑是拉丁美洲作家中最先关注拉丁美洲文化特性和民族精神的先行者之一。他生长在印第安人聚居的危地马拉，童年是在印第安村落度过的，说玛雅-基切语先于西班牙语。后来他回到了代表文明的都市，但依然与印第安人过从甚密。他的学士论文便是关于印第安村社问题的调研报告。那是1922年初。此后，阿斯图里亚斯赴法国深造并求教于人类学家，不久翻译了玛雅-基切神话《波波尔·乌》。

《危地马拉传说》是阿斯图里亚斯的处女作。初出茅庐的阿斯图里亚斯一鸣惊人，向文明、安逸的欧洲人显示了一个沸腾的蛮荒世界，一种波谲云诡、五光十色的原始生活。小说结集出版后不久即被译成法文并获1932年西拉-蒙塞居尔奖。法国诗人保罗·瓦莱里对其赞赏有加。

《危地马拉传说》的开篇之作《火山的传说》是写火山的。它以玛雅-基切对不可战胜的自然现象的神话想象为契机，写它的形成、爆发、死亡……《火山的传说》是一篇散文体小说，富有玛雅-基切神话的基本元素。在玛雅-基切神话中，火山是山神显圣的结果，火山爆发是神对人类罪恶的惩罚。作者把《火山的传说》写成两山对峙，显然是为了揭示两种文化（印第安文化和西方文化）的矛盾冲突。印第安文化经历了产生、发展、兴盛、衰落，最后虽死犹存，一如寿终正寝的卡布拉坎，被西方文化（"胡拉坎"，与"飓风"谐音）的云雾所湮没。

《危地马拉传说》的另一篇力作《库库尔坎》同样取材于玛雅-基切神话，但又并不拘泥于神话。在古老的玛雅神话中，库库尔坎（"Kukulcán"也即"羽蛇"）是主宰空气之神（或宇宙之神）。她用瑰丽多彩的蜂鸟羽毛作装饰，早晨呈红色，中午呈金色，晚上呈黑色；她秉性谦逊慈和，所以深受人们的爱戴。但后来她衰老了。这时，一个叫瓜卡马约（意日"鹦鹉"）的骗子乘虚而入。他高视阔步，横行霸道，千方百计地诋毁和抹杀库库尔坎，喋喋不休地夸耀自己是救世主，是照亮世界万物的太阳。然而，无论怎样，信奉库库尔坎的人们依然信奉库库尔坎。他们祭祀她、怀念她、呼唤她、传唱着由此派生的不朽颂歌。

总之，揭示两个种族、两种文化交锋和并存以及由此派生的美洲现实生活的复杂精神内容，是《危地马拉传说》的主旋律。由于阿斯图里亚斯的作品从头到尾充满象征性、寓言性和神话色彩，自然与当时西班牙语美洲文坛反映印第安人疾苦的土著主义小说形成了强烈的反差。

《危地马拉传说》出版后不久，阿斯图里亚斯便着手写他的第一部长篇小说《总统先生》并很快完成了初稿。但是由于政治原因，这部不可多得的杰作十数年之后才得以面世。1946年，《总统先生》在墨西哥出版后，立刻引起轰动。小说赋予人们熟悉的反独裁主题以奇妙的神话意境，从一开始就把读者引入了梦魇般的氛围。先是教堂的钟声拉开了作品的序幕，芸芸众生在它的回声中进入梦魇。总统先生是梦魇的中心，是主宰这个黑暗世界的托依尔（玛雅–基切神话中的魔鬼）。神话、幻觉、梦境和现实水乳交融，难分难解。譬如在作品第三十七章中总统召见安赫尔将军一节，安赫尔将军面如土色，心中忐忑不安。他静静地聆听着，未知等待他的是福是祸。这时，窗外传来了阵阵鼓声，四个祭司出现在庭院的四角，篝火燃起来了，鼓声震天动地。紧接着，一队印第安人踩着鼓点祈求托依尔神的宽恕。最后，安赫尔将军果真像远古部落的武士那样，成了总统先生的牺牲品。

在阿斯图里亚斯看来，独裁者的世界也即神的世界。时至今日，在拉丁美洲，尤其是在危地马拉这么一个贫穷落后、文盲充斥的中美洲小国，主宰万物、阐释一切的不是别的，而是神话。酋长、总统是人们心目中的神明，尤其在印第安人眼里，他们是同一回事。这就是拉丁美洲的原始与落后，也是拉丁美洲专制统治赖以生存的重要原因之一，具有深刻的文化内涵，决定了《总统先生》的与众不同：恶性循环。

与此同时，古巴作家阿莱霍·卡彭铁尔从加勒比黑人文化切入，创作了《埃古·扬巴·奥》。

卡彭铁尔生长在黑人聚居的加勒比岛国，这是他借以了解美洲社会、历史和文化的本钱。早在40年代，他就对拉丁美洲作了区域划分。他把最南端的阿根廷、智利、乌拉圭等国称作欧洲文化区，把中南部洲和墨西哥称作印第安文化区，把加勒比地区和巴西称作黑人文化区，认为三者的最大区别在于"南端的相对理性"，"中部的相对神奇"，以及"加勒比的神奇加巴洛克"。

《埃古·扬巴·奥》第一部分写梅内希尔多的童年时代，展示了黑人文化对主人公的最初影响：刚满三岁，梅内希尔多被爬进厨房的蜥蜴咬了一口。照料了四代人的家庭医生老贝鲁阿赶紧在茅屋里撒一把贝壳，然后用亲手调制的黏稠的药膏在他肚皮上胡乱涂抹一番，末了坐在孩子的床头上向着"公正的法官"（神主）喃喃祷告。第二部分是主人公的少年时代，写他如何从一个少不更事的"族外人"变成一个笃信宗教的"族内人"。第三部分叙述他为了部族的利益，不惜以身试法。结果当然不妙：他不但身陷囹圄，受尽折磨，而且最终死于非命。与此同时，黑人无视当局的规定，在化装成魔鬼、秃子、摩尔人和光屁股荡妇的"先行者"引导下，敲响了鲁古米、贡戈和阿拉拉，跳起了贡比亚和长蛇舞：

> 妈咪，妈咪，咚咚咚；
> 蛇要吃我，蛇要吃我。
> 妈咪，妈咪，咚咚咚；
> 蛇要吃我，蛇要吃我……
> 快跑，快跑，这是我们的自由。[①]

在《一个巴洛克作家的简单忏悔》中，卡彭铁尔对《埃古·扬巴·奥》一书的创作思想进行了概括，他说："当时我和我的同辈'发现'了古巴文化的重要根脉——黑人 […] 于是我写了这部小说，它的人物具有相当的真实性。坦白地说，我生长在古巴农村，从小

---

① https://www.icooolps.info/ecue-yamba-o-56.html/pdf.

和黑人农民在一起。久而久之，我对他们赖以生存的宗教仪式产生了浓厚兴趣。我参加过无数次宗教仪式。它们后来成了小说的'素材'。""我发现作品中最深刻、最真实、最具世界意义的，都不是我从书本里学来的，也不是我在以后二十年的潜心研究中得出的。譬如黑人的泛灵论、黑人与自然的神秘关系以及我孩时以惊人的模仿力学会的黑人祭司的种种程式化表演。从此往后，我愈来愈怀疑当时流行的那些东西会是真正的美洲文学。"①

1949年对于魔幻现实主义小说至关重要。卡彭铁尔的《人间王国》、阿斯图里亚斯的《玉米人》和委内瑞拉作家乌斯拉尔·彼特里的《三十人及其影子》（*Treinta hombres y sus sombras*）的同时出版，标志着魔幻现实主义（虽然当时还不用这个名称）已经鸣锣开张，扬帆起航。

《人间王国》主要由人物内心独白构成，但所述内容仍具有鲜明的历史真实性。众所周知，自1697年西班牙和法国缔结里斯维克和约起（将海地岛的西半部划归法国），大批黑人被廉价卖到这里，充当奴隶。1757年，海地黑人发动了第一次武装起义。1790年，黑人第二次武装起义，要求执行法国国民议会的决定，一视同仁地给数以万计的海地黑人以平等自由。1791年8月中旬，黑人第三次武装起义，对法国殖民者实施种族报复。同年9月，海地黑人第四次大规模武装起义，揭开了拉丁美洲独立革命的序幕。1794年至1799年，起义军由西向东挺进，先后击溃了岛上的法国和西班牙军队。1801年，起义军召开会议，制定宪法，宣告奴隶解放、海地独立。1803年，法国宣布放弃海地。海地颁布《独立宣言》，成为拉丁美洲第一个独立国家。翌年，海地政府成立，克奎斯一世（Jacques I）独揽大权，自立为王。前者遇刺后，亨利·克里斯托夫重蹈覆辙……

可见小说基于史实，又不拘泥于史实，对历史细节作了重要取舍：写了1757年的马康达尔起义和1791年的布克曼（Buchman）起义，放弃了1790年的黑人暴动和世纪末的反西抗英战争；写了亨

① Carpentier: *Confesiones sencillas de un escritor barroco*, La Habana: Editorial Nacional de Cuba, 1964, pp.33—34.

利·克里斯托夫，放弃了克奎斯一世。

这些取舍貌似偶然，其实是作家匠心所在。因为他刻意依傍的并非海地历史。历史对于他只不过是必不可少的背景。他所需要的是超乎历史的加勒比神奇。诚如卡彭铁尔在"序言"中所说的那样，"神奇是现实突变的产物，是对现实的特殊表现，是对现实状态的非凡的、别出心裁的解释和夸大。这种神奇的发现令人兴奋至极。不过这种神奇的产生首先需要一种信仰"。也就是说，"神奇"者并非客观现实（历史），而是某种信仰，是信仰对现实的表现、阐释或夸大。

在《人间王国》中，海地现实（或者史实）毫无神奇可言，神奇的是黑人文化，是伏都教信仰。马康达尔是其中的关键人物，在作品中着墨极多。他不仅是海地黑人领袖和两次武装起义的发动者，而且武艺高强、身怀绝技。为此，法国殖民者一直把他视作眼中钉、肉中刺。为了逃避敌人的追捕，马康达尔不得不常常隐姓埋名，远走他乡。这是作品的客观层面。作品的另一个层面是黑人同胞对他的非凡的、别出心裁的阐释和夸张，是信仰的产物。黑人同胞相信，马康达尔之所以成为他们的领袖是因为他不同凡响：他会变形，能长出翅膀飞翔；他不食人间烟火，却富有人间真情。即使是在马康达尔被处以火刑、化为灰烬之后，海地黑人仍坚信他永生不灭。他们既不悲伤也不胆怯，因为他们"看见"马康达尔挣脱枷锁，在烈火中自由地飞翔、升腾，然后神不知鬼不觉地回到这个世界，消失在黑人之中。"当天下午，黑人们兴高采烈地返回各自庄园。马康达尔的诺言再一次兑现，他重新回到了人间王国。"

诚然，在这个问题上，白人的看法是截然不同的："马康达尔受刑时，莱诺尔曼·德·梅西先生正戴着睡帽，同他的夫人、一位虔诚的天主教徒谈论黑人的麻木不仁并由此推论出关于种族优劣的哲学观点，准备旁征博引，做一场雄辩的拉丁文演说。"

不少评论只注意到马康达尔的变形，并以此认为卡彭铁尔的神奇是一种艺术虚构，是对卡夫卡的摹仿。殊不知神奇者不在于变形，而在于信仰。通观小说演进脉络，无论是马康达尔的变形还是升天、复活，都是信仰的产物、偶像崇拜的产物，用今天神话-原型批评的话说，是黑人集体无意识的宣达。梅西先生从理性主义的角度看马康达尔的死亡，怎能不认为黑人"麻木不仁"？而黑人之所以"兴高采烈"却是因为他们"看到了"马康达尔的"复活"。这两种世界观的对立愈明显、反差愈强烈，就愈显示出黑人文化的魔幻和玄妙。

海地黑人笃信伏都教，他们的认知方式具有明显的原始宗教色彩。与其说卡彭铁尔（马康达尔）的变形术和卡夫卡衣钵相传，不如说它和塞万提斯（堂吉诃德）的"障眼法"一脉相承。堂吉诃德读骑士小说入了迷，得了骑士疯魔症，一看见草原上旋转的风车，就以为是罪恶的巨人在向他挑战，不能不横枪跃马、冲过去拼个高低。在一旁观看的桑丘对主人的行为煞是费解。他明明看到主人攻打的不是巨人而是风车。显然，堂吉诃德的巨人只是风车在他头脑中的镜像。不消说，卡彭铁尔摆在读者面前的同样是"风车/巨人"两种现实：历史/客观现实和人物/主观现实。

客观现实之为客观（巴尔加斯·略萨称之为"真正的现实"），是因为它是不以人们的意志为转移的客观存在；而主观现实则是前者在主体头脑的折光反映，它既可能是逼真的，也可能是失真的和扭曲的。《人间王国》是一支由现实和意识（集体无意识）谱写的交响曲，一开始就借人物蒂·诺埃尔奇妙的内心独白对现实进行了"别出心裁的阐释"：

> 在非洲，国王是武士、猎人、法官和祭司，其宝贵精液让成千上万善男信女孕育强盛家族的英勇子孙。然而，在法国、在西班牙，国王只知道发号施令，由别人去替他打仗卖命，自己则无力解决争端，还要忍受修道士的责备。至于精力，他们只能生育一两个懦弱无能的王子［……］可是在那里，在伟大的非洲，王子们个个结实得像铁塔，像豹子。[①]

---

① Carpentier: *El reino de este mundo*, La Habana: Editorial Letras Cubanas, 1979, pp.60—61; 下同。

同样，索里曼对保利娜雕像的异乎寻常的感觉神奇得足以让最麻木、最不轻信的读者怦然心动：

> 索里曼摇摇晃晃地走过去，惊诧感使他如梦初醒。他认得那张脸，那个人。他不禁浮想联翩。突然，他贪婪地、全神贯注地抚摸了她，掂了掂那对丰满匀称的乳房［……］然后曲动腰杆儿，顺着她的腿肌、筋根给她做全身按摩。冷不防，大理石的阴冷刺疼了他的手腕，他惊叫一声，本能地缩回了身子。血液在他身上打滚……在淡黄色灯光的辉映下，这尊雕像变成了保利娜·波拿巴的胴体，一具刚刚僵硬的美丽尸体，也许还来得及使她复苏。

这里没有栩栩如生、惟妙惟肖之类的词汇，有的只是人物的神奇感觉，它使保利娜·波拿巴的雕像变成了"一具刚刚僵硬""也许还来得及"复苏的"尸体"。

人们对客观事物的理解或多或少带有主观色彩。这种主观色彩的形成当然不仅仅是话语，而且还有生活生产方式和经济文化环境等诸多因素。在卡彭铁尔看来，海地黑人的感觉知觉和充满原始宗教色彩的伏都教思想（泛灵论）固然不可避免地表现了海地黑人的原始与落后，但它们毕竟是事实，是美洲文化的重要组成部分，反映了殖民地时期海地黑人的集体无意识，具有悠远的非洲文化基因。

（1）苔贡传说

苔贡本是盲人伊克之妻。有一天，苔贡突然失踪，从此音讯杳无。可怜伊克四处寻找，历尽千辛万苦，后来终于在卖酒郎的帮助下找到了她。喜悦使他神奇地复明。然而在他眼前的唯有草木山峦。原来，他的妻子早已"脱胎换骨"，变成了高不可攀的苔贡山。绝望的伊克借酒浇愁，喝得酩酊大醉，最后和卖酒郎一起被控"贩酒害人"，锒铛入狱。

此后不久，玛雅青年伊拉里编了个爱情故事，大伙儿听了都说这个故事是实际存在的，就像苔贡和伊克一样。伊拉里感到莫明其妙，但转而一想，只当人们无知，不懂得区别故事与真实。然而，当他第一次翻越苔贡山时，奇迹出现了。他突然发现这山果然不陌生，山上的动物也纷纷向他点头致意，如入仙境一般。他终于恍然大悟：在人间王国，现实与幻想、人类与自然相互依存，不分彼此。

(2) 尼乔传说

尼乔是玛雅人重返森林后的第一位信使，肩负着消除孤独、打破封闭的神圣使命。然而，当他带着部落的希望和嘱托离开森林的时候，一群野狗围住了他，仿佛对他说："别走啊，别走！"他有生以来第一次感到奇迹的真正含义，顿时进退两难，不知所措。经过一番彷徨犹豫，他终于撕毁了信件，变成野狗（他的属相），并永远地回归自然。

玛雅人管属相叫纳瓦（nahual），它是命中注定的，就像我国古人用以代表十二地支而拿来记人出生年份的十二生肖。在玛雅人这儿，它常常是人们生平遇到的第一种动物。

毫无疑问，苔贡失踪象征着玛雅人丧失了赖以生存的土地，她变成高不可攀的山脉象征着玛雅人可望而不可即的古老土地。此外，伊克和卖酒郎的被捕象征玛雅人完全游离于现代经济生活，而尼乔的消失与变形则分明意味着玛雅人的孤独以及他们与现代社会的格格不入。

凡此种种，无不充满了古老神话的艺术魅力。

与《人间王国》和《玉米人》同时发表的《三十人及其影子》是乌斯拉尔·彼特里的一部短篇小说集。其中的大部分篇什都由印第安神话传说点化而成。譬如关于一座印第安村庄的故事，叙述一个叫贝尼塔的印第安妇女的不幸早逝。小说用冷静的笔调，展示了生活在委内瑞拉穷乡僻壤的印第安人的原始与无奈。贝尼塔突然腹疼难忍，生命垂危。她丈夫达米安和众乡亲心急如焚却束手无策。这时，村里的老人推论说，贝尼塔的病与"十二角鹿"的出现有关。因为，在古老的苏尼神话中，鹿神司牺牲，所以鹿的出现是不祥之兆，小说结束时，贝尼塔在众人的祷告声中死去，"十二角鹿"被绝望的达米安击毙。

总而言之，早期魔幻现实主义作品多直接表现印第安人或黑人的神话传说及其赖以生发和延续的社会现实、历史语境，反映了一代西班牙语美洲作家对美洲黑人和印第安土著文化的浓厚兴趣以及他们对美洲历史文化本原的深刻反思。

第二节　中期

五六十年代是魔幻现实主义的鼎盛时期。墨西哥作家鲁尔福和富恩特斯，秘鲁作家阿格达斯，哥伦比亚作家加西亚·马尔克斯等纷纷加入这一阵营，为魔幻现实主义注入了新的活力。

在富恩特斯笔下，印第安神话仍具有强大的生命力。他在《戴面具的日子》中或借古喻今或发思古之幽情甚至厚古薄今地"玄而又玄"，使人不能不慑服于印第安诸神的"魔力"。《戴面具的日子》指阿兹台卡王国的最后五日，源自墨西哥现代诗人何塞·胡安·塔勃拉达的诗章：

> 石的日历，
> 年月日谱写的无声赞歌；
> 古老的神话，
> 永恒的幽灵……
> 花的岁月中可怕的征兆；
> 苍白的夜色，
> 空洞的骷髅……
> 终于是最后的日子——
> "内蒙特米"；
> 戴面具的日子。①

---

① Tablada: *De Coyoacán a la Quinta Avenida – Una antología general*, México: Fondo de Cultura Económica, 2007; https://www.descargalibros.club/de-coyoacan-a-la-quinta-avenida/pdf.

和富恩特斯一样，阿格达斯的早期作品闪耀着古代美洲的神话之光，但在发表于1958年的代表作《深沉的河流》（Los ríos profundos, 1956）中，对混血文化的思考占了主导地位。阿格达斯是典型的印欧混血儿，生长在两个种族、两种文化的交叉路口——秘鲁农村。他从小耳濡目染，对拉丁美洲的混血文化有深切了解。《深沉的河流》写一个混血少年的心理活动，具有鲜明的自传色彩：埃内斯托的父亲是白人，母亲是印第安人。埃内斯托出生后不久，母亲离开了人世，父亲又弃他而去；他是在印第安养母的照拂下长大的，从小受印第安文化的熏陶，满脑子净是古老的传说和那些关于山峦、巨石、河流、湖泊的故事。后来，当父亲强迫他离开印第安人到省城接受教育时，他才十四岁，印第安人的血液像"深沉的河流"在埃内斯托身上涌动，"仿佛要将他身上的另一半血液逼出血管"。他被带到了一所戒备森严的教会学校。教士们殚精竭虑，向他灌输西方文化，可他一心向往的却是被称为"异端邪说"的印第安神话世界：万能的蛇神、善良的河妖等等。作品结束时，埃内斯托已经具有明显的双重人格，两种文化分别统治着他的社会生活和内心世界。这是痛苦的合并、矛盾的分裂，无数人为此付出了代价。其中，作者的自杀就与此不无关系。

　　顺便说一句，和阿格达斯一样，巴西作家吉马朗埃斯·罗萨一半是基督徒，一半是印第安人，甚至还是个神秘主义者和佛教徒，颇有些仙风道骨。用路易斯·哈斯的话说，他是个直觉主义者，相信古老的万物有灵论；同时又是个理性主义者，受过正统的西方教育；他是个学者，但"也会像巫师那样连连祈祷"。[1]没有第二个作家能像吉马朗埃斯那样了解巴西腹地居民的混杂性。他笔下的腹地居民仿佛徘徊在光明与黑暗之间的候鸟，同时处于图腾制极盛时期的印第安文化和现代基督教文化的碰撞与化合之中。

　　在50年代的魔幻现实主义作品中，鲁尔福的《佩德罗·巴拉莫》堪称经典，它对墨西哥混血文化的表现达到了炉火纯青的地步。胡安

---

① Harss, Luis: *Los Nuestros*, Buenos Aires: Editorial Sudamericana, 1966, p.171.

因母亲临终嘱咐，千里迢迢到科马拉寻找父亲。途中，他遇到了一个叫阿文迪奥的年轻人，打听的结果是"佩德罗已经死了好多年了"。来到科马拉后，有个叫爱杜薇海斯的老人对他说，阿文迪奥也是佩德罗的儿子，而且已经死了好多年了。胡安将信将疑，继续打听父亲的消息。不久，胡安又听说爱杜薇海斯也已经死了好多年了，真是活见鬼！最后，胡安找到了母亲生前好友多罗脱阿。这时，胡安也已经去世了，和多罗脱阿埋在一起。于是，作品的原逻辑和原时序消失了，接下来读者恍然醒悟：原来这一切都是胡安与多罗脱阿的墓中长谈和各色幽灵游魂的低声细语。科马拉早已不复存在。现在的科马拉满目疮痍，万户萧疏，遍地荒冢，幽灵出没。

胡安是个异邦亡灵。小说开篇第一句说："我到科马拉来，是因为有人告诉我，说父亲在这里。他是个名叫佩德罗·巴拉莫的人。这还是我母亲对我说的呢。我答应她，待她百年之后，我立即来看他。"作者之所以选择胡安为主要叙述者，是因为他带来了母亲的回忆：一个蜂蜜味儿的、面包香的、充满生机的科马拉，它与胡安亲睹的衰败凄凉、死气沉沉的科马拉适成强烈对照。母亲说，"过了洛斯科里莫脱斯港，就是一片美景；绿色的平原点缀着成熟玉米的金黄。从那里就可以看到科马拉。夜色把土地照得泛出银白"。在她的记忆中，科马拉是世上最美丽、最幸福的村子，"绿油油的平原，微风吹动麦秆，掀起层层麦浪。黄昏，雨丝蒙蒙，村庄沉浸在面包散发的蜂蜜芳香之中［……］""每天清晨，牛车一来，村庄就颤动起来。牛车来自四面八方，装着硝石、玉米和青草。车轮发出吱吱咯咯的声音，把人们从睡梦中叫醒。家家户户打开炉灶，新烤的面包发出了香味。这时，也可能会突然下起雨来，可能是春天来了。"但是胡安见到的是一个炼狱般的科马拉：除了断垣残壁和杂草丛生的坟冢，就是不绝于耳的低声细语，"一种窃窃私语，犹如某人经过时对我咿咿唔唔地议论着什么，又像是虫子在我耳边嘤嘤嗡嗡地叫个不停"。[①]

总之，胡安的回忆勾勒出了科马拉的一头一尾，而多罗脱阿的记

---

① 鲁尔福：《佩德罗·巴拉莫》，屠孟超译，南京：译林出版社，2016年版，第1—90页。

忆则只是她心目中的佩德罗·巴拉莫。作品的核心内容是聚散或游离于二者之间的"窃窃私语"：众灵的记忆。

> "我听见了喃喃的声音。"（胡安）
> "这声音是从远处传来的……这是男人的声音。问题是这些死了太久的人一受到潮气的侵袭就要翻身，就会醒来。"
> （多罗脱阿）

由于小说选择了客观时空之外的鬼魂世界，叙述角度的转换、叙述者的变化便不再需要过门儿，也"不再是件令人头痛的事情"（鲁尔福语）。而从内容的角度看，阴魂亡灵强化了战后墨西哥农村万户萧疏鬼唱歌的悲凉气氛，同时深层次地揭示了墨西哥文化的印欧混杂、多元发展：一边是现代都市，一边是原始村寨；一边是基督教，一边是死人国……

死人国又称"米特兰"（Mictlán），与天庭相对应，但又不同于基督教的地狱。它没有黑暗，没有痛苦，是一种永久的存在，因此它并不可怕。然而，从人间到"米特兰"有一段漫长的路程，为使死者不至于挨饿，必须用大量食品陪葬、祭祀。这种信仰（或者说是传统）一直自阿兹台卡王国延续至今。正如奥克塔维奥·帕斯所说的那样，"墨西哥人并不给生死划绝对界线。生命在死亡中延续"。[1]

类似的作品还有很多，像巴拉圭的罗亚·巴斯托斯、多米尼加的胡安·包什等都对美洲混血文化有出色的展现。

与此同时，阿斯图里亚斯依然在这片神奇的土地上辛勤耕耘。

阿斯图里亚斯在暴露社会黑暗如鲠在喉、不吐不快的同时，仍不遗余力地表现美洲的神奇。在《混血女人》中，他重写了"扁桃树师傅的传说"这一把灵魂卖给魔鬼的古老传说。魔鬼变成了美国人塔索尔，魔鬼的同伙是位爱财如命的混血姑娘，她引诱可怜的土著老人尤

---

① Paz, Octavio: *El laberinto de la soledad*, México: Fondo de Cultura Económica, 1959, pp.1—59.

米出卖老伴尼尼罗赫。在这部作品中，除却魔鬼及其帮凶，人物多处于浑浑噩噩的蒙昧（或懵懵懂懂的梦游）状态。在另一部以20世纪为背景的作品《珠光宝气》中，主人公是个笃信鬼神的孤儿，大家都说他是"巫师投胎"。然而，在《镜子》中，他又回到了危地马拉的传说：既有戴羽毛的印第安酋长，也有17世纪西班牙传教士；两种文化在这里交叉融合成了今天这样一个疯狂、畸形、矛盾百出的拉丁美洲。

综上所述，50年代以后魔幻现实主义作品的显著特点是对文化混杂性的总体把握，因此深层次、全方位的历史文化描写取代了单纯的神话表现。它是魔幻现实主义代表作、西班牙语美洲小说的集大成者——《百年孤独》赖以产生的重要基础。

《百年孤独》无疑是魔幻现实主义的集大成之作。作者加西亚·马尔克斯的笔触从故乡——位于加勒比海岸的哥伦比亚热带小镇阿拉卡塔卡伸出，对拉丁美洲乃至整个人类文明进行了全方位扫描；既反映了拉丁美洲的百年兴衰，同时也是对整个人类文明的高度概括和艺术再现，可谓覆焘千容，包罗万象。

巴尔加斯·略萨早在70年代就以其敏锐的艺术直觉发现《百年孤独》的非凡的艺术概括，认为它象征性地勾勒出了迄今为止人类历史的主要轨迹：从原始社会、奴隶社会、封建社会到资本主义和垄断资本主义社会。

在原始氏族社会时期，随着氏族的解体，男子在一夫一妻制的家庭中占有统治地位。部落或公社内部实行族外婚，禁止同一血缘亲族集团内部通婚；实行生产资料公有制，共同劳动，平均分配，没有剥削，也没有阶级。因此，这个时期又叫原始公社或原始共产主义社会。原始部落经常进行大规模的迁徙，迁徙的原因很多，其中最常见的有战争和自然灾害等等。总之，是为了寻找更适合于生存的自然条件。中国古代的周人迁徙（至周原），古希腊人的迁徙（至巴尔干半岛），古代美洲的玛雅人、阿兹台卡人等都有过大规模的部族迁徙。

在《百年孤独》的马孔多诞生之前，布恩迪亚家和表妹乌苏拉家居住的地方，"几百年来两族的人都是杂配的"，[①]因为他们生怕两族的血缘关系会使两族联姻丢脸地生出长尾巴的后代。但是，布恩迪亚和表妹乌苏拉因为比爱情更牢固的关系——"共同的良心责备"——打破了两族（其实是同族）不得通婚的约定俗成的禁忌，带着二十来户人家迁移到荒无人烟的马孔多。布恩迪亚好像一个年轻的族长，经常告诉大家如何播种，如何教养子女，如何饲养家禽；他跟大伙儿一起劳动，为全村造福。总之他是村里最有权威和事业心的人，他指挥建筑的房屋，每家的主人到河边取水都同样方便；他合理设计的街道，每座住房白天最热的时候都得到同样的阳光。建村之后没几年，马孔多已经变成一个最整洁的村子，这是与全村三百多个居民过去生活过的其他任何村庄都不相同的。它是一个真正幸福的村子。体现了共同劳动、平均分配的原则。

"山中一日，世上千年。"马孔多创建后不久，神通广大、四海为家的吉卜赛人来到这里，驱散了马孔多的沉寂。他们带来了人类的"最新发明"，推动了马孔多社会生产力的发展。布恩迪亚对吉卜赛人的金属产生了特别浓厚的兴趣。这种兴趣渐渐发展到狂热的地步。他对家人说：即使你不害怕上帝，你也会害怕金属。

人类历史上，正是因为生产力的不断发展，特别是随着金属工具的使用，才出现了剩余产品，出现了生产个体化和私有制，劳动产品由公有转变为私有。随着私有制的产生和扩展，使人剥削人成为可能，社会便因之分裂为奴隶主阶级、奴隶阶级和自由民。手工业作坊和商品交换也应运而生。

这时，马孔多事业兴旺，布恩迪亚家一片忙碌，对孩子们的照拂就降到了次要地位。负责照看他们的是古阿吉洛部族的一个印第安女人，她是和弟弟一块儿来到马孔多的。姐弟俩都是驯良、勤劳的人。村庄很快变成了一个热闹的市镇，开设了手工业作坊，修建了永久性商道。新来的居民仍十分尊敬布恩迪亚，甚至请他划分土地，没有征得他的同意，就不放下一块基石，也不砌上一道墙垣。马孔多出现了

---

① 本著所引《百年孤独》文字主要出自吴健恒译本（云南人民出版社，1993年版）和范晔译本（南海出版公司，2011年版）。

三个不同的社会阶层：以布恩迪亚家族为代表的"奴隶主"贵族阶层，这个阶层主要由参加马孔多初建的成员组成；以阿拉伯人、吉卜赛人等新迁来的居民为主要成分的"自由民"阶层，这些"自由民"大都属于小手工业者、小店主或艺人；以及处于社会最底层的"奴隶"阶层，属于这个阶层的多为土著印第安人，因为他们在马孔多所扮演的基本上是奴仆的角色。

岁月不居，光阴荏苒。布恩迪亚的两个儿子相继长大成人；乌苏拉家大业大，不断翻修住宅；马孔多兴旺发达，美名远扬。其时，朝廷派来了第一位镇长，教会派来了第一位神父。他们一见到马孔多居民无所顾忌的样子就感到惊慌，因为这里的人们虽然安居乐业，却生活在罪孽之中：他们仅仅服从自然规律，不给孩子们洗礼，不承认宗教节日。为使马孔多人相信上帝的存在，尼康诺神父煞费苦心：协助尼康诺神父做弥撒的一个孩子，端来一杯浓稠、冒热气的巧克力茶。神父把整杯茶一饮而尽。然后，他从长袍袖子里掏出一块手帕，擦干嘴巴，往前伸出双手，闭上眼睛，接着就在地上升高了六英寸。证据是十分令人信服的。马孔多于是有了一座教堂。

与此同时，小镇的阶级关系发生了深刻的变化。以地主占有土地、残酷剥削农民为基础的社会制度：封建主义从"奴隶制社会"脱胎而出。布恩迪亚的长子阿卡迪奥占有了周围最好的耕地。那些没有遭到他掠夺的农民（因为他不需要他们的贫瘠土地），就被迫向他缴纳税款。地主阶级就这样巧取豪夺，重利盘剥，依靠封建土地所有制和地租形式，占有农民的剩余劳动。

然后便是自由党和保守党之间旷日持久的战争。自由党人"出于人道主义精神"，立志革命，为此，他们在布恩迪亚的次子奥雷里亚诺上校的领导下，发动了三十二次武装起义；保守党人则直接从上帝那儿接受权力，为了维护社会稳定、公共道德和宗教信仰，当仁不让。这场泣鬼神、惊天地的内战俨然是对充满戏剧性变化的英国资产阶级革命尤其是法国大革命的艺术夸张，自然更是哥伦比亚"千日战争"的写照。

紧接着是兴建工厂和铺设铁路。马孔多居民被许多奇妙的发明弄得眼花缭乱，简直来不及表示惊讶。火车、汽车、轮船、电灯、电话、电影及洪水般涌来的各色人等，使马孔多人成天处于极度兴奋状态。不久，跨国公司及随之而来的法国艺妓、巴比伦舞女和西印度黑人等席卷马孔多。马孔多发生了如此巨大的变化，所有老资格居民都蓦然觉得同生于斯、长于斯的城市格格不入了。外国人整天花天酒地，钱多得花不完；红灯区一天天扩大，世界一天天缩小，仿佛上帝有意试验马孔多人惊愕的限度。终于，马孔多"爆炸"了。马孔多人罢工罢市，向外国老板举起了拳头。结果当然可以想见：独裁政府毫不手软，对马孔多人实施惨绝人寰的血腥镇压，数千名手无寸铁的工人、农民倒在血泊之中。这是资本主义和垄断资本主义时代触目惊心的社会现实。

同时，数百年来美洲的风雨沧桑在这里再现。

马孔多四面是一望无际的沼泽，再向外便是辽阔的海域。布恩迪亚初到马孔多时，这里还是新开辟的，许多东西都叫不出名字，不得不用手比画。布恩迪亚总以为这里布满了金子，他买了一块磁铁，异想天开地指望用它吸出地下的黄金白银。他拿着磁铁，念着吉卜赛人的咒语，勘测了周围整个地区的每一寸土地，以及每一条河床。

时过境迁，花西班牙古币里亚尔的马孔多居民成了这块土地的主人。他们"收养"土生土长的印第安人，款待远道而来的吉卜赛人，欢迎温文尔雅的意大利人，容纳精明强干的阿拉伯人……马孔多居民不断增多，法国艺妓、巴比伦女郎和成批舶来的西印度黑人以及腰缠万贯的香蕉大亨、衣衫褴褛的无业游民等纷至沓来的不速之客，使马孔多成为真正多种族聚集、混杂的五彩缤纷的"世外桃源"。

拉丁美洲疯狂的历史在这里再现。

旷日持久的内战，永无休止的党派争端，帝国主义的残酷掠夺，专制统治的白色恐怖勾勒出了拉丁美洲的百年兴衰。

哥伦比亚疯狂的历史在这里再现。

狂暴的飓风、灼人的阳光，自由党和保守党、香蕉热和美国佬，大罢工和大屠杀，以及根深蒂固的孤独、落后等等，像一排排无情的巨浪，击打着加勒比海岸这个以哥伦布的名字命名的国度——哥伦比亚。

当然，《百年孤独》也不容置疑是写阿拉卡塔卡的，蕴含着加西亚·马尔克斯童年的印象、少年的回忆、成年的思索。加西亚·马尔克斯说过："我记得，我们住在阿拉卡塔卡时年纪尚小，外祖父常带我去马戏团看单峰骆驼。一天，他对我说，'你还没有见过冰呢'（听人说，冰是马戏团的一件怪物）。于是他带我去了香蕉公司的储藏室，让人打开一个冻鲜鱼的冰柜，并叫我把手伸进去。《百年孤独》全书就始于这个细节。"①

马孔多何其清晰地展示了阿拉卡塔卡的历史变迁和文化混杂：它的印第安人和黑人，西班牙人和意大利人，阿拉伯人和吉卜赛人，勤劳的华人和"撅屁股当街拉屎的印度难民"以及混七杂八、弄不清自己血液来源的各色混血儿。无论你来自东方还是西方，是白人还是黑人，都能在这里闻到本民族的气息，找到本民族的影子。

然而，顾名思义，《百年孤独》终究又是写孤独的。

孤独，作为一种现象、一种心境、一种表现对象，在浩如烟海的文学史上算不得稀罕主题，尤其是在"上帝死亡""理性泯灭"的20世纪，它几乎成了无处不在的世界题材。但是，把它当作一个民族、一个国家甚而一片包括二十多个国家的广袤土地的历史和现实来表现，恐怕就不再那么寻常了，而《百年孤独》展现在我们面前的正是这后一种历史性、地域性孤独。

首先，《百年孤独》有一位相信一切寓言的全知全能叙述者，他是马孔多人的化身、魔幻的化身。他不是一般二般全知全能的传统叙述者，因为他只有在叙述寓言（也即神奇或者魔幻）时才有声有色，有板有眼，反之则全然无能为力了。据说，这个叙述者是以作者的外祖母为蓝本的。外祖母擅长圆梦，镇里的人有什么神奇的见闻或突兀的梦境，都请她解释。她还是远近闻名的故事大王，讲起印第安神话或者别的稀奇古怪的传说来不动声色而且一概都用现在时，仿佛事情正在发生，人物就在眼前。

---

① García Márquez y Mendoza: *El olor de la Guayaba*, Buenos Aires: Editorial Sudamericana, 1982, p.27.

在叙述者眼里，马孔多是布恩迪亚夫妇慑于"猪尾儿"的传说，背井离乡、历尽千辛万苦创建的一个与世隔绝的村庄。马孔多诞生之前，布恩迪亚和乌苏拉的婚事一再遭到双方父母的反对。但最后年轻人的冲动战胜了老年人的理智，表兄妹不顾一切结为夫妻。可是，传说的阴影笼罩着他们。因为可怕的传说得到过应验：乌苏拉的婶婶和叔叔也是表兄妹，两人无视预言的忠告结婚后，生下一个儿子。这个儿子一辈子都穿着肥大的灯笼裤，活到四十二岁还没结婚就流血而死，因为他生下来就长着一条螺旋形尾巴，尖端有一撮毛。这种名副其实的猪尾巴是他不愿让任何一个女人看见的，最终要了他的命。乌苏拉不想让悲剧重演。她知道丈夫是个有血性的男人，担心他在她熟睡的时候强迫她，所以，她在上床之前，都穿上母亲拿帆布缝制的衬裤。衬裤是用交叉皮带做成的，牢不可破。但时间长了，人们见乌苏拉总不怀孕，就奚落布恩迪亚：也许只有公鸡能帮你的忙了。一天，有个叫普鲁登希奥的年轻人挖苦他。布恩迪亚终于忍无可忍了。他拿标枪刺死了普鲁登希奥，然后气势汹汹地跑到家里，恰好碰见妻子在穿防卫裤，于是用标枪对准她，命令道："脱掉！"

为了避免预言一旦灵验的羞辱和普鲁登希奥阴魂的骚扰，布恩迪亚带着身怀六甲的妻子，背井离乡，探寻渺无人烟的去处。他们与同行的几个探险者在漫无边际的沼泽地流浪了无数个月，竟没有遇见一个人。有一天晚上，布恩迪亚做了个梦，营地上仿佛耸立起一座热闹的城镇，房屋的墙壁都是用晶莹夺目的透明材料砌成的。他打听这是什么城市，得到的回答是一个陌生但却异常响亮悦耳的声音："马孔多。"

于是，他们决定在这里安家落户。

奥雷里亚诺是这块新天地里出生的第一个孩子。他在母亲的肚子里就哭哭啼啼，是睁着眼睛来到这个世上的。人家给他剪掉脐带时，他把脑袋扭来扭去，仿佛探察屋里的东西，并且好奇地瞅着周围的人，一点也不害怕。

奥雷里亚诺的哥哥，阿卡迪奥是在旅途中降生的。他是个身材超常的巨人。他那魁伟的体格连一天天看着他长大的母亲都感到莫名其妙。她请村里的皮拉·苔列娜替他占卜，看看孩子是否生理反常。那女人把自己和阿卡迪奥关在库房里，然后摊开纸牌，替他算命。忽然，她伸手摸了他的生殖器。"好家伙！"她吃惊地叫了一声，就再也说不出别的话来。

布恩迪亚见孩子们并未长猪尾巴，也就放下心来，打算同外界建立联系。他率领马孔多人进行了旷日持久的探索，结果却惊奇地发现，马孔多周围都是沼泽，向外就是浩瀚的大海。

然而，神奇的吉卜赛人突然来到这里。他们男男女女都很年轻；领头的叫梅尔加德斯，是位魔术师。他们带来了冰块、磁铁、放大镜等世界最新发明物，使马孔多人大开眼界。布恩迪亚一心要用冰块建房，因为那样马孔多就会变成一个永远凉爽的村子。他还用全部积蓄换取了吉卜赛人的磁铁，以便吸出地下的金子。

与此同时，乌苏拉生了一个女儿：阿玛兰妲。小姑娘又轻又软，好像蜥蜴，但各种器官并无异常。她的两个兄长此时已经渐渐长大：大哥阿卡迪奥身量魁梧，胃口惊人；二哥奥雷里亚诺虽然比较瘦弱，却机敏过人。阿玛兰妲和他们不一样，她是在印第安人的照看下长大的，会说古阿吉洛语并喝蜥蜴汤，吃蜘蛛蛋。这时乌苏拉又收养了一个四处流浪的小女孩，她叫雷贝卡，是个光彩照人的小美人儿。雷贝卡从不好好吃饭，谁也不明白她为什么没有饿死，直到料事如神的印第安人告诉乌苏拉，说雷贝卡喜欢吃的只是院子里的泥土和她用指甲从墙壁上刨下的一块块熟石灰。不久，印第安人又在姑娘的眼睛里发现了一种古怪的症状，它的威胁曾使无数印第安人永远离弃了自己的古老王国。这种症状能诱发比瘟疫更为可怕的传染性失眠。果然，失眠病毒迅速蔓延，全镇的人都失眠了。乌苏拉按照母亲教她的草药知识，用草药熬汤，给全家人喝了，可仍不能入睡。所有的人都处在似睡非睡的状态中，他们不但能够和自己梦中的形象在一起，还能看到别人梦中的东西。起初，大伙儿并不担心，许多人甚至高兴，因为当时马孔多百业待兴，时间不够用。然而，没过多久，失眠症变成了健忘症。这时，奥雷里亚诺发明了给每样东西贴标签的办法，并把自己的办法告诉了父亲。布恩迪亚首先在自己家里实施，然后在全镇推广。他用小刷子蘸了墨水，给屋子里的每件东西都写上名称：桌子、椅子、时钟、墙壁……然后到畜栏和地里去，也给牲畜、家禽和植物标上名字：牛、羊、猪、鸡、木薯、香蕉……人们研究各标签的时候逐渐明白，他们即使按照标签记起了东西的名称，有朝一日也会忘了它们的用途。随后，他们把标签搞得愈来愈复杂了。一头乳牛的脖子上挂的牌子，清楚地说明了马孔多居民是如何与健忘症做斗争的：这是一头乳牛。每天早上挤奶，就可以得到牛奶；把牛奶煮熟，掺上咖啡，就可以得到牛奶咖啡。就这样，他们生活在匆匆滑过的现时中，借助文字把记忆暂时抓住，可是一旦忘了文字的意义，一切也就难免抛诸脑后了。当时，奥雷里亚诺是多么渴望发明一种能储存记忆的机器啊。

这时，久别并且已经死亡的梅尔加德斯又回来了。他带来了能够轻而易举地把人像移到金属板上的机器。这回他失望了，因为马孔多人怕人像移到金属板上，人就会消瘦甚至灵魂出窍。但另一方面，他们又用它否定了上帝存在的神话，说要是上帝无处不在，就该在金属板上留下标记。

过了几个月，那个两次战胜魔鬼的弗兰西斯科来到了马孔多。他是个老流浪汉，已经活了两个世纪。与他同来的还有一个胖女人和一个小姑娘。胖女人带着小姑娘穿村走寨，让她每天按每人每次两毛钱的价格和七十个男人睡觉。奥雷里亚诺花了四毛钱，想和姑娘多待一会儿，但感到的只是怜悯和愤慨。他决定保护她，同她结婚。第二天一早，当他跑去找那姑娘时，胖女人早已带着她离开马孔多，消失得无影无踪了。

此后不久，一个满头白发、步履蹒跚的老头儿来找布恩迪亚。布恩迪亚费了老大劲儿才认出此人。他就是被布恩迪亚杀死的老冤家普鲁登希奥。原来，后者在死人国里十分孤独，而且愈来愈畏惧阴曹地府的另一种死亡，终于怀念起自己的仇人来了。他花了许多时间寻找布恩迪亚，但谁也不知道他的下落，直到遇见梅尔加德斯。

光阴似箭，杂事倏忽，布恩迪亚也渐渐老了、累了，而且神经失常。奥雷里亚诺怕他出事，只好请来二十个强壮汉子，将他捆在大栗树下。其时，阿卡迪奥已经变成了一个野人，他文了身，吃过人肉，胃口好得能吞下一只猪崽、几十个鸡蛋。他同母亲的养女雷贝卡结了婚，每夜吵醒整个街区八次，午睡时吵醒邻居三次，大家都祈求这种放荡的情欲不要破坏死人的安宁。

相反，奥雷里亚诺娶了一个还尿床的孩子做妻子，并出于人道主义精神，立志改变国家面貌，发动了三十二次武装起义。在残酷的战争年代里，奥雷里亚诺上校同十七个姑娘（许多人愿意将自己的闺女奉献给他，说这能改良品种）生了十七个儿子，遭到过十四次暗杀、七十三次埋伏和一次枪决，但都幸免于难。战争结束后，他拒绝了共和国总统授予的荣誉勋章，拒绝了联合政府给他的终生养老金和一切为他树碑立传的企图。

由于因果报应，这时的阿卡迪奥突然在自己的房子里饮弹身亡。鲜血穿过客厅，流到街上，沿着凹凸不平的人行道左拐右拐，淌到布恩迪亚家。乌苏拉正在那儿打鸡蛋，做面包，见到血迹后吃了一惊。她顺着血迹来到儿子家里，这才知道他已经死了。阿卡迪奥躺在地上，身上散发出一股强烈的火药味儿。它使马孔多人费尽心机，伤透脑筋。多年以后阿卡迪奥的坟墓仍然散发着浓烈的火药味儿。

这时候，阿玛兰妲正一门心思抚养奥雷里亚诺的儿子奥雷里亚诺·何塞（也即奥雷里亚诺第二）。其实他很早以前就是男子汉了，可她还故意把他当孩子，常常当着他的面脱衣服洗澡。而他则悄悄地观察她并逐渐发现了她最隐蔽、最迷人的地方。他每晚都偷偷溜到她的床上，贪婪地抚摸她，和她接吻。

阿卡迪奥死后没几天，他父亲也寿终正寝了。出殡那天，黄色的花瓣像无声的暴雨，从空中纷纷飘落，铺满了所有屋顶，堵塞了街道，遮没了睡在户外的牲畜。

灾难不断降临马孔多和布恩迪亚家族。阿卡迪奥的儿子阿卡迪奥第二被枪决了，奥雷里亚诺·何塞被枪杀了，奥雷里亚诺上校的其他孩子（在战争中和十七个女人生下的十七个儿子）都在同一天夜里接二连三地被谋杀了，最大的还不满三十五岁。奥雷里亚诺上校陷入了绝望的深渊。政府公然背信弃义，而他党内的那些蠢货唯唯诺诺，只为保住在国会里的一个席位或者某种别的既得利益。他终于感到他是多么孤独和可怜。他所做的一切都是那么无谓和徒劳：闹了半天，自由党和保守党的区别是自由党人举行早祷，保守党人举行晚祷。他拿起枪，对准私人医生在他胸口画好的圈子砰地开了一枪。在这同时，乌苏拉揭开炉子放上牛奶锅，发现牛奶里有许多奇怪的虫子。"他们把奥雷里亚诺给打死啦！"她叫了一声。然后，她服从孤独中养成的习惯，朝院子里瞥了一眼，但见布恩迪亚在雨中淋得透湿，愁眉紧蹙，显得比死的时候老了许多。

但是上校没有成功。穿伤是那么清晰、笔直，医生毫不费劲就把一根浸过碘酒的细绳伸进他的胸脯，然后从脊背拉出。"这是我的杰作，"医生满意地说，"这是子弹能够穿过而不会碰到任何要害的唯一部位。"从此以后，上校在马孔多孤独地度过了余生。他用鲜血和无数苦痛换来了一个普通但又很少有人理解的道理：做个凡人是多么幸福。

然而，马孔多一如既往。奥雷里亚诺第二（其实是第三）深信情妇佩特娜·柯特的情欲具有激发生物繁殖的功能。即使是在结婚之后，他也还是征得妻子菲兰妲的同意，继续与情妇来往，以便保住他家六畜兴旺的鸿运。他用钞票把自己的房子里里外外裱糊起来，以便家人可以各取所需。他的孪生兄弟则正通过另一种方式大发横财。他从外地收罗了大批花枝招展的法国艺妓，使马孔多人陷入了疯狂。他们的胞妹雷梅黛丝，人称俏姑娘，到二十岁时还赤身在屋子里走来走去，并散发出一种难以驱散且令人不安的气息。她的美貌使许多人神魂颠倒甚至丧命。一个阳春三月的下午，她终于披着床单在闪光中随风飘上天去。

俏姑娘走后，几乎被人遗忘的老姑娘阿玛兰妲缝完了她的殓衣——它是世界上最漂亮的殓衣。然后，她泰然自若地说她晚上就要死去。果然，当天晚上，阿玛兰妲就安宁地躺进了棺材。她死了，却把孤独传给了奥雷里亚诺第二的女儿梅梅和阿玛兰妲·乌苏拉（阿玛兰妲第二）。梅梅尚未成人，就给马孔多带来了灾难——成千上万的黄蝴蝶。梅梅走到哪里，哪里就会出现蝴蝶鬼毛乌里西奥·巴比伦。

梅梅因此怀孕，生下了奥雷里亚诺·巴比伦·布恩迪亚。后来，阿玛兰妲·乌苏拉同奥雷里亚诺·巴比伦乱伦，导致"猪尾儿"的降生，而他居然是百年间诞生的所有的布恩迪亚当中唯一由于爱情而受胎的婴儿，命中注定要使马孔多遭到毁灭：先是香蕉热的枯枝败叶席卷了马孔多，使三千多人死于非命；而后是连续四年十一月零两天的暴风骤雨，最终将马孔多夷为平地。

这就是叙述者心目中的马孔多。它无疑是神奇的化身。其所以神奇，乃是因为孤独。孤独使落后更落后，落后使孤独更孤独，这是一种恶性循环。"在这一异乎寻常的现实中，无论是诗人还是乞丐，乐师还是巫婆，战士还是宵小，都很少求助于想象。因为，对我们来说，最大的挑战是缺乏使生活变得令人可信的常规财富。朋友们，这就是我们孤独的症结所在"，加西亚·马尔克斯如是说。

由于马孔多的孤独与落后，马孔多人对现实的感知产生了奇异的效果：现实发生突变。普鲁登希奥阴魂不散，梅尔加德斯几度复活，阿玛兰妲远赴阴间……仿佛把我们带进了《聊斋志异》的天地。在当代，像加西亚·马尔克斯这样没完没了的魔幻，可谓绝无仅有。然而，如果说蒲松龄是借幻境和花妖鬼魅隐喻现实，从而客观上反映了中国古人的阴阳生死观，那么，加西亚·马尔克斯无非是想拿马孔多的迷信，表现拉丁美洲的孤独与落后、原始与混杂。

第三节　后期

随着《佩德罗·巴拉莫》《百年孤独》等作品的出现，魔幻现实主义进入了它的鼎盛时期。此后，这个流派虽已盛极而衰，但是它的某些创作方法一直延续到80年代。

70年代，魔幻现实主义的某些手法被西班牙语美洲作家用来审视拉丁美洲社会的痼疾——独裁统治。这种审视与以前的反独裁小说有很大的不同，因为它是一种深层次的历史文化扫描，而非单纯的社会政治评判。在这里，细节的描写和影射退居次要位置，粗线条的勾勒和夸张成为首要特征。譬如卡彭铁尔的《方法的根源》，三分之一的篇幅用来铺陈独裁者赖以产生的历史文化环境。在他的笔下，现实是如此畸形和可悲：电灯取代了油灯，浴盆取代了葫芦瓢，可口可乐取代了果子露，邮车取代了信驴，进口豪华轿车取代了披着红缨、挂着铃铛的马车。它们在古老的街道上缓缓地行进，不断地调速，好不容易才驶入新建成的大道，于是在路边吃草的羊群四处逃窜，咩咩声压倒了汽车喇叭声。

如此形态还明确表现于独裁者的矛盾性格：他崇拜欧洲文化，向往奢侈生活；他长期居住在巴黎，足迹遍及整个法国；与此同时，他又是个地地道道的美洲人，只有在吊床上才能睡着。他迷信而且多疑，认为国内长期动荡不安与他强迫倒霉的修女有关。

无独有偶，罗亚·巴斯托斯的至高无上者（《我，至高无上者》，*Yo el supremo*, 1974）也是一个具有多重性格的畸形儿：他是个学识渊博的文人，精通法学和神学，推崇法国启蒙作家（尤其是卢梭和孟德斯鸠），重视自然科学，熟谙最新哲学思潮。他还特地命人从野外搬来一块陨石，摆在工作室里。但是，他禁止任何性质的民主，取缔了知识分子所从事的科研工作和高等教育，强迫他们参加义务劳动，实行愚民政策，并且中断了一切对外交往。同时，至高无上者笃信鬼神，是个不可知论者，不但对一切神秘事物感兴趣，而且以雷纳尔（Raynal, Abbé）神父的忠实读者自居。这且稍后再说。

同上述形象相比，加西亚·马尔克斯的族长（《族长的秋天》）更能反映拉丁美洲的矛盾与畸形、落后与混杂。且说族长没有父亲，是位其名不详的精灵使他母亲感应怀孕的产物。然而，他母亲临终时却忽然惶惶不安，一心要把那一段隐私告诉他，无奈想起了许多偷偷摸摸的男人和稀奇古怪的传说，一时竟也忘了实情。族长是个畸形儿、早产子，孩提时代就机敏过人。有人替他算命，说他将来必成大器。至于他后来如何独揽某国军政大权，除了神乎其神的传说，根本无人知道实情。因为这世上没有人看见过族长，只听说他是个深居简出但又无处不在、无所不知的老头儿。他每天都让钟楼在两点的时候敲十二点，以便使生命显得更长些。他妻妾成群，第一夫人是他从牙买加买来的修女。在他们刚举行完婚礼之后，那修女就生下一个男孩，族长立即宣布他为合法继承人并授予少将军衔。族长一百多岁时还第三次换了牙。他认为这一切都应归功于他的母亲。因此，他母亲死后，他命令全国举哀百日并隆重追封她为圣母、国母和鸟仙，还把她的生日定为国庆节。

与此同时，族长是个杀人不眨眼的混世魔王。他打着寻求国泰民安的幌子，无情地镇压了所有政变未遂的、图谋不轨的和形迹可疑的危险分子；为防止他们的家属和朋友报复，他又命令杀掉他们的家属和朋友，然后依此类推。据说他老态龙钟，目不识丁，却老奸巨猾，诡计多端。他能在人群熙攘的舞厅发现伪装得十分巧妙的刺客，在毫无线索的情况下捕获离经叛道的部下。为了维护自己的统治，他炸死了追随他多年的十几名战友，然后假惺惺地用国旗覆盖尸体，替他们举行隆重的葬礼。他还常常把可疑分子扔进河里喂鳄鱼，或者把他们的皮剥下来寄给家属。为了证实周围的人是否忠心耿耿，他还假死过一次。他心狠手辣，睚眦必报，从不放过一个可疑分子，就连亲信、他的国防部长也未能幸免——躺在卤汁四溢的银托盘上，被烤得焦黄，供战友们享用。

凡此种种，显然已经不同于60年代的魔幻现实主义作品。在这些作品中神话色彩明显弱化，表现手法趋于荒诞夸张。反映拉丁美洲孤独落后、体现拉丁美洲混血文化和混血人种集体无意识的群体化、类型化形象，被个性化形象（独裁者）所取代。人物本身的力度（比如独裁者的残暴）超过了作为文化表征的魔幻。

80年代，深陷所谓"中等收入陷阱"的西班牙语美洲国家，虽然民主化进程迈出了坚实的步伐，专制统治难以为继；但伴着民主制度建立的恰恰是华尔街贩卖的新自由主义，而新自由主义的泛滥使西班牙语美洲国家在文化教育事业方面一筹莫展。同时，旧传统、旧势力仍然根深蒂固，严重阻碍了有关国家的健康发展。这时，又有一些魔幻现实主义作品问世。它们继续揭露野蛮，抨击腐朽，鞭挞落后。

加西亚·马尔克斯的《一桩事先张扬的凶杀案》（*Crónica de una muerte anunciada*, 1981）是一部颇具魔幻色彩的作品，小说以一起发生在作者故乡的凶杀案为契机，彰显了拉丁美洲的野蛮与落后。作品中，梦、预感和命运的偶合交织在一起，给现实蒙上了一层厚厚的面纱。同样，《一桩事先张扬的凶杀案》又是一部颇具特色的结构现实主义作品。由于作品的叙述形式完全改变了传统叙述者的地位，使小说表现出非同寻常的张力。

智利女作家伊莎贝尔·阿连德（Allende, Isabel）师承加西亚·马尔克斯，在处女作《幽灵之家》（*La casa de los espíritus*, 1982）中运用了魔幻现实主义手法。《幽灵之家》以埃斯特万·特鲁埃瓦家族的兴衰为轴心，展示了拉丁美洲某国半个多世纪的风云变幻及某些人物的孤独与魔幻。

埃斯特万·特鲁埃瓦原是个聪明好学的上进青年，后因家道中落，不得不辍学谋生。他先在一家公证处当书记员，和姐姐菲鲁拉一起供养年迈多病的母亲。一天，他和出身名门的罗莎·瓦列小姐邂逅，被姑娘的美貌所吸引。为了能向瓦列家族的这位千金小姐体面地求婚，他决心抛下母亲和姐姐，只身一人去荒无人烟的北方淘金。经过两年多时间的艰苦奋斗，他攒下了一大笔钱。然而，就在这时，罗莎不慎误饮毒酒而死。噩耗传来，埃斯特万当即万念俱灰。他专程赶回首都，为罗莎送葬；末了，决定到父亲留下的庄园了却一生。那是一个寂寞偏僻的古老农庄，此时已衰败不堪。埃斯特万为了消磨时光，不知不觉地投入到了振兴庄园的工作中。他在管家佩德罗·加西亚第二的帮助下，用了近十年的时间，将惨淡经营的三星庄园变成了远近闻名的模范庄园。事业愈来愈兴旺，埃斯特万也愈来愈专横、堕落。他强奸了管家的妹妹，还与妓女特兰希托·索托勾勾搭搭，狼狈为奸。后来，由于母亲病危，埃斯特万回到首都。母亲死后，他遵照遗嘱，娶了瓦列夫妇的小女儿克拉腊小姐为妻。克拉腊那年十九岁，是个异乎寻常的女孩。她具有特异功能，专与鬼魂交往，善卜凶吉祸福。埃斯特万和克拉腊结婚后，生下一个女儿，取名布兰卡。有一次，埃斯特万携克拉腊母女到三星庄园度假。在那里，布兰卡和佩德罗·加西亚第三从相识到相爱，遭到了埃斯特万的粗暴干涉。不久，埃斯特万和克拉腊又生了一对孪生子海梅和尼古拉斯。埃斯特万对孩子们动辄打骂，克拉腊为此痛心疾首。这时，发生了强烈地震。埃斯特万被倒塌的房屋压个半死。多亏老佩德罗·加西亚悉心照料，才转危为安。伤愈后，埃斯特万涉足政坛，顽固地坚持保守立场。与此同时，被赶出家门的佩德罗·加西亚第三继续以"神父"的身份同布兰卡暗中来往，并煽动三星庄园的雇工在选举中投保守党的反对票。不料此事败露。恼羞成怒的埃斯特万用斧头砍断了佩德罗·加西亚第三的三个指头，还将克拉腊母女痛打一顿。克拉腊忍无可忍，带着怀孕的布兰卡离开庄园，回到首都。不久，埃斯特万追到首都，强迫女儿嫁给骗子"法国伯爵"。此人不但从事走私贩毒勾当，还是个性变态。布兰卡终因无法忍受其变态行为，逃回母亲身边并很快生下了女儿阿尔芭。这时，海梅和尼古拉斯已经长大成人。前者自医学院毕业后，从事救死扶伤的工作；后者饱食终日，无所事事，成了浪子。阿尔芭七岁那年，克拉腊去世了。布兰卡和佩德罗·加西亚第三旧情未断，继续来往。随着大选的临近，两种势力的较量达到了白热化的程度，海梅参加了社会党。最后，社会党在大选中获胜，佩德罗·加西亚第三入阁当了部长。但是极右势力不甘心失败，拼命抵制新政府的土地改革政策。埃斯特万因阻挠庄园变革，被雇工扣为人质。布兰卡请佩德罗·加西亚第三出面交涉，才救了埃斯特万一命。终于，极右势力发动了军事政变，推翻了民主政府，枪杀了奋力抵抗的共和国总统。海梅在保卫共和国的战斗中英勇牺牲，年方十八的阿尔芭也被军政府投进了秘密监狱。埃斯特万如梦初醒，四处打听外孙女的下落。阿尔芭在狱中受尽折磨。一个名叫埃斯特万·加西亚的上校对她尤其狠毒。原来此人正是她外公在三星庄园胡作非为而生下的孩子。他借政变之机，在阿尔芭身上公报私仇。最后，埃斯特万在名妓特兰希托·索托的帮助下救出了奄奄一息的阿尔芭。祖孙相见，悲喜交集。阿尔芭找出外祖母的日记，结合埃斯特万的回忆，写下了这部《幽灵之家》。

《幽灵之家》的魔幻现实主义特点集中表现在克拉腊和老佩德罗·加西亚二人身上。除此之外，当然也就再无神奇可言。克拉腊从小就不同凡响，她十岁时决定充当哑巴，结果一连几年谁也无法叫她开口。她擅长圆梦，而且这种本领是与生俱来的。她背着家人给许多人圆梦，知道身上长出一对翅膀在塔顶上飞翔是什么意思，小船上的人听见美人鱼用寡妇的声音唱歌是什么意思，一对双胞胎每人举着一把剑是什么意思，等等。她不但能圆梦，而且有未卜先知的本领。她预报了教父的死期，提前感到了地震的信息，还向警察预告了杀人凶手的行踪。不仅如此，克拉腊还能凭感觉遥控物体，使物体自动移位。而且这种本领随着她年龄的增长而增长，待到后来，她可以站在远处，不掀开钢琴盖就能弹奏自己喜欢的曲子。更为神奇的是她喜欢和鬼魂玩耍，整天整天地和他们闲聊。父亲不准她呼唤调皮的鬼魂，免得打扰家人。但越是限制她，她就越发疯癫。只有老奶奶懂得她的心思，给她讲古老的传说，把她当作宝贝。

和克拉腊一样，老佩德罗·加西亚也是个十分神奇的人物。他用咒语和谆谆劝诱赶走了在三星庄园造成灾难的蚁群，用身体测试地下有否水源，用魔法和草药治愈了奄奄一息的主人。诸如此类，不一而足。

诚然，真正神奇的并非上述人物的心灵感应或未卜先知或结交神鬼的本领，而是人们信以为真的现实，是进步与守旧的反差，是文明与落后的较量，是迷信与希望的并存。伊莎贝尔·阿连德多次表示，有一个马孔多，也就会有第二个马孔多；有一个布恩迪亚家族，也就会有第二个布恩迪亚家族——她的家族。

可见，上述作品表现的魔幻现实是一种意识，一种审视现实的方式，即一种或多种文化积淀于特定历史条件和语境下近乎幻想的真实——集体无意识。对此，加西亚·马尔克斯作过明确的阐述。他说，他所孜孜以求的事实上只是以新闻报道般逼真地展示拉丁美洲人，尤其是加勒比人审视现实的奇特方式。"早在孩提时代，我外祖母就将这一方式教给了我。对外祖母而言，神话、传说、预感以及迷信等各色信仰都是现实生活的有机组成部分。这就是拉丁美洲，这就是我们自己，也是我们试图表现的对象。"[1]

难说魔幻现实主义与神话-原型批评有什么关联，但魔幻现实主

---

[1] García Márquez y Mendoza: *El olor de la guayaba*, p.61.

义所展示的种种现象又无不印证了神话-原型批评家们的推断和想象。

众所周知，神话-原型批评实际上是一种文学人类学，在那里，文学不再是新批评派眼里的孤独文本，而是整个人类文化的有机组成部分，它同古老的神话传说、宗教信仰、民间习俗乃至巫术迷信等有着密不可分的亲缘关系。正因如此，原型批评者把文学叙述视为"一种重复出现的象征交际活动"，或者说是"一种仪式"。^①文学-仪式的观念源自人类学家弗雷泽（Frazer, James George）的《金枝》（*The Golden Bough: a Study in Magic and Religion*, 1890），指不同环境条件下神话母题的转换生成，用荣格的话说则是集体无意识中原型的不断显现。总之，在原型论者看来，神话乃是一切文学作品的母题，是一切伟大作品的基本故事。

从某种意义上说，在几乎所有魔幻现实主义作品中，都存在着一种堪称基调的原型。举凡阿斯图里亚斯的《玉米人》，其所反复显示的是古代玛雅-基切神话《波波尔·乌》关于人类起源的叙述：那时，一片沉寂、静止，茫茫太空，什么也没有，唯有无垠的大海。后来，造物主创造了语言、大地和万物，又用泥土创造了人。但泥人懦弱呆板，不能动弹，不善言语。于是造物主捣毁了泥人，改用木头做人。这些木偶较泥人灵活，而且能说会道。很快木头人在大地上繁衍起来。然而他们没有心肝，不懂得崇拜造物主，终于触怒神明，遭到了洪水的袭击。幸免于难的就是今天我们看到的猴子。最后，造物主找到了玉米并用它创造了人类。^②

还有近乎巫术的原始仪式，如卡彭铁尔的《人间王国》中的伏都教：在火炬的照耀下，雷鸣般的鼓声响彻云霄。妇女们扭动肩膀，不断重复着一个动作。突然，人们感到一阵战栗。马康达尔在鼓声中恢复了原形。妇女们扭得更欢了，她们踩着鼓点，在他身边扭来扭去。因为马康达尔复活了。变形、蒙难、牺牲、复活，这是艺术的偶合，还是人类原始心象的延续？

---

① 弗莱：《批评的解剖》，陈慧等译，天津：百花文艺出版社，2006年。
② *Popol Vuh: las antiguas historias del Quiché*，Recinos, Adrián (ed.)，Mexico: Fondo de Cultura Económica, 1947, pp.1—2.

同样，鲁尔福在表现墨西哥村民时，把新旧大陆初民的宗教信仰包括宿命观、轮回观都一股脑儿、淋漓尽致地展示了出来。用列维-布留尔（Lévy-Bruhl, Lucien）的话说，这是"集体表象"。譬如按照日落日出、冬凋夏荣等自然规律推想出来的人死后复生、虽死犹存观（其中既有基督教-希伯来神话，又有古印第安神话关于天国地府的传说），或者在强大的自然力量的重压下产生的生死由命、祸福在天观和受善良愿望支配的因果报应、贫富轮回观等等，不但是《佩德罗·巴拉莫》的核心内容，而且反复出现于作者的其他作品中。

　　至于加西亚·马尔克斯的《百年孤独》，假如我们撇开神话-原型去观察其内容或形式，无论从什么角度，结果都将是捡了芝麻丢了西瓜。前面说过，老布恩迪亚和表妹乌苏拉因为一时冲动，不顾预言的忠告，结果不得不远走他乡（失去伊甸园）。他们在荒无人烟的沼泽流浪跋涉了无数个月，结果连一个人影也没遇到。直到一天夜里，布恩迪亚做了个梦，梦见他们所在的地方叫马孔多（福地）。布恩迪亚当即决定在这里建立家园，从此不分白天黑夜地辛勤劳作（男人的汗水）。在此过程中，乌苏拉生下了三个健全的并无异常的孩子（女人的痛苦）。布恩迪亚不再担心猪尾儿的传说，打算同外界建立联系，结果却惊奇地发现，这个潮湿寂寞的地方犹如原罪以前的蛮荒世界，周围都是沼泽，再向外就是浩瀚的大海。鬼知道当初他们是怎样流落到这个地方的。他绝望地用大砍刀胡乱劈着血红色的百合和蝾螈，"远古的回忆使他们感到压抑"。布恩迪亚的一切幻想都破灭了。"'真见鬼！'布恩迪亚叫道，'马孔多四面八方都被海水围住了！'"这里既可以看到古希腊人的心理经验：比如俄狄浦斯的故事——逃避预言——最后预言应验；又有希伯来民族早先的原始心象：远古的回忆和原罪，迁徙和男人的汗水、女人的痛苦，直至世界末日。这岂不与令人惊心动魄的《圣经·旧约》如出一辙？马孔多是一块福地。它四面是海，俨然是神力所致，遂凭空出现在布恩迪亚的梦境；那梦境或许就是神谕，而布恩迪亚又何尝不是原型摩西的变体？起初，马孔多可算是个安宁幸福的世外桃源，总共只有二十户人家，过着田园诗般的生活。一座座土房都盖在河岸上；河水清澈，沿着遍布石头的河床流去，河里的石头光滑洁白，活像史前的巨蛋。这块天地是新开辟的，许多东西都叫不出名，不得不用手指指点点。但好景不长，不同肤色的移民、居心叵测的洋人慕名而来，名目繁多的跨国公司接踵而至；马孔多人四分五裂，并开始外出争衡。布恩迪亚的孤僻子孙上丞下报，无奇不有，从此失去了神的庇佑，财富与他们无缘，爱情的天使披着床单飞上天去……如此等等。最后，布恩迪亚的第六代子孙奥雷里亚诺·巴比伦发现他的情妇阿玛兰妲·乌苏拉并非他表姐，而是他姨妈，而且发现拉克爵士围攻列奥阿察的结果只是搅乱这儿家族的血缘关系，直到家族生出神话中的怪物——猪尾儿。这个怪物注定要使这个家族彻底毁灭，就像预言所提示的那样。果然，《圣经》所说的那种洪水变成了猛烈的飓风，将马孔多这个镜子似的城市从地面上一扫而光。

这是世界末日的神话，还是世界末日预言？

此外，初民按照春华秋实、冬凋夏荣或日月运行、昼夜交替的自然规律所产生的神话及死而复生的意念和有关仪式，在《百年孤独》等魔幻现实主义作品中屡见不鲜。譬如吉卜赛人梅尔加德斯死后复生、生后复死；马孔多人为他祭祀，将他敬若神明。在他们看来，梅尔加德斯绝非普普通通占卜行骗的吉卜赛术士。他不但具有变形、复活的本领，而且对马孔多和布恩迪亚家族提前一百年做出了预言。梅尔加德斯先用他本族的文字——梵文记下了这个家族的历史（同时也是未来），然后把这些梵文译成密码诗，诗的偶数行列用的是奥古斯都皇帝的私人密码，奇数行列用的是古斯巴达的军用密码。最后，在马孔多毁灭前的瞬间，被奥雷里亚诺·巴比伦全部破译。这梅尔加德斯岂不是古希腊神话中半神半人的预言者，而布恩迪亚一家又何尝不是俄狄浦斯这个永远鲜活的原型变体？而且，人物为逃避预言（神示）应验所做出的非凡努力恰恰促成了预言应验的悲剧，分明也是重构的母题。

更有甚者，马孔多西边的辽阔水域里栖息着一种鱼状的生物，这类生物皮肤细嫩，头和躯干都像女子，宽大、迷人的胸脯能毁掉航海的人。而在马孔多的另一端，在远离大海的内陆，奥雷里亚诺上校发现了十多年前他父亲见到过的那堆船骸。那时他才相信，这整个故事并不是他父亲虚构的，于是向自己提出个问题："帆船怎会深入陆地这么远呢？"莫非它就是挪亚方舟？

凡此种种，似乎足以证明《百年孤独》是一部神话。但它绝不是弗莱（Frye, Northrop）等原型批评家们断言的那种单纯的神话复归，也有别于悲观主义者世界末日的预言。因为，《百年孤独》不仅仅是神话和文学幻想，它更是历史，是活生生的拉丁美洲现实，具有强烈的弃旧图新愿景。而且这多少应了拉丁美洲的谚语："可怜拉美，距上帝太远，离美国太近。"

事实上，无论是乔伊斯的《尤利西斯》与荷马史诗的对应，还是卡夫卡的《变形记》与奥维德的《变形记》、福克纳的《喧哗与骚动》与基督教仪式（具体地说是复活节）的关联，最终表现的都是现代人（此时此地）的悲剧。乔伊斯用英雄奥德修斯反衬懦夫布卢姆，使布卢姆更加懦弱可悲。奥维德的《变形记》则是赞美上帝和罗马的，其人物的变形也常常是神性的象征；而卡夫卡的《变形记》写的却是20世纪小人物的悲哀，其变形乃是无可奈何的异化。至于福克纳的《喧哗与骚动》四部分的四个日期与基督受难的四个主要日期相对应，所蕴含的美国南方社会现实生活的悲剧意义就更不待言。同样，加西亚·马尔克斯《百年孤独》的原型和天启式终局结构对于马孔多也是十分契合且富有表现力的。用神话这种终极形式展示拉丁美洲的原始落后难道不正是所有魔幻现实主义作家的高明之举？它大大提高了时代悲剧的审美价值。

此外，魔幻现实主义作家对死亡、预兆、巫术等原型性主题的表现，同列维-布留尔、荣格、列维-斯特劳斯（Lévi-Strauss, Claude）等人类学家和原型批评家关于"原始人"①思维与神话的论述十分相似。比如死亡，列维-布留尔说，"死的确定在我们这里和他们（指'原始人'）那里是不相同的。我们认为心脏停止跳动和呼吸完全终止，就是死了。但是，大多数原始民族认为，身体的寓居者（与我们

---

① 指非洲或美洲原住民部落。因此用"原始人"并不恰当。

叫作灵魂的那种东西有某些共同的特征）最后离开身体的时候就是死，即或这时身体的生命还没有完全终结。在'原始人'那里常见的匆忙埋葬的原因之一就在这里"。他援引别人的话说，"在菲吉群岛，'入殓过程常常是在人实际上死之前的几小时就开始了。我知道，一个人入殓之后还吃了食物，另一个人入殓以后还活了十八小时。但据菲吉人的看法，在这期间这些人已经死了。他们说，吃饭、喝水、说话，都是身体的躯壳的随意动作，和灵魂无关'"。而且，死"是由一种生命形态变成另一种生命形态"。[①]

也许正因为类似的原因，南美的奇里瓜诺人和瓜拉尼人是这样互相问候的："你活着吗？"答："是的，我活着。"可见，在某些印第安部落中，生和死首先不是一种生理现象，也没有明显的、绝对的界线。

联系到魔幻现实主义作品，且不说鲁尔福的《佩德罗·巴拉莫》，就算加西亚·马尔克斯的《百年孤独》中的阿玛兰妲去死人国送信一节也够精彩、够耐人寻味的了：阿玛兰妲缝完了"世间最漂亮的殓衣"，然后泰然自若地说她当晚就要死了。"阿玛兰妲傍晚就要起锚，带着信件航行到死人国去，这个消息早在晌午就传遍了整个马孔多；下午三点，客厅里已经立着一只装满了信件的箱子。不愿提笔的人就让阿玛兰妲传递口信，她把它们都记在笔记本里，并且写上收信人的姓名及其死亡的日期。'甭担心，'她安慰发信的人，'我到达那儿要做的第一件事就是找到他，把您的信转交给他。'她像病人似的躺在枕上，把长发编成辫子，放在耳边——是死神要她这样躺进棺材的。"

与死亡相关的是鬼魂或者来世。诚如列维-布留尔所说的那样，对于"原始人"而言，人死了或做鬼或再生，其余的一切仍然不变。关于这一点，前面已有大量的评述，但需要说明的是加西亚·马尔克斯关于死亡、鬼魂和彼世的叙述并不千篇一律，即使是在《百年孤独》中，人物死后或变鬼，或复活，或升天，或腐烂，或赴死人

---

① 列维-布留尔：《原始思维》，丁由译，北京：商务印书馆，1987年，第330—382页。

国，可谓五花八门，因人而异。这或许是由马孔多的文化混杂所决定的。

又如预兆，荣格说："由于我们早把祖先对世界的看法忘得一干二净，就难怪我们把这种情况看作非常可笑了。有一只小牛生下来就有两个头，五条腿；邻村的一只公鸡生了蛋；一位老婆婆做了个梦；天空中出现了一颗陨星；附近的城里起了火；第二年就爆发了战争。从远古到近代的18世纪的历史中，这类记载屡见不鲜。对于我们，这些没有丝毫意义，可是对'原始人'来说，这些各种事实相交并列的现象却是非常重要的、让他信服的［……］我们由于只注意到事物的本身及其原因，因此认为那不过是由一堆毫无意义和完全偶然的巧合所组成的东西，'原始人'却认为是种合乎逻辑秩序的预兆。"①

在加西亚·马尔克斯笔下，预兆是至关重要的。在《没有人给他写信的上校》中，以期待一笔养老金而聊以自慰的退役上校有一天突然感到腹中长出了有毒的蘑菇和百合。对上校而言，它们预示着自己就要寿终正寝；他从此郁郁寡欢，百无聊赖。在《一桩事先张扬的凶杀案》中，圣地亚哥·纳赛尔梦见自己在树林里自由飞翔时身上落满了鸟粪，结果竟意味着杀身之祸。诸如此类，在加西亚·马尔克斯及其他魔幻现实主义作家的作品中俯拾即是。

至于巫术，无论列维-布留尔、列维-斯特劳斯还是荣格也都是从原始思维与神话的关系阐发的。比如荣格在论述非洲和美洲部落的心理经验与神话的关系时说："如果有三位妇女到河边取水，一位被鳄鱼拖到水中，我们的判断一般是，那位妇女被拖走是一种巧合而已。在我们看来，她被鳄鱼拖走，纯粹是极自然的事，因为鳄鱼确实常会吃人。可是原始人却认为，这种解释完全违背了事实真相，不能对这个事件做全盘说明［……］'原始人'寻求另一种解说法。我们所说的意外，他们认为是一种绝对力。"他举例说："一次，从一只被欧洲人射死的鳄鱼肚中发现了两个脚镯，当地的土人认出这两个脚镯是前不久被鳄鱼吞食的那个妇女的物品，于是大家就开始联想到巫术了

---

① 荣格：《探索心灵奥秘的现代人》，黄奇铭译，北京：社会科学文献出版社，1987年，第138—165页。

［……］他们说，有位其名不详的巫师事先曾召唤那条鳄鱼到他面前，当面吩咐它去把那女人抓来，于是鳄鱼遵命行事。可是在鳄鱼肚内取出的脚镯该怎么解释呢？土著们又说了，鳄鱼是从不食人的，除非接受了某人的命令。而脚镯就是鳄鱼从巫师那儿取得的报酬。"①

这与阿斯图里亚斯关于魔幻现实主义的论述如出一辙。

总之，在一些原住民部落中，一切事物都染着人类精神的因素，或者用荣格的话说，是"染上了人类心灵中的集体无意识性"。而神话则是集体无意识的产物，或者说是"原始经验的遗迹"。②

问题是，当列维-布留尔、荣格、列维-斯特劳斯潜心研究某些"原始人"的思维特征或弗莱谈论神话复归时，都避而不谈，或者很少涉及神话之所以复归和这些"原始人"之所以"原始"的社会、历史原因；而魔幻现实主义通过复活神话所表现的恰恰是振聋发聩的社会内容：他们笔下的"原始人"是如何在人类远离了"孩童时期"之后，仍处于原始状态的。而这，无疑又是魔幻现实主义作家区别于神话-原型论者的显证。

最后，大量原型也足以证明魔幻现实主义是借神话的重建又复归于它的初始形态——艺术象征的。比如水，它既是洁净的媒介，又是生命赖以存在的基本要素，因而常常象征着新生。美国原型批评家威尔赖特（Wheelwright, Philip）说过，"在基督教的洗礼仪式中这两种观念结合在一起了：洗礼用水一方面象征着洗去原罪的污浊，另一方面又象征着即将开始精神上的新生。这后一个方面由耶稣在井边对撒马利亚妇女讲道时所说的'活水'这一词组所特别揭示了出来。在与基督教有别的希伯来人的信念中，圣灵不是以鸽子的形式降下的，而是作为一个水泉出现的"。③在《百年孤独》中，水的这种象征意义是借吉卜赛人梅尔加德斯表现出来的。一天早上，阿卡迪奥带着发臭的梅尔加德斯去河里洗澡；梅尔加德斯对他说："我们都是从水里出来

455

① 列维-布留尔：《原始思维》，第330—382页。
② 荣格：《探索心灵奥秘的现代人》，第138—165页。
③ 威尔赖特：《隐喻和真实》，转引自《神话-原型批评》，叶舒宪选编，西安：陕西师范大学出版社，1987年，第216—232页。

的"，说罢就沉进水里了。乌苏拉打算替他办丧事，但她丈夫布恩迪亚阻止说，梅尔加德斯是不朽的，"知道复活的奥秘"。

还有血，用威尔赖特的话说，"具有一种不寻常的矛盾性质"，即它既是生命的象征又是死亡的预兆。但是，作为原型性象征，它主要指后者，这也许是因为死亡常常与流血联系在一起，所以血成了死的象征。威尔赖特发现，在大多数原始社会中，血是一种禁忌。在《百年孤独》中，血分明是一种禁忌，具有凶兆意义。最明显的例子是血与阿卡迪奥之死的关系。当然，在加西亚·马尔克斯笔下，这种象征意义是经过夸张的，一如席卷马孔多的健忘症，可比但丁笔下的神话——忘川。

同水一样，火这种原型象征也常与圣洁和生命相关联。其所以如此，大概是因为火总是与光和热联系在一起，而二者的终极来源又都是太阳。照威尔赖特看来，在古代，火被普遍地赋予了神秘的"上"的色彩，同"下"即黑暗、堕落甚至邪恶的意念相悖。在《人间王国》中，黑人领袖马康达尔在烈火中"永生"、变形，恐怕也是基于火的这种原型性象征意义的。

凡此种种，都是寓意比较明显的原型性象征。在魔幻现实主义作品中，另一些原型性象征就不那么具有普遍意味了。比如猫头鹰、蛇、鹿、玉米以及某些色彩等，在美洲土著文化中具有特殊的象征意义，用一般神话-原型理论或古希腊＋希伯来＋基督教文化模式去审视就很难理解。由于它们直接源自美洲，反映了美洲土著特有的思维形态，因此常常也是更有张力和隐喻功能的文化信息和艺术象征，能提供关于拉丁美洲现实的独特暗示。

不言而喻，神话-原型批评把母题的复现和变体绝对化了。例如荣格这样将神话-原型提到普遍、绝对的高度，他说："诗人为了确切地表达他的经验就非求助于神话不可。"[①]事实上，正如前面说过的那样，当代文学中神话复归现象说穿了是一种观照形式，一种为了丰富和深化现实主题而采取的借古喻今、声东击西战术。魔幻现实主义作

---

① 荣格：《探索心灵奥秘的现代人》，第157页。

品的一些常见的表现手法从另一角度证明了这一点。

陌生化是其一。

魔幻现实主义表现拉丁美洲原始落后的方式不仅仅是复现神话传说、神话原型，还有陌生化等。由于现实环境的变迁，何况神话-原型毕竟不能包容此时此地的现实现象，因此带有原始色彩的某些感觉知觉便通过陌生化惟妙惟肖地表现出来。例如《人间王国》中的索里曼与雕像一节，还有《百年孤独》中马孔多人对冰块、电影、火车等等的感觉与知觉……

什克洛夫斯基说："艺术之所以存在，就是为使人恢复对生活的感觉，就是为使人感受事物，使石头显出石头的质感。艺术的目的是要人感觉到事物，而不仅仅知道事物。艺术的技巧就是使对象陌生，使形式变得困难，增加感觉的难度和时间的长度，因为感觉过程本身就是审美目的，必须设法延长。艺术是体验对象的艺术构成的一种方式，而对象本身并不重要。"（《作为技巧的艺术》，*Art as Technique*）[1]我们固然可以不赞同什克洛夫斯基的形式主义观点，但是作为一种艺术手段，陌生化确乎为古今中外许多名家名作所采用。托尔斯泰（Tolstoy, Lev）用一个非军人的眼光描述战场，战争就显得格外残酷；曹雪芹从刘姥姥的角度来观察大观园、宁国府、荣国府，它们也就显得益发奢华。这也是人们常说的"距离感"。

魔幻现实主义作家以拉丁美洲黑人、印第安人或混血儿的感觉、知觉来审视生活，变习见为新知，化平凡为神奇。由于孤独、愚昧和落后，外界早已熟视的事物，在这里无不成为世界奇观；相反那些早被文明和科学抛弃的陈规陋习却在原始的非理性状态中成了司空见惯。或惊讶，或怀疑，或平静，或气愤，无不给人以强烈的感官刺激。卡西尔（Cassirer, E.）称之为"先逻辑"。[2]

正因如此，魔幻现实主义作品仿佛插上了神话的翅膀；一旦进入它的境界，我们似乎感觉到自己久已麻木的心弦被重重弹拨了一下。

---

[1] 转引自张隆溪：《二十世纪西方文论述评》，北京：生活·读书·新知三联书店，1986年，第75—76页。
[2] 卡西尔：《神话与宗教》，甘阳译，上海：上海译文出版社，2017年。

我们从他们（如马孔多人）对冰块对磁铁对火车对电灯或电影等曾经激荡过我们童心但早已淡忘的或惊讶或恐惧或兴奋或疑惑的情态中重新体味童年的感受（而不仅仅是理性认知）。然而，马孔多人毕竟不是稚童。这又不禁使我们在愉悦和激动的审美感受中意识到他们的孤独和原始。这种强烈的感性形态和丰富的精神内容（并非直接的、浅尝辄止的，而是隐含的、需要回味的）恰恰是卡西尔所说的大诗人借"神话的洞识力"才能呈现的艺术表现，但它们并非母题或原型的复现。

与此相似的是观念对比法。由于魔幻现实主义常以拉丁美洲的文化特性为表现对象，不同文化传统、价值观念、宗教信仰的对比贯穿了许多作品。比如《人间王国》中黑人的宗教信仰对位白人的人生哲学，《玉米人》中的印第安人的原始思维对位开发商的价值观等诸如此类的比照，无疑是表现拉丁美洲多种族文化、信仰和习俗并存、混杂的历史与现状的最佳方式之一。

象征结构为其二。

魔幻现实主义作品的结构形式一般都比较简单，唯有《百年孤独》是个例外。然而，《百年孤独》的结构形式是在构思马孔多世界的孤独中产生的，具有鲜明的象征性和象形性。而且，它恰好与载体——神话形态相契合：预言（禁忌）→逃避预言（违犯禁忌）→预言应验（受到惩罚）。因此，《百年孤独》的情节并未顺应自然时序，由马孔多的产生、兴盛到衰落、消亡，循序渐进，依次展开，而是将情节分割成若干部分，并试图首尾衔接，使之既自成体系又不失同整体的联系。这些独立而又相互关联的情节片段以某一"将来"作端点，再从将来折回到过去：

多年以后，奥雷里亚诺上校面对行刑队，准会想起父亲带他去参观冰块的那个遥远的下午。

这种既可以顾后，又能够瞻前的循环形式，织成一个封闭的圆圈：

```
                          多年以后
                          自然时序
   过去那个遥远的下午 ·················· 将来上校面对行刑队
                          情节主线
                          准会想起
```

　　叙述者的着眼点从奥雷里亚诺上校面对行刑队陡然跳回到他幼年时认识冰块的那个遥远的下午，以描述马孔多初建时的情景，然后又从马孔多跳回到"史前状态"，再从"史前状态"叙述马孔多的兴建、兴盛直至奥雷里亚诺上校站在行刑队面前回想起他父亲带他去见识冰块的那个遥远的下午并由此派生出新的情节。这样，作品的故事也便从某终局开始，再回到相应的过去和初始，然后循序展开并最终构成首尾相连的封闭圆圈。这就免不了故事里面套故事，比如远在奥雷里亚诺上校面对行刑队之前，就已埋下几处伏笔：布恩迪亚将举行一个盛大的舞会，由此追溯到意大利人皮埃特罗同雷贝卡及阿玛兰妲的爱情纠葛直至舞会举行；梅尔加德斯将第二次死亡，再折回去叙述他在世界各地的冒险直至他真的第二次死去；奥雷里亚诺将发动三十二次武装起义、同十七个女人生下十七个儿子，直至这一切一一发生，等等。这种环连环、环套环的循环形式，构成一个封闭的圆圈，从而强化了马孔多孤独的形态。

　　在《百年孤独》的特殊时序中，马孔多既是现实（对于人物），又是过去（对于叙述者），也是将来（对于预言者梅尔加德斯），因而是过去、现在和将来三个时空并存并最终合为一体的形上世界。最后，三个时态在小说终端打了个结并将一切归于毁灭：

　　　　奥雷里亚诺·巴比伦一下呆住了，但不是由于惊讶和恐惧，而是因为在这个奇异的瞬间，他感觉到了最终破译梅尔加德斯密码的奥秘。他看到羊皮纸手稿的卷首有那么一句题词，跟这个家族的兴衰完全相符："家族中的第一个人将被绑在树上，家族中的最后一个人将被蚂蚁吃掉。"[……]此时，《圣经》中所说的那种飓风变成了猛烈的龙卷风，扬起尘土和垃圾，将马孔多团团围住。为了避免把时间浪费在他熟知的事情上，奥雷里亚诺·巴比伦赶紧把羊皮纸手稿翻过十一页去，开始翻译和他本人有关的那几首诗。就像望着一面会说话的镜子，他看到了自己的命运。他又跳过几页去，竭力想弄清楚自己的死亡日期和死亡情况。可是还没有译到最后一行，他就明白自己已经不能跨出房间半步了，因为按照羊皮纸手稿的预言，就在奥雷里亚诺·巴比伦破译羊皮纸手稿的最后瞬间，马孔多这个镜子似的（或者蜃景似的）城镇，将被飓风从地面上一扫而光，将从人们的记忆中彻底抹掉，羊皮纸手稿所记载的一切将永远不会重现，遭受百年孤独的家族，注定不会在大地上第二次出现了。

这样，小说从将来的预言到遥远的过去又回到将来的现实，构成封闭的结构（大圆圈），一切孤独的形态也就尽在其中了。与这种静止的封闭结构协调一致的是佩涅罗佩式的反复营造和时钟似的周而复始。就说后者吧，布恩迪亚的子孙接二连三地降生，统统被赋予了一成不变的名字，男性不是奥雷里亚诺，就是阿卡迪奥；女性不是阿玛兰妲，就是雷梅黛丝。在漫长的家族史中，同样的名字不断重复，使得乌苏拉做出了她觉得确切的结论："所有奥雷里亚诺都很孤僻，但有敏锐的头脑；而所有阿卡迪奥都有胆量，但冲动的结果必定是毁灭。"有其父必有其子，父子、祖孙不仅名字相同、外貌相似，连秉性、命运、语言都如出一辙。这般始终轮回、前后呼应、周而复始、循环往复的局面，同不断变迁的外部世界造成多么强烈的反差。

而《百年孤独》的二十章（其实是自然分割的二十部分）难道不正与阿兹台卡太阳历和玛雅二十进位相对应，预示着拉丁美洲甚至世界这个大轮子将周而复始抑或一个"与之抗衡的乌托邦"（新的一轮）的到来？然而无论如何，"命中注定一百年处于孤独中的世家最终将会获得并永远享受出现在世上的第二次机会"。①

在此，需要说明的是：20世纪80年代，中国产生了一种被称为"寻根"的思潮和一批像韩少功（"寻根"这一概念，在中国，便是由韩少功最先提出的）、扎西达娃、莫言、郑义、夏明、张承志、叶蔚林、郑万隆、蔡测海等等那样一群"魔幻现实主义"作家。前面说过，拉丁美洲的寻根运动发生于20世纪二三十年代，它标志着19世纪独立革命后拉丁美洲人民的又一次觉醒。

美洲固然曾经是美洲印第安人的世界，但在西班牙、葡萄牙和英法殖民统治时期，印第安人惨遭杀戮和压迫。就文学而言，丰富的古印第安神话传说毁灭殆尽，它所表现的古代印第安人认识世界、征服自然的记忆被人为地斩断。马克思说过，"任何神话都是用想象和借助想象以征服自然力、支配自然力，把自然力形象化；因而，随着这些自然力的实际上被征服，神也就消失了"。在今天，神话被看作一种难以取代的文学遗产，有审美价值和艺术感发作用。马克思曾经强调，古代希腊神话"仍然能够给我们以艺术享受，而且就某方面说还是一种规范和高不可及的范本"，它们"不只是希腊艺术的武库，而且是它的土壤"（马克思《〈政治经济学批判〉导言》）。在西方，古希腊神话对后世文学、艺术甚至整个社会的意识形态领域的影响都是极为深广、持久的。从荷马时代到20世纪，无数艺术巨匠从神话中汲取营养，产生灵感。在我国，神话和古代文化对于后来的文学艺术，无论是诗歌、小说、散文、戏剧还是造型艺术也都有深远的、广泛的和持久的影响。然而，在美洲，在长达数百年的殖民统治时期，古印第安文化遭到了严重的破坏；神话传说被当作异端邪说，成为普遍禁忌受到摧残。后来的黑人文化就更是如此。从巴洛克主义到新古典主义和自然主义，拉丁美洲作家大都以继承西方文学遗产、追随西方文学流派和模仿西方文学技巧为荣，对古印第安文化和黑人文化则不屑一顾。独立战争后，拉丁美洲虽已从欧洲宗主国的统治下解放出来，却仍然不能顺利地发展独立的政治、经济和文化，帝国主义对它的控

461

---

① 加西亚·马尔克斯在1982年诺贝尔文学奖授奖仪式上的演说：《拉丁美洲的孤独》。

制、掠夺和渗透从未停止。在19世纪乃至20世纪初的拉丁美洲，占统治地位的仍是西方文化。

20世纪初，美帝国主义加紧向拉丁美洲扩张，给拉丁美洲人民带来了深重的灾难。1902年3月，古巴被迫接受美国的"普拉特修正案"，同意给予美国为建立储油基地和海军基地所需要的领土。同年11月，美国夺取了在中美洲地峡单独开凿运河的特权后，公然策动巴拿马脱离哥伦比亚，使之成为一个"独立国家"。1904年，美国总统罗斯福在国会发表国情咨文，对门罗主义做了新的解释，宣称美国作为一个文明国家，又是拉丁美洲的恩主，有权干涉它的事务。1905年，美国逼迫多米尼加沦为美国的附属国并接管它的海关和财政。1906年，美国借口古巴动乱，出师哈瓦那并长期占领。1907年，美国策动尼加拉瓜政变并派兵干预。1912年，美国总统塔夫脱继承罗斯福的大棒政策，公开宣布拉丁美洲为美国的狩猎场，开始对拉丁美洲实行更加肆无忌惮的控制和掠夺。1914年，美国海军占领墨西哥最大的港口城市维拉克鲁斯并派兵镇压墨西哥农民起义。20年代，美国垄断资产阶级掀起"香蕉热""土豆热""咖啡热"的旋风，洗劫了整个拉丁美洲。30年代，美国的石油钻井又在拉丁美洲四处开花。凡此种种，实可谓罄竹难书。

20世纪二三十年代席卷拉丁美洲的寻根运动便是拉丁美洲觉醒的重要见证。当时，夸乌特莫克、图帕克·阿马鲁等土著英雄成了拉丁美洲民族精神的象征。他们的事迹在爱国主义教育中产生了巨大的威力。不言而喻，使拉丁美洲文化根本上区别于西方文化的印第安人及其文化在现实斗争中具有特殊意义。这也是当时产生土著主义运动的主要原因。在印第安人聚居的墨西哥、秘鲁和中美洲，一些旨在维护土著利益、弘扬土著文化的协会、中心相继成立。

除此而外，围绕土著主义问题，出现了两个令人瞩目的现象：一是土著主义文学的发生和发展，二是古印第安文学的发掘和整理。这前面已经说过，在此不赘。这就是魔幻现实主义赖以产生的文化历史渊源。也正是因为这一文化历史渊源，魔幻现实主义才如此充满了对帝国主义、殖民主义的谴责，同时表现出封建专制制度重压下各色人等的反抗情绪、批判精神甚而悲凉心境、绝望心理；并致力于暴露愚昧、落后、贫穷和孤独，以及对土著文化、黑人文化的多重心理。

中国是古老的文明之邦，是"四大发明"的故乡，以往我们沾沾自喜乃至故步自封的心理也多出于此。久而久之，先人的创造成了我们的包袱并最终被我们拿来作闭关自守和停滞不前的解嘲之物。可是，当我们从懵懵懂懂、浑浑噩噩中醒来，发现民族心理和现实的另一面——愚昧、落后、贫穷时，便自然而然地感到了文化传统的重负、同西方的差距。这或许就是中国"寻根"作家们在沉痛反思民族历史、奋力开凿"文化岩层"时何以如此痛感传统给民族带来的灾难、如此渴求用新的视角去重新审视传统的真正原因之所在。"这种基于现实的和文化的心理欲求同拉美魔幻现实主义一拍即合。我们甚至可以这样说：当作家们有了心理和现实的积累之后，魔幻现实主义在中国的介绍，成了寻根作家的创作突发口和契机。他们在魔幻现实主义那里看到了适于表现我们民族文化和心理的方法。1984年之后，带有魔幻现实主义特征的作品，在当代中国文坛上出现了。"（孟繁华：《魔幻现实主义在中国》）[1]

463

然而，二者最大的不同是中国的魔幻现实主义（姑妄称之）在表现现实环境的愚昧、落后（充满原始神话色彩）时，大都对民族文化传统持批判态度。这一点恰好说明中华民族和拉丁美洲各民族之间的两种相反相成的心理：我们之所以落后是因为外来影响不足，传统负担太重；而后者之所以"原始"是由于外来影响太大，自身传统被殖民者消解殆尽。毋庸讳言，我国是最晚感受到魔幻现实主义影响的国家，然而后来居上，对其接受颇具特点并且结出了丰硕成果。[2]这里的原因，除了前面所说的适合于表现我们民族文化、心理和现实的方法之外，还在于拉美作为发展中地区，与我国有诸多相同相通相似之处，而拉美作家的成功以及魔幻现实主义在20世纪文学流变中的显著

---

[1] 孟繁华：《魔幻现实主义在中国》，转引自吴亮、章平、宗仁发主编：《魔幻现实主义小说》，长春：时代文艺出版社，1988年，第4页。

[2] 曾利君：《马尔克斯在中国》，北京：中国社会科学出版社，2012年；邱华栋：《大陆碰撞大陆：拉丁美洲小说与20世纪晚期以来的中国小说》，北京：华文出版社，2015年。

地位增强了中国作家借鉴别人和最终"走向世界"的信心，因为"马尔克斯们"的实践证明，经济相对落后的民族是可以攀登世界文学高峰的。

第二章　结构现实主义

你中有我，我中有你，是20世纪中叶世界文学的一个显著特点。因之，欧美文学中遂有了"后现代主义"这样一个不是流派的流派称谓。在西班牙语美洲，由于人们把一些具有相似题材或审美取向、表现形式的作品视为流派，所以也便有了那形式各异的"现实主义"。

结构现实主义是其中的一个，而且是极为重要的一个。

如果说魔幻现实主义所包括的主要是与拉美集体无意识或神话-原型有关的作品，那么结构现实主义似可涵盖以结构和形式技巧见长的小说。

第一节　形式是关键

"时运交移，质文代变。"时代的变迁导致文学内容、文学观念的变化，而文学内容、观念的变化又往往直接影响文学形式和创作方法的沿革。虽然在文学作品中，内容和形式、观念和方法互为因果、相辅相成，但是从以往文学作品的产生方式看，形式却常常取决于内容，方法取决于观念。因而，传统的说法是形式美的关键在于适应内容，为内容服务，与内容浑然一体。然而，到了20世纪，特别是随着形式主义美学的兴起，传统的美学观念遭到了不同程度的否定。形式主义强调审美活动和艺术形式的独立性，不仅将"内容决定形式"颠倒过来，使之头足倒置，即认为形式决定内容或形式即内容，甚至淡化或排斥内容，进行非对象化纯形式表现。这显然是美学观念中的另一种极端，难免失之偏颇。简而言之，人们对内容和形式通常是有所偏废的。但是必须承认：从某种意义上说，形式主义美学促进了艺术形式的发展和突变，为艺术更好地表现一定的内容开拓了多样化手段和多元化路径。拉美，尤其是西班牙语美洲当代小说形形色色的主义就是在这样的背景下产生并繁盛起来的。换言之，西班牙语美洲小说"爆炸"归根结底又即小说形式的"爆炸"，是艺术发展的产物，盖因在对象相似、客体雷同的情况下，使一个、一群或一国作家出类拔萃的关键往往是形式，是形式这把神秘的钥匙，至少在20世纪上中叶当以如是观。诚然，极端的形式主义不仅导致了读者的疏虞，也使小说本身走进了死胡同。关于这一点，且待稍后再说。

第二节　时间是契机

小说是语言的艺术，也是时间的艺术。这早已成为一个常识性命题。大凡小说都有人物，有场景，有情节，有情绪，有氛围。人物有悲欢离合，生老病死；场景有自然和谐，扑朔迷离；情节有起伏跌宕，虚幻逼真；情绪有抑扬顿挫，疾徐升沉；气氛有严肃活泼，紧张松弛；等等。这些都包含着时序、时值、时差的变化因素，直接影响着小说的形式和形态。

但是，最初的小说（以及小说出现之前的神话传说、英雄史诗和古典戏剧等）几乎无一例外是遵循一维时间的直线叙事，以至莱辛（Lessing, G. E.）、黑格尔等艺术大师断言同时发生的事情都必须以先后承续的序列来描述。中国古典作家则常以"花开两朵，各表一枝"，与莱辛、黑格尔等言不同而意同。因此，时间的艺术性并没有得到真正的体现。写人从少年、成年到老年，写事由发生、发展到结局；顺时针和单线条是几乎所有古典小说的表现方式。由于时间尚未成为一个"问题"，因此海阔凭鱼跃，天高任鸟飞，洋洋洒洒、从从容容道来便是。

然而作为文学描写对象的人和自然是复杂的，事物并非都是循序渐进的。除了直线以外，存在着无数种事物运动形式。

　　人的心理活动就不全是遵循自然时序，按照先后顺序进行的。首先，时间是客观的，但人们的时间感受却带着极强的主观色彩。同样一个小时，对于张三来说可以"瞬息而过"，而对李四却可能"度日如年"。即便是同一个人，对同样长短的客观时间也会有"时间飞逝"或"时间停滞"之类的不同感受。这些感受是由于不同情景刺激所产生的心理现象。爱因斯坦（Einstein, Albert）在相对论中曾诙谐地比喻说，一对恋人交谈一小时，比一个心烦意乱的人独坐炉前被火烤十分钟，时间要短得多。其次，时间是客观的，但艺术时间却具有很大的可变性、可塑性。千里之遥、百年之隔，尽可一笔带过；区区小事、短短一瞬，写不尽洋洋万言。文学对时间的最初艺术加工就从这里入手。因为无伸无缩，文学就成了生活本身，何况心理活动虽然发之有因，变之有常，且可以古往今来，天南海北，自由跑马；艺术想象亦如此，"文之思也，其神远矣"，浮想联翩，时空错乱，微尘中见大千，刹那间现始终。再次，时间是客观的，但速度可以改变时值。爱因斯坦的相对论科学地论证了时间与运动的关系。譬如，飞速行驶的列车中的时间值不等于候车室里的时间值，尽管其差甚微。若能以超光速运行，导致的将是时间的倒流和因果的颠倒。

　　简而言之，事物本身的变幻和运动特性导致了相对的"时空情景"，迫使艺术家对客观时间进行艺术处理。况且，大凡艺术不但要逼肖自然，而且要高于自然。因此，把小说的叙事时序从自然状态中解放出来又是第一位小说家就面临的任务。最初的小说虽然都以时间顺序对种种事物做纵向串联，把读者的心思拴在"欲知后事如何，且听下回分解"上，但它们已不同于记账簿或编年史，对时间进行了冷热处理，即时值处理：将时间任意缩短或拉长。这样用一个"不觉光阴似箭"可以把上一个庚子到下一个庚子或更长的时间浓缩为三言两语，反之亦然。这些恰恰是艺术凝聚力和透视力的表现。后来的小说家出于内容和机巧的需要（也许是受了人的心理活动的影响）开始切割时间，换一换事物的先后关系、因果秩序。于是倒叙便应运而生了。这种倒装有利于强化效果、制造悬念，它使最初的小说结构和形式产生了一次革命性变化，尽管它本质上仍是顺时序的：写人从死跳回到生，再从生到死；叙事从结果跳到起因，再从起因写到结果。

现代小说形式变化依然是从时序切入的。由于对传统小说时序的突破，遂有了故事结构和叙事程式的巨大变革。20世纪，随着科学技术的突飞猛进，生活节奏加快，时间不断升值，传统小说那种舒缓、平直的静态描写和单线、纵向的表现方式常常显得很不适宜——尽管又长又臭的电视连续剧依然"吊人胃口"。但是，小说却越写越短。《百年孤独》译成中文不过二十几万字，《变形记》就更短，当然普鲁斯特（Proust, Marcel）①这样的作家依然存在，尽管他们受到了博尔赫斯的嘲讽。力图在尽可能短小的篇幅中表现尽可能广阔的生活画面、丰富的现实内容已是许多现代小说家的共同愿望。这就迫使他们打破传统叙事模式，在艺术时间上做文章，以至于将视线投向电影等典型的时间艺术，从中吸取养分，获得借鉴。此外，随着心理描写的加强和意识流小说的出现，西方文学明显内倾。内向的文学遵循人的意识、潜意识和无意识等不受三维空间和时间一维性制约的特点，打破了传统小说的叙事性、纵向性。现在、将来、过去可以同时或颠倒出现，回忆、梦境、幻觉、想象任意交织。

在西班牙语美洲，除却阿根廷怪杰马塞多尼奥·费尔南德斯，最早致力于小说形式创新的仍是开魔幻现实主义先河的阿斯图里亚斯和卡彭铁尔。首先是《总统先生》。在这部作品中，时间的轮子呈双向运动态势：渐进、逆转、渐进……小说第一部分写的是某年4月21日晚至23日晚，但叙事时间却并不是一直按时间循序渐进的。第一、二章从21日晚到23日晨；第三章却回到了22日晨；第四章又从23日晨进至23日晚；第五章则仍是23日晨；第六章再从23日午起至23日晚；第七、八、九、十和十一章又都发生在23日晚。这种双向梭动式时序的显著特点是拓宽了小说的横断面，使这部没有主人公的反独裁小说不再局限于主要人物、主要情节。因为在小说开始的短暂瞬间，读者窥见的不只是个别人物的粉墨登场，而是白色恐怖笼罩下的

---

① 譬如他的代表作《追忆逝水年华》。

芸芸众生，上至法官和将军，下到妓女和乞丐。也正是为了小说横切面的拓展，《总统先生》采用了大量内心独白和梦境。内心独白和梦境或展开想象的翅膀，使时间随意流逝或逆转或停顿，以便任意飞翔或停滞。无论是飞翔还是停滞，内心独白和梦境均可使作品厚度陡增并赋予似是而非、似非而是、虚虚实实、虚实相生的神秘气氛，同作者着力渲染的梦魇氛围和神话色彩浑然一体，相映成趣。

这也许是较为功利的看法。其实设身处地，对陷入"地域主义""土著主义"等风俗主义和传统叙事形式不能自拔的年轻作家来说，《总统先生》这种时间处理的最大功绩恐怕还是在于突破本身。由于《总统先生》同以往西班牙语美洲小说（包括当时的反独裁小说）如此不同，人们便不能不对其刮目相看。《总统先生》获得巨大成功，当人们问及它成功的秘诀时，阿斯图里亚斯一再回答："形式是关键。"

同样是写独裁者，阿斯图里亚斯"走向了世界"。拉法埃尔·阿雷瓦洛·马丁（Martín, Rafael Alvaro，危地马拉）、费尔南多·阿莱格里亚（智利）、豪尔赫·萨拉梅亚（Zalamea, Jorge，哥伦比亚）、马丁·路易斯·古斯曼（墨西哥）等（这样的名字至少可以举出数十个）却几乎很快被岁月的尘埃所淹埋。诚然，他们笔下的独裁者大都达到了总统先生的高度，令人发指，撼人心肺。稍逊的只是形式，然而形式势必要影响到内容，无论就文学描写生活的广度还是深度而言；何况风气使然，形式创新几乎是20世纪上半叶世界文坛的主潮。

和阿斯图里亚斯一样，卡彭铁尔回到南美时也分明带着超现实主义的冲动，尽管他已立志不再替那个欧洲流派效命。他的突破也显然是从时序切入的，最初见诸短篇小说《回归种子》（"Viaje a la semilla", 1944）。作品采用了逆时针时序。所谓逆时针时序实际上是一种新的倒叙形式，仍属于倒叙的时序范畴，而不是指事物的发展形态。它只是比传统倒叙少了一个中间环节。比方说，传统倒叙写人从死跳回生，再从生写到死。而逆时针时序则直接从死到生，倒载而入。《回归种子》写一个庄园主的一生，为了使倒装的情节更具逆时针特点，作为背景的一幢豪华住宅从使用、落成到奠基，被慢慢拆除。与此同时，人物生死的始末关系也被有意识地倒转，例如：堂马尔西亚尔的尸体直挺挺地挺在床上，胸前别满了勋章，前后左右点着四支蜡烛，长长的烛泪极似老人的胡子。蜡烛恢复了原状，收回了泪花。修女灭掉蜡烛后带着火苗转身离去。烛芯由黑变白，火星消失。奔丧的亲友后退着纷纷离去，淹没在黑暗之中，空荡荡的住宅恢复了静寂。堂马尔西亚尔的脉搏开始搏动，他睁开眼睛。[①]

这种时序表现了人的某种思维方式，即思绪的倒流：从结果倒回原因，追根溯源，逆流而上。当然，这种逆时针时序并不影响叙事的逻辑性和时间的一维性。从读者的角度看，事态的因缘、发展和结果，人物的出生、成长和死亡的颠倒对作品的理解无伤要旨。原因还是原因，结果还是结果，绝不会因为时间逆转，而把原因误认为结果。然而，情节和时序的这种崭新的、大胆的运用、剪辑、安装方法冲击了小说的创作和阅读定势。

类似的突破和冲动终于使一批像卡彭铁尔和阿斯图里亚斯那样的西班牙语美洲青年作家摆脱了传统的束缚和困扰并从此标新立异，一发而不可收。但追根溯源，这种冲动曾大大受惠于欧洲和美国文学。"他山之石，可以攻玉"，借鉴欧美文学（这种借鉴归根结底是文学形式和观念的借鉴）对当时的西班牙语美洲小说产生了巨大的推动作用。

第三节　结构是骨骼

文学不但是语言和时间的艺术，也是结构的艺术。虽然时间和结构密切相关（在传统小说中，时序和结构几乎是等值的），但时间终究不等于结构。20世纪初，尤其是随着西班牙语美洲小说的崛起，结构艺术已越来越成为一种艺术，具有相对的独立性，或可说是相对独立的审美价值，尽管在具体作品中，它（们）愈来愈同内容完美统一，"是内容的骨骼，而不仅仅是它的外衣"（科塔萨尔语）。

不言而喻，结构是小说内容和形式最终达到完整统一的枢机，是

① Carpentier: *Viaje a la semilla/Guerra del tiempo*, Barcelona: Seix Barral, 1975, pp.59—60.

小说形式的重要组成部分。换言之，小说的构思过程也即小说结构形式的设立过程。因此，结构不等于单纯的故事框架，它意味着作家对生活的审美把握，是在产生内容的过程中应运而生的，是具有实在内容的形式。

但是，传统的小说结构一般比较单一、封闭。所谓封闭大致可分三种，即以回顾往事为主的回顾式或内省式，以高潮与结局为主、回顾或内省为辅的终局式和由开头、高潮、结尾组成的三段式。这些结构是传统小说观念的体现，是由传统小说的情节和内容决定的。长期以来，人们习惯地把小说和故事等同起来，因而没有故事便不成其为小说。及至19世纪末，小说大都具有完整的故事情节，完整的故事情节必定要有圆满的结构布局。由于这种圆满的结构布局，叙述者便必须无所不知，无所不能。同时，也正是由于这种圆满的布局，结构便没有多少艺术性可言。反正只要有声有色、有始有终地把故事讲出来就行。于是讲究起、承、转、合成了写好小说的关键。现当代作家不再满足于起、承、转、合和有头有尾、有起伏高潮的圆满的情节结构。他们认为生活并非如此，而是多样的、开放的、纷杂的；人的大脑活动方式是流动的、跳跃的、繁复的，而传统结构在很大程度上雷同于古典戏剧的"三一律"，很难对生活进行整体的把握和准确的展示。因此，也便有了形式创新的需要。这样，作为对封闭结构的逆反或反动的产物——开放小说、开放结构便应运而生了。

一般认为，开放结构不仅指作者在主体构思、程序设置、情节处理方面的自由，而且包含着读者有再创作的余地。但事实上，开放结构本身并不能给作者和读者带来自由。相反，作为文学观念和技巧、主题和题材开放的结果，它需要作者下更大功夫，读者花更大的气力，还是那句老话，无论什么作品，如果不只是为了让评论家们去啃上三百年或进行所谓的纯形式表现，小说总还要展示某种主题，塑造某种形象，渲染某种气氛，总还有某种作者意图和他认为是最能表现主题、塑造形象、渲染气氛的结构形态；无论什么作品也总蕴含着作家对生活的审美把握，读者在那里所看到的也总还是作家根据自己的主观认识和意志撷取的生活素材——遴选、消化、剪裁，有着时代的、民族的、作者个人不可磨灭的烙印。

由于小说结构已普遍地被西班牙语美洲作家视为小说艺术形式的关键，因此但凡"好作品"，就必得有"好结构"。以下表述的只是其中最典型的几种。

一、形象结构

它不同于具体的人物形象，而是凸显主题，使主题形象化、具体化的有意味的形式，在一定程度上具有与主题相适应的象征意义和感性形态。正因为如此，姑且名之为形象结构。

形象结构的前身为20世纪二三十年代的具象诗，最早可以追溯到阿波利奈尔的象形诗。阿波利奈尔从中国象形文字及中国古代的文字游戏如璇玑诗、宝塔诗、离合诗等得到启发，把造型艺术的意象引入了诗歌，创造了"图画诗"，从而令人耳目一新。象形诗以心为题，便将诗句字母排列呈心形；以鸟为题，则将诗句字母排列为鸟形，依此类推，阿波利奈尔的许多作品既是诗也是画。二三十年代流行于西班牙语美洲诗坛的具象诗（又称具体诗）显然是受了阿波利奈尔的影响。墨西哥诗人塔勃拉达和智利诗人维多夫罗是具象诗先驱，他俩师承阿波利奈尔，或多或少从汉字和我国古代诗词汲取养分。塔勃拉达在一首题为《李白》的长诗中，用诗句画了酒杯、月亮等十几个图形。维多夫罗的许多具象诗更是令人叫绝。比如他是这样描写乡村教堂的：

鸟儿

雍雍

鸣叫

委婉动听的歌声

越过平静的田野

伴着

忏悔

祈祷
从蔚蓝的天空
从赞美上帝的十字架
把上帝的福音传遍寂寥人间

　　用图像符号增强诗歌的形象性与表意性的结合，使之产生视觉效果，引发想象与遐思：具象诗的这种形象性和表意性适应了现代社会的信息化要求，同样受到了小说界的重视。

　　形象结构便是象形诗歌在小说中的体现，最早见诸科塔萨尔的《跳房子》（又译《掷币游戏》或《踢石游戏》）。小说写知识分子奥里维拉形而上的追求，其结构形态酷似跳房子游戏。小说中，到达"天堂"并不意味着获得胜利，接下来的是用一次比一次艰难的方法去攀登一次比一次遥远的"天堂"。因此，"天堂"永不可及，游戏永无止境。由于奥里维拉所向往的是超然的、绝对的自由王国，因此同样不可企及。

　　小说按人物的求索经历切割，有"在那里"、"在这里"和"其他地方"三大部分（同跳房子游戏的"人间"、"天堂"和其他方格相对应），以象征主人公形而上的追求：

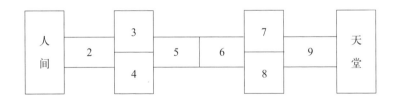

　　小说第一部分"在那里"（"天堂"）以奥里维拉的巴黎生活为主线，巧妙地串联了巴黎社会的不同生活场景，反映了法国社会的美丽、进步与矛盾、颓废；第二部分"在这里"（"人间"）描写主人公回到拉美本土以后的遭遇；第三部分"其他地方"（2—9格）则是一系列插曲——现代生活的蒙太奇。

　　小说为读者安排了两种读法，即"阴性读者"读法和"阳性读者"读法。[1]前者指传统读者，只知道消极地吞食作家业已消化好的食物。这类读者关心的是情节，所以他们可以毫不惋惜地舍弃作品的第三部分（也称"可省略部分"），用简便省力的方式抵达"天堂"——小说的高潮，然后合上书本。"阳性读者"指现代读者，小说请他们抛弃习惯定式，用全新的阅读方法：将第三部分自由插入第一、二部分之中，跳跃式阅读这部小说。这种高难度的、可变的"跳房子式"阅读方法（也即小说的真正的结构方法），打破了小说的自然时序和固有形态，使之头绪纷繁甚至紊乱不堪，且形象地勾勒出主人公的生活轨迹和心理矛盾，同他的现实生活、心路历程和精神追求融会贯通。作者认为，读者一旦进入这种游戏，也就介入了人物的探索和矛盾，成了人物的同谋：在变化中、跳跃中、寻找中摒弃传统。

继《跳房子》之后，西班牙语美洲作家中不少人运用了形象结构，其中值得一提的有加西亚·马尔克斯的《百年孤独》。由于形象结构具有与主题一致的可感形态和象征意味（无论是《跳房子》的"格子"形，还是《百年孤独》的"循环封闭"形），不仅强化了主题、凸显了主题，而且一定程度上否定了自己。内容和形式互为因果，互相转化，相辅相成，不可分割。

在审美实践中，当美的内容得到强化，而美的形式被相对否定的时候（黑格尔所说的互相转化），[2]美的形式便达到了它的理想境界：无形式境界。古今中外，许多严肃的艺术家都寻求这种境界。早在先秦时期，我国就有"得意而忘言"之说（《庄子·外物》），认为艺术的形式应该与其表现的内容和谐统一，融合为一个完整的美的形象。当艺术的感性形式把艺术内容恰当地、充分地、完美地、深刻地、形象地表现出来，从而使欣赏者为整个艺术形象（包括主题、氛围、人物、艺术形式等等）的美所吸引、所倾倒、所陶醉、所感奋，而不再单纯地去注意形式本身时，这才是真正的艺术形式美。简而言之，艺术形式只有否定自己，将自己转化为内容，才能实现自己；否定得愈

---

[1] 这样的说法招来了女权主义者的猛烈批判。科塔萨尔曾公开表示道歉。
[2] 黑格尔："内容非他，即形式之转化为内容；形式非他，即内容之转化为形式。"（《小逻辑》，贺麟译，北京：商务印书馆，1981年，第278页）

彻底，实现得也就愈充分。所谓"大音希声""大象无形"其实都有这层含义。当然，反过来理解，那么《跳房子》这样的形式却未必可取。

二、平行结构

为了使同时发生的事件不再以先后次序出现，当代作家做了多方面尝试。之一是巴尔加斯·略萨的《绿房子》。《绿房子》，又译《青楼》，是巴尔加斯·略萨的代表作。小说中，绿房子是妓院，同时也是秘鲁社会的象征。主人公鲍妮法西娅是无数个坠入绿房子的不幸女子之一。她出身于秘鲁热带森林的一个印第安部落，同许多印第安少女一样，被军队抓到修道院接受教养，而后经逃犯、恶霸之手，几遭蹂躏，最后沦落风尘。作者并没有局限于对主人公生平经历的单线条描写，而是用五条独立线索（军人、修女、逃犯、恶霸和老鸨）平行展开，显示秘鲁社会的广阔生活画面，并借鲍妮法西娅与之关联纠葛的交叉点将各条线索串联起来。著名评论家何塞·路易斯·马丁曾以"曲线推进式"图表呈现《绿房子》的结构形态：

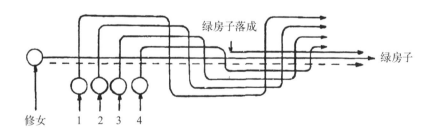

修女和4条曲线表示与鲍妮法西娅有关的重要人物，虚线表示其他次要人物，实线表示鲍妮法西娅的生活轨迹。

之二是恩里克·拉福卡德（Lafourcade, Enrique）的《双声》（*Invención a dos voces*, 1965），以两条线索平行发展（这两条线索其实也即两种生活方式：宗教和世俗），偶数章节为一条，奇数章节为另一条。因此，作家在序言中做了如下交代："这部小说可以有两种以上读法，一是循序渐进，二是在第八章后将小说一分为二：奇数九至二百四十一章为第一单元，偶数十至二百四十二章为第二单元，最后在二百四十三章合拢。还有一种读法是倒读。当然，也可以跳读。"①这在巴尔加斯·略萨的《胡利娅姨妈与作家》中变成了奇数页与偶数页两类不同的故事。类似的做法也在豪尔赫·古斯曼（Guzmán, Jorge）的《乔勃–波赫》（*Job-Boj*, 1968）中出现。小说的两条线索齐头并进，一条用阿拉伯数字标示，另一条用罗马数字标示。第一条线索多采用人物内心独白，第二条则几乎完全是外部描写。两条线索一明一暗，一喜一悲，给人以截然不同的感受。同样，阿尔贝托·杜盖·洛佩斯（López, Alberto Duque）的《笛手马特奥》（*Mateo el Flautista*, 1968）也采用了这种结构形式，所不同的是这里出现了两个叙述者，他们以几近矛盾的立场追忆一位名叫马特奥的同伴。

之三是古巴作家利桑德罗·奥特罗（Otero, Lisandro）的《状况》（*La situación*, 1963），小说写古巴革命前夕山雨欲来风满楼的"状况"，分别以现在时和过去时两条线索平行展开。现在时写50年代初的古巴社会，以横向拓展为主；过去时则是"状况"的由来，是对古巴历史的纵向开掘。两条线索或交叉或平行（有时以单数行和双数行排列），既自成体系又互相关联，构成一幅古巴社会纵横断面的立体画卷。

之四是委内瑞拉作家米格尔·奥特罗·席尔瓦的《欲哭无泪》（*Cuando quiero llorar no lloro*, 1970）。这是一部生动有趣、可读性较强的小说，写三个同时生、同时死的维克多里亚诺：一个是富家子弟，一个出身贫寒，另一个属于中产阶级。全书共十二章，截取了人物从出生到死亡的四个时间段。每个时间段都由人物敷衍，对三个社会阶层做相应的扫描。为了使三个维克多里亚诺各具特色，作者煞费功夫，运用了三套话语体系。

这些结构的好处是显而易见的，但凡同时发生的事件，不必再

① https://core.ac.uk/display/46542034/pdf.

"花开数朵，各表一枝"；然而它们给读者带来的阅读上的不便与艰难也大抵不可避免。

三、音乐结构

文学作品常常是借助人物及其有关视听印象的描写来塑造人物、刻画环境、营造氛围的。卡彭铁尔的中篇小说《追击》创造性地采用了音乐结构，即《英雄交响曲》的结构形式，叙述一个古巴学生叛变革命后被人追击并死于非命的故事。小说第一部分从哈瓦那某剧场售票亭开始，主人公和追击者登场。他们的先后出现对位贝多芬（Beethoven, Ludwig van）《英雄交响曲》序曲部和声。主人公潜入剧场，这时交响曲从G大调转为E降调。小说进入第一部分第二节，主人公像热锅上的蚂蚁，不知所措："脉搏撞击着躯壳；腹中翻江倒海；心脏高高悬起，一根冰冷的钢针刺穿我的胸膛；无声的铁锤，从胸中发出，击打着太阳穴，重重地落在胳膊上，砸在大腿上；我竭尽全力深呼吸，直至浑身痉挛；口腔和鼻孔已经不能提供足够的氧气；我胸闷气促，刚刚吸入的一小口空气在心头令人窒息地淤滞后迅速大口吐出，经过这种入不敷出的恶性循环，我成了瘪塌塌的泄气皮球；于是骨架隆起，东摇西晃，吱嘎作响。"[1]

这些心理和生理感觉同乐曲的哀乐复调相对应。

依此类推，小说的三部分十八节同《英雄交响曲》的三部分即一个呈示部和十七个变奏相对应，小说主人公从潜入剧场到饮弹身亡，也恰好是剧场中交响曲的演奏过程。在此期间，小说情节打破自然时序，遵循音乐结构跌宕起伏，腾挪转换；人物的心绪突破惯性，在音乐旋律和节奏的感召下回忆、联想、反省；小说内容也随着音乐主题的变化而变化：死亡——胜利——欢乐——死亡……从整体看，音乐同人物心理配合默契。《英雄交响曲》不仅是对主人公这个

---

[1] Carpentier: *El acoso*, La Habana: Letras Cubanas, 1981, p.132.

反英雄的讽刺，也是对本来单调的情节内容的一种强化，对人物则具有刺激神经、激发记忆的效果，对小说的总体气氛也起着一定的烘托作用。

　　不论是交响曲还是变奏曲、奏鸣曲或回旋曲等，都有其严谨的结构形式和特殊章法。这些音乐形式之所以经久不衰，是因为它们符合人们的某些审美情趣。这有点类似京剧的熟悉化效应，布莱希特（Brecht, Bertolt）称之为"间离"。它符合人们的审美习惯。既然诗能直接借助于音乐，组成配乐诗，以增强效果（不但可以加强诗的音乐性，而且还能深化主题、美化意境、提高感染力），小说有何不可？在西班牙语美洲现当代小说中，除了《追击》，科塔萨尔的《护士柯拉》（"La señorita Cora", 1966）也有意在音乐结构上做文章。后者采用变奏曲结构形式。变奏曲这种音乐形式的关键在于各变奏必须清晰可辨，且不脱离主题（主旋律）。《护士柯拉》的主题是少年心理，故事相当简单：一个十三四岁的男孩因病住院，最后经抢救无效去世。在此期间，他情窦初开，对护士柯拉产生了爱慕之情。作品通过病人、病人家属和护士柯拉的内心独白（主题的变奏），多向度反映主人公的性格及他对生活、疾病和异性的态度。作品中的这些人物都用第一人称叙述："我做了一个梦，梦见我们在游泳池旁嬉闹，开心极了。当我醒来的时候，已经是下午四点半了，我想快到手术时间了。医生嘱咐不要紧张，可我总觉得心里堵得慌。麻药这玩意儿，让人丢了皮肉都没感觉。卡丘跟我说，最糟糕的是药性一过，伤口疼得厉害。我的宝贝，昨儿还活蹦乱跳，今儿就病成了这个样子。他怕是有点紧张，难怪他呀，还是个孩子嘛！这小病人，见我进来，就紧张地坐了起来，并慌忙把一本杂志塞到了枕头底下。房间有些冷，我便打开了暖气开关，然后取出体温表。'会用吗？'他顿时满脸绯红，点点头接过去并迅速钻进了被窝。当我再次回到他跟前取体温表时，他还是浑身不自在。我差点儿笑出声来，这个年龄的男孩都这样腼腆。她微笑着，望着我的眼睛，真够呛。我心跳加速，脸上火辣辣的。说到底就因为她是个漂亮的妞。"①从文学描写的角度看，这种变奏曲结构形式既有利于人物的心理开掘和性格塑造，又能赋予作品以很强的立体感和真实感；从文学反映生活的角度看，变奏曲结构可伸可缩：缩者集不同目光于同一内容、同一事件、同一人物，伸者允许其他人物在不偏离主题的变奏过程中有各自的生活趣味和性格特征。这些不同的生活趣味和性格特征丰富了作品的表现内容。此外，由于《护士柯拉》取消了叙述者，人物都用第一人称，所以酷似一部没有解说词的广播剧。

四、复合结构

复合结构与平行结构有许多相似之处，有时甚至难以区分，因为二者都由两个或两个以上的层面、两条或两条以上的线索、两组或两组以上的人物组合而成。如果说有什么不同的话，那就是平行结构中不同层面、线索或人物的排列组合具有共时性，而复合结构则未必。

在西班牙语美洲，富恩特斯是最能自如运用复合结构的作家。一如美国作家多斯·帕索斯（Dos Passos, John）的《美国》（*U.S.A. trilogy*）三部曲有三种方法（传记、新闻和特写），富恩特斯的成名作《最明净的地区》主要写三组人物。这三组人物分别由三个象征串联起来。一个是代表墨西哥上流社会的罗布莱斯，他和夫人诺尔玛及周围人物所覆盖的社会生活画面是墨西哥的现实。另一个是诗人曼努埃尔，他代表着另一个墨西哥——虚幻却可能的理想王国。还有一个是半人半仙的神话人物西恩富戈斯，他代表着墨西哥的过去：念念不忘的是那个令人神往、一去不返的古代墨西哥。小说的共时性全靠三组人物之间的交叉关联来呈现。

另一位墨西哥作家萨尔瓦多·埃利松多（Elizondo, Salvador）的《法拉比乌夫》（*Farabeuf*, 1965）也是一部运用复合结构的艰涩

---

① Cortázar: *Antología de relatos*, Barcelona: Seix Barral, 1983, p.243.

作品。著名学者豪尔赫·鲁菲内利（Ruffinelli, Jorge）认为小说用瞬间的感受（性高潮）表现了时间的一维性和想象（感觉）的多重性。古巴作家塞维罗·萨尔图伊（Sarduy, Severo）[①]则坚持把小说同德里达（Derrida, Jacques）和拉康的学说联系在一起，认为解释符号的象征危机是《法拉比乌夫》的中心内容。墨西哥作家何塞·阿古斯丁（Agustín, José）从小说重复出现的表象切入，认为作品主要表现生命力的永恒回归与律动。孰是孰非，姑且不论。从结构形式看，《法拉比乌夫》由三个感觉组成（一个瞬间的三重组合）。一个是"你"和"我"（随着视角的转换，有时是"他"和"她"）在海滩散步后看到一张1901年发生在中国某地的体罚照片并发生性交，另一个是外科医生兼摄影师法拉比乌夫和修女目睹的同一体罚场面。两个场景（其实是两种感觉）的结束语都是"你记得吗？"。第三个是法拉比乌夫的摄影作品和法拉比乌夫的外科手术（对象是一位目光凄恻的女人："受刑者"）。与此同时，汉字"六"反复出现，它意味着轮回（与海滩散步、性交、体罚、外科手术等机械重复动作相对应）。

同样，萨尔图伊的《歌手诞生的地方》（*De donde son los cantantes*, 1967）也由三部分组成，每一部分有一个主要人物（或中国人或非洲人或西班牙人）。萨尔图伊称之为三则相互关联的"寓言故事"。因为是寓言故事，讽刺和训诫至关重要，而细节真实就显得无足轻重。作品中的三个主要人物其实是大写的古巴人的三张面孔、三个变体，他们与两名不断变换面具和品格的女性之间的关系象征着古巴人和古巴文化的转换生成。然而小说总还是小说，何况寓言和小说原本没有明确的界线。用三个寓言故事表现"这一个"古巴人，正好与西班牙人–非洲人–中国人三位一体的古巴民族本原相对应。从这个意义上说，萨尔图伊和卡彭铁尔可谓殊途同归，因为无论是萨尔图伊的寓言故事还是卡彭铁尔的神奇现实，所表现的最终都还是加勒比国家的文化特性。

具有类似结构且影响较大的作品至少还有曼努埃尔·普伊格的

---

① 萨尔图伊本人的作品同样充满了中国元素。

《天使的阴卓》（*Pubis angelical*, 1976）和费尔南多·德尔·帕索的《帝国轶闻》（*Noticias del Imperio*, 1987）。

普伊格的《天使的阴卓》（一译《天使的命运》）是亦真亦幻的两个层面。第一个层面即现实的层面，叙述一个名叫安娜的女人和丈夫离异后得了绝症，在墨西哥城的一家医院住院治疗。安娜孤身一人在异国他乡，又患了绝症，自然倍感寂寞和凄凉。这时，她的一位好友波齐前来探望，使她颇感欣慰。后者是律师，政治上支持庇隆主义，平日里忙于为遭当局迫害的知识分子和民主人士辩护、奔波。这次，安娜在医院动完手术后，波齐前去探视（名义上是探视，实际上却另有所图）。波齐告诉安娜，他这次墨西哥之行还另有任务。原来，安娜的另一位朋友亚历山大系军政府要员，波齐想借安娜将亚历山大骗至墨西哥后实施绑架，以赎取被政府关押的同伴。安娜考虑自身的处境和与亚历山大之间的友谊，拒绝了波齐的要求。波齐相劝无果，不久动身回国，数日后被警方秘密处死。安娜闻讯，悔恨交集，病情加剧。加之第一次手术癌细胞已经扩散，医生不得不进行第二次手术。据医生说这次手术十分成功，她很有希望康复。然而她本人却将信将疑，唯一的希望是见见远方的亲人：她的母亲和女儿。与这个层面对应的是梦幻。安娜接受第二次手术，身体已经虚弱不堪，又因疼痛服用了大量的镇静剂，便昏昏入睡，进入半休克状态。这时，她看到自己成了20世纪三四十年代中欧某国巨商太太，美貌绝伦。出于对她的关心和爱慕，富商在地中海购买了一座小岛，还为她修建了豪华住宅，配备了面貌与她相似的替身。新婚良宵未过，忙于商务的丈夫就被迫离开了这座防卫森严、闲人难以接近的海岛。于是孤独笼罩了她的心灵，再优裕的生活也难以安抚。她渴望自由，向往普通人的生活和真正的爱情。此时，与她形影不离的替身瑞奥突然宣称自己是个男子，是某大国派来的间谍，还说他早已如醉如痴地爱上了她，撺掇她放弃这牢笼式的生活与他私奔。安娜孤独不堪，果然为之心动，毅然决定弃岛而去。经过一场惊心动魄的搏斗，瑞奥杀死了守岛保安，与女主人双双离开海岛，登上了一艘远洋海轮。途中，她发现瑞奥并不爱她，他之所以带她离岛是因为另有目的。于是，她佯作镇定，趁其不备，将安眠药放入杯中，使他蒙眬入睡，最后葬身海底。不久，同船航行的一位好莱坞制片商看中了她，并立即与她签约，让她去好莱坞拍片。到了好莱坞，她虽很快走红，成为明星，但同行的嫉妒和制片人的"潜规则"却使她难以忍受。她厌倦了，正欲离开是非之地，不想竟被同行女演员驰车轧死。一梦既息，一梦又起。此时，小说跨入21世纪，科学技术有了长足的进步，却也给人类带来了严重的灾难。温室效应愈演愈烈，导致冰山融化，海水上涨。最终地球上的陆地被淹没殆尽，只留下了南北两极。这时，人类进入了信息时代，连姓名都变成了代码。女主人公叫W218，是一家医院的服务生。这家医院专门收治一些老年患者与残疾人。W218年轻貌美，却甘愿用自己的身子去抚慰这些被社会遗忘的老弱病残，即对他们实施爱情疗法。后来，她与一个代码为LKJS的青年相爱。当她正准备去LKJS所属国家成婚时，却突然发现他是个间谍，负有特殊使命。原来她有一种潜在的特异功能：能看出别人头脑中的思想。LKJS所属国家决定将她骗至本国，服务于军事项目。不料她的"特异功能"发生作用，看出了情人的秘密，并一气之下在他背部捅了一刀。此后，她因故意伤害罪被判处无期徒刑。应她本人请求，法院同意她去一家与世隔绝的"传染病医院"服务。这家医院只有病人没有医生，所有患者一旦进去，就再难生还。W218去后不久便染上了瘟疫，住进了病房。这时，一位老病号对她说，此地犹如死牢，从未有人活着出去，还说多年以前有一妇女因思念女儿心切，冒死逃出医院，结果被空气溶化后成了天使。至于她的女儿，则早已在一次战乱中丧生。作品既没有说穿安娜的命运如何，也没有表明W218的结果何如，但悲剧效果却没有因之而削减分毫。作者将现实和幻想两个层面平直铺开，由读者自己品味消化。

《帝国轶闻》其实也由两个层面组合而成：历史和幻想。历史部分是严格按时间顺序铺陈的，叙述法国入侵墨西哥期间在墨西哥建立第二帝国的主要经过。幻想部分是第二帝国皇帝、奥地利公爵马克西米利亚诺夫人，即卡洛塔皇后的内心独白。由于卡洛塔在帝国梦将成泡影时精神失常，她的内心独白多半在疯癫状态下展开，具有极大的任意性和非理性色彩。加上历史层面也是经过艺术加工的故事，《帝国轶闻》难免给人以虚虚实实、似是而非的模糊感。

总而言之，采用复合结构的小说一般都比较艰涩。这同此类小说特有的层次感和模糊性有关。

五、扇形结构

由一个端点向全方位扫描（如内心独白），是谓扇形结构或辐射式（心理）结构。它由一个端点扩散为几个端点，再由几个端点覆盖几个生活面。这种扇形结构较之传统情节结构的明显优势是它具有较广的覆盖能力。富恩特斯的《换皮》便是一部具有这类结构形式的长篇小说。小说由一个引子和两部分组成：引子（叙述者粉墨登场）；第一部（四个人物的爱情纠葛）→第二部（四个人物的过去）。用图表显示的话，小说的结构应该是这样的：

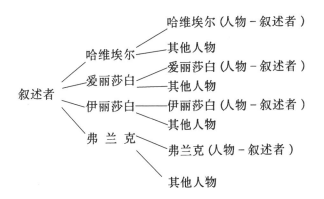

由于是扇形结构，小说有多种读法。之一是把它当作一个爱情故事：墨西哥诗人哈维埃尔偕夫人爱丽莎白、学生（几乎是养女）伊丽莎白和朋友弗兰克驱车赴海滨城市维拉克鲁斯，途中车子发生故障，并在乔路拉古城抛锚。结果是四人在一家廉价旅馆里引出缠绵悱恻的爱情纠葛。弗兰克与爱丽莎白偷情，哈维埃尔则抱怨爱丽莎白的高涨的性欲使自己的才思过早衰竭而钟情于伊丽莎白。之二是把爱情故事当作探赜索隐的契机，读出几段与人物有关的过去：爱丽莎白疯狂的纽约生活，哈维埃尔在希腊的蜜月旅行，弗兰克（前纳粹）在集中营的所见所闻、所作所为，以及伊丽莎白所代表的年轻一代的轻狂生活，等等。之三是个人生活和历史（古希腊、古印第安美洲、战争、嬉皮士潮等）作为种种暗示、隐喻和伏笔，对后来（第一部）人物的性行为产生作用。爱丽莎白在纽约贫民窟的嬉皮士生活导致了她放荡的情欲；弗兰克对犹太姑娘的歉疚和负罪感转移到了爱丽莎白身上，并转化为无限柔情；哈维埃尔的知识分子气质和阅读经历使他终究脱离不了可怕的情结（同爱人的恋母情结、同伊丽莎白的恋父情结）；等等。之四是跟着四个"次述者"的视角依次读去。正因为有多种读法，《换皮》被许多人认为是一部复杂得令人望而却步的作品。

六、套盒结构

套盒结构，又名中国套盒或俄罗斯套娃。这类作品古已有之。《堂吉诃德》中有套盒，《红楼梦》和宋元话本小说中有套盒，《一千零一夜》中也有套盒。套盒结构甚至可以追溯到《五卷书》（Panchatantra）和《罗摩衍那》（Ramayana）。现当代西班牙语美洲的套盒结构已经不同于上述作品，它更像首尾相套的"接龙术"。譬如维森特·莱涅罗（Leñero, Vicente）的《加拉巴托》（El garabato, 1967）就明显采用了这种套盒结构。叙述者应友人之托，批阅一部小说初稿。初稿的作者叫莫雷诺，叙述了另一个作家的创作：一部未完成的小说初稿。这是小说的主干，就像我们的语言游戏：从前有座庙，庙里有群和尚，小和尚听老和尚讲故事，老和尚说，从前有座庙……

阿根廷作家翁贝托·科斯坦蒂尼（Costantini, Humberto, 1924—1987）的《富内斯》（Hablénme de Funes, 1970）同《加拉巴托》有异曲同工之妙，所不同的是这部小说一度十分畅销。作品讲的是某小说家叙述一个名叫柯尔蒂的人物从另一个小说家手中得到一批创作卡片；卡片记叙的人物和事件又恰好暗合柯尔蒂等人和他们的走私贩毒勾当（也许这是一种偶合）。于是，柯尔蒂又从自身立场出发，篡改了这些卡片，重构了一个故事。这样，人物创造人物，又被人物创造，亦真亦幻，使作品变得相当奇崛。

这种人物创造人物又反过来被人创造的游戏（同博尔赫斯的人梦人又被人梦的游戏十分相似），在豪尔赫·奥内蒂（Onetti, Jorge, 1931—1998）的作品中也有出现。他的《负负得负》（Contramutis, 1969）是一部别具一格的套盒式小说，叙述伊尔达和佩洛在朋友罗伯托死后幻想他死后复生的故事。故事以虚幻的形式展开（罗伯托的确死了，而伊尔达和佩洛却实实在在地活着），直至最后罗伯托在伊尔达和佩洛的想象中复活并且使他们（伊尔达和佩洛）的想象受制于他的想象。因为要使罗伯托活着，他们必须首先恢复罗伯托的思维，但结果是罗伯托的思维被激活后，必须反制朋友的思维，否则就难以延续"生命"。于是，关系被颠倒了。这样一来，谁创造谁就不再是个简单的套盒，而是一种难辨始终的连环，就像博尔赫斯的许多作品。

同样，加西亚·马尔克斯、巴尔加斯·略萨的作品也部分采用了套盒结构。后者并且在《致青年小说家的信》中专章推荐和论述了各种套盒形式。

七、耗散结构

大凡结构，总具有一定的缜密性、完整性。耗散结构不是。顾名思义，耗散结构是一种极松散、极反常的结构形态（因此又矛盾地称为"无结构"结构或马赛克结构），在西班牙语美洲当代小说中时有出现。

耗散结构小说大致可分三类。一类是可分可合式，即既是长篇小说，又是短篇小说集，如较早的《献给一位绝望的英国女人》（Cuentos para una inglesa desesperada, 1926）和五六十年代的《人子》（Hijo del hombre, 1959）、《冰船》（La barca de hielo, 1967）等等。

《献给一位绝望的英国女人》是马耶阿（Mallea, Eduardo）的早期作品，一直被认为是一部短篇小说集。作品由九个相互关联的故事构成，所有故事都用第一人称（内心独白）。《冰船》也是马耶阿的作品，也以同样的方式描写了亲友、同事、邻里之间的冷漠与隔阂，充满了孤独和凄凉。

罗亚·巴斯托斯的《人子》则是九个既独立成篇又相互关联的章节，贯穿始终的除了叙述者"我"之外，便是巴拉圭历史的不间断延续：从殖民时期到20世纪30年代的生存状态。第一章"人子"主要叙述奴隶的儿子——马卡里奥老人的一生，中间穿插了老人讲述的两个故事。第二章"木头和肉体"以外国人杜布洛夫斯基的故事为主线。第三章"车站"写叙述者第一次去首都的所见所闻。第四章"迁徙"叙述某庄园主对雇工的残酷奴役和剥削。第五章"家"描写两个农奴逃离主子后颠沛流离的生活，同时回顾了1912年巴拉圭农民起义。第六章"联欢"叙述了当局对持不同政见者的迫害和追捕。第七章"流放者"叙述"我"因支持游击队而被捕入狱。不久，玻巴战争爆发，当局颁布大赦令，"我"被编入正规军，开赴前线。第八章"使命"通过前线战事揭露政府的腐败无能。第九章"从前的战士"写戈伊布鲁兄弟从前方回到家乡后除霸安良。

此外，何塞·阿古斯丁的《就要晚了》（*Se está haciendo tarde*, 1973）、米格尔·布里盎特（Briante, Miguel）的《岸边的人们》（*Hombre en la orilla*, 1968）和富恩特斯的《烧焦的水》（*Agua quemada*, 1981）也具有类似结构。

第二类是长篇小说为主、短篇小说为辅的长短混合结构，这类小说的突出例子是阿斯图里亚斯的《玉米人》、普伊格的《蜘蛛女之吻》（*El beso de la mujer araña*, 1976）和巴尔加斯·略萨的《胡利娅姨妈与作家》等等。

《蜘蛛女之吻》是普伊格的代表作。从内容看，小说至少由三大部分组成：一、囚犯瓦伦第和莫利纳的故事（可视作长篇小说）；二、六个电影故事（或谓六则短篇小说）；三、大量脚注。小说这样开篇：在布宜诺斯艾利斯某监狱的一间牢房里，关押着同性恋者莫利纳和政治犯瓦伦第。这两个身份不同、性格迥异的犯人同住一室，自然很难相处。莫利纳对瓦伦第从事的事业一无所知，对他的信仰更是难以理解；瓦伦第则对自命不凡、女里女气的莫利纳反感至极。然而，在那沉闷、漫长，未知尽头的监狱生活中，为消磨时间、打发日子，莫利纳讲起了电影故事：六个相对独立的篇什。随着时间的推移，莫利纳和瓦伦第的关系趋于融洽，以往的隔阂渐渐消失。瓦伦第向莫利纳讲述了自己的革命经历；莫利纳向瓦伦第描述了他与男友相爱的情景。一天瓦伦第突然食物中毒，腹泻不止。多亏莫利纳悉心照料才转危为安。之后，他俩的关系更加亲密了。瓦伦第大病初愈，身体十分虚弱。这时，软硬兼施、绞尽脑汁无法使瓦伦第开口的警方决定借助于莫利纳以破获地下革命组织。他们带走了莫利纳；莫利纳将计就计，从典狱长那儿弄来了许多营养品，与瓦伦第分享。由于莫利纳的敷衍和上司的催逼，警方一计不成又生一计。他们决定暂时释放莫利纳。这一消息使瓦伦第既喜且悲。是夜，一对难友辗转反侧，不能入眠。最后，莫利纳表示愿意为瓦伦第及瓦伦第的组织效命。两颗心融到了一起，发生了"亲密的关系"。当然，普伊格本身就是同性恋者，他的这种一厢情愿可以理解。

后来，莫利纳在与地下革命组织联络时牺牲。瓦伦第又一次被严刑拷打，昏迷中，他看到一个女人（也许是莫利纳）变成一只巨大的蜘蛛，在网中伸展腿脚。此外是几乎篇幅相等的脚注。如果说这些脚注与正文的有关同性恋的大量心理学和病理学观点还有某种必然联系的话（心理学和病理学者把同性恋现象说得神乎其神，作品的正文却以形象思维简明扼要地揭示了从异性恋到同性恋的"自然而然"的转化过程），那么和六个电影故事就显得非常疏远了。虽然六个电影故事从不同的角度（通过人物的议论）充实并完善了人物形象，但它们毕竟是六个自成体系的电影故事。作为同性恋者，普伊格使出浑身解数说明这一切自然而然，故而使作为理论的注解显得极其苍白。因此，那些脚注与其说是作品的佐证，毋宁说是"一派胡言"。

巴尔加斯·略萨的《胡利娅姨妈与作家》早已为我国许多读者所熟知。小说共二十章，单数章叙述作家与其舅姨的爱情纠葛，双数章是一些自成系统的文本（或可视作短篇小说），与单数章可分可合。

可分是因为它们与单数章的内容没有直接联系；可合是因为它们作为主人公作家和胡利娅姨妈生活的时代与社会背景，对主线起一定的烘托作用。

第三类是耗散结构中最为松散的"马赛克"或扑克牌结构，这种结构借鉴了电影"蒙太奇"手法，将某地、某时、某人、某物的一个个侧面（或"零件"）拼贴组合在一起。像墨西哥作家阿雷奥拉的《集市》(*La feria*, 1963)、何塞·阿古斯丁的《杜撰梦境》(*Y pensar que Podemos*, 1968)、科塔萨尔的《组合用的第62章》(*62/modelo para armar*, 1968) 及智利作家多诺索的《淫秽的夜鸟》(*El obsceno pájaro de la noche*, 1970) 等都极具代表性。

《集市》是一幅由一个个碎片组成的墨西哥农村（作者故乡萨波特兰）的风俗画。集市的含义即在于兹。为了使作品具有一定的纵深感、立体感，《集市》在现在时中穿插了过去时（作为底色与背景）。

《杜撰梦境》罗列了大量荒唐可笑的生活场景，彼此间可以说没有任何联系（不但人物不同，连地点、时间也不尽相同）。所以使小说成其为小说的唯一因素是作者的角度："客观"和场景（事件）的类似——荒唐可笑。

《组合用的第62章》所从出的是《跳房子》第六十二章中评论家莫雷利关于形式任意性的议论。按莫雷利的说法，文学创作应该像爵士乐的萨克斯管演奏，有很大的随意性（但又不是超现实主义所倡导的"自动写作法"）。基于这一观点，小说中的故事有很大的跳跃性，且并不发生在同一地点。人物有虚有实，事件似是而非。科塔萨尔如此表现，是为了说明现代社会的紊乱无序和荒诞不经。

《淫秽的夜鸟》被认为是多诺索的代表作，符合西班牙语美洲文学"爆炸"时期重要小说的诸多特征。作品相当复杂。首先，叙述者不止一个，既有类似于巫婆的老太太，也有半人半鬼、"不死不活"的小哑巴，等等。其次（也是问题的关键），众多叙述者所给出的目的物并不完全一致。因此，他们与其说是叙述者，毋宁说是在自言自语。小说故而像"一盘散沙"：包容了半个世纪的时间跨度，涉及一个心比天高、命比纸薄（他出身贫寒，先天不足，却想入非非）的小哑巴，一个患有面具癖的女人（只要见到戴面具的男人，她就会欲火难熬，以身相许），几个与世隔绝的老妪（她们无所事事，整天在人后说三道四，甚至想象独自抚养畸形儿的单身女人是处子），等等。且说主人公小哑巴原本品行端方、一表人才，大名温伯托。结果阴差阳错陷入了投机分子海洛尼莫家开办的鬼怪世界。那里网罗了各色怪胎，他们视温伯托为异类。不久，温伯托精神失常，真以为自己是异类，而且病得不轻。他甚至再也说不出话来，成了小哑巴。为了掩盖自己的"丑陋"，他不得不戴上面具，于是与面具癖不期而遇。然而，他不甘寂寞，一心要跻身上流社会，却总是事与愿违。因此，这显然是另一种变形，另一种异化。更有甚者，这些变形或异化的各色人等因不自知而变得更加可怜和可悲：不知其身为奴才的十足奴才。至于所谓的上流社会，也早已蜕化变质成了巫不巫、傩不傩的"异己"。无论贵贱，各色人物颓败殆尽，就连情爱和性爱也丧失了自然或本真。

类似作品还有不少。它们的共同特点是碎片化、片段化。

凡此种种，虽然难以涵盖整个西班牙语美洲当代小说的结构形态，却是其极具代表性的一斑。而小说从封闭到开放到耗散，最后（在八九十年代）竟又"回归现实主义"。这岂不又印证了物极必反的原理？当然，任何"回归"都是要加引号的，盖因历史无法重演。用赫拉克利特的话说，"没有人能两次踏进同一条河流"。与此同时，有多少个作家，就有多少种小说；有多少种小说，就有多少种结构形态。当然，我行我素，以不变应万变，拥抱传统形式的作家也不在少数。

第四节　谁是叙述者

前面说过，传统小说大都具有圆满的情节，也总是有头有尾、循序渐进的。与之相适应的叙述者则俨然是全知全能、主宰万物的"上帝"，至少是无处不在，无所不知。正因为如此，在传统小说中叙述者通常是作家的传声筒，是几可与作家画等号的。无论是在曹雪芹还是在托尔斯泰或巴尔扎克那里，叙述者或品头论足或说教议论，几乎没有一个不是凌驾于人物之上、宣达作者爱憎褒贬的判官。

但是，20世纪的小说家普遍认为，作为文学描写和表现对象的人和自然千变万化，林林总总，也就是说客体的形态是无穷的，而作家主体的认识是有限的。此外，传统小说的圆满情节和叙述者的至高无上忽视甚至无视读者的主观能动性、道德标准和审美个性等等，把一切都嚼烂、消化了再送给读者。殊不知所有的文学作品最终都是由作者-文本-读者共同完成的，过去是这样，现在和未来仍然如此。换言之，所有文学作品的价值都建立在三者的基础之上。不仅莎士比亚"说不尽"、一百个读者就会有一百个哈姆雷特，一百个读者同样会有一百个塞万提斯、一百个堂吉诃德。基于这种认知，20世纪产生了以读者为主体的接受美学，改变了以揣摩作者意图、判断作品功能为目的延续了上千年的评鉴方式。于是不但文本效应不能完全替代作者意图，连作者和叙述者的关系也"破裂"了。叙述者的万能地位动摇了、崩溃了，取而代之的是授权有限甚或无能为力。叙述者成了人物-叙述者。用罗兰·巴特（Barthes, Roland）的话说："作者死了。"用巴赫金（Bakhatin, Mikhail）的话说，这叫"对话"、叫"复调"。

只消稍加留意，你就会发现20世纪小说中第一人称叙述者较19世纪时明显增多。其所以如此，除了侧重于心理描写，还有叙述者的人物化倾向（甚至物化倾向愈演愈烈，是为"客观主义"）。于是，过去的"他想"被"我想"取而代之。可别小看了这·个"我想"，它把叙述者（有时甚或还包括作家）、人物和读者的距离一下子拉近了，把叙述者、人物和读者摆在了同等重要的位置上。此外，叙述者的第一人称化有利于形成（其实是势必导致）多名叙述者（多个"我"）的并驾齐驱，以达到视角转换的立体化生活形态。当然，一切客观都是相对的，最终小说是由作家遴选的情景、人物和事件组成的。

一、从万能到无能

在《一桩事先张扬的凶杀案》中，叙述者便是一个"无能"的人物。由于他是人物，而不是上帝，他对众说纷纭的凶杀案的调查只能是"道听途说"，得不出任何"自己的结论"。生活不也常常如此吗？就像加西亚·马尔克斯所说的那样，小说以多年前发生在他故乡的一起凶杀案为契机，反映了拉丁美洲的落后和野蛮：纨绔子弟罗曼决意找一名美女为妻，他在一个海滨小镇游玩时，看到了美丽的姑娘安赫拉，便决定娶她。他用金钱赢得了安赫拉父母的青睐和信任，迫使安赫拉同他结婚。新婚之夜，罗曼发现安赫拉不是处女，顿时恼羞成怒将她休了。安赫拉后悔莫及。因为在这之前，一些老于世故的人曾经劝她，不论是不是处女，新婚之夜最好带一瓶鸡血，趁新郎不备时洒在床上。可她没这么做。安赫拉的母亲觉得无地自容，拼命抽打女儿，并将两个孪生儿子叫回家来，威逼女儿交代侮辱她的人是谁。安赫拉无可奈何，说是同镇有钱有势的圣地亚哥·纳赛尔。孪生兄弟（维卡略兄弟）怒气冲冲，逢人便说要杀死纳赛尔，以换回妹妹的名誉，并公然磨刀霍霍。虽然镇上包括镇长和神父在内有许多人知道此事，却由于种种原因，没有一个人站出来加以阻拦。结果，弟兄俩在众目睽睽之下杀死了纳赛尔，然后向神父自首。法庭经过调查，认为他们是为了挽回荣誉而杀人的，当庭宣判他们无罪。于是，镇里人把维卡略兄弟视为"好样的"。叙述者"我"对这桩发生在三十年前的凶杀案耿耿于怀，想弄个水落石出。他原以为时过境迁，能解开凶杀案之谜，结果却使他大失所望：故乡一如既往，还是那么迷信，那么保守，那么落后和野蛮。而事实上这恰恰是凶杀案之谜的唯一谜底。首先，时至今日，小镇的多数居民仍认为纳赛尔遭此灾难，乃命中注定。

1. 梦的启示

圣地亚哥·纳赛尔被杀的那天，清晨五点半起床，因为主教将乘船来访，他要前去迎候。夜里，他梦见自己冒着蒙蒙细雨，穿过一片榕树林，这短暂的梦境使他沉浸在幸福之中，但醒来时，却觉得全身被撒满了鸟粪。"他总是梦见树林"，多年以后，他的母亲普拉西达回忆起那个不幸的细节时，这样对"我"说。"一个礼拜前，他就梦见自己单身一人乘坐锡纸做的飞机，在扁桃树林中自由地飞来飞去。"①

此外，被杀当天，纳赛尔和前天参加婚礼时一样，穿了未经浆过的白亚麻布裤和衬衫。恰好同他梦中的锡纸飞机相吻合，而且他在众目睽睽之下被杀也"印证了"他乘着飞机在扁桃树林里自由飞翔的梦境。诚如牛奶店老板娘克罗迪尔德对"我"所说的那样，她在晨光熹微中第一个看到纳赛尔，仿佛觉得他穿的是银白色夜服："酷似丧服"，"活像个幽灵"。

2. 不祥之兆

虽然从初民时代起，人们就相信预兆，相信天体的些微变化、动物的鸣声等意味着某种征兆，同人的生死祸福攸关，但随着科学的发展，人们不再相信这些。然而，加西亚·马尔克斯作品中的各色人等却依然如故。

纳赛尔前一天晚上和衣而睡，睡得很少，醒来时感到头痛，嘴里一股干渴苦涩的味道。他从早晨六点零五分出门，直到一个钟头之后像一头猪似的被宰掉，有许多人见到过他，他们记得，他当时稍带倦容，但情绪很好。凑巧，他遇到每个人时都说过这样的话：今天真是美极了。可是，谁也不敢肯定他指的究竟是不是天气。大多数人都说，那天天色阴沉，周围散发出一股死水般的浓重气味；在那不幸的时刻，天空中正飘着蒙蒙细雨，正像纳赛尔在梦境中看到的景色。人们还回忆说，那天纳赛尔的一言一行似乎都与死亡有关。他一心盘算着安赫拉的婚礼花了多少钱，结果便是他的性命；他全身穿着白色衣服，它既可以象征礼服，也可以象征丧服。而且，那天早晨，他家的女佣将兔子的内脏扔给狗吃时，他表现出反常的惊恐。女佣用了将近二十年的时间才明白过来，为什么一个习惯宰杀生灵的人突然会那么恐惧。"上帝啊，"她害怕地喊道，"难道这一切都是预兆？"

3. 命运巧合

维卡略兄弟自从安赫拉说出纳赛尔的名字后，逢人就说他们要杀

---

① 参见李德明、蒋宗曹译本（《一件事先张扬的凶杀案》，北京：中央编译出版社，2004年版）和魏然译本（《一桩事先张扬的凶杀案》，海口：南海出版公司，2013年版）。

死纳赛尔。许多人声称维卡略兄弟俩讲的话他们全听到了，并且一致认为，他们说那些话的唯一目的便是让人听见。克罗迪尔德甚至肯定地说，与其说维卡略兄弟急于杀死纳赛尔，不如说他们是急于找到一个人出面阻止他们杀人。她相信，他们第一次看到他时，几乎是用怜悯的目光放他远去的。就像许多人相信的那样，他们根本不想在阒无一人的情况下杀死对手，而是千方百计地想叫人出面阻止他们，以便他们能够体面地收场——不必杀人，又能挽回面子。

然而，人们更相信命运的安排。当维卡略兄弟操着屠刀，到肉市去磨利时，所有的人都以为他们喝醉了，甚至开玩笑说："既然有那么多富人该死，为什么要杀纳赛尔？"镇长知道情况后，批评兄弟俩说："如果主教看见你们这副样子，他该怎么说呀？"他没收了他俩的屠刀，心想：这下他们没东西杀人了。尽管这时弟弟佩德罗已经动摇——巴布洛对"我"说，让弟弟下定最后的决心实在不易，但维卡略兄弟要杀纳赛尔的消息不胫而走，继续传扬开来。神父也知道了，他说："我首先想到的是，那不是我的事，而是民政当局的责任；但是，后来我决定顺路把事情告诉普拉西达，不过在穿越广场时，已经把此事忘得一干二净，因为那天主教要来。"到了早晨六点多钟，除了少数几个人以外，全镇的人都得到了消息，而且知道行凶的详细地点。好心的人到处徒劳地寻找纳赛尔报信；理智的人根本不相信维卡略兄弟会无缘无故地杀人，更多的人则以为那是维卡略兄弟的酒后胡言，当他们看到若无其事的纳赛尔时，就更加确信无疑了。

与此同时，纳赛尔那天恰好没带武器，因为主教要来，他准备去码头迎接。多年前，他的枪走火打碎了教堂的一个真人般大小的石膏圣像，那个倒霉的教训，他一直没有忘记。纳赛尔家的前门通常是闩着的，而且大家都知道纳赛尔进进出出，走的总是后门。然而，维卡略兄弟却在前门等他。那天，他像往常一样，从后门出来后，过了一个多小时回去时仍走的后门，但没有看到好心人塞在门缝里的条子。更神奇的是，当他再次出来时，忽然走了前门。这一点谁也没有料到，就连法官也百思不得其解。不仅如此，在维卡略兄弟叫喊着、举着屠刀扑向他的时候，他母亲却赶忙关上了前门。"我以为他们想闯进来，"她对"我"说，"于是向前门跑去，一下子将它关死了。"她正在闩门闩时，听到了儿子的喊声和门外拼命捶门的声音，可是她以为儿子在楼上，正从卧室的阳台上斥责维卡略兄弟呢。纳赛尔只消几秒钟就可以跑进家门了，但这时门却关上了。在人们看来，世上再也没有比这更张扬、更富于命运巧合的凶杀案了。"天意如此。"

其次，时至今日，对于绝大多数人来说，仍只有一个受害者，即罗曼。悲剧的其他主要人物都尊严地，乃至颇为杰出地完成了生活赋予他们的使命。纳赛尔受到了惩罚，维卡略兄弟俩表明了他们像男子汉大丈夫。被玷污的妹妹重新获得了清白。唯一失去一切的人是罗曼。"可怜的人"，人们多年来想他时都这样说。基于这种信念，就连倔强的安赫拉也改变了先前的态度，给罗曼写了一封又一封情深义重的长信，但都没有得到回答，不过她相信他会收到那些信的。

悲剧是必然的！然而，在这样一个迷信、落后、孤独和野蛮的

世界里，无论是杀人还是被杀，无论是受害还是害人，归根结底，都是这出悲剧的牺牲品。因为叙述者的"无能"，作品成了众说纷纭的"话语狂欢"。人物按照各自不同的角度（或谓立场）向叙述者提供不同的线索（或谓证词），使这一部仅有九十多页的中篇小说具有匪夷所思的容量和张力，且不给人以故弄玄虚和玩弄技巧的痕迹。为了说明这一点，我们不妨对作品做更加细致的诠释。

悲剧中的人物都是复杂的，有时甚至是含混的和模棱两可的，即既是无辜者，又是罪人；既是社会的牺牲品，又是它的帮凶。纳赛尔无疑是这出悲剧的关键人物。然而，他究竟是谁？叙述者的回答是极其含混的。小说的题词写道："猎取爱情，需要傲慢。"这是希尔·维森特（Vicente, Gil）的诗句。纳赛尔恰恰是个十分傲慢的人物。多年后，叙述者是这样回忆的：安赫拉在四姐妹中长得最俊俏，有人说她像历史上有名的王后；但纳赛尔却对"我"说："你这个傻表妹瘦极啦。"他们属于两个截然不同的社会阶层。谁也没有看见过他们在一起，更不用说单独在一起了。纳赛尔过分高傲，不会把她放在眼里。"你表妹是个傻瓜"，当他不得不提到她时，总是这样对"我"说。然而，正如人们当时所说的，他是一只专门捕捉小鸟的老鹰。他像父亲

一样，总是只身行动，在那带山区长大的漂亮而意志薄弱的少女，没有哪一个不在他的涉猎范围。此外，纳赛尔的女佣维克托丽娅毫无同情心地回忆说，她女儿迪维娜当时还是个豆蔻年华的少女。那天早上，她去接空杯子时，纳赛尔抓住了她的手腕说："你到了该变成温顺的小羊羔的时候了。"这时维克托丽娅疾言厉色地命令道："放开她，白人。"维克托丽娅本人青春年少时曾经被纳赛尔的父亲欺骗过。几年后，他玩够了，就把她带到家里当用人。她常对女儿说，纳赛尔和他父亲一样，都是下流货。多年后，迪维娜对人说，那天早上，她母亲之所以不向纳赛尔报警，是因为她巴不得有人将他杀死。

然而，迪维娜并不这么看，相反，她说再也没有比他更好的男人了。她还承认，那天早上她本人之所以没有把消息告诉他，是因为她当时吓坏了，没了主见。再说，他紧紧抓住了她的手，他的手冷得像石头，有一种垂死的阴冷感。当她拉开门闩放他出去时，她又没有逃脱那只猎鹰般的手。"他抓住了我的辫子"，迪维娜对"我"说。

与此同时，"我"的妹妹把纳赛尔视为天使。"没有比他更理想的丈夫了"，她对"我"说。有人甚至断言，"安赫拉为了保护她的真爱，才说出了纳赛尔这个名字，因为她以为她的两个哥哥绝不敢把他怎么样"。

第三类说法是纳赛尔有一种几近神奇的化装本领。这样，纳赛尔关注安赫拉与罗曼的婚礼和他为新婚夫妇演唱小夜曲就成了他的表演，以掩饰他的高傲和嫉妒。

同样，罗曼也是个令人难以捉摸的人物。他是个纨绔子弟，出身名门望族。他生活奢侈，沉湎女色。他几乎是用金钱收买了安赫拉的父母，然后强迫安赫拉就范的。安赫拉向"我"坦白说，罗曼给她留下了深刻的印象，但不是由于爱，而是别的原因。"我讨厌高傲的男人，从未见过一个男人像他这么高傲"，她在回忆起那一天的情形时说。无独有偶，纳赛尔相当了解罗曼，知道他除了世俗的傲慢之外，也同任何人一样，有着自己的偏见。

除此二人外，人们大都不了解罗曼其人。从他最初出现到最后对安赫拉说"你不是处女"，并转身愤然离去，一直是个"完美的形象"

和"可怜的人"。

然而，更令叙述者大惑不解的是，多年以后，罗曼突然回到了安赫拉的身边：8月的一天中午，她正在和女友们一起绣花，感到有人走到门前。她无须看一眼就知道那是谁。他胖了，头发开始脱落，视力也退化了。"可是，那是他，妈的，是他！"她吃了一惊，因为她知道，自己在他眼中也已十分憔悴，正如他在她眼中一样，而且她不相信他心中的爱情会像她那样强烈。他身上的衬衣被汗水浸透了，恰如她在市场上第一次见到他时那样；系的还是那条皮带，肩上还是那个饰着银边、绽了线的皮褡裢。罗曼向前一步，没有去理睬那些由于惊愕而变得呆若木鸡的绣花女人，他把褡裢放在缝纫机上。"好吧，"他说，"我到这儿来啦。"他带着旅行箱准备留下来，另外一个大小相同的箱子里装着她写给他的近两千封信。那些信全部按日期排好，一包包用彩带扎着，一封也没有打开过。果然是"猎取爱情，需要傲慢"？

除此而外，种种迹象表明，维卡略兄弟似乎并非真要杀死纳赛尔，为妹妹的贞洁报仇，而显然是迫于世俗的压力，不得已而为之。所以他们根本不想于无人在场的情况下立刻杀死纳赛尔，而是千方百计想叫人出面阻止他们，只不过没有如愿以偿。他们虽然最终"自豪地"杀死了纳赛尔，并且扬言这样"体面的事"再干一千次也行，却受到了良心的谴责。凶杀案发生后，他们要了很多水、土肥皂和丝瓜瓤，洗去了臂膀和脸上的血迹。另外，把衬衣也洗了，不过就是睡不着，持久不消的死气折磨着他们。佩德罗感到日子越来越难熬了，腹股沟疼痛延伸到脖颈，他闭尿了，恐怖地断定这辈子再也难以睡着。"我十一个月没合眼"，他说。"我"对他相当了解，知道他的话是真的。而巴布洛呢，给他送去的东西每样只吃了几口，一刻钟后，就上吐下泻起来。即便如此，从他们被宣布无罪释放至今，他们一直被视为好样的，他们自己则更是自鸣得意，扬言这样的体面事情再干一千次也行！

这就是加西亚·马尔克斯笔下的故乡，这就是西班牙语美洲！作者用尽量客观的笔触、简洁的语言——上百个"某某说"，以新闻报道般的逼真炫示了一个停滞不前、孤独落后、野蛮腐朽的世界。

类似的"无能"叙述者还见于巴尔加斯·略萨的《城市与狗》和维森特·莱涅罗的《泥瓦匠》（*Los albañiles*, 1963）等。前者的事实真相被军政权抹杀了，后者在事实与利益发生冲突时，事实不得不让位于利益。

二、对话体小说

对话体小说自古有之，但像巴尔加斯·略萨的《酒吧长谈》却必定是20世纪的产物。小说由四部分组成，每部分若干章，有些章又设若干场景。小说的第一部分是总纲，写秘鲁首都的《纪事报》记者圣地亚哥在追寻失犬过程中与父亲的往日司机安布罗修相遇，两人来到一家名叫大教堂的酒吧，饮酒长谈，回忆往昔。整部小说就以两人的对话为主轴展开，覆盖了1948年至1956年甚至更长一段时期，列出了六七十个真实的和虚构的人物。

三、你我他转换

乌拉圭作家贝内德蒂在《我们的关系》（*Quién de nosotros*, 1953）中写一个永恒的题材：三角恋爱。因为是三角恋爱，作品出现了三个叙述者，他们从不同角度叙述他们的爱情纠葛：被遗弃的丈夫用日记讲述悲剧经过，因为是日记，微观的剖析和宏观的阐述并重；也因为是日记，情感的肆意流露和疯狂宣泄便在所难免。妻子所采用的是相对冷静、缜密的叙述方式：书信。信中，妻子对丈夫说明了事情原委和分手理由。情人的叙述又不同于妻子的叙述。他俨然是个被爱情冲昏头脑的第三者，所以充满了虚构和臆测；况且，他所采用的是与前两个人物迥然不同的潜对话，因此语气的转换和情节的变化使他的故事具有似是而非、似非而是、令人真假难辨的特点。

卡夫雷拉·因凡特（Gabrera Infante, Guillermo）的《三只悲伤的老虎》（*Tres tristes tigres*, 1967）也有三个叙述者。"三只悲虎"源自

流行于西班牙语美洲的一种绕口令，相当于我国的"吃葡萄不吐葡萄皮儿"。三个叙述者（有象征的成分，也有游戏的成分），从不同角度叙述古巴革命前夕哈瓦那的夜生活。摄影师柯达捕捉的是瞬间的逼真，反映生活的方式几可谓客观，但同时又是静止的和机械的；演员阿尔塞尼奥·奎的表演把生活中最典型、最怪异和最优美、最丑恶的事物通过类似于明暗效果的矛盾修辞突显出来，既有事物必然逻辑、内在因素，也有偶然性和虚幻性；作家希尔维斯特雷是三者中最难定位的一个，既可与摄影师和演员类比，又有超越生活、自由飞翔的本领（用著名诗人奥克塔维奥·帕斯的话说，"诗人是榆树，却能结出梨来"）。小说穿插的三组堪称经典的人物/事件恰好说明了以上推断。一组是一位病人和心理医生的对话，由摄影师的"纯客观"镜头组合而成，每个镜头是一段病人与医生的对话。另一组是女明星的故事，她为了表现自己的个性和天赋，很少求助于乐谱和伴奏（同演员阿尔塞尼奥·奎的随心所欲和不拘泥于脚本不谋而合）。第三组是对一些古巴作家的戏谑性模仿。这相当考验读者（译者）的阅读经验。这些作家的共同对象是托洛斯基之死。和《跳房子》一样，《三只悲伤的老虎》可以有多种读法（只不过作者没有明示而已），一种读法是从头至尾的传统读法，这种读法的结果是似是而非、似非而是，一如王蒙在评说刘索拉时所说的"不像"。然而，刘索拉的小说之所以"不像"，是因为她所表现的那种吃饱撑的疯狂与神经质；而《三只悲伤的老虎》的似是而非、似非而是却是一种关于文学的没有结论的结论，充满戏谑和反讽。作品给出的至少有三类作家：摄影师、演员和大写作家。大写作家又可细分为多种小写作家：无数"这一个"。比如托洛斯基之死，就可以有多种表征或叙述方法。另一种读法是选择其中一位叙述者（或摄影师或演员或作家）。再就是撇开所有叙述者，将作品视作独立成篇的一组组插曲。用现在的眼光看，《三只悲伤的老虎》是一部典型的元小说，即通过叙述者的视角转换，把小说乃至文学的主要功能、种类等形象、生动地展现一番。换言之，这是一种用小说写小说，以文学证文学的玄妙做法，其中充满了新巴洛克主义和元文学意蕴。

四、多声部交响

一生二,二生三,三生无数;或者"横看成岭侧成峰,远近高低各不同",纵向和横向、内向和外向、对话和复调,叙述者的多少也是现代小说区别于传统小说的一个重要标志。在西班牙语美洲当代小说中,具有多名叙述者的作品所在皆是。信手拈来,哥伦比亚作家阿尔瓦罗·塞佩达·萨姆迪奥(Cepeda Samudio, Alvaro)的《大宅》(*La casa grande*,1962)和方妮·布伊特拉戈(Buitrago, Fanny)的《众神的恶夏》(*El hostigante verano de los dioses*, 1963)堪称经典。

《大宅》写美洲太平洋沿岸某香蕉种植园的政治风云。第一章"战士"用第三人称描写"平暴"部队接到政府命令后整装待发,过程中穿插了两个士兵的对白,叙述者是全知全能的。第二章"姐姐"用第二人称"你",叙述者是她的弟弟。第三章"父亲"复用第三人称,但他摇身一变,成了客观、冷静的旁观者。余下七章中,叙述者仍不断变换(从这个人物到那个人物,有时只是叙述者立场、关系的变化)。凡此种种,使作品呈现出一种多方位立体图景。

《众神的恶夏》由多名叙述者从不同的角度叙述垮掉的一代如何无所事事,虚度光阴。小说以某报女记者采访"无名氏"作家为主线,每一章设一名叙述者,各章除围绕主线进行扫描外,视线有所游离。这样写的好处是作品所表现的生活场景具有相当的广度和深度,缺点是各叙述者之间的差别形成了不可避免的离心力。

此外,普伊格的《丽塔·海沃思的背叛》(*La traición de Rita Hayworth*, 1968)也是一部多叙述者小说。作品写一名叫托托的少年在1933年至1948年间的生活经历。小说以片段形式出现,叙述者不断变换(托托自己、托托的朋友或家人)。第一章"在米塔父母家——1933年拉普拉塔"劈头便是一段对话。因为缺乏必要的提示,读者既不知道谁是米塔,也不清楚其中的人物关系,只知道米塔生了一个男孩,人们正忙于替新生儿准备应有物品。第二章"在贝托家——1933年巴列霍斯"是两个女佣的对话与调侃。这时,我们才知道托托就是那个新生儿，他父亲贝托对他漠不关心。从第三章开始，标题不再是某地某时，而是某人某时。如第三章"托托——1939年"：主人公六岁，仍年幼无知，但所见所闻，所思所虑已能反映家庭和周围环境、人物关系的错综复杂。此后各章多以内心独白为主，其中有两章是日记，一章是作文（题目是"一部我喜爱的电影"），另一章是一封没有寄出的信（写信人是托托的父亲，收信人是托托的叔父）。也许是因为作品的主题是传统家庭关系的消失和人际关系的冷漠，普伊格才安排了众多叙述者出场。

五、无叙述者

所有人物都是叙述者，也即"无叙述者"。没有叙述者，当然也就没有叙述。60年代勃兴于墨西哥文坛的"波段小说"便是这样一种无叙述者小说。譬如古斯塔沃·萨因斯（Sainz, Gustavo）的《加萨波》（*Gazapo*, 1965）、莱涅罗的《Q学》（*Estudio Q*, 1965）及阿古斯丁的《侧面》（*De perfil*, 1966）等，都是无叙述者小说。

《加萨波》以大量的录音式对白、电话式对白和任务日记、梦境、书信等组合而成，不给读者任何提示和解释（这种提示即叙述，被60年代墨西哥"波段小说"视为对生活真实的干预和歪曲），从而将客观性绝对化了。

《Q学》完全采用所谓的录音法。比如它展示一群年轻人的无主体（也即多主体）对白，令读者完全摸不清谁是谁：

　　——停，停一下！
　　——行了。
　　——拍吧，停！
　　——我的上帝！
　　——怎么啦？
　　——挺好。
　　——挺好？

——当然。

——真的？

——真他妈太棒了。

——是吗？

——成。

——我看看。

——没问题。我看没问题。

——你说呢？行吗？

——绝了。

——当真？

[……]①

　　总而言之，在当代西班牙语美洲小说中，叙述者居高临下对人物进行评头论足、道德说教的情形越来越少。叙述者也很难再同作者画等号矣。他（们）大抵是某个或某些人物。如果他是诗人，他就用一个诗人的语言、眼光；倘若他是个乞丐，那他也就只好用乞丐的语言，按照乞丐的方式去表述、去审视生活；假如他是个局外人，那么他的责任是变成太阳或者月亮，送给每一个人物、每一件事以同样的光亮和温度，以便将作者的好恶尽量掩盖起来。当然，这一定是相对的，甚至表面的。

　　有时，叙述者可能是一个物件，比如曼努埃尔·姆希卡·拉伊内斯（Mujica Láinez, Manuel）的"家"[《家》（La casa, 1954）]，那么它便更不可能凌驾于人物之上，而只能静静地做一个"见证"。诸如此类，不一而足。但反过来说，这终究还是作家的选择。也就是说，无论叙述者是人是物，是局外还是当事，在当代小说中大都具有"客观""公正""不偏不倚"的特点。所谓客观，也即不直接流露作者的主观色彩（作者的政治观点、道德标准及其个人好恶被尽量地掩盖起来，仅此而已）。当然这并不排除作品具有强烈的倾向性，因为最终

---

① https://www.caletadelibros.cl/estudio-q-de-vicente-lenero/pdf.

是作家的选择决定了作品的内容。

与此同时，波兰裔女作家埃莱娜·波尼亚托夫斯卡开创了"访谈体小说"。这使她的作品具有报告文学般的逼真，甚至常常具有新闻报道的色彩。由于是记者出身，加之女性视角，她也免不了被对号入座，从而引发了不少飞短流长。在描写劳动妇女方面，迄今为止也许只有雷布埃尔塔斯能与其媲美：同样强烈的激情，同样鲜明的立场。不公平的是雷布埃尔塔斯成了有口皆碑的"无产阶级作家"，而波尼亚托夫斯卡却被自以为是的批评家"誉为""丰乳肥臀的三八"。在他们的眼里，她同她笔下的人物一样：上班工作，生儿育女，不知倦怠，不谙艺术。然而，她不屑于顾忌流言蜚语。她承认自己就是一名普普通通的劳动妇女，却和所有劳动妇女一起撑起了这个男人的世界。1971年，波尼亚托夫斯卡含辛茹苦三年之后，终于推出了她的代表作《特拉台洛尔科之夜》（*La noche de Tlatelolco*）。小说以席卷西方世界的"68学潮"为背景，用"访谈体"展示了震惊世界的特拉台洛尔科血案。小说以大量原始资料和亲历者访谈为基础，力求"客观""准确"，从而获得了文学、女人对于男权的一次历史性胜利。她同时期的其他重要作品如《亲爱的迪埃戈》（*Querido Diego*, 1978）等，也大都采用了这种方法。

六、挑战读者

如上所述，传统小说（当然还有诗歌等其他文学体裁）视读者为消遣者。因此，读者一直是文学交流中受忽视的一方，这种状况到了20世纪方始改观。于是，便有了接受美学，它把读者和作者、作品摆在同等重要的位置上。于是还有了开放体小说，它邀请读者"介入"作家的创作活动，仿佛眼下的某些网络文学。

事实上（即便是在过去），读者一直都不是文学的消极接受者，即便简单地表达读后感和好恶也是一种交互活动。当然，作者-作品-读者是一种极其复杂、微妙的关系。当然，众生狂欢，莫衷一是的极端相对主义也比比皆是。这是后现代和后现代之后语境下绝对的相对性取代相对的绝对性的必然结果。同时，近年来文学界、批评界争论不休的"意图复归""作者活着""文本之外并非一切皆无"的讨论也是明证。

在西班牙语美洲，马塞多尼奥·费尔南德斯是最先正视、尊重读者的小说家之一。在1929年创作的《新人手稿》(*Papeles de recienvenido*) 中，他第一次郑重其事地邀请读者介入他的创作活动。小说不长，只有五十多页，开头是新人到布宜诺斯艾利斯后不幸在车祸中负伤。接下来是新人用第一人称记述所见所闻（直至车祸发生）。最后是"编者的话"，它罗列了许多与新人有关的材料。这与其说是一部小说，毋宁说是一堆创作素材，充其量是一部没有完成的手稿。他的另一部小说《一部开始的小说》(*Una novela que comienza*, 1941)，顾名思义，具有同样的特点。作品开篇是叙述者就创作问题进行的一番"对话"。然后是有关两个女人的故事，但故事尚未展开，叙述者就因缺乏材料而卡壳停笔。最后，叙述者发现，要写好这部作品，必须同至少其中一个女人（此时也是他的读者）建立联系。小说便这样不了了之。

作为实验者，费尔南德斯精神可嘉，但他的作品毕竟过于突兀，无法得到读者的认可，无论评论界如何喝彩。

马雷查尔的《亚当·布宜诺斯艾利斯》虽然同样诚邀读者参与，却含蓄得多，谋篇布局的实验性也颇有节制。《亚当·布宜诺斯艾利斯》的创作过程长达十七年之久，也就是说最初的手稿（或腹稿）产生于1931年。小说由七部分组成，外加一个"必不可少的序"。前五部分是马雷查尔对已故朋友亚当·布宜诺斯艾利斯的追忆，第六、七部分是亚当·布宜诺斯艾利斯的遗稿，其中第六部分写马雷查尔，第七部分是"地狱之行"。"必不可少的序"写作者参加亚当·布宜诺斯艾利斯葬礼后发现朋友遗稿并决定投入创作，为亚当和其他朋友（如博尔赫斯等读者的读者）树碑立传。可惜的是，囿于政见不同等原因，博尔赫斯等人后来同作者马雷查尔分道扬镳，并没有在他死后接过这个线头，继续这个文学"接龙"。在《亚当·布宜诺斯艾利斯》中，作者-叙述者-人物-读者的界线消失了，现实和文学的界线也便随之消失了。同时，亚当这个名字意味深长，布宜诺斯艾利斯则是他或他子子孙孙如今的舞台。

20世纪50年代以降，随着接受美学的兴起，读者在西班牙语美洲小说中受到越来越多的关注。有的作家还开始用激将法向读者公开挑战，以加强读者的参与意识和能动作用（如科塔萨尔的《跳房子》以及他的所谓"阳性读者"和"阴性读者"理论），有的甚至故意"诅咒"读者［如普伊格的《永远诅咒读本书的人》(*Maldición eterna a quien lea estas páginas*, 1980)］。当然这是另一种极端。

诚恳邀请读者参与也罢，用激将法强迫读者参与也罢，都是文学观念演变的结果。由于文学创作需要改变或者否定传统，势必会影响读者的接受方式。事实上，优秀的传统小说大抵也不以读者趣味为转移，盖因有意迎合读者趣味的代价一定是沦为"通俗"文学，至少难以成为经典。然而，这是另一个话题。当代小说（从西方现代主义开始）却走到了另一个极端：以牺牲一大部分读者为代价（20世纪兴起的"通俗"小说也许正是钻了这个空子，把这一大部分读者拉到了它的旗下）。同时，所谓的"高雅"小说不得不惨淡经营，过程中作者-作品-读者的关系悄悄嬗变。一批新的读者被造就了，他们开始摆脱惰性，跟随作家换一种眼光、换一种角度审视熟悉的世界，努力使熟视无睹、钝化蜕化的审美触角得到激活。当然，这还是相对之谓。

如上种种，都直接影响到小说的布局和形态，是西班牙语美洲作家形式创新的重要标志。至于某些局部的突破，如语言的翻新、描写的内倾等就不在本章论述之列了。必须强调的是，西班牙语美洲作家在追求形式创新的过程中，有成功也有失误，但他们大都有一个坚定的信念：他们的作品必须有浓郁的番石榴芳香和斑斓的美洲色彩。他们的形式必须是有实在内容的形式（诚如科塔萨尔常说的那样，形式应该成为内容的骨骼，而不仅仅是它的外衣）。西班牙语美洲小说其所以能崛起并打破西方中心主义惯性、走向世界文坛中央，恰恰是因为它建立在思想性、艺术性并重的基础上，也因为它在追求形式美、进行结构创新的同时，并没有抛弃现实主义。当然，如上所列，为形式而形式的作品也不是费尔南德斯般一骑绝尘。

第三章　心理现实主义

　　众所周知，20世纪世界文学的基本特点是表现形式由简单趋于曲折，细节描写由外部转向内心。它是文学的主要表现对象——人的存在方式与内心世界越来越复杂、丰富，创作题材与主题不断拓展、深化，文学观念与技巧急剧发展和裂变的必然结果。西班牙语美洲当代小说无疑是一股汇入并且推动20世纪世界文学主潮的雄浑强劲的热带河流。

　　心理现实主义是汇入这一热带河流的一支潜流。诚所以谓之"潜"，是因为它和上述"流派"一样，既无宣言领袖，亦无团体刊物，难以上升为传统意义上的流派。但同时它又拥有所有流派的内在特点，即同一时期相当数量的上佳作品及其所表现的题材（对象）和形式（手法）的相似性。

　　早在19世纪80年代，英国作家斯蒂文森（也作史蒂文森，Stevenson, Robert Louis）就已断言读者不屑于情节小说了。他所说的情节小说相当宽泛，实际上涵盖了包括传统现实主义小说和传统浪漫主义小说在内的几乎所有逼真的和想象的作品。西班牙作家何塞·奥尔特加·伊·加塞特对此颇有同感，他在1925年的《艺术的去人性化》（*La deshumanización del arte*）一书中雄辩地阐释和论证了文坛对于小说情节的"漠然态度"。他甚至下结论说："时至今日，令人感奋的故事已经掘尽。"他继而又说:"小说再也不可能以情节取胜。"①他还在其他地方,用大量篇幅阐述他的这一观点,他说未来的小说只能是"心理小说",认为从今以后一切真实的或想象的情节都将是缺乏新意的,因而也将是索然无味的。这种观点风行一时。与此同时,欧洲产生了普鲁斯特、乔伊斯、伍尔夫,美国产生了福克纳,等等。

当然,奥尔特加·伊·加塞特所批判的是"大众社会"导致的艺术衰败。他的片面性在于将问题的症结归咎于大众,而非资本及其推动的消费主义。另一方面,虽然并非所有致力于形式创新的作家都有意识抛弃情节(即使是为了抵抗资本),但形式主义客观上助推了这样一种很大程度上以牺牲读者和小说本身为代价的重大变革。显而易见,在许多作家看来,以往人们过分强调文学的认知功能并局限于外部世界(比如最古老的神话传说或最现代的科幻小说也大都是针对自然的);现在是时候回到人自身:直抵灵魂深处最隐秘、最本真之处,因此观念上的偏激或形式上的矫枉过正在所难免。

毫不例外,西班牙语美洲当代小说是情节让位于内心独白的积极实验者和推动者。

前面说过,西班牙语美洲小说起步较晚。20世纪初,姗姗来迟的批判现实主义和自然主义尚且立足未稳,令人眼花缭乱的现代主义便开始对它们进行清算和狂轰滥炸了。西班牙语美洲当代小说的奠基者们便是在这种流派对流派、现在对过去的狂轰滥炸中,在迷惘中,在充满火药味儿的战场中诞生的。面对欧陆文坛形形色色的流派、思潮,他们的态度不尽相同。具体到如何面对心理小说或二三十年代的意识流小说,首先博尔赫斯并没有放手去学,而是与之保持了距离,相形之下他更欣赏卡夫卡的表现,认为它比心理小说更能展示难以名状却又缠绵悱恻的内心活动,他并且批评心理小说(认为普鲁斯特的《追忆逝水年华》枯燥无味、琐碎冗长,甚至混乱不堪、难以卒读)。因此,虽然他注重心理描写,许多批评家也曾将他归入心理小说家之列,但他的主要目的是要将幻想推向极致,跨入"玄而又玄"的众妙

---

① Ortega y Gasset: *La deshumanización del arte*, Madrid: Revista de Occidente, 1925, pp.96—97.

之门。有些作家，如卡彭铁尔和阿斯图里亚斯则是在面对拉美社会的原始、落后、野蛮不知所措但又如鲠在喉、不吐不快的矛盾心态中开始探索自己的表达方法并开创魔幻现实主义的。于是，欧洲心理小说的某些表现手法被用来展示拉美黑人或印第安人或混血人群的神奇：集体无意识。

不言而喻，博尔赫斯的幻想小说和魔幻现实主义虽则都具有明显的内倾性，心理描写的手法也多种多样，却都不是严格意义上的心理小说。西班牙语美洲心理小说，当首推智利作家佩德罗·普拉多（Prado, Pedro）的长篇小说《阿尔西诺》（*Alsino*, 1920）。后者写一个几乎人人有过的童年梦：长出翅膀来自由飞翔。但是，由于小说采用的是第三人称和万能叙述者，故而即使动作描写再少，心理描写再细，也还是一部传统小说，或者说是一部传统心理小说，尽管在20世纪20年代的西班牙语美洲文坛它是那么与众不同，犹如一朵迎春花，预示着心理现实主义的来临。

毋庸讳言，西班牙语美洲的心理现实主义小说与西方意识流小说不可分割，尽管环境使然，许多心理现实主义作家最终另辟蹊径，与意识流小说分道扬镳了。这就好比魔幻现实主义同超现实主义的关系。

20世纪三四十年代，专制统治的阴霾在西班牙语美洲瘟疫般地蔓延，以空前残酷的形式——"猩猩派"政权梦魇般地笼罩了这些刚刚摆脱殖民主义枷锁的发展中国家，大批作家亡命欧洲和美国。时值乔伊斯、普鲁斯特、伍尔夫、福克纳的作品得到承认并广为流传，西班牙语美洲的流亡作家大都自觉地接受了他们的新观念、新方法，因为意识流小说所表现的内心世界，作为一种精神现象，归根结底是生活的镜像；而把内心当作文学的重要表现对象，乃是人类精神世界不断丰富、人类对心理活动的深入了解所驱动的。此外，在"上帝死了"、经济危机、第二次世界大战爆发、被称为异化和迷惘的20世纪三四十年代，孤独不容置疑地成了世界性题材。对西班牙语美洲作家来说，它尤其是一个严肃且至为重要的社会问题。诚如加西亚·马尔克斯所说的那样，孤独是拉丁美洲的痼疾，落后、野蛮及形形色色的专制制度则是其症结所在。落后和野蛮构成专制制度的土壤，而专制制度又加剧了落后与野蛮。这当然是一种恶性循环。生活于斯的各色人等，无论是统治者还是被统治者、正人君子还是宵小之辈，都不可避免地染上了孤独症；而意识流和内心独白、幻觉和梦呓恰恰是表现灵魂孤独的有效形式。

乌拉圭作家奥内蒂是较早采用意识流手法的西班牙语美洲作家。他的成名作《井》作为西班牙语美洲文坛最早的意识流小说之一，不仅从欧洲有关先锋作家那里汲取营养，而且对福克纳的南方产生了特殊的感情。这正是他后来建构"圣塔玛利亚"的基础，并以此与"马孔多"和"科马拉"遥相呼应。

作品所关心的除了意识流这种新的写作手法（其实也即内容）之外，主要还是社会人所面临的生存问题，如信仰危机、专制统治及世界性经济危机对西班牙语美洲这个"后花园"兼"泄洪区"所造成的严重破坏。作品的气氛沉闷之至。正因如此，它问世时并未产生多大反响，倒是引起了政界和社会学界的兴趣。一如普拉多的《阿尔西诺》，《井》曾被多数读者读解为反独裁的政治小说。

为了使意识流畅行无阻，弥留者、聋哑人、囚犯等丧失正常交流功能的边缘人物，以及各色孤独和惯于苦思冥想的作家、艺术家成了西班牙语美洲心理小说的类型化人物。智利女作家玛丽亚·路易莎·邦巴尔（Bombal, María Luisa）的《穿裹尸衣的女人》（*La amortajada*, 1938）和阿根廷作家尤利西斯·德·姆拉特（Murat, Ulises de）的《伸向死亡的阳台》（*El balcón hacia la muerte*, 1943）都是写弥留者的。《穿裹尸衣的女人》写一位"死者"的内心独白。由于她事实上并未完全死亡且能感觉到亲友的悲恸与忙碌，积淀在内心深处的恩恩怨怨和求生本能、死亡恐惧等通过回忆、联想、潜对话和受外界刺激的种种条件反射狂泄不止。同时，又由于她是个"死者"，"不必再有任何顾忌"，30年代智利社会的炎凉世态和政治气氛也遭到了她严厉、尖刻的批判。与《穿裹尸衣的女人》相似的《伸向死亡的阳台》则是某医院重症室一位重病号的内心独白。由于他患的是不治之症，对于生存和死亡、人生和社会也便有了一番别样的感悟。

这两部作品都或多或少影响了后来的心理现实主义作家。比如富恩特斯的《阿尔特米奥·克鲁斯之死》和邦巴尔的《穿裹尸衣的女人》就不无相似之处。此外，阿根廷作家马耶阿和墨西哥作家海梅·托雷斯·波德特笔下形形色色的孤独者对后来的心理小说也都产生了深刻的影响。马耶阿的几乎所有作品均可归入意识流小说。他的早期作品如《欧洲之夜》（*Nocturno europeo*, 1934）或《十一月节》（*Fiesta en noviembre*, 1938）等虽然并不全是意识流，却无不以心理描写和内心独白为主体。至于稍后的《灵魂的敌人》（*Los enemigos del alma*, 1950）和《查维斯》（*Chaves*, 1953）则显然是典型的意识流小说了。从《十一月节》到《查维斯》，马耶阿发表了六七部长篇小说，其中令人过目不忘的人物是哑巴查维斯。由于他不能说话，内心世界也就格外复杂、神秘，他所表现的心灵图景也常常出奇制胜，引人入胜。

墨西哥作家托雷斯·波德特的《1月1日》（*Primero de enero*, 1934）是人物在一天内的所思所想。由于一切都发生在主人公冈萨罗·卡斯蒂略的意识和潜意识中，他想改变自身环境、重塑自我的种种努力归根结底也只是一系列毫无意义的白日梦而已。现实生活中（至少是在这一天）一切都没有发生，他还是他，而且也许将永远是这一个他。

类似的作品还有阿根廷作家马丁内斯·埃斯特拉达（Martínez Estrada, Ezequiel）的《玛尔塔·里盖尔梅》（*Marta Riquelme. Examen sin conciencia*, 1956），智利作家玛尔塔·布鲁内特（Brunet, Marta）的《梦之根》（*Raíz del sueño*, 1949），哥斯达黎加作家约兰塔·奥雷阿姆诺（Oreamuno, Yolanda）的《潜逃之路》（*La ruta de su evasión*, 1949），哥伦比亚作家埃德华多·卡巴耶罗·卡尔德隆（Caballero Calderón, Eduardo）的《背后的基督》（*El Cristo de Espaldas*, 1952），墨西哥作家何塞菲娜·维森斯（Vicens, Josefina）的《空洞的书》（*El libro vacío*, 1958），等等。其中《潜逃之路》写一个十足的精神因犯。

谁都知道，任何一种文化现象、文艺思潮或形态的出现都不会是孤立的。意识流小说也是如此。它的产生、发展和流行有着多方面的原因。远的不说，20世纪强调人性、个性的西方哲学和社会伦理学，突出无意识、非理性的心理学（如弗洛伊德主义）和文学（如超现实主义）等都是与之直接关联的文化历史因素。然而，凡此种种又无不是20世纪西方社会包括一定生产力、生产关系和科学技术在人类精神层面的折光反映。

弗洛伊德把人格结构建立在本我、自我和超我间的相互关系上。本我是"一种浑沌状态，一锅沸腾的激情。我们设想，本我是在某处与躯体过程产生直接接触的，从躯体过程中接受种种本能的需求，并使这些需求在心理上表现出来［……］这些本能使得本我精力充沛，但是本我既没有组织，也没有统一的意志，只有一种使本能需求按照快乐原则得到满足的冲动"。"对于本我来说，自我是承担了复现外在世界以及因之保护本我的任务，因为本我盲目地奋力满足自己的本能，完全不顾外在力量的优势，如果没有自我的保护（其实也即克制）它就难免于毁灭。"①

在西班牙语美洲，特殊的现实环境、历史条件和文化根脉使纯意识流作品始终未能形成气候。而且从50年代开始，心理小说的意识流"纯度"明显降低，社会内容大为增加，批判色彩越来越浓。也许正因如此，包括三四十年代意识流小说在内的心理小说遂被一概冠以心理现实主义。

阿根廷作家埃内斯托·萨瓦托不仅是早期心理现实主义小说的杰出代表，而且还是50年代后该"流派"向其他类型（如结构现实主义、社会现实主义等）转化或汇合的重要推手。他的早期作品如成名作《隧道》（*El túnel*, 1948）可算是其早期心理现实主义小说的集大成之作，尽管它几乎是严格按照弗洛伊德心理分析方法写成的。

"我就是杀死玛丽亚·伊丽巴内的胡安·巴勃罗·卡斯特尔。"这是小说劈头第一句。紧接着，我们知道作品完全浸淫于胡安·巴勃罗·卡斯特尔的内心独白，它确实像滔滔不绝的河流，将生活中的各种印象、回忆、观感、联想乃至幻觉混杂在一起，奔腾而来，一泻千

---

① 转引自柳鸣九主编：《意识流》，《西方文艺思潮论丛》，北京：中国社会科学出版社，1989年，第358—359页。

里。本来杀人犯是应该坐牢的，但胡安·巴勃罗·卡斯特尔并没有去他该去的地方，他被关进了精神病院。

然而，人物远非那种丧失理智的疯子，而是弗洛伊德门生卡伦·霍尼（Horney, Karen）博士所说的那种"由压抑和恐惧引起的神经机能病人"。[①]

首先，卡斯特尔精神压抑，内心充满痛苦。用弗洛伊德的话说，那是力比多受到了过度的压抑。霍尼博士进而认为，这种压抑和痛苦往往始于少儿时期："我怕失去父母的宠爱。""我不能使父母生气。""我不能惹父母生气，否则就会挨打"，等等。随着年龄的增长，又会有许多社会压力接踵而来。这一点，萨瓦托的作品表现得更为明确。卡斯特尔常常提醒我们："这个世界太可恶"，"那些人太坏"。在霍尼博士看来，"对世界的态度常常来自过分的压抑：要生存就必须适应社会环境，适应他人，而这种适应的前提与代价恰恰是抑制本我的冲动"。霍尼博士把长时间过分抑制本我冲动的痛苦称作"神经机能病的基本病因"，把孤僻视为神经机能病的主要症状。她说，由于神经机能病患者长期处于压抑、恐惧和痛苦之中，会设法寻找自我避风港。这是一种本能的自我保护方式：孤立自己以逃避与社会和他人接触（及由此形成的孤僻性格）是这种自我保护的最为常见的方式（症状）之一："只要我躲得远一点，他们就不会把我怎么样"，"只要我不与他们接触，他们就不会伤害我"。另外两种常见的自我保护形式（症状）是"只要他（她）爱我，他（她）就不会伤害我"。[②]这是三种相反相成、既对立又统一的自我保护机制。

三十六岁的画家卡斯特尔首先选择的自我保护形式是孤立自己，因为我们知道他既憎恨他的家人，也憎恨社会：

"家庭并不可信。"

"我看所有的人都很肮脏，很下流［……］总想利用别

511

① Horney: *La personalidad neurótica de nuestro tiempo*, Buenos Aires: Troquel, 1951, pp.43—44.

② Ibid., p.113.

人获得好处。"

"我最恨画家。这可能是因为我最了解他们［……］"[①]

然而孤独并没有给予卡斯特尔以足够的安全感。于是他又选择了其他的自我保护形式。事实上，神经机能病患者必定"同时选择几种自我保护形式"。这些自我保护形式反过来促进神经机能病不断加重："因为怀疑和憎恨他人而孤立自己，因为孤立自己而加深痛苦，因为痛苦无法排遣而寻求他人的爱，因为得不到他人的爱而更加憎恨他人以致产生强烈的排他欲、权力欲（因为不能与他人相处而产生的一种凌驾于他人之上的个人意志。——引者注）和破坏欲。"[②]

卡斯特尔经历了这种也许是初级阶段的恶性循环：他选择了孤独，因为他经历过这么多灾难，看到过这么多残酷奸邪的面孔；他寻求过异性的帮助，却发现自己命中注定不能和女人相处；他寻求过同行的理解，但到头来终以互不理解而告终（"灾星"是他对同行的称谓）。

正因如此，他的孤独也便更加孤独，痛苦也便更加痛苦。恰恰就在这时，他遇到了另一个孤独的人：玛丽亚。她对于他具有双重意义：爱情和理解。他是在一次画展中见到她的。她二十六岁，长得不算漂亮。当时，她在他的画前驻足后把注意力集中在一个被所有人忽略的细节上。那是一扇向孤独的海滩微微敞开的小窗，象征着一颗孤独而又渴望摆脱孤独的心灵。然而，对他人的怀疑、憎恨以及由此产生的恐惧使他难以鼓起勇气来抓住这个机会。他眼睁睁地看着玛丽亚离去并消失在人群之中。他悻悻然回到家里，对自己的胆怯悔恨不已。经过一整夜的辗转反侧，他抱着一线希望又回到了画展。从此便是日复一日的等待。但是玛丽亚并没有再回来。他绝望了，发疯似的到处寻找这个唯一的知己。诚然，当他在熙熙攘攘的人群中再一次

① https://www.labibliotecadejuanjo.com/2016/12/ernesto-sabato-el-tunel-pdf.html；译文参见《隧道》，徐鹤林译，上海：上海文艺出版社，2011年版；《地道》，丁文林译，《外国文学》，1985年第5期。
② Horney: *Op. cit.*, p.117.

见到她时，盘算了多少天的托词早忘得一干二净。他尾随着她，不知如何是好。眼看她拐过几个街角进了一幢大楼。他冲上去拦住她，支支吾吾地提了个愚蠢至极的问题。她满脸绯红，一面回答，一面匆匆逃离。于是痛苦再一次笼罩了他的心灵，他恨自己，恨自己的笨拙与无能。

他回到了那幢大楼前，等待再次相遇。这一次，他一反常态，表现出神经机能病人特有的冲动：她刚一出门，就被他连拖带拽地绕过了几个街角。他说她是唯一理解那张画的人，是他生命的唯一寄托，并恳求她不要从他身边消失。

玛丽亚既不反抗也不兴奋，她一味地说："我会给身边的人带来灾难。"第二天，卡斯特尔用玛丽亚留下的号码拨通了电话，同她有了一次古怪的对话：

"我一直在想您……"他说。

"我也想了很多很多……"玛丽亚说。

"想什么？"

"什么都想。"

"什么什么都想？"

"……想您的画……想昨天的见面……想今天……叫我怎么说呢？"

"可我满脑子想的都是您……可您始终没说想过我。"

"我说我什么都想到了……"

"可您还没有告诉我想知道的细节……"

"这实在太突然了……我不知该怎么说……我当然想过您……"

"怎么想的？怎么想的？"卡斯特尔急切地追问着（他回忆说，"令我激动的是细节而不是泛泛之说"）。

"我想您的每一个细节，每一个举动，您的红棕色头发，您的坚毅而又温柔的目光，您的……"

电话被她借故搁下了，但就凭她说想了他，世界就变了颜色："我觉得一切怪怪的：第一次用同情的目光看着周围的世界。我想我这么说是当时的真实感受。因为在此之前，坦率地说，我一直是憎恨这个世界的。所有人都让我恶心，尤其是人群。我拒绝去夏日的海滩、足球场、公路或广场……然而那天，至少是在那晚，我不再憎恨世界。"

但是，当他再一次拿起话筒得知玛丽亚已经离开这个城市时，世界又崩塌了。怀疑和憎恨又一次占据了他的心灵。他回忆着每一个细节，发现那晚搁电话时她有些反常（她说："这会儿人来人往的不方便。"还说："关上房门他们也来打搅……"）。

神经机能健全的人会想，她之所以不辞而别，肯定有紧迫重要的事情要办且来不及通知别人。但卡斯特尔不是。他对玛丽亚产生了怀疑，认为她和别的女人一样，是个惯于欺骗男人的货色。由于接电话的人说玛丽亚临行时留下了一封信，他便急匆匆地赶到那幢大楼。他拆开来看时，里面只有四个字："我也想您。"卡斯特尔疑惑不解地回到家里。他事先并不知道她是个有夫之妇；而且，把这封堪称情书的信交给他的恰恰就是她的丈夫。当晚他做了一个梦，梦见自己回到了久别的老家。"那是一幢既熟悉又陌生的老房子……记忆牵着我，四周一片漆黑，仿佛埋伏着无数敌人，他们交头接耳，窃窃私语，嗤笑我天真无知。他们是谁呢？想干什么？然而，尽管如此，童年那不无爱心的记忆激励着我。我颤抖着，一半是因为恐惧，一半是因为疯狂，或许还有兴奋。"惊醒后，他发现这幢从孩童时期就一直向往的房子原来就是玛丽亚。从此以后，他的思绪"在一片浓雾笼罩的森林里回旋"。就在走投无路，行将绝望之际，他接到了玛丽亚的来信。他把这时的玛丽亚比作"黑夜的太阳"。玛丽亚的信充满了热情："愤怒的大海就在前边，浪花是我无谓的眼泪。我孤独的心灵充满了无望的期待……是你看到了我的心境，画出了我的思想（或者它也是你我同类的记忆）……而今你站到了我与大海之间，占领了我的灵魂。你静静地、失望地看着我，仿佛期待着我的帮助。"

卡斯特尔的心又一次充满希望，向她回信倾诉衷肠。

但是，玛丽亚又来信说，她不会给他带来幸福。如此信来信往，用我们的话说是"鸿雁往返，迤逦青山"，但对他而言是疑窦乃生、度日如年。他恳求她马上回来。玛丽亚果然又回到了他的身边，而且从此形影不离。这时卡斯特尔对玛丽亚的渴望变成了强烈的占有欲。他认为只有当两个人的肉体完全结合时，灵魂才能真正融合。于是他野蛮地占有了她。然而，玛丽亚并没有反抗，还表现出惬意与满足。这又使卡斯特尔百思不得其解。他怀疑玛丽亚并不真心爱他，"种种迹象"表明她只是同情和可怜他。终于，那个难听的名词脱口而出。玛丽亚默默地穿上衣服，泪水不停地流了下来。卡斯特尔见状后懊悔不已。他痛哭流涕，请求玛丽亚原谅。然而当玛丽亚转怒为喜，破涕为笑时，他并没有像常人那样去感激对方的宽宥。他一次又一次地从头回忆两人说过的话和在一起时的情景，越想越觉得玛丽亚可疑。于是便干起了盯梢跟踪的勾当。玛丽亚的丈夫已使他感到了三分不悦，后来又发现她和丈夫的表弟过从甚密，不禁妒火中烧。他想，既然玛丽亚能同时和他、和丈夫甚至还有丈夫的表弟相处，说明她并不真正爱他。这时，他想到了死。

正如霍尼博士所说的那样，"因为痛苦而产生爱的渴望甚至无条件的占有欲，因为得不到爱而感到屈辱或憎恨，因为害怕失去爱而产生的嫉妒或恐惧等种种紧张和不安心态，只会使痛苦更痛苦"。[1]痛苦日甚，他的破坏欲也随之膨胀起来："大海渐渐失去原有的形态，变成了漆黑的魔鬼。黑暗笼罩了一切，浪涛声声散发出邪恶的诱惑。思想是多么容易！她说人是何等的渺小和丑恶。我只知道我自己能走多远。令我宽慰的是我还晓得她能走多远。我晓得。然而我又如何晓得？我只晓得有一种冲动促使我扑过去卡住她的咽喉，再把她扔进我内心逐渐膨胀的海洋。"这时，卡斯特尔并没有自杀，也没有杀人。他选择了借酒浇愁。与此同时，他给玛丽亚写了一封长信。信中说道，他万没想到像她这样一个女子，能同时和他、和丈夫及丈夫的表弟同床共枕。当他把字斟句酌写好的信投进邮局时，悔恨再一次侵袭了他的心灵。他跑到邮局，同邮局职员大吵一架，试图强行要回信

---

[1] Horney: *Op. cit.*, p.157.

件。结果当然不妙，他不但没有要回那封信，反而遭到了应有的还击。于是，他又生一计，决定焚毁那个邮箱，但转眼一想这会给自己带来不少麻烦，便只好作罢。最后，他安慰自己："她罪有应得。"但是，他又并不想从此失去玛丽亚，于是在悔恨的驱使下给玛丽亚打电话赔礼道歉。问题是说着说着，无名火不知怎的就烧了起来。他在电话里大骂玛丽亚，并扬言要死给她看。玛丽亚拼命安慰他，答应马上去看他。卡斯特尔放下电话来到一间酒吧，两杯酒一落肚，就迷迷糊糊地把一个正在和几名水手打情骂俏的妓女带到了家里，竟发现这个妓女和玛丽亚的表情十分相似。为此，他推断道：玛丽亚是妓女。从此失去玛丽亚的念头折磨着他，使他的神经机能病严重恶化。他拿起刀子毁坏了所有作品，包括那幅让他认识玛丽亚的油画。他无法面对孤独，决定采取断然行动。他借了一辆车，以每小时一百三十公里的速度驶向玛丽亚家，并残忍地杀害了她。这无疑是对变态社会中变态心理的精到剖析。慑于政治报复，作者假借精神分析理论亦步亦趋地演绎人物性格，却分明夹私掺入了大量阿根廷社会病态的元素：世风日下，人心不古，娼妓充斥，生活压抑。

萨瓦托的第二部小说《英雄与坟墓》(*Sobre héroes y tumbas*, 1961) 是在时隔十数年之后发表的。当时意识流小说业已成为传统，西班牙语美洲心理小说出现了多元发展态势。这一点至少可有以下三类小说予以说明：一类是意识流与传统叙事并重的心理小说，一类是把意识分门别类并在心理结构上做文章的小说，第三类则是《隧道》那样的精神分析小说。

《英雄与坟墓》可谓这种多元发展倾向的综合表征。小说开篇写道：

> 最初调查表明，古老的望楼即阿莱汉德拉的卧室是由她自己反锁的。她用32毫米口径的手枪向她父亲开了四枪，然后倒上石脑油点燃了房子。这一发生在布市名门望族的悲剧可能是由一时的疯癫所导致的。然而新的发现——费尔南多·维达尔于当夜完成的《盲人的报告》手稿为这一怪事提

供了新的线索。据说报告表明作者是个偏执狂……假如这一推测成立，那么悲剧的因由可能更加骇人听闻，而且阿莱汉德拉为何不用剩下的两颗子弹结果自己却选择了自焚，也就昭然若揭了。

——《理由报》，1955 年 6 月 28 日布宜诺斯艾利斯①

在小说的第一部分"龙与公主"中，作品的四个主要人物粉墨登场。他们是阿莱汉德拉、马丁、布鲁诺和阿莱汉德拉的父亲费尔南多·维达尔。这一部分主要用第三人称叙述：他就是马丁，多少天来，他一直期待着与一位小自己八岁的妙龄女子阿莱汉德拉的重逢。然而，在时隔将近两年后，他才得以重见其芳容。在此期间，她神秘地消失了，无影无踪。"当我再一次在这条小径上遇到她时，已经是 1955 年的 2 月份了……"然而阿莱汉德拉给他的唯一回答是："……我并没有说会马上与你再见呀。"从此，两人开始了缠绵悱恻和山盟海誓。她把他带到了她在巴拉卡斯的家，带到那个望楼——她的卧室，向他介绍了她的家史和她那异乎寻常的童年，并留他在她的卧室度过了疯狂的一夜。第二天一早，阿莱汉德拉又神秘地消失了。

此后，他通过阿莱汉德拉认识了布鲁诺。布鲁诺是个生活在内心深处的孤独者，和阿莱汉德拉一家有不解之缘。他幼年丧母，在阿莱汉德拉祖母的关怀下长大；祖母死后，他又受到了阿莱汉德拉母亲的照拂；母亲死后，阿莱汉德拉就成了他唯一的依靠。他把他复杂的爱默默地给了祖母、母亲和阿莱汉德拉这三个女人。费尔南多·维达尔的内心独白构成了几乎整个第二部分："无形的脸"。从费尔南多的冗长而又含糊的内心独白，我们可以推断出他是个妄想狂，而且性心理严重变态。他一生有过三次恋爱，第一个对象是他母亲，第二个是他女儿阿莱汉德拉，第三个是一名半人半仙、疯疯癫癫的盲女。小说的第三部分"盲人的报告"是小说的核心。萨瓦托假借费尔南多研究盲人的黑暗世界，凸显了他的病态心理，道出了现当

517

---

① https://www.academia.edu/38255871/ernesto-sabato/sobre-heroes-y-tumbas/pdf ；译文参见同名中译本，申宝楼、边彦耀译，昆明：云南人民出版社，1993 年版。

代形而上学的"真谛"（其中既可以看到尼采、叔本华的影子，也有弗洛伊德和荣格的影响）。小说第四部分也即最后一部分"陌生的上帝"又回到了马丁-阿莱汉德拉-费尔南多三者的关系，并与引子首尾呼应。

> 1955年6月24日晚，马丁辗转反侧，难以入眠。他像第一次一样，在公园里重新见到了阿莱汉德拉。她慢慢走近他［……］他的脑海里一片混沌。他同时看到了她的温柔和可怕。他望着她神奇而又新鲜地远远走来。渐渐地，他被无法抑制的倦意所控制，一切都变得模糊不清了。这时，他仿佛听到远处响起怜悯的钟声和模糊的叹息或召唤。那声音逐渐转化为绝望的哭泣。他感到有人在呼喊他的名字。钟声敲得更响了，最后终于成了悲鸣。天空，那噩梦中的天空被如血的火光映红了。这时，他看到阿莱汉德拉从黑暗如血的空中向他走来。她满脸煞白，双手绝望地向前伸展，口中不停地重复着他的名字。"阿莱汉德拉！"马丁大叫一声惊醒了。他颤抖着打开灯，发现四周空无一人。那是凌晨三点［……］

悲剧发生了。马丁发疯似的跑到巴拉卡斯：阿莱汉德拉杀死了她父亲并纵火自焚了。古老的望楼变成一片废墟。

以上是小说的一个层面。另一层面是布鲁诺的回忆，它几乎贯穿了整部作品，并从一个独特的角度剖析了费尔南多-阿莱汉德拉-马丁三者以及维达尔家族（英雄世家）的没落。除此而外，小说还有第三个层面，即历史的层面，用第三人称叙述的"客观现实"。它展示了19世纪阿根廷"英雄辈出"的时代。这一层面被巧妙地穿插在作品的主要事件中，成为主要事件和人物心理的背景，并对整部小说起到了烘托作用。两个历史阶段具有惊人的相似之处：19世纪的罗萨斯独裁统治和20世纪的庇隆主义专权。两个历史时期的两个主要人物也有惊人的相似之处：

拉瓦列耶将军（过去）	费尔南多（现在）
性格：偏执狂	性格：妄想狂
爱情：变态	心理：变态
追求：自由王国	追求：极端自由
结果：失败、惨死	结果：失败、惨死

由此可见，萨瓦托在人物及作品的总体构造上比十年前迈进了一大步。他走出了纯意识流的地洞，对心理小说的内容和形式进行了多方面的探索。

受西方形式主义美学及西班牙语美洲其他小说类型的影响，心理活动的特殊方式、层次等，在50年代及50年代以后的心理小说中催生了一系列与之相适应的"心理结构"。这样，心理结构就具有了两层意义，即作为小说表现对象（内容）的心理活动方式、类型和层次，以及作为小说表现形式（布局）的艺术形态。事实上，在心理小说中，作为形式的心理结构的形成过程，也即作为内容的心理结构的显现过程，二者相辅相成，不可分割。

第一节　辐射式心理

随着伍尔夫的《墙上的斑点》（*The Mark on the Wall*）、乔伊斯的《尤利西斯》、普鲁斯特的《追忆逝水年华》和福克纳的《喧哗与骚动》的相继出现，意识流小说在西方兴起并广为流传。意识流小说以人的意识流、意识波（包括内心独白、感官印象、昼梦、梦呓等）为表现对象，极大地丰富了文学的内容，增强了文学作为人学的深度和广度。

如上所述，西班牙语美洲心理小说是在欧美意识流小说的基础上发展起来的，沿用了欧美意识流小说的某些结构形式，如最常见的辐射式心理结构。鉴于人的意识海阔天空，古往今来，无所不及，恰似射线从人的心灵深处发出，闪烁不定，变幻莫测，辐射式心理结构不仅为50年代以前，也为50年代以后心理小说所广泛采用。因此，辐射式心理结构这种形式在西班牙语美洲当代小说之林俯拾即是。且不说50年代以前，50年代以后的心理小说如《空洞的书》、《忆前途》（*Los recuerdos del porvenir*, 1963）、《迷幻世界》（*El mundo alucinante*, 1969）、《墨西哥的帕里努罗》（*Palinuro de México*, 1977）、《竖琴和影子》等都采用了这种结构形式。拿卡彭铁尔的《竖琴和影子》为例：卧病在床的哥伦布生命垂危，但他回光返照，神志乃清，看到有人骑着毛驴去请忏悔牧师，于是浮想联翩，感慨万千。他想到了历史上一些名人的忏悔，从这些名人的罪过联想到自己的功绩。他暗暗思忖，他的形象是值得人们用大理石雕刻的。然而他又从雕像联想到德行，从德行联想到恶习、酒、大海和挪亚。他回想起他的游历，他的童年，他的幻想，他的野心，他的求知欲和冒险精神。联想到形形色色的冒险家和关于东方的神奇传说，联想到他航海生涯的诸多细节、他发现的美洲大陆和印第安人，联想到西班牙及西班牙国王，等等。忽然他听到"忏悔牧师来了"，于是挣扎着欠了欠身，开始构思他的忏悔，以便他人用大理石铭刻下来，留给后人。但这时死神正向他逼近，他终于神思恍惚，艰难地走向了永恒。小说通过人物在短短一个时辰内的心理活动——既是连贯的，又是跳跃的、纷杂的，折射出一个伟大时代的广阔生活画面，塑造了一个既伟大又渺小、既崇高又滑稽的活生生的哥伦布。

辐射式心理结构的突出优点是不受时间和空间的限制，任作者把笔触伸向过去和未来，无边无际，满天开花，既能反映生活的广度，又能深入心灵深处，却少有斧凿、雕琢的痕迹。在审美效果方面，它能使读者在跟踪紊乱的意识流程的同时探秘"隐私"。当然，意识流也不尽是迷蒙一片、令人趑趄的混沌世界，它有它的规律，行当所行，止当所止。此外，无论它怎么流、怎么变，总还要表现某种心态，总有一定的内容，总要刻画性格或渲染氛围或宣达性情；其次，它的流程即便是无秩序的，也有其无秩序的规律，否则作品就会变成一盘散沙，令人望而却步。在《竖琴和影子》中，人物哥伦布的意识流主要属于自由联想，形式上表现为物象、意念：语词-所指-未必-必然的奇特延伸，或联想波：伟人的忏悔-雕像-德行-恶习-酒-海-挪亚–航行，等等。

再看《忆前途》，它是加罗（Garro, Elena）以帕斯前妻的身份发表的第一部作品，证明自己是富有想象力的。[①] 乍看，作品像一部科幻小说，但实际上它却指向过去：墨西哥历史上最神奇也最令人费解的"基督徒战争"。"基督徒战争"爆发于1926年，起因是《1917年宪法》（Constitución de 1917）。该《宪法》意在削弱教会势力，它甫一颁布便遭到了天主教会的抗议。经过一段时间的喧哗与骚动，天主教徒们于1925年成立了"保卫宗教联盟"。1926年2月5日宪法颁布9周年之际，"保卫宗教联盟"策划了一系列抗议活动，国际宗教和政治势力纷纷介入。墨西哥政府针锋相对，下令驱逐外国教士、修女，关闭教会学校和修道院，并于7月正式实施教士登记制度。"保卫宗教联盟"组织教徒罢工罢市，并开始在一些州县举行武装起义。起义队伍所向披靡，他们焚烧政府机关，关闭公立学校，杀害政府官员和无神论者。与此同时，政府命令三军不惜一切代价进行反击。"基督徒战争"拉开序幕，直至1929年6月新政府在战争中获得绝对优势后做出妥协让步才告终结。这是小说的大背景，通过几家普通人的悲欢离合得以昭示。作者表示，小说的意图不在于描画历史本身，而是展示被卷入历史旋涡的各色人物的复杂心理；因此，人物的内心独白贯穿始终：虔诚者的疯狂、被害者的悲愤、一般人的困惑等等。作家的成功之处在于一以贯之的冷静，从而保持了与人物事件的距离，使作品平添了立体感和层次感。正因为如此，《忆前途》摘取了1963年墨西哥国家文学奖，这是该奖设立以来首次授予女性作家。

《空洞的书》是维森斯的第一部小说，却无意中成就了一部典型的"元小说"，具有明显的后现代色彩。作品完全是关于创作本身的，写一个作家因为找不到"非同寻常的题材"而一筹莫展，以至于百无聊赖，纠结于文学的种种"是非"。叙述者用貌似冷静的笔触娓娓道来，使人们在体察同情人物（作家）心态的同时不知不觉地发现他的生活本身恰恰是最不同寻常的。但是当局者迷，旁观者清，人物（作

---

① 她与帕斯离婚时曾对后者出言不逊，并遭后者还击，导致舆论哗然。

家）苦思冥想，却始终没有觉察到这一点。这部小说问世后只受到少数"圈内人"的认可，它获得比亚乌鲁蒂亚奖则遭到了许多非议。因此，作品几乎没有在西班牙语美洲文坛激起涟漪。维森斯依然默默无闻。倒是一位法国学者发现了她，于1964年将《空洞的书》译成法文并以私人交情邀请奥克塔维奥·帕斯为译本作序。维森斯的第二部作品一直要到二十年之后才得以出版，其间她封笔静思，并浏览了大量欧美女作家的作品。1982年，《虚无的岁月》（*Los años falsos*）付梓。它与前一部小说完全不同，无论是人物还是语言，题材还是结构，都有新的突破。小说写一名未成年男孩因父亲早逝被迫担负起"男人的职责"。作品的所有故事和噱头皆缘于此。人物一方面是顽童，另一方面又必须肩负家庭重担，学会使用"权力"。于是一系列矛盾在人物内心酝酿并渐次展开。读者既可以在同情中感到欣慰，又能获得意想不到的、令人啼笑皆非的幽默启示。应当说，这是一部相当复杂也相当成功的青少年心理小说，第一次用文学的形式揭示了大男子主义的一种由来。

第二节　聚光式心理

　　唯物论的反映论认为，人的内心生活作为一种精神现象，归根结底是存在——社会生活的反映，因为人是一切社会关系的总和。而当它成为文学描写和表现对象时，则具有一定的客观性。如果说辐射式心理结构主要是鉴于人的意识活动向度，以某一心灵为端点，在很短的篇幅里折射出一个时代的广阔生活画面；那么，聚光式心理结构便是将那些从不同心灵发出的"射线"凝聚在同一终点，这个终点也即小说的表现对象：目的物。

　　在西班牙语美洲当代小说中，加西亚·马尔克斯的《族长的秋天》是部较有代表性的聚光式心理结构小说。它也是一部反独裁小说，所聚焦的内容来自无数个不同的端点（甚至包括独裁者及其亲信）。这些（意识）内容是千百心灵放射出的千万条射线，行于所当行，止于所当止，快速变换，相互交叉，最终似千万条小溪汇入大海：族长和残酷的白色恐怖正是在无数心灵的回忆、联想、幻觉、恐惧中逐步重构的。而这个过程也即民族心理和集体无意识的结集。

《族长的秋天》共六章，每章不分段落，也没有情节。前五章只用了两种标点符号：句号和逗号，最后一章索性取消了句号，一逗到底，一气呵成。整部小说都在无人称即第一人称复数"我们"（所有人）和单数"我"（每一个人）的内心独白中展开，就像生活（或"生活流"）：无需叙述者这个媒介。来无影去无踪的回忆、联想、幻觉、梦呓交叉缠绕，互为补充；过去的、现在的和将来的，不同角度，不同观点，真真假假，虚虚实实，行云流水，和盘托出。

小说是这样开场的：

> 周末，兀鹫钻进了总统府，啄烂了窗棂上的铁丝网，用扑棱的翅膀搅动了停滞的时间。星期一的清晨，城市在伟大的死亡和死亡的伟大散发出来的空气中结束了悠长的沉睡。唯独此时，我们才敢进入……[1]

总统府大门洞开着，"我们"心有余悸地向前走去。展现在面前的是摇摇欲坠的大厅、臭气熏天的卧室、破烂不堪的陈设。最后，"我们"找到了一具被兀鹫啄得面目全非的尸体。难道他就是不可一世的族长？

此后便是人们的内心独白。

族长的形象在无数个"我"的内心独白中逐步显现。他支离破碎，若即若离，需要读者进行一番捕捉、组合、整理和加工。族长是权欲的化身、残忍的化身，在许多人看来，他俨然是个恶得令人怜悯的怪物。[2]作者似乎也压根儿没有打算把他当作正常人物来塑造。他

---

[1] García Márquez: *El otoño del patriarca*, Buenos Aires: Editorial Sudamericana, 1975, p.1.

[2] Rama, Angel: *Los dictadores de América Latina*, México: Fondo de Cultura Económica, 1976, pp.55—60.

用无数心灵折射出具有漫画效果的夸张形象：残忍、恐怖，却又无比孤独，因为权力的最终含义也即孤独——孤家寡人嘛！由于独裁者的孤独，由于白色恐怖下无处不在的恐惧，人们的内心独白遂成为最佳表达方式。然而，由于小说以无数个"我"的内心独白构成，因此具有很大的任意性和跳跃性。但归根结底这些内心独白的目的物相同，所以又不至于杂乱无章，难以卒读。

小说第二章（也即作品第二自然段）如是说：这是第二次发现他的死亡，他躺在同一间办公室里，以同样的姿势，穿着同样的服装，脸上被兀鹫啄得千疮百孔，我们中间没有一个有资历记得他第一次死亡是什么样子，但我们知道，虽然他的死有目共睹，但谁也无法肯定死者一准是他，而不是别人，因为他曾经假死过一次。有人说，上帝因他说了污秽的话，早已剥夺了他的说话能力，以致他不能吐一个词，只能张着嘴，让躲在身后能听懂腹语的人替他说话。也有人说，为了惩罚他的腐化堕落，他全身长满了鱼鳞，天气不好时他的疝气使他痛苦不堪，而且疼得他大叫大嚷，还得把疝气囊安置在专用卡车上，以便能够对付着走动，这样看来，他确实是死到临头了。

就这样，小说的每一章都从族长之死开始，然后再回到他的人生，以此构成封闭的圆圈——或可说是"麦克白王冠"。《麦克白》(Macbeth) 不正表现了这样一种现象吗？麦克白权力愈大，他的人性也就愈少，他也就物化了、异化了和孤独了。最后他众叛亲离，成了名副其实的孤家寡人。因为对于他一切都不存在，唯有那顶王冠。在这个封闭的圆圈中，千万颗孤独的心灵放射出千万条射线，聚焦于族长，多侧面、多角度、多层次地曝光独裁者丑恶的魂灵，折射出独裁者可憎的面目，以及人们对独裁统治敢怒不敢言的刻骨仇恨。

同时，由于这些孤独心灵装满了关于独裁者的种种遐想和恐惧，人们的全部内心独白皆与族长有关；加之各章的结构形式相似，故而章与章可以移位，甚至连句与句也可以互换，却并不妨碍作品的完整性、统一性。此外，各章内容一致，语序相仿，六大自然段几乎独立成篇，但又分明将作品内容重重叠叠堆砌了起来，以便每一个西班牙语美洲读者都能在作品中看到本国独裁者的影子。[①]

第三节　复合式心理

单就心理结构的形态而言，电影艺术早就做过大量探索。比如蒙太奇手法，它不仅具有省略议论、加速情节进度等功效，而且适合表现各种心理活动：叙述式、复现式、闪现式、累积式、对照式、分叉式、平行式、拼贴式等等。

西班牙语美洲心理小说结构和电影蒙太奇一样，取决于它们所表现的题材和内容。譬如富恩特斯的《阿尔特米奥·克鲁斯之死》采用复合式心理结构形式以表现人物弥留之际意识活动的三个不同层次。阿尔特米奥·克鲁斯时而清醒，时而神思恍惚，希望与绝望、恐惧与自慰、过去与现在、现在与未来、想象与梦魇通过不同频道，即人物分裂或外化的"你"、"我"和"他"展现出来。"我"是他临终时的痛苦、恐惧和对外界的感觉知觉，是基本理智的；"你"则是他自我的外化，他的生存本能、潜意识、半昏迷状态的心理活动，恰似一幕幕互不关联的蒙太奇镜头在他第二频道的意识屏幕上层见叠出；"他"即过去，作品将他的一生切割成十二个记忆片段，分别穿插在"你""我"两个意识层次之中：

> 我感觉到有人伸手扶住我的腋下，把我拉了起来，使我更舒服地靠在柔软的靠垫上。我又冷又热的身体碰到了新换的亚麻布，像是抹上了一层香油；我感到了这一点，但我睁开眼睛，看到的却是一份张开的报纸，它把读报人的脸遮挡住了，我觉得，《墨西哥生活报》就在那里，天天都在那里，天天都出版，没有什么人力能阻止得了它。特蕾莎（是她在看报）吃惊地放下了报纸。
>
> "你怎么啦？不好受吗？"

---

① Rama, Angel: *Los dictadores de América Latina*, México: Fondo de Cultura Económica, 1976, p.60.

我只好伸出一只手叫她安静些，她又把报纸拿了起来。没什么，我觉得很清楚，我想开一个大玩笑。也许巧妙的做法是留下一份个人遗嘱，让报纸发表，把我的廉洁的新闻自由事业的真相和盘托出［……］不行；肚子上的刺痛又来了，使我不得安宁。［……］又要打针吗？嗯？为什么？不，不，不。有别的事情，快点，有别的事情；这个很痛；唉，唉；这个很痛。这个睡着了……这个……

你闭上了眼睛，你知道你的眼皮不是密不透光的，尽管闭上，亮光还是会透到视网膜上。这是太阳的亮光，它被打开的窗户框起来，停在你闭着的眼睛上。……你感到自己分开了，是个被动者又是个主动者，是个感受者又是个施行者，是个由种种器官组成的人。这些器官感觉着……

——1931年12月4日

他感觉到了她的湿润的膝弯碰着他的腰。她总是这样轻轻地凉爽地冒汗。当他的胳膊离开雷希娜的腰肢时，他也感到一种液体水晶般的潮湿。他伸出手去慢慢地轻抚她整个背部。他觉得自己睡着了。

"我要跟你去。"

"那你在哪里住呢？"

"你们进攻每一个村镇，我都先溜进去。我就在那里等着你。"

［……］①

显然，把人物心理分裂成三个不同层次是受了弗洛伊德学说的影响。弗洛伊德认为人的心理有无意识、前意识和意识三个领域，只不过富恩特斯取而代之以人的生理本能、社会意识和潜意识三个层次罢

---

① https://librosgeniales.com/ebooks/la-muerte-de-artemio-cruz-carlos-fuentes/pdf；译文参见亦潜译本，北京：人民文学出版社，2011年版。

了。阿尔特米奥·克鲁斯农民出身，秉性怯懦，却不无野心。大革命（1910—1917年墨西哥资产阶级民主革命）时期他眼看许多参战者飞黄腾达，遂壮起胆子，参加革命。在战斗中他贪生怕死，当过逃兵，出卖过战友。革命结束后，他隐瞒历史，招摇撞骗，投机钻营，混入政界。从此他权欲熏心，踩着别人的肩膀不断攀悬，最后依仗权势，侵占他人财产，并乘国内经济危机之机，勾结外国资本家，出卖民族利益，大发国难财，直到临终仍表现出强烈的利己主义，以至于被压抑的"力比多"疯狂释放：他痛苦地诅咒死神，诅咒前去探望他的亲友，祈求上帝降灾于他们，让他们替他去死。

在小说中，占人物心理活动主导地位的是意识，此外，"你""我""他"三个层次是密切关联、互为补充的（在弗洛伊德看来，心理活动以无意识、前意识等心理活动为主，一切有意识的心理过程，反倒是孤立现象）。以前面的引文为例，"我"、"你"和"他"是用感觉或反应（既是内容也是形式）联系在一起的，也是因为感觉和反应（当然程度不同、层次有别），三者方才成立，并彼此关联。首先是"我"感到剧烈疼痛，然后进入半昏迷状态；在半昏迷状态中，"你"感到了自我的分裂，而分裂的自我仍有反应，"非我"地感觉着、无意识地感觉着；最后是"他"，那是他的过去、他过去的感受，与上述两个层次有着历史的、必然的联系，同时独立于上述两个层次，非"我""你"所能及。富恩特斯将三者有机地编织在一起，给出了一个投机家、利己主义者的丑恶灵魂，折射出一个时代的广阔画面。

复合式心理结构的长处是它既合乎心理活动的层次性和跳跃性，又能保证作品内容完整、脉络清晰。人物的意识纵然头绪纷繁、转换神速，却不至于使作品杂乱无章。

第四节　交互式心理

70年代末至80年代中叶，文学"爆炸"已近尾声，世界文学的萧条已见端倪，在一片矛盾的解构声和回归声中，出现了这么一类小说：白描与心理活动呈双向合流或多重复合态势，也就是说传统叙事方法与故事情节、历史事件同意识流和内心独白平分天下，使作品表现出一种既向内又向外的张力。

这类作品一方面使人看到小说正不可避免地回到它的出发点——现实主义；另一方面又多少蕴含着新的创作机制。小说不再受制于心理与白描、严肃与通俗的界限，从形式到内容、语言到体裁都表现出了巨大的任意性和不确定性，这与同时期欧美文学中的大杂烩式的拼贴机制殊途同归。因此，人们很难再用心理小说界定这类作品。

但是，从某种意义上说，交互式结构中的心理描写并没有削弱，相反，由于心理活动在特定的情节和氛围中展开，它反而更显得顺理成章，合情合理。比如安娜之梦（《天使的阴阜》）、卡洛塔皇后之幻（《帝国轶闻》）可谓水到渠成，自然而然，再无意识流小说的朦胧与艰涩。

此外，从文学最基本的认知和愉悦功能看，交互式小说也颇具优势，因为绝对的客观描写和绝对的主观描写都是不存在的，无论主观还是客观终究也都是作家选择的结果，也总要取舍有度、进退中绳；而交互式小说中内外兼顾、情景交融的描写恰恰使客观存在的两个不同层面有了适当的、充分的展示，而且避免了纯意识流（心理）小说中普遍存在的冗长与紊乱。

上述四种结构形态在西班牙语美洲心理现实主义小说中具有一定的代表性，它们在表现特定心理状态和心理层次方面都能各得其所，而且具体、感性、形象，且不乏与内容即人的心理结构和形态、类型和层次的契合与统一，从而达到浑然天成的艺术效果。可以说，它们既是布局、形式，也是对象、内容。在一定意义上，将其归入结构现实主义亦无不可。

也许因为我们比以往任何时候都更了解世界，或者恰好相反，比以往任何时候都更懂得认知的有限和不易。这几乎构成了新的悖论，但它又是千真万确的事实，因为这世界从来也没有像20世纪这样被怀疑过。20世纪还是相对论的世纪，仿佛一切都变得扑朔迷离，难有定论。这也是后现代主义或解构主义的立论基础之一。同时，能指和所指的巨大裂缝多少印证了不可知论。于是，不可知论和怀疑主义交叉缠绕，相互交织。在这种飘忽不定、复杂多变的现实面前，追求客观真实、企图把握现实整体性的努力，风险越来越大，成功的可能性越来越小。相反，表现主观真实具有很大的合理性，它用我思我想取代了传统现实主义作家如此这般对读者说：世界如是，人性如是，这是我的所见、我的认知。但是，文学内倾的代价也是十分巨大的。关于这一点，前面已经说过，后面还会再说。

就像加洛蒂无边现实主义论的前提是现实没有终极、没有边际一样，[①] "幻由心生"同样没有尽头、难有疆界。西班牙语美洲心理现实主义小说的当然前提是现实有主客观之分。20世纪主观的"增值"导致了客观的"贬值"，尽管客观主义依然盛行（这有"波段小说"和法国新小说为证）。何况，相形之下，主观较客观更符合艺术规律。这是就艺术不同于科学而言，因为它更多指向个人，诉诸不可替代的我的"这一个"，诉诸独特的我的感觉知觉，所以它更多地依赖于偶然性和不可复制性 [雅斯贝尔斯（Spers, Karl Theodor）语]。库恩（Kuhn, Thomas Samuel）的名言是：莎士比亚的出现并未使但丁黯然失色，陀思妥耶夫斯基的光辉不会掩盖普希金的异彩。而在科学领域则不然，因为科学没有过去、不承认过去，科学的发展意味着后人不断地否定前人，超越前人。诚如美国学者阿瑞提（Arieti, S.）所说的那样，如果没有哥伦布的诞生，迟早会有人发现美洲；如果伽利略（Galileo Galilei）、法布里修斯（Fabricius David）等没有发现太阳黑子，以后也会有人发现。只不过让人难以信服的是，如果没有诞生米开朗琪罗，有哪个人提供给我们站在摩西雕像面前所产生的那种感受呢？同样，也难以设想如果没有诞生贝多芬，会有其他哪位作曲家能赢得他《第九交响曲》所获得的无与伦比的效果呢？[②]

---

① 加洛蒂：《关于现实主义及其边界的感想》，《现代文艺理论译丛》（中国社会科学院外国文学研究所主编），北京：人民文学出版社，1965年，第1期。
② 阿瑞提：《创造的秘密》，李泽厚主编《美学译文丛书》，沈阳：辽宁人民出版社，1987年。

第二编

第四章　社会现实主义

　　西班牙语美洲的社会现实主义，显然是针对魔幻现实主义、结构现实主义和心理现实主义提出来的。顾名思义，评论界对它的界定也完全参照了上述流派。比如最早系统论述社会现实主义的何塞·路易斯·马丁就认为与其把当代小说分门别类（谓魔幻现实主义、结构现实主义和心理现实主义），不如再细致一点，加上一个社会现实主义，或者干脆以社会现实主义取代结构现实主义的位置，因为在西班牙语美洲当代小说中，结构形式创新已蔚然成风，不再是一种个别的、孤立的现象。[①]

　　此后，社会现实主义一词也便流行起来，但结构现实主义并没有因之而被人冷落。是谓"名无固宜，约之以命。约定俗成谓之宜，异于约则谓之不宜"（《荀子·正名》）。

　　但是，在进入具体作品之前，似有必要对另一个概念稍加解释，那就是什么是社会现实。我想它和现实一样，含义相当宽泛，几可包罗万象。大到国际关系，小到家庭纠纷甚至个人情感，均可归入社会现实范畴，上升为社会问题（仿佛自然界的"蝴蝶效应"）。正因如此，对社会现实主义究竟包括哪些作品的争论亦当永无休止。既然难以在是与不是之间划清界限，就让我们对最大公约数稍加述评。有鉴于此，本著拟从题材出发，视第二次世界大战以后反帝反独裁小说为

　　① Martín, José Luis: *La novela hispanoamericana contemporánea*, Madrid: Taurus, 1972, p.135.

西班牙语美洲社会现实主义的基本向度。

第一节　反独裁小说

反独裁小说一直是西班牙语美洲文坛最令人瞩目的文学现象之一。它随着西班牙语美洲历史上众多的"考迪略"（Caudillo，原意为"酋长"）、"猩猩派"（Gorila，原意为"大猩猩"）和军人政权的产生而产生，在西班牙语美洲文学中源远流长。

独立战争后，在动荡、兼并和分裂中诞生的西班牙语美洲国家的特点是：工业不发达，资产阶级十分弱小，封建大地主阶级和反动教会却势力雄厚；保守派与自由派、统治阶级与被统治阶级的斗争十分激烈；"宪法如废纸，选举是格斗，自由即无政府主义"（玻利瓦尔语）；地区与地区之间、国家与国家之间又纠纷频仍，战争连年。这就是导致19世纪大地主阶级专政形式——考迪略政权产生的历史基础。在独立战争后的短短几十年间，"至高无上者""皇帝""国父""族长"纷至沓来，以铁腕控制了新生的拉丁美洲国家，对其人民生杀予夺。阿根廷出了个罗萨斯，墨西哥出了个伊图维德（Iturbide, Agustín de），智利、秘鲁、巴拉圭、厄瓜多尔、委内瑞拉、哥伦比亚、危地马拉、古巴等几乎所有西班牙语美洲和拉丁美洲国家都有过它们各自臭名昭著的罗萨斯或伊图维德。

作为时代的生活和情绪的历史，[①]19世纪的西班牙语美洲文学理所当然而且不可避免地要将考迪略记入文学。在阿根廷，开反独裁小说先河的埃切维利亚和萨米恩托分别于1840年和1845年发表了《屠场》和《法昆多，又名文明与野蛮》（以下简称《法昆多》）。嗣后，其他作家也相继出版了一些反独裁小说，如胡安娜·保拉·曼索（Manso, Juana Paula）的《拉普拉塔河的奥秘》（*La ondina del Plata*, 1846）、马莫尔的《阿玛利亚》等等。这些作品表现了一代资产阶级政治家、思想家和文学家鲜明的阶级立场。它们借比喻、影射等手法无情地鞭挞

---

① 高尔基：《论文学》，孟昌、曹葆华、戈宝权译，北京：人民文学出版社，1978年版，第15页。

罗萨斯暴政，揭露独裁者草菅人命、荼毒天下的罪行。它们同拉丁美洲其他国家的反独裁文学相呼应，在时代的进步心灵中产生了强烈的共鸣，推动了资产阶级民主革命的浪潮。

20世纪初，随着资本主义的发展，资产阶级队伍日益壮大，在政治上、经济上逐渐具备了同封建地主阶级抗衡的实力；但当时正值美、英帝国主义向拉丁美洲扩张，为了便于渗透、掠夺和控制，帝国主义者肆意扶植和豢养"猩猩派"傀儡政权，支持垂死的封建大地主阶级，阻碍拉美民族资产阶级的发展。像委内瑞拉的戈麦斯，古巴的马查多，尼加拉瓜的索摩查，秘鲁的贝纳维德斯，危地马拉的埃斯特拉达等，都是对外投靠帝国主义，对内残酷镇压人民和进步力量的暴君。因此，反独裁斗争依然是现代拉丁美洲人民的历史任务。

这一时期的反独裁小说继承了19世纪文学的倾向性，同时淡化了《法昆多》等作品的政治说教。无论是西班牙籍作家拉蒙·德尔·巴列-因克兰（Valle-Inclán, Ramón del）的《暴君班德拉斯》（*Tirano Banderas*, 1926），还是危地马拉作家阿斯图里亚斯的《总统先生》以及其他同时代的反独裁小说，形式上已大为不同，尽管在这些作品中独裁者常常还不是个性鲜明的主人公，其形象或虚如幻影，若即若离，或流于简单化和脸谱化。

第二次世界大战以后，拉丁美洲的形势发生了天翻地覆的变化，旧殖民体系已经瓦解，"国家要独立""民族要解放""人民要革命"（毛泽东语）成为历史潮流。拉丁美洲争取主权独立和人民民主的斗争汹涌澎湃。"考迪略"和"猩猩派"赖以存在的社会基础一去不复返了。然而，从上述独裁者脱胎而来的军人政权却应运而生，尽管它们比以往任何时候都惯于玩弄骗术以掩盖其倒行逆施的本质。与此同时，拉丁美洲作家的精神面貌、艺术修养和创作环境也已今非昔比。他们具备了重新审视独裁者，对他们进行大胆声讨和给予公正褒贬的历史条件。六七十年代的拉丁美洲反独裁小说就是在这样的形势下产生的。[①]

---

① 巴西作家埃里科·维利西莫（Verissimo, Erico）的长篇小说《大使先生》（*O senhor embaixador*, 1965）是这一时期首部反独裁小说。小说从大使先生在华盛顿向美国总统递交国书那天写起，对包括共和国总统、独裁者卡雷拉（转下页）

一、《方法的根源》

　　卡彭铁尔是美洲现实神奇论的鼻祖。在卡彭铁尔看来，新世界好比浑金，犹如璞玉，悠悠多少世纪，一直期待着艺术家们去锤炼和雕琢。他认为美洲的一切都扑朔迷离、移人神思，美洲作家无须挖空心思地幻想"一台缝纫机和一把雨伞在解剖台上偶遇"。卡彭铁尔本人的创作实践也正是在那取之不尽的神奇现实中驰骋的过程。远至征服时期，近到古巴革命，作家跨越了几多世纪，塑造了不胜枚举的人物形象。早在《人间王国》中，卡彭铁尔就不吝笔墨，用巨大的篇幅塑造了亨利·克里斯托夫这个妄自称霸、凶残暴戾的独裁者形象。但由于亨利·克里斯托夫是个真实的历史人物，作者未能尽情挥洒。直至他创作《方法的根源》，遂跳出历史人物的藩篱，对这个重大题材进行了别具一格的艺术表现。

　　《方法的根源》所描写的历史环境是1913年至1927年，也就是作家的青少年时代。小说开始部分主要采用第一人称，也就是由主人公——拉丁美洲某国的首席执政官介绍他在巴黎的生活、外交以及其他活动。不久，由于国内发生武装叛乱，首席执政官被迫离开法国回

　　（接上页）在内的几十个人物进行了描述，并通过使馆这个小小的舞台反映"萨克拉门托共和国"的风云变幻。除了大使先生和总统先生，大使馆一等秘书巴勃罗·奥尔特加是个着墨较多的人物。此人疾恶如仇、从善如流，是作品中难得的正面人物。由于反对国内的独裁政权、不满大使的为官为人之道，他最终辞去了一等秘书的职务并几经周折后义无反顾地参加了"萨克拉门托"反政府武装。然而，革命尚未成功，队伍内部出现了分歧：眼看独裁政权在游击队的强大攻势下、人民愤怒的声讨声中岌岌可危，革命队伍领导集团发生内讧。巴勃罗·奥尔特加感到非常失望。革命成功后，他急流勇退，离开政坛。但看到"革命"政府依然强奸民意、滥用权力时，他感到十分痛心，又发誓要迫使其履行诺言：实现社会公正，组成民主政府，把权力还给人民。他甚至捐弃前嫌，亲自替大使先生辩护以阻止死刑判决。结果，他的一切努力都徒劳无功。小说结束，他受到了"革命"政府的谴责，遭到了特务组织的监视。《大使先生》的意义在于它不仅从一个特别的视角展示了专制制度的兴衰（在拉美的独裁小说中，以独裁者失败告终，这还是第一次），而且还在于它提出了一个令人深长思之的问题：革命真的成功了吗？专制制度真的被摧毁了吗？人民真的得到了民主和自由吗？……

到美洲。这时，作者改用第三人称叙述独裁者如何打着寻求国泰民安的幌子，按照其"竞争的法则"（弱肉强食）、"方法的根源"（绝对权力），不择手段地镇压异己。正如前面提到的那样，首席执政官是《方法的根源》的主人公，而独裁者作为主人公出现，在拉丁美洲文学史上还是破天荒第一次。

清晨，旅居巴黎的拉丁美洲某国首席执政官（总统）在豪华的卧室里悠然醒来，侍者随即端来咖啡和早点，考究的丝绒窗帘被徐徐拉开，阳光射进金碧辉煌的寓所。首席执政官一边阅报，一边品尝法式早点。他精通法语，且嗜书好学，精通文艺。他崇拜西方文明，曾广泛涉猎欧洲历代哲学、文学和历史著作。他拥有数不清的财产。他终日出没于巴黎最高级的社交场所，挥金如土。为了维系他的权力与奢华，他豢养了大批走狗——六百五十六名将军和一支装备精良的武装部队，借以控制远隔万水千山的祖国。至于那些将军如何为非作歹、互相倾轧，他全然置若罔闻。然而，好景不长，部下阿道夫·加尔万将军在国内发动武装起义，要推翻他的统治。消息传来，他暴跳如雷，当即启程回国。为了给叛乱者以致命打击，他神不知鬼不觉地在一个出人意料的海滩登陆，并用假护照瞒过海关。他用最秘密、迅捷的方式组织力量戡乱，居然很快击溃了叛军，活捉了加尔万，并将他扔进海里喂了鲨鱼。此后，他下令将一切图谋不轨、形迹可疑者处以极刑。于是白色恐怖笼罩全国。一些散兵游勇被抓住后，有的当即被开膛示众，有的则被剥去衣服，拉到屠宰场用钩子倒挂起来。大屠杀的消息传到国外，舆论为之哗然。欧洲报刊连篇累牍报道这次惨绝人寰的暴行，甚至发表了大量血腥的照片，谴责"杀人魔王"。在一片声讨声中，首席执政官无颜再回巴黎，他病倒了，被送往美国求医。然而他对美国人极不信任，因为在他看来，美国是个尚未开化的野蛮国家。不久，第一次世界大战爆发了。欧洲在战火中燃烧，却给首席执政官带来了意想不到的好运。蔗糖、咖啡、可可和香蕉在国际市场上的价格扶摇直上，加之美国资本的大量涌入，首席执政官的国家空前地繁荣起来，钱多得花不完。面对自天而降的繁荣景象，首席执政官乐不可支。他误认为所有这些都是自己英明统治的结果，况且他的部长、将军们不断歌功颂德，他便更加忘乎所以起来，竟以超人自居并异想天开地要一展宏图，把全国的农村都变成花园城市。为此，他一一免去了碍手碍脚的各部部长，废除了本来就是摆设的议会。可谁知大战刚结束，咖啡、蔗糖、可可和香蕉的价格就一落千丈，形势急转直下，国民经济一蹶不振，首席执政官的奢侈生活眼看就要难以为继；而且祸不单行，民主思想如潮水般涌来，人民觉醒了。终于，在全国上下一片声讨声中，首席执政官仓皇出逃，孑然一身回到巴黎，最后孤独地老死在吊床上。

　　《方法的根源》第一次使独裁者成为有血有肉的典型人物。这里的首席执政官再也不是19世纪文学中的腐朽野蛮、不学无术的"考迪略"，而是一位"智者"：生活奢侈，风度翩翩，在古典音乐、歌剧、雕塑、文艺和近代科学、哲学、外交方面颇有造诣，并能通读英、法原文名著。他博学多才，是个极为复杂、矛盾的人物。他有聪明、能干、慷慨、大方和不乏理智的一面，也有野蛮、残忍、虚伪、愚蠢和原始的另一面。他既是个注重礼节、举止不凡的绅士，又是个嗜血成性、武断专横的暴君。卡彭铁尔本人曾多次表示，首席执政官是典型的拉丁美洲独裁者，他集中了马查多[1]、古斯曼·布兰科（Guzmán Blanco, Antonio）[2]、西普里亚诺·卡斯特罗·鲁伊斯（Castro Ruiz, José Cipriano）[3]、埃斯特拉达·卡夫雷拉（Estrada Cabrera, Manuel）[4]、特鲁希略·莫利纳（Trujillo Molina, Rafael）[5]、波菲利奥·迪亚斯[6]、安纳斯塔西奥·索摩查和胡安·维森特·戈麦斯等人的主要特征。[7]

　　卡彭铁尔抓住了拉丁美洲独裁者的主要特征，用客观的笔触让自己的倾向在刻画人物形象的过程中自然流露。为此，《方法的根源》不仅摒弃了19世纪反独裁小说的戾气（尽管作者在青年时代就参加了

---

① 马查多（1871—1939），古巴独裁者。

② 古斯曼·布兰科（1829—1899），委内瑞拉独裁者。

③ 卡斯特罗·鲁伊斯（1858—1924），委内瑞拉独裁者。

④ 埃斯特拉达·卡夫雷拉（1857—1924），危地马拉独裁者。

⑤ 特鲁希略·莫利纳（1891—1961），多米尼加独裁者。

⑥ 波菲利奥·迪亚斯（1830—1915），墨西哥独裁者。

⑦ Carpentier: *Razón de ser*, Caracas: Universidad Central de Venezuela, 1976, pp.113—114.

反独裁斗争，并因此身陷囹圄），而且较20世纪前两部反独裁者小说《暴君班德拉斯》和《总统先生》，也有了新的突破。他取法辩证，并看多面，这也是其人物相对丰满、立体和可信的基础。

首先，在《方法的根源》的二十二章中，作者先后用了近三分之一的篇幅来渲染当时拉丁美洲独裁者赖以生存的社会历史环境。描绘细致入微，既有意大利歌星卡鲁索（Caruso, Enrico）在拉丁美洲各国巡回演出的时间、地点、场次和当时发生的一些真实事件，也有高超的概括，比如疏朗有致的泼墨写意和点到为止："一切都是如此焦躁、匆忙、慌乱和性急。战争才打响几个月，电灯就取代了油灯，浴盆取代了葫芦瓢，可口可乐取代了果子露，轮盘赌取代了老骰子，葫蒜店变成了鳞粉铺，信驴变成了邮车，挂着红缨和小铃铛的马车也变成了豪华的小轿车，它们在城市狭窄、弯曲的街道上不时地调速前进，许久才好不容易驶进那新命名的Boulevard①，于是成群的、在马路上吃草的山羊四处逃窜。"如此等等。

区区几笔，20世纪初拉丁美洲某城的面貌便跃然纸上。消费主义的开始、社会生活的欧化和与之并存的原始状态杂然纷呈，令人回味无穷。

其次，典型的环境为刻画典型的性格奠定了基础。卡彭铁尔正是在这个基础上竭力避免口号式的语言和宣言式的议论，力求客观、逼真，以便使人物成为既有个性又有共性的典型形象。小说常常借首席执政官的内心独白和言谈举止自然地向读者展示他的高雅和博学，以及他判若两人的残暴和原始：首席执政官十分推崇法国古典哲学，熟谙欧洲历史，他的足迹遍及巴黎的展览馆、歌剧院和音乐厅。他非常崇拜那些发达民族，喜爱巴黎的艺术品、巴黎的女人和她们身上的豪华服饰。他沉醉于法国上流社会的奢侈生活，却无法接受席梦思，硬是从美洲带去了晃晃悠悠的吊床。他幽默风趣，生活自在而有规律，早上喝什么、中午吃什么都有讲究，洗澡的时间是每天晚上六点三十分。他不理解为什么欧洲人不爱洗澡。他甚至还有点迷信，认为国内

---

① 法语，意为"林荫道"。

长期不宁以致发生武装叛乱，与倒霉的修女有关，还有她的头巾、她的披肩，以及自己在一家老古玩店购买的橡皮骷髅，等等。然而，他最终又是个迫害狂，是个权欲熏心、杀人不眨眼的刽子手。面对四起的叛军，他幻想着科尔多瓦的女牧神会接受他虔诚的忏悔，于是等待他的将又是顺利地、无情地镇压叛逆者，尔后是勋章、盛会和歌舞升平。

为了维护其反动统治，首席执政官原形毕露。他枪毙了起义将领，然后将其尸体抛入大海。他残酷地屠杀了肇事学生，并且禁止其家属为之恸哭哀伤。为了切身的利益，他甚至很不欢迎美国人的"帮助"，说："这些美国佬到处都想捞一把。"总之，《方法的根源》是一部难得的反独裁小说，它没有过多地在技巧和形式上费功夫，也没有拘泥于史实，却塑造了拉丁美洲文学史上最真实、最生动的艺术形象之一——首席执政官。作家的洞察力和远见卓识在这一作品中发挥得淋漓尽致。

二、《我，至高无上者》

《方法的根源》出版几周之后，《我，至高无上者》就问世了。顾名思义，它塑造的是巴拉圭至高无上的独裁者何塞·加斯帕尔·罗德里格斯·德·弗兰西亚博士（Rodríguez de Francia, José Gaspar）的艺术形象。历史上，弗兰西亚本就是个极为复杂的人物。要对他进行全面评价，殊为不易。

弗兰西亚博士的一生标志着巴拉圭民族的建立和巩固。在这个问题上，不论弗兰西亚的敌人还是朋友，意见并不相左。国际史学界也普遍承认，为了巴拉圭民族的建立和巩固，弗兰西亚鞠躬尽瘁，死而后已。反之，至高无上者的孤立政策毁灭了巴拉圭的对外贸易，尽管同时促进了民族经济的发展，增强了巴拉圭人的民族意识，坚定了他们的民族自尊心和自信心。历史学家胡利奥·塞萨尔·查维斯（César Cháves, Julio）在《至高无上的独裁者》（*El supremo dictador*, 1958）中充分肯定了这一观点，认为弗兰西亚博士固然不是巴拉圭民族的解放者，却是该民族独立的化身和最忠实、最坚决的守卫者。①

可是，弗兰西亚一直是众矢之的，有人甚至诅咒他是个"魔鬼"，一个无情的、残忍的、野蛮的和自私的暴君，连西蒙·玻利瓦尔也对他恨之入骨，几次试图举兵讨伐之。为了辩证地、历史地、艺术地再现弗兰西亚及其功过是非，罗亚·巴斯托斯进行了深入细致的调查研究。用《我，至高无上者》中"编纂者"的话说，作者翻阅了两万多份历史档案和几乎同样数目的杂志、书籍、报纸、信件，进行了一万五千小时的专访。②

《我，至高无上者》和《方法的根源》一样，既不是常见的历史小说，亦非一般人物传记，而是一部方法独特、别具匠心的反独裁小说。它主要以主人公至高无上者的内心独白、笔记和他口授给秘书卡斯特罗·帕蒂尼奥的记录"组合而成"，偶尔穿插着"编纂者"的注释、议论和有关轶闻趣事。小说没有情节，主人公的内心独白不受时空规约，却常常因为岁月的侵蚀而变得支离破碎。因此，小说既紊乱又复杂，恰似一座迷宫，令读者无法厘清过去和现在、真实和虚构的界线。但是，这并不影响读者在素材的拼贴和人物的独白中搜寻到一幅完整的历史画卷和一个成功的艺术形象。

在《我，至高无上者》中，主人公的形象是辩证的，也是矛盾的。他既是个伟人，又是个暴君。的确，弗兰西亚博士本是一介书生，精通神学和法学，推崇法国启蒙作家，重视自然科学，了解18世纪初最新的科学发现和发明。机缘巧合之下，他成了巴拉圭总统。与此同时，为确保政权稳固，他禁止任何性质的民主，取缔了知识分子所从事的科研工作和高等教育，强迫他们参加义务劳动，同时中断一切外交关系。

同时，弗兰西亚博士又是个不可知论者，对神秘事物兴趣浓厚，他还命人从野外搬来一块陨石，摆在自己的工作室。他是雷纳尔神父的忠实读者，却反对信仰自由，剥夺了罗马教皇对巴拉圭天主教会的

---

① César Cháves: *El supremo dictador*, Asunción: Editorial Tiempo de Historia, 1958, Vol. II, pp.715—798.
② Roa Bastos: *Yo el Supremo*, México: Siglo XXI Editores, 1974, pp.2—10.

领导地位。他一方面深信人民是伟大的、不朽的，另一方面又凌驾于人民之上，独断专行，目中无人。

弗兰西亚博士还是个诚实、勤劳而且严于律己的正人君子。他反对腐化、混乱，憎恨偷盗抢劫，在巴拉圭创造了无可比拟的安宁之邦；然而也正是这个弗兰西亚把著名学者流放到一个远离亚松森的偏僻村庄，并且无视欧洲知识界的呼吁和请求，甚至对西蒙·玻利瓦尔的保释请求也置之不理。

弗兰西亚更是个冷酷无情的暴君，对政敌毫不留情。他不惜花费巨大的代价去追捕政敌和罪犯，并设有惩办异己分子的体罚工具、监狱和刑场。可是，在邻国乌拉圭遭到欧洲侵略者入侵时，他却深明大义，仁慈地接受了老对手阿蒂加斯（Artigas, José Gervasio）的避难请求，赐给他抚恤金，供他终身享用。

综上所述，弗兰西亚是个为了保卫巴拉圭民族独立而奋斗的英勇斗士。他用来衡量自己行为的唯一准则是民族独立。罗亚·巴斯托斯在这一观点的基础上，全面生动地塑造了弗兰西亚博士的艺术形象，并以此反衬现代独裁者的卖国求荣，得到了拉丁美洲读者和各国史学家的赞赏。

三、《族长的秋天》

《族长的秋天》前面已经有过评述，但仅仅侧重于它的结构形式。

鉴于几近荒诞的拉丁美洲现实，尤其是震惊世界的1973年智利军事政变，加西亚·马尔克斯认为不写《族长的秋天》便不足以证明自己是一个真正的现实主义作家。还是那句老话：面对荒诞的现实和现实的荒诞，最高明的作家也自叹弗如。他常常列举为自己的一条右腿举行隆重葬礼的桑塔·安纳，因笃信鬼神而发明消毒"魔锤"的马丁尼斯，为消灭政敌而下令杀尽黑狗（因为那人说为了自由他宁愿变成一条黑狗）的杜瓦列尔等，以说明现实的严峻和怪诞。

诗人聂鲁达同样有过雄辩的论证。[1]然而，拉丁美洲的独裁者丝毫没有因为他那充满人道主义精神的讲演而有所收敛。相反，疯狂的现实变得更加疯狂。智利合法总统阿连德在他的总统官邸，几乎孤身一人，同整整一支军队战斗至死。同时，一次次可疑的飞机失事使无数以人民尊严为己任的勇士丧生。在短短十年时间内，拉丁美洲发生了五次战争、十七次政变；一个恶魔般的独裁者以上帝的名义进行了一次空前的种族灭绝，其手段之残酷、技术之高超、行动之神速、手法之隐秘，足以使希特勒望尘莫及。与此同时，有两千万儿童不满两岁便夭折，而这个数字比西欧自1970年至1982年这十二年间所出生的人口总数还要多。被直接镇压的青年男女达十二万之众，也就是说，等于瑞典乌普萨拉全城的人口。无以数计的孕妇在监狱里分娩，但是时至今日，她们的孩子仍下落不明。为了类似的事件不致继续发生，全大陆有数十万男女献出了自己的生命，其中半数是在尼加拉瓜、萨尔瓦多和危地马拉这三个中美洲的小国。如果这一切发生在美利坚合众国，那么，按人口比例计算，被残害致死的人数，四年内可达百万余。而一向有"礼仪之邦"美称的智利，1973年军事政变后竟有一百万人亡命国外。乌拉圭是一个只有二百五十万人口的小国，它一直被视为该大陆最文明的国家，但正是在这个国家，每五个公民中就有一个被流放或失踪。从1979年起，萨尔瓦多的内战导致几乎每隔二十分钟便产生一个难民。拉丁美洲的流亡者和被迫迁居异国他乡的侨民足够组成一个中等国家，其人口会远远超过挪威。[2]

这纯属事实，但其荒诞程度较之于《天方夜谭》竟毫不逊色。正因如此，加西亚·马尔克斯认为《族长的秋天》也未必能言尽其意、充分表达他心中的愤懑。于是，他在《族长的秋天》中塑造了一个"很不可信"的独裁者。他既非罗亚·巴斯托斯刻画的历史人物，也不是卡彭铁尔笔下的近代拉丁美洲独裁者的综合体，而是作者极尽夸张之能事创作的神话形象，人们对其褒贬不一。

---

[1] 譬如1971年聂鲁达的诺贝尔文学奖受奖词。
[2] 加西亚·马尔克斯：《拉丁美洲的孤独》（1982年12月8日在诺贝尔文学奖授奖仪式上的演说）。

族长没有父亲，据说是什么"精灵"使他母亲本迪松·阿尔巴拉多在某个风高月黑的晚上感应怀孕的，但本迪松临终时却忽然惶惶不安：一心要把隐私告诉孩子，只恨一时想起了许多偷偷摸摸的男人，不知道究竟谁是孩子的父亲。因此，族长没有姓氏，后人连他的名字也渐渐淡忘了。此外，族长是个畸形儿。孩提时代，有人替他算了命，说他掌心无纹，长大必定大有出息。至于他后来怎样独揽了拉丁美洲某国的军政大权，就无人知晓了。更没有谁亲眼看见过他，或者说得上他活了多久，因为他有许多年没出总统府了，人们只是从长辈那儿听说过，族长是个老不死的，一百多岁了还第三次换了牙。

　　他一生的工作似乎就是杀人。他打着寻求国泰民安的幌子，无情地处死了政变未遂的、图谋不轨的和形迹可疑的危险分子。为防止他们的家属和亲友报复，他就命令杀掉他们的亲友和家属，然后依此类推。除此而外，他每天要做的只是让人把这边的门卸下来安到那边去，然后再卸下来安回原处；或者让钟楼到两点的时候敲十二下，以便使生命显得更长一些；或者干脆钻到某个女人的房间里去发泄一通性欲。

　　族长是权欲、残忍的化身，他有首席执政官和至高无上者的专横跋扈，却没有他们的人性，或者说他的罪孽早已抹杀了他身上属于人性的那一面（他是个孝敬母亲的人，也像鲁尔福笔下的佩德罗·巴拉莫爱苏萨娜那样热恋过美女曼努埃拉）。他集中地、夸张地结集了拉丁美洲内外古今独裁者的兽性：比19世纪的"考迪略"更加野蛮无知，比胡安·维森特·戈麦斯更加奸邪好色，比希特勒更加凶残暴戾，比臭名昭著的索摩查、特鲁希略等更有过之而无不及。他目不识丁，却老奸巨猾，诡计多端。他能在人群熙攘的音乐厅发现伪装得十分巧妙的刺客，在毫无线索的情况下找到叛逆者的踪迹。他从不轻饶自己的政敌。为了维护自己的反动统治，他炸死了所有战友——几十名忍无可忍的军政长官，然后假惺惺地用国旗覆盖了死者的躯体，为他们举行隆重的葬礼。他还经常将政敌处死后扔到河里喂鳄鱼，有时甚至把敌人的皮剥下来寄给受害者的家属。族长心狠手辣，嗜血成性。他一生残杀了无数胆敢谋反的冒险家和心怀不满的文

541

武官员，就连为他竭尽犬马之力的罗德里戈·德·阿吉拉尔也没有放过。

母亲死后，他命令全国举哀百日并追封她为圣母、国母和鸟仙，还把她的生日定为国庆日。他夫人原是他从牙买加抢来的修女，在她怀孕7个月时，两人举行了婚礼。当晚，第一夫人生下一个男孩，族长立即宣布他为合法继承人并授予少将军衔。

或者：

罗德里戈·德·阿吉拉尔将军阁下驾到，他身穿非隆重场合不穿的五星军礼服，臂系无价宝索，胸佩十四磅金质奖章，嘴衔一叶荷兰芹，长长地躺在卤汁四溢的银托盘上，烧得焦黄，供战友享用。我们屏息相望，粉碎官当着我们这些目瞪口呆的宴客的面，进行了彬彬有礼的切块分配仪式。当每个宴客的盘里都盛有一份国防部长和松仁馅拌香菜时，族长下达了进餐命令："好胃口，先生们。"[1]

毋庸置疑，作者采用的是神话般的虚构和夸张。在小说中，幻想与现实的界限消解了，外国侵略者可以把大海切成块块、把房子拆成碎片、把草原掀起来卷成卷儿，一并带走；人会烟云般地消失；牛能灵活地爬楼上床，在阳台上栖息。诸如此类，不一而足。族长的形象好比放大镜下的癞蛤蟆，又大又丑。如果说独裁者大都沉湎女色，那么加西亚·马尔克斯就说族长纳妾一千有余，得七月早产子五千多个；如果说独裁者多凶残狂妄，那么族长就是阎罗再世，对人民拥有生杀予夺的权力；如果说独裁者无不草菅人命、荼毒天下，那么族长常以阻止根本不存在的瘟疫为名，大肆杀戮无辜百姓，弄得国家万户

———————————
[1] García Márquez: *Op. Cit.*, pp.115—116.

萧疏，尸横遍野，臭气熏天，瘟疫蔓延；如果说恶有恶报，那么族长终于众叛亲离，孤独地烂死在摇摇欲坠的总统府，被兀鹫啄得粉碎。

尽管如此，谁也不敢贸然相信那准是他而不是别人，因为他曾经假死过一次，人们不愿再上当受骗，招来杀身之祸。那还是很久以前发生的悲剧：族长有一个死心塌地的替身，名叫阿拉戈内斯，除了手掌上的寿纹不同以外，跟他长得一模一样，即使是他最贴身的情妇和卫兵也难辨真假。这家伙曾经帮助他逃脱六次谋杀，且始终忠心耿耿；但他仍不放心。有一天，阿拉戈内斯中了暗箭，一命归阴。为了造成他自己寿终正寝的假象，族长亲自给替身穿上自己的礼服，摆成他平时睡觉的姿势。这样一来，人们真以为暴君呜呼哀哉了。消息不胫而走。教堂立即敲响丧钟，人们拥进总统府，打开棺材，横尸街头。有人冲它啐唾沫，泼屎尿，有人烧肖像，焚法典；军队群龙无首，不知所措；他的侍妾们将总统府洗劫一空，纷纷溜之大吉；他的儿子们兴高采烈，欢呼自由万岁。结果当然不妙，人们遭到了空前残忍的报复。

可见，加西亚·马尔克斯取法夸张。虽然人物的形象被扭曲了，犹如隔着一面哈哈镜，但读者不难从中找到拉丁美洲独裁者的基本特征，感受到拉丁美洲现实的畸形、荒诞和专制制度的残酷、黑暗。不消说，《族长的秋天》的最初动因是1973年的智利军事政变。当时作者曾一度宣布罢写以示抗议。

小说出版后，立即在读书界掀起巨浪，拉美文学界则展开了激烈的争论。部分作家认为《百年孤独》的崇高声誉和广大读者的希望值业已成为沉重的包袱，影响了加西亚·马尔克斯的创作。著名作家马里奥·贝内德蒂从人物形象着手对作品进行了毫不留情的批评。在《至高无上的族长的根源》（"El Recurso del Supremo Patriarca"）一文中，他这样写道：《方法的根源》、《我，至高无上者》和《族长的秋天》"同是用70年代的眼光审视拉丁美洲独裁者，然而无论是卡彭铁尔的首席执政官还是罗亚·巴斯托斯的至高无上者都是复杂的、残忍的但又不乏偶尔亲切感和慷慨之举的人物［……］唯独加西亚·马尔克斯的族长是个怪物，近乎野兽、残忍到了无以复加和令人怜悯的地步"。贝内德蒂认为卡彭铁尔和罗亚·巴斯托斯的人物（独裁者）尚有其人性的一面，而正是由于这一点，人物才不失之为人物，才令人相信，也才有感染力。而加西亚·马尔克斯的族长完全缺乏人性，故而也就丧失了艺术感染力。[①]另一些作家如哥伦比亚的海梅·梅希亚也持同样观点，认为小说过分夸张，有耸人听闻、哗众取宠之嫌。

与此相反，多数拉美作家、评论家对《族长的秋天》赞不绝口，巴尔加斯·略萨说《族长的秋天》像七级地震震撼了拉丁美洲。安赫尔·拉马等学者也纷纷撰文，予以高度评价。他们认为加西亚·马尔克斯高明就高明在他的像与不像之间。这岂不让人想起齐白石的画论？

四、《独裁者的葬礼》

委内瑞拉作家乌斯拉尔·彼特里的《独裁者的葬礼》（*Oficio de difuntos*, 1976）从主人公——独裁者佩莱斯之死写起，讲述了这位暴君对拉丁美洲某国近三十年的专制统治。佩莱斯原是个小庄园主，因为偶然认识了一个军官，两人意气相投，便联手利用当时的动乱局面，举兵崛起；出师不利后，又双双流亡国外。不久，机会再次降临，佩莱斯和战友东山再起，率"义军"挺进首都。其时旧政府已然"四面楚歌"，佩莱斯和战友的队伍由小到大，不断壮大，竟轻而易举地夺取了政权。夺取政权的佩莱斯及其战友早已将战争年代收买人心的种种许诺抛置脑后。经过坐地分赃，普拉托就任总统，佩莱斯因实力稍逊屈居副总统之位。佩莱斯对此深感不满，于是处心积虑，拼命扩大自己的势力范围。这样，正副总统之间的摩擦、倾轧便难以避免。不久，普拉托重病缠身，不得不赴欧洲求医。临行前，为防止佩莱斯结党营私，普拉托在总统府安置了大量亲信、密探监视和钳制佩莱斯。佩莱斯胸有成竹，表面上处处小心谨慎、尽心尽责，招兵买马，暗中加紧夺权阴谋，一俟条件成熟，便以迅雷不及掩耳之势，清

---

① Benedetti: "El Recurso del Supremo Patriarca", *Revista de Crítica Literaria Latinoamericana*, Año 2, No. 3 (1976), pp. 55—67.

除了一切障碍，摔掉了"代理"之名，登上了总统宝座。之后，佩莱斯大棒在手，无情地镇压了异己分子，清除了可疑分子，撤换了动摇分子，监禁了冒险分子。与此同时，为巩固自己的政权，他又笼络人心，任人唯亲，以便建立一个永恒的佩莱斯王朝。

与前几部反独裁小说不同的是，佩莱斯有一个原型——委内瑞拉历史上臭名昭彰的维森特·戈麦斯。此人于1908年上台后，统治委内瑞拉达三十年之久。同时佩莱斯又不尽是维森特·戈麦斯的化身。他窃取政权后，仍不改庄园主本色，像治理庄园那样统治着这个有一百多万平方公里土地和数百万人口的国家。在他看来，国家只不过是个大一点的庄园，部长们则是他雇佣的管家。这就是说，佩莱斯当了总统只是由小庄园主变成了大庄园主，而镇压对手如叛乱分子就像是割韭菜，割了一茬又一茬。

然而，和所有独裁者一样，佩莱斯是个孤独的人。虽然监狱里人满为患，可对他来说，真正的囚犯只有一个——他自己。他仿佛在不断地兜圈子，且圈子越来越小，最后转到一条死胡同内倒下并一命呜呼了。[1]

无论是写实还是虚构，以上作品都深深地打上了六七十年代的烙印，无不是站在六七十年代的高度重新审视拉丁美洲专制统治这个痼疾的，且形式上不拘一格。不言而喻，反独裁小说的再次兴起又不无矛盾地标志着拉丁美洲社会的病态和人民的觉醒。只要有独裁者横行，有专制制度存在，反独裁小说就会不断出现。巴尔加斯·略萨的《谁是杀人犯》和尼加拉瓜作家塞尔希奥·拉米雷斯的《天谴》（*Castigo divino*, 1988）[2]便是明证。

同70年代的反独裁小说相比，80年代的反独裁小说表现形式上更具回归倾向。这种回归主要表现在叙事比重的变化、情节的凸显和可读性的增强。就以《谁是杀人犯》和《天谴》为例，且不论总体情形如何，巧合的是二者都采用了侦探小说的某些惯用技巧如悬念、倒

---

[1] 乌斯拉尔·彼特里：《独裁者的葬礼》，屠孟超译，昆明：云南人民出版社，1991年。

[2] 拉米雷斯：《天谴》，刘习良、笋季英译，上海：上海译文出版社，2017年。

叙等，层层剥笋，高潮迭起。

《谁是杀人犯》描写了秘鲁军人政权的腐败堕落。作品以空军某部上校敏德劳与女儿阿莉西娅的乱伦为契机，揭露了军人政权草菅人命、道德沦丧的累累罪行。故事梗概如下：敏德劳上校强奸女儿之后，为了拆散女儿和士兵帕洛米诺·英雷罗，故意挑唆军中上尉杜弗和帕洛米诺·英雷罗争风吃醋直至最后借杜弗之手除掉了英雷罗这个心腹之患。为了掩盖事实真相，军警双方狼狈为奸。但是，没有不透风的墙，敏德劳和女儿的不正当关系眼看就要败露。于是敏德劳狗急跳墙，残忍地杀死了女儿，然后开枪自尽。整个案件就这么不了了之。"既没有惊动最高统帅，也没有激起民愤。"

《天谴》也是由人命案切入的，但最终把矛头指向了危地马拉和尼加拉瓜两国的独裁统治。作品取材于多年前发生的一起真实命案：危地马拉美丽的少妇玛尔塔·赫雷门、尼加拉瓜迷人的姑娘玛蒂尔德·孔德雷拉斯及父亲先后暴毙，尼加拉瓜当局以"杀人凶手嫌疑"逮捕了危地马拉年轻律师卡斯塔涅达。此人是玛尔塔的丈夫，又与孔德雷拉斯家过从甚密。案发之前，卡斯塔涅达偕夫人匆匆来到尼加拉瓜，客居老朋友孔德雷拉斯家中。孔德雷拉斯有两个美丽动人的女儿，大女儿叫玛蒂尔德，小女儿叫玛丽亚。不久，卡斯塔涅达与孔家两小姐"有染"的流言蜚语就传开了，成了街谈巷议和人们茶余饭后的谈资。卡斯塔涅达和夫人被迫离开孔家。不料刚离开孔家，玛尔塔便猝然死去。于是，社会上纷纷传说卡斯塔涅达喜新厌旧，杀害了自己的妻子。然而卡斯塔涅达对此充耳不闻，他悄悄潜回危地马拉，为他领导的地下组织"民主救国党"募集资金，购买武器。不久，卡斯塔涅达又一次被迫离开祖国，来到尼加拉瓜。孔德雷拉斯不顾社会舆论，再次邀请了卡斯塔涅达。然而悲剧很快重演：玛蒂尔德几天后突然死去。玛蒂尔德之死立即引起轩然大波。不明真相的人议论纷纷，各种离奇的猜测和传闻不胫而走。有人甚至断言：不逮捕卡斯塔涅达，还会有人丧命。没过多久，孔德雷拉斯当真也遇难身亡了。尼加拉瓜警方终于以阻止恶性事件继续发生为由逮捕了卡斯塔涅达。顿时舆论大哗。经过一个多月的"侦查"和审讯，尼加拉瓜法院宣判如下：为能和玛蒂尔德结合，卡斯塔涅达杀害了前妻玛尔塔；后因爱上了情妇玛蒂尔德之妹玛丽亚，罪犯又用同样的手段残害玛蒂尔德致死；为了继承遗产，他还毒死了未来的岳父，巨富孔德雷拉斯。然而，卡斯塔涅达在辩护中用大量事实揭露危地马拉和尼加拉瓜当局不择手段镇压民主力量，并指控孔德雷拉斯夫人弗洛拉充当帮凶，强求通奸。他还当众高呼，如果他遇害，那将是一次政治谋杀。未几，警方以"罪犯企图逃跑"为由，开枪打死了卡斯塔涅达。卡斯塔涅达案就此不明不白地结束了。谁是真正的凶手？作者将问题留给了读者这个公正的法官。

总之，较之70年代的反独裁，80年代的这两部小说对独裁者的批判剑走偏锋，令人回味。这一变化至少有两个原因：一是从现实的角度看，80年代拉丁美洲民主化进程上了一个新台阶，大多数国家建立了资产阶级民主政府，从华尔街接过了新自由主义"法宝"，个别尚未实行民主过渡的政府也变换了统治手法；二是从文学的角度看，反独裁者小说经过几多大师的锤炼和雕琢，已经到了非另辟蹊径不可的地步。因此，顺应形势、变换手法将同样是必由之路。

第二节　反帝反殖民小说

"距上帝太远，离美国太近"（又曰"距上帝太远，离魔鬼太近"），拉丁美洲的这一谚语道出了悲剧的症结之所在。从19世纪中叶美国公然入侵墨西哥，掠走大半领土，到20世纪80年代的格林纳达之战，美国的的确确把拉丁美洲当成了"后花园"和"狩猎场"。正因如此，拉丁美洲人民的反美情绪始终十分高涨。打开拉丁美洲文学史，这种情绪也便无处不在。从名声显赫的《百年孤独》到鲜为人知的《白玫瑰》（*Rosa blanca*），从世界级大师亚马多（Amado, Jorge）、阿斯图里亚斯到许多名不见经传的中南美洲中青年作家，无不直接或间接涉及这一触目惊心的社会现实：美帝国主义的侵略和拉丁美洲人民的反侵略斗争。

令人费解的是，直接描写美国武装干涉的作品并不多见。相形之下，从经济领域尤其是农村题材切入倒是较为流行的取法。巴西作家亚马多的"三部曲"《无边的土地》（*Terras do sem-fim*, 1943）、《黄金果的土地》（*São Jorge dos Ilhéus*, 1944）、《饥饿的道路》（*Seara vermelha*, 1946）和阿斯图里亚斯的"三部曲"《疾风》、《绿色教皇》、《被埋葬者的眼睛》），揭露的都是美帝国主义对拉丁美洲的经济掠夺，其笔触也都由农村切入。[①]

《黄金果的土地》[②]与阿斯图里亚斯的《绿色教皇》有许多相似之处。"绿色教皇"汤姆森原是个游手好闲的美国冒险家。来到盛产香蕉的中美洲某国后，决意留下来一显身手。他以推动"进步和文明"为由，竭尽坑蒙拐骗之能事，肆意吞并土地，将其香蕉园无限扩大。他的所作所为得到了当地权贵、香蕉种植园主的遗孀弗洛拉太太的支持，却遭到了未婚妻、弗洛拉太太的女儿玛丽亚的反对。玛丽亚以有汤姆森这样的男友感到羞耻，并规劝母亲不要为虎作伥，但毫无效

[①] 亚马多的三部曲都已译成中文并一度被认为是了解拉丁美洲现实、认识美帝国主义侵略本性的好教材。其实，较全面和直接描写美帝国主义掠夺的，在三部曲中只有《黄金果的土地》，另两部则主要写"内部矛盾"即巴西农村的阶级矛盾。

[②]《黄金果的土地》揭露美国可可公司"徐德兄弟公司"垄断巴西可可经济的罪行。徐德原是个浪荡公子，从他哥哥手中接过公司后，凭着他的狡黠和残酷，使公司业务不断扩大，以至最终控制了巴西南部素有"皇后之地"美称的世界上最大的可可经济区。徐德之所以迅速成功，除了他的狡诈和残忍，还有他未来岳丈的支持。原来，徐德为了站稳脚跟，先在当地找了一个"靠山"，此人是个酒店老板，在巴伊亚一带颇有些声望。徐德是通过老板的掌上明珠朱丽叶塔和当地人"打成一片"的。朱丽叶塔当时还是个不谙世事的小姑娘，爱慕虚荣，喜欢交际，对精明能干的徐德颇有好感。由于徐德等人控制和操纵了可可生意，可可价格大起大落，升降无常，弄得当地的可可种植主苦不堪言。大庄园主霍拉西奥原本是远近闻名的"可可王"，拥有"世界上最大的可可种植园，每年的可可产量均高达五万阿罗瓦以上"。然而，就是这样的一个贵胄也没能抵挡住徐德的攻势，终于由力不从心到一病不起，最后含恨死去。霍拉西奥死后，这个"全世界最大的可可种植园"便很快落到了徐德手中。大种植主的命运尚且如此，小种植主又能如何？安东尼奥·维克多和他女人辛辛苦苦，巴望自己的可可有个好收成，能卖个好价钱，可每次把可可出售给徐德公司，手都要发抖，心都会滴血。他们年年盼望好收成，但收成好了，收入却越来越少，最后也难免家破人亡。当然，最惨的还是那些一无所有的雇佣农工。他们累死累活还不够养家糊口，最后多半沦为债役制农奴。许多人不堪主人的压迫和繁重的劳动，纷纷冒险潜逃或参加秘密劳工组织。有一天，巴伊亚地区数百名农工集会游行，要求增加工资、驱逐外国垄断公司，却遭到了当局的血腥镇压。几十名手无寸铁的游行者被当场打死，许多人被捕入狱。政府的暴行激起了全国人民的愤慨，罢工浪潮此起彼伏。朱丽叶塔也终于觉醒，加入了"自己人"的队伍。

果。最后，玛丽亚不堪母亲的逼迫和汤姆森的追求，愤然弃家出走，并于一个明月皎洁的夜晚投河自尽。

玛丽亚的死并没有使母亲和汤姆森回心转意，反而使他们变本加厉，狼狈为奸。汤姆森的巧取豪夺引起了越来越多原住民的反抗。他气急败坏，勾结弗洛拉太太，用极其野蛮的手段镇压反抗群众，并很快在这片几经浩劫的异国土地上建立起"世界上最大的香蕉股份有限公司"，控制了这个国家的经济命脉。从此，汤姆森被称为"绿色教皇"。

玛丽亚死后不久，汤姆森和弗洛拉太太结婚，并生下一个女儿，取名奥莱丽亚。这时，一位来自美国的香蕉大亨慕名前来拜访。当他得知汤姆森的真实面目后，感到非常失望，劝他要"文明些"。汤姆森怕他回美后败坏自己的声誉，便用计将他杀害了。

十年之后，从英国学成归来的奥莱丽亚同一位在父亲种植园里工作的"考古学家"偷偷相爱并怀了孕。与此同时，汤姆森踌躇满志地回到美国，准备以其雄厚的实力争夺全美香蕉公司协会董事长之职。不料正当他以为稳操胜券，董事长非他莫属之际，突然发现那个劝他"文明些"的大亨并没有在车祸中死去，而且早以以"考古学家"的身份占有了他的女儿，即将成为他的女婿。所谓的全美香蕉公司协会董事长竞选，原来也是那个死里逃生的香蕉大亨一手策划的，因为"考古学家"即董事长，董事长即"考古学家"，所谓的竞选只为"请君入瓮"。

汤姆森恼羞成怒，回到中美洲后以更加凶残的手段疯狂地扩大自己的产业，终于在一次次无情的较量中战胜了所有对手，如愿以偿，登上全美香蕉公司协会董事长的宝座，成为名副其实的"绿色教皇"。

然而，对美帝国主义的侵略行径，并不是所有人都看得一清二楚的。开始，不少善良的人们曾寄希望于美国，以为这个世界头号发达国家能伸出手来拉小邻居们一把。譬如阿斯图里亚斯，第一部《疾风》就多少怀有善良的期待。

《疾风》创作于40年代末。诚如加西亚·马尔克斯在《枯枝败叶》《百年孤独》中所描绘的那样，当时的中美洲和加勒比地区处在

"空前繁荣"时期，"钱多得花不完"，并没有多少人感觉得到背后正孕育着一场空前的浩劫。

　　阿斯图里亚斯所描绘的，是拉丁美洲人民的共同遭遇，是拉丁美洲国家的共同现实。像波多黎各作家何塞·路易斯·贡萨莱斯（González, José Luis）、多米尼加的胡安·包什以及尼加拉瓜、洪都拉斯、萨尔瓦多、巴拿马和古巴的许多作家都发表过类似的作品。

第二编

第五章 幻想派

幻想与现实是文学的两极，是文学赖以飞翔的两只坚韧的翅膀。然而，人们对于二者常常有所侧重与偏废，古今中外，概莫能外。

由于人类文明的建构以人本（"人事"）取代神本（"天道"）为前提，以现实的理性战胜幻想的神话为基础，作为人类文明重要组成部分的文学便不可避免地被赋予了现实主义精神。"文以载道""理性模拟"，几千年来中外文学流变几乎都是以现实为唯一指向和出发点的。

正因如此，文学幻想（包括想象）始终未能作为一种相对独立的审美对象而受到应有的重视。同时，幻想所构筑的座座高楼大厦却有目共睹：远自神话传说，近至科幻小说。

在中国，幻想小说贯乎古今。但迄今为止还很少有人系统论述过它的渊源和流变，更谈不上对它做较为全面的审美把握。鲁迅先生在其《中国小说史略》和《中国小说的历史的变迁》中，虽然明确指出了幻想在中国文学中的悠久传统和重要地位，分析了诸如神话传说、志怪传奇、神魔小说兴盛的历史原因和现实意义等，但终究未及对幻想本身做更多美学阐释。

在西方，幻想文学同样源远流长，但对幻想及幻想文学的系统考察却是20世纪60年代方始展开的，而且最终因为无法确定幻想的内涵外延（也即与现实的区别）而卡了壳。本著无意对浩如烟海的幻想文学或界限模糊的文学幻想做全面系统的审视，而只是借题对有关论述作一点推导，以便在进入西班牙语美洲幻想派小说之前建立一个可供参照的理论坐标。

第一节　幻想美学

文学幻想和文学真实一样，是个含义宽泛的概念，它既可用来指《聊斋志异》那样的志怪小说，也可涵盖神话传说或与之风马牛不相及的科幻小说。在较为系统且少之又少的著述中，幻想的含义就很不相同。罗杰·凯卢瓦（Caillois, Roger）在《幻想文学选编》（La littérature fantastique）和其他有关著述中，对文学幻想的定义是"异常在习常中突然出现"。[①]路易斯·沃克斯（Vox, Louis）却认为"幻想是没有定义的，它取决于特定时期人们的文化氛围及其对具体作品的认识"。[②]这是一种没有定义的定义。无论是凯卢瓦，还是沃克斯，都有点令人摸不着头脑。要相信凯卢瓦，就得先弄清楚什么叫平常，什么叫异常，而这两个概念恰似现实-幻想，宽泛、模糊、难以界定。如果接受沃克斯那没有定义的定义，那么也就等于接受了类似于先有母鸡还是先有蛋的悖论。

托多罗夫（Todorov, Tzvetan）在这个问题上表现得较为明智，他用分类法避免定义。在托多罗夫看来，要弄清楚什么是幻想，首先必须缩小人们对幻想的空泛理解。因此，他作了如下分类：幻想-神奇-怪诞。[③]

他认为神奇者，乃不可理喻者。比如初民由于对自然现象的无知而生发的崇拜和想象以及由此产生的神话传说。像事实上并不存在的神魔、鬼怪、巫术和龙、凤、牛头怪及天堂、地狱等都属于神奇。怪诞者是可以理喻的，比如梦幻、谎言，或者令人恐惧、惊讶的感觉。幻想者也是不可理喻的，是臆想的结果。也就是说，当超现实产生时，潜在的读者（一般是指作品中的英雄）就会有所反应，这种反应

① Caillois: *La littérature fantastique*, Paris: Gallimard, 1966, p.12.
② Vox: *La curieuse tentation*, Paris: Gallimard, 1965, p.6.
③ Todorov: *Introduction à la littérature fantastique*, Paris: Gallimard, 1970, p.109.

我们姑且名之为恐惧或疑惑。换句话说，所谓幻想，是指那种对人物（其实还有读者）缺乏解释的超现实事物。

这其实也是一种定义。但是，托多罗夫似乎把我们带进了一个新的死胡同，因为完全不可理喻的幻想（超现实）是不存在的。

鉴于实在难以抽象地给幻想下定义，我们姑且先看看有关学者是怎样具体界定幻想文学的。凯卢瓦认为幻想文学（至少在西方）属于纯文学范畴，经历了三个重要发展时期，神奇、虚幻和科幻。在古代，由于人们对生与死、阳光与黑暗等自然现象百思不得其解，遂产生了神话想象，产生了各种传说，使生活中的那些不可理喻的事物如自然力得到了神化。这就有了最初的神话传说。后来，自然力逐步为人们所了解和征服，生老病死等自然现象也有了理性的解释，神话传说也就随之消失了。但是，新的问题层出不穷，人们仍无法了解和解释来自人自身的许多奇异现象，如梦境、幻觉等等，于是也便有了幻想小说。到了近现代，随着科学技术的发展，人们已经有能力对自身的许多奇异现象做理性的解释，故而兴趣便不再局限于自身和所处的自然现实环境。于是导向未来和世界（认识）之外的科幻小说应运而生，然而它仍不失为幻想文学。

当然，认为幻想文学与历史（时间）无关，亦无不可。它源自人的大脑，是一种特殊的精神现象。幻想并不完全受制于理智，任何事物均可被赋予幻想色彩，无论可喻与否，因之幻想文学可以是幻觉，是想象，也可以是一种心血来潮，如非逻辑、非科学、反逻辑、反科学等。

和凯卢瓦一样，托多罗夫也是从历史的角度去界定幻想文学的。但是，诚如前面所说，由于托多罗夫把文学幻想缩小到了三个层次，因而他所谓的幻想文学只能涵盖从卡佐特（Cazotte, Jacques，18世纪）到莫泊桑（Guy de Maupassant, Henri René Albert，19世纪）。若问此后何故再无幻想文学，他的回答是因为精神分析解决了一切。人们不再需要借助魔鬼的诱惑去理解性的冲动，或借助吸血鬼以隐喻莫名其妙的恐惧。也就是说，精神分析（心理小说）早已把幻想小说赖以表现的不可理喻者阐释得一清二楚。

具体到幻想文学的种类，诸家的说法更是相去远矣。凯卢瓦把幻想文学的种类（其实也即特点）细分为：

1. 有关魔鬼，如《浮士德》；

2. 有关灵魂，如《哈姆雷特》（*Hamlet*）；

3. 有关幽灵，如《坎特镇的幽灵》（*The Canterville Ghost*）；

4. 有关死亡，如《红色死亡假面会》（*The Masque of the Red Death*）；

5. 有关看不见摸不着的存在物，如《奥尔拉》（*Le Horla*）；

6. 有关吸血鬼，如霍夫曼的作品；

7. 有关有生命的雕像、画像及其他，如《伊尔的美神》（*The Venus of Ille*）；

8. 有关巫师、巫术，如纪伯伦（Gibran, Kahlil）的作品；

9. 有关女鬼，如中国志怪小说；

10. 有关现实与梦境的转换或二者界线的消解，凯卢瓦认为这类作品还不多见。然而，在西班牙语美洲幻想派小说中，最常见的就数这类作品；

11. 有关空间神秘移位与消失，如《一千零一夜》中的某些故事；

12. 有关时间停滞、倒退或超前，如《时间机器》（*The Time Machine*）；

等等。

诚然，凯卢瓦的分类法并非无懈可击。这一点他自己也承认。他所概括的幻想文学是不完备的，但涵盖了除神话传说和科幻小说之外的几乎所有幻想文学的主要题材和内容。同时，在沃克斯看来，凯卢瓦的分类法过于琐碎，以至于把本该属于同一类型的内容都掰碎了。托多罗夫也认为凯卢瓦因过于求全而失之于泛。在他看来，一种学说（尤其是文学理论）的产生并不在于所指现象的广泛性，更不需要面面俱到，否则就连最基本的范畴都无法规约。

同时，沃克斯又认为幻想的内容是无限的。譬如爱伦·坡笔下的城堡、地窖，在别人看来完全可以是毫无神秘或恐怖色彩的去处，反之那些习常毫无神奇可言的动物、物件在一些民间传说或恐怖小说中却可能使人恐惧不安，如巫师的一根绳子、一只猫或一只猫头鹰。当然，还有蝙蝠、乌鸦、蟒蛇之类的动物和坟墓、葫芦、镜子之类的物件等都在幻想文学中作为神秘的道具，尽管我们知道，在日常生活中，它们并不神秘。

此外，沃克斯还说，幻想之所以成为幻想，主要取决于读者。这就是说，作者（或凯卢瓦）认为充满了幻想的事物，别人也许作壁上观。这倒使我想起了卡彭铁尔的神奇现实说，他说神奇是信仰的产物（幻想又何尝不是一种神奇），不是堂吉诃德就不会得疯魔症。还有那些宗教读物和迷信传说，对一些人来说是幻想，但对虔诚的信徒或迷信者而言它们就未必不是真实。这是就接受而言。

由于沃克斯完全否认幻想的相对客观性，因此他也就无法界定文学幻想，更无法为幻想文学分门别类。但是，纵使如此，沃克斯也曾不无矛盾地指出，幻想的前提是认知歧义（或危机），即某种不可能性。因为，如果作品中的故事使读者觉得可能，那么它便不再是幻想。这一点和托多罗夫的怀疑说有相似之处，或者甚至可以说是一种不谋而合。

前面说过，托多罗夫也不赞同凯卢瓦的分类法，但这并不意味着他完全同意沃克斯的观点。虽然，他和沃克斯都认为幻想的关键（也即特点和内容）是神秘（其实凯卢瓦的异常说也有这层意思），但托多罗夫从不否认幻想（奇幻事物）的客观存在。在托多罗夫看来，幻想文学中的神秘是自始至终存在的和无法解释的。按照托多罗夫的观点去推演，神话传说之所以不是幻想文学是因为那是初民对不可理喻的自然力的一种解释。而志怪小说之所以也不是幻想文学是因为那是古人迷信的产物，信则有不信则无。依此类推，侦探小说也不是幻想文学，因为它解释神秘：再离奇的案件，也总会有一个理智的、令人信服的结局（解释）。而科幻小说就更不是幻想文学了，因为它是今人对未来的解释。未来究竟如何姑且不论，科幻小说本身大都言之成理，顺理成章。在那里，杜撰是有根有据的，令人信服的，因而也就没有自始至终的神秘或者疑惑可言。

为了自圆其说，托多罗夫借用了"超现实"一词。在他看来，只有"超现实"的事物才没有解释，不可理喻。但是，诚如前面所说，托多罗夫断言精神分析学的兴起已然使幻想文学趋于消亡。由此可见，托多罗夫的所谓"超现实"仅仅指向那些象征或隐喻——令古人莫名其妙的精神现象（如幻觉、噩梦）和神秘的精神现象。托多罗夫的观点（或者也是一种鉴别）显然都是建立在作者乃至人物立场上的言说，却忽视了对沃克斯来说几乎唯一重要的因素——读者。

虽然前面我们已经随沃克斯看到了读者的作用，但有必要深入一步，看看幻想文学中读者与作品、读者与作者的关系具有怎样的特殊性。前面说过，无论是托多罗夫的怀疑说，还是沃克斯的危机说或凯卢瓦的异常说，都和神秘有关。但是神秘不仅存在于幻想文学，同样存在于侦探小说中。托多罗夫尽可以认为幻想小说和侦探小说的区别在于结尾——谜底（当然是理性的、科学的解释），而依我看二者的区别不仅仅在结尾，也不仅仅在于可否理喻，还在于读者的参与方式。在侦探小说中，读者的参与往往是一开始就有的一种相对积极的猜测、推理（比如谁是凶手、谁是无辜者）；然而在幻想小说中，读者只有相对消极地接受或等待神秘事物的出现或消失。此外，侦探小说的结局常常出乎读者意料而又令读者心服口服，但幻想文学的结局不仅是读者无法预料的而且是他难以相信的（对于古典幻想文学，读者的结论也许是不可能；而面对现代幻想文学，读者往往难以在故事的可能性上下明确的结论）。这是因为古典幻想文学的神话传说、志怪传奇和神魔小说中描绘的事物大都是不可能存在、不可能发生的，而现代幻想文学的内容则不同——科幻小说是一个明证，博尔赫斯等幻想派作家的许多作品亦然。综观现当代幻想文学，也许只有卡夫卡是个例外，其所以如此是因为他的变形是不可能的：具有神话（原型）色彩，尽管他的意义并不在幻想而是象征。

其次，幻想是与真实比较而言的。当然我们所说的真实并不是生活的真实，而是一种近似生活真实的文学真实，因为归根结底，一切文学都不外乎虚构，都不是"真正的现实"（巴尔加斯·略萨语），而是"真实的谎言"（富恩特斯语）。确定这种近似程度的最高法官是读者。读者按照其对生活真实的认知，判断作品的文学真实性。他怀疑或者根本不信的往往就是文学幻想（或幻想文学），反之则不然。诚如博尔赫斯所说的那样，"幻想文学的前提是作者尤其是读者不能信以为真，否则就成了写实主义文学"。[①]但更重要的是不信和怀疑不能影响读者的正常阅读——参与游戏。这是就作品的成功与否而言的，适用于所有文学。博尔赫斯比方说："观众知道悲剧是作家的产物，是演员的表演，发生在舞台上、书本里。他还知道这一切与麦克白本人无关。但与此同时，他设法忘掉自己，就像柯勒律治所说的那样，将怀疑暂时搁置，从而投入游戏。"[②]

那么幻想文学究竟拿什么来吸引读者呢？凯卢瓦认为幻想小说之所以能够吸引读者，是因为它能激起情绪（如恐怖、惊骇、惊讶等），而不是信与不信（或者说主要不是信与不信）。相反，一部现实主义作品的关键在信，如果不能令人信服，不能让人相信它所叙述的真实，那么它就不可能吸引读者。其实浪漫主义文学亦然。后者的情感宣达必须令人信服，否则就难以成功。幻想小说则不同。凯卢瓦甚至断言，一部成功的幻想小说必须"尤其让人怦然心动"，而非令人信服。这一点是可以理解的，现实主义和浪漫主义作品不但也能令人怦然心动，而且必须让人信以为真。

至于如何"尤其让人怦然心动"，凯卢瓦未做解释，倒是托多罗夫给出了相关答案。托多罗夫认为其他文学（包括侦探小说）都是可以倒叙的，却并不妨碍我们继续阅读，即便我们已经知道了结尾（知道了谁是凶手），但那些过程仍令我们兴趣盎然。幻想文学则不然，因为幻想其所以成为幻想常常是要到结局才能见分晓的。就拿卡夫卡的《变形记》来说，假如它的结尾变成了格里高尔的"南柯一梦"，那么它的幻想性就不复存在，或者至少要大打折扣了。我想这恰好与幻想文学（结局）的不可预测性和不可推理性有关，这也是幻想文学"尤其让人怦然心动"的原因所在。

综上所述，与现实主义一样，幻想是很难有绝对定义的；幻想文

———————
① Charbonnier, Georges: *El escritor y su obra Entrevistas a Jorge Luis Borges*, México: Siglo XXI Editores, 1975, p.7.
② Idem.

557

学是发展的，它与现实的距离是相对的。"幻由心生"，幻想归根到底是依赖于存在而存在的。就像人不能拽着自己的小辫离开地面，幻想最终不可能脱离现实。正因为幻想与现实的这种剪不断、理还乱的关联，幻想文学与现实主义文学的界线才会模糊不清，难以截然分割，也才会有六七十年代西方幻想美学的流产。

唯有博尔赫斯解决了难题，尽管其方法是形而上学的。

博尔赫斯把现实（生活）解释为幻想，认为它和所有游戏一样，是按一定规则运作的精神体验。这同人类文明的解构师们（如新历史主义或后现代主义）的唯文本论神话有异曲同工之妙。

但是，博尔赫斯的幻想美学建构主要不是基于理论，而是基于作品。一如潜心游玩的儿童，博尔赫斯幻想文学（甚或一切幻想文学）的叙述者（还有作家本人亦未可知）和接受者便是通过游戏介质（故事）所规定的法则（假设）全身心地投入游戏的，而他们的精神体验、心理感受以至全部想象力在此过程中得以充分显示和肯定。也正是在此过程中，人们麻木已久的童心得到了复苏，从而对习以为常的现实施以非礼：换一种角度，倒一个个儿。

在博尔赫斯看来，也许这就是幻想的真谛、幻想的力量、幻想的美。事情居然那么简单！

第二节　幻想小说

前面说过，西班牙语美洲小说起步很晚，再加上这个地区科学不发达，因而始终没有产生一部像样的科幻小说，这导致了幻想小说的长期空白。所以，当博尔赫斯及众星捧月般聚集在他周围的西班牙语美洲幻想派小说家群诞生时，已经是20世纪40年代的事了。

我们知道，无论在中国还是在欧洲，幻想都是小说的起源，幻想小说的产生都先于写实小说数百年乃至上千年。鲁迅先生在追究小说起源时说过，"考小说之名，最古见于庄子所说的'饰小说以干县令'。'县'是高，言高名；'令'是美，言美誉。但这是指他所谓琐屑之言，无关道术的而说，和后来所谓的小说并不同 [……] 至于《汉书》《艺文志》上说：'小说者，街谈巷语之说也。'这才近似现在的所谓小说了，但也不过古时稗官采集一般小民所谈的小话，借以考察国民之民情，风俗而已，并无现在所谓小说之价值"。"至于现在一班研究文学史者，却多认小说起源于神话。因为原始民族，穴居野处，见天地万物，变化无常——如风、雨、地震等——有非人力所可捉摸抵抗，很为惊怪，以为必有主宰万物者在，因之拟名为神；并想象神的生活，动作［……］这便成功了'神话'。从神话演进，故事渐近于人性，出现的大抵是'半神'，如说古来建大功的英雄，其才能在凡人以上，由于天授的就是"，也即所谓的"传说"。[1] 再后来，由于巫术、宗教迷信的兴盛，又有了志怪、传奇、神魔等内容的故事。而写实小说（即所谓的现实主义小说）（鲁迅先生称之为讲史、叙事的"说话"）则是到宋朝方始产生的。

依我看，欧洲小说的产生和发展也经历了相似的过程：先由神话传说到传奇志怪，写实主义小说如文艺复兴前夕的流浪汉小说和初期的市民小说也是很晚才有的。欧洲传奇小说很多，如《亚瑟传》（*Legend of King Arthur*）等骑士小说流行了几个世纪。但志怪小说却远不如中国多。究其原因，大概还是鲁迅在论述巫术、宗教、迷信时所说的本来是无论何国，古时候都有的，不过后来渐渐地没有罢了，但中国还很盛。至于中国的"神魔小说"，则大抵可与欧洲的宗教传说相提并论，只是表现方式更复杂，更奇谲玄妙。这是因为"神魔小说"是受了当时宗教、方士之影响的。宋宣和时，即非常崇奉道流；元则佛道并奉，方士的势力也不小；至明，本来是衰下去的了，但到成化时，又抬起头来……因之妖妄之说日盛，而影响及于文章。[2]然而，由于历史的原因，欧洲的幻想小说并没有影响到过去的拉美小说，而过去的印第安传说也没能顺利地发展、遗传。那么在既无传统又没有现实土壤（即托多罗夫所说的心理小说的兴起和幻想小说的衰落）的情况下，拉美幻想派又是怎样发生和形成的呢？我想这还得从博尔赫斯说起。

559

---

[1]《鲁迅全集》第九卷，北京：人民文学出版社，2005年版，第6—10页。
[2] 同上。

博尔赫斯

博尔赫斯于1899年出身在阿根廷首都布宜诺斯艾利斯近郊一个富有的家庭。我这里所说的富有，不仅仅指物质财富，还指精神财富。他的父亲是个才华横溢的律师、学者和无神论者，拥有一个巨大的图书馆和不计其数的英文书籍。他的母亲有英国血统，受过良好的教育，是位很有修养的新教徒。博尔赫斯的早期教育是在家里进行的，他的老师中除了父母，还有一位名叫丁克的英国小姐和一位其名不详的英国老太太。因此，尽管他身在阿根廷，接受的却是正统的英国贵族式教育。他阅读英语早于西班牙语并且很小就学会了用英语写作。九岁那年，他被送进学校上四年级。当时，他除了依然钟情于英语文学，还开始广泛涉猎世界各种文史哲名著。第一次世界大战前夕，他跟随父母去了日内瓦，并留在那里进修法语和德语，直至高中毕业。战后，他去过剑桥大学。其时，他已逐卷通读了《不列颠百科全书》（*Encyclopedia Britannica*）。旅欧期间，他接触了叔本华和尼采的哲学，受到了唯意志论的影响并逐步形成了自己的虚无观。1920年前后，博尔赫斯自英国南下至西班牙，参加了"极端主义"文学团体。一年后，他回到阿根廷，发表了《极端主义宣言》（"Manifiesto del Ultraísmo"），加入了先锋派作家的行列。此间，博尔赫斯发表了三部诗集：这些诗集的一个显著特点是比喻和意象的堆砌，如镜子、迷宫等。这前面已经说过。与此同时，博尔赫斯还先后出版了散文集《探讨集》（*Inquisiciones*, 1925）、《阿根廷人的语言》（*El idioma de los argentinos*, 1928）等。散文是博尔赫斯由诗歌走向小说创作的一座桥梁。在博尔赫斯看来，诗歌是宣达隐私的渠道，和日记一样隐秘；散文是抽象的，可用来思考，因此他所关注的问题如时间、哲学、历史等在散文中得以深化；而小说是具体的，适于想象（当然也适于写实，只是博尔赫斯从来都不屑于写实）。

对于博尔赫斯，1930年是非同寻常的一年。因为他在这一年结识了比奥伊·卡萨雷斯及其夫人希尔维娜·奥坎波（Ocampo, Silvina），从而开始了三人在幻想文学研究、创作领域的长期携手合作。这实在是西班牙语美洲文坛的一段佳话。

1935年，博尔赫斯发表了第一部短篇小说集，尽管这是从别人那里借来的故事。但是，博尔赫斯开始表现出他对奇谈和抽象的偏爱，二者在他未来的小说中逐步升华为幻想和虚无并反复出现梦的意象。同时，他格外重视散文创作（有时甚至连他的小说也是散文化的）。在《永恒史》（*Historia de la eternidad*, 1936）中，博尔赫斯收集了西方自古至今关于永恒的不同观念——从柏拉图主义开始，经过各种唯心主义到唯意志论，经及有关周期时间、循环时间和轮回时间观的思索与嬗变。在此，博尔赫斯感兴趣的就不仅仅是西方哲学了，他的思路通向了释道。

有学者认为1936年的《永恒史》是打开博尔赫斯世界的一把钥匙。我也有同感，因为从此往后，博尔赫斯的大部分题材和内容是一以贯之的，尽管他的幻想形式将不断演化并产生类似于窑变的化合。1938年对于博尔赫斯是一个新的起点。父亲去世了，博尔赫斯不得不自谋生计，在布宜诺斯艾利斯的一个市立图书馆当助理馆员。就在这年的圣诞节，由于视力恶化又患了严重的失眠症，博尔赫斯在自己家的楼梯上发生了意外。他磕破了额头，受了伤，住进了医院。在医院里，他高烧不退，神志不清，但却萌发了写一篇幻想小说的念头。这就是后来的《特隆、乌克巴尔、奥比斯·特蒂乌斯》，他的第一部幻想小说。

《特隆、乌克巴尔、奥比斯·特蒂乌斯》不仅是博氏幻想小说的肇始，而且堪称他幻想小说创作风格的一个缩影。小说是这样开篇的：

> 我依靠一面镜子和一部百科全书的偶合，发现了乌克巴尔［……］这件事发生在5年前。那天晚上，比奥伊·卡萨雷斯和我共进晚餐，我们迟迟没有离开餐桌，为创作一部小说争论不休：这种小说要用第一人称，叙述者要省略许多材

料，以引发各种各样的矛盾。只有少数几个读者——极少数几个——能够预见到一个残酷而又平庸的现实。挂在走廊尽头的镜子窥视着我们。我们发现（在深夜，这种发现是不可避免的），镜子有一股子妖气。于是比奥伊·卡萨雷斯想起来，乌克巴尔有一位祭司曾经这样说：镜子和交媾都是可怕的，因为它们都使人口增殖［……］①

为了寻找此语的出处，他们翻遍了百科全书，结果还是没有找到乌克巴尔这个地方。后来，博尔赫斯或"另一个博尔赫斯"无意中发现了有关"特隆、乌克巴尔、奥比斯·特蒂乌斯"这个地方的条目（以下简称"特隆"），以及关于这个星球的全部历史资料，包括其建筑和牌戏、帝王和海洋、神话的可怖和语言的音调，以及互相矛盾的神学和逻辑学、矿产、鸟类、鱼类、代数和焰火。所有这些，都讲得清清楚楚，看不出有什么教训的目的或嘲讽的口吻。

但这并不是科幻小说所臆想的外星世界，而是一个由文学家、生物学家、工程师、形而上学家、化学家、数学家、伦理学家、画家、地理学家等组成的秘密社团共同创造的产物。他们拟定了特隆的坐标和天象，赋予特隆以思维的存在（而非物理的存在）。这就是说，特隆是一个类似于文学乌托邦的理想世界，它的居民对我们的世界一无所知。对他们而言，现实是活动的银河与独立的特隆、独立的思维。他们的语言是诗性的。因果关系在他们的纯粹中消失殆尽。他们重视无忧无虑的遐想，却不重视科学和理性。因此，在他们那里，真理失去了功用，偶然性是最要紧的（这也就印证了博尔赫斯常常引用的叔本华名言，"现在是全部生命的形式"）。后来，再后来，有关特隆的这些材料在我们这个世界里散布开来，影响了我们这个世界。与特隆的接触以及特隆的风习使这个世界土崩瓦解。人类被它的规范所迷惑，开始并且正在忘掉这种规范是虚拟的规范、棋手的规范，而非天道命定。英文、法文，以及西班牙文等等都将从这个星

---

① Borges: *Ficciones*, Buenos Aires: EMECÉ, 1944, p.1.

球上消失。到那时，世界就是特隆。但"我"并不在乎，"我"照样在阿德罗格的旅馆里宁静地修改用克维多文体翻译的布朗（Browne, Thomas）作品——《瓮葬》（*Urn Burial*）（但"我"根本不想拿去付印）。

此后，博尔赫斯一发而不可收，接二连三地发表了《小径分岔的花园》[①]《阿莱夫》《死亡与罗盘》《布罗迪的报告》《沙之书》等短篇小说集，其中大部分是幻想小说。此外，他还翻译了爱伦·坡和福克纳的部分作品，以及卡夫卡的《变形记》等，并与比奥伊·卡萨雷斯夫妇合作，编选了一部《幻想文学集》，创作了《伊西德罗·帕罗迪先生的六个问题》（*Seis problemas para don Isidro Parodi*, 1941）、《两种令人怀念的幻想》（*Dos fantasías memorables*, 1946）等等。

在分析博尔赫斯的具体作品之前，似有必要对博尔赫斯何以独独钟情于幻想小说的原因稍加考察，尽管这是个复杂透顶的话题，涉及面很广，其中既有必然性，也有偶然性。我想，无论如何，它们至少应当包括以下三点：

一、博尔赫斯的童年和少年时代身体羸弱，几乎是在父亲的图书馆里度过的，从而与书籍结下了不解之缘，与此同时也养成了他孤独、内向的性格。这种性格不但逐步扩大了他同社会现实的距离，而且使他越来越沉迷于幻想。此外，他父母虽然信仰不同，却从未因此而产生纠纷，也从未剥夺或抑制博尔赫斯的正当嗜好和自由想象，为博尔赫斯的个性发展提供了最初的条件。

二、20年代是迷惘的年代，新的国际政治、经济秩序尚未建立，旧的体系却早已土崩瓦解。现代主义、先锋派思潮杂然纷呈。浪迹欧洲后回到布宜诺斯艾利斯的博尔赫斯也已从唯心主义者发展成为十足的不可知论者，对一切都持虚无态度。这为他日后的文学创作奠定了哲学基础。

三、20年代的布宜诺斯艾利斯是一座"名副其实的世界性城市"。

563

---

①《特隆》就被收录在这个集子里。1944年，此书又和《虚构集》结集出版。

那儿不仅聚集着不同种族——白种、黄种、黑种，而且对所有宗教信仰、哲学思潮和文学观念都敞开大门，来者不拒。在这个意义上，它又是一个开放的、自由的城市。它是美洲第一大西班牙裔城市，第二大欧洲裔城市。欧洲裔人中包括意大利人、法国人、葡萄牙人和越来越多的日耳曼人。它是一个德语人口众多的城市（这使它后来成了纳粹在美洲的大本营）。它的英语人口仅次于美国和加拿大等英语国家的城市。它的新闻媒介发行各种语言的报刊，其中最常见的语言至少有西班牙语、意大利语、德语、法语、英语、阿拉伯语、意第绪语以及某些斯拉夫语。在第一次世界大战期间以及此后的一段时间内，肉类和谷物的价格高得惊人，世界上没有任何一个地方居民的卡路里摄取量高于布宜诺斯艾利斯居民。当时正值拉美其他国家专制制度泛滥、内战频仍，布宜诺斯艾利斯便自然而然地成了拉丁美洲的文化中心之一，同北边的墨西哥城形成了南北并峙。文化事业以令人目眩的速度向前发展。这一切又使博尔赫斯幻想的翅膀得以舒展。

博尔赫斯的一生几乎都是在图书馆里度过的。小时候，他在父亲的图书馆里接受了最初的教育；成年后，他又选择了图书馆管理员的职业并一直从助理馆员做到后来的阿根廷国家图书馆馆长，同时在欧洲和美国许多著名的图书馆留下了足迹。或可说，他把毕生精力献给了图书，同时也从这个取之不尽的宝库中得到了用之不竭的创作素材。他横扫了布宜诺斯艾利斯的图书馆，同时横扫了剑桥大学图书馆，强记博闻，让人想起钱锺书前辈，后者恰恰也是我国文坛最早关注博尔赫斯的人。

博尔赫斯的创作素材并非来自生活，而是书本。书是他的基本出发点。在他看来，"人类发明的种种工具中，唯书为大。除书而外，其他工具都只是人类自身（躯体）的延伸。显微镜和望远镜是眼睛的延伸，电话是嗓门的延伸，而犁和剑是手臂的延伸。书就大不相同了：它是记忆和想象的延伸"。[1]博尔赫斯还引证柏拉图的话说："一切知识只不过是记忆。"[2]博尔赫斯认为，从柏拉图到卡莱尔（Carlyle，

---

① Borges: "El libro", *Siempre*, México, diciembre (1979), p.11.

② Harss: *Los Nuestros*, p.160.

Thomas），无数哲人都曾把人类历史视作一部共同创作和阅读的漫无止境的书。人类在这本书中（既是作者也是读者）寻找和解释其存在意义。对书籍的崇拜甚至使他说过这样一段话："我们都是虚构的书本，是一首诗、一段话或一个词，而了无边际的书也即无限世界的唯一见证，确切地说也即世界本身。""文学之所以没有穷尽也是因为这个简单而又充分的道理：它是一本书。"①

　　这就是他从书本吸取养分，并报以毕生精力、全部智慧的理由。

　　博尔赫斯钩沉索隐，在古今西东各种书本里遨游了一辈子，发现和触发了无数令人击节惊叹的幻想。他的第一部短篇小说集几乎完全来自书本。那是他最初的做法。虽然那是一种复述（有时也是改写），一种开始，却并非完全徒劳无益，就像后来他的人物梅纳德所做的那样：梅纳德被多年前阅读的《堂吉诃德》所折服，决定进行一项秘密工作——逐字逐句地改写这部尽人皆知的文学名著。当他致力于这项工作时，发现它异常艰巨。因为塞万提斯在《堂吉诃德》中所从事的是创造性劳动，而今他却要有意改变。最终的结果是他的改写与原著完全一致。我想，博尔赫斯在这部小说中不仅要为他最初的做法辩护，而且还想说明文学是许多本书，但同时又是同一本书（就像人类与人）。梅纳德的《堂吉诃德》是《堂吉诃德》，但同时又不是塞万提斯的《堂吉诃德》，因为它包含了塞万提斯也包含了梅纳德。说穿了，塞万提斯的《堂吉诃德》也是对前人的一种改写，当然它的前身不是作者所说的那部"从集市上捡来的阿拉伯作品"，而是骑士小说。

　　同时，博尔赫斯认为作者都有意无意地期待着被后人继承并以此获得新生直至永生。他举例说，霍桑（Hawthorne, Nathaniel）的故事《韦克菲尔德》（Wakefield）预想到了卡夫卡，但卡夫卡对《韦克菲尔德》这本书做了修改加工。负责是相互的，一个伟大的作家既创造自己和后人也使先驱获得新生。②回首往事能使祖先复活，否则他们将不复存在。

　　诚然，博尔赫斯更多的不是复述和改写，而是进行诗一样的联想。

---

① Harss: *Los Nuestros*, p.163.
② Idem.

他从形形色色的书本中生发灵感、题材和契机以表现他的或然论和虚无观。

1. 有关或然论

"举一反三，就像传道士那样"，博尔赫斯认为这是一切追求永恒艺术的秘诀。在他看来，艺术要想永恒，就只能暗喻，却不可明示。所以他十分强调隐喻（或多种比喻的堆积）。同时，博尔赫斯又一再声明，他举一反三的目的不是说服，而是吸引或感动读者：

> 我不是而且从来不是人们常说的那种寓言家或传道士和"介入作家"。我渴望做一个伊索，但我的故事又像《一千零一夜》，要的是吸引或者感动而不是说明。

——《〈布罗迪的报告〉序》①

在《长城和书》中，秦始皇焚书筑长城的故事引发了诗人的种种联想：

一、焚书可能不只是为了坑儒，而是出于他的自我作古、唯我独尊或薄古厚今。

二、焚书可能是为了让人忘记过去，比如他的母亲；也可能是出于对诸子的嫉妒或对先朝的不屑或对异己（被统治者和被统一者）的仇视与防范。

三、焚书可能是为了惊世骇俗，就像修筑长城一样；也可能是出于某种神秘的信仰。

四、筑长城可能是为了防御外敌入侵，也可能是为了补过（焚书）。

五、筑长城，一如焚书，可能是为了向神挑战；也可能是为了强迫读书人劳动改造。

六、筑长城可能是为了阻止未来，就像焚书是为了忘掉过去；没有过去和未来，现时也便获得了永生；等等。

---

① Borges: *El informe de Brodie*, Buenos Aires: EMECÉ, 1970, p.2.

就像《尼罗河惨案》（*Death on the Nile*）中的侦探，博尔赫斯对同一事件做了多种推测。所不同的是博尔赫斯的推测是假设性的，并不指向事实，并不下任何结论。在博尔赫斯看来，没有什么是不可能的。换而言之，世界是"一个传说的各种形式""一个名字的各种称呼"（《永恒史》）。

2. 有关虚无观

博氏虚无观的明证之一是他表现不可知论的《巴别图书馆》（"La Biblioteca de Babel"）。

在《巴别图书馆》中，形形色色、自古至今的书籍整整齐齐地排列着，就像秩序井然的宇宙。然而当你翻开其中一本，企图进一步了解这个宇宙时，你就会发现秩序消失了（或者本不存在），混乱出现了：成千上万贪心的人为它争论不休，互相咒骂。另有一些人则发了疯，或者跳出来阻止别人继续争论。再有一些人要么为了正本清源而不惜焚毁一切，要么因为无所适从而断言图书馆像精神错乱的神。还有一些人却认为一定存在着一本全书，"一种神的近似物"。为了找到这本甲书，他们必须先找到有关甲书所在的乙书；为了找到乙书，先得查阅丙书，依此类推，直到无限。

同时，博氏虚无观还表现在他对时间的认识。在《小径分岔的花园》中，时间的错位、平行和无规律、不确定促使真实消解，因果关系颠倒：

> 在利德尔·哈特所著的《欧战史》第22页上，有这样一段记载：英军十三个团（配备了一千四百门大炮），原计划于1916年7月24日向塞勒–蒙陶明发动进攻，后来却不得不延期到29日上午。倾泻的大雨是使这次进攻推迟的原因（利德尔·哈特上尉指出）。表面上看来这并没有什么特殊之处，可是下面这段由余准博士口述，经过他复核并签名的声明，却给这一事件蒙上了阴影［……］

小说是这样开始的，随后便是余准的声明。余准是德军间谍，来自青岛大学，奉命调查英军行动计划，结果杀死了一个叫阿贝特的人，而英军行动计划的代号恰恰就是死者的名字。与此同时，也就是说在另一时间范畴，阿贝特是一名中国通，破译了中国人崔明的遗作（这个崔明恰恰又是余准的一位祖先），并且住进了崔明亲自设计的迷宫花园。在这个花园里，时间像条条小径，交叉缠绕，无头无尾，无始无终。在其中一个交叉点，阿贝特成了余准的敌人，同时也是英军的驻地，被余准杀死，后者以此向德军传递了秘密。

但是在另一些故事中，时间是周期性的，甚至可以停滞不前，譬如"飞矢不动"。在《秘密奇迹》（"El milagro secreto"）中，时间就神话般地停滞了整整一年。

而在博尔赫斯的更多作品中，时间常常是不确定的，但同时又是循环轮回的。比如《永恒史》中叙事者马克·弗拉米尼奥·鲁福受那些居住在一个俨然是"世外桃源"的无名氏居民的影响，在生活／故事里随着时间／情节的推移不断变换角色，结果使自己成了"永生者"。1066年，他在斯坦福遇到了哈罗德的军队，尔后（伊斯兰教历7世纪）他又成了一名阿拉伯法学家，紧接着是在苏马尔干达充当一名国际象棋大师，在比卡内尔替别人卜卦，体验过辛巴达的冒险之旅。诸如此类，无不证实了博尔赫斯的虚无观，就像他援引叔本华和贝克莱（Berkeley, George）时所说的"一个人又是另一些人，是所有人"，或者"宇宙是我们心灵的镜像，世界在我们每一个人身上"，又或者"我总是苦思冥想，天堂该是图书馆模样"，等等。换言之，尤利西斯既是尤利西斯，同时又是荷马（《探讨别集》），或者博尔赫斯是博尔赫斯，同时又是"另一个"。

此外，博尔赫斯还用现实与梦境、此生和彼生的重叠，表现其虚无观和不可知论。他说："我们有时都会发现此生的某时与前生的某时非常相似。"（《七夕》，*Siete noches*, 1980）这方面的作品很多，其中比较著名的有《爱德华·菲茨杰拉德之谜》（"El enigma de Edward Fitzgerald"）、《神学家》（"El teólogo"）、《另一个我》（"El otro yo"）和《等待》（"La espera"）等。

在小说《等待》中，杀手怕别人报复，逃到布宜诺斯艾利斯郊外藏匿，而且还易名毕亚里（被害者的名字）。结果还是每天夜里噩梦缠身，梦见一个像他一样的杀手要谋杀一个叫毕亚里的对手。7月的一个早晨，对手找到了他，那时他刚刚惊醒，分不清是梦境还是现实。正在怀疑之际，对方开枪射击，毕亚里饮弹身亡。

正是出于他的这种或然论和虚无观，迷宫、游戏和镜子成了博氏幻想世界不可缺少的比喻。世界像迷宫，表面上有门有道、秩序井然，实际上却陷阱密布，岔口交叠，一旦进入难以脱身，如《南方》《阿莱夫》等等；生活像游戏，看上去公平合理，机会均等，但细细品味，一切都毫无意义：胜利是象征性的，希望是虚无缥缈的，如《巴比伦的抽签游戏》（"La lotería en Babilonia"）；人类像镜子，两面相加就会产生（繁殖）无数映象，如《探讨别集》。当然，博尔赫斯的高明之处还在于比喻的重叠，它们像镜子，重叠起来有无限的可能性。

一般说来，博尔赫斯的这些思想是一贯的，它们保证了幻想泉源永不枯竭：探索哲学和历史的文学性。换句话说，他的或然论和虚无观乃是他用诗人的眼光和想象，不断审视哲学和历史的结果。对他而言，这是一种严肃的游戏。游戏的唯一规则是放弃现实，拥抱幻想。

至此，我们已经看到了博氏幻想的由来，却尚未归纳出它在具体作品中的表现特征。其实，要归纳博氏幻想小说的特征也是有相当难度的。因为他的多数作品都模棱两可，含混至极。有的亦真亦幻，虚实难辨；有的始终轮回，梦中有梦，想要复述都很困难；而有的只是些有感而发的联想，甚至难以上升为真正的幻想。因此，较为明智的办法是取精用宏，选择其中一二，进行分析类比。

3. 特隆世界：意志与存在，孰虚孰实

《特隆、乌克巴尔、奥比斯·特蒂乌斯》是博氏小说中最接近于科幻小说的一部。然而，它又明明不是科幻小说，因为特隆这个完整的世界仅仅是人类想象的产物，而非物理的存在。同时，和几乎所有博氏幻想小说一样，《特隆、乌克巴尔、奥比斯·特蒂乌斯》有两个层面：作为契机的现实和由现实触发的幻想。在第一层面（姑且称之为现实层面），作者提供了详尽、可感的生活细节：他和他的老友比奥伊·卡萨雷斯促膝长谈，其间有布宜诺斯艾利斯和不少真人真事。第二个层面是非真实的，它便是特隆。特隆是一个秘密社团的产物，也即想象的产物。在那里，思维是第一性的，存在是第二性的。一切物质都依赖于思维而存在。而思维永远是现时的；因此，今天的太阳既不可能成为明天的太阳，也不可能是昨天的太阳。换言之，在特隆世界既没有未来也没有过去。现时（思维）即宇宙万物。为了使这个幻想世界在幻想中存活下去，创立于17世纪的秘密社团不断发展延续，直至1947年——幻想影响了现实。

这是博尔赫斯的惯用手法：用真实导出幻想，再用幻想覆盖真实。这种做法显见于他的许多作品，其中就有《萨伊尔》（"El Zahir"）和《小径分岔的花园》。

4.《环形废墟》：现实与梦境，梦中之梦

人生如梦，现实即幻想。对存在的怀疑是博氏许多作品的主题。而在这些作品中，《环形废墟》又是最典型最能表现这个主题的一部。关于这部小说，前面已经说过，此处不再重复。需要补充的是，梦在博尔赫斯的作品中反复出现，就像上帝对莎士比亚所说的那样，"我不是我，我可能是一个梦，但我也做梦，梦我的世界，一如你梦你的作品"。这类作品也都是循环结构，即A人乃B人所梦，又可能是C人梦中之梦。这是一种没完没了的梦的游戏，梦的迷宫。

5.《另一个我》：此我与彼我，似梦非梦

《另一个我》和《环形废墟》有相似之处（二者都指向人的存在、人的本质），但表现形式却很不相同。在《另一个我》这部小说中，占主导地位的是文学真实。从这个意义上说，《另一个我》是博氏作品中最接近心理小说的一部。

> 这事发生在1969年2月的剑桥。我当时之所以没有尝试把它写下来，是因为我怕它影响我的头脑。我只想忘掉它。现在，几年过去了，我觉得如果我把这件事写在纸上，别人就可以拿去当小说看。我记得，此事发生的时候是极其可怕的［……］

那是上午十点，我坐在面对查尔斯河的一条长凳上。右边大约五百码远的地方，有一座高楼；我从来不知道那楼叫什么名字［……］忽然间，我有一种感觉（按照心理学家的说法，这跟疲劳有关），觉得我从前来过这个地方，有过同样的感觉……

一个人在长凳的另一头坐了下来，他吹着口哨。我认出了这个人，不禁吃了一惊，就对他说：

——您是豪尔赫·路易斯·博尔赫斯。我也是豪尔赫·路易斯·博尔赫斯。今年是1969年，我们这是在剑桥。

——"不对，"他说，声音是我的，但稍微有些走样……"这是在日内瓦，从1914年起，我从未离开过这里……奇怪的是，我们很相像，不过您老得多，头发都灰白了。"

为了证明"我"（姑且称之为老博尔赫斯）和"他"（姑且称之为小博尔赫斯）是同一个人，老博尔赫斯列举了1914年在日内瓦居住时随身携带的各种书籍、物品乃至某个别人不可能知道的傍晚及当时发生的一切。不料，小博尔赫斯却振振有词地说："这些证明不了什么。如果我梦见了您，那么您也就知道了我的事情。"

老博尔赫斯只好说："要是今天上午和这次会面都是梦，那么我们都得相信自己既是做梦人同时也是梦中人。"

后来，老博尔赫斯讲起了自己的事情（也就是小博尔赫斯的未来）。这些事情都是十分贴近生活的文学真实。他谈到了去世的父亲和健在的母亲还有做了母亲的妹妹。说着说着，他顺便问了小博尔赫斯一句：

——您呢？

——"都很好，"他回答说，"父亲还在开那种亵渎神灵的玩笑。昨晚他说耶稣就像是高乔人，他们都不喜欢约束自己。您呢？"

—— "……写很多书……你会写诗……也会写点幻想性质的小说……"

小博尔赫斯说他正在编写一本叫作《红色颂歌》的诗集。然而又犹豫不决地问道："如果您真的是我，那么您怎么解释您竟然忘记了1918年曾经遇到过一位老先生，他对您说他就是您，就是博尔赫斯？"

老博尔赫斯没有想到小博尔赫斯会出这么一个难题，只好回答说："也许是那件事太奇怪了，所以我才故意把它给忘掉了。"

再往后，老博尔赫斯想起了柯勒律治的故事：有人做梦，梦见自己去天堂旅行，从天使那儿得到了一枝玫瑰。梦醒时，发现那玫瑰就在手上。于是就给了小博尔赫斯一张1964年出品的美元，又从小博尔赫斯那儿要回了一枚他那个年代流行的法郎。

他们约下第二天老时间在老地方再见，可心里却知道对方（也是自己）在撒谎：因为奇迹如果发生两次，就不再是奇迹了。他们谁也没有去赴约，并且有意弄丢了信物。

没有证据，也就无法检验孰真孰假、谁是谁非了。而现实与幻想之所以难分难解，其根本原因也在于它们本身就是一枚钱币的两面。

至此，博氏小说的幻想形式达到了登峰造极的地步。一切都虚实模糊，但又都合情合理，一如做梦的人在梦里。这就是博尔赫斯独一无二的幻术，也是他的高明和高深之处。

6.《秘密奇迹》：时间幻术，绝对相对

博尔赫斯的许多作品都是写时间或是从时间切入的。时间的相对性给博尔赫斯插上了幻想的翅膀。在博尔赫斯看来，时间是一切生命的真正本质。我们可以逃避一切，唯独不能逃避对时间的依赖。我们的一举一动、所见所梦都取决于时间。所以与时间做游戏是人类所能抵达的极致——最玩世不恭。《秘密奇迹》便是博尔赫斯所做的两个典型的时间游戏。

在《秘密奇迹》中，存在着两种截然不同的时间：人的时间和神的时间。必须说明的是，博尔赫斯所说的神不同于一般宗教意义上的神或上帝。在博尔赫斯看来，神和人一样，是不可捉摸的和不断变化的，因而也是没有结论的和难以定性的。他可能是一个梦，也可能是一种意念或由于这种意念而产生的一种超然的存在。这两个范畴又与两个梦境密不可分、交叉重叠。小说写捷克作家哈罗米尔·拉迪克因被德国法西斯查出有犹太人血统而被捕。在此之前，哈罗米尔做了一个梦，梦见两个家族对棋，棋局延续了几个世纪也没有分出胜负，醒来一看，第三帝国的装甲部队已经开进了布拉格。哈罗米尔被捕后除了害怕，还担心他的得意之作《敌人们》将难以结稿：他将在3月24日上午9时被枪决，只剩十天时间了。

《敌人们》是一出悲剧，只写了一个故事梗概：19世纪末，一名叫罗莫施塔特的男爵被一些来历不明又似曾相识（也许是在梦中见过）的人搞得晕头转向。他们表面上恭维他，内心却暗藏杀机。其中一位来访者叫雅罗斯拉夫，此人不但对男爵不怀好心，而且百般引诱男爵的未婚妻。当然所有这些敌人，都只是男爵的幻觉而已，或者说根本就是男爵自己。由于哈罗米尔心心念念想写完《敌人们》，竟然不再害怕死亡。就在枪决执行前的最后一夜，睡梦又一次淹没了他。他梦见自己躲在克莱门农图书馆的一个大厅里，一位外表像博尔赫斯的图书馆员问他要什么，他回答说找上帝。这时图书馆员对他说上帝在四十万卷图书的某卷某页某词当中。哈罗米尔以为是戏言，并不相信。但这时他在一张印度地图上偶然摸到了那个字母并且听到有个声音在说："给你所需的时间吧！"他记起来，梦是属于上帝的，有位哲人曾经说过，梦中的声音是神圣的，只要它清晰可辨，而又来历不明。

清早，他被带到刑场，行刑队举起了枪。他感到的是一种站在照相机前的犹豫。这时，他发现时间停滞了，奇迹发生了：从上士发出射击口令到子弹来到他的胸膛整整耗费了一年时间。更令他惊讶的是多少次他睡着了，做了梦，但醒来时世界依然停滞不动。一滴豆大的雨珠落到他的鬓角，慢慢地沿着面颊滚动。他修改了构思，写完了悲剧，连那个难以确定的形容词也终于找到了。那滴雨珠从他的面颊滚落：哈罗米尔·拉迪克死于3月29日上午9时2分。妙就妙在时间的处理是与梦境的延绵缠绕在一起的，就像《等待》中的杀手与死者，都建立在现实与梦幻之间的那个永远模糊不清却永远可能的中间环节。

博尔赫斯常说：否定时间，否定自我，否定宇宙是表面的绝望、内心的宽慰。我们的命运之所以可怕并不因为它是虚幻的，而是因为它是不可移易的铁的事实（《探讨别集》）。就像古希腊人早知道的那样，人生是梦幻的影子。

神学否认上帝能够创造没有存在过的事物。那么人呢？博尔赫斯的答案显然是模棱两可的。诚如他在作品中所总结的那样，"变更过去，并不是变更一个简单的事实，而是取消它的所有前因后果；它们可能是无限的"。除了梦幻，也许只有文学能否定时间。

7. 皇宫寓言：文学现实，孰真孰假

有一天，皇帝带着诗人参观皇宫［……］它很像一座无法丈量的露天剧场［……］但宫中错综复杂的通道和柏树围篱又说明它是一个迷宫。这位诗人（他似乎对那些人人惊讶的奇观无动于衷）吟诵了一首短诗。今天我们发现此诗是和他的名字紧密联系在一起的。按照更加细心的历史学家的说法，它使他丧了命，同时也使他获得了永生。这是一首真真正正的好诗，里面耸立着这座雄伟的皇宫，完完整整，微巨俱全，包括每一件著名的瓷器及瓷器上的每一个图案；还包括暮色和晨曦，以及从远古到今天的各色神灵、龙种与凡夫俗子［……］所有人听完这首诗后都沉默不语，唯独皇帝大发雷霆："你抢走了我的皇宫！"于是，刽子手用钢刀砍下了诗人的脑袋。

举一反三，这是传道士的秘诀，也是艺术的秘诀。在这部长不过千余字的寓言体小说中，博尔赫斯的有关主题几乎一览无遗。你看，世界就像回廊迂曲的皇宫，皇宫又像那无始无终的剧场，人们在扮演各自的角色。同时，世界又像是一座迷宫，皇宫构成了秘密通道的始终，无论皇帝还是臣民都仿佛在纡尊降贵地做一场游戏。更有甚者，世界也是诗人幻想的产物，或者说他的想象包含了皇宫内外的一切现实。于是，幻想与现实合二为一，现实与文学水乳交融。在博尔赫斯看来，这就是似是而非、似非而是的世界，也是亦真亦幻、亦虚亦实的文学。因为一方面世界是存在的，被诗人"窃"去而成为文学；但另一方面世界又分明是诗人的创造，是幻想。至于究竟是皇宫造就了诗人还是诗人创造了皇宫，人们便"不得而知了"；有人甚至说，"只要这位诗人吟一首皇宫消失的诗，那么消失的将不再是诗人的性命而是整座皇宫"。至少是，没有那个诗人和那首诗，今天就不会有人记得那座宫殿。

不言而喻，博尔赫斯的上述作品都建构在现实与幻想之间的模糊地带，也就是说它们属于凯卢瓦所说的那种少有的幻想小说：因果颠倒，时空错位；亦虚亦实，虚实相生。这就是真真假假、玄之又玄的博氏小说，也是似是而非、似非而是的博氏世界。它们所包含的幻想美学模糊、消解了文学与现实、现实与梦幻的界线，从而对文学进行了新的界定：文学＝幻想＝现实＝游戏，是按一定规范运作的生命体验。一如潜心游玩的孩童，文学（或者现实）中的各色人等如作家、读者便是通过游戏中介——故事（或者生活）所规定的假设（法则）全身心地投入游戏的，而他们的生活经验、心理感受和想象力在此过程中得到了充分显示和体验。也正是在此隐喻和明喻交织的模糊地带，人们麻木的童心得到了苏醒。这是文学之美，也是生活之美。否则，阳光下便不再有新鲜事物。

可见，在博尔赫斯那里幻想与现实没有界限，文学与现实亦然，文学即现实即幻想即游戏即梦，就像在某些心理学家那里无论习常异常都是非常实际的心理现象甚或性压抑使然。当然，博尔赫斯熟谙东西方哲学，推崇虚无主义、怀疑主义的唯名论和否定世俗、故作旷达的玄学，故而他的幻想美学在一定意义上与庄周梦蝶一脉相承，是极端主观的、唯心的、虚无的，甚至不乏神秘色彩的。

但是，从文学发展的角度看，博氏小说并非毫无价值：它强调了作为文学的元幻想，为幻想文学提供了新的维度，从而推动了西班牙语美洲文学的繁荣，为幻想派小说奠定了坚实的基础。

第三节　比奥伊·卡萨雷斯和科塔萨尔

博尔赫斯的探索得到了西班牙语美洲同代及年轻一代小说家的响应。早在40年代，阿根廷作家比奥伊·卡萨雷斯、希尔维娜·奥坎波、维克托里亚·奥坎波、罗德里格斯·莫内加尔、科塔萨尔等人就众星捧月般地聚集在他的周围，创作了许多脍炙人口的幻想小说，其中尤以比奥伊·卡萨雷斯和胡利奥·科塔萨尔的作品为人称道。

比奥伊·卡萨雷斯是博尔赫斯志同道合的忘年交，1914年出生于布宜诺斯艾利斯。比奥伊·卡萨雷斯从小嗜书好读，青春年少时就显示出非凡的文学天赋，尽管他的成名作（也是其代表作）是在1940年问世的。

1940年，比奥伊·卡萨雷斯发表了第一部长篇小说《莫雷尔的发明》（*La Invención de Morel*）。这是一部非常诡谲的幻想小说：主人公"我"是拉美某国的一名作家，莫名其妙地被捕入狱后，受尽了折磨。弥留之际，一个偶然的机会"我"得到了越狱潜逃的机会。他抓住了这一机会，幸运地逃出监狱，又在一群印第安人的帮助下偷越国境，摆脱了独裁者的魔爪并辗转来到欧洲某国。此后，为逃避国际刑警组织的通缉和追捕，"我"误入歧途，陷入某黑社会组织布下的天罗地网，但"我"终因良心未泯、不甘堕落而决定逃离。为此，"我"几经周折，九死一生，来到西西里岛。在那里，"我"偷了一艘划艇，毫无目标地漂到了太平洋。经过不知多少个日日夜夜，划艇搁浅在一座其名不详的小岛上。当时"我"已经完全失去了知觉。

当"我"从昏迷中醒来时，发现自己正奇迹般地身处孤岛，简直难以断定是梦是实、是死是活。"我"看到这是座面积不大的荒岛，岛上覆满了植被。小岛的中心是一座小山，山顶上有一幢二层建筑，看上去像豪华别墅。离二层建筑不远，有一座小教堂和一个露天游泳池。由于岛上空无一人，设施已开始颓败变色。二层小楼和教堂的大理石上长出了青苔，四周长满了野草；游泳池成了一汪污秽的臭水，栖息着无数蛤蟆和其他两栖动物。"我"战战兢兢察看了教堂和小楼。

教堂并无特别之处。可那座二层小楼却令"我"惊叹不已。那是座造型奇谲、材料考究的多功能两层建筑。一层是图书馆、客厅和厨房，二层是两排豪华舒适的卧房。地下室储藏着一应食物，还有一台供照明用的发电机。

"我"在规模不小的图书馆里发现，那里全都是科学著作。这使"我"十分沮丧。好在"我"每天要做的事情很多，忙忙碌碌，并没有感到无书可读的孤独难熬。然而，好景不长，储藏室里的食物很快就要吃光了，而且更糟的是，气候有些反常，水位不断上涨。"我"又饥又热，终不免昏昏沉沉。这时，"我"看到岛上来了一群不速之客。出于谨慎，"我"不得不离开山顶，躲到礁石后悄悄观察动静。"我"发现来者既不像冒险的游客，也不像遇难的水手，倒像是该岛的主人。他们毫无顾忌地占领了整座小楼，还跳到污秽不堪的游泳池里游泳。与此同时，自然环境进一步恶化，为隐蔽起见，"我"躲进了沼泽地。潮汐失去了规律，太阳比以往任何时候炽烈而且延长了日照时间。不久，白天的天空上出现了两个太阳，同样，夜幕降临后众星围绕的也不再是一个月亮。众多令人费解的奇迹，使"我"不能不做出种种推测：

一、"我"死了：去了另一个世界；

二、"我"病了：饥肠辘辘，高烧不退，神志不清；

三、"我"疯了：两个太阳的同时出现不是因为"我"病得不轻，就是因为"我"疯了；

四、"我"在做梦：梦中什么都可能发生。

然而，最大的问题是"我"发现自己是有感觉的，脑子也几乎是清醒的。就在"我"犹豫、绝望、精神濒临崩溃之际，一个神情忧郁、仪态万方的女人来到了沼泽地前。她（并没有发现"我"，或者根本对"我"视而不见）举目远眺，默默地凝视落日晚霞，直到夜幕降临。此后，她日复一日，每天都来观看日落。女人的出现给"我"带来了莫名的安慰。渐渐地，"我"爱上了这个神情忧郁的女人，把希望寄托在她的身上。

"我"决定鼓起勇气去接近她，不料和她同来的一个大胡子阻断了"我"的计划。这时,"我"知道她叫福斯蒂妮,那大胡子叫莫雷尔。他们是法国人(因为都讲法语),到这儿来是为了度假。"我"还知道莫雷尔正在苦苦追求福斯蒂妮,弄得福斯蒂妮十分苦恼。一天夜里,受饥饿和好奇心的驱使,"我"趁着夜色潜回山顶。"我"在教堂和大楼里东躲西藏,以避免和那些神出鬼没的家伙相遇,最后竟阴差阳错地钻进了福斯蒂妮的卧室。多年以来,第一次和一个女人独处一室,使"我"不禁想入非非。在偷看了福斯蒂妮的一切秘密以后,"我"便益发钟情于她,也愈来愈妒忌莫雷尔。经过一系列鬼使神差的巧合和长时间的跟踪侦察,"我"发现莫雷尔是个城府很深的家伙,对福斯蒂妮等人怀有不可告人的目的。不久,"我"的推测得到了验证。

一天晚上,莫雷尔把所有人召集到大厅里,对他们说,他发明了一种机器,能使人获得永生。原来,莫雷尔发明了一台世界复制器。这台机器借助潮汐的动力,已将岛上的一切复制下来。一旦机器进入播放状态,人们就能看到各自活生生、全方位的立体形象。然而,莫雷尔的话引起一片哗然。有人指责他不该擅自支配别人的生活;有人出于好奇,请求他复制自己;大多数人(包括福斯蒂妮)则要求莫雷尔立即停止这闻所未闻的闹剧,并纷纷要求离开海岛。

莫雷尔对此始料未及,顿时气急败坏。第二天,一艘轮船驶近小岛,众人上船离去。

"我"在莫雷尔的遗物中发现了复制器的设计图纸和使用说明,并且按图索骥找到了深藏在地下室隔墙内的复制器。当"我"启动播放开关时,时间倒流了,往日的情景重新出现在"我"的面前。两个太阳、莫雷尔和福斯蒂妮等等。经过多次演习,"我"不但掌握了复制器的原理,而且大胆地住进了福斯蒂妮的卧室,从而拥有了福斯蒂妮的一切:三维的,有血有肉的存在。为了使福斯蒂妮永远和自己在一起,"我"用莫雷尔遗留的一台手携式复制器重新复制了莫雷尔的作品,并把自己和福斯蒂妮在一起的情景嵌入其中。经过一番精心的编排和剪辑,"我"完全介入了福斯蒂妮的生活。此外,"我"还根据复制器的工作原理,复制了潮汐和不停运转的发动机。这样,复制的世界、"我"和福斯蒂妮的爱情将不断循环，直到永远。

一切都合情合理，天衣无缝。"我"再也不必因失去福斯蒂妮而痛不欲生，"我"将永远拥有一个年轻的、活生生的福斯蒂妮。可是，没过多久，"我"的毛发开始脱落，手指失去了知觉。这时，"我"忽然想起了多年前在报纸上看到的一条消息：日本"飞鱼号"巡洋舰在太平洋某岛附近发现一艘怪船，船上的十几名人员已经全部死亡，死者的特征是毛发全无，指甲脱落，仿佛受到了某种瘟疫的袭击。由于和这艘神秘轮船的接触，日本巡洋舰厄运缠身，最后触礁沉没。"我"曾经怀疑这条由所谓日本舰长临死前发出的消息，认为它一定出自哪位三流幻想作家的手笔。而今"我"打消了一切寻找或者见到真福斯蒂妮的念头。"我"猜想所谓的瘟疫乃是复制器辐射所致，并料定自己再也不能活着离开这座孤岛了，聊以自慰的是"我"拥有和福斯蒂妮那不断重复的相爱场面以及日臻完善的历险记：《莫雷尔的发明》。

博尔赫斯在他的评论中用"完美"二字褒奖这部幻想小说。这确是一部完美的幻想小说，然而它又不仅仅是一部幻想小说。它十分巧妙地逾越了在许多人看来难以逾越的界线，如幻想与现实、故事情节与心理描写等等，而且颇为超前地预言了人造人或三维复制技术的来临。

谁也无法确定《莫雷尔的发明》是主人公的虚构还是写真，或者癫狂还是噩梦。就连主人公"我"也怀疑这一切：可能是高烧所致；梦幻所致；恐惧所致；精神错乱所致；或死亡所致。他甚至怀疑自己从未逃脱独裁者的监狱，因为独裁者的监狱戒备森严，是没人能逃脱的人间地狱。恰恰是这种不确定性，造就了《莫雷尔的发明》，并且为40年代的西班牙语美洲文学开辟了新的向度。因为它天才地消解了幻想与现实、故事情节与心理描写的界线，缓解了艺术性和可读性之间那常常难以两全的尴尬。

比奥伊·卡萨雷斯后来又接连发表了近十部（集）幻想小说，但都没能超越《莫雷尔的发明》。从某种意义上说，《莫雷尔的发明》为幻想小说树立了一座难以逾越的丰碑。

比奥伊·卡萨雷斯后来的作品主要有：《逃亡计划》（*Plan de*

evasión, 1945)、《天然情节》（*La trama celeste*, 1948）、《英雄之梦》（*El sueño de los heroes*, 1954）、《梦 幻 世 界》（*Historia prodigiosa*, 1956）、《阴影之下》（*El lado de la sombra*, 1962）、《大塞拉芬》（*El gran Serafín*, 1967）、《 猪 战 日 志 》（*Diario de la guerra del cerdo*, 1969）、《向阳而睡》（*Dormir al Sol*, 1973）、《江山美人》（*El héroe de las mujeres*, 1979）等等。其中，值得一提的有《英雄之梦》和《大塞拉芬》（又作《六翼天使》）。前者是一部在梦境和现实之间做文章的幻想小说，颇有些博尔赫斯的味道；后者是一部短篇小说集，从篇幅到内容都参差不齐。在这个集子中，要数中篇小说《捷径》（*El atajo*）最为奇妙，也最像比奥伊·卡萨雷斯自己。

《捷径》写一个叫古斯曼的推销员发现妻子和他的同事巴蒂拉纳有染，心理失去了平衡。有一次，他带着比他年轻的巴蒂拉纳出差去阿根廷和乌拉圭接壤处。途中，古斯曼为了不让同伴舒舒服服地睡大觉，选择了一条早已废弃的老旧公路（"捷径"的一层意思就在这里）。经过好一段时间的颠簸，古斯曼的汽车驶进了茫茫荒野。这时，天下起雨来，古斯曼以汽车发生故障为由命令巴蒂拉纳下去推车。巴蒂拉纳无奈，在坑坑洼洼、泥泞不堪的道路上推着车，成了落汤鸡不说，还增添了几分饥饿感。尽管巴蒂拉纳竭尽全力，车子还是抛了锚。巴蒂拉纳四顾茫茫，不禁黯然神伤。古斯曼却颇有些幸灾乐祸，因为即使对方淋一夜雨、推一夜车，也难消他心头之恨。雨天天黑得早，也黑得深。在这伸手不见五指的夜晚，古斯曼满可以一劳永逸地除掉心头之患（"捷径"的另一层意思也许就在这里）。突然，前方出现了一束灯光。那是一座兵营。一个体态丰盈的女军官将他们让进营去。此后是一系列令二人目瞪口呆、莫名其妙的盘问与审讯。巴蒂拉纳的那双色眯眯的眼睛一直紧盯着女军官丰腴的身段。经过一番令古斯曼恶心的眉来眼去，那女军官带走了巴蒂拉纳。这时，在座的另一名军官说，那女军官是他们的教导员，性欲极强且有点变态。她带走巴蒂拉纳一定是为了发泄难以抑制的性欲，然后毫不留情地将他处死。不知是出于什么心理，军官决定放走古斯曼，示意他在女教导员回来之前逃出兵营。古斯曼一溜烟逃出兵营，找到了自己的汽车。这时，他听到一声清脆的枪声。枪声过后，四周恢复了寂静和漆黑。当黎明悄悄降临的时候，古斯曼已经驾车回到了高速公路上，心里盘算着该如何向人们解释所发生的一切。这显然也是一部极其含混、多义的幻想小说。首先，读者难以确定兵营一幕是古斯曼的想象还是他杀人之后编造的故事，甚或借刀杀人；其次，兵营对于阿根廷人而言，又确有其无可否认的特殊含义：历史上，军事当局曾使多少无辜者神秘失踪！

正是这种社会现实与人物心理、动机与结果、偶然与必然的真真假假、真假难辨的神奇与模糊，成功地营造了作品的幻想气氛。

和比奥伊·卡萨雷斯一样，科塔萨尔深受博尔赫斯的影响。所不同的是前者是博尔赫斯的莫逆之交，后者是博尔赫斯的得意门生。学生时代，科塔萨尔曾师从博尔赫斯，对博尔赫斯的创作主张可谓心领神会，但走的却是另一条路：博尔赫斯的作品起于观念，耽于探赜索隐和形而上学；而科塔萨尔津津乐道、曲尽其妙的却是真实的内心感受。博尔赫斯的名言是"文学即游戏"，而科塔萨尔却认为文学即宣达。换句话说，博尔赫斯走的是"玄而又玄"的"众妙之门"，而科塔萨尔的小说却分明是由感而发的入世之作。但二者的共同之处又是显而易见的，那就是幻想，是模棱两可的象征。

科塔萨尔身量魁伟，高近两米，人称"巨人"，而且长满络腮胡子，但内心依然孤独胆怯。1938年，他化名丹尼斯，发表了第一部诗集《现在》（*Presencia*）。第二次世界大战爆发后，阿根廷政局动荡，法西斯分子活动猖獗，至1943年亲德的联合军官团上台，轴心国势力已完全控制布宜诺斯艾利斯。科塔萨尔不满时局，辞去了大学的教职，从此失去了经济来源和人身自由，饱尝担惊受怕、颠沛流离之苦。就在这时，他和大学时代的客座教授博尔赫斯重逢，并在后者的鼓励下翻译了爱伦·坡的恐怖小说，创作了短篇小说集《动物寓言集》。

《动物寓言集》是写恐惧的，它的问世使科塔萨尔名重一时，却也进一步恶化了他同当局的关系，开始了他艰难困苦的流亡生涯。

且说科塔萨尔的早期作品大都表现难以名状的内心感受，具有强烈的荒诞色彩。当人物莫名其妙地逃离"被占的宅子",或"有人呕吐出活蹦乱跳的小兔子",或感觉到自己"变成蝶螈",或分不清梦幻与现实的时候,不由你不联想卡夫卡的寓言和博尔赫斯的臆造。但是,与卡夫卡和博尔赫斯不同的是,科塔萨尔的这些作品充满了恐怖气氛。在《被占的宅子》中,姐弟俩的寓所受到了某种神秘力量(也许是感觉,总之他们并不知道入侵者的具体形象),于是惊慌失措,惶惶不可终日,似胆小的孩子噩梦初醒。他们神志恍惚,草木皆兵,忽而听到厨房里有动静,忽而感到卧室里有声音,于是东躲西藏,最后终于逃出家门、流离失所,表现出极其无奈的认命:"我拽住伊雷内的胳膊,把她拉到门口,且始终不敢回头。身后,无声的骚动更加激烈""我看了看表,是晚上十一点。我挽着伊雷内(我想她在哭泣),一起走向街头"。这种神奇而又可怕的力量似有形又无形,似有声又无声;是客观的、外在的,仿佛又全然滋生于人物内心。它同漆黑、静谧、可怕的黑夜和激荡、恐惧、哆嗦的人物内心融会贯通,给读者以强烈的感观刺激。它象征着阿根廷社会的黑暗、恐怖,还是纯粹的噩梦?作品本身是没有答案的。

同样,《公共汽车》("Ómnibus")也是一部类似的恐怖小说:主人公莫名其妙地受到其他乘客的敌视(或者产生了类似幻觉),她从惊讶疑惑到坐立不安到恐惧失态的情绪变化和感觉升腾,将作品的气氛推向高潮。这一作品令人迁思惯于以小见大、声东击西的博尔赫斯,但恐怖的情态又分明具有爱伦·坡的色彩。

在《给巴黎一位小姐的信》("Carta a una señorita en París")中,科塔萨尔塑造了一个名叫安德烈的知识青年形象。他聪颖、正直,可谓德才兼备。然而,弥漫着恐怖气氛的环境,使他终日惶恐不安。结果,在他给一位女友写信倾诉其压抑情绪时狂吐起来,而呕吐物竟是一群活蹦乱跳的小兔子。

短篇小说《美西螈》("Cefalea")中也有类似的荒诞情节:人物同情水族馆内的蝶螈,继而在蝶螈身上看到了自己的投影,最终感到自己原来也是一条蝶螈。这种虚虚实实、虚实相生、若即若离、飘忽不定的象征性幻象(或形变),即人物是蝶螈或变成了蝶螈或误认为自己是蝶蛹的不确定状态，同卡夫卡式的变形不尽相同（尽管骨子里不乏卡夫卡式表现主义的骚动），它更像博尔赫斯的游戏（尽管二者的出发点及所指迥然有别）。科塔萨尔的变形（姑妄称之）是一种亦真亦幻的境界，用他本人的话说是荒诞现实的自然形态，是恐怖本身。

类似的作品还有很多，其中《天堂之门》（又译《禁门》，"Las puertas del cielo"）是他流亡法国以后第一次回南美时在蒙得维的亚一家旅馆里写成的。当时，祖国咫尺天涯。小说的主人公从梦中醒来，听到有一个弃婴在隔壁啼哭，于是触景生情（或者是重返梦境），认为自己也是个孤苦伶仃的弃儿，或者就是隔壁的弃婴。

在科塔萨尔以后的幻想作品中，夸张和荒诞取代了恐惧和噩梦。

《南方高速》是他中晚期幻想小说的代表作，写高速公路交通堵塞后，人们由焦急到平静，及至麻木、认命，在荒郊野岭建立起一个平等幸福的乌托邦。这里既没有现代社会的混乱与冷漠，也没有阶级社会的压迫与不公。所有人都以各自的车辆命名："绿车小姐""福特先生"等等。人们互相关心，各尽其能；一切都是那么和谐与合理。只有一个人留下汽车走了。时间一久（冬天又来了，还下了雪），一个越来越庞大的高速公路社会逐渐形成：××夫人发现××小姐住进了××先生的汽车；××小姐怀孕了，就要分娩。诸如此类，不一而足。这是一种夸张的荒诞，一种化习常为神奇的想象，令人迁思贝克特式的等待，但分明又多了一份暖色和希冀，一扫其早期作品的压抑。后来，再后来，道路疏通了，人们便收拾停当，争先恐后地驶向前方。顺便说一句：这样的作品十分契合现代社会，因为交通堵塞早已成为全球各大城市的顽疾。

第四节　其他

当代拉美文坛幻想小说杂然纷呈，幻想作家层出不穷（尽管他们并不都像博尔赫斯、比奥伊·卡萨雷斯或科塔萨尔那样有所创新，有所突破）；同时，现实主义依然长盛不衰，甚至佳作迭出。当然那是另一个话题。而这里且又不得不回到魔幻现实主义及其代表人物加西亚·马尔克斯。

话说加西亚·马尔克斯20世纪50年代流亡法国时在巴黎圣热尔曼大街第一次见到了他心目中的偶像——科塔萨尔时说，"他活像巨人显圣"。其时，科塔萨尔已因《动物寓言集》名噪拉美文坛；而加西亚·马尔克斯则正绝望地栖身于廉价妓女出没的廉价旅馆，幻想着成为科塔萨尔那样的幻想作家。当然，青年加西亚·马尔克斯并没有模仿科塔萨尔，因为当时有比科塔萨尔更值得模仿的人选。那就是卡夫卡。是的，卡夫卡在加西亚·马尔克斯的早期创作中留下了鲜明的烙印。"一天早晨，格里高尔·萨姆沙从不安的睡梦中醒来，发现自己躺在床上变成了一只巨大的甲虫。他仰卧着，那坚硬得像铁甲一般的背贴着床。他稍稍抬了抬头，便看见自己那穹顶似的棕色肚子分成了好多块弧形的硬片，被子几乎盖不住肚子尖，都快滑下来了。比起偌大的身躯来，他那许多只腿真是细得可怜。都在他眼前无可奈何地舞动着。"①当加西亚·马尔克斯读到这里的时候，不禁拍案而起："见鬼，居然还有这样写的！"②于是他摹仿卡夫卡，创作了一系列短篇小说，如《第三次忍受》（"La tercera resignación"）、《死神的另一根肋骨》（"La otra cosquilla de la muerte"）、《埃娃在猫身体里面》（"Eva está dentro de su gato"）、《镜子的对话》（"Diálogo del Espejo"）、《三个梦游者的苦痛》（"Amargura para tres sonámbulos"）、《蓝狗的眼睛》（"Hojos de perro azul"）、《有人弄乱了这些玫瑰》（"Alguien desordena estas rosas"）、《石鸻鸟之夜》（"La noche de los alcaravanes"）、《伊莎贝尔在马孔多观雨时的独白》等等。③

在前几篇小说（除梦境般的《镜子的对话》）及《有人弄乱了这些玫瑰》中，加西亚·马尔克斯用死亡隐喻人生的孤独：

① 卡夫卡：《变形记》，李文俊译，《〈世界文学〉三十年优秀作品选》，杭州：浙江文艺出版社，1983年，第292页。

② García Márquez: *El olor de la guayaba*, p.44.

③ 这些短篇小说创作于40年代末至50年代中期。

因为是周末，而且雨过天晴，我想替我的墓地搞一束玫瑰。玫瑰有红色的，也有白色的，是她用来供奉祭台或者编了花环出售的［……］

［……］她俨然还是40年前站在面前对我说话的那个女孩：

"进了木箱，怎么还瞪着眼睛？"

一点儿没变，仿佛时间停在了那个遥远的八月。那天下午，太太们把她带进了房间，指着我的尸体对她说："哭吧，就当是你的兄弟。"

［……］

于是，通过"死人"的眼睛，作品从那个遥远的下午开始叙述，直至："有一天，这里的一切将会发生变化，因为我必须出门求援，告诉别人，住在这所破屋子里的卖花老妪已经寿终正寝，需要四个年轻力壮的男人将她抬上山去［……］对于她，那将是个开心的日子。她会知道，每个周末爬上祭台、弄乱玫瑰的，并非无形的风。"①

《第三次忍受》写死人的孤独；《埃娃在猫身体里面》写埃娃死后希望将灵魂依存在生前喂养的猫身上，但始终找不到它的影子；当明白她死后已经过了好几千年，她绝望了。《死神的另一根肋骨》写人物在他已故兄弟身上看到了自我，顿时身临其境地感觉到了死亡的痛苦——灵魂的寂寞和肌体的腐烂；《有人弄乱了这些玫瑰》也是阴魂不堪寂寞，说有人死后到教堂窃取玫瑰以装点自己的坟墓；《伊莎贝尔在马孔多观雨时的独白》首次出现了马孔多②，那儿连绵不绝的大雨使人物的内脏长出了蘑菇。这些作品意在渲染一种氛围，描写一种荒诞。所以重要的是表现手法，是象征，是卡夫卡式的意境，而不是别的。

从《三个梦游者的苦痛》到《石鸻鸟之夜》，加西亚·马尔克斯的荒诞中出现了更多梦的成分。这也许是加西亚·马尔克斯通过科塔萨尔看到了博尔赫斯亦未可知。在《三个梦游者的苦痛》中，梦游者

---

① García Márquez: *Antología de cuentos*, Barcelona: Seix Barral Editores, 1983.
② 这里第一次出现了马孔多。

们因理想中的少女受伤致残而忧悒不堪：她"丧失了女性的表情"，将不能成为家庭主妇，不可能生儿育女，"尽管他们曾经多么盼望，有朝一日她的婴儿呱呱坠地"。《蓝狗的眼睛》也是写梦的：人物梦见一个女人，并被她的眼睛所吸引；此后他借梦境同她幽会，而她却在生活中徒劳地将他找寻。《石鸻鸟之夜》虽然是写三个醉鬼的，但风格与《三个梦游者的苦痛》十分相似。三个年轻人因模仿石鸻鸟叫声而双目失明，从此后他们的脑海里充满了似醉非醉的幻觉。此后，也就是50年代末，加西亚·马尔克斯发现了海明威、乔伊斯和福克纳，尤其是福克纳，于是开始构筑他的"南方世界"——马孔多。

后来，再后来，他成熟了，成名了，又时不时地回到幻想小说，并在一些作品中和好友科塔萨尔殊途同归：

1.《巨翅老人》

《巨翅老人》（"Un señor muy viejo con unas alas enormes"）[①] 是加西亚·马尔克斯中后期幻想小说的一种类型，是写不可能的。《巨翅老人》的故事发生在一个无名小镇。滂沱的大雨使洪水泛滥成灾，贝拉约夫妇在房子里打死了许许多多的螃蟹。贝拉约扔完螃蟹回来时，费了很大力气才看清楚那个在院子深处蠕动的东西——一个耄耋之年的老人。他嘴巴朝下，伏在烂泥里，发出阵阵呻吟。尽管他拼命地挣扎，依然不能站起身来，因为有一对巨大的翅膀妨碍着他的活动。巨翅老人的消息不胫而走，有人说他是一位老迈的天使，也有人说他更像魔鬼。于是，众说纷纭，莫衷一是。贡萨加神父立即修书一封，把情况向主教做了汇报，并请主教务必将此信转呈罗马教皇。贝拉约的小院顿时门庭若市。好奇的人们从四面八方蜂拥而至。贝拉约太太突然想出一个主意：堵住院门，向观看"天使"的人们收取门票钱。她发了财，屋子里装满了银子。久而久之，"天使"失去了吸引力，贝拉约夫妇用来关押他的大鸡笼也渐渐地被岁月侵蚀毁坏。"天使"到处乱爬，糟蹋了地里的庄稼。贝拉约夫妇用扫帚刚把他从一间屋子里赶出去，可转眼间又在厨房里遇见了他。见他同时出现在那么多地

---

① 以下作品创作于50年代末至70年代末。

方，他们竟以为他会分身法。贝拉约太太经常生气地大叫自己生活在这个充满天使的地狱里，是最最不幸的人。然而，一天上午，"天使"突然扑棱着沉重的翅膀飞走了。

好一个荒诞的故事！可又不净是荒诞。除去"天使"，一切都平淡无奇：连绵不绝的暴雨、泛滥成灾的洪水、比比皆是的爬虫、利欲熏心的市民、煞有介事的神父。但是正因为有了突如其来的"天使"，平淡无奇的真实变了形。试想，连"天使"都老成这个样子了，这世界还有救吗？况且，降下"天使"的暴雨该是多么滂沱的暴雨？！出卖"天使"的市民该是多么利欲熏心的市民？

2.《世上最美的溺水者》和《雪地上你的血迹》

这两篇小说属于加西亚·马尔克斯的另一类幻想小说，其幻想来自夸张和介于可能与不可能之间的荒诞。在《世上最美的溺水者》（"El ahogado mas hermoso del mundo"）中，我们可以看到现实如何转化为荒诞，而荒诞又如何转化为现实，成为它不可分割的组成部分："海面上渐渐漂过来一个黑乎乎的东西，先发现的孩子们炫耀说那是一艘敌船。"过了一会儿，见那庞然大物上没有旗帜，便以为是鲸鱼。一直到它在海滩上搁浅，他们才看清它是一具巨大的尸体，其所以如此可能是因为它在水里泡得时间太长了。这是从荒诞到现实的第一次转化，其实并不荒诞。然而真正的荒诞却在"现实"中横空出现了：他的魁伟、他的"男性美"使村里的妇女们为之倾倒。她们觉得那天夜里连风都反常，加勒比海从未有过这么大的风，妇女们认为这些异常的变化一定与这位死者有关。这些女人们还幻想：如果那漂亮的男人住在这个村子里，他的房子一定有宽大的门；高高的房顶和结实的地板；他睡的床垫一定是以弹簧和铁螺栓为主要材料做成的；他的女人一定是最幸福的。她们想象着：他很有权威，要海里的鱼，他只消呼唤它们的名字就行了；他是那么热爱劳动，以至于能使最荒凉的石头地里流出水来；他还能在悬崖峭壁上栽种鲜花。她们暗自拿他跟自己的男人比，觉得自己的男人干一辈子也不及他一夜；她们内心里都咒骂自己的男人，觉得他们是世界上最藐小、最没本事的。她们终于给他取了个体面而又响亮的名字——"爱斯特万"。

天快亮时，女人们还面对那具尸体不住地流泪，甚至哀号恸哭。"神圣的上帝，他是我们的，她们哭泣着说。"为此，人们为他举行了他们所能想象到的最隆重的葬礼。有些妇女去邻村找花，把这件事情讲给另一些妇女听，她们不相信，也跟来观看。当她们见到死者后，就又采撷了更多的鲜花，人和花越来越多，满得几乎无法走路。最后把这可怜人放下水，是人们最难过的时刻。人们选出一位最好的父亲和一位最好的母亲充当他的父母，还为他选出兄弟、叔侄，因此，通过他，村子里所有的人都成了亲戚。

在去海边悬崖的路上，人们争着抬那死者，送葬队伍浩浩荡荡。这时，人们才发现这里的街道是那么狭窄，房子是那么矮小。但是他们知道，从那以后一切都将改变，他们的房子将建造得美轮美奂，以便爱斯特万可以出入自如。他们还将凿开岩层，在乱石地里挖出泉水来，在悬崖峭壁上栽种鲜花，为了在将来每年的春天让那些大船上的旅客被这海上花园的芳香所吸引。连船长也下到甲板上，身穿节日礼服，胸前挂着望远镜和各种勋章，指着这坐落在加勒比海岸上满是玫瑰的海角，用十四种语言说道："你们看那儿，如今风儿是那么平静，太阳是那么明亮，连那些向日葵都不知该朝哪边转。是的，那儿就是爱斯特万。"多么富于想象！他们将一切情感和才智都奉献给了一具来历不明的尸体。在夸张、诙谐、戏谑和嘲讽中，加西亚·马尔克斯表现了这样一个孤独的、扭曲的和荒谬悖理的世界。

《雪地上你的血迹》（"El rastro de tu sangre en la nieve"）远不如《世上最美的溺水者》精彩，但夸张的形式却十分相似。小说写一位少妇戴戒指的手指莫名其妙地血流不止，直到最后死亡的故事。作者在白雪和鲜血的强烈反差中一点点渲染，一步步夸大，既令人揪心，又让人觉得莫名其妙。

和夸张的加西亚·马尔克斯一样，墨西哥作家阿雷奥拉的幻想在于对日常事物的夸张和窑变所催生的荒诞。阿雷奥拉于1918年出生在墨西哥哈利斯科州，和著名作家胡安·鲁尔福是同乡。他十二岁开始独立谋生，当过学徒、小贩、教员、编辑和记者。他没有受过正规的教育，却博学多才。1943年他和胡安·鲁尔福等创办了文学杂志《回声》（*Eco*），并于同年登上文坛。他从一开始就表现出了对幻想文学的偏爱，尤其是当他接触了卡夫卡和博尔赫斯的作品之后，幻想色彩便益发充盈了。

提纲挈领的来说，他的作品可粗分为两大类。一类是卡夫卡式的，如《扳道夫》（"El guardagujas"）和《集市》（"La feria"）等等；另一类是对后工业社会的矜夸，接近于黑色幽默，如《H. P.宝贝》（"Baby H.P."）等。

《扳道夫》的故事很简单。一个外国人因为交通问题被困在偏远小镇。小镇没有公路，只有一个门可罗雀的火车站。外国人在火车站转悠了老半天也没遇见一个人、一辆车，正在焦急、犹豫之际，迎面走来一位老扳道夫。这是位尽心尽责的扳道夫，他告诉外国人，最后一列火车已经走了很长时间，下一列什么时候到谁也说不清楚。于是外国人开始了一分希望九分绝望的等待。这种等待显然不是贝克特式的，而是卡夫卡式的"审判"。

在阿雷奥拉的另一类幻想小说中，现代社会的物质、商品和技术在夸张中变形。比如说西方某国发明了"人造老婆"（《换妻记》，"Parábola del trueque"）。这一点近年来被确确实实地印证了。商人们拉着这些"足足二十四开"的金发女郎走街串巷，以新换旧。于是人们沉浸在狂热的幸福之中。那些新换来的女人一个个金发碧眼，浪声浪气，弄得丈夫们神魂颠倒，欲火焚烧。主人公"我"是唯一没有以旧换新的丈夫，为此夫妻俩成了一对怪人。在街坊四邻眼里，"我"成了大傻瓜，寥寥无几的朋友也离"我"而去。"我"的妻子索菲亚则越来越因为内疚而沉默寡言，离群索居。每天晚上，他们早早便上床，你躲着我，我躲着你，活像两个木头人，对一点点可怜的夫妻恩爱都感到了痛苦。他们终于知道自己在这个极乐世界中所扮演的只是阉人一类的角色。可是，有一天，那些金发女郎开始生锈了。很快，所有人造女人的脸上都出现了斑点。锈斑不断扩大，最终蔓延全身。这时，人们方才明白：他们换来的妻子原来都是些赝品。这样一来，主人公夫妇又成了众人羡慕的模范夫妻了。与此相仿的《H. P.宝贝》不但也有类似的荒诞和夸张，而且形式更接近于黑色幽默："尊敬的家庭主妇们：现在，您可以把孩子们活泼好动的天性变成一种动力了。本厂出产的'H.P.宝贝'已经上市。这种神奇的装置将给家庭经济生活带来革命性的变化……"H.P.宝贝"是一种轻巧耐用的电子器械，配有舒适的腰带、手镯、指环和母子扣儿，戴在幼儿娇嫩的身体上非常合适。此种器械的各个部件可将儿童一举一动所释放的能量统统收集起来，输送到一个小小的蓄电瓶里，被取下的电瓶插入一个特制的电容器，电瓶即可自动放电，以用来照明、取暖，或带动某些家用电器的运转。如今，数不胜数的家用电器已源源不断地涌进每家每户。

幽默源自生活，是人的一种文化属性和精神需要。在艺术领域中，幽默既有来自审美客体的，也有来自审美主体、取决于表现方式的。《H.P.宝贝》的幽默取决于表现方式。"H.P.宝贝"可以把婴儿一天二十四小时的伸屈蹬踹转变成电力，足够在宝贵的几秒钟里带动搅拌机，或供您欣赏十五分钟的广播音乐。这是纯粹的艺术想象，具有喜剧的审美特点，但夸张的手法、怪诞的情境显然又不乏黑色幽默的味道。有人说黑色幽默的原则是每一个玩笑都蕴含着一出悲剧。但阿雷奥拉的幽默不一定如此。他的作品多采用荒诞的形式和夸张的手法，以小见大，用讥笑幻化习常，嘲笑荒谬的世界。通常，黑色幽默是阴沉的、悲哀的、绝望的，因而也是苦涩的，是不可笑的玩笑；但阿雷奥拉的幽默是令人发笑的，是徐懋庸所说的那种上品的幽默，即"非但可笑，并且令人深思"。

"H.P.宝贝"和"人造妻子"岂不如此？它们的夸张和怪诞不仅有诙谐、可笑的一面，而且明显是一根根含笑的刺，带着讽刺意味。它们讽刺了后工业社会、商品社会，也即消费社会的荒谬。遗憾的是，人造太太和人造丈夫已经一笑成真。而等待人类的恐将是无尽的哭。

危地马拉作家蒙特罗索（Monteroso, Augusto, 1921—2003）认为"现实永远比文学更不可思议"。这几乎也是所有西班牙语美洲和拉丁美洲作家的共识。而蒙特罗索的短篇小说恰恰炫示了这样一种比文学更加不可思议的荒诞。他的《作品全集（及其他短篇小说）》（*Obras completas [y otros cuentos]*, 1959）、《黑羊及其他寓言》（*La oveja negra y demás fábulas*, 1969）、《永恒的律动》（*Movimiento perpetuo*, 1972）、《文学与生活》（*Literatura y vida*, 2004）和长篇小说《其余是沉默》（*Lo demás es silencio*, 1978）等大抵印证了这种状态。其中，最受关注的作品如《泰勒先生》（"Míster Taylor"）直接将荒诞推向了极致。作品写一个美国冒险家来到亚马孙流域，并突发奇想：做印第安人头骨买卖。为了获得这些价格不菲的"小人头骨"，他不惜挑起战争，借机对印第安部落实施种族灭绝。这自然是一种惊悚的黑色幽默，其荒诞程度大大超越了阿斯图里亚斯的《危地马拉的周末》。也许正因为他的尖锐和竭尽夸张，蒙特罗索不得不躲避独裁者的迫害，长期流亡墨西哥，直至终老。

附录

人名索引

592

601

605

附录

书名索引

612

614

主要参考书目

一、外文

Abellán, José Luis: *La idea de América. Origen y evolución*, Madrid: Istmo, 1972;

Aínsa, Fernando: *Identidad cultural de Iberoamérica en su narrativa*, Madrid: Gredos, 1986;

Alegría, Fernando: *La poesía chilena. Orígenes y desarrollo del siglo XVI al XIX*, México: FCE, 1954;

"Carpentier y el realismo mágico", *Humanidades*, New York, 1960;

Alonso, Carlos J.: *The Spanish American Regional Novel. Modernity and Autochthony*, Cambridge: Cambridge University Press, 1990;

Altamar, Antonio Curcio: *Evolución de la novela en Colombia*, Bogotá: Instituto colombiano de cultura, 1975;

Altamirano, Carlos y Beatriz Sarlo: *Ensayos argentinos*, Buenos Aires: CEAL, 1983;

Anderson Imbert, Enrique: *Historia de la Literatura Hispanoamericana*, México: FCE, 1954;

Ara, Guillermo: *La novela naturalista hispanoamericana*, Buenos Aires: Eudeba, 1965;

Ardao, Arturo: *Romania y América Latina*, Montevideo: Universidad de la República Oriental del Uruguay, 1991;

Arambel-Guiñazú, M. Cristina y Claire Emilie Martín: *Las mujeres toman la palabra. Escritura femenina del siglo XIX en Hispanoamérica*, 2 vols., Madrid: Iberoamericana, 2001;

Arrom, José Juan: "Mitos taínos en las letras de Cuba, Santo Domingo y México", *Cuadernos Americanos*, 29 (168) , 1970;

Arrom, Silvia Marina: *The Women of Mexico City (1790—1857)*, California: Stanford University Press, 1985;

Avellaneda, Andrés: *El habla de la ideología*, Buenos Aires: Sudamericana, 1983;

Avilés Fabila, René: *Material de lo inmediato*, México: Nueva Imagen, 2005;

Ayén, Xavi: *Aquellos años del Boom*, Barcelona: RBA. Libros S.A., 2014;

Azuela, Mariano: *Cien años de novela mexicana*, México: Botas, 1947;

Becerra, Eduardo: *Pensar el lenguaje; escribir la escritura. Experiencias de la Narrativa Hispanoamericana Contemporánea*, Madrid: Ediciones de la Universidad Autónoma de Madrid, 1996;

Bellini, Giuseppe: *Nueva Historia de la literatura hispanoamericana*, Madrid: Castalia, 1997;

Blanco, José Joaquín: *Crónica de la literatura reciente en México (1950—1980)*, México: Instituto Nacional de Antropología e Historia, 1983;

Borges, Jorge Luis: *El "Martín Fierro"*, con la colaboración de Margarita Guerrero, Buenos Aires: Columba, 1953;

Brushwood, John: *México en su novela*, trad. Francisco González Aramburo, México: FCE, 1973;

La barbarie elegante. Ensayos y experiencias en torno a algunas novelas hispanoamericanas del siglo XIX, México: FCE, 1988 (1ª ed. en inglés 1981);

Bueno, Salvador: *Historia de la literatura cubana*, La Habana: Editorial Nacional de Cuba, 1963;

Burke, Peter (Comp.): *Formas de hacer historia*, Madrid: Alianza, 1993;

Bustillo, Carmen: *La aventura metaficcional*, Caracas: Equinoccio, 1997;

Caillois, Roger: *La littérature fantastique*, Paris: Gallimard, 1966;

Calabrese, Elisa etc.: *Itinerarios entre la ficción y la historia*, Buenos Aires: Grupo Editor Latinoamericano, 1994;

Calviño, Julio: *Historia, ideología y mito en la narrativa hispanoamericana contemporánea*, Madrid: Ayuso, 1988;

Carballo, Emmanuel: *Protagonistas de la literatura mexicana*, México: Ediciones del Ermitaño/SEP, 1986;

Carilla, Emilio: *El romanticismo en la América Hispánica*, 2 vols., (3ª ed. revisada y ampliada),   Madrid: Gredos, 1975;

Poesía de la independencia, Caracas: Biblioteca Ayacucho, 1979;

Hispanoamérica y su expresión literaria, Buenos Aires: EUDEBA, 1969;

Carpentier, Alejo: *Tientos y diferencias*, Montevideo: Arca, 1967;

Casals, Jorge: *Plácido como poeta cubano*, La Habana: Publicación del Ministerio de Educación, 1944;

Castellanos, Rosario: *La novela mexicana contemporánea y su valor testimonial*, México: Instituto Nacional de la Juventud, 1966;

Chang-Rodríguez, Raquel: *Historia de la literatura mexicana desde sus orígenes hasta nuestros días*, Madrid: Siglo XXI, 2002;

Díaz Ortiz, Óscar: *El ensayo hispanoamericano del siglo XIX: discurso hegemónico masculino*, Madrid: Pliegos, 2001;

Diccionario enciclopédico de las Letras de América Latina, Venezuela: Biblioteca Ayacucho/Monte Ávila Editores, 1995;

Diccionario de Escritores Mexicanos. Desde las generaciones del Ateneo y novelistas de la revolución hasta nuestros días, México: Universidad Nacional Autónoma de México, 1993;

Dill, Hans-Otto (y otros): *Apropiaciones de la realidad en la novela hispanoamericana de los siglos XIX y XX*, Madrid: Iberoamericana, 1994;

Donnell, Alison et al.(eds.): *The Routledge Reader in Caribbean Literature*, London and New York: Routledge Publishing Company, 1996;

Donoso, José: *Historia personal del "boom"*, Barcelona: Anagrama, 1972;

Earle, Peter G. y Robert Mead: *Historia del ensayo hispanoamericano*, México: Ediciones de Andrea, 1973;

Fernández, Teodosio: *La poesía hispanoamericana (hasta final del Modernismo)*, Madrid: Taurus, 1989;

Los géneros ensayísticos hispanoamericanos, Madrid: Taurus, 1990;

Fernández, Teodosio etc.: *Historia de la literatura hispanoamericana*, Madrid: Universitas, 1995;

Los géneros ensayísticos hispanoamericanos, Madrid: Taurus, 1990;

Fernández Ariza, Guadalupe: *Literatura hispanoamericana del siglo XX. Memoria y escritura*, Málaga: Universidad de Málaga, 2002;

Fernández Fraile, M.: *Historia de la literatura chilena*, tomos I y II, Santiago de Chile: Salesiana, 1996;

Fernández Moreno, César (coord.): *América Latina en su literatura*, México: Siglo XXI, 1972;

Fernández Retamar, Roberto: *Para una teoría de la literatura hispanoamericana*, La Habana, Pueblo y Educación, 1984;

Introducción a José Martí, La Habana: Casa de las Américas, 2001;

Algunos usos de civilización y barbarie, La Habana: Editorial letras Cubanas, 2003;

Flores, Ángel: "El realismo mágico en la novela hispanoamericana", *Hispania*, Vol. 38, No. 2 (May, 1955);

Narrativa hispanoamericana 1816–1981. Historia y antología, 2a. ed., México: Siglo XXI, 1985;

Fornet-Betancourt, Raúl: *Problemas actuales de la filosofía en Hispanoamérica*, Buenos Aires: Fepai, 1985;

Franco, Jean: *Historia de la literatura hispanoamericana. A partir de la Independencia*, Barcelona: Ariel, 1985;

"La heterogeneidad peligrosa: Escritura y control social en vísperas de la independencia mexicana", *Hispamérica*, 12 (34–35), 1983;

"Women, Fashion and the Moralists in Early Ninetheen Century

México", *Homenaje a Ana María Barrenechea*, Ed. Lía Schwartz
Lerner & Isaac Lerner, Madrid: Castalia, 1984;

"Waiting for a Bourgeoisie. The Formation of Mexican Intelligentsia
in the Age of Independence", *Critical Passions*, Durham: Duke
University Press, 1999;

*Decadencia y caída de la ciudad letrada. La literatura
latinoamericana durante la guerra fría*, Barcelona: Debate, 2003;

Fuentes, Carlos: *La nueva novela hispanoamericana*, México: Joaquín
Mortíz, 1969;

García, Guillermo: *La literatura hispanoamericana del siglo XX*, Lima:
Universidad Nacional de Educación Enrique Guzmán y Valle La
Cantutas, 1989;

Giraldo, Luz Mery: *La novela colombiana ante la crítica. 1975—1990*,
Bogotá-Cali: Ceja-Univalle, 1994;

Goic, Cedomil (comp.): *Historia y crítica de la literatura
hispanoamericana. De la época colonial a la contemporánea*, 3 vols.,
Barcelona: Crítica, 1988;

La novela chilena; los mitos degradados. El saber y la Cultura,
Santiago de Chile: Editorial Universitaria, 1991;

Gomes, Miguel: *Los géneros literarios en Hispanoamérica: teoría e
historia*, Pamplona: Eunsa, 2000;

Gómez-Martínez, José Luis: *Más allá de la Post-Modernidad. El discurso
antrópico y su praxis en la cultura iberoamericana*, Madrid: Mileto,
1999;

González Echevarría, Roberto: *Mito y archivo. Una teoría de la narrativa
latinoamericana*, trad. Virginia Aguirre Muñoz, México: FCE, 2000;

González Echeverría, Roberto y Enrique Pupo-Walker: *Historia de la
literatura hispanoamericana*, Madrid: Gredos, 2006;

González Obregón, Luis: *Novelistas mexicanos: José Joaquín Fernández
de Lizardi*, México: Botas, 1938;

González Peña, Carlos: *Historia de la literatura mexicana*, México:

627

Editorial Porrúa, 1966;

González Stephan, Beatriz, Javier Lasarte y M. Julia Daroqui (comps.): *Esplendores y miserias del siglo XIX. Cultura y sociedad en América Latina*, Caracas: Monte Ávila, 1995;

González Stephan, Beatriz: *Fundaciones: canon, historia y cultura nacional. La historiografía literaria del liberalismo hispanoamericano del siglo XIX*, Madrid: Iberoamericana, 2002;

Guerra, Xavier: *Modernidad e independencias. Ensayos sobre las revoluciones hispánicas*, México: FCE, 1993;

Guerrero, Eva: "La educación de la mujer en el pensamiento civilizador de Domingo Faustino Sarmiento", *Revista de Literatura Española, Hispanoamericana y Teoría de la Literatura*, Universidad de Murcia, 16, 2011;

Gutiérrez Girardot, Rafael: *El intelectual y la historia*, Caracas: Editorial La Nave Va, 2001;

Hadman, Ty: *Breve historia y antología del haikú en la lírica mexicana*, México: Editorial Domés, 1987;

Harss, Luis: *Los nuestros*, Buenos Aires: Editorial Sudamericana, 1966;

Henríquez Ureña, Pedro: *Las corrientes literarias en la América Hispánica*, México: FCE, 1949 (1a ed. en inglés, 1945);

La utopía de América, Caracas: Biblioteca Ayacucho, 1978;

Holmes, Olive, etc.: *Latin America: land of a golden legend*, New York: Foreign Policy Assn, 1947;

Hutcheon, Linda: *A Theory of Parody: the Teachings of Twentieth-Century Art Forms*, New York: Methuen, 1985;

Iñigo Madrigal, Luis (coord.): *Historia de la literatura hispanoamericana*, 2 vols., Madrid: Cátedra, 1993;

Jaimes, Héctor: *La reescritura de la historia en el ensayo hispanoamericano*, Madrid: Fundamentos, 2001;

Jitrik, Noé: *Historia e imaginación literaria. Las posibilidades de un género*, Buenos Aires: Editorial Biblos, 1995;

Jitrik, Noé (Ed.): *Historia crítica de la literatura argentina*, 12 vols., Buenos Aires: Emecé, 1999;

Lafforgue, Jorge (comp.): *Nueva novela latinoamericana*, Buenos Aires: Paidós, 1974;

Lasarte, Pedro: "Don Catrín, Don Quijote y la picaresca", *Revista de estudios Hispánicos*, Vol. 3, 1989;

Leal, Luis: *Breve Historia de la Literatura Hispanoamericana*, Softcover: Studium, 1956;

"The American in Mexican Literature", *Pressures of History*, Autumn, 1978;

Lezama Lima, José: *Antología de la poesía cubana*, t. II, La Habana: Consejo Nacional de Cultura, 1965;

Lazo, Raimundo: *La literatura cubana*, México: Universidad Nacional Autónoma de México, 1965;

Llarena, Alicia: *Realismo mágico y lo real maravilloso: Una cuestión de verosimilitud*, Gaithersburg: Hispamérica, 1997;

López Lemus, Virgilio: *Doscientos años de poesía cubana*, La Habana: Casa Editora Abril, 1999;

López Parada, Esperanza: *Una mirada al sesgo: Literatura hispanoamericana desde los márgenes*, Madrid-Frankfurt: Iberoamericana-Vervuert, 1999;

Ludmer, Josefina: *El género gauchesco. Un tratado sobre la patria*, Buenos Aires: Sudamericana, 1988;

Martín, José Luis: *La novela contemporánea hispanoamericana*, Puerto Rico: Universidad de Puerto Rico, 1973;

Martínez, José Luis: *El ensayo mexicano moderno*, 2 vols., México: FCE, 1958;

Origen y desarrollo del libro en Hispanoamérica, Madrid: FGSR, 1984;

Literatura mexicana. Siglo XX (1910—1949), Lecturas mexicanas, México: Consejo Nacional para la Cultura y las Artes de México,

629

1990;

Martínez Blanco, M. Teresa: *Identidad cultural de Hispanoamérica. Europeísmo y originalidad americana*, Madrid: Editorial de la Universidad Complutense, 1988;

Masiello, Francine: *Lenguaje e ideología; Las escuelas argentinas de vanguardia*, Buenos Aires: Hachette, 1986;

Mattalía, Sonia y Milagros Aleza (eds.): *Mujeres: Escrituras y lenguajes*, Valencia: Publicaciones de la Universidad de Valencia, 1995;

Medin, Tzvi: *Ortega y Gasset en la cultura hispanoamericana*, México: FCE, 1994;

Meléndez, Concha: *La novela indianista en Hispanoamérica 1832—1889*, Río Piedras: Ediciones de la Universidad de Puerto Rico, 1961;

Menéndez y Pelayo, Marcelino: *Orígenes de la novela*, t.3, Madrid: Biblioteca de Autores Españoles, 1910;

Menton, Seymour: *La nueva novela histórica de la América Latina 1979—1992*, México: FCE, 1993;

Molinuevo, José Luis (coord.): *Ortega y la Argentina*, México: FCE, 1997;

Monsiváis, Carlos: *Los rituales del caos*, México: Era, 1995;

Aires de familia. Cultura y sociedad en América Latina, Barcelona: Anagrama, 2000;

Mora, Gabriela: *En torno al cuento: de la teoría general y de su práctica en Hispanoamérica*, Madrid: J. Porrúa Turanzas, 1985;

Mora Valcárcel, Carmen de: *En breve. Estudios sobre el cuento hispanoamericano contemporáneo*, Sevilla: Universidad de Sevilla, 1995;

Moreiro Prieto, Julián(ed.): *Costumbristas de Hispanoamérica: cuadros, leyendas y tradiciones*, Madrid: Edaf, 2000;

Navarro García, Jesús Raúl: *Literatura y pensamiento en América Latina*, Zaragoza: Pórtico Librerías, 1999;

O'Gorman, Edmundo: *La invención de América: El universalismo de la Cultura de Occidente*, México: FCE, 1993;

Onís, Federico de: *Antología de la poesía española e hispanoamericana*, Madrid: Centro de Estudios históricos, 1934;

Orjuela, Héctor: *El desierto prodigioso y prodigio del desierto* de Pedro Solís y Valenzuela. *Primera novela hispanoamericana*, Bogotá: Instituto Caro y Cuervo, 1984;

Historia crítica de la literatura colombiana, 3 vols., Bogotá: Editorial Kelly, 1992;

Orta Ruiz, Jesús: *Poesía criollista y siboneísta. Antología*, La Habana: Editorial Arte y Literatura, 1976;

Ortega, Julio (coord.) : *La literatura hispanoamericana*, México: SRE, 2011;

La cultura peruana: experiencia y conciencia, México: FCE, 1978;

Ortega y Gasset, José: *La deshumanización del arte*, Madrid: Revista de Occidente, 1925;

Osorio, Nelson: *Las letras hispanoamericanas en el siglo XIX* (Prólogo de José Carlos Rovira), Alicante y Santiago de Chile: Universidad de Alicante–Universidad de Santiago de Chile, 2000;

Oviedo, José Miguel: *Historia de la literatura hispanoamericana*, Madrid: Alianza, 1997;

Paz, Octavio: *Los hijos del limo: del romanticismo a la vanguardia*, Barcelona: Seix Barral, 1998 (1ª ed. 1974);

Pedraza Jiménez, Felipe B.: *Manual de literatura hispanoamericana*, 6 vols., Berriozar: Cénlit, 2007;

Peiró Barco, José Vicente: *Literatura y sociedad. La narrativa paraguaya actual (1980—1995)*, Tesis doctoral, Universidad de Nacional de Educacióna a Distancia, 2001;

Peña, Margarita: *Historia de la literatura mexicana*, México: Alhambra Mexicana, 1989;

Perilli, Carmen: *Historiografía y ficción en la narrativa hispanoamericana*, Tucumán: Universidad Nacional, 1995;

Piglia, Ricardo: *Crítica y ficción*, Buenos Aires: Siglo Veinte, 1990;

Piotrowski, Bogdan: *La realidad nacional colombiana en su narrativa contemporánea (aspectos Antropológico-culturales e históricos)*, Bogotá: Instituto Caro y Cuervo, 1988;

Pons, M. Cristina: *Memorias del olvido. La novela histórica de fines del siglo XX*, México: Siglo XXI, 1996;

Prendes, Manuel: *La novela naturalista hispanoamericana: evolución y direcciones de un proceso narrativo*, Madrid: Cátedra, 2003;

Prieto, Adolfo: *Historia de la Literatura argentina*, Buenos Aires, CEAL, 1968;

El discurso criollista en la formación de la Argentina moderna, Buenos Aires: Sudamericana, 1988;

Pupo-Walker, Enrique: *La vocación literaria del pensamiento histórico en América: desarrollo de la prosa de ficción (siglos XVI-XIX)*, Madrid: Gredos, 1982;

Quesada, Patricia y Jazmín Padilla: "Modernismo", *Humanidades*, San José: Universidad de Costa Rica, 2015;

Rama, Ángel: *Los dictadores de América Latina*, México: Fondo de Cultura Económica, 1976;

La ciudad letrada, Hanover: Ediciones del Norte, 1984;

Transculturación narrativa en América Latina, México: Siglo XXI, 1985;

Rama, Carlos M.: *Historia de las relaciones culturales entre España y la América Latina. Siglo XIX*, México: FCE, 1982;

Remos y Rubio, Juan: *Historia de la literatura cubana*, t. II, La Habana: Cárdenas y Compañía, 1945;

Proceso histórico de las letras cubanas, Madrid: Ediciones Guadarrama, 1958;

Rivera-Rodas, Oscar: *La poesía hispanoamericana en el siglo XIX (del romanticismo al modernismo)*, Madrid: Alhambra, 1988;

Rodríguez, Jaime Alejandro: *Autoconciencia y posmodernidad. Metaficción en la novela colombiana*, Bogotá: SÍ Ed., 1995;

Rodríguez, Juan Carlos y Álvaro Salvador: *Introducción al estudio de la literatura hispanoamericana*, Madrid: Akal, 1987;

Roh, Franz: *Post-expresionismo. Realismo mágico. Problemas de la nueva pintura europea*, Madrid: Revista de Occidente, 1927;

Ruffinelli, Jorge: *Literatura e ideología*, México: Ediciones Coyoacán, 1994;

Sánchez, Luis Alberto: *Escritores representativos de América: Tres Series*, Madrid: Gredos, 1971—1973;

    Breve tratado de la literatura general, Madrid: Rodas, 1973;

Sainz de Medrano, Luis: *Historia de la literatura hispanoamericana (Desde el modernismo)*, Madrid: Taurus, 1989;

Sarlo, Beatriz: *El imperio de los sentimientos*, Buenos Aires: Catálogos, 1985;

    Una modernidad periférica: Buenos Aires 1920 y 1930, Buenos Aires: Nueva Visión, 1988;

    La imaginación técnica, Buenos Aires: Nueva Visión, 1992;

Sarmiento, Domingo Faustino: *Obras selectas*, Ed. de Diana Sorensen, Madrid: Espasa Calpe, 2002;

Schlickers, Sabine: *El lado oscuro de la modernización: Estudios sobre la novela naturalista hispanoamericana*, Madrid: Iberoamericana, 2003;

Schwartz, Jorge: *Vanguardia y cosmopolitismo en la década del veinte*, Buenos Aires: Beatriz Viterbo, 1993;

Scout, Paul Gordon: *The Practice of Quixotism. Postmodern Theory and Eighteenth-Century* Women's Writing, New York: Palgrave Macmillan, 2006;

Sepúlveda Muñoz, Isidro: *Comunidad cultural e hispano-americanismo 1885–1936*, Madrid: UNED, 1994;

Sepúlveda Pulvirenti, Emma y Joy Logan: *El testimonio femenino como escritura contestataria*, Santiago de Chile: Asterión, 1995;

Shaw, Donald: *Nueva narrativa hispanoamericana. Boom. Posboom. Posmodernismo*, Madrid: Cátedra (sexta edición ampliada), 1999;

633

Silva Santisteban, Rocío (comp.): *El combate de los ángeles. Literatura, género, diferencia*, Lima: Pontificia Universidad Católica del Perú, 1999;

Skirius, John (comp.): *El ensayo hispanoamericano del siglo XX*, México: FCE, 1997;

Sorensen, Diana: *Facundo and the Construction of Argentine Culture*, Austin: University of Texas Press, 1996;

Sosnowski, Saúl (ed.): *La cultura de un siglo. América Latina en sus revistas*, Madrid: Alianza Editorial, 1999;

Lectura crítica de la literatura americana. Inventarios, invenciones y revisiones, Caracas: Biblioteca Ayacucho, 1996;

Spell, Jefferson Rea: *Lizardi and the Birth of the Novel in Spanish America*, Gainesville: University Press of Florida. 2001;

Speratti-Piñero, Emma Susana: *Pasos hallados en "El reino de este mundo"*, México: El Colegio de México, 1981;

Spiller, Roland (ed.): *La novela argentina de los años 80*, Frankfurt am Main: Vervuert Verlang-Universitat Erlangen-Nurnberg, 1991;

Stabb, Martín S.: *América Latina en busca de una identidad. Modelos del ensayo ideológico hispanoamericano, 1890—1960*, Caracas: Monte Avila, 1969;

Subercaseaux, Bernardo: *Historia de las Ideas y de la Cultura en Chile*, t.1, Santiaogo de Chile: Editorial Universitaria, 1997;

Torres-Rioseco, Arturo: *Grandes novelistas de la América Hispana*, Los Angeles: University of California Press, 1949;

Toro Montalvo, César: *Historia de la literatura peruana*, tomos I—XIII, Lima: San Marcos, 1991;

Ulla, Noemí: *Identidad rioplatense, 1930*, Buenos Aires: Torres Agüero Editor, 1990;

Unamuno, Miguel: *Epistolario americano (1890—1936)*, Edición, Introducción y notas de Laureano Robles, Salamanca: Ediciones Universidad de Salamanca, 1996;

Uslar Pietri, Arturo: *La invención de América mestiza*, comp. y presentación de Gustavo Luis Carrera, México: FCE, 1996;

Vargas Llosa, Mario: *Gabriel García Márquez: Historia de un deicidio*, Barcelona: Barral Editor, 1971;

La verdad de las mentiras: ensayos sobre la novela moderna, Madrid: Alfaguara, 1990;

Vasconcelos, José: *La raza cósmica*, Madrid: Agencia Mundial de Librería, 1925;

Villar Raso, M.: *Historia de la literatura hispanoamericana*, Madrid: Edelsa, 1987;

Viñas, David (ed.): *Literatura argentina y realidad política*, Buenos Aires: Jorge Álvarez, 1964;

Historia social de la literatura argentina, Buenos Aires: Contrapunto, 1989;

Vitier, Cintio: *Los grandes románticos cubanos. Antología del Tercer Festival del Libro Cubano*, La Habana: Editorial Lex, 1960;

Weinberg, Liliana: *El ensayo, entre el paraíso y el infierno*, México, UNAM/FCE, 2001;

Literatura latinoamericana: descolonizar la imaginación, México: UNAM, 2004;

Situación del ensayo, México: UNAM, 2007;

Pensar el ensayo, México: Siglo XXI, 2008;

Walcott, Derek: *What the Twilight Says*, New York: Farrar Straus & Giroux, 1998;

Yurkievich, Saúl (coord.): *Identidad cultural de Iberoamérica en su literatura*, Madrid: Alambra, 1986;

Zavala, Iris M.: *Rubén Darío: el modernismo y otros ensayos*, Madrid: Alianza Editorial, 1989;

Zea, Leopoldo (comp.): *El descubrimiento de América y su impacto en la historia*, México: FCE, 1991;

635

https://www.academia.edu

https://www.biblioteca.org.ar

https://www.historia-biografia.com

https://www.buscabiografias.com

https://www.cervantesvirtual.com

https://www.escritores.org

https://www.libros.unam.mx

https://www.literatura.us

https://www.marxists.org

https://www.poemario.org

https://www.poemas-del-alma.com

https://www.poesi.as

https://www.los-poetas.com

https://www.puroscuentos.com.ar

https://www.un-libro-abierto.com

二、中文

赵振江编：《拉丁美洲历代名家诗选》，赵振江等译，昆明：云南人民出版社，1988年版；

赵德明、赵振江、孙成敖：《拉丁美洲文学史》，北京：北京大学出版社，1989年版；

鲁迅：《鲁迅全集》，北京：人民文学出版社，2005年版；

[德] 卡尔·马克思、弗里德里希·恩格斯：《马克思恩格斯文集》，中共中央马克思恩格斯列宁斯大林著作编译局编译，北京：人民出版社，2009年版。